Preti Taneja

Wir, die wir jung sind

Preti Taneja

Wir, die wir jung sind

Roman

Aus dem Englischen
von Claudia Wenner

C.H.Beck

1. Auflage. 2019

Titel der englischen Ausgabe:
We that are young

Erschienen bei Galley Beggar Press Limited, Norwich, 2017
Umschlaggestaltung: Geviert, Grafik und Typografie
Umschlagabbildung: © shutterstock, Marina Grigorivna
Satz: Fotosatz Amann, Memmingen
Druck und Bindung: GGP Media GmbH, Pößneck
Gedruckt auf säurefreiem, alterungsbeständigem Papier
(hergestellt aus chlorfrei gebleichtem Zellstoff)
Printed in Germany
ISBN 978 3 406 73447 2

www.chbeck.de

Für Meera Taneja das Licht

Wovon handelt diese unsägliche Geschichte?
Die Menschenfresserin und der Hund blicken durch Schlafzimmeraugen;
Die Großkatze durchstreift den Dschungel;
In meiner fünfköpfigen Familie ist der Teufel los.
Unter der Führung trommelschlagender Kaninchen rüstet sich
Eine Antilopenherde zum Angriff;
Der Jäger ist in der Nähe, auch wenn er nur zusieht.
Das Meer steht in Flammen, die Wälder werden zu Asche,
Doch die Fische sind draußen und suchen Beute.
Der wahre Pandit wird die Geschichte kapieren, sagt Kabir.
Er ist mein Guru. Er wird sich retten und mich dazu.

Kabir, 138
nach der Übersetzung von Arvind Krishna Mehrotra

I

Jivan

Eins

Es geht nicht um Land, es geht um Geld. Während die Welt ringsumher in Pendelschwüngen wegsackt, flüstert er sein Mantra. Das glitzernde Band der Themse, die offiziellen Stempel der königlichen Parks, eine kahle, weiße Kuppel mit gelber Kronenähre, verschluckt das tiefe Dämmerlicht des Sommers. Das Flugzeug hebt sich über die wattige Wolkendecke, unter der England behaglich eingepackt von besseren Zeiten träumen kann. Auf seiner Uhr ist es immer noch gestern. Er stellt die Uhr vor: Jetzt ist es morgen, nur noch acht Stunden Flug.

Er hat den Fensterplatz mit dem kaputten Touchscreen bekommen: Bordansagen oder *Slumdog Millionaire*, der letzte Film, den er mit Ma im Kino gesehen hat – an dem Wochenende, als Filmpremiere war. Die Leute, die Schlange standen, waren allesamt braun, daher duckte sich Ma ausnahmsweise nicht in seinem Schatten, so als könnten seine Jeans und sein Kamelhaarmantel sie beschützen und erklären. Stattdessen stritten sie wieder einmal über Iris, und als er Karamellpopcorn besorgen ging, fing sie an zu schniefen: Sie sagte, eine Erkältung sei im Anmarsch. Als der Abspann über die gesamte Besetzung lief, die in dichten Reihen auf einem indischen Bahnhof tanzte, schniefte sie immer noch. Als sie aus dem Kino kamen, dachte er, sie hätte geweint – er legte den Arm um sie: Ihr Kopf war für ihn die perfekte Kinnstütze. Auf seine Frage, ob ihr der Film gefallen habe, sagte sie, nein, kein bisschen. Abgesehen von den Songs sei das nicht das echte Indien gewesen.

Der Flug vom JFK bis zur Zwischenlandung in LHR hatte sich in die Länge gezogen. Er ist wohlig beschwipst vom Johnnie Walker, den er schätzt, auch wenn er weiß, dass es bessere Marken gibt. Er hat das Gefühl, dieser Whisky sei genau auf ihn zugeschnitten, so als hätte ein

Kind in einem Geschenkartikelshop einen Becher mit seinem eigenen Namen gefunden. In Amerika hatte kein solcher Shop einen JIVAN-Becher, deshalb borgte er sich JON und war dabei geblieben, seit er dieselbe Reise in umgekehrter Richtung angetreten hatte. Als Dreizehnjähriger. Begeistert, aus Indien fortzugehen, weil man ihm den ersten Flug seines Lebens versprochen hatte.

Vorwärts, vorwärts, befiehlt er dem Flugzeug und trommelt dabei auf seinen Klapptisch, was ihm einen kurzen Seitenblick von seiner Nachbarin beschert, die neben ihm eingekeilt sitzt. Sie fotografiert die Rückseite des Bordmagazins mit ihrem iPhone (4): *Ambika Gupta offeriert Ihnen das Wunder höherer Numerologie: eine Ziffer für Ihre Zukunft.* Sie stößt den Mann an, der rechts neben ihr sitzt: ein Sardarji mit blauem Turban und farblich passendem Trikotpullover, der über seinem Bauch spannt und auf den in Weiß die Zahl 5 gestickt ist. Der Typ sieht aus, als erwarte er Fünflinge. Sie lächelt ihn an und lehnt sich wieder zurück. Ihre Hände sind über und über mit dünnen roten Linien in verblassendem Hochzeitshenna verziert, so als hätte man sie nach links gedreht: ein einziges Paisleymuster, von qualvoller Schönheit. Sie trägt einen Platinring mit einem viereckigen, weißen Brillanten und hat eine Handtasche von Longchamp wie alle wunderhübschen Mädchen; wasserfestes Marineblau mit Lederbesatz, aber klein, das billigste Modell. *Weißt du denn nicht, hübsches Kind, dass keine Tasche besser ist als alles allzu Bemühte?* Sie blättert das Magazin durch: Reklame für Marc Jacobs und Charlize Theron, blättert zu den technischen Schnickschnacks, den Filmen, klimper-klingeling machen die roten Glasreifen an ihren Handgelenken.

Es klingt wie das Vorspiel von Mas Übungsmusik. Wenn sie mit Akkuratesse Kathak tanzte und Jivan den Takt schlug. Erst auf seinem Handteller, *Dha-din-din-dha*. Seine Erinnerungen haben die Farbe ihrer letzten Monate: Ma, deren Braun zu Gelb verblasste, ein blauer Fleck, der vor dem Krankenhausweiß nicht heilen wollte. Dha-din-din-dha klopften ihre Finger sacht an seine Schläfen – und verrauschten gegen Ende mit ihrem Röcheln – dem Hintergrundbrummen der Flugzeugmotoren in seinen Ohren. Sie fliegen, wer weiß wo, hoch über den Bergen.

Er holt sein Bordmagazin heraus. Auf dem Titelbild ist eine Karikatur – ein kleiner, brauner Körper mit einem übergroßen Kopf. Unter einem weißen Haarkranz pusten zwei aufgeblähte Backen die Kerzen einer riesenhaften, euterförmigen Geburtstagstorte aus. Indien, aus dem die Türmchen der Heritage Hotels und Fabrikschornsteine wie Pilze aus dem Boden schießen. Autos rasen entlang, Stoffbündel öffnen sich, Tiger jagen Ziegen über spritzende Bohrinseln. Die orangefarbene Schlagzeile brüllt: *Herzlichen Glückwunsch zum 75., Devraj Bapuji!* Das Spotlight fällt auf ein gerissenes, altes Gesicht. Dieser Mann auf dem Titelblatt, auf *diesem* Flug – das hätte Ma als Zeichen erachtet.

– Etwas zu trinken, Sir?

Die Flugbegleiterin ist: Weißbrot mit Pflaumenmus und zum Anbeißen; ihr Lächeln verheißt Getränke, Upgrades, Händehalten, wenn das Flugzeug abstürzt. Jon will ihr das Bordmagazin zeigen und sagen: *Hey, in Wirklichkeit heiße ich Jivan! Als Kind hab ich diesen Typen gekannt! Das ist Bapuji, der Pate meines Halbbruders. Er ist wie ein Onkel für mich, wenn auch nicht blutsverwandt, Sie wissen schon. Ich bin mit seinen Töchtern aufgewachsen, mit Gargi und Radha, und ich weiß noch, wie Sita, die Jüngste, auf die Welt kam.* Er könnte sogar die verbotenen[1] Worte sagen: *Haben Sie von Ranjit Singh gehört, Bapujis stellvertretendem Kommandeur? Der ist eigentlich mein Pa!* Er sollte ihr einfach die gesamte Besetzung samt Stammbaum aufmalen.

«Nein danke», sagt er. «Ich möchte nichts.»

Das Flugzeug dreht nach Osten. Auf dem Monitor schiebt sich ein winziges Ebenbild langsam vorwärts und streicht die halbe Welt mit einer dünnen, roten Linie aus. Damit sein Hemd und sein Anzug nicht verknittern, wechselt er wieder die Stellung. Auf seiner Krawatte ist ein Streifen, der auf eine gewisse Universität verweist (Harvard); er trägt

1 Im Original auf Deutsch [Anm. d. Übersetzerin].

englische, maßgeschusterte Schuhe (Lobbs). Mit diesen Errungenschaften kehrt er zurück. Nach fünfzehn Jahren. Nach Delhi, der Stadt seiner Kindheit, auf der Karte eine Raute in einer Raute.

Die Kabinenlichter gehen aus. Die Passagiere lehnen sich zurück, steif wie Schaufensterpuppen, die Augen voreinander maskiert. Er schlägt das Magazin auf.

Geburtstagsgrüße, von Barun J. Bharat.

J. J. J. Vielleicht, überlegt Jivan, gehört Barun zu denen, die solche Zusatzinitialen nötig haben, so wie manche Männer Krawattennadeln brauchen, um sich sicher zu fühlen. Oder vielleicht hat er einen Bruder, der berühmter ist als er.

Das Zeitalter von Devraj, schreibt Barun. *Wir salutieren vor ihm, dem Gründer der Devraj Company, einem der beliebtesten indischen Tycoons, der gerade sein fünfundsiebzigstes Lebensjahr vollendet hat.*

Devraj. In Safarianzug und Safarihut grinst er von einer Doppelseite. Bis zu den Knien im Wasser der fragilen Sunderbans, ein Tigerbaby in den Armen. *Geschäftsmann mit visionärem Weitblick, für Millionen ein Guru, Arbeitgeber für Tausende, Oberhaupt eines Hotelunternehmens mit hundert Häusern, Vater von Gargi, Radha und Sita, drei bezaubernden Töchtern*, lautet die Bildunterschrift. *Adoptivvater von Tipu Sultan, einem zweijährigen Tigerbaby, aufgezogen von Devraj Bapuji, dem Tierfreund und Umweltheroen, im Privatzoo der Company.*

Und außerdem – außerdem – Pate eines Glückspilzbruders namens Jeet. Wie konnte Barun J. Bharat, der Bordmagazinjournalist, das auslassen? Und was ist mit den Textilfabriken, die vom Punjab bis Trivandrum Seide zu Gold spinnen? Oder mit den Ziegel-und-Zement-Bauten in echten Backwaters? *Husten und prusten, sagte der große, böse Wolf, aré, natürlich wird das Haus nicht niedergepustet.* Nicht zu vergessen die Transportbranche, die auf Fertigteile aus den Fabriken der Company angewiesen ist, die wiederum aus dem Stahl bestehen, der in Unternehmen der Company gewonnen und verhüttet wird. Barun braucht Nachhilfe in richtiger Recherche: jenes tiefschürfende Googlen, das man vielleicht betreibt, wenn man in sehr ferne Galaxien verbannt worden ist und im Exil wartend überleben will.

Es gibt ein paar Neuigkeiten: Die Company stellt jetzt auch Autos her. Sie wird im Namen von Devrajs jüngster, heiß geliebter Tochter Sita und in Anerkennung ihres vielfältigen Engagements, insbesondere dem für Mutter Natur, Indiens ersten Hybriden produzieren, das kleinste Fahrzeug der Welt, das auf den kleinen Mann zielt. *Jetzt, wo Indien Anspruch auf seinen rechtmäßigen Platz auf der Weltbühne erhebe, wachse der Aktionsradius der Company zunehmend,* schreibt Barun. *Geschaffen wurde all dies von Devraj Bapujis schierer Zielstrebigkeit und seinem Weitblick. Einer unserer am meisten bewunderten Wirtschaftsbosse, dessen Spiritualität sein sagenhaftes Geschäftsethos speist sowie seinen Einsatz für die Schulbildung der Mädchen, für den er mit einer besonderen «Auszeichnung für Unternehmen mit karitativen Bestrebungen» geehrt wurde, und zwar von unserem ehrenwerten Minister für Personalentwicklung sowie vom indischen Präsidenten. Da er eng mit Linken und Rechten befreundet ist und sie finanzpolitisch berät, werden seine Grillkünste bei Familienbarbecues sehr geschätzt. Die Furchtlosigkeit dieses Geschäftsmannes hat sich von den einfachen Anfängen über Luxushotels bis hin zu Indiens führenden Markennamen entwickelt, und doch ist er bescheiden geblieben.*

Wow, Barun könnte etwas Unterricht in weißem Schreiben gebrauchen. Seine Prosa ist widerlich klebrig wie Diwalisüßigkeiten, die einem im Hals stecken bleiben. Jalebi-Sprache, voller Schleifen und Windungen, triefend vor Straßenöl, in dem es frittiert wurde. Und doch kann Jon in den Wörtern sein ersehntes Delhi erkennen. Ob er Barun sprechen könnte, wenn er es versuchen würde? Er verfügt über die Grundkenntnisse. Bevor man ihn nach Amerika schickte, hatte sein Vater ihn beauftragt, sich die überregionalen Tageszeitungen vorzunehmen und alle Artikel zu suchen und auszuschneiden und laut vorzulesen, in denen Devraj, Ranjit oder die Company erwähnt wurden. Er war ein gehorsamer Neunjähriger: und erwähnte nur die guten Artikel. Damals gab es anscheinend keine anderen. Und es sieht ganz so aus, als hätte sich daran nichts geändert.

Er lächelt. Wie sollte man aufgrund dieses Berichts erraten, dass Devraj früher jeden Tag eigens für ihn safrangelb gefärbte Herrenslips trug? Dass irgendein Guru dem alten Herrn gesagt hatte, er würde, wenn er die trüge, über hundert Jahre alt werden? Ungelogen. Als er noch Jivan hieß und ungefähr zehn war, spielte er einmal mit Radha (es war ihre Idee) an einem Ort, wo sie nicht hätten sein dürfen (Devrajs begehbarem Kleiderschrank), ‹Reich und Schön›. In einer Schublade unter den Kurta Pyjamas, den handgewebten Schultertüchern, den Krawatten, die schlaff von einem Ständer hingen, sah er die orange Unterwäsche mit eigenen Augen. Radha erzählte ihm, was der Guru gesagt hatte: *Für die Langlebigkeit von Körper und Namen müsse man jeden Tag Safrangelb tragen, und zwar direkt auf der kostbarsten Haut.* Hatte Radha ihm damals zum ersten Mal ihre Unterhosen gezeigt? Sie waren rosa, mit Rüschen. Danach hatte sie geweint, weil er seine nicht zeigen wollte.

Er überfliegt die Seiten, bis ihm plötzlich eine kleine Schlagzeile ins Auge springt. *Devraj feiert den Vorstoß der Company nach Kaschmir.* Das hatte er nicht gewusst. Laut Barun J. Bharat *wird der anspruchsvolle Tourist dank der Company bald Urlaub im Sieben-Sterne-Luxus machen können, am coolsten und kühlsten neuen Reiseziel für einheimische und internationale Reisende, und sich so die weltweit schönste Erinnerung an die Liebe sichern. Wo der neueste Iterationsschritt des CultCompany Mukti Wellnesscenter Ihnen ein ‹Ahh› entlocken wird.*

Neues Automodell, neues Hotel. Der einheimische Touristikmarkt wächst in einer für die Übernahme reifen Stadt. Die ganze Welt in einer Rezession, bis auf die Devraj Company in der Main Street, Neu-Indien. Er lehnt sich in den Sitz zurück, das Magazin wie einen Schlagstock in der Hand.

Es geht nicht um Land, es geht um Geld.

*

Der Artikel endet mit einem Liebesbrief an Sita. *Eine von Delhis jungen, intelligenten Topschönheiten: elegant, versiert, Bapuji so treu ergeben, dass sie seit ihrer Rückkehr aus dem Vereinigten Königreich bei jedem öffentlichen Auftritt an seiner Seite ist. Mit 22 und immer noch ledig, ist sie Indiens begehrteste Junggesellin,* schreibt Barun.

In der Zeitschrift ist ein Bild von Devraj in weißem Kurta Pyjama und braunem Schultertuch. Er blickt auf Sita hinunter, die mit dem Rücken zur Kamera steht – ihre Saribluse ist wie ein Korsett alter Schule geschnürt und die Schnüre hinterlassen Rauten auf ihrer Haut. Auf dem letzten Foto stehen die beiden mit dem Tourismusminister unter einem Transparent: *Grünes Delhi Sauberes Delhi!* Er hat den Arm um Sita gelegt und ist auf dem Trip seines Lebens. Sie hält sich die Hand auf den Mund, als würde sie gähnen oder lachen, das ist nicht ganz klar. Jivan inspiziert das Bild. Da ist er, an ihrem dritten Finger – Gargi, Radha und Jeet haben alle solch einen Ring – Devrajs Initiale, jeweils verbunden mit ihrer eigenen, in abgeflachtes Gold graviert.

Die Bildunterschrift lautet *Devrajji, Sita Devrajkumari. Besondere VVIP-Gäste beim Galadinner anlässlich des Indischen Tourismus-und-Heritage-Jahrestreffens im Company Delhi Grand Hotel und Mukti Wellnesscenter.*

Mukti. Schon wieder. Mukti. Jivan weiß nicht mehr, was das Wort bedeutet. Er macht die Augen zu. *Befreiung.* Als er fortging, war Sita fünf. Er erinnert sich nur noch an eine kleine Prinzessin, die an ihrer Lottie hing und nie draußen spielen durfte. In den Himmel gehoben und die Welt dreht sich. Vielleicht ist er immer hier gewesen und in diesem Flugzeug älter geworden. Vielleicht sind die letzten Jahre in Amerika nichts als Disneyträume gewesen.

Draußen: nichts. Er verlangt noch einen Whisky.

– Tut mir leid, Sir, unbegrenzte Getränke gibt es nur in der ersten Klasse.

Die Stewardess geht weg. Ihr Haar ist ebenso picobello wie ihr Make-up: Sie könnte ein ferngesteuertes Company-Produkt sein. Sie rauscht hinter den roten Vorhang, der die Reichen von den weniger Reichen trennt. Hinter diesem Vorhang ist das Wunderland: Getränke und Beinraum; Stewardessen, die nie Nein sagen.

Die Gefangenen der Economy umzingeln einander. Ein Knäuel aus Saris, Decken, Strickjacken, Sandalen mit hohen Absätzen in Dunkin-Donuts-Schachteln, zerrissene Glamour-Zeitschriften. Die Männer liegen ausgestreckt über den Sitzen, die Frauen halten die Kinder an sich gedrückt; die Kinder lassen ihre Nintendo DS nicht mal im Schlaf los. Das Abendessen wird ausgeteilt, nicht serviert: braune Plastikklumpen in Makhanisoße, Reis und Pickles. Oder stattdessen weiße Plastikklumpen mit Kräutersoße. Er nimmt das indische Essen, dann das westliche, bekommt aber nichts herunter. Die Frischverheirateten neben ihm versuchen Essen, Tütchen und Besteck auf dem Tablett zu behalten und zu essen, ohne sich gegenseitig mit den Ellenbogen zu stoßen. Die Gabel der Braut zerbricht: Sie isst den Reis mit den Fingern. Es riecht nach rehydriertem Fleisch, Toiletten und Füßen.

Jon sieht sein Gesicht im Touchscreen. Es sieht verzerrt aus, als sei er plötzlich gealtert. Ranjit Kumar Singh, der Leiter der Company New Business, der ein Faible für leuchtende Socken und passende Hemdenbrusttaschentücher hat. Maßgeschneiderte Anzüge von Heritage, Stoffe direkt aus den Beständen der Company.

Die Braut neben ihm hat fertig gegessen und wischt die Plastikschale mit den Fingern aus. Er rückt weg, damit keine Reiskörner auf ihn fallen. Bei dieser Art der Reise kann man unmöglich sauber bleiben.

Vor sechs Wochen hat er diesen Anzug während der Besuchszeiten getragen. Ma im Bett, wo sie immer stiller und dünner wurde. Er dachte, sie würde sich auflösen. Vom Plastiklaken rutschen und vom Krankenpfleger fortgewischt werden. Doch wenn sie sah, dass ihr Jivan sich fein gemacht hatte, lächelte sie. Wenn sie bei klarem Verstand war, sagte sie mit ihrer trällernden Sängerinnenstimme:

– Geh so zu deinem Vater. Dann sieht er, dass du mein Junge bist. Und bitte gieß meine Blumenkästen in Nizamuddin. Vergiss es nicht.

Nizamuddin. Das Haus, in dem er aufgewachsen war, als Sohn von Ranjit und einer Ma, die so leicht war, dass sie beim Tanzen vom Boden abzuheben schien. Sie kam aus einer Musikerfamilie aus dem Punjab.

Sie sagte immer, Roshan Kumari, der für Satyajit Ray tanzte, sei ein entfernter Cousin von ihr. Helle Haut, den Kopf in eine Seidendupatta gehüllt, ihre Augen für die besten Zeitschriften fotografiert. Als Bapuji und Ranjit sie in Chandigarh tanzen sahen, war sie siebzehn. Sie ließen sie nach Delhi kommen, wo sie nur für die beiden singen sollte. Beide Männer waren bereits verheiratet, beide waren *flott*, sagte Ma, mit goldenen Ray-Ban-Brillen und Seitenscheiteln. Ihre Hemden mit Kragen hatten sie in ihre Hosen gesteckt, die Bügelfalten hatten, äußerst *stilvoll*. Dann kam die Liebe und in den frühen 80ern der Sex. Ranjit ward ein zweiter Sohn geboren.

Hunderte von Meilen entfernt irgendwo im Punjab kam Ranjits richtiger Ehefrau das Getuschel darüber zu Ohren. Anscheinend gab sie weder ihm noch Ma die Schuld, sondern sperrte sich aus lauter Scham *selbst* ein. Es heißt, sie sei im Obergeschoss ihres Elternhauses verrückt geworden. Doch bevor es dazu kam, schickte sie ihren Schatz Jeet, Ranjits richtigen Sohn, zu seinem Vater in dessen schönes Haus in Nizamuddin. Es gehörte einst einem Armeeoffizier und hatte sogar Stallungen und einen Hof, in dem die eisernen Ringe zum Festmachen der Pferde noch aus der Wand ragten. Der Hof war perfekt. Er hatte genau die richtige Größe zum Marschieren und Exerzieren, wenn Jeet aus der Schule kam und sie Soldaten und Offiziere spielten. Falls Jeet nicht gerade Nachhilfe in Sanskrit oder Mathe hatte – oder einem anderen Fach, das Bapuji und Ranjit für wichtig hielten –, blieben sie draußen, bis Jeets Ayah ihn abholte.

In Jivans Erinnerung war Jeet immer dort, er gehörte zum Haus wie das Klingeln der Türglocke, die tief und erregend klang, wie die Mitternachtsglockenschläge des BBC World Service. Die gebohnerten Böden voller Seidenteppiche, die den ganzen Sommer aufgerollt waren, manchmal mit einem der beiden darin. Das Haupthaus gehörte Jeet und Ranjit; Jivan wohnte mit Ma in den umgebauten Stallungen. Einer im Vorderhaus, der andere hinter den Kulissen, erklärte Ma. In den zwei Zimmern lebte Jivan in der Geborgenheit von Mas Schönheit und dem Klang ihrer Stimme. Sie hatten auch eine kleine Küche mit Gasherd und Kühlschrank. Außerdem eine weiß geflieste Hocktoilette mit Eimer und Schöpfbecher zum Duschen. Zwei Zahnbürsten im Zahnbecher. Dass sie so lebten, habe sie sich selbst ausgesucht, hatte Ma immer wieder beteuert.

Gegen Ende der 80er-Jahre veränderte sich Delhi. Mehr und mehr Zungen zischten beschämenden Zinnober. Mitte der 90er-Jahre befand Devraj, dass das Maß voll sei. Ranjit erhob keine Einwände, und Jivan und Ma mussten gehen. Es gab einen älteren Cousin zweiten Grades, der in Amerika lebte – ein verwitweter Bankdirektor, der eine Frau suchte. Es folgte ein Flug nach Boston: amerikanischer Pass, Haus mit Doppelgarage, Geschirrspülmaschine, Tiefkühltruhe, einem Rasenkarree, das gemäht werden musste. Ma, die damals kaum älter war als Jon heute, rang jeden Abend mit dem Urdu-Englisch-Wörterbuch, während im Fernsehen Martha Stewart lief. *In Amerika ist Sprache Macht, Jon-Beta,* sagte Vivek Uncle. *Mom* und Jon machen Frühstück und Mittagessen und finden Freunde. Treiben Sport, streiten, kaufen ein. Bekommen Highschool-Abschlusszeugnisse, eines für Jon, eines für Mom, Fernsehen zur Belohnung, aber nur auf Englisch (außer sonntags, wenn Vivek Uncle Golf spielte). Jivans Zunge machte sich langsam von der Vergangenheit frei. Nicht mehr verwendete Wörter sedimentierten schnell. Jivan wurde vierzehn, fünfzehn, sechzehn – und bemerkte es kaum, noch scherte er sich darum. Die alte Welt erkundete er in Filmsätzen – *hum aapke hain koun* – und in Songfetzen. Rupien wurden zu Dollars, die er in Dienstleistungsjobs verdiente – nicht aus Notwendigkeit, sondern weil Vivek Uncle es so wollte. Später ging Jon nur mit weißen Mädchen aus: eine Entscheidung, die sein Stiefvater guthieß.

Ma weigerte sich, wie die anderen braunen Moms in einem Immobilienmaklerbüro oder Besucherinfocenter zu arbeiten. Sie wollte auch keine Yoga- oder Bollywoodtanzlehrerin werden wie die weißen Moms. Sie arbeitete lieber als Rezeptionistin beim kommunalen Wasserwirtschaftsamt. Nach Vivek Uncles Tod (Herzinfarkt, zu viel Golf mit zu viel Piña-Colada-Schuss) wurde Ma zur Probenkollektorin befördert: Sie stieß ihre Geräte tief in den vorgesehenen Boden, um zu prüfen, ob er verunreinigt war. *Von schlechtem Wasser bekommt man Brustkrebs,* sagte sie.

Jon spürt immer noch ihre weichen, faltigen Hände in seinen Händen. Sie hatte stets perfekt manikürte, dunkelrote Fingernägel. Vor fünf Wochen stand er in der Chapel of Peace (einer Rumpelkammer neben dem Krematoriumsofen) und versuchte die einzige Zeile eines Gebets zu rezitieren, an die er sich erinnern konnte. *Om Bhur Bhuvah svaha.* Ein grünes Ausgangsschild mit einem zur Tür rennenden weißen Mann erhellte den Ort. Ganz allein wartete er auf die Urne in einfacher Ausstattung und brachte Ma dann nach Boston in ein Banksafe. Etwas anderes fiel ihm nicht ein.

Eine Woche später rief er Jeet an.

Gott sei Dank gab es Jeet, der Jons Briefe aus Amerika im ersten Jahr auf Mickey-Mouse-Prägepapier mit Mitteilungen auf Ranjits dickem Company-Briefpapier mit Company-Briefkopf beantwortete. Als dann das Internet kam, schrieben sie sich E-Mails, manchmal auch SMS und kommunizierten dann über Viber. In seinem letzten Jahr auf dem College fingen sie an, WhatsApp zu verwenden, schrieben sich aber nur alle paar Monate. Ab und zu dachte Jon an Skypen, erwähnte es dann aber ebenso wenig wie Jeet.

Gargi schrieb ihm im ersten Jahr dreimal und im zweiten Jahr zweimal: *Kümmer Dich um Ma und vergiss uns nicht!,* schrieb sie. Radha schrieb nie. Einst waren ihm Radhas Launen, ihre großen Füße und ihr Aufstampfen, damit sie ihren Willen bekam, vertrauter als seine eigenen Marotten. Er brachte es nicht über sich, Jeet nach den Mädchen zu fragen.

Mit seinem Halbbruder hatte er bald nur noch an Geburtstagen Kontakt. Manchmal tauchte eine Liedzeile in einem Text auf, die ihm seine Kindheit in Erinnerung rief. Selfies von durchfeierten Nächten, abgeschickt, wenn der eine aufstand und der andere zu Bett ging. Wenn sie sich unterhielten, dann über Filme, Musik, Verabredungen, Börsenberichte und Jons Leben in Amerika.

Das jetzt vorbei ist. Ma ist im Safe, das Haus ist verkauft, und das Geld haben Hypothek und Gebühren verschlungen. Er ist hier wegen Jeet, der ihm versprochen hat, ihn nach Hause zu holen.

«Wozu hat man einen großen Bruder?», fragte Jeet. «Wie lange bleibst du?»

«Das muss ich sehen. Es kommt drauf an.»

«Gut», sagte Jeet. «Warte, bis ich dich anrufe. Ich muss erst mit Dad sprechen. Radha kann ihn sicher überzeugen. Dann hol ich dich am Indira Gandhi International ab, mit einer Blumengirlande, einer Schachtel Suji ke ladoo und einem ordentlichen Namaste. Du bekommst ein traditionelles VIP-Willkommen-zu-Hause.»

Jon isst keine indischen Süßigkeiten. Das sagte er Jeet aber nicht. Wenn es so weit war, würde er alles essen, was man ihm anbot, und es herunterschlucken.

In nur drei Wochen war Jon mit Amerika fertig. Iris erklärte er, dass er sie liebe, und ignorierte alles, was darauf hindeutete, dass sie mitkommen würde, wenn er sie darum bat. Iris, sein blauäugiges Mädchen mit dem Anwaltspapa und einer Mom, die nicht arbeiten ging, und gut genug abgesichert, um Vergleichende Literaturwissenschaft zu studieren. Die gelenkige Iris, die so gerne Caffè mocha mochte und ihn immer dazu bringen wollte, Orwell oder Baldwin oder Morrison oder Lahiri zu lesen, Namen, die sie um sich verstreute wie Vogelfutter im Park. Iris, die von *rassenspezifischen Prosastilen* sprach und von *postpoetischem Realismus*, während sie sich mit den Fingern durchs butterblonde Haar fuhr, und die glaubt, dass Jon bald zu ihr zurückkommt. (Das wird er nicht tun, hat er beschlossen, selbst wenn Indien nicht klappen sollte. Es geht nicht um ihre Haare oder um ihre kostbaren Korla-Pandit-Schallplatten [ein Geschenk ihrer Mutter], oder darum, dass sie die generische Nina Simone den *spezifischen* Rolling Stones vorzieht. Ist es wegen ihres Landes? Nein. Es ist, weil sie sich nichts aus Geld macht.)

Noch eine Woche verging. Jeet rief nicht an. Noch drei Tage. Jon hatte in Mas leerer Küche gestanden, barfuß, in Unterhose und Unterhemd, und auf die sich drehende Scheibe im Mikrowellenherd gestarrt, während er die letzte tiefgefrorene Mahlzeit warm machte, die Ma für ihn vorgekocht hatte, als sie ins Krankenhaus kam. Alle seine Leibgerichte, mit Großbuchstaben beschriftet. Er hatte vorgehabt, die KAALI DAAL direkt aus der Packung zu löffeln, den Black Label auszugraben und dann seinen Lebenslauf für Pierce & Pierce zu schreiben – er hatte gehört, dass sie im Fernen Osten Leute einstellten. Da klingelte sein Handy. Auslandsgespräch.

Es war Ranjit persönlich. Die unverkennbare, zigarrenrauchige Stimme seines Vaters fragte ohne lange Worte:

«Wer will Crorepati werden? Jivan Singh, jetzt bist du an der Reihe. Ticket ist gebucht. Wird Zeit, dass du heimkommst.»

Es war das erste Gespräch seit zehn Jahren. Mütter, lebendige oder tote, wurden nicht erwähnt.

Das Flugzeug geht in den Sinkflug, die Blenden werden nach oben geschoben. Mit dem Sonnenlicht, das die Kabine überflutet, stürzt ihm ganz Delhi entgegen. Die Stadt unter ihm fesselt ihn. Sein Mantra stimmt: Aus der Luft ist keine Erde zu sehen. Nur meilenweit Wellblechdächer, unfertige Backsteinbauten. Statt des Erdbodens eine Müllhalde, so weit das Auge reicht.

Er sieht sie durch, blickt hinein, stattet sie mit Leben aus, stellt sich all die Beine, Arme, Köpfe und Augen vor: ohne die geringste Ahnung zu haben, wie groß das Ganze ist, oder sich Gedanken darüber zu machen, wie wenig davon ihnen gehört. Zusammengequetscht atmen sie alle ein und aus und wieder ein. Leiber bedecken das Land, Kinder hocken im Matsch: bedürftig. Arbeiten, um zu überleben und dann, um reich zu werden. Kein einziges freies Fleckchen Erde.

Er kann Überführungen ausmachen, die wie Halsketten über die Stadt verstreut sind, kostbar geschmückt mit Reklametafeln, die eine Wiedergeburt in diesem Leben versprechen, samt der nötigen Mittel zu ihrer Erlangung, denn sie ereignet sich nicht von selbst. Es gibt Reklame für neue Autos, Handys, Milchderivate für starke Kinderknochen und

Eiweißpulver für Waschbrettbäuche; romanzengetränkte Reklame für die Hotels der Company, Reklame für neue Waschmittel und Waschmaschinen. Für Mehl, das Chapatis perfekt macht: Bilder von dicken, jungen Führungskräften und braven indischen Mädchen, die mit ihrem selbst gemachten Brot heißen ehelichen Sex versprechen.

Die Maschine fliegt jetzt langsam über weite Flächen weißer, mit Satellitenschüsseln gesprenkelter Flachdächer, Hunderte von Ohren, die alle auf seine Ankunft horchen. Die Braut auf dem Platz neben ihm schminkt sich die Lippen rosa, ihr Mund ist ein stummes O.

«Da wären wir wieder, humare apne Indien», sagt Nummer 5 lächelnd.

Meint er das ernst? Bingo, Mann. Dann korrigiert sich Jon und sagt *Yaar;* gleich wird er landen und sein Gerede ist eine bewährte Methode, Vertrauen zu gewinnen. Er denkt über Amerika nach, wo das Land König ist, wo alles funktioniert und alles getan wird, es zu verschönern oder den Ertrag zu steigern. In Amerika reden die Pandits über India Rising – das aufstrebende Indien –, so wie man früher davon gesprochen hat, dass die Russen kommen. Hier redet man über India Shining – das strahlende Indien. Kommen Sie nach Incredible India! Aufstreben, strahlen, wachen, schlafen. Er kennt die Gepflogenheiten wirklich. In Amerika konnte er als normaler Fernseh-Asiat eine Nebenrolle spielen: gute Schulen, Sinn für Humor und eine Ma-Fixierung. Hier wird man natürlich sein amerikanisches Lächeln bemerken, seinen Anzug mit Krawatte, erstklassig, reines Gold. In Wirklichkeit ist er Jivan Singh, der Halbbruder von Jeet Singh, Sohn von Ranjit Singh. Er kam auf indischer Erde zur Welt und hat die ganze Zeit darauf gewartet, zurückzukehren.

«Hari Om», murmelt die Nummer 5.

Das Flugzeug landet mit Wucht.

Ein nicht unterdrückbares Lächeln spaltet sein Gesicht. Jon hat das Gebäude verlassen. Höchste Zeit für Jivan, die Massen zu begrüßen.

Er geht mit den anderen Passagieren den Korridor entlang. Es ist zwölf Uhr mittags und über 38°C. Auf der Fluggastbrücke kann Jivan

Indien riechen: Treibstoff, Staub, die Luft zum Ersticken. Dieser Tag hat ihn erwartet wie seine Mutter, wenn sie ihn von der Grundschule abholen kam, mit ausgebreiteten Armen, mit denen sie sein Gesicht an ihre feuchte Brust drückte. Er will rufen: *Wo ist mein Milky-doodh?* (lässt es dann aber).

Er rechnet schon fast damit, dass Jeet die Sicherheitskontrolle passiert hat. Um hier zu sein, direkt am Flugzeug. Als sie noch Kinder waren, hatten bewaffnete Polizisten sie nachts immer bis hierher begleitet. Während sie auf die Landung des Jets warteten, spielten sie, ihre Company-Cola-Flaschen fest umklammert, mit ihren biegsamen Strohhalmen (Jivans war rot, Jeets gelb). Devraj und Ranjit tauchten dann mit ihren dunklen Sonnenbrillen auf, die sie sogar nachts trugen, die Aktenmappen an die Brust geschmiegt. Dann lief er immer den ganzen Weg über hinter Devraj, Ranjit und Jeet her, durch die Sicherheitskontrolle bis zur Ankunftshalle. Wo sich streichholzdünne Männer aneinanderlehnten und die weißen Mädchen und die reichen Söhne der Sahibs beäugten, als seien die Mädchen Markknochen und die Jungen Soße. Das Company-Gefolge schritt weiter durch die Halle und Blütenblätter tröpfelten von den Willkommensgirlanden auf den schmutzigen Boden wie leuchtend orange Tränen.

Kein Jeet. Jivan muss durch die Passkontrolle. Möglicherweise muss er die Gepäckträger und Kofferkuli-Leute allein abwimmeln. Wenn Jeet nicht da ist (aber er kommt natürlich noch), dann wechselt Jivan seine letzten Dollars in ein Bündel Rupien, geht nach draußen und sucht sich ein schwarz-gelbes Käfertaxi mit möglichst sauberen Sitzen. Und dann? Zum Mittagessen nach Nizamuddin, in das Haus.

Er hat den Flughafen noch nicht verlassen. Statt der alten, luftleeren Passkontrollenhalle mit den grau gesprenkelten Fliesen erstreckt sich dort jetzt für jedermann ein Boden, der in einen Maharajapalast gehört – jeder kann auf ihm laufen. Riesige Bronzeskulpturen hängen über jeder Kabine und segnen die Ankommenden, die dort durchgehen. Die Halle ist klimatisiert.

Nur die Fluglinien sind noch dieselben. Die Sklaven aus den Emiraten nehmen ihre Bündel hoch, Männer mittleren Alters mit Samsonite-Imitaten beäugen das junge Blut mit den Wochenendledertaschen; dann sind da die Juicy-Couture-Ehefrauen, alle in Anfassen-verboten-Velours und penibel frisiert. Und schließlich die Weißen, die versuchen, Abstand zu den Einheimischen zu wahren, ohne jemanden wegzudrängen, und dabei höflich in Panik geraten. Er gehört nicht zu ihnen. Er hat das Gefühl, selbst überprüft zu werden; er weiß nicht, ob man ihn dabei bewundert oder nicht. Ist sein Anzug daran schuld? Ist er übertrieben? Er zieht sein Jackett aus. Er lockert die Harvardkrawatte. In Amerika hätte er gern seine Haut ausgezogen, genau wie er Zwiebeln im Restaurant seines Stiefvaters geschält hatte, als er zum ersten Mal jobbte. Als Junge in Indien war er ein Außenseiter, weil er unehelich war, und manchmal kam es ihm vor, als könnten alle sein uneheliches Blut sehen.

Der Beamte an der Passkontrolle hat die ganze Brust voller Medaillen und tiefe Stirnfalten. Er wirkt erschöpft von seinem Einsatz, gelangweilt, weil er die Grenze vor Kleinkriminellen und Dieben schützen muss; er blättert alle leeren Seiten von Jons Pass durch, bis ein einsames indisches Touristenvisum auftaucht. Zum Bild, zum Visum, zum Bild.

«Main Jivan hoon», sagt Jon (lächelt der Passbeamte?). «Main bahut saal ke baad ghar aaya hoon.»

«Gut gemacht! Willkommen zurück, Foreign Return – aus der Fremde Heimgekehrter», sagt der Beamte. Er rollt das R, ‹Foe-reign*› und betont beide Silben gleich stark.

«Vielen Dank, Sir.»

Jivan hat seinen Stempel und kann die Ankunftshalle betreten. Dort verzweifachen und verdreifachen sich die Visionen: An den Wänden verspotten ihn Werbeplakate für HSBC, auf denen immer wieder derselbe stoppelbärtige Typ gezeigt wird, grinsend, mit erhobenen Händen. Erst in Jeans, dann im Anzug, dann wieder in Jeans, dann wieder im Anzug. *Führer* steht unter dem ersten Plakat, unter dem zweiten *Follower*. Führer/Follower/Führer/Follower: Können Sie den Unterschied zwischen beiden erkennen? Welcher bist du, Jivan? Alles hat aufgeholt, ist ohne ihn erwachsen geworden.

Er richtet den Blick auf einen Haufen Männer, die draußen stehen. Die sich keine Schuhe leisten können, geschweige denn richtige Anzüge. Sie haben die hohlen Hände an die Köpfe gelegt und versuchen, in die Halle zu blicken. Egal wie viel sich geändert hat, diese armen Kerle hängen dort immer noch rum. Er hat plötzlich das Verlangen, sich zu verbeugen.

Wo ist Jeet? Da sind Familien, die über Louis Vuittons aufeinanderzustürzen, Fahrer, die Schilder hochhalten, Leute in Stehcafés und an Verkaufsständen wie weltweit an allen großen Flughäfen. Kein Jeet. Nach-Hause-Kommen. Pah. Er will ausspucken (lässt es dann aber). Sein Blick folgt einem Arbeiter, der Dienstkleidung im Grau einer heruntergebrannten Zigarette trägt und eine Bodenpoliermaschine bedient. Er steht regungslos da und lässt die Bürste immer wieder über derselben Stelle kreisen, immer und immer wieder.

Vorwärts, Jivan!

Ein dünner roter Teppich führt ihn aus dem Flughafengebäude ins grelle Tageslicht.

Eine seltsame Sekunde lang fragt er sich, ob er in der richtigen Stadt gelandet ist. Die Menschenmenge ist nicht sehr dicht. Die hupenden, blökenden, schwarz-gelben Ambassadors, die er noch in Erinnerung hat, sind verschwunden und stattdessen wartet eine Reihe glänzender weißer Limousinen höflich auf Fahrgäste. Ein paar Leute stehen ruhig in kleinen Gruppen da. Und Jivan ist ein Nichts. Nichts als ein gut rasierter junger Mann, der als Kind gehänselt wurde, weil er so helle Haut hatte. Wie ein Mädchen, witzelte sein Vater immer. Dann schickte er ihn nach Amerika, wo seine blassen Wangen und dunklen Augen ihm halfen, sein Braunsein im College und auf der Uni durchzustehen, während er sämtliche Dienstleistungsjobs vom Türsteher bis zum technischen Kundenbetreuer verrichtete. Und jetzt, da er mit seinem amerikanischen Akzent und seiner gehorsam besorgten Flasche Black Label in der Duty-free-

Tüte wunschgemäß wieder da ist, wie soll er jetzt sprechen? Barun würde es wissen. Er geht einen Schritt, merkt, dass ihm der Schweiß an beiden Seiten unter dem Jackett hinabrinnt. Die Aufmerksamkeit der Menschenmenge hat nachgelassen, so als sei er nur Vorprogramm, als warteten alle ungeduldig auf das Hauptspektakel.

Dann ist es so weit. Hinter der Taxireihe, den Geländewagen und Taschen und Leibern schiebt ein waschblauer Bentley vorsichtig alles aus dem Weg. Er will so tun, als habe er ihn nicht gesehen – aber der Wagen ist unübersehbar. Auch die Passagiere in den Flugzeugen, die am Himmel über dem Flughafen kreisen, sehen ihn wahrscheinlich – trotz Smog.

Jeet, denkt er. *Was treibst du da?*

Jeder Junge kann sich einen schönen Anzug kaufen, eine Aktenmappe und ein Paar gute Schuhe. So jemand kann dann auch mit einem Taxi in ein Hotel in der Stadt fahren. Doch sehen Sie nur die funkelnde Schönheit dieses seltenen und erlesenen Wagens; wie er an den Bordstein heranfährt und neben diesem müde aussehenden Foreign Return hält! Sehen Sie, wie der Fahrer geschniegelt, als bügelte ihn seine Frau jeden Morgen, aus dem Wagen springt und beim Öffnen der Autotüren salutiert. Die zwei Passagiere auf dem Rücksitz steigen aus, der eine das Spiegelbild des anderen – schwarze Leinenanzüge mit Nehrukragen, versilbertes Haar, wie zwei Dominospielsteine. So kann man nur geboren werden, wenn frühere Leben es so wollen und Gott einen liebt. Und sehen Sie mal – der eine hat einen wunderschönen knochenbeschichteten Spazierstock dabei. Sehr stilvoll! Wirklich anbetungswürdig, man muss sich dies für sein nächstes Leben erbeten. Wer sind die beiden?

Es ist nicht Jeet, der herumalbert. Es ist sein Vater, Ranjit Singh, der Direktor des Devraj-Konzerns. Mit einem Mann, den Jivan über zwanzig Jahre nicht gesehen hat. Kritik Sahib, Vizepräsident, Interner Geheimer Nachrichtendienst und Forschung – Schattenwolf aus Kindertagen. Die rechte und die linke Hand holen Jivan direkt am Flugzeug ab. *Wo bleibt bloß Barun*, denkt Jivan, *wenn man ihn mal braucht? Und wo verdammt bleibt Jeet?*

«Herzlich willkommen, Jivan», sagt Ranjit.

Vor Amerika hatte Jivan eine Kathputli-Marionette gehabt, die ein bisschen wie Ranjit aussah. Gesicht aus Holz, ovale Augen, spöttisch gekräuseltes Lächeln. In Kinnnähe ein weißer aufgemalter Bart. Er konnte sie bewegen, indem er ihr einen Arm hochhob; er konnte sie auch nicken oder winken lassen. Wenn man sie schüttelte, blinzelte sie.

«Wah, Ranjitji, wah», sagt Kritik Sahib. «Welch einen Mann hast du da aus Amerika geholt!»

Kritik Sahib hat sich besser gehalten als Ranjit. Er ist größer, sein Brustkorb ist breiter, seine Arme sind dicker. Er ist mindestens eins fünfundsiebzig und Ranjit nur eins siebzig. Er ist muskulöser, und während Ranjit Farbkleckse trägt, hat Kritik Sahib immer ein ruhiges, zurückhaltendes Benehmen kultiviert, als höre er zu, ohne ein Urteil zu fällen, als nehme er jeden Ton wahr. Wenn man ihn so sah, hielt man ihn für jemanden, der ein bequemes Leben führte, seine Mitmenschen liebte und keinem etwas zuleide tat. Doch Jivan erinnert sich noch genau daran, dass Kritik Sahib etwas Stahlhartes um Mund und Augen hatte. Seltsam weiße Zähne. Immer wenn Ma Jivan oder auch Jeet, Gargi oder Radha verwarnte, drohte sie mit Kritik Sahib. Jetzt lächelt er. Und wartet, dass Jivan oder Ranjit den ersten Schritt tun.

Ranjit. Den Gehstock um die Finger gehakt, hat er die Arme in einem Winkel von genau fünfundvierzig Grad geöffnet. Etwas schmal für eine Umarmung.

«Jivan, Beta ... Komm, begrüß deinen Vater.»

Knie nieder. Er will, dass ich niederknie. All die neugierigen Blicke rings um Jivan werden zu einem einzigen wilden Starren. Die Hitze ist erbarmungslos. Er sieht nur noch verschwommen, seine Oberlippe wird zu Salzwasser; das kommt von den vielen Stunden im Flugzeug, ohne genügend zu essen. *Mein Gott. Ausgeschlossen.* Er ist Amerikaner, er war fünfzehn Jahre lang in Amerika. Ranjit hat ihn nie besucht. Oder zumindest geschrieben. Oder angerufen. Oder gemailt. Oder gesimst. Oder auch nur an ihn gedacht, von ihm gesprochen, von ihm geträumt.

Ranjit wartet auf dem Bordstein. Die Arme ausgestreckt, die Handteller nach oben gedreht.

Wir rühren uns nicht; nur die Erde dreht sich.

Jivan stellt seine Duty-free-Tüte ab. Der Fahrer sieht ihm durch die Wagenscheibe zu, und Kritik Sahib sagt:

«Ja, genau.»

Jivan bückt sich zur Erde, die so heiß ist wie die mörderische Sonne. Mit nach unten gerichtetem Handteller und ausgestreckten Fingern will er die Füße seines Vaters berühren.

«Aré nahin, beta, nahin», sagt Ranjit. Lachend umfasst er seine Schultern und richtet ihn auf. Komm her. Zum Wagen. Chalo.

Jivan setzt sich mit Ranjit nach hinten, Kritik Sahib nach vorne. Der Fahrer lässt den Motor aufheulen. Ohne in den Rückspiegel oder nach rechts und links zu sehen, fädelt er sich in den Verkehr ein. Die Gepäckträger und die Passagiere und alle Familien blicken ihnen nach und widmen sich dann wieder ihren eigenen Angelegenheiten. Im Flughafen poliert der Putzmann weiter den Boden. *Die Show ist vorbei*, denkt er. Er will ausspucken (lässt es aber). *Zeit, sich wieder an die Arbeit zu machen.*

Wie der Bentley lief: die Stille bewahrend. Als sei Jivan wieder im Krematorium und sähe den Sarg noch einmal zum Verbrennungsofen gleiten. Er hat einen kurzen, brutalen Kampf mit dem Kloß in seinem Hals auszufechten. Von der kalten Luft muss er schniefen. *Nur Mädchen werden krank.* Das waren Ranjits letzte Worte, als er ihn winkend nach Amerika schickte. Jivan schnieft nochmals. Sein Vater und Kritik Sahib sehen ihn nicht an.

Die Straßengeräusche sind gedämpft, die Autofensterscheiben samt Rahmen und allem sind sepiafarben. Szenen aus dem früheren Indien spulen sich vor ihm ab, ein Trost nach dem Flughafen und genau das, was er sehen will. Ein *Sabziwalla* schlurft die Gasse entlang, den Karren mit verschrumpeltem Wurzelgemüse beladen, das vor Jahrhunderten ausgegraben worden ist, und ganze Familien stapeln sich auf Mopeds, an denen acht Beine herunterhängen. Frauen gehen barfuß auf kaputten

Gehwegen und balancieren Backsteine und Bündel. Halb nackte Kinder säubern sich die Zähne mit schmutzigen Fingern und grinsen sich dabei an, die Haare wie Helme von Wahnwitzigen um die Köpfe gewickelt. All dies wie aus ganz weiter Ferne, untermalt von Mercedeswagen und Geländelimousinen, Toyota, Honda, alle Großen. Jivan sieht all diese strahlenden Biester als Traumbilder aus einer durchaus realistischen Zukunft; gleichzeitig hätte er am liebsten gerufen: *Standbild*! Er denkt: *Wie lange läuft die Party schon? Warum habt ihr mich nicht eingeladen?* Es gibt sogar neue Busse mit Türen, die vollständig schließen. Doch auf den Lastwagen steht immer noch in verblichenen Gelb- und Rosatönen *Horn Please! – Bitte hupen!*, und alle fahren immer noch, als seien Augen im Kopf völlig überflüssig. Immer noch stehen ein paar weiße Kühe stumm wie Tempelgemälde vor roten Mauern – das zumindest ist gleich geblieben.

Das grelle Licht im Juli und August, Monate, die so glühend heiß sind, dass jede Erinnerung an den Monsun verlischt: Dass er einst kam, jetzt im Kommen ist und zukünftig wiederkommt, ist vergessen; in Sommern wie diesem warteten Jeet und er tagelang von morgens bis abends und steigerten sich dabei in eine Erregung hinein, die den Himmel aufbrach. Das Entzücken, wenn endlich die ersten dicken Tropfen fielen; die schmerzliche Freude, wenn sie ‹Sinken oder Schwimmen› spielten und Papierboote um die Wette schwimmen ließen, während der Regen den Horizont verschluckte und die Erde in ein Meer aus Matsch verwandelte. Einmal war Ranjit sogar Schiedsrichter – und ausgerechnet bei diesem Spiel schlug sein Boot zum ersten Mal das von Jeet. Die Erinnerung ergießt sich über ihn wie das Wasser aus dem als Dusche dienenden Zu-heiß-zu-kalt-Eimer-mit-Schöpfer, den er seitdem nicht mehr benutzt hat. Beinah hätte er gesagt *Papaji, weißt du noch*, beißt sich aber auf die Zunge und atmet in der kalten klimatisierten Wagenluft tief durch.

Zwar rennen immer noch klapperdürre Hunde auf den Seitenstreifen entlang, doch finden sich überall Zeichen dafür, dass die Zukunft ohne ihn stattfindet. Apple, Nokia; sogar eine U-Bahn, die sich wie ein riesiges Spinnennetz hoch über die Stadt spinnt. Der Wagen verfängt sich darin, fährt darunter hindurch und daran entlang; er ist nicht überrascht, dass D. C., das Logo der Company, auf dem Beton prangt, der am Himmel kratzt.

Er lässt den Kopf herunterhängen und nimmt Kritik Sahibs Nacken in Augenschein.

«Na, beta ghar aa gaaya! Das ist dein Sohn.»

Kritik Sahib dreht sich um und streckt den Arm nach hinten. Er hat polierte Nägel. Seine Fingerknöchel und Altersflecken sind wie edles antikes Holz, wie das in den Büros der Harvarddozenten, auf dem man bei Einladungen nicht aus Versehen sein Glas abstellen darf.

Kritik Sahib lächelt, schlägt ein-, zweimal auf Jivans Knie.

«Er ist sicher ein guter Junge, Ranjit. Genau wie sein Vater.»

«Aré nahin», sagt Ranjit. «Du bist zu nett, Kritik Sahib. Aber neun, zehn Jahre war er nicht da, das ist lang, oder? Seine Mutter wollte ihn bei sich haben, was blieb mir da anderes übrig?»

Es sind fünfzehn Jahre. Jivan sagt nichts und schaut aus dem Fenster. Eine junge Frau auf einem Moped überholt sie. Ihre hautengen Jeans hat sie in blassblaue Schlangenleder-Cowboystiefel gestopft. Ihre Haare quellen unter ihrem Helm hervor. Ma hätte chi-chi dazu gesagt. Oder etwa nicht?

«Kritik Sahib, erinnerst du dich noch an seine Ma?», sagt Ranjit. «Sie war eine Schönheit. Der tief empfundene Irrtum eines jungen Mannes. Aber in Wirklichkeit bin ich verführt worden. Es waren meine ersten Jahre mit Devraj, und ich war nichts als ein ungehobelter Junge aus Amritsar. Diese alten Künstlerfamilien hatten unglaubliche Eleganz. Wer konnte da widerstehen? In unserer Jugend sind wir Toren der Liebe. Aré, wer kann einem Mann Vorwürfe machen, weil er sich von einer Veshya bezirzen lässt, die sich wie eine Prinzessin präsentiert? Und ihre Stimme! Was für ein seltener, schöner Vogel. Ein Bulbul-e-Punjab.»

Dann Pause.

Kritik Sahib nimmt seine Hand von Jivans Knie, zieht auch seinen Arm zurück und wischt sich die Hand sorgfältig am Hosenbein ab.

«Nun ja», sagt er lächelnd, und zeigt dabei seine Zähne, die immer noch sehr weiß sind und genauso gepflegt wie seine Nägel. «Egal. Das Leben hat dir einen prächtigen Sohn beschert, wen kümmert es da, in welchem Glas er gemixt wurde? Nicht die Schwelgereien, denen sich die Mutter eines Mannes letzte Nacht hingegeben hat, machen den Mann, sondern das, was dem Namen seines Vaters zur Ehre gereicht! Aré, flöß unserem Foreign Return keine falschen Vorstellungen ein. Schließlich haben wir jetzt das Neue Indien.»

«Da hast du natürlich recht», sagt Ranjit.

Die beiden nicken sich zu: Marionetten, die einander an den Fäden führen und ihre Beziehungen spielen lassen. Dann sagt Ranjit:

«Jivan, hast du Kritik Sahib auch ordentlich begrüßt? Erinnerst du dich noch an ihn?»

Er erinnert sich, dass man ihm, als er klein war, gesagt hatte, er solle Kritik Sahib aus dem Weg gehen. *Devrajs Schatten. Ärgere ihn nicht. Sei immer respektvoll.* Selbst Ma nahm sich vor Kritik Sahib in Acht. *Steig aus, halt eine Autorikscha an. Nichts wie phata-phat zurück nach Boston,* denkt Jivan. Dann fällt es ihm wieder ein: Er hat keine Rupien.

«Ja, schon, Papaji.»

Tut mir leid, Ma. Tut mir wirklich leid, denkt er. *Ich hab mir geschworen, ihn nie ‹Papaji› zu nennen. Da bin ich nun, und du bist nicht mehr da.*

Ranjit runzelt die Stirn.

«Kritik Sahib ist ein sehr wichtiger Mann. Du solltest ihn lieben wie einen Vater. Wenn du seinen Erwartungen entsprichst, kann er dich vielleicht im Ressort ‹Interner Geheimer Nachrichtendienst zu Sicherheitszwecken› unterbringen – kurz ‹Security-Intelligence›.»

«Ja, warum eigentlich nicht?» Kritik Sahibs Stimme klingt warmherzig. «Einen Job für einen Berufsanfänger, dann sehen wir, wie du dich anstellst. Schließlich haben wir eine Menge Zeit, uns kennenzulernen. Interessiert dich das? Natürlich. Ranjits Sohn ist absolut willkommen. Für Jungs mit Initiative hat die Company Security Intelligence immer Platz. Und Initiative hast du doch, oder? Sonst wärst du nicht hier.»

«Danke, Kritik Sahib. Das wäre toll. Aber – brauch ich da nicht ein anderes Visum? Eine Genehmigung?»

«Sehr rechtschaffen», sagt Kritik Sahib. «So gefällst du mir. Mach dir keine Sorgen, Jivan, alles zu seiner Zeit.»

«Verwöhn ihn nicht, lieber Freund», sagt Ranjit. «Er muss es sich verdienen. Wir sollten ihn in den Norden schicken, damit er die Company richtig kennenlernt und das Gelände* sieht. Yeh Foreign Return kuch nahin janta hai.»

Die beiden Männer lachen synchron auf.

Jivan wacht auf, ohne zu wissen, wie viel Zeit vergangen ist. Der Wagen schlängelt sich um eine hohe, rote Backsteinmauer herum; dahinter sieht er Baumwipfel und einen kunstvoll verzierten Turm aus ähnlichen rostbraunen Backsteinen. Sie werden langsamer, weil ein Touristenbus eine Ladung unförmiger, weißer Damen in Scholl-Sandalen und Blumenröcken auslädt. Er sieht sie durch einen Torbogen gehen, auf dem *UNESCO Weltkulturerbestätte* steht.

«Wo sind wir?», will er fragen.

Sein Mund ist so trocken, dass er die Lippen nicht bewegen kann. Er sieht die Straße breiter werden und die Schatten spendenden, staubalten Bäume zahlreicher. Der Verkehr lässt nach, es gibt kaum noch Häuser – sie sind gar nicht in Süd-Delhi.

«Chalo», sagt Kritik, «wir sind da.»

Sie biegen von der Autobahn ab. Streifen ein Wirrwarr aus Hütten, die am Straßenrand stehen, und tauchen hinein. In ein Labyrinth hoher, weißer Mauern. Keine Graffiti, keine Flugreklame: nur schimmerndes Weiß, selbst durch die getönten Wagenscheiben. Die Straße wird zu einem Weg voller Schlaglöcher; der Bentley rumpelt dahin wie bei einer großartigen Prozession. Dann und wann ein kurzer Blick durch ein Tor: gepflegter Rasen. Das Gefühl, dass sich dahinter Paläste verbergen. *Gab es, als ich wegging, so viele Mauern?* Jivan konnte damals gerade eben aus dem Fenster sehen: Bis zum fünfzehnten Lebensjahr war er klein, und erst, als er zwei Jahre lang Dairy Pure getrunken hatte, fing er an zu wachsen. Jetzt weiß er, wohin sie fahren: zur Farm.

Als er Devraj, die Company, die Mädchen googelte, fand er nie ein

Foto der Farm. Er richtet den Blick nach vorne. Sie schieben sich um einen Krater herum und gelangen zu einer Reihe kunstvoll geschnitzter Holztore. Löwen und Tiger und Bären. Ein dunkelhäutiger Mann in weißgoldener Uniform stellt sein Gewehr ab und winkt den Wagen salutierend durch. Jetzt öffnet er sein Fenster. Statt Sepia eine lange Einstellung herzerquickender Farbenpracht: Es ist ein strahlend blauer Tag, frisch und wie geschaffen für Werbefilmer. Eingesunkene Palmen umrahmen die blasse Backsteinauffahrt wie Riesenananas, Zitronen- und Orangensorbetkugeln aus Tagetes umsäumen den Platz, eine Girlande für einen lange erwarteten Bräutigam. In jeder Ecke des Rasens stehen zuckergussartige Riesengänseblümchen. Mit leicht geöffnetem Mund hält er das Gesicht in die Luft, um festzustellen, ob sie auch süß schmeckt, nicht nur süß riecht. Eine grüne Kletterpflanze windet sich an der nächsten Palme empor, mit weißen Blumen, die wie winzige Sterne über den ganzen Stamm verstreut sind. Er atmet ein.

«Chameli. Für dich Jasmin», sagt Kritik Sahib. «Der Erkennungsduft der Company. Den verkaufen wir nur in unseren exklusivsten Boutiquen. Der Jahresumsatz beträgt fast hundert Lakhs. Nicht schlecht für ein Parfum, das aus einer wild wachsenden Kletterpflanze gewonnen wird.»

Der Ort war einmal ein wildes Königreich gewesen, in dem Radha und Jivan nach Schätzen gruben, Jäger und Chiru spielten, oder was sie sonst so spielen wollte.

Gargi und Jeet ließen sie bei ihren Erkundungen mitmachen, während die Schweine gewaltsam vertrieben wurden, man für die Grundsteinlegungen Felder umgrub und trockenlegte. Die Bauherren stellten Bambusgerüste auf, und kletterten auf ihnen herum: Er erinnert sich daran, wie die lange halbrunde Säulenfassade gebaut wurde. Am Ende der Auffahrt ist das Haus vollständig zu sehen: ein großzügiger, eleganter Bau, der das Licht einsaugt und es dann über die Rasenflächen strömen lässt.

Er steigt aus. Nach dem Gestank im Flugzeug, dem Staub am Flughafen, den gnadenlosen Straßen umflutet ihn nun eine sanfte Brise.

Limettengrüne Papageien wischen über ihm hinweg, er will auf sie zeigen (lässt es aber) und sagen *Seht mal! Ein Papagei!* Sogar ein feister Pfau kommt pickend über den Rasen, um ihn zu beäugen: Er legt den Kopf schief und mustert ihn: *Jivan Beta! Bist du aber groß geworden. Wie geht's deiner Ma? Warum hast du sie nicht mitgebracht?*

«Mach dir keine Sorgen, das wird schon», sagt Kritik Sahib. «Akklimatisieren toh karna hai. Stell deine Uhr um. Auf indische Zeit.»

«Das hab ich schon», sagt er. «Ich bin bereit.»

Kritik Sahib wirkt nicht überrascht. Er faltet die Hände unter dem Kinn und erteilt seine erste Lektion: Warum das Haus als ‹Farm› bezeichnet wird. Jivan hat tatsächlich nicht gewusst, dass die Grundstücksverträge nur unter der Bedingung verkauft werden, dass achtzig Prozent davon für den Anbau von Feldfrüchten genutzt werden. Was wird hier produziert? Kritik Sahib sagt, er solle mal raten, und fügt dann hinzu:

«Niedere Materie zu Gold. Wir drucken Geld für das ganze Land, da können uns die Regierungswallas von der Bürde entbinden, Sabziwallas zu sein. *The Farm*. Englische Wörter, indische Bedeutung – ein Bastardwort, was, Jivan?»

Kritik Sahib lacht. Damit endet die erste Lektion.

«Oh, zieh ihn nicht zu sehr auf», sagt Ranjit. «Nicht nur Dollarscheine sind grün. Grün ist auch die Farbe der Leichtgläubigkeit. Aber sag danke zu Kritik Sahib, für die Zeit, die er dir widmet, und für sein Verständnis.»

«Vielen Dank, Sir», sagt Jivan. Er streckt sich. Tut beide mit einem Achselzucken ab. Kritik Sahib und Ranjit. Er will hinters Haus rennen und die Straßenwelpen wiederfinden, mit denen er immer Fangen spielte: Welpen mit wilden, zutraulichen Augen, hektisch wedelnden Schwänzen und Körpern, die sich heftig wanden; wenn man sie packte, zitterten sie und bissen um sich. Und selbst im zarten Alter von zwölf spürte er eine wirre Sehnsucht – Liebe mit Schmerz gemischt – und wusste, als er sie im Arm hielt, dass es sich ungefähr so anfühlen musste, wenn man eines Tages ein eigenes Kind hatte. Warum bevorzugte Ranjit Jeet, wo er doch Jivan hatte? Bei diesem Gedanken zog er sich Schuhe und Jacke aus und wälzte sich mit den Hündchen im Matsch und jagte Gargi und Jeet hinterher, mit schmutzigen Händen und schmutzigem Gesicht. Fast rechnet er damit, dass sie da sind: die kleinen Hunde und die Kinder, die ermahnt worden waren, sich die Kleider nicht schmutzig zu machen, und die nicht gehorchen konnten.

Er hört auf, sich zu strecken. Der Schmerz, den das Reisen verursacht hat, setzt sich wieder in seinen Knochen fest. Die Straßenhunde sind nicht mehr da; stattdessen salutiert ein weiterer dunkelhäutiger Türhüter in weißer Livree. Ranjit drückt ihm die Hand sacht auf den Rücken, die einzige Berührung, die er je gewährt: um seinen Sohn vorwärtszuschieben oder ihn zurückzuhalten. Jivan merkt, wie sein Erwachsensein verdampft. Wie soll er sich anpassen? Erst einmal wird er Ranjit den Black Label aus dem nicht sonderlich zollfreien Duty-free-Shop offerieren.

Der Innenhof ist so hässlich, dass Jivan fast losprustet. In jeder Ecke reich verzierte Tische, und an den Wänden hängen Teppiche und goldgerahmte Bilder; der Fußboden ist kreisrund und mit Karofliesen ausgelegt, ein endloses Spiel aus Quadraten, die sich irgendwie biegen: Ihm wird wieder schwindelig und er versucht, Halt zu finden, indem er den Arm nach einer Sockelplatte ausstreckt, auf der eine Vase mit lachenden, rosa Lilien steht. Sie duften nicht. Er blickt nach oben. Ein mit Perlen und Diamanten behängter Kronleuchter schwebt an einem bestialischen Haken über seinem Kopf. Ein Mann in zerrissenem Hemd und abgeschnittenen Hosen liegt mit gespreizten Beinen draußen über der Kuppel, *Shit, ob er tot ist?* Nein, er hat einen Lumpen in der Hand und poliert die Scheiben. Es sieht aus, als winkte er. Jivan hätte beinah die Hand gehoben und zurückgewinkt. Es ist erst kurz nach zwölf Uhr. Der Typ muss ganz schön brutzeln da draußen. Jivans Magen knurrt.

Er klammert sich an die Außenwelt, an die Sonne auf dem Rasen, den leichten Wind, den Jasmin. Er fühlt sich wieder, als braue sich etwas um ihn zusammen, als hätte das Haus die ganze Zeit auf ihn gewartet – genau wie Gargi und Radha – und wie Jeet, sein großer Bruder. Sie müssen hier irgendwo sein. Und Verstecken spielen. Möglicherweise wollte Ranjit zum Flughafen kommen und hat Jeet gebeten, hier auf ihn zu warten. Möglicherweise versammeln sie sich alle zu einem Willkommenslunch um den Tisch. Der opulente, nussige Duft von Daal und Ghee vermengt mit Gewürzen steigt ihm in die Nase, von Fleisch, das in einem echten Tandoorofen gebraten wird. *Gott sei Dank.* Er schüttelt die Hand seines Vaters von seinem Rücken ab.

«Komm mit, Jivan. Willst du das Haus sehen?» Kritik Sahib schlägt ihm auf die Schulter.

«Ja. Geh mit Kritik Sahib, Jivan», sagt Ranjit. Er schnippt mit dem Handgelenk, als wollte er Fliegen vor seinem Gesicht verscheuchen.

Jivan setzt seine Sonnenbrille auf (eine klassische Ray-Ban). Er lässt Ranjit stehen und folgt Kritik Sahib um die Beete mit Lilien, die sehr weiß und sehr spitz sind, klassische Trauerblumen. *Konzentrier dich. Aufs Positive. Denk an was Schönes. Nicht schlecht, Jon: ein Jobangebot und eine Privatführung bereits drei Stunden nach der Landung.* Sie gehen durch die Verandatür in den Garten, der sich vor dem gesamten Haus erstreckt. Die Sonne brennt erbarmungslos vom Himmel. Sein Anzug hängt schlaff an ihm herab. Hinter Kritik Sahibs Rücken zieht er sich die Krawatte aus und stopft sie in die Hosentasche. Bevor die Mädchen da sind, will er duschen und sich umziehen. Dann fällt ihm an der Seite des Hauses ein Innenhof auf, auf dem Arbeiter über eine Tribüne kriechen und ein kindliches Transparent anbringen oder herunternehmen, auf dem in roten Buchstaben ‹Willkommen zu Hause› steht. *Ja,* denkt er. *Da ist es ja!*

«Das ist für Sita», sagt Kritik Sahib. «Weißt du, sie ist gerade von ihrem Wirtschaftsstudium in Cambridge aus England zurückgekommen. Sie hat am Trinity College studiert, genau wie Pandit Nehruji und unser Professor Amartya Sen.»

Stimmt. Sita. Redet irgendjemand noch so über ihn, jetzt, wo Ma nicht mehr da ist? Sagt irgendwer *Jivan Singh, Harvardabsolvent und Selfmademan, ist heimgekehrt?* Wo zum Teufel ist Jeet?

«Weißt du, wer Professor Sen ist, Beta?», fragt Kritik Sahib.

«Ich hab in Harvard studiert, Kritik Sahib. Business School. Ich war dabei, als er einen Vortrag über Wohlfahrtsökonomie hielt, mitten in der Finanzkrise. Er hat einen Beifallssturm ausgelöst. Ungefähr zehn Jahre davor hat er den Nobelpreis bekommen.»

«Nobel toh achcha hai, doch was er über Indien schreibt, ist irgendwie … wie soll ich sagen … ohne *Liebe* zu unserem Land», sagt Kritik Sahib. «Kritik ist ja schön und gut, aber man muss auch anerkennen, dass wir einiges zum Fortschritt beigetragen haben, oder?»

«Hm, ja natürlich. Das hab ich damals auch gedacht.»

Keine Antwort. Als sie den Garten durchqueren, glitzert es blau durch die Lücke in der gepflegten, hohen Hecke. Der Swimmingpool. Er kämpft gegen das Verlangen, loszurennen, sich nackt auszuziehen, vom Beckenrand ins Wasser zu kippen, auf den Grund zu sinken und sich dann an die Oberfläche tragen zu lassen, dahinzutreiben und Toter Mann zu spielen.

Sie kommen an eine Einfriedung, in der rosa und rote Rosen schamlos in die Sonne starren. Kein einziges Blütenblatt ist ins Gras gefallen; auch hier duften die Blumen nicht. Er sieht Arbeiter in steifen, weißen Anzügen und roten Baumwollturbanen, die die Hecken stutzen, obwohl bereits jedes Blatt in Habtachtstellung dasteht. Weitere Männer hocken auf dem Weg: Einen Moment lang glaubt er, sie würden kacken, auf indische Art.

«Der Anblick dieser Typen fesselt Ausländer immer», sagt Kritik Sahib. «Sie tun nichts anderes, als Unkraut zwischen den Steinen zu jäten. Manche Arbeiten muss man per Hand verrichten, oder?»

«Bis wohin geht das Grundstück denn, Kritik Sahib?»

«Wenn du eine Führung möchtest, dann kann ich das für später arrangieren. Oder Gargi übernimmt das, dann kannst du sie alles fragen, okay?»

«Ist sie denn da? Ich meine, glaubst du, sie würde das tun?»

«Natürlich! Ich erteile dir jetzt Lektion Nummer zwei. Mehr brauchst du nicht. Unsere indischen Frauen sind weltweit einzigartig.

Wie schöne Phools blühen sie im Beet am besten, wenn man sich gut um sie kümmert. Sie haben einen starken Willen, jedoch nur bei drei Dingen. Erstens: in der häuslichen Politik. Soll heißen, wer sagt wann was und zu wem. Zweitens: im häuslichen Wirtschaften. Soll heißen, der Ehemann verdient das Geld, von dem sie etwas zur Seite legt und den Rest weise ausgibt. Drittens: in der häuslichen Ernährung. Soll heißen, beim Essen, das die Familie ernährt und das vorzugsweise zu Hause gekocht wird, außer an Sonntagen. Dann geht sie lieber aus, in Restaurants, die gerade den neuesten Mode-Khaana servieren. Momentan sind es Royal China Dim Sum und Pekingente, laut unserer weisen Radha Beta. Im Jahr 2012 giert Indien nur nach Chinesischem. Und als Gegenleistung? Muss man ihr mit Qualitätsdiamanten huldigen. Solitäre – mindestens zwei an der Zahl. Und schlussendlich: Ganz gleich, was sie sagen, und das ist das Allerwichtigste, also pass gut auf: Sag ihr einfach, was du willst, und sie wird nie Nein sagen. Zumindest dir nicht ins Gesicht. (Kritik Sahib grinst.) Von diesen natürlichen weiblichen Überlebensstrategien könnten wir uns alle eine Scheibe abschneiden. Komm mit. Wir sind fast da.»

Jivan versucht sich vorzustellen, wie Gargi Diamanten trägt, Dim Sum isst und *Nein* sagt, wenn sie *Ja* meint oder umgekehrt. Es gelingt ihm nicht. Für ihn ist sie immer noch zwölf Jahre alt, Bapuji Pfadfinderin im Rollkragenpulli und langem Faltenrock oder im Salwaar Kameez, der Schuluniform mit Schottenkaro. Das Haar trägt sie immer in zwei dicken Zöpfen, die um ihre Ohren zu Schnecken gebunden und mit Schleifen versehen sind. Aber vielleicht hat er das auch in einem Film gesehen. Sie rührte kein Fleisch an, weil sie sicher war, dass Tiere Schmerz empfinden. Sie wollte kein Wasser trinken, weil sie meinte, es sei zu kostbar; sie zog in ihrem Zimmer Kakteen, einen ganzen stacheligen Planeten voller Kakteen – und sagte, sie könne von ihnen lernen. Weshalb sie sich damals erlaubten, über sie zu lachen.

Sie überqueren einen Innenhof, der mit Kreisen aus orangefarbenem, weißem und grünem Mosaik ausgelegt ist; in der Mitte ist eine riesige Sonnenuhr in den Boden eingelassen. Zwölf fünfzehn, zwei zwanzig, fünf vierzig, neun dreißig: Die Ziffernschatten jagen einander, man kann die Zeit unmöglich ablesen. Er geht hinter Kritik Sahib durch einen Torbogen, um den sich üppige, dornige Kletterpflanzen mit spitzigen, rosa Blüten ranken, und dann sind sie auf der nächsten Lichtung, auf der wildes Gras wächst: ein Mini-Präriegrenzland, durch das sich leichte Linien ziehen, wo andere vor ihnen gegangen sind. Sie bahnen sich einen Weg zum anderen Ende, wo sie ein müde wirkender Bungalow mit billiger Fliegengittertür versunken dahockend erwartet.

«Mir nach», sagt Kritik Sahib.

Im Inneren des Hauses muss er warten, bis sich seine Augen an die Dunkelheit gewöhnt haben. Er hat das Gefühl, wieder am Flughafen zu sein und vom Sicherheitspersonal abgetastet zu werden, und hinterher das dunkle Empfinden, als hätte man ihn bestohlen, obwohl nichts fehlt. Sita bekommt ein Transparent mit allem Drum und Dran. Er nur das. Nach der langen Reise Ranjits Auftritt, die Neuheit der alten Orte; ihm schnürt sich der Hals zu, er kann nicht mehr sprechen. Er steht in einer nahezu perfekten Rekonstruktion seiner Nizamuddin-Wohnung. Will man ihn hier unterbringen?

Nostalgie ist eine Krankheit, die er von Ma hat. Früher wartete er in genau solch einem Zimmer darauf, dass Jeet aus der Schule heimkam. Dann lief er über den Hof und sie spielten Ranjit: zogen seine Kleider an und bedrohten sich gegenseitig mit Bambusstöcken, die sie gefunden und eigens dafür aufgehoben hatten. In genau solch einem Zimmer besuchte Ranjit Ma mindestens einmal pro Woche. Dann band sie sich ihre schweren, goldenen Ghunguroo um die Knöchel und sang und tanzte. Er versteckte sich dann immer im Schlafzimmer, in dem sie beide schliefen (außer wenn Ranjit da war), und hielt den Takt, indem er mit der Faust auf seinen Handteller schlug.

An den Wänden blättert die senfgelbe Farbe ab und ein Deckenventilator dreht sich höhnisch über seinem Kopf. Da sind die alten Holzsessel mit dem Korbgeflecht: winzige, rautenförmige Gucklöcher breiten sich über die Sitzflächen aus. Da ist der Schrank: aus falschem

Nussbaumholz, mit gesprungenem Furnier. Der zarte Zitronenduft des Anti-Machar-Mittels: Jemand hat eine Moskitoräucherspirale und ein zu Asche verbrennendes Räucherstäbchen auf einem Zinnteller hinterlassen, neben einer winzigen Bronzefigur des Elefantengottes Ganesh. Der Teller steht auf einem grauen Aktenschrank aus Metall, über dem ein verblichenes Blockdrucklaken hängt, genau wie die Laken, unter denen er immer schlief, bevor er aus Indien fortging. Die kleinen Fenster sind mit Fliegendraht versehen, an der Wand hängt ein kaputtes Klimagerät. In einer Ecke dann der letzte Schliff: ein lackierter Servierwagen, auf dem ein paar staubige, halb leere Ausländer stehen: Gordon's Gin und Jack Daniels, ein Eisbehälter und zwei schwere Trinkgläser. Ma hielt diese Drinks immer für Ranjit bereit.

Eine Variante dieses Zimmers findet sich überall in Indien in jedem gewöhnlichen Zuhause, in jedem Büro, in jeder Schule. Einmal sah er eine perfekte Nachbildung davon in einer New Yorker Galerie. Braune Männer mittleren Alters standen in weißen Hemden mit Kragen in dreifacher Reihe und starrten es an. Die Maske der Integration – ausdrucksloser Blick, neutrales Lächeln – war ihnen vom Gesicht gefallen. Ihre Münder standen offen; ihre Kinnladen zitterten. Sie umklammerten ihre in Saris gekleideten Frauen als Schutzschilde gegen die Fata Morgana und taten, als perle das Ganze an ihnen ab, indem sie flüsterten *Hain, das soll Kunst sein?*

Kritik Sahib beobachtet ihn. Er hält ihm eine rosa gestreifte Kuchenschachtel mit welliger, roter Schrift hin: *Company Delhi Feinkost und Backwaren.*

«Croissants», sagt er. «Der Feinkostladen macht sie richtig gut. Willst du eins?»

«Was ist das hier denn, Uncleji?» Jivan verschluckt sich fast an dieser Anrede, kann aber nichts dagegen tun: Schuld sind das Zimmer, sein Jetlag und die verdammten Croissants. Es wäre der richtige Moment gewesen, sein schlaffes Jackett und sein feuchtes Hemd auszuziehen: sich hinzusetzen und Ma alles über seinen seltsamen Tag zu erzählen.

Kritik Sahib lächelt süffisant, stellt die Kuchenschachtel ab, geht zum Servierwagen und gießt in jedes Glas drei Fingerbreit Whisky. Er trinkt einen Schluck und hält ihm das andere Glas hin.

«Mittags-Cooler gefällig?»

Der Schweiß rinnt ihm am Hals hinunter und sein Magen verschlingt sich fast selbst. Whisky, findet er, würde ihn umbringen. Kritik hat die Augen auf ihn gerichtet. Er geht nach vorne und nimmt das Glas entgegen.

«Das ist mein Büro. Wie gefällt es dir?»

Er blickt sich nochmals um. An der Wand hängt sogar ein Bild von Sai Baba, mit auf weise gemalten Augen, grellorangefarbenem Gewand und rotem Punkt auf der faltigen Stirn.

«Hier steht gar kein Schreibtisch», bringt er heraus.

«Und weiter?», sagt Kritik Sahib lächelnd.

«Es gibt auch kein Telefon, kein Fax und keinen Computer. Und es sieht nicht sehr sicher aus.»

Kritik Sahib lacht.

«Stimmt genau, Beta, ich hab gewusst, dass du schlau bist. Mach dir keine Sorgen. Wir sind nicht so rückständig, wie es den Anschein hat. Komm mit.»

Hinter ihm befindet sich eine alte Tür, die er jetzt aufmacht.

«Nach dir.» Er deutet ins Treppenhaus hinab.

Als sie die Treppe hinuntergehen, spürt Jivan Kritik Sahibs Atem im Haar und seinen Bauch im Rücken; er versucht, nicht umzukehren und wieder ins Sonnenlicht zurückzukrabbeln. Sie kommen an eine weitere Tür, die dicker und aus Metall ist. Kritik Sahib gibt einen Code ein.

Das Zimmer ist sehr viel größer als die Zelle im oberen Stockwerk. Kühle Luft, Neonlicht. Der Plastikgeruch eines ganz gewöhnlichen Büros. Apple-Logos strahlen ihm entgegen wie verbotene Früchte, die auf circa acht Schreibtischinseln verteilt sind. Über jedem hängt ein Schild mit dem Namen einer indischen Stadt. *Hyderabad,* liest Jivan. *Mangalore.* An den Wänden ringsum hängen gerahmte Landkarten von den Company-Holdings, Bilder von den Company-Hotels, Fotos von Verkaufsräumen der Company-Seide und der Company-Wollschultertücher. Ein halbes Dutzend junger Männer tippen an Bildschirmen, deren Lichtschein flimmernd auf ihre Gesichter fällt. Ihre Hemden sind an den Schultern zu groß, die Ärmel blähen sich über den Armen auf. Wie indische Statisten in Science-Fiction-Filmen haben sie alle Stifte in den Brusttaschen. *Hauptcasting Hollywood, Bond in Indien, 1. Akt, 1. Szene,* denkt er und lacht beinah auf.

«Kuch lustig hain kya?», fragt Kritik Sahib. «Der obere Stock ist nur zum Ausruhen da. Aber wenn du Interesse hast und für mich arbeiten willst, dann passiert das hier. Komm her, sieh zu.»

Sie setzen sich an die Schreibtischinsel in der Mitte, vor eine Reihe Monitore. Auf dem Schild über ihnen steht *Devraj-Farm*. Kritik Sahib drückt einen Schalter und sechs Bildschirme gehen an. Bildschirm 1: eine perspektivisch verkürzte, sanft wirkende Frau in einem dunkelgrünen Sari, die zwischen langen Tischen entlangschreitet, an denen etwa dreißig Mädchen in marineblauen Company-Salwar-Kameez Kuchenschachteln in Plastikhüllen stecken, runde Goldetiketten darauf kleben und rote Bänder darum binden. Sie gibt einem älteren Mann Anweisungen, der ein scharf geschnittenes Gesicht hat und konzentriert eine Liste auf einem Klemmbrett abhakt. Sie beugt sich zu ihm vor und beide lachen.

«Gargi», sagt Kritik Sahib. «Erinnerst du dich an Gargi? Sie war eine sehr gute Studentin, bevor sie geheiratet hat. Jammerschade, dass sie immer dicker wird.»

Jivan streckt die Hand nach dem Bildschirm aus. Gargi. Der er immer nachgelaufen ist und der er hinterherspioniert hat, bis sie böse geworden ist. Über die er gelacht hat, der er aber immer gehorcht hat. Gargi. Sie strahlt Leben aus, so wie das Haus hinter den Gärten Licht ausströmt. Das spürt er durch den Bildschirm hindurch. Er wird nicht weinen. Sie hat die Hand auf dem Arm des älteren Mannes liegen. Sie trägt ihr langes Haar offen; im Gegensatz zu anderen Mädchen spielt sie nicht damit. Es ist einfach da und hängt ihr in Wellen bis zur Taille. Nein, er wird nicht weinen. Wie es wohl wäre, sein Gesicht in ihren Seidensari zu drücken und Chanel No. 5 einzuatmen? Zu spüren, wie sie ihm übers Haar streicht und ihn in die Wangen zwickt, wie früher, wenn sein Vater sich angekündigt hatte und sie ihn deshalb zurechtmachte – oder tat Ma all das? *Konzentrier dich*, denkt er. *Verdammter Jetlag.* Also, er ist jetzt achtundzwanzig, dann ist sie ... zweiunddreißig? Dreiunddreißig? Sie sieht gereift aus, wie Ma, nachdem sie eine Weile in Amerika war. (Denk jetzt nicht dran.) *Okay: Gargi, du hast ein bisschen zugenommen. Ein paar Pfunde weniger würden dir nicht schaden.* Sie hat die Sonnenbrille ins Haar geschoben; von dort starren die Brillengläser ihn aus dem schwarzen Nichts an. Er schaut weg.

Bildschirm 2: eine andere Frau, auf Delhi-Girl hochglanzpoliert. Solche Mädchen sah er früher jeden Herbst zuhauf auf dem Harvard-Campus, in Geld gebeizt und mit einem einjährigen Studentenvisum ausgestattet, um ihren Magister zu machen. Perfektes Haar, perfekte Haut, perfektes Make-up. Die bei American Apparel, Armani Exchange und All Saints hysterisch wurden: wenn sie Taschen und Schuhe und Nägel und Zehensandalen aufeinander abstimmten. Bei genauerem Hinsehen wird ihm wieder bewusst, dass seine Googelei ihre Grenzen hat. Er lacht beinah los: Das ist doch Radha! Mit einem steifen, bonbonfarbenen Dupatta über einem rosafarbenen Salwar Kameez. Das ist eigentlich abgeschmackt, doch sie sieht aus wie eine von den Blumen an den Rankengewächsen draußen, zerbrechlich, zart und vielversprechend. Das macht der Stoff, den sie trägt: changierende Seide, handgewebt. Das Haar fällt ihr in losen Locken über die Brust, Locken, für die man Stunden braucht (so war es zumindest bei Iris). Ein stämmiger Mann beugt sich über Radha, in einem weißen Hemd mit Kragen und dünnem Goldstreifen, das er in seine Jeans gestopft hat. Er redet, sie lächelt, sie flirtet: Sie sind die Stars des kleinen Bildschirms.

«Radha», sagt Kritik Sahib. «Bubu. Ihr Mann. Es war richtig, sie mit achtzehn zu verheiraten. Das war – fünf Jahre, nachdem du fortgegangen bist?»

«Ja. Wir sind gleich alt.»

Jivan starrt Bubu an. Jeet hatte ihm von Bubu erzählt, ihn den ‹Markennamenmanager› genannt, weil er immer an Radhas Seite war.

Er beugt sich vor. Wo ist Sita?

«Sieh's dir an, Beta, sieh genau hin», sagt Kritik Sahib.

Der Monitor in der Mitte geht flimmernd an. Ein Sonnenzimmer voller wilder Pflanzen und Blumen, ein tiefer Korbsessel, in dem ein Mann wie ein Buddha mit gekreuzten Beinen dasitzt. Devraj. Die Company in Person, der Mann, den man Bapuji nennt: für die Mädchen, für Kritik Sahib und Ranjit ein Vater, ebenso für jeden einzelnen Angestellten in diesem gewaltigen Unternehmen sowie für jeden Aktieninhaber und Verbraucher von Company-Waren. Da ist er in weißem Kurta Pyjama, mit edlem, braunem Schultertuch über den breiten Schultern, das dicke, weiße Haar mit Pomade an den Kopf geklebt. Leberflecken und Falten verunstalten seine Haut und zerknittern seinen Mund. Er ist dick, von einem Leibesumfang, der auf den Fotos im Bordmagazin nur andeutungsweise zu sehen war. Beine ausgestreckt, Kopf zurückgelegt, Augen geschlossen: eine Geschäftslegende. Ein liebevoller Vater, loyaler Freund und gefeierter Philanthrop: ein Mann aus Indien. Endlich klingt Jivan wie dieser Journalist Barun J. Bharat.

Zu Devrajs Füßen sitzt ein barfüßiges Mädchen mit aufgerollten Jeans. Auf ihrem gelben, in der Taille geknoteten T-Shirt steht in roten Buchstaben – Jivan wirft einen Blick auf den Bildschirm – #MakePovertyHis. Sie trägt ihr Haar kürzer als Gargi oder Radha, in einer Art zerzauste Hippiekrause. Während drei Kläffer sich auf sie stürzen, massiert sie Devraj die Beine.

«Sieh sie dir an», sagt Kritik Sahib. Sein Ton ist wie Ghee, der löffelweise auf heiße Rotis gleitet. «Sieh nur, wie glücklich Bapuji über Sitas Heimkehr ist.» Er reicht Jivan ein Paar Kopfhörer. «Bluetooth. Setz sie auf.»

«Hallo Chinku, hallo Rinku, hallo Mr Stinku! Wie supersüß.»

Sitas Stimme erfüllt Jivan: kraftvoll, hell und lachend. Sie hat einen leichten indischen Akzent, in dem noch etwas anderes mitschwingt – nicht Amerika, sondern –

«England», sagt Kritik Sahib. «Weißt du, Jivan, sie ist mit einem Prädikatsexamen in Soziologie und Politologie zurückgekommen.»

Sita. Jivan seufzt. Nimmt die Kopfhörer ab. Natürlich wird sie als Heldin willkommen geheißen.

«Du bist müde», sagt Kritik Sahib. «Und hast Hunger. Möchtest du was essen? Dann komm mit, das Mittagessen ist bestimmt fertig. Gargi ist jetzt verschwunden, siehst du das? Bildschirm 1 ist dunkel. Die Kameras reagieren nur auf Bewegungen.»

Mittagessen? In dem Zustand? Mit seinem schlaffen Anzug, den am Kopf klebenden Haaren und völlig ausgetrocknet von der Klimaanlage. Der Whisky stößt ihm auf.

«Nein danke, Kritik Sahib», sagt er.

«Möchtest du sie nicht sehen – nach so langer Zeit? Sie erwarten dich.»

«Ach ja? Wow. Ich meine ja bloß, dass ich gern hierbleiben würde, um mich einzugewöhnen, weißt du, falls ich hier arbeite, mit dem Job anfange, wie es mir vorschwebt.»

«Komm doch zum Mittagessen, Beta, genier dich nicht.»

«Ich bleibe hier, Uncleji. Ich möchte mich eingewöhnen.»

Kritik Sahib steht da und ruft laut nach hinten: «Kashyap? Punj?»

«Ja, Sir?» Ein dünner, junger Mann mit kurzen Stachelhaaren bietet ein Glas Wasser auf einem Stahltablett an. Seine Ohren stehen ab wie die Henkel eines Schulfestpokals.

«Danke», sagt Jivan. Er nimmt das Wasser entgegen, ohne zu trinken.

«Gern geschehen, Sir. Ich heiße Punj – stets zu Ihren Diensten.» Er dreht das Tablett in den Händen.

Jivan lächelt. Er sitzt in einem Bunker, ganz nah an seiner Kindheit und zum ersten Mal in seinem Leben nennt ihn jemand ‹Sir›.

«Punj», sagt Kritik Sahib. «Wo ist Kashyapji?»

«Sir, er ist zum Beten in den Company-Tempel gegangen. Danach isst er zu Mittag.»

«Gut. Jivan, Kashyap ist mein stellvertretender Kommandant. Du lernst ihn bald kennen. Dieser junge Mann hier ist Punj, den Kashyap zu seinem nominellen Stellvertreter ernannt hat.»

«Ich lerne viel von Kashyapji», sagt Punj. «Beispielsweise Verse aus der Bhagavad Gita: Jeden Tag vor Arbeitsbeginn liest er sie uns vor. Er sagt, dadurch lasse es sich besser auf die Farm aufpassen.»

Kritik Sahib nickt.

«Punj, Jivan Sahib ist unser ganz besonderer Ehrengast. Ein alter Freund von Gargi Madam und Radha Madam. Erst einmal sieht er nur zu. Setz dich hierher, aber zyada der nahin, nur fünf Minuten, dann bringst du ihn nach draußen, okay? Zeig ihm alles.»

«Ja, Sir.»

Gargi ist jetzt auf dem zentralen Bildschirm zu sehen. Sie steht in einem großen Esszimmer am Tisch und dirigiert Dienstboten. Einige decken Teller und Löffel, andere bringen Kochplatten und Schüsseln, stellen sie ab, tun einen Schritt zurück und warten auf ihre Zustimmung. Kritik Sahib legt Jivan die Hand auf die Schulter und drückt sie. Dann geht er fort.

*

Früher hat Jivan immer nachmittags nach der Schule diese rührseligen Fernsehserien mit Ma gesehen, auf Star Plus. Sie mochte sie alle: die Familiendramen mit schablonenhaften Bösewichtern und schönen Helden und pausenlosen Personenverwechslungen, zwischen Herren und Dienstboten, braven und bösen Mädchen. Brüder, die sich als der jeweils andere verkleideten und Schwestern liebevoll schlugen, Ehefrauen und Schwiegermütter, die sich um Söhne stritten. Zum Schluss wurden die Guten reich und die Schlechten wurden bestraft. Die Liebenden wurden vereint und von den Eltern gesegnet, sie knieten nieder, damit sich segnende Hände über ihnen erhoben, und die Eltern knieten nieder und baten ihre Kinder, sie ebenfalls zu segnen. Es war immer ein Und-wenn sie-nicht-gestorben-sind-dann-leben-sie-noch-heute-Ende.

«Hey, Punj», sagt er. «Haben Sie je diese Serien angeschaut? Wie hießen sie noch gleich … *Hum Paanch*, oder, ähm, *Doosra Keval?*»

«Na klar, diese alten Kisten», sagt Punj. «Seltsam, dass Sie die kennen. In der einen kamen fünf Schwestern vor, die alle von Shah Rukh Khan träumten. In der anderen Serie spielte er mit, oder? Ich liebe Sha Rukh. Er ist der Baadshah von Bollywood.»

«Nein, das war Salman Khan.»

«Okay, Sir, ich bin mir sicher, dass es Shah Rukh war», sagt Punj. «King Khan. Salman Sahib ist doch nur der Big Boss.»

«Nein, es ist Salman, da wette ich», sagt Jivan.

«Ja, Sir», sagt Punj.

Es ist ganz klar, dass er nur höflich ist, weil sein Lächeln nämlich nichts als gähnende Leere transportiert – und klingt das ‹Sir› nicht ein wenig sarkastisch?

«Ich mag das Fernsehen», sagt Punj. «Meine Lieblingssendung ist *American die-nasty* – da seh ich mir gerade die Wiederholungen an.»

«*Dynasty*, ja, klar – *Der Denver-Clan*.»

Jivan wendet sich wieder den Bildschirmen zu. Sie gehen nacheinander aus, bis nur noch der in der Mitte einen Piep tut. Da kommen Radha und Bubu herein, der den Arm kumpelhaft um ihren Hals gelegt hat.

«Radha Madam und Bubu Sahib», sagt Punj. «Er ist wirklich cool, oder? Doch sehen Sie nur, was Radha Madam alles für Gargi Madam ändert. Keine öffentlichen Liebesbeweise!»

Er hat recht: Kaum sieht Radha Gargi, zieht sie sich von Bubu zurück und streicht sich den Dupatta glatt. *Vor Didi nur beste Manieren.*

Ranjit kommt herein. Er schüttelt Bubu die Hand und umarmt Radha, mit geschlossenen Augen drückt er sie fest an sich, *dreckiger alter Mistkerl*; während sie miteinander reden, hält er sie an den Händen.

«Ranjit Sahib», sagt Punj, «über den weiß ich alle möglichen Quasifakten.»

«Ähm, Punj? Ich versuche, der Kamera zu folgen.»

«Ja, natürlich, Sir. Verzeihung.»

Dann erscheint ein Mann, den Jivan nicht kennt, es muss ein Onkel sein oder Devrajs Gast; er ist recht alt, trägt eine Brille, ein Polohemd und weiße Hosen. Er gestattet Kritik Sahib und Sita vor ihm vorbeizugehen.

«Sita Madam ist doch eine wahre Göttin, oder?», sagt Punj. «Dermaßen süß. Und einfach null Toleranz oder Nachsicht. Streitet mit allen.» Er grinst.

«Wow, Punj, jetzt sagen Sie mir, was Sie wirklich denken», sagt Jivan.

«Jivan Sahib», sagt Punj und benutzt das Tablett als Schutzschild, «Ihr Missfallen verletzt meine Gefühle. Natürlich mache ich nur Spaß. Aber schauen Sie sie doch an. Seit sie wieder da ist, fühlt sich alles hier neu an.»

Sita ist immer noch barfuß. Die Schrift auf ihrer Brust wird jetzt von ihrer Chunni verdeckt. Sie hat sich bei Kritik Sahib untergehakt. Sie macht sich los und setzt sich mit dem Rücken zur Kamera ans Tischende.

«Und jetzt das Hauptereignis», sagt Punj.

«Punj ...»

«Tut mir wirklich leid, ich bin ja gleich still. Aber alle zwei Wochen ein Spiel, wissen Sie. Eine ganz schöne Anspannung, das kann ich Ihnen schwören. Sich das anzusehen, mera toh keema banega, ek din.»

Devraj kommt herein. In weißem Kurta Pyjama, darüber das Schultertuch. Jivan setzt die Kopfhörer auf, und als die ganze Familie aufsteht, kratzen die Stühle an seinem Trommelfell. Daran erinnert er sich noch! Devraj steht am Kopfende der Tafel, alle anderen sitzen, und auf ein Zeichen von ihm nimmt Gargi seinen Teller hoch, wischt ihn ab und greift nach den Schüsseln auf dem Tisch. Devraj gibt ihr mit einer Geste zu verstehen, dass er mehr Saag möchte und nicht so viel Daal. Er will Huhn, nein, nicht dieses Beinchen: lieber einen Schenkel und etwas Tari. Roti, keinen Reis. Raita, aber nicht obendrauf: Tu ihn in eine separate Schale. Bei diesem Ritual sagt niemand ein Wort. Während Gargi ihrem Vater das Essen serviert, hört Jivan nur das Kratzen der Löffel.

Alle schweigen, außer Radha, die eine Chapati zu einem Dreieck faltet und sorgsam auf einen kleinen Teller legt, neben Devrajs Ellenbogen.

«Jivan Sahib, sind Sie verheiratet?», fragt Punj. «Also ich schon, seit zehn Jahren. Ich gehe nie zum Mittagessen nach Hause. Heute hat sie mir Aloo Parantha mitgegeben, fast wie ein vorgezogener Sonntagsbrunch. Darf ich Ihnen davon anbieten?»

Den Finger an die Lippen gelegt, blickt er zu Punj auf.

«Sie wollen nicht probieren? Sie fasten heute? Okay, sehr gut», sagt Punj.

«Nein, ich – Mein Gott, ist doch egal», sagt er.

Gargi bedient Devraj zu Ende und wendet sich dann zur anderen Seite, wo der alte Mann wartet, den Jivan nicht kennt. Ein Onkel? Ein Cousin? Es kann doch nicht ihr Mann sein. Aber die Art, wie Gargi seinen Teller achtsam entgegennimmt und kleine Häufchen Sabzi, Roti und Daal so darauf platziert, dass sie einander nicht berühren, ist typisch für eine Ehefrau oder Tochter, für jemanden, der darin geschult ist oder bezahlt wird. Er sieht Punj an.

«Surendra Sahib», sagt Punj. «Ein sehr gelehrter Typ.»

«Haaa.»

Gargi, Radha und Sita müssen sich selbst auftun. Sita nimmt Soße, aber kein Fleisch, Reis, aber keine Roti – und nur ganz wenig Pickles.

Freitagabends nahm Ranjit Jeet und Jivan immer nach Jor Bagh mit, wo die Mädchen mit Nanu und Devraj in dem alten Napurthala-Familienstadthaus wohnten. Ranjit sagte immer zu seinen Jungen: *Sitzt gerade, esst eure Teller auf, lasst beim Kauen den Mund zu, vergesst nicht, euch bei Nanuji zu bedanken, besonders du, Jivan. Und du, Jeet, behalt ihn im Auge. Melde mir alles.*

Wenn sie nach Jor Bagh kamen, war für Gargi, Radha, Jeet – und für Jivan (wenn er sich im Auto benommen hatte) – ein Kindertisch in einer Ecke des Bankettsaals gedeckt. Sita war damals ein kleines Baby in einem Hochstuhl. Nanu war immer da und häkelte endlose Vergissmeinnicht auf handgemachte Spitze, während sie Gargi überwachte, und Gargi war Aufsichtsschülerin für alle anderen. Wenn sie gerade nicht hinguckte, trat Jeet Jivan und brachte ihn dazu, sein Essen auszuspucken. Das bedeutete, dass Ranjit ihn zusätzlich bestrafen würde und er – beispielsweise – nicht vom Tisch aufstehen durfte, während die anderen spielen gingen. Oder dass er nicht auf die Toilette durfte, bis er die Dreizehnerreihe des großen Einmaleins fünfzigmal aufgesagt hatte.

Gargi und Radha sind jetzt verheiratet, Sita ist ein attraktiver Feger. Es gibt keinen Kindertisch mehr.

«Hai Bhagwan.» Devraj hat eine tiefe Stimme, er dehnt die Vokale. Sein Bittgebet hüllt die Familie ein, bringt ihr flüsterndes Geschnatter zum Verstummen. Er blickt nach oben, so als sei Gott nur da, um ihm beim Verdauen zu helfen. Am Fleisch fehlt Salz, sagt er. Kya Sita, ghar kya aa gayi tum ne angrezi khaana banwa diya? Alle lachen.

Was hat Devraj gesagt? Was hat Jivan verstanden? Nicht genug. *Sita, fremdes Essen.* Er schüttelt den Kopf, als würde die Bedeutung der Wörter sich gleich formieren und einen Sinn ergeben. Dann bedeutet Gargi den Dienstboten, mit dem Abräumen anzufangen. Devraj legt beide Hände flach auf den Tisch. Gargi gibt ein anderes Zeichen und alle halten inne. Jedes einzelne Familienmitglied setzt sich auf, auch er, obwohl sie ihn nicht sehen können. Er merkt, dass Punj sich vorbeugt und spürt seinen Atem im Nacken. Es herrschte eine explosive Stille.

«Jungen und Mädchen», sagt Devraj, «Sita ist zu Hause und heiratet bald.» Die Männer am Tisch lächeln. Sie senken die Löffel, schlagen damit an die Teller, Stühle werden geräuschvoll hin- und hergerückt. Radha klatscht in die Hände.

Auf dem Bildschirm spielt Sita die sittsame Braut: Sie beugt den Nacken und verschränkt die Hände unterm Kinn. Jivan erstarrt. Er zieht die Kopfhörer von den Ohren und setzt sie wieder auf. Sita heiratet? Warum haben weder Barun J. Bharat noch Jeet oder Kritik Sahib davon gesprochen?

«Wir haben ganze Sammelmappen voller Jungs», sagt Devraj. «Wir zeigen euch nachher die Liste mit denen, die in die engere Wahl kommen. Doch pehle, ich möchte etwas Wichtiges sagen. Also bitte», und er deutet auf sie. «Meri baat dhyaan se suno.»

Hört mir gut zu. Jivan sieht zu, wie sie alle auf Devraj blicken. Nur Gargis Mann lächelt immer noch.

«Wie ihr alle wisst, werde ich langsam alt», sagt Devraj.

Das leise Gelächter ringsum den Tisch dringt in die Kopfhörer und drängt sich an Jivans Ohren.

Devraj hält die Hände hoch.

«Fünfundsiebzig ist ein gutes Alter, ein schönes Alter», sagt er. «Ich habe miterlebt, wie sich diese unsere Company zusammen mit dem Land verändert hat; wie sie mit jedem Jahr besser wurde. Zwei meiner Töchter sind verheiratet, auch wenn sie keine Kinder haben – aber um die können wir beten.» Er blickt erst auf Gargis Bauch, dann auf Radhas. «Sita ist jetzt wieder zu Hause. Heute habe ich bereits beschlossen: tumhaare dahej ki baat karne ka waqt aa gaya hai.»

Was bedeutet waqt? Was bedeutet dahej?

«Dahej?», fragt Jivan. Untertitel wären wirklich hilfreich.

Punj räuspert sich.

«Das bedeutet Mitgift, Sir.» Er schlägt mit der Handfläche auf sein Tablett, als wolle er einen Hund bei einem Rennen anfeuern. «Dahej ist gleich Mitgift. Fast jeden Dienstag verspricht Devraj Bapuji, die Mitgift zu zahlen, und jedes Mal spricht zuerst Gargi Madam und dann Radha Madam. Es ist ein Spiel, nicht? Eine Sportart. Beide spielen sehr gut. Manchmal hat Bapujis Frage mit der Company zu tun, zum Beispiel: *Wie sehr liebt ihr das Geld aus den Gewinnen, die die Company in Delhi abwirft?* Manchmal hat es auch mit Stellenbesetzungen zu tun: *Wie viele können wir auf die Ersatzbank verbannen, um Platz für meine wahren Freunde zu schaffen?* Oder: *Wer von euch findet den illoyalsten Manager und schlägt eine Strafe für ihn vor?* Egal, was er fragt, wer die richtige oder die beste Antwort gibt, bekommt etwas gutgeschrieben. Und wissen Sie, beide sind jetzt schon so lange verheiratet und trotz der langen Zeit haben sie nichts, was sie Bubu und Surendra Sahib hätten geben können. Wirklich schlimm. Kein Wunder, dass beide so sauer aussehen.»

«Stimmt. Klar», sagt Jivan. «Die Mitgift.» *Was zum Teufel geht hier eigentlich vor?*

«Aber Jivan Sahib», sagt Punj. «Kritik Sahib möchte, dass ich Ihnen die Farm zeige. Gehen wir doch gleich los. Ich kenne das schon. Ich versichere Ihnen, dass gar nichts passieren wird. Keine Mitgift. Nur das Dessert.»

Wenn Jivan Iris heiraten würde, was bekäme er dann? Einen Händedruck von ihrem Vater, einen Anzahlungszuschuss für ein Reihenhaus in Back Bay, von dem aus man mit dem Kinderwagen zur Commonwealth Mall gehen kann, und eine komplette Kollektion Baz-Luhrmann-DVDs. Die Chance, dem engsten Kreis eines mittleren Bostoner Clubs vorgestellt zu werden, von früh bis spät in einer Investmentbank zu arbeiten, zu Hause makrobiotische Mahlzeiten zu sich zu nehmen, freitagabends bei Harry's mit gleichgesinnten Psychopathen Drinks zu kippen. Nur damit Iris, die als Sozialarbeiterin arbeitet, ihre Mitgliedschaft im Wellnesscenter behält, das sie in den Arbeitspausen aufsucht. Nur um gemischtrassigen Kindern bis an sein Lebensende Sommer in den Hamptons bieten zu können.

Jivan stellt sich vor, wie es gewesen wäre, mit ihr an diesem Mittagessen teilzunehmen: der Foreign Return und seine amerikanische Frau. Er beim Visitenkartentausch mit Bubu, während Iris tapfer versucht, keinen Sari als freundliche *Geste* tragen zu müssen. Nein, vielen Dankji.

Hinter ihm steht Punj und wartet.

«Gehen wir», sagt Jivan. «Vielleicht finden wir unterwegs ein Steaksandwich oder so. Meinen Sie, das kriegen Sie hin, Punj?»

«Wie die Zeit ist, so wird es geschehen», sagt Punj.

Draußen brütende Hitze. Punj ist so groß wie er und genauso auffällig gekleidet, aber auf die hiesige Art: Er trägt ein langes Hemd, das für Jivans Geschmack zu gemustert ist, und statt Schuhen Sandalen, in denen breite, platte Froschzehen prangen.

«Aber wissen Sie, Jivan Sahib», sagt Punj. «Jetzt, wo wir draußen sind, kann ich so was ja sagen. Dahej ist nämlich in Indien verboten. Mitgift ist gesetzlich verboten. Das habe ich von Mr Sri Amir Khan erfahren. In *Satyamev Jayate*. Kennen Sie diese Show? Eine Reality-Talkshow. Sehr beliebt.»

«Nein, nie gehört», sagt Jivan. «Merk ich mir.»

«Sehr gut. Was würden Sie denn gerne sehen?», fragt Punj. «Hier geht es zu Radha Madams Eislaufhalle (seine Hand gleitet durch die Luft wie ein Flugzeug, das abhebt). Alles, was es in den USA gibt, haben wir hier auch, Sir.»

Ungelogen. *Wo ist der Zoo? Und wo, verdammt, sind die Einhörner?*

Hinter dem Bunker wartet ein Golfkarren auf Punj; er deutet auf den hinteren Sitzplatz. Jivan sieht, wie sich die Farm vor ihm entfaltet: die Tennisplätze, das Spielfeld für Cricket und Boule; ein paar dunkle Kugeln, die auf einem hellen, flachen Grasrechteck balancieren. Außerdem eine Markise und ein kleines Clubhaus und dahinter noch mehr Grassteppe: Als sei er an einem Filmset der Universal Studios, rolle durch das gute alte England und finde sich plötzlich im Wilden Westen wieder. In einer Rodung am Swimmingpool sägen und hämmern Arbeiter an einem Bambusgerüst, das zur Hälfte mit leuchtend orangen Tagetes geschmückt ist.

«Miss Sita-ki-Willkommen-zu-Hause-plus-Vorverlobungspavillon», sagt Punj. «Heute nach der Dienstagsparty.»

«Gibt es die immer noch?»

«Wow. Dann waren Sie also wirklich schon früher hier?»

«Na klar. Die Dienstagspartys für die Devraj-Hundertschaft.»

All diese Typen, die Devraj sorgfältig für eine fünfjährige Eliteausbildung in Personal- und Unternehmensentwicklung ausgewählt hat. Geld auf der Bank. Vor und nach dem Ausbildungsprogramm.

«Als ich klein war, hat Ranjit mich immer mit ihrer Brillanz vollgestopft», sagt Jivan.

«Darüber würde ich gern mehr erfahren, Sir.»

Jivan war NFI (not fucking invited), wenn die Hundert sich versammelten, um sich erst den Vortrag des großartigen Mannes über sein Lieblingsthema anzuhören – *die partnerschaftliche Zukunft Indiens und der Company* –, und sich dann besinnungslos und wild zu betrinken.

«Gehen Sie heute Abend hin?», fragt er.

«Nein, Sir, ist nichts für mich», sagt Punj. «Ich bin in Chandigarh geboren, in eine Farmerfamilie. Ich habe die Abendkurse an der GNDU besucht und dann Examen gemacht. Weil ich ein Ass in IT war, hat mich Kritik Sahib in seine Sondergruppe genommen. Zu den Hundert werde ich nicht eingeladen – das sind alles Businesssöhne, verstehen Sie? (Er grinst.) Aber vielleicht werd ich mal Unternehmer. Restaurants. Ich habe Aktien im aufstrebenden Haus Khas Village. So was wie Ihr Greenwich Village, nur besser, da bin ich mir sicher. Hervorragendes Essen: Tibetisch-Mexikanische Fusion-Küche. Die müssen Sie mal ausprobieren und mir dann sagen, wie Sie's gefunden haben.»

Meine Güte, warum nicht gleich gebratene Eiscreme mit Selleriesuppe?

«Bin gespannt», sagt Jivan. «Aber, Punj, ich hab jetzt das Haus und die geometrischen Ziergärten gesehen. Zeigen Sie mir doch auch noch den Rest – die Stellen, wo Sie immer hingehen.»

Das Golfmobil steuert auf den Grünstreifen zu und hält an.

«Jivan Sahib», sagt Punj, «ich muss gestehen, dass ich auf diese Bitte gehofft hatte. Heute ist ein verheißungsvoller Tag, ein ganz besonderer Tag. Miss Sita ist wieder da, wissen Sie? Bald feiern wir ihre Hochzeit. Gargi Madam hat versprochen, für die Angestellten alle möglichen Vergnügungen bereitzustellen. So etwas hat es nie zuvor gegeben. Miss Sita hat sich das als Hochzeitsgeschenk gewünscht.»

«Tatsächlich?», sagt er.

«Ganz im Ernst», sagt Punj. «Für alle Angestellten. Bei der Planungsversammlung. Gargi Madam hat geschworen, dass Miss Sita gesagt hat: ‹Niemand soll ausgelassen werden. Diejenigen, die hier dienen, sollen an meiner Hochzeit bedient werden.›»

«Mit ihren eigenen schönen Händen?»

Punj steigt aus dem Wägelchen, steht da und blickt ihn an: «Sir, das ist kein Witz. Kommen Sie mit, ich zeig Ihnen, was Miss Sitas Rückkehr bedeutet.»

Sie setzen sich wieder in den Golfwagen. Punj biegt vom Hauptweg ab, fährt um Blumenrabatten herum und deutet auf Stellen mit besonderen Sträuchern und Blumen, die Sita selbst ausgewählt und gepflanzt hat. An denen sie einmal im Monat alle niederen Bediensteten (Niveau 1–3: Gräber, Wässerer, Wärter, Wischer, Kellner, Fahrer) versammelte und ein Mittagessen für sie ausrichtete. Wo sie sich Bapuji einmal widersetzte – Punj erinnert sich mit ehrfürchtiger Stimme daran –, als er einen See anlegen wollte, auf dem man Boot fahren kann, weil das, wie sie sagte, eine zu große Verschwendung von Indiens heiligstem Leben sei, der Ma Ganga, ihrem Wasser. Laut Punj konnte einzig Miss Sita sich auf diese Weise gegen ihn behaupten.

Dann hält Punj an. Sie steigen aus und begrüßen alle persönlich. Punj baut ein besonderes Händeschütteln ein, das umso bemerkenswerter ist, als es jedes Mal etwas anders wirkt, so als hätte er eine Beziehung zu jedem Manager und wollte, dass er, Jivan, das registriert. Punj stellt ihn vor als «Kritik Sahibs Ehrengast und Freund aus Kindertagen von Gargi Madam, Radha Madam und Miss Sita».

Daraufhin Lächeln und Gemurmel, *Miss Sita war erst heute Morgen bei uns.*

Sie folgen der Fährte und spielen eine Runde *Sita durch die Farm verfolgen*. Die Geschichten über ihre Schönheit und Freundlichkeit und Tapferkeit werden immer großspuriger und besser, und je mehr er hört, desto mehr glaubt er sie. Da ist der altmodische Manager des Familienfitnessstudios, der aus seinen weißen Hosen platzt (Punj schüttelt ihm die Hand, indem er ihm zweimal auf die Handinnenfläche schlägt und ihm dann mit der rechten Faust einen Stoß gibt). Er sagt zu ihnen (mit erstickter Stimme):

«Ich habe Miss Sita Rückhand beigebracht, als sie neun war, und heute Morgen hat sie mir ihre Cambridge-University-Tennisjacke vorbeigebracht, die sie für ihr überragendes Können als Preis bekommen hat.»

Während er spricht, steigen ihm echte Tränen in die Augen.

Sie warten, bis der Manager seinen Stellvertreter geholt hat, der die

Sportjacke ins Licht hält. Ohne ihre Trägerin wirkt sie winzig und traurig, so als sei Sita erst geschrumpft und dann verschwunden.

«Man nennt das ein ‹Blau›», erklärt der Leiter. «Man erhält es statt einer Goldstatue. Sie hat gesagt, das schulde sie mir, dem Vater ihres Könnens.»

Alle drei stehen da und streicheln die weiche Jacke, stellen sich diese Jacke auf einem Podium vor, wo sie mit einer Medaille in der Hand und dem Herz auf der Zunge dem Sportzentrum zu Hause dankt.

«Sita», sagt der Leiter. «Niemand anders macht so was.»

Weiter zum Obergärtner im Treibhaus (Händeschütteln: ein kurzes Handergreifen und eine Daumendrehung), der zu ihnen kasam kha ke sagt, woraufhin ihn Punj unterbricht, um zu übersetzen (überflüssigerweise – denn der Satz ist eine der wenigen Hindi-Film-Zeilen, die Jivan kennt), und zwar als *wahrheitsgemäß isst er die Wahrheit*, bevor der Gärtner fortfährt:

«Miss Sita hat sich immer sehr für alle Pflanzen und Bäume auf der Farm interessiert. Jede Einzelne kannte sie mit ihrem lateinischen Namen und ihrem Sanskritnamen. Sie gab ihnen auch noch eigene verpflanzende Namen. Die eine nannte sie Naomi, die andere Germainey, und wieder eine andere Sontagi Susisthus. Diese Pflanzen waren wie ihre Puppen. Sie zeigte ihnen so viel Liebe! Und sie hatte gar keine Angst – sogar im wilden Wald ging sie immer voran, erst, um alles zu erforschen, dann, um sich zu verstecken, und dann, um sich ein Lager zu bauen.»

Sie halten wieder inne, um das Wesen eines solchen Mädchens zu würdigen. Ringsherum glitzern die smaragdfarbenen Tennisplätze, der kobaltblaue Himmel reflektiert. Zwischen beidem stehen die Männer in weißer Arbeitskleidung wie Glieder einer Kette, die Land und Himmel verbindet. Es ist so üppig: Jivans Kehle ist sehr trocken. Er bittet um Wasser, doch keiner scheint ihn zu hören. Sprinkler sind nirgends zu sehen.

«Punj», sagt er, «lass uns das Lager finden.»

Punjs Miene ist skeptisch.

«Vielleicht ist sie sogar da …»

«Der wilde Wald ist da drüben, Jivan Sir», sagt der Gärtner. «Kommen Sie, steigen Sie aus, wir können laufen. Ich zeig es Ihnen.»

Einstmals standen überall auf der Farm Bäume; als dann der Garten angelegt wurde, hat man sie gefällt und nur dieses Stück Wald übrig gelassen. Am Wochenende, nach der Schule und nach den Privatstunden, gewährte man Jeet, Radha, Gargi und ihm, wenn sie brav gewesen waren, ein bisschen Freizeit; sie bettelten, dass man sie zum Spielen hierherbrachte. Die Farne waren riesengroß: wie wilde Klauen, die nach ihnen zu greifen versuchten; die Bäume hatten eine seltsame, schlangenhautartige Rinde, die sich in Streifen schälte wie bei einer echten Python. Überall hörte man hier Vögel singen, die man in der Stadt nie vernahm; es war ein hervorragender Ort für ein Versteck. Als er dann in Boston war, wirkte jeder Landschaftsgarten, jedes kleine Wäldchen oder Baumgrüppchen vergleichsweise zahm.

Jivan redet nicht darüber. Er folgt Punj und dem Gärtner aus der sengenden Sonne in den Schatten sehr hoher Bäume, es waren immer noch dieselben Schlangenhautdamen, die Wache hielten. Es gab ausladende Eichen und zarte neue junge Bäume, die Farne hatte man jedoch abgeschnitten. Alles sah kleiner aus, weniger lebendig. Sie gehen, so kommt es ihm vor, etwa eine halbe Stunde umher, doch es können nicht mehr als zehn Minuten gewesen sein. Überall ist das Sägegeräusch der Zikaden zu hören, als arbeiteten tausend Holzfäller, ohne je müde zu werden. Er stolpert über eine Wurzel und hätte beinah gelacht. *Der Weg zu deinen Wurzeln,* denkt er, und dann, *verdammt, woher kommt dieser Spruch?*

«Hier», sagt der Gärtner. «Und dort drüben ist unser Guckloch. Immer, wenn Sita in situ war, haben wir ein Auge auf sie geworfen.»

Vor ihnen steht ein alter Banyanbaum. Er erkennt ihn wieder. Hier trafen sie sich immer und spielten ‹Haus›. Als Mutter-und-Vater-und-Schwester-und-Bruder rannten sie zwischen den herabhängenden Fingern des Banyanbaums hindurch, benutzten sie als Peitschen und Seile, legten einander Mutproben auf, bei denen man Stahltassen aus den Arbeiterküchen stehlen und sie Radha bringen musste, die dann unsichtbaren Chai kochte und ihn mit Süßigkeiten aus Luft auf Blättern servierte. Ob er seinen Namen in die Rinde geritzt hat? Nein – Jeet jedoch schon und die Mädchen auch. Er sucht nach Einritzungen und Rillen, doch untertassenförmige Pilze haben sich in mehreren Schichten über den unteren Teil des Stammes ausgebreitet.

Der Gärtner tritt mit dem Fuß dagegen; verfaultes Holz fällt herab.

«Giftig», zischt er. «Eine Plage, die wir unter Kontrolle bringen werden.»

Die Zikaden klingen jetzt, als sängen sie *Sita, Sita, Sita, Sita, Sita.* Warum hat sie ihren Namen nicht eingeritzt? Einmal ist er diesen alten Banyanbaum hinaufgeklettert und dann eingeschlafen. Danach war er so mit Zeckenbissen übersät, dass Radha lachen musste. Jivan erzählte Radha nicht, dass er Gargi von dort oben nachspioniert hatte. Sie war zwölf Jahre alt und versuchte, Jeet zu küssen. Als er sie verspottete, fing sie an zu weinen. *Nein,* sagte er. *Dein Gesicht ist mir zu fett. Außerdem wirft man sich den Jungens nicht an den Hals.*

Er hatte Mitgefühl mit Gargi, kam aber nicht aus seinem Versteck hervor.

Der Wald ringsum ist so still, als hätte er all die Jahre nur darauf gewartet, dass Jivan endlich eingriff.

«Punj, wir sollten umkehren», sagt er.

«Okay, gute Idee. Kritik Sahib ist jetzt sicher mit dem Mittagessen fertig.»

Sie drehen um und bahnen sich im Gänsemarsch einen Weg durch die Bäume. Der Vogelgesang schwindet. Sie sind schon fast nicht mehr im Wald.

«Nur noch eines möchte ich Ihnen zeigen», sagt Punj und dreht den Kopf nach hinten. «Gewähren Sie mir freundlicherweise diese Bitte, Jivan Sahib, es ist mein Lieblingsort.»

Sie besteigen das Golfwägelchen und Punj drückt mit seinem breiten Plattfuß aufs Pedal und lässt den Motor an.

Sie fahren an der Peripherie entlang, weit weg vom Haus, drehen dann nach links ab und gleiten durch ein Tor, das weder abgeschlossen noch bewacht ist. Das grüne Gras weicht feiner, weißer Kreide, die wie Nebel vom Boden aufsteigt, sich über ihre Haut legt und ihnen Kehle und Augen verstopft. Punj ist wieder kreidefrei, er steht lachend da, in der Haltung der Statue, die neben ihm steht: die eine Hand in der Hüfte, die andere schnabelartig vor dem Mund. Sie befinden sich auf einem Friedhof für Steingöttinnen ohne Hände und Arme. Die Torsi haben keine Beine, die Köpfe sind ohne Nasen, manche haben volle Lippen und mandelförmige Augen, die unter Kegeltürmen aus gemeißelten Zöpfen straff nach hinten gezogen sind, bei manchen ist der Nabel durchstochen. Alle sind in dienenden oder tanzenden Haltungen erstarrt.

«Was ist das?»

Punj wechselt in eine andere Haltung und winkelt die Arme vor dem Gesicht ab.

«Vogue», sagt er und lässt die Hände sinken. «Jivan Sahib, wissen Sie, was ein *stone cold fox* – ein *eiskalter Feger* ist? Kennen Sie diesen amerikanischen Ausdruck? Damit bringt man Frauen seine Wertschätzung entgegen.»

«Ahm, ja, klingt irgendwie ...»

«Also, was ‹eiskalt› ist, wissen Sie ja. Aber gemeint ist natürlich kein echter Feger.»

Punj lacht jetzt: seltsam und hoch, als entspränge dieses Lachen direkt aus seinen drahtigen Schultern, seinem mageren Rumpf und Brustkorb.

«Hier ist der einzige Ort, an dem die Mädchen nicht vor mir davonlaufen.»

Punj legt den Arm um eine Göttin; er streift mit den Fingern über ihre Brüste, grinst und zieht mehrmals die Augenbrauen hoch.

«Können Sie sich noch an Jeet Sahib erinnern?», fragt Punj. «Haben Sie ihn gekannt? Das hier ist sein Lagerhof.»

Jivan sieht Punj scharf an und fragt sich, ob er träumt, ob er nur so tut, als wisse er nicht, dass Jivan und Jeet Brüder sind. Halbbrüder, Verzeihung. Er sieht sich genauer um. Auf der einen Hofseite stehen an die dreißig Statuen; die Marmorhaut mit der Patina, die gemeißelten Blumen im Haar und die einzelnen Muskeln um den Nabel; die mit Ringen und Armreifen geschmückten Finger und Zehen, die Knöchel von sorgsam gemusterten Schlangen umschlungen. Gegenüber, da wo Punj steht, sind ihre Zwillinge aus Gips: manche mit halb fertigem Lächeln, oder es fehlt eine Schlange oder ein Haarteil; manche haben größere Brüste und vollere Lippen und dünnere Taillen.

Er hat das Gefühl, dass Punj ihn mustert, seine Handbewegungen und seinen Gesichtsausdruck. Er streckt seine stark angewinkelten Arme wieder aus. Punj nimmt dieselbe Pose ein.

«Klar», sagt Jivan. «Ich kenne Jeet von früher.»

«Jeet Sahib ist Unternehmer und Künstler», sagt Punj. «Alles, was er sammelt, kommt hierher und von jedem Stück wird eine Kopie angefertigt. All das (Punj deutet auf die Gipswerke) kommt als Dekoration in den Hochzeitsgarten. Jede einzelne Dame hat ihren besonderen Platz.»

«Punj», sagt Jivan, «gehen wir. Ich brauch was zu trinken.»

*

Punj fährt zurück zum Bunker. Jivans Körper sackt zusammen, seine Gedanken treiben oben. Er kennt das Gefühl gut: Nach der Beerdigung seiner Mutter gab er ihm tagelang nach, durchquerte Täler des Kummers, der Wut, der Heiterkeit, hörte ihre Stimme während der Chemotherapie sagen *khichdi ban gayi*, als sie Büschel ausgegangener schwarzweißer Haarsträhnen in der geschwollenen Hand hielt. In der Stimme ein Lachen, in den Augen Tränen. Leer fühlte er sich, ohne Knochen.

Seit seiner Landung haben seine Blicke Ma gesucht, oder Gargi. Stattdessen ist überall Sita, der ganze Garten entspringt ihr, und Jeet ist unter oder hinter alledem. Seine Augen brennen, jeder Nerv fühlt sich eingeklemmt an, und selbst wenn seine einzige Rettung darin bestünde, ein Glas Wasser an die Lippen zu führen, brächte er es nicht fertig. *Sita würde sich um mich kümmern,* denkt er, *wie sie es von Gargi gelernt hatte: Sie würde sich um mich kümmern, als sei sie mein Fleisch und Blut.* Die Vorstellung, dass Sita sich um seinen Durst kümmert, will ihm nicht aus dem Kopf. Sie hat freundliche, feste Hände. Sie riecht nach Jasmin und nach Tagetes.

Sie kommen an den Rand der Grassteppe. Drüben hinter den Gräsern befindet sich der Bunker und verbirgt seine Geheimnisse in der Erde.

«Die Rundfahrt ist zu Ende», sagt Punj. «Ich muss weg. Kashyapji wird von seinen Gebeten und vom Mittagessen zurück sein. Er hält sich an die Zeiten. Ich geh dann mal.»

Jivan steigt aus dem Golfmobil. Zum Gruß hebt er den Arm ein wenig und lässt ihn wieder fallen. Er sieht zu, wie Punj das Wägelchen auf Touren bringt und davonfährt.

Zum ersten Mal seit Boston ist er allein. Jivans Anzug fängt jedes Hitzeatom ein und dampft ihm die Kleider auf die Haut. Die Gräser stehen still. Über ihm kein Wölkchen, ringsum kein Laut. Er geht zum Bunker und steigt langsam die Treppe hinauf. Im oberen Stock steht er mit geschlossenen Augen im Zimmer und trinkt einen Schluck aus der Whiskyflasche. Er sucht die Feinkost-Croissants der Company – die Schachtel ist abgeräumt worden. Das Zimmer bedrückt ihn, der Rauch der Räucherstäbchen verfängt sich in seinem Hals.

Von draußen Gebrüll – er lässt fast die Flasche fallen, als habe man ihn bei einer diebischen Lüge ertappt. Er macht die Fliegengittertür auf, geht auf die Veranda und sieht Kritik Sahib durchs hohe Gras stolpern, das Gesicht schweißnass, mit wildem, erschrockenem Blick – ganz und gar nicht wie der Mann, vor dem Jivan sich immer gefürchtet hatte. Sein Nehru-Jackett hat er verloren; sein weißes Hemd ist mit roter Erde befleckt. Er stolpert die Treppe hinauf, und Jivan eilt ihm zu Hilfe; am Ende umarmen sie sich fast, die Flasche JD in der Mitte. Spricht aus den Augen des Alten Panik oder Terror? Jivan denkt: *Schließlich ist er auch nur ein Mensch.*

Kritik sagt: «Immer noch hier? Chal, hat!» Er schnappt sich die Whiskyflasche, stolpert auf die Veranda und lässt sich in einen der alten Rattansessel fallen.

«Was hast du alles gesehen?» Kritik versucht, Atem zu schöpfen; er drückt sich die Hand an die Brust, von seinem Kinn tropfen Schweißperlen oder Tränen.

«Ich sollte jemanden rufen», sagt Jivan. «Punj war gerade hier.»

Kritik sackt in sich zusammen und starrt ins hohe Gras. Dann räuspert er sich und spuckt aus. Setzt sich aufrecht hin und hält die Flasche hoch.

«Nun, Beta», sagt er und streicht sich mit der Hand übers Haar. «Komm, setz dich hierher und trink noch ein Glas mit mir. Jetzt hast du ja alles gesehen.»

«Ich war auf Besichtigungstour – Punj hat mich überall rumgeführt», sagt Jivan. «Was ist passiert?»

«Ja? Gut so. Dann sei jetzt der Erste, der mit mir feiert», sagt Kritik. «Ich verlasse die Company. So sieht es momentan aus.»

Die glühende Hitze auf Jivans Kopf und der Whisky in ihm machen aus den Worten beinah ein Lied, so als würde Kritik Sahib ihn zu einer Party einladen oder ihm die Cricket-Scorekarte vorlesen. Doch sein Gesicht tropft, es schmilzt geradezu. Er sieht aschfahl aus. *Die Company verlassen?* Was geht da vor?

«Oh, ich glaube, ich muss jetzt zu Ranjit. Mich einleben.»

«Wie du willst», sagt Kritik. «Ganz, wie du willst, Jivan. Dann los, verschwinde. Und kein Wort über das, was gerade war.»

Jivan nickt und geht die Stufen rückwärts ins Gras hinunter. Dann dreht er sich um und läuft auf dem Pfad weiter, den Kritik gebahnt hat. Er hört ihn schreien:

«Hau ab, du Bastard! Nach all den Jahren!»

Jivan fängt an zu rennen. Zurück über den Hof, wo sein Schatten die Sonnenuhr kreuzt; er will zurück zum Banyanbaum im wilden Wald gehen und von dort aus den Weg zum Haus in Nizamuddin finden, in dem er als Junge mit einer Mutter und einem Bruder und manchmal auch mit einem Vater gelebt hat. In den Gartenkarrees der östlichen Enklave waren zerbröckelnde Moscheen zu erforschen und Badminton-Titel zu verteidigen. Im Stehen auf Jeets Rad herumzusausen und aufzupassen, dass man den Schuster an der Straßenecke nicht umfuhr oder die Männer, die sich gerade rasieren ließen. Zu Hause auf seinem Schreibtisch hatte er Modelle vom Tafelberg, den Pyramiden und dem Empire State Building stehen, die er aus abgeleckten Chuski-Stielen gebastelt hatte. An die Wände hatte er Poster von Bon Jovi und Bruce Springsteen über das von Samantha Fox geheftet. Da waren Ma und ihre Musik: Tabla und Sitar. Es bestand immer Hoffnung, um der Liebe willen Gargi zu sehen oder Radha, um sich zu vergnügen, und es gab Wasser aus dem Nalka und warmes, gekochtes Essen. Damals war Sita noch nicht auf der Welt.

Im Rosengarten legt er die Hände auf die Knie, beugt sich tief hinunter und atmet Staub ein. Von seinen Schläfen rinnt Schweiß und wässert die Erde – er geht in die Hocke, wie jemand, der Unkraut jätet. Sein Mund klappt auf, er reibt sich die Augen mit den Fäusten: Salz und Schmutz. Vor sich sieht er über jedem Grashalm lauter rote, durcheinanderpurzelnde Punkte tanzen. Unter der Gartenoberfläche wühlen Tausende von Ameisen die Erde auf, durchbohren sie mit winzigen Löchern, ohne Auftrag, ohne Verstand.

§

Ich heiße Devraj und meine Geschichte ist einfach – wenn ihr könnt, tretet näher. Als Ranjits Sohn aus Amerika nach Hause zurückkam, habe ich mir angesehen, wie er überall herumlugte, die Gärten inspizierte, die Sportplätze und den Steinhof. Es war eine Zeit, wie sie Königen gebührt. Was für ein schöner Ort das war!

Seit jener heißen Zeit sind Monate vergangen. Jetzt, in den Todestagen des Herbstes, befinde ich mich in Kaschmir, dem Land von Milch und Honig. Ah, Srinagar, Sringari, Stadt des Reichtums! So hat der berühmte Kaiser Ashoka sie genannt. Das Leben ist gut: Zur Eröffnung meines neuen Hotels habe ich Sita mitgenommen. Die Kashmir Company ist meine schönste Immobilie. Sie liegt auf einer Bergspitze und erwartet uns. Bald gehen wir dorthin.

Sita wollte zuerst dieses alte Haus sehen, und obwohl ich einst schwor, nie wieder dorthin zurückzukehren, kann ich meiner Tochter nichts abschlagen. Also sind wir jetzt hier und wandern in den fünf Stockwerken aus kaputtem, faulendem Holz umher.

Ich spüre den trägen, schlammfarbenen Jhelum dort unten. Ein als Schlange verkleideter Fluss, der die Richtung nach Gutdünken wechselt. Früher gab es dort einen Pier, an dem die Verkäufer ihre Boote festmachten und Safran, Tee und geschmuggelte Zigaretten zu reduzierten Preisen verkauften. Jetzt steigt von dort der Gestank stehenden Wassers auf. Das Holzhaus stürzt ein und fällt in sein eigenes Spiegelbild.

Überall ringsum ist es sehr schmutzig. Irgendwo draußen gehen die Stadtbewohner wegen der beißenden Kälte in Schultertücher gehüllt ihren Geschäften nach – hier der Markt, dort das Heiligtum. Die Tulpenfelder liegen brach und warten auf den Frühling. Während die Bienen Honig produzieren und aus Schilfrohr Boote werden und die Welt sich immer weiter dreht. Einfachheit ist ein Leben auf dem Wasser. Kein fester Erdboden.

Ich kann mich nicht erinnern, wann ich zum letzten Mal hier war. Heutzutage muss ich mich ins Zeug legen, um den Augenblick zu erwischen, Zeugung des Vergessens. Das Vergessen ist immer da, es ist ein glitschiger Fisch. Blind und mit Zähnen. Schweigend glotzt er und knabbert.

«Sita?»

Sie gibt keine Antwort. Wegen irgendeinem Durcheinander schwebt ringsum überall Staub umher. Hier im Fußboden klafft ein Krater, durch den man ins untere Stockwerk blicken kann. Mein junger Diener liegt dort unten auf dem Bauch; sein Hals ist seltsam verdreht. Er muss wohl zu Tode gestürzt sein.

Vielleicht ist Sita unten Tee holen gegangen. Nein, natürlich nicht, das kann gar nicht sein. Ich bringe gerade etwas durcheinander. Verwirrung: der Bastard-Halbbruder des Chaos. Chaos: das Folterinstrument des Vergessens.

Wo ist sie bloß? Eine Weile hat sie hier geschlafen, dann ist sie weggelaufen. Verstecken spielen gefällt ihr sehr – fang mich doch! Ich habe ihr gesagt, dafür sei jetzt nicht der richtige Zeitpunkt. Weil ich nämlich gerade meine Geschichte erzähle, und zwar aus tiefstem Herzen. Es ist die allerwichtigste: Das haben die besten, gelehrtesten Männer mir mein Leben lang gesagt. Dennoch habe ich gelernt, dass alle nach ihren Sprechakten beurteilt werden sollen. Da wären wir also und drehen uns redend im Kreis, auf Dielen, die durchzubrechen drohen.

Ich bin in Napurthala geboren, einem Königreich ganz in der Nähe. Als Sohn eines Maharajas und seiner fünfzehnjährigen Braut. Als sie fünfundzwanzig war, starb er bei einem Jagdunfall. Ich war zehn Jahre alt, ihr kleiner Prinz, und wuchs im Schatten zweier Imperien auf. Demjenigen der Moguln und dem der Briten. Meine verwitwete Mutter war streng: Sie warnte mich immer: *Wenn du das Fleisch von einem Tier isst, wird das Tier dich von innen verschlingen.* Und doch hat sie mir die feinsten Fleischgerichte zubereitet. Stew mit Klopsen in einer Soße aus Zwiebeln und Tomaten. Ein Gericht, das sie von der Frau des britischen Vizekönigs hatte, die ihr auch ein Glas frische Kuhmilch pro Tag empfahl, so weiß, dass sich die Innereien davon verfärbten.

1957 kam ich zum ersten Mal nach Srinagar – als flotter junger Maharaja voller Verlangen nach dem Leben. Durch den Anschluss wurde Napurthala unserem neuen, unabhängigen Indien geschenkt, und ich besaß keine Stadt und kein Land mehr. Srinagar ist es ebenso ergangen. Ich war ein König ohne Königreich, gierig danach, mir einen Namen zu machen. Ich sehnte mich nach diesem Haus, nach den Geheimnissen der Schultertuchproduktion, die dort verborgen lagen. Zu meinem Glück lebte hier ein reicher Mann, ein Kashmiri-Pandit der herrschenden Klasse mit besten Manieren, ein Hindu im besten Sinne. Die passende Gesellschaft für einen König. Seine Tochter war jung, und seine Geschäfte gingen schlecht, weil er es gewohnt war, sich mit seinen Shi'a Angestellten zu verbrüdern, als seien sie seine eigene Familie. Er hatte nicht verstanden, dass es in der modernen Welt darum ging, nur die eigenen Leute zu favorisieren.

Ich war ein viriler Mann und hatte überall in unserem lieben Land Geld und Verbindungen. Still und leise spekulierte ich, versorgte die Banken von Srinagar mit Geld und brachte ein paar meiner hiesigen Freunde an der Börse unter. Das war vor der Umstellung auf EDV, als das Börsenparkett noch von Männern beherrscht wurde. Die Präsenzbörse. Erwiderungen wurden nicht geduldet. Wer am lautesten schreit, gewinnt.

Am Schluss kam der alte Pandit zu mir und lud mich in dieses Haus ein. In diesem Zimmer hier empfingen wir die Weber aus dem ganzen Tal, aus hundertfünfzig Familien. Handgereinigte, handgesponnene Wolle. Handgewebt, sodass beide Seiten der Schultertücher genau gleich waren. Dann wurden sie sorgfältig mit Mustern versehen und ordentlich gefärbt. Da die Frauen keine Naturfarben mochten, bestellten wir gefärbte Wolle. Sie wollten Himalajablau oder knalliges Pink, wie die spitzigen Blütenknospen der Bougainvillea. Ganz zu schweigen von dem prächtigen Purpurrot, das wir aus Safran, Walnuss und Granatapfelkernen herstellten. Und dann die Stickereien! Feine Goldfäden, die in irgendwelchen Zimmern im Hinterland gesponnen werden und schimmern wie Schilfrohr im Abendlicht. Heutzutage signalisieren Graubraun, Gelbbraun und Salbeigrün eine gute Kinderstube, und je weniger chamki, desto besser. So wandelt sich die Mode.

Um ein solches Teil herzustellen, brauchte eine Familie ein Jahr. Wir bezahlten tausend Rupien pro Stück, addierten unsere Marge dazu und verkauften nur nach vorheriger Absprache und nur in den besten Läden der Company. Indien exklusiv. Und die Ferenghis, die Premierminister, die Prinzen und ihre Frauen kamen von nah und fern, um sie zu erstehen, denn dass sie von höchster Qualität sind, ist unbestreitbar. Warum sollte Qualität nicht ihren Preis haben?

Zehn Jahre vergingen. Ich wurde unruhig, denn Srinagar war voller Paare, die dort ihre Flitterwochen verbrachten. Man konnte nirgends entlanggehen, ohne irgendeine Köstlichkeit von einem Walla zu probieren, der heiße Kastanien, Mandeln und Gewürze verkaufte, und dann damit die Boulevards entlangzuflanieren, wenn man ins Kino ging, ins Broadway oder ins Regal, um sich den neuesten Film anzusehen, oder wenn man im Sommer in den Shalimargärten picknicken wollte.

Schließlich kam der Tag, an dem die Tochter des Pandits fünfzehn wurde. Hier in diesem Zimmer reflektierten die Fenster einst jeden Winkel der Sonne. Ich spielte meine Karten aus und gewann meine Braut und jeden Faden, den sie mitbrachte. Ihr Vater bat mich: *Nimm dir nicht meine Tochter! Damit nimmst du mir nämlich, um dich vor der Kälte zu schützen, mein kostbarstes Schultertuch.*

Ich versprach, mich sowohl um die Tochter als auch um die Schultertücher zu kümmern. Und ihr zu erlauben, nach Hause zurückzukehren, wann immer sie wollte. Das bedeutete, dass sie immer halb hier und halb dort war. Als Gewalt die Stadt zu ersticken begann, war sie hier bei ihm. Ich rief aus Delhi an und drängte darauf, dass sie fortgingen, doch ihr Vater sagte, er würde bleiben. Niemand kann einen Mann zum Fortziehen bewegen, wenn er unbedingt bleiben will. Und kann man es ihm verdenken? Das Haus war unglaublich schön.

Üppige Teppiche schmückten hier einst die Wände, auch wenn man sich das schwer vorstellen kann. Jetzt sind sie zerfetzt und verschimmeln, sind eine Brutstätte für Motten. Einst hing hier ein handgemachter Kronleuchter von der Decke, voller herabfallender Perlen und Diamanten. Nachdem meine Frau und ihr Vater aus diesem Zimmer fortgezerrt und auf der Straße unten niedergemetzelt worden waren, habe ich den Kronleuchter abgehängt und ihn in der Farm wieder aufgehängt. Das Haus habe ich verriegelt.

Sita hat keinerlei Erinnerung an ihre Mutter oder an das Haus. Aber sie ist sehr weichherzig und war bestürzt darüber, dass es so kaputt ist. Sie weinte um etwas, was sie nie gekannt hatte. Sie rief auch nach ihren Schwestern, was ich ganz und gar nicht verstehe.

Ich habe versucht, sie abzulenken, und mich im Schneidersitz neben sie auf den Boden gesetzt. Ich sagte:

«Vergiss nicht, dass Gargi immer versucht hat, dich zu ihren Spielen zu zwingen, deswegen habe ich dir ein eigenes Versteck gebaut! Vergiss nicht, dass Gargi dachte, du könnest gefahrlos ins Kino gehen, doch ich habe ein Kino für dich auf der Farm installiert! Und vergiss nicht, dass Gargi nie gewollt hat, dass du in der Company arbeitest, daher habe ich dir den besten Anteil gegeben!»

Nichts davon schien Sita zu beruhigen. Sie rang die Hände; sie biss sich auf ihre perfekte Unterlippe. Sie hat die zarten Vogelgesichtszüge ihrer Mutter, deren schräg gestellten Kopf, die Pfirsichbrüste, die für ihre Figur fast zu groß sind. Ich streichelte ihr Haar und sagte, sie solle etwas aus ihren Collegetagen erzählen, mir sagen, wo sie überall gewesen sei. Wir hielten uns an der Hand, und sie sagte, «Papa, ich hab dich so lieb, es wird Zeit, dass ich dir alles erzähle. Du weißt ja, dass ich für meinen Bachelor in der Stille der Cambridge-Bibliothek gelernt habe. Was für Heimweh ich hatte und wie viel Freiheit! Ja, ich habe viel experimentiert, geistig und körperlich, mich nackt in viele Betten gelegt, doch keiner konnte mich geistig fesseln. Letztes Jahr habe ich mich dann in einen indischen Filmemacher verliebt. Er eroberte mein Herz auf den ersten Blick. Er lenkte mich von meinem Geistesleben ab und nahm es doch in

Beschlag. Ich wollte ihn unbedingt. Ich war bereit, Verrat an meinem Studium zu begehen. Bis er die Heftigkeit meiner Gefühle kaputt machte, indem er mich eines Nachts unumwunden um meinen Körper bat.»

An dieser Stelle hielt sie inne und sah mich an. Ich verzog keine Miene: Mein Gesicht war so leer wie ein nicht ausgefüllter Scheck. Sie fuhr fort:

«Ich setzte mich in den Zug und fuhr zu ihm. Nach London. Mitten beim Abendessen, als ich gerade die Gabel zum Mund führte, sagte er: *Bleibst du über Nacht bei mir?*»

Hier sprang sie auf und fing an, durchs Zimmer zu gehen und ihren Dupatta hin- und herzudrehen. Sie nahm ihn ab und ließ ihn auf den Boden fallen. Ohne mich erneut anzublicken, erklärte sie, seine Worte hätten sie so schockiert, dass sie erwidert habe: *Nein, das kann ich nicht,* obwohl er das Abendessen bezahlte. *«Papa»*, (sagte sie und kniete vor mir nieder), «wenn er mich nicht gefragt hätte, hätte ich den Abend seinen Lauf nehmen lassen und mich ihm hingegeben. Er sagte, ich hätte aus Scham abgelehnt. Aus Furcht vor dem, was du, mein lieber Papa, sagen würdest. Aus Furcht vor dem, was die Leute denken würden. Aber es war keine Scham. Es war Liebe, zu meiner Seele und meinem Selbst. Ich begehrte ihn so sehr, wusste aber, dass ich zusammenbrechen würde, wenn er mich anrühren würde, und dass er dann einfach weiterziehen würde. Meine Ablehnung hat natürlich genau dazu geführt. Ich bereue meine Entscheidung immer noch. Ich denke pausenlos an ihn, mein Körper steht in Flammen.»

Während sie redete, bebte das Haus. Doch ich ließ sie nicht merken, dass ich angeekelt war. Ich fragte mich, für wen sie mich eigentlich hielt – für eine Freundin oder Tante? Für ihre Schwester? Und für welche? Ich tätschelte ihr die Hände und gab dem jungen Diener, der uns hierhergebracht hatte, ein Handzeichen: Obwohl er drüben an der Tür stand, sahen seine Ohren aus wie die Henkel eines Schulfestpokals. Er hörte zweifellos sehr genau zu.

«Chup-chup, psst», sagte ich. «Das ist jetzt vorbei, Sita. Wir sind jetzt hier. Aber egal. Sieh dir an, wie wir hier sitzen und Geschichten erzählen, wie zwei ungezogene Schwestern.»

Darüber musste sie lachen, wehmütig, wie ich fand. Der Klang machte mich noch wütender, und ich war überrascht, dass sie es nicht merkte. Fast hätte ich ihr erzählt, dass ich, nachdem ich bei ihrer Empfängnis in Schwung gekommen war, gelobt hatte, nie wieder in dieses Haus zurückzukehren oder auch nur in diesen Teil der Stadt. Der Ort eignet sich nur für Hunde und tote Kinder.

Ich muss sagen, dass ich vergessen hatte, wie kalt es im November in Kaschmir ist. Es schneit beinah. Wenn ich die Zunge herausstrecke, kann ich das Eis in der Luft schmecken. Die Balken über mir knarren, und Stücke des Himmels stürzen herab. Anscheinend habe ich mein Schultertuch verloren.

«Sita?»

Mein Gott, warum kann ein Mann nicht einfach leben? Warum muss er sich eine Frau nehmen und Kinder zur Welt bringen? Der Mann bringt das Kind zur Welt, mehr als die Frau. Khaana, daana, dhanda, doodh. All die Verantwortung. Wo ist Sita bloß? Keine Antwort.

Zwei

In der Company hat Jivan Singh keine Zukunftsperspektive, weil dumm dazustehen sein neuer Beruf ist. Für die Fahrer und Garagenjungen, die nicht verstehen können, wo er hingehen möchte, ist er zum Dienstzeitvertreib geworden.

«Können Sie mich zu Ranjits Haus bringen? Nach Nizamuddin? Zum alten Haus?» Er imitiert ein sich fortbewegendes Fahrzeug. Überlegt, ob er es auf Hindi versuchen soll, lässt es dann aber. Will nach dem Schlüssel für den Ferrari fragen, für den Maserati; irgendwo in dieser Garage musste der Rolls-Royce-Oldtimer stehen, in dem die alte Nanu immer herumkutschiert wurde, als er klein war. Er durfte sich diesem Wagen nicht nähern, wenn er auch nur in der Nähe atmete, drohte Nanu, Gargi zu ohrfeigen. Das Auto gehörte ihrem Mann, dem Maharaja von Napurthala. Ma sagte, es sei neben Nanu das Einzige, was die Liebe des Maharajas zum Würfelspiel überleben werde.

Ein Mann in einer grau-goldenen Uniform kommt näher, und die anderen Fahrer lassen ihn durch. Mit seinem kugelrunden Kopf sieht er aus wie der Buchstabe i.

«Ich heiße Dipesh Singh und bin der Mechanikermeister. Ah, Jivan Sir, Ranjitjis Bungalow ist hier auf der Farm. Ihre Tasche ist bereits dort. Ich werde jemanden bitten, Sie zu begleiten.»

«Nein, ich will zu uska, ähhm, unka, ähhm, ghar gehen. Zu Ranjits *Haus?*» Jivan stellt pantomimisch vier Wände und ein Dach um sein Gesicht dar; er sieht genau hin: Reagiert der Obermechaniker auf sein eingerostetes Hindi mit einem Stirnrunzeln? Bewegen sich seine Mundwinkel nach oben?

«Jawohl, Sir. Praveen!»

Ein Junge, dessen Haar glänzt wie eine Bowlingkugel, tritt nach vorne.

«Chalo, bring Mr Jivan zu Ranjit Sahibs Bungalow.»

Jivan lässt sich von ihnen auf den Rücksitz eines anderen Golfmobils verfrachten. Sie fahren wieder am Bowlsrasen vorbei und am Swimmingpool. Er hält die Augen geschlossen, legt den Kopf zurück. Die Fahrt dauert an die zehn Minuten. Sie sprechen kein Wort.

Sie kommen zu einem bewachten Bereich mit drei unauffälligen Bungalows, in deren Mitte sich eine gepflegte Grünanlage befindet. Jeder Bungalow hat eine ordentliche Veranda mit einem Glastisch und niedrigen Sitzsäcken darum herum. Jeder hat Blumenkästen vor den Fenstern. Sie halten an. Der Junge überreicht ihm einen Umschlag und sagt:

«Sir, dieses da.» Er deutet auf das Haus in der Mitte. «Hier ist Ihre persönliche Schlüsselkarte.» Er startet das Golfmobil und fährt pfeifend davon.

Auf der Veranda hockt eine faltige Frau in einem schlammfarbenen Sari, mit einem langen Rohrstockbesen. Sie blickt nicht auf, kehrt nur um Jivan herum und bewegt sich dabei wie eine Krabbe. *Der Wahnsinn*, denkt er.

Im Haus läuft die Klimaanlage. Dunkles Holz, Glas und Porzellan, versenkte Deckenleuchter und noch mehr Lilien. Alles mit dem Logo der Company versehen – einem Schild, zwei Tigern und zwei Schlangen. Zwei Mottos, eines in Latein und eines in Sanskrit oder Hindi, er errät weder die Sprache noch die Bedeutung. Das einzige Wort, das er wiedererkennt, ist DEVRAJ.

Ranjit lebt in dieser Vorstandssuite. Das heißt, dass es dort Essen gibt. Er geht in die Küche: Die Regale sind leer. Im Minikühlschrank stehen nur Viertelliterflaschen Tiger-Bier. Die Hintertür führt zu einem ungeliebten Hof, wo in der sterbenden Sonne alles gelbsüchtig wirkt. Auf der Waschstufe hockt eine andere Frau und schlägt nassen Stoff gegen den Stein. Von der Farbe der Kleider sind ihre Arme voller blauer Flecke. Sie blickt auf, ihre Augen sind dunkel und trüb wie der Eimer mit Seifenschaumwasser neben ihr. Sie lächelt nicht.

Er inspiziert die beiden Schlafzimmer. In dem einen hängt der Zimtgestank vom Old Spice seines Vaters, sodass er fast würgen muss. Im anderen hat jemand seinen Koffer ausgepackt und seine Sachen in den Schrank gehängt. Er legt sein Jackett ab. Die Taschen sind leer, seine Harvardkrawatte hat er irgendwo auf der Farm verloren. Er schleudert die Schuhe von sich, zieht die Socken aus und lässt sich aufs Bett fallen. Er denkt an Kritik, Kameras und Mikrofone – und behält seine Boxershorts an. Nach all den Stunden in der Luft und den Schocks am Boden kann er nichts mehr behalten und schläft ein.

Im Traum wartet Gargi auf ihn. Sie lächelt wie Ma und riecht nach Rosen, Sandelholz und Seide. Seine Nase registriert es nicht. Als Gargi langsam ihren Sari aufwickelt, mit festen Händen, den Blick unverwandt auf seine Augen gerichtet, fängt er an zu weinen. In Bluse und Unterrock kommt sie zu ihm und beginnt, den Sari um ihn zu drapieren. Als sie ihn in seinen Gürtel steckt, bleiben ihre Nägel an seinen Bauchhaaren hängen und lösen kleine Schocks in seiner Leistengegend aus. Er riecht das Mandelöl auf ihrer Haut. *Ganz entzückend*, sagt sie. *Dreh dich mal*, dann steckt sie ihn hinein; *dreh dich*, und noch einmal *dreh dich*. Er spielt mit ihrem Haar – das in seinen Fingern wie Wasser ist –, und als sie sich bückt, um seinen Sari in Falten zu legen, spürt er ihren Atem auf der Haut, und als sie den Pallu über seiner Brust drapiert, streichelt er sie. Davon wird er scharf und steif, aber es fühlt sich falsch an, weil es Gargi ist, die die Ma für ihren Sohn spielt. Doch sie macht weiter, bückt sich erneut, führt die Lippen näher an seinen Bauch, legt die Finger in die Sarifalten. Er blickt umher: In diesem Dschungel ist es feucht, der Sand unter seinen Füßen ist pulverfein, ringsum stehen grüne, üppige Dattelpalmen, die ihn zu liebkosen versuchen. Aus dem Sand erheben sich Spiegel; er schaut in einen – Radhas Spiegelbild ist zu sehen – sie ist so schön, dass er auch sie anfassen möchte. Er streckt die Hand nach ihren Brüsten aus und stellt fest, dass er Tränen weint, die ihm aus dem Gesicht rinnen. Der Sari ist durchnässt und hängt schwer an ihm. Er will sich bewegen. Gargi ist fort, der Spiegel schmilzt zu einer silbernen Pfütze, und wo ist Sita? Er sucht sie in allen Seidenfalten zwischen seinen Beinen. Er muss ihr etwas sagen, aber sie ist nirgendwo. Als er die Hände ausstreckt, beginnt der Stoff, sich um seinen Hals zu knoten, und er wacht auf, halb erstickt und in die Laken verheddert. Bevor Mas Name seinem Mund entschlüpfen kann, erstickt er ihn in der Kehle.

*

Einen Moment lang denkt er, *Jon, was hast du eingenommen?* Er weiß nicht, wo er ist, wie spät es ist, welcher Tag es ist. Seine Augen sind so trocken, dass es ihm vorkommt, als bröselten sie ihm aus den Augenhöhlen. Seine Beine sind schwer. Er schaut nach unten. Die Laken sind schweißgetränkt. Und Ma ist tot.

Jivan sitzt auf der Bettkante und drückt auf alle Schalter, bis das Licht angeht. Er schwört sich aufzuhören. Mit dem Denken und Träumen. Von jetzt an wird er leben, wo er ist.

Draußen plappern die Vögel im rosa Sonnenuntergang, wie zu Hause die Erstklässler. Die Sonne löst sich im indigoblauen Himmel auf.

Er duscht, wickelt sich in einen Bademantel der Company und schlängelt sich dann benommen und ausgehungert um den Bungalow. Er fragt sich, ob er beim Zimmerservice etwas bestellen kann. Steak mit Pommes frites? Er könnte solch eine Muh-Kuh beim Muhen schlachten. Er geht auf Zehenspitzen in Ranjits holzgetäfeltes Arbeitszimmer, ein College-Bibliotheks-Imitat. Er setzt sich samt Handtuch an den Schreibtisch mit Lederauflage und greift zum Telefonhörer.

«Guten Abend, Jivan Sahib, kann ich etwas für Sie tun?» Eine Frauenstimme: freundlich und vielversprechend.

«Hallo? Woher wissen Sie, wer ich bin?», hört er sich sagen. Er holt Luft und sagt: «Kann ich etwas zu essen haben?»

«Natürlich. Es ist jetzt achtzehnhundertfünfunddreißig Uhr. Möchten Sie gern einen Viceroy Tee? Das sind drei mundgerechte Samosas,

Minigurke, Lachs-Paneer Amuse-bouche, zwei Tikka-Patties, verschiedene Löffelbiskuit-Eclairs, französischer Fondant und eine Kanne Assam oder Darjeeling. Oder Earl Grey. Sie können auch Kaffee haben – Cappuccino der Company? Wenn Ranjit Sahib um diese Zeit zu Hause ist, nimmt er immer Assam Tee.»

«Nein. Ich glaube, ich meine, ja», sagt er.

«Tee, Kaffee?»

«Kaffee. Kann ich Pommes haben?»

Sie hat eingehängt. Er legt ebenfalls auf. Er weiß nicht, was französischer Fondant ist. Weiß das irgendwer? Jeet schon; er hat für solches Zeug etwas übrig.

Auf dem Schreibtisch dokumentieren Fotos in silbernen Rahmen das Leben, das er versäumt hat. Jeet mit neun oder zehn am India Gate: in der Hand einen Becher Kwality-Eis. Wieder Jeet: in Fünfsternehotels, in Restaurants, bei Picknicks, Partys, älter werdend, dicker werdend, Oberschule, dann College. Am Eingang des Nizamuddin-Hauses stehend, ziemlich zufrieden mit seinem Leben. Jeet im Anzug mit bonbonfarbenem Streifenhemd, neben Devraj, Gargi, Sita, Radha und Ranjit an einem Swimmingpool mit Poolbeleuchtung. Sita, die wie süße vierzehn aussieht, hält ein Glas Champagner in der Hand. Auf einem Transparent steht: *Herzlichen Glückwunsch zum 21., Jeet.* In Rosa.

Jeet, Jeet, Jeet, denkt er. *Wo warst du heute? Du hast mir doch versprochen zu kommen.*

In der Kitchenette kämpft Jivan mit dem an die Wand montierten Flaschenöffner und bespritzt sich mit Bier. Er wischt sich die Hände ab und kippt ein Fläschchen hinunter. Er öffnet noch zwei und nimmt sie mit auf die Veranda. Draußen ist es jetzt kühler. Statt der Vögel hört man Grillen, und am Himmel stehen Sterne, ganz viele Sterne. *Was für ein Mensch ist Devraj, dass in dieser Stadt voller Smog Sterne über seiner Farm leuchten? Auf dein Wohl, Devraj Sir!* Und auf Kritik und alles, was heute passiert ist. Er leert die Flaschen in sechs Schlucken, während sich in ihm alles leicht dreht. *Hier bin ich!,* will er schreien (lässt es aber). Die Sterne scheinen nicht sehr weit weg zu sein. Er könnte sie leicht erreichen, er ist genauso hell und strahlend wie sie. Gerade will er die Arme ausstrecken und pfeifen, als ein Golfmobil vorfährt, put-put, sein Vater sitzt auf dem Rücksitz. Schnell – die Flaschen versteckt; den Hemdkragen heruntergeklappt.

«Jivan! Aré Beta, du bist hier? Sehr gut. Hast du was zu trinken gefunden? Gut. Hast du die Farm ganz gesehen?»

Ranjit nimmt eine rot-goldene Schachtel Zigarillos aus der Hemdtasche, klopft kurz darauf und zieht einen mit den Zähnen heraus.

Jivan raucht nicht, sagt aber nicht Nein, wenn man ihm Zigarillos anbietet. Es lohnt sich: Ranjit beugt sich tatsächlich vor, um ihm Feuer zu geben, und hält die Flamme nahe an sein Gesicht.

«Guten Abend, Ranjit Sahib.»

Eine junge, hübsche Frau in grau-goldener Uniform taucht aus dem zweiten Bungalow auf. Sie trägt ein Tablett, auf dem ein Aschenbecher, zwei Gläser, ein hohes und ein niedriges, stehen sowie eine Flasche Tanqueray Gin und ein Tonic der Company, eine Schüssel Eis und eine ungeschnittene Zitrone. Sie bleibt breitbeinig stehen, mit dem starren Lächeln einer Stewardess, die sich für Turbulenzen bereit macht. Ranjit greift hinter sie und legt ihr die Hand aufs Kreuz. Das Tablett wackelt leicht.

«Vanita», sagt Ranjit. «Das ist mein junger Freund Jivan. Er bleibt nur für ungefähr eine Woche. Achte darauf, dass er dir nicht in die Quere kommt, haan?»

«Schön, Sie kennenzulernen, Jivan. Sagen Sie mir Bescheid, wenn Sie etwas brauchen. Greifen Sie einfach zum Telefonhörer in Ihrem Zimmer, dann antworte ich.»

Sie blicken ihr nach, der Vater und der nicht zu nennende Sohn, die auf der Farm der Company auf einer Veranda zusammensitzen und trinkend und rauchend ausharren, im Hintergrund die Grillen, über ihnen die Sterne. Ein Hindisong erklingt knisternd zwischen ihnen, Jivan versteht den Text nicht, aber die Melodie ist reines, altes Bollywood. Ranjit zieht sein Handy aus der Innentasche. Die Melodie klingt jetzt lauter und bricht dann ab.

«Hallo, hallo?», sagt Ranjit. Seine Stimme schwingt sich nach oben und spannt sich an. «Jeet? Hat Gargi dich angerufen? Nein? Bist du in der Nähe? Kann ich nicht sagen – komm sofort hierher.»

Als Jivan den Namen seines Bruders hört, wird er rot. Er überprüft sein eigenes Handy; nichts von Jeet, aber fünf neue SMS. Iris – löschen. Iris – löschen. Iris – löschen. Alles Liebe Iris. Er schlägt auf das Handy, löschen, löschen.

Ranjit redet immer noch.

«Jeet Beta, die Mädchen, nun, Sita, ich – nein, mir geht's gut. Aber hier ist einiges los. Ich möchte, dass du sofort hierherkommst, zu mir. Und komm nicht so spät, okay? Hast du Gargi-Radha heute getroffen? Oder sonst jemand? So was passiert, wenn – okay, okay, okay, tschüss.» Ranjit klappt das Handy zu. Er holt Luft und lächelt Jivan an.

«Also Beta. Obama in Amerika», sagt er. «Drei Jahre Schwarz im Weißen Haus. Die Welt ist ein seltsamer Ort. So was könnten wir uns in Indien wirklich nicht vorstellen. Aber mit den Jahren ändern sich die Dinge. Diese neue Offenheit, mit der kann es nicht ewig so weitergehen. Wohin soll das führen? Das ist meine Frage.»

Er wartet nicht auf Antwort, sondern erhebt sein Glas auf Jivan.

«Na, komm, Beta, erzähl mir, was es Neues gibt!»

Was soll er sagen? Jivan könnte seinem Vater erzählen, dass er ein Prädikatsexamen gemacht hat. Dass er im ersten Jahr gefochten hat, dass er das Salzkaramell von Hershey's Kisses ablutscht. Dass der Herbst, den es in Delhi nicht gibt, seine Lieblingsjahreszeit ist.

«Nichts weiter», sagt er achselzuckend. «Außer dass ich heute nach dem Mittagessen Kritik Sahib gesehen habe. Er war ziemlich aufgebracht.»

Ranjit sieht ihn an.

«Entspann dich, Beta, entspann dich. Was hast du gesehen?»

«Nichts. Ich hab mir die Farm zeigen lassen. Als ich zurückkam, war Kritik in einem schlimmen Zustand. Er hat gesagt, dass er geht. Es klang, als sei das sein Ernst.»

«Ha, ha. Jivan, du musst warten und lernen, wie die Dinge hier laufen. Mit der Zeit werden sich eine Menge Möglichkeiten für dich auftun. Du könntest ein paar Wochen bei Devrajjis Hundert verbringen, lauter vornehmen jungen Männern. Aus den besten Familien, handverlesen für eine Zukunft im Geschäftsleben, in den Medien, in der Regierung. Sie arbeiten irgendwann in ganz Indien, manche auch in der Company.»

Jivan stellt sich eine Devraj-Armee vor, Männer in weißen Kurtas, braunen Schultertüchern und dunklen Brillen, die durch die Farm marschieren, um ihn zu stellen. Er braucht unbedingt etwas zu essen.

«Du solltest auch in den Norden gehen und sehen, was wir in Amritsar machen», sagt Ranjit. «Und wenn alles gut läuft, kannst du zu unserem neuen Standort in Srinagar kommen.»

«Darüber habe ich gelesen. Das neue Hotel. Die Vorstellung von Seen und Hausbooten gefällt mir sehr. Kampfgebietsluxus. Ultracool.»

«Gut, dann weißt du ja Bescheid. Das Militär ist dort, aber in den letzten paar Jahren ist es reduziert worden. Dieses Jahr wird zum ersten Mal seit Längerem wieder offiziell Diwali gefeiert. Ja, das Hotel verdankt sich Devraj Bapujis methodischem Weitblick. Wenn die junge Generation nicht nach Kaschmir fahren und die große Schönheit dieser Gegend genießen kann, wie soll sie dann deren Bedeutung verstehen?»

«Soll heißen – als Gegend?», fragt Jivan.

«Ach Jivan. Du musst noch so viel lernen. Unsere Gäste werden die Srinagar Hotel Gardens der Company in der City of Gardens phänomenal finden. Ja. Jeet soll dir Srinagar zeigen, dafür werde ich sorgen. Er hat großartige Arbeit geleistet und Antiquitäten für die Familiensammlung beschafft, unbezahlbare Stücke. Ein paar haben wir hier, aber die meisten sind im Nizamuddin-Haus. Er mag diese Kunstdinge.»

«Jeet wohnt in Nizamuddin?»

«Er hat eine Kunstgalerie daraus gemacht. Ich hab ihm das Haus zum einundzwanzigsten Geburtstag vermacht. Ein Wink, weißt du, dass er anfangen soll, seine Pflichten ernst zu nehmen. Jetzt ist er 33 und will weiterhin Junggeselle bleiben. Was will er unter Beweis stellen?»

Warte mal, will Jivan sagen. *Du hast ihm mein Haus geschenkt? Mas*

Wohnung? Er schließt die Augen. Der Rauch von Ranjits Zigarillo dringt ihm in die Nase und verfängt sich in seiner Kehle.

Das Klingen von Porzellan: Er macht die Augen auf und sieht Vanita, die ein anderes Tablett in den Händen hält. Diesmal mit einer Kanne Kaffee, einer dreistöckigen Kuchenetagere, auf der schlaffe Häppchen angeordnet sind, wohlgeformte Samosas und hübsche Kuchen, mehr Essen, als Jivan seit Tagen gesehen hat.

«Hast du das bestellt?», fragt Ranjit. «Nahin, wir haben jetzt keine Zeit. Geh und mach dich fertig.»

«Aber ich habe seit Boston nichts mehr gegessen.»

Er greift nach einem Eclair, doch Vanita trägt das Tablett bereits weg.

«Lass sie gehen», sagt Ranjit. «Wir haben keine Zeit für diese Kuchen-Schuchen-Dinge. Zieh dich um. Jeet kommt zur Party und Gargi-Radha ebenfalls.»

Gibt es dort was zu essen? Er muss nur die alte, scharfsichtige Wut auf Jeet herunterschlucken, der die Vorfahren bekommt, die Familie, das Haus. *Was ist mit mir?* Das könnte er die Sterne fragen – aber wozu? Früher sah er zu, wie Jeet ein kurzärmeliges Hemd angezogen bekam und eine Fliege und dann im Bentley zu den Dienstagspartys verschwand. Am nächsten Tag redete Jeet dann mit niemandem, als sei er sich nach dem Zusammensein mit den Älteren zu gut, um draußen im Hof zu spielen. Wenn Ma abends eine Vorstellung hatte, bat Jivan sie, ihn auch mitzunehmen. Dann musste er ihr versprechen, außer Sichtweite zu bleiben. Wenn sie zum Jor Bagh-Haus kamen, spürte er Radha in ihrem Zimmer auf und brachte sie dazu, ihn mit ihren Chunnis zu verkleiden. Dafür versprach er, am nächsten Tag mit ihr Puppen zu spielen. Während die Männer tranken und die Frauen dazustießen, zerrte Radha ihn hinter sich her und stellte ihn als ihre neue Freundin vor. Daran war nichts Seltsames; es war S. P. A. S. S.: Radhas Spezialität.

*

Sein Reserveanzug ist ein Hugo Boss aus Wolle. Der Sommeranzug stinkt nach Flugzeug. Er zieht die Hugo-Boss-Hose an, steckt das Stadthemd hinein und nimmt das Jackett mit. Er hat keine zweite Krawatte. Da ist er: breite Schultern, starke Arme, braune Haut, weißer Akzent. Ausgehungert.

Als er nach draußen kommt, sitzt Ranjit bereits mit einem Eclair in der Hand im Golfmobil und leckt sich die Krümel von den Fingern.

«Halt dich im Zaum», sagt er. «Du bist jetzt hier, und ich will, dass du dich benimmst. Halt dich an Jeet, dann wird alles bestens.»

«Prima», sagt Jivan. «Aber erst mal ist da dieser Yoga-Ashram, den er mir zeigen will – du weißt ja, so was gefällt ihm: Stille, Meditation, keine Mädchen. Vor ungefähr einem Monat haben wir uns SMS darüber geschrieben – er scheint sein Religionsstudium ernst zu nehmen.»

Ranjit runzelt die Stirn und schüttelt den Kopf.

«Weißt du, Jeet hat Probleme», sagt Jivan. Er holt sein Handy heraus, fängt an zu scrollen und findet die Nachricht, die Jeet geschickt hat, als Ma starb. «*All das wird vorbeigehen. Wir kümmern uns um unsere Eltern, wir übernehmen ihre Träume. Vergiss nicht, dass die Arbeit nicht alles ist. Pass auf dich auf! Wenn du kommst, können wir vielleicht alles hinter uns lassen und irgendwas neues Vibemäßiges anfangen, ein Start-up außerhalb der Company. Vielleicht werden wir sogar Heilige auf Eseln. Alles Liebe, Jeet.*»

Wie Kritik Sahib spricht er bewusst leise und blickt dabei auf die Gärten.

«Vielleicht hat Jeet gedacht, ein bisschen Auszeit sei hilfreich», sagt er.

«Jivan», sagt Ranjit, «gib mir mal dein Telefon.»

Die Nachricht hatte Jivan erreicht, als er die Wohnung gerade verließ, um mit Ma in der Reisetasche zum Banksafe zu gehen. Jeets Englisch hatte etwas Indisches, und dadurch fühlte sich Jivan weniger einsam. Es war Jeets schriftliche Anerkennung, dass sie Brüder waren und nicht nur einer, der Besitz hatte, und ein anderer, der besitzlos war.

Jivan hält den Mund und beobachtet Ranjits Gesicht. Seine Augen sind nur noch Schlitze, seine Lippen braun und gespitzt, als wolle er der Luft einen Abschiedskuss geben.

«Wah, was für schöne Worte! Start-up ka bachcha. Start-ups, was? Upstarts – Parvenüs», sagt Ranjit.

«Siehst du?», denkt Jivan, *so einfach ist das.*

Jetzt sieht man die Schönheit des Geländes bei Nacht. Die Temperatur ist erträglich geworden. Tonlampen werfen Monde über die Wege. Die Blumen welken reihenweise und winken wie Teenagerfans auf MTV. Auf dem Weg zum Haus bilden Jeets Göttinnen eine Gasse, offerieren steinerne Früchte aus geneigten Steinkrügen, die weißen Brustwarzen auf immer hart. Er kann nicht sagen, ob es sich um die echten oder um die Fälschungen handelt. Er sieht eine lange, halbrunde Bar, um die sich fünfzig oder sechzig Männer in Anzug und Krawatte gruppiert haben. Gott sei Dank gibt es mindestens drei lange Tische, auf denen Warmhalteplatten und mit Deckeln versehene Stahlschüsseln stehen und dahinter in Habachtstellung Köche mit hohen Kochmützen.

Sie steigen aus dem Golfmobil. Ranjit hebt den Arm; Jivan zuckt zurück, doch der Arm legt sich um seinen Rücken, und als sie sich umdrehen, ist er immer noch dort, und sogar, als sie sich unter die Partygäste mischen.

Jivan lässt sich durch die Menschenmenge drängen, bestehend aus jungen Männern, schmal geschnittenen Anzügen (keine Marken, die er hätte zuordnen können), rosa Hemden, geblümte Krawatten. An manchen Handgelenken bemerkt er schweren Schmuck; er steckt seine Uhr in die Hosentasche. Man konnte sich leicht vorstellen, wie diese jungen Männer in New York, London oder Dubai in die Chefetagen aufstiegen, dunkle Schachfiguren, die von einer unsichtbaren Kraft herumgeschoben wurden. Er streicht sich die Haare glatt, manche drehen sich nach ihm um – der Anzug ist zu warm, aber zumindest ist er von Boss. Sich in Ranjits Kielwasser zu halten ist nicht schlecht, er wird vorgestellt als: «Jivan, mein jüngerer Sohn, zurück aus Amerika.»

Wie klingt das?

Fast bei jedem zweiten Schritt fragt ihn jemand: *Wie gefällt Ihnen In-*

dien? Und der Nächste sagt: *Und was halten Sie von Indien?* Oder auch: *Wie finden Sie Indien?* Mit jedem Mal gefällt ihm Indien besser, er erwidert, dass es einfach irre sei, dass er es mit einer Landkarte, einem Flugzeug, zu Fuß gefunden habe (ein verbrauchtes Arsenal halb vergessener Worte und eine Erzgrube an Erinnerungen). So geht es weiter, und als er Indien dann gefunden und mehr geliebt hat als irgendwer je zuvor, gelangen sie ins Herz des engsten Kreises: zu den drei Männern, die an der Bar stehen.

Er blickt jetzt direkt in die Geheimratsecken von Gargis Mann Surendra, der eine breitrandige Brille und einen bestickten Seidenkurta trägt.

«Du bist also hier», sagt Surendra. «Gargi hat so was erwähnt.» Sein Händedruck ist feucht und schlaff.

Dann deutet Ranjit auf Bubu.

«Der unsere liebe Radha managen muss», sagt er. «Armer Bubu.»

Aus der Nähe betrachtet, ist Bubu ein Prachtexemplar, das abbaut. Er hat die richtigen Wangenknochen, die Stoppeln und den festen Händedruck, doch das Weiß seiner Augen ist am Vergilben, und seine Haut hat denselben Gelbstich, was auf Bourbon nach dem Mittagessen hindeutet. Außerdem ist er der einzige Mann in Jeans.

«Whassup, Gee-van? So sagt man doch in Amer-i-ka?» Bubu grinst. «Jeets lange verschwundener Halbbruder. Ja, ja. Gute Arbeit, Ranjitji. Toller Anzug. Was ist das für einer, Herbst 2010?»

Überall ringsherum sind Männer, die trinken, reden und sich auf den Rücken schlagen. Kritik Sahib ist nirgends zu sehen, Devraj ebenso wenig. Sollte Kritik Sahib hier sein, dann hätte Jivan nur einen alten Typ erlebt, der einen schwachen Moment hatte. Er lächelt weiterhin, während Bubu und Ranjit auf seine Rückkehr anstoßen; sie trinken ihren JD auf einen Zug aus, bestellen sofort noch einen und kehren der restlichen Party den Rücken zu. Bubu lädt ihn zu einem Polospiel ein (als Zuschauer, nicht als Spieler), für morgen zum Schwimmen, frühmorgens im Pool, zum Frühstück mit ihm und Radha, zum Einkaufen im DLF Emporio, einer Mall, die – ohne Scheiß – der *anderen* Immobilienfamilie gehört. «Willst du dir was von Hermès oder Gucci ansehen? Du musst auch in den Laden der Company kommen, der ist überirdisch.»

«Delhi hat eine Mall?», fragt Jivan.

«Ganz genau, und wir essen mit Messer und Gabel. Meine Güte, wie lange warst du weg?»

Bubus dicke Augenbrauen, die – statt zusammenzuwachsen – in der Mitte gezupft sind, heben sich bei so viel Unkenntnis. Jivan wechselt daher das Thema. Er spricht über Sport, verwickelt Bubu in ein Gespräch über die Umgangsformen beim indischen Cricket im Vergleich zum amerikanischen Football, den Bubu, wie er sagt, total toll findet (als Zuschauer, nicht als Spieler). Jivan kann sich nicht konzentrieren, die Köche brauchen ewig, um das Buffet zu eröffnen; sein Hunger ist jetzt so groß, dass er auf Bubus Lippen starrt, die an einer Marlboro Rot ziehen, während hinter ihm Ranjit und Surendra Beschwörungen murmeln wie Aunties auf einer Hochzeit.

«Hai Bhagwan», sagt Ranjit. «Was ist los – er kommt nicht, was ist bloß los? Ist es das Kismet eines schwer arbeitenden Mannes, sich von dieser arroganten Ladki zurechtweisen zu lassen? Gargi hätte ein besseres Beispiel geben sollen. Und wo ist Kritik Sahib jetzt, was ist das eigentlich für eine Welt? Überall das Gleiche: Unruhen zwischen den Religionsgemeinschaften, schlechte Regierungsführung, und der jungen Generation ist das alles egal. Ich meine, was ist bloß los, Yaar?»

«Ranjitji», sagt Surendra, «keine Angst. Devrajji steht unter einem guten Stern – alles wird gut. Ich sorge persönlich dafür, dass Gargi nichts ohne Bapujis Absegnung unternimmt; wie könnte sie das auch, wo sie mit der Leitung der Farm alle Hände voll zu tun hat?»

Ganz gleich, wo Jivan hingeht, Gargis Name fällt überall. Aber nirgends in der Menschenmenge gibt es Frauen, nicht einmal Gargi ist da.

Bubu, Ranjit und Surendra lösen sich von der Bar, Jivan betrachtet die Ebbe und Flut aus Anzügen. Ein Rückkoppelungston kreischt aus der Stereoanlage, ein Herzschlag ertönt, ein Schlittern: Surendra taucht auf der unteren Bühne auf, er streicht über ein Mikrofon, klopft darauf.

Ob es Livemusik geben würde – wie in alten Tagen, als seine Mutter und Gargi tanzten?

Nein, die Männer ringsum ziehen sich die Schuhe aus, stellen sie sorgsam in eine Reihe, ziehen sich die Hosenbeine hoch und lassen sich auf dem Laken im Gras nieder. Beten wir jetzt alle? Er ist fast der Einzige, der noch steht. Er fällt auf die Knie.

Um ihn herum herrscht künstliche Aufregung; wie wenn man eine Sportveranstaltung ansieht, bei der der Ton leise gestellt ist. Devraj tritt auf die Terrasse hinaus; er trägt einen weißen Kurta Pyjama und dasselbe braune Schultertuch wie in der Bordillustrierten und wird von Bubu flankiert, der gleich groß ist, sowie von Surendra, den er überragt. Die wartenden Männer schlagen mit den Händen auf den Boden, ein fernes Donnergrollen durch die klare Nacht. Devraj streckt die Arme aus, scheint dann plötzlich nach hinten zu sinken und zu stolpern, sodass Surendra und Bubu ihn auffangen müssen. Er fasst sie an den Armen, und sie setzen ihn auf der Bühne ab, wo er sich im Schneidersitz niederlässt. Er hebt die Hände mit nach oben gekehrten Handflächen über die Köpfe der Menschenmenge und umfasst dann seine Füße, wobei er die Zehen mit den Fingern umschlingt. Er wiegt sich hin und her, bebt am ganzen Körper. Wenn er redet, zeigt er mit dem Finger direkt zum Himmel, und seine Stimme ist kräftig, als hätte er sie von jemandem gestohlen, der viel jünger ist.

«Hallo, guten Abend», sagt Bapuji.

Seine Stimme hat dasselbe tiefe Timbre, das einen nach einer Tracht Prügel trösten kann oder eine neue Überraschung ankündigt; selbst als Junge sollte Jivan sich eigentlich von Devraj fernhalten, was nicht immer gelang. Die Männer murmeln und begrüßen sich per Handzeichen.

«Vielen Dank an Sie alle, dass Sie heute Abend gekommen sind», sagt Devraj.

Man hört ein kurzes, herzliches Lachen, das dann verebbt.

«Die Dienstagspartys gibt es nun schon seit vielen Jahren. Manche von Ihnen sind schon lange dabei, für andere ist es das erste Mal. Und was für ein Mal!»

Über all die Männer hinweg, die die Hände zum Namaste zusammengelegt haben, die nicken und sich verbeugen, scheint Devraj Jivan direkt anzublicken.

«Heute Abend will ich mit Ihnen über etwas sprechen, was mir sehr am Herzen liegt», sagt Devraj. «Die letzten paar Jahre sind manchmal schwierig gewesen, doch da der große Gott es gut mit uns gemeint hat, Ram, Lakshman (*Mach schon*, denkt Jivan, *sag ‹Sita›*), hat uns die Natur gelehrt, uns um unser eigenes, unser geliebtes Land zu kümmern, und selbst das ist in der Hand Gottes. Zeit für jeden, seinen Flecken Land zu kultivieren, Andersdenkende auszumerzen und sich durch wachsende Warenproduktion selbst zu retten. Wir haben uns immer für die Familie stark gemacht, doch die Zeiten ändern sich, und wir müssen uns in Acht nehmen. Jeder muss seinen Flecken umwenden, Andersdenkende und Abtrünnige ausmerzen, Schutzmauern bauen und die Flügel derer stutzen, die zu weit fliegen. Kümmern Sie sich um die Seelen der Kinder, und essen Sie mittwochs, ähhm, nur Hammelfleisch. Denn was sonst macht Männer aus uns?»

Devraj lächelt in den mit Sternen vollgestopften Himmel. Die Menge klatscht – anscheinend überrascht sein zusammenhangsloses Gefasel niemanden.

Der Verfasser sollte gefeuert werden – die Rede ergibt keinen Sinn. Der große Devraj verliert den Verstand.

Devraj hustet ins Mikrofon, Surendra schenkt ihm ein Glas Wasser ein. Alle müssen feuchten Ohres zuhören, während er trinkt und schluckt. Dann fährt er mit lauter werdender Stimme fort:

«Nicht nur Ghandiji, sondern alle berühmten Geschlechter dieses Landes; ich bin keine Ausnahme. Unsere Tradition schließt daran an. Wir haben unsere Bemühungen immer innerhalb der Landesgrenzen konzentriert, und wir werden weiterhin vor Ort und nach oben bauen. Ich bin natürlich bescheiden in meiner Arbeit, ein ganz alltäglicher Mensch; und mehr als ein langes Leben und gute Gesundheit kann man von Gott nicht verlangen. Wir sind wie Mohammed, wir können den Berg nicht bewegen, aber wir sind auch der Berg, und Mohammed wird zu uns kommen! Und wenn er dann an uns vorbei will, muss er bezahlen.»

Stimmt, im High-Tea-Sortiment fehlt eindeutig ein Samosa. Jivan inspiziert die verzückten Gesichter ringsum: Keiner runzelt die Stirn und keiner grinst. Sieh sie dir an, wie sie in Socken dahocken wie brave kleine Kinder und einem Mann lauschen, der verrückt ist oder denkt, sie seien alle Schwachköpfe, wenn das sein Bestes war. *Steh auf, Jivan,* denkt er, *hier wirst du nie Verbündete finden.* Doch seine Beine sind ebenso taub wie sein Po. Und Devraj redet immer noch.

Er versucht, an den richtigen Stellen zu lachen, hat aber jetzt so großen Hunger, dass er seinen eigenen Arm aufessen könnte. Er denkt an Jeet, an Nizamuddin, an alles, was er verloren hat, und flüstert immer wieder: *Es geht nicht um Land, es geht um Geld.*

Bubu und Surendra helfen Devraj ins Haus. Die Männer rings um Jivan warten, bis sie fort sind, und gehen dann von der Bühne zur Bar.

«Jivan. Da bist du ja.»

Als er sein Glas gerade an die Lippen führt, unterbricht ihn eine Stimme. Jeet. Sein Halbbruder. In einem mattsilbernen Kurta und schwarzen Schlappen: der erste braune Mann, der es vom Mond auf die Erde geschafft hat. Er hat einen Diamantenstecker im Ohr und seine Haare sind auf dem Kopf zu einem Knoten zusammengesteckt.

«Bruderherz!» Sie schlagen sich auf die Arme, Ellenbogen und Schultern: Sie halten einander fest, ein Ertrinkender und der, der sein Retter sein soll.

«Ich kann's nicht glauben.» Jeet stemmt die Hände in die Hüften, tritt einen Schritt zurück und mustert ihn von oben bis unten.

Er ist da. Jeet Singh, der wahrhaftige Sohn von Ranjit Singh, einziger Patensohn von Devraj. Muskulös und dünn wie eh und je. Jivan legt die Hand auf Jeets Haarknoten und zieht leicht daran; als Jeet sich wegduckt, muss er lachen.

«Ein seltsames Gefühl. So als würd ich morgen früh allein in den USA aufwachen, verstehst du?»

«Das ist nur Jetlag. Stimmt was nicht? Bist du sauer, dass ich nicht am Flughafen war? Komm schon, Jon, du bist jetzt da! Darauf müssen wir anstoßen. Gin mit Tonic?»

Der junge Barmann blickt Jeet an und stellt, noch bevor er ausgeredet hat, zwei Drinks vor sie hin.

«Eigentlich hätte ich gern einen JD, bitte», sagt Jivan.

Er wartet, bis sein Drink kommt.

«Weißt du was? Alles ist gut. Ranjit war bei mir. Mit Kritik Sahib persönlich. Im Bentley.» Er beobachtet Jeets Gesicht – und sieht ein kurzes Blinzeln – aus Schmerz? Überraschung?

«Gut für dich», sagt Jeet und wirbelt seine Eiswürfel im Glas herum. «Das muss ein Schock für dich gewesen sein.»

«Hab ich mir schwer verdient», sagt er lächelnd und zuckt die Schultern. In seiner Stimme schwingt auf einmal ein bisschen Stolz mit. «Und Kritik hat mir eine Stelle angeboten. Ich soll bei ihm im Geheimen Nachrichtendienst arbeiten. Er hat mir den Bunker gezeigt – weißt du davon?»

Jeet zieht die Augenbrauen hoch.

«Und dann war ich auf dieser verrückten Farmbesichtigungstour, mit diesem Typ, Punj, der mit den großen Ohren. Kennt dich anscheinend – kennt wohl jeden –, er hat mich zum Reprohof gebracht. Erzähl mir was darüber, Jeet, über deine Geschäfte, Bruder – meinen Glückwunsch! Das ist das Beste an der Farm. Das einzig Stilvolle.»

Jeet wirkt jetzt froh und schüchtern, wie ein unsicheres Mädchen, das gesagt bekommt, es sei sexy. Er legt los: redet über seine Skulpturen aus Marmor, Sandstein und Terrakotta, die er aus Bundesstaaten rettet, in denen Jivan noch nie gewesen ist. Hyderabad, Gandhara, Uttar Pradesh, wo Jeet Fragmente einer Terrakottaarmee von Bäuerinnen aus der Shunga-Dynastie gefunden haben will, die den Hinterhof eines Ortsführers schmücken.

«Aus dem ersten Jahrhundert vor Christus, Jivan. Kannst du dir das vorstellen?»

«Erstaunlich», sagt Jivan. «Das muss eine Menge kosten.»

«Du machst dir keinen Begriff», sagt Jeet. «Es ist ganz schön schwer. Dad und Bapuji wissen nicht mal annähernd, was die Sachen kosten oder wert sind, aber was dabei herauskommt, gefällt ihnen sehr. Ich bin selig, weißt du das?»

«Ja», sagt Jivan. «Ich auch. Du warst nicht am Flughafen – ich bin im Bentley abgeholt worden – und weißt du, was? Als ich zum Bunker zurückkam, war Kritik dort und hatte einen Anfall. Er hat gesagt, er kündigt.»

«Soll das ein Witz sein?», fragt Jeet.

«Nein. Wieso?»

«Die Stelle, die er dir angeboten hat, gibt es vielleicht gar nicht. Die Leute sagen ja alles Mögliche: Kommen Sie zu mir nach Hause, schlafen Sie in meinem Bett, heiraten Sie meine Beti, wenn Sie genügend Sicherheiten haben. Vielleicht hat er es nur so gesagt, weißt du.»

«Es war ihm ernst. Er konnte ja sehen, dass ich nicht bloß als eine Art *Tourist* hier sein will.»

Er ist der Weißeste auf der Farm, klingt aber, als würde er betteln. Jeet sieht ihn an, den Kopf zur Seite geneigt und leicht lächelnd, so als wüsste er alles, was nicht ausgesprochen werden kann. Er hat sich nicht verändert.

«Jivan», sagt er. «Willst du das wirklich? Unter der Fuchtel von Dad stehen – ja Dad, nein Dad, wie hoch, Dad?» Er schluckt und schwenkt sein Glas Richtung Party.

«Besser als nichts.»

«Vermutlich», sagt Jeet und lächelt ihn an. «Ich hab schon gedacht, du kommst nie zurück.»

«Ich auch. Ich will eine eigene Wohnung, Arbeit, wer weiß?»

«Hey, mach langsam. Du bist doch erst vor drei Stunden angekommen. Ich hätte gewettet, dass du dir's noch mal überlegst», sagt Jeet. Er tritt von einem Fuß auf den anderen. Seine Pupillen sind riesig und dunkel.

Wogen von Männern klatschen gegen die Bar, holen sich Drinks, ziehen sich wieder zurück und wiederholen das Ganze. Freunde umklammern einander, prosten sich zu, tauschen Geschichten und Zigaretten aus, vergleichen ihre Visitenkarten und ihre Handys.

«Hast du mich deshalb nicht abgeholt?»

«Jetzt lass mal den Flughafen», sagt Jeet. «Ich musste arbeiten – im Moment habe ich Chaos. Lauter Reisen, um Artefakte abzuholen und durch den Zoll zu kriegen, über Bundesstaatengrenzen und so weiter. Ich habe Pa erklärt, wenn man in der gottverdammten Stadt keine Schätze mehr findet, muss man in die Dörfer gehen, ins tiefste, hinterste Bharat, das ländliche Indien, wo man gutes Zeug findet. Den Leuten ist gar nicht klar, auf was sie da hocken.»

«Und warum Chaos?»

«Wo soll ich anfangen? Erstens ist da das Amt für Archäologie, lauter Bürohengste alter Schule und ihr Kunstschatz-Gesetz. Zweitens die Verwalter des Archeological Survey, die es zu umgehen gilt. Dann die Grenztypen – Zöllner –, die, haha, nicht mal wissen, was wertvoll ist, aber die Kisten dauernd aufmachen und die Kunstgegenstände beschlagnahmen, weil sie ‹obszön› seien – all das kostet Geld.»

Jeet ballt die Faust und bewegt sie auf und ab, Dollars aus der Luft melkend.

«Meistens mach ich alles in Dads Namen. Für die Company. Nur ein Eingeweihter könnte mich ausfindig machen. Wegen Schmuggel angeklagt zu werden ist eine ernste Sache.»

«Das denke ich mir. Und er hat dir das Nizamuddin-Haus geschenkt», sagt Jivan.

«Was hat das damit zu tun? Das ist schon eine Weile her. Heute ist es fünf Millionen wert, oder noch mehr, und ich habe eine Kunstgalerie daraus gemacht, aber weißt du, ich benutze es als Godown*. Du weißt sicher nicht mehr, was das ist, oder? Du hast mehr vergessen, als du je gewusst hast. Das ist ein Ort, wo ich, ach, wo ich, na ja, runtergehen kann …»

Jeets Zähne klappern, und er stößt sein hohes Lachen aus.

Er klingt genau wie Punj, denkt Jivan. *Er und Punj könnten eine Doppelnummer starten.* Jivan zieht nochmals am Haarknoten seines Halbbruders und lacht, als Jeets dünner Körper bebend zurückweicht. Der eine ist high, der andere hungrig.

«Godown. Du meine Güte. Ist wirklich alles in Ordnung? Ranjit scheint irgendwie sauer auf dich zu sein.»

Jeet zuckt die Achseln.

«Du weißt ja, dass Dad ein Kontrollproblem hat.» Wieder lacht er: bibbernd, nervös.

«Wie viele Linien hast du gehabt, Bruder?»

«Gar nicht mal so viele. Jedenfalls nicht genug, um mir echten *Schaden* zuzufügen», sagt Jeet. «Diese ganze Szene. So verdammt großbürgerlich. Ich kann damit nicht umgehen. All die Typen, die Ehefrauen drinnen, die Kinder mit ihren Ayahs, die oben oder zu Hause warten, die Haare, die Nägel, die ungewachsten *Vaginas* –»

«Sachte – es reicht …» Jivan hebt die Hände.

Zeit, einen leichteren Ton anzustimmen.

«Wo wir schon dabei sind», sagt Jivan. «Was ist mit den zukünftigen Generationen? Liebe und Heirat, das muss doch drin sein.»

«Sehr witzig. O Gott, Dad stellt mich dauernd passenden Mädchen vor. Aber eigentlich ist das nur ein Problem, wenn die Party in die Zeitung kommt», sagt Jeet. «Ehrlich gesagt, gibt es da jemanden. Du musst ihn unbedingt kennenlernen.»

Während Jivan das Eis aus seinem Glas fischt und knirschend zerkaut, sieht er seinen Bruder lächeln. Er denkt an die letzten sechs Wochen, an die Beerdigung mit allem Drumherum, die durchzustehen ihm gelang, weil er das Gefühl hatte, Jeet werde ihn bei seiner Rückkehr nach Indien erwarten. Brüder, die vorwärtsgingen, als könnte sich das Zuhause verändern, während sie dieselben blieben, weil sie einst einen Innenhof miteinander teilten, das eine oder andere Spiel und ein paar erfundene, längst vergessene Wörter in einer Sprache, die nur sie kannten. Er sieht, wie Jeet die Zitrone aus seinem Drink nimmt, sie aussaugt und die Schale ins Glas zurückfallen lässt. Obwohl es eine warme Nacht ist, scheint er zu zittern.

«Oh», sagt Jivan. «Das hat Kritik Dad erzählt. Im Wagen. Kritik hat

Dad einen Umschlag gegeben, und dann haben sie über dich geredet: über die Company und die Firma, die du leitest. Alles auf Hindi. Wahrscheinlich haben sie gedacht, ich verstehe nichts.»

Jeet tritt einen Schritt näher. Er macht ein Gesicht wie ein Kartenspieler mit schlechtem Blatt.

«Kritik», sagt Jeet. «Du hast doch gesagt, der sei gegangen.»

«Ich dachte, du hättest gesagt, ich hätte mir ein falsches Bild gemacht. Da wären also ich, Ranjit und Kritik: Mann, als wir klein waren, war der ganz schön unheimlich.»

«Was hast du erfahren? Lässt Kritik mich beschatten? Ist es einer von diesen Typen hier? Welcher wohl – was meinst du?»

Jeets Zähne klappern beinah, er deutet auf die Party, auf der es vor Männern nur so wimmelt. Jivan erblickt Ranjit, der sich in der Ferne umsieht.

«Dad weiß über deine, ähhm, *Vorliebe* Bescheid, oder?»

Jeet packt ihn am Arm und beugt sich vor. Und als hätte er darauf gewartet, den Namen bis an sein Lebensende ein für alle Mal auszusprechen, sagt er:

«Vikram. Er ist mein – Vikram. Jivan, Vik ist mein … Godown*. Er ist nämlich mein Liebhaber. Ein Kashmiri. Aus bescheidenen Verhältnissen, hat Schweres durchgemacht. Jivan, er ist so anders. Und hochintelligent. Ich hab ihn getroffen, als wir Fundstücke aus einem Wald bei Anantnag abtransportiert haben; in der Nähe seines Heimatdorfs – niemand weiß davon. Eisenzeit. Fünftes Jahrhundert – weißt du, wir retten Kunst vor dem *Konflikt*. Dad weiß nichts von ihm und mir, rein gar nichts.»

Vikram. Gut. Jivan holt tief Luft.

«Ist das wirklich so wichtig? Also, du könntest doch sicher auf einer Kuh namens Vincent mit nacktem Hintern um die Farm reiten; solange du Geld verdienst, dir einen Namen machst und alles andere für dich behältst», sagt Jivan.

Jeet schluckt. «Wenn du hier leben willst, kannst du so was nicht sagen, Jivan.»

«Wie bitte?», erwidert Jivan. Er legt die Hand auf Jeets Schulter. «Deinesgleichen hat es überall auf der Welt schwer. Das kannst du mir glauben, Stolz hin oder her.»

Jeet sieht erschrocken aus. Als wollte er, dass sich eigens für ihn eine Falltür öffnet.

«Schon, aber wir haben das Jahr 2012. Es ist nicht mehr illegal. Nur, wenn Dad davon wüsste, wenn Bapuji es erfährt ... O Gott, ich muss hier weg», sagt Jeet. «Sag Gargi Bescheid, wenn du sie siehst.»

«Dass du schwul bist?»

Jeet lacht, dann wird er ernst:

«Sei nicht albern, das hab ich ihr schon erzählt, als wir sechzehn waren. Da hast du noch mit Radha Verkleiden gespielt. Sag ihr einfach – ach, kuch nahin. Ich melde mich.»

«Dann geh jetzt lieber», sagt Jivan. «Während die Typen hier alle damit beschäftigt sind, im Heiligtum von Devraj zu beten. Oder an der Bar.»

Jeet zögert immer noch. Typisch. Schon als Kind konnte er sich nie durchringen, zu handeln. Cowboy oder Indianer? Gendarm oder Räuber? Soldat, Bandit, Junge oder *Mädchen?*

«Mensch, komm schon. Ich sims dir», sagt Jivan. «Ich berichte dir alles. Du weißt ja, dass Devraj Ranjit keinen Wunsch abschlägt. Devraj mag dein Großvater sein, aber er ist auch Dads engster Freund. Sie sind wie Brüder. Oder Halbbrüder. Wie du und ich», sagt er.

«Ich geh dann», sagt Jeet schließlich. «Sei brav, okay? Pass auf dich auf. Bis später.»

«Achte auf deinen Körper, okay?»

Sie umarmen sich. Dann geht Jeet an den Rand der Menschenmenge. Von hinten hatte er hängende Schultern, ein Clown in einem Kurta, der die Manege verlässt. Er stolpert und verschwindet jenseits der Lichter. Jivan denkt: *Das wär's, Leute.* Fünfzehn Jahre Exil, Mas Tod und dann nur: *Hey, wie geht's denn so, bin verliebt und in Schwierigkeiten, seh dich später, tschüss. Und außerdem hab ich das Haus. Hab 'ne verdammte Galerie draus gemacht. Für meine Kunst.*

Jivan zählt langsam bis hundert. Dann holt er sein Handy heraus. *Geh nicht nach Nizamuddin*, simst er. *Wenn du ernsthaft in Schwierigkeiten bist, wird man dich da als Erstes suchen.* Fertig. Ungezogene Brüder zwingen einen zu bescheuerten Sachen. Jeet Singh ist schwul und dumm.

Ringsum ertönen Bollywood-Rhythmen mit einem RnB-Potpourri. Die Musik wird immer lauter, in seiner Nähe fuchteln ein paar Männer mit den Armen in der Luft herum, ziehen ihre Jacketts aus, schneiden Kuss-Grimassen und schreien *Chammak Challo*! Drüben auf der Terrasse geht die Verandatür auf; hochgeschlossene Sariblusen und tief hängende Unterröcke, glitzernde Röhren- und eng anliegende Seidenkleider strömen heraus, eine Konfettiparade. Pink, Rot, Dunkelblau und Violett: so viel fittes, nacktes, braunes Mädchenfleisch hat Jivan noch nie zuvor live erlebt. Er muss essen. Er zieht das Jackett aus und schlingt es einer von Jeets Steingöttinnen um die milchigen Schultern. Den obersten Knopf geöffnet und mit aufgekrempelten Ärmeln schiebt sich Jivan durch die Menschenmenge, drängt sich am Buffet vor und umrundet die Welt, wobei er möglichst viel auf seinen Teller häuft. Kräuterlammbraten mit Kartoffeln und Soße, eine Scheibe Käse mit Tomate, Daal Makhani, Shrimps-Teigtaschen aus Reismehl, kurz angebratenes Gemüse, Köfte, Taboulé, Pilaw, Lachs-Sashimi, Pasta arrabbiata, Chaat, klein geschnittener Salat, Krönungshühnchen und Fünf-Gewürze-Rippchen mit Mais. Gefehlt haben nur Drumsticks, die Früchte des Meerrettichbaums, gebraten wie im Süden, aber vielleicht bereiten sie hier kein Schwarzen-Essen zu. Er steht mitten im Garten, füllt sich den Bauch und plant seine Attacke auf den Nachtisch.

Hätte man ihn gefragt, was in den letzten zwei Stunden passiert ist, was er gesehen hat, mit wem er geredet und was er gemacht hat, hätte er nicht antworten können. Während die Männer sich huckepack tragen und sich mit hochgehobenen Gläsern im Takt der Musik gegenseitig schlagen, während die Frauen sich im Gleichklang mit dem Song nach hinten beugen, hört er mehr als einmal einen nach dem anderen fragen, wo Sita sei, und immer antwortet jemand: *Sie ist irgendwo da drüben und sieht ganz wunderhübsch aus, ihr Dad muss stolz auf sie sein.* Und jedes Mal, wenn jemand das sagt, will Jivan zur Bar hinaufgehen und verkünden, dass er angekommen sei – dass Jeet eine Schwuchtel und außerdem ein Dieb sei, der den Armen Artefakte und seinem Halbbruder Häuser stehle und wer weiß was noch? Hinzu kommt, dass Devraj Bapuji wirklich einen Sprung in der Schüssel hat – seine Rede war doch leicht wahnwitzig, oder etwa nicht? Komm, sag schon. Und wo *ist* Sita denn nun, kann bitte jemand auf sie deuten? Während er an der Bar steht und an all das denkt, stellt er sein Glas so heftig ab, dass eine Frau in französischem Fondantgelb sich umdreht und ihn anstarrt.

Er starrt zurück. Sie trägt Brillantohrringe, Solitäre, die wie zwei strahlende Augen wirken; Juwelen, nach denen sich seine Mutter immer gesehnt hat. Das Kleid ist vorne hochgeschlossen, hat kurze Flügelärmel und im Rücken einen tiefen V-Ausschnitt. Ein bisschen zu avantgardistisch für ihre Figur und ihre zarte Haut.

«Gargi», sagt er und zählt die Sekunden. Fünf, vier, drei, zwei.

«Jivan?», sagt sie. Sie fasst sich an den Hals; ihre Ringe fangen das Licht ein und werfen winzige Regenbogen über ihre Wangenknochen und ihr Kinn. «Oh. Mein. Gott.»

«Ich bin wieder da», sagt er genau in dem Moment, als sie sagt: «Du bist wieder zu Hause.»

Sie ist kleiner, als er sie in Erinnerung hat. Ihre Haut ist immer noch glatt, und ihre Augen wirken zwar geschwollen, sind aber weit geöffnet und voller Freude über das Wiedersehen, als lägen zwischen all den Jahren, in denen sie keinen Kontakt zueinander hatten, nichts als die Sommerferien. Er will sie fragen, warum sie nicht versucht hat, ihn festzuhalten (lässt es aber), weil sie jetzt ihre linke Hand auf seinen Arm legt; er sieht, dass sie am Mittelfinger den Devraj-Familiensiegelring trägt und am Ringfinger einen dicken, eckigen Rubin und einen dünnen Ehering aus Gold. Ja. Stimmt – sie war mit achtzehn verlobt und verheiratet, kurz nachdem er, Jivan, nach Amerika gegangen war. Obwohl sie sanft aussieht, scheinen die Frauen um sie herum von geringerem Rang zu sein – sie blicken sie beim Reden an und überprüfen ihre Reaktion.

Sie nimmt ihn ein Stückchen beiseite.

«Vor dem Mittagessen hab ich dich gesucht, aber dein Vater hat gesagt, du hättest dich hingelegt», sagt Gargi. «Hast du denn was gegessen?»

Ihre Stimme, die von seiner Ma geschult worden war, bei Bedarf *auf eine elegant andeutende Art gefühlvoll* zu sein, ist mit den Jahren tiefer geworden – und, wie er vermutet, weil sie schon so lange die Memsahib spielte. Er stellt seinen Teller auf der Bar ab. Er ist mit den Überresten seines Abendessens beschmiert.

«Gargi», sagt er. «Du hast dich nicht verändert. Immer noch um meinen Magen besorgt. Welche Freude, dich wiederzusehen.»

Er wartet, dass sie einen Schritt auf ihn zu tut. Und ihn umarmt, wie früher, wenn er etwas gutgemacht hatte und sie das freute. Sie rührt sich nicht von der Stelle, steht nur da und sieht ihn an, den Blick auf ihn und seinen wollenen Anzug gerichtet.

«Ich hab nur zwei dabei. Der aus Leinen ist schmutzig vom Flugzeug», sagt er. Ihr Blick wandert zu seinem Gürtel.

«Coach», sagt er. «Ein Geschenk von Ma zum Einundzwanzigsten.»

Gargis Blick bleibt an seinen Lobb-Schuhen haften und richtet sich dann wieder nach oben auf sein Gesicht.

«Jivan», sagt sie. Sie greift nach oben; ihre ausgestreckten Handflächen links und rechts von seinen Schläfen. Sie fasst ihn nicht an. «Du bist wieder zu Hause.»

Die Musik spielt wieder. Ob sie ihn in eine Ecke mitnimmt, wo sie reden können? Ob sie mit ihm tanzt? Sie könne nicht einfach verschwinden, sagt sie, sie müsse als Gastgeberin fungieren. Sie könne nicht mit ihm tanzen, das wirke unpassend.

«Ach, komm», wendet er ein, «all die alten Männer sind doch sicher schon im Bett, sogar dein Mann.»

«Immer noch derselbe unartige Junge?», sagt sie. «Lass uns hierbleiben, du kannst mir gleich alles erzählen. Fang mit dem Jetzt an und arbeite dich dann in die Vergangenheit zurück. Nein, das willst du natürlich nicht. Zuerst solltest du Radha begrüßen.»

Die Mädchen um sie herum murmeln zustimmend, *ja-ja-begrüßen-Sie-Radha*. Gargi hakt sich jetzt bei ihm ein. Sie gehen gemeinsam zwischen den Gästen umher und werden immer noch registriert: diesmal mehr von den Ehefrauen als von den Männern. Als sie die Tanzfläche erreichen, ist ihr Arm nicht mehr eingehakt.

Noch ein Schub Frauen, alle jünger, dünner, muskulöser als Gargi. In der Mitte, in einem tollen schwarzen Kleid, das fast bis zur Taille geschlitzt und gekräuselt ist: Radha, seine alte Spielkameradin. Lieblingsfarbe: unanständiges Pink; Lieblingsessen: Golgappa, das sie sich heimlich aus einem Straßencafé in Sunder Nagar besorgte, während Nanu Antiquitäten erwarb und sich ihre Vergangenheit zurückkaufte. Radha. Sie ist jetzt eine Ausschneidepuppenprinzessin – ihr Haar ist rings um ihren Kopf zu einer Krone geflochten, ihr Gesicht ist geschminkt: rote Lippen, schwarzer Kajal und Mascara, der ihre Ponywimpern betont.

«Radha», sagt Gargi. «Sieh mal, was ich gefunden habe!»

«Jivan! O mein Gott!»

Radha wirft Gargi, die einen Schritt weiter weg steht, einen Blick zu. Dann geht sie auf Jivan zu und fällt ihm um den Hals, drückt ihn an sich, er riecht Rosen, Zitrone, Moschus und darunter den säuerlichen Geruch ihrer Kindheitsaufregung.

Die Gute Hexe und die Böse Hexe ziehen ihn auf die Tanzfläche, wo Bubu mit seinen Freunden ein paar schlimme Hip-Hop-Bewegungen herunterreißt. Einer von ihnen besorgt Jivan einen Drink, ein anderer sagt zu ihm, *dass es großartig sei, ihn zu treffen, Mann; dass er genau wie Ranjit aussehe;* ein anderer schlägt ihm auf den Rücken und sagt: *wieso hat Radha ihren allerbesten Freund eigentlich nie erwähnt?* Und im Stillen antwortet er: *Na und? Ich bin doch jetzt da. Bereit, die Party voll mitzufeiern? Und ob.*

Jivan steht in der Mitte, alle anderen stehen im Kreis um ihn herum, kippen ihren Whisky herunter, schlagen ihm auf den Rücken und feuern ihn beim Tanzen an. Er packt Radha und Gargi, holt sie in die Mitte, wirbelt sie nacheinander herum und sieht zu, wie sie um ihn herumtanzen, alle drei zusammen, *endlich zu Hause.*

Gargi macht sich als Erste los. Lachend durchbricht sie die Männergruppe; er geht hinter ihr her, kann sie aber nicht aufhalten. Sie verlässt die Tanzfläche, ohne sich umzudrehen; er sieht sich an, wie die Gruppen sich um ihn herum neu ordnen. Sie geht direkt durch die Menge ins Haus. Als die Schleifen von *Chammak Challo* sich in sein Trommelfell gebohrt haben und er nur noch Rauschen hört, geht er nach drinnen, um sie zu suchen und um zu pinkeln.

Über den Innenhof, dann den Korridor entlang, immer den brennenden Diyas nach, dann links und wieder links, er probiert ein paar Türen aus, aber alle sind abgeschlossen. Er folgt dem Duft von Sandelholz und Zimt und gelangt zu einem geschnitzten Fenster, Spitze aus Holz, durch das er wie durch ein Kaleidoskop ein exklusives weißes Wohnzimmer sieht, mit Goldglasur. Fendi, wie er feststellt. Das gesamte Mobiliar. Jeet muss es ausgesucht haben. An einer Wand hängt ein riesiger Fernseher, der mitten in einer indischen Quizshow auf Pause gestellt wurde.

Er weiß, dass er weitergehen sollte. Als er sich gerade umdrehen will, ertönt ein Schrei. Ein kegelförmiger Mann in einer Company-Uniform wird von zwei Männern aus Devrajs Hundertschaft vorwärtsgestoßen und festgehalten und wieder vorwärtsgestoßen. Auf dem Sofa sitzt eine in ein Leichentuch gehüllte Skulptur; nein, es ist eine echte Frau in einem Spinnennetzsari, weiß mit blassblauen Stickereien, farblich passend zu den Adern an ihrem Hals. Ihr silberner Nackenknoten löst sich auf. Nanu.

«Hol mir einen anderen Teller», befiehlt sie. «Ich wollte Daal-Chawal. Und du bringst mir das hier von den Goondas da draußen? Chi! Chi!»

Es ist Nanu! Als er klein war, hat sie nie mit ihm gesprochen – nur über ihn und nur, wenn er sie hörte. Sie ist der einzige lebende Beweis, dass Devraj nicht als fertiger Geschäftsmann geradewegs dem großen Zeh der Göttin Lakshmi entsprungen ist. Nanu, Devrajs geliebte Mutter. Die letzte Maharani von Napurthala, mit der überkonservierten Haut.

«Aber, Nanuji», sagt der Diener mit einer Verbeugung, «Gargi Madam wollte nur das Beste für Sie.»

«Gargi?», sagt Nanu.

Ihr immerzu empörter Ton ist unverändert, die Vokale sind kultiviert, die ‹r›s rollen und die Konsonanten sind überbetont, so als sei jeder Einzelne dazu da, bei einer Parade zu salutieren. ‹Das imperiale Krächzen› hatte Jivan Nanus Stimme immer genannt (und manchmal auch Nanu selbst); dafür kniff ihn Jeet jedes Mal kräftig in den hinteren Oberarm.

«Nimm den Namen dieser arroganten Ladki ja nicht noch einmal vor mir in den Mund», sagt Nanu. «Was hat sie je richtig gemacht? All die Jahre habe ich versucht, es ihr beizubringen. Nichts hat sie gelernt. Bis heute warten wir darauf, dass sie ihre Pflicht erfüllt. Denk nicht mal an ihren Namen, wenn du vor mir stehst, okay?»

«Aber Nanuji», sagt der Diener, «Gargi Madam hat es doch angeordnet.»

Auf der anderen Seite des Zimmers geht eine Tür auf und Devraj kommt gemessenen Schrittes herein, ohne Hilfe zu benötigen. Der Diener sieht den Fluchtweg und versucht ihn zu nutzen. Devraj versperrt ihm den Weg, er blickt Nanu an – die das Gesicht verzieht, als wolle sie sagen: *Er macht mich krank.*

Devraj nimmt einen goldenen Kerzenleuchter zur Hand und schlägt ihn dem Diener mit voller Wucht an die Brust. Der fällt auf die Knie und Devraj tritt ihn in den Magen. Er fällt auf den Rücken und weißbrauner Brei ergießt sich auf den Boden. Devraj lässt den Kerzenleuchter nochmals auf ihn niedersausen und schneidet ihm dabei in die Wange. Der Diener richtet sich auf, rotes Blut und dunkles Essen spritzen über die weißen Möbel, Knorpel gemischt mit Fleisch, als hätte man sein Gesicht in Soße im Dampfkochtopf gekocht. Er schreit lauthals, doch Devraj hört nicht auf, Arm nach oben, Arm nach unten, Arm nach oben und nach unten. Der Mann gibt einen tierischen Laut von sich, hält die eine Hand hoch, sein Blut befleckt den Teppich und spritzt über den Boden. Niemand rührt sich. Jivan, der durch das Gitterwerk zusieht, sieht wildes Entzücken in Devrajs Gesicht, das sich in dem von Nanu widerspiegelt. Die alte Frau klatscht in die Hände, als wäre sie bei einem Hahnenkampf oder sähe Hunden zu; die anderen Diener stehen steif im Zimmer, während Devraj immer weitermacht. Der Geschlagene wimmert; er bewegt sich nicht mehr.

«Nein? Sprich! Nein? Sprich! Nein? Sprich!», schreit Devraj.

Beweg dich, Jon, denkt er.

Vom Sofa ertönt schallendes Gelächter: Der Kerzenleuchter trifft auf Knochen. Das Krachen führt dazu, dass Jivan den Korridor zurückstolpert und Türklinken herunterdrückt, bis er ein nach Jasmin duftendes Bad findet, mit goldenen Wasserhähnen und einer Spiegelwand, die ihn fünffach zeigt, mit rotem Kopf, klatschnass, Fisch ohne Wasser, Tier ohne Sauerstoff, Mensch ohne Wert.

Die Kloschüssel umfassend erbricht er JD, Makhani, JD, Mango-Kulfi, JD, Reis, Lachs-Sashimi, Krönungshühnchen, Brownie und Fünf-Gewürze-Rippchen mit Mais. *Es war Devraj mit einem Kerzenleuchter im Schlafzimmer!* Mit den Fingern nachhelfend übergibt er sich nochmals, sein Kopf ist schweißgebadet, und er legt die Wange an die Stelle, an der sein Hintern sein sollte, der Kopf des Geschlagenen schwebt ihm vor Augen. Er würgt sein eigenes Lachen, seine Tränen, seine halb verdauten, whiskygetränkten Essensbrocken heraus, bis nur noch klare, bittere Galle kommt.

§

Als Sita ein Kind war, bettelte sie immer, an den Dienstagspartys aufbleiben zu dürfen. Sie nannte sich den hundertundersten Ritter. Natürlich konnte ich ihr nicht erlauben, sich allein unter meine Jungs zu mischen. Also ersann ich ein Spiel. *Gargi-Radha, stellt euch nebeneinander auf. Was ist zwei mal zwei? Was ist zwei hoch fünf? Subtrahiert dreizehn mal neunzehn von zwanzig mal zweihunderteinundfünfzig.* Wer zuerst die richtige Antwort hatte und seine Rechenaufgabe vorzeigen konnte, hatte ein Recht darauf, Sita zur Party mitzunehmen. Dieses Spiel machte ihnen so großes Vergnügen! Und dann fragte ich sie: *Wie sehr liebe ich euch?*

So viel, erwiderten sie dann und breiteten die Arme weit aus, so weit wie ihr Lächeln. Ich erlaubte also einer der beiden, Sita zur Party mitzunehmen, aber nur für eine Stunde und unter dem Versprechen, dass sie mit niemandem redeten. Wenn Gargi an der Reihe war, bekam sie zudem die Anweisung, nicht zu tanzen. Wenn Radha sie mitnahm, wurde ihr verboten, etwas zu essen. Für Sita gab es keine Tabus.

Draußen wird es dunkel. Die Luft riecht nach Rauch, vielleicht von den brennenden Kohletöpfen. Mir ist kalt, und ich bin müde. Bilde ich mir Dinge ein? Über meinem Kopf schwebt ein Engel. Wenn ich den Arm ausstrecke, kann ich fast seine Füße berühren. Ich frage mich, ob er weiblich oder männlich ist. Ich könnte ihn untersuchen, aber eigentlich ist es auch egal.

Ich möchte wissen, warum mich keiner bedienen kommt. Vielleicht wissen sie, dass ich angefangen habe, meine Geschichte zu erzählen, und wollen mich nicht unterbrechen.

Also in den einnehmendsten Geschichten finden sich in der einen oder anderen Form immer dieselben Figuren. Da sind die Zwillinge oder Doppelwesen, ein Architekturpraktikant, ein Vater oder Onkel, eine begehrenswerte Schwester ohne Selbstbeherrschung und natürlich inzestuöse Liebe. Immer gibt es einen Erzähler: einen alten Mann in einer Picklesfabrik, der auf seinem Charpoy sitzt und Dickens in der alten englischen Sprache liest, eingerahmt von einem Bild des Taj Mahal. Die Schauplätze sind neue Welten, die Sprache ist raffiniert. Pah. Erfundene Wörter und voller zwerchfellerschütternder Zweifel. Welchen Wert haben solche Geschichten? Teures Papier und Lügen.

Meine Geschichte ist einfach, tretet näher, wenn ihr könnt. Die Sprache, in der ihr sie versteht, ist nicht die Sprache, die ich spreche. Sie enthält ein paar Wahrheiten, das Genie der Alten und ein paar moderne Einflüsse. Sie ist von unschätzbarem Wert und daher für alle kostenlos.

Als junger Mann bin ich durchs ganze Land gereist und habe viel Unterstützung bekommen und Kraft gewonnen. Ich nahm meinen Patensohn Jeet Singh mit, Ranjits echten Sohn, weil ich wollte, dass er etwas lernt. Manchmal nahm ich auch meine Hundert mit, als Gefährten und Garde. Doch immer war ich umgeben von dummen Narren und schrägen Typen. Regierungs-Chorwallas, Company-Dieben. Die immer versuchen, etwas zu nehmen, die immer etwas wollten. Immer habe ich etwas weggegeben. Das ist des Mannes Los. Und was hab ich bekommen? Peinliche Töchter. Beschämende Schwestern.

Ich habe sie ermahnt, früh aufzustehen, ihre Bleistifte zu spitzen, geputzte Schuhe zu tragen. Für die beiden älteren Morgengymnastik und kritische Studien: sehen, wie die anderen sich benehmen, beobachten und es mir berichten. Haben die beiden die älteren Leute respektvoll begrüßt? Haben sie das Mittagessen höflich und unermüdlich serviert? Haben die beiden Bescheidenheit und Achtung gezeigt? Die Mädchen halten es heute für modern, ihre Beine zu zeigen und Sex auf Filmleinwänden zu haben. Ihre Fruchtbarkeit loszuwerden, als würde jemand anders das Nötige tun. Sie wollen wie Männer leben. Doch was wissen sie von meiner Verantwortung, die ihnen ganz egal ist? Ich habe meine

Mädchen gewarnt: Bleibt vor allem rein. Versucht keine Auslegungen, das ist das Gefährlichste überhaupt.

Während die Mädchen geschult wurden, kamen meine Jungs zu mir und sagten: Bapuji, wir verehren Sie. Lehren Sie uns, wie wir reich werden, in Bezug auf Konto und Körper. Das haben sie alle gesagt. Und ich habe ihnen mein ganzes Wissen vermittelt. Als ich anfing, hatte ich keine solche Unterstützung. Mein Vater war der Lachende Maharaja von Napurthala, der Wein und Würfelspiel liebte. Und was geschah dann? Er hat mir nichts hinterlassen, und daraus habe ich all dies geschaffen. Und wer bin ich? Gandhiji, Churchill, Reagan, all diese Männer unterscheiden sich nicht von mir. Mein Land ist in meinen Händen.

Nur ganz wenige Männer können mit so viel Druck und Verantwortung umgehen. Der tote Bursche da unten konnte seine Aufgabe nicht erfüllen ohne zu fallen. Die Company, die ich gegründet habe, ist meinem Hirn entsprungen, meinem Herzen, meinen Gliedern. Ich nahm das, was ich auf den Knien meines Vaters gelernt hatte, und gewann obendrein eine Reihe von Palästen und eine Sammlung Automobile. Eine Frau, ein Schultertuch-Unternehmen, die Fäden, aus denen ein Mythos gewebt wird. Man kann sich auf viele Arten beschäftigen. Kaschmir. Ich, meine Company, meins.

Drei

Das Speien hat ihm den Kopf durchgepustet. Bei laufendem goldenen Wasserhahn spritzt sich Jivan Wasser ins Gesicht und spült sich den Mund aus, darauf bedacht, nichts hinunterzuschlucken. Er muss hinausgelangen, versucht, nicht im Kreis herumzugehen, und biegt immer wieder um die Ecke, bis er zum Innenhof mit dem Schachbrettmuster gelangt. Durch die langen Fenster sieht er Männer, die die Arme umeinandergelegt und die Krawatten gelockert haben und sich zur Musik wiegen. Kisten quellen über von leeren Flaschen und beschmiertem Geschirr, Türme benutzter Gläser warten darauf, klirrend umzustürzen.

Er dreht sich zu Gargi um. Er bemerkt die Fältchen um Augen und Mund, den Schönheitspunkt auf ihrem linken Wangenbein, der ihre Augen betont. Sie hat beide Arme voller kleiner, silberner Kästen. Hinter ihr ist ein Mann.

«Alles in Ordnung?», fragt Gargi. «Du siehst ein bisschen, wie soll ich sagen, abwesend aus.»

«Jetlag und Feiern vertragen sich nicht so gut. Ich könnte eine Pause vertragen.»

Sie blickt ihn prüfend an.

«Vielleicht solltest du zu Ranjit Uncles Bungalow zurückgehen. Oder ich kann dir etwas von dort bringen lassen. Obwohl – du hast ja nicht viel Gepäck.»

«Du warst das also? Du hast meine Sachen ausgepackt?»

Sie nickt wie eine Pfadfinderin, die ein Abzeichen verliehen bekommt.

«Natürlich. Das heißt, ich habe es arrangiert. Jeet hat mir gesagt, dass du kommst. Ich konnte es nicht glauben. Es ist mir sehr unangenehm, dass ich all die Jahre – ich wollte dich und deine Ma zu meiner Hochzeit einladen, aber mein Mann Surendra ist äußerst konservativ. Äußerst.»

Sie verlagert die Kästen, die sie im Arm hat, sie stoßen aneinander und erinnern ihn daran, dass sie nicht nur einfach da ist, sondern etwas tut.

«Du bist ein Schatz», sagt er.

Sie schnaubt.

«Doch», sagt er, «aber ich halte dich auf.»

«Nein, gar nicht, Uppal und ich haben nur gerade ein paar Dinge für das Verlobungs-Verpackungs-Kommittee organisiert. Uppal?»

Der Mann hinter ihr verbeugt sich leicht.

«Er ist meine rechte Hand», sagt Gargi. Sie hält inne und blickt ihn mit ihrem freundlichen, prüfenden Lächeln an, als beurteile sie, ob er seine Sache gutgemacht hat. «Jivan», sagt sie. «Du brauchst unbedingt etwas zu trinken. Ich meine Wasser. Uppal, Jivan hilft mir mit den Kästen. Geh du und sieh nach Radha. Und gib mir dann Bescheid. Komm, Jivan.»

Wenn Gargi ‹komm› sagt, dann kommt er. In der ganzen Hoffnungslosigkeit ist das glatte, braune Stück Piste ihres Rückens das einzig Saubere, was er an diesem Abend gesehen hat. Sie dreht sich an jeder Ecke um und lächelt, und er folgt ihr bloß. Als Devrajs Jungs ins Haus tauchen, werden die Dschungelschreie leiser.

«Gut, aus dem Gedränge rauszukommen», sagt Jivan.

«Ach, die blödeln doch nur rum», sagt Gargi. «In den USA hast du sicher alles Mögliche angestellt, oder? Klein Jivan im College. Wie war es da? Die Mädchen und die Partys und so. Du hast doch sicher ein paar Geheimnisse?»

Sie kommen an eine Tür, Gargi öffnet sie. Der dunkle Flur weicht einem hell erleuchteten weißen Foyer, zu dem fünf Türen führen.

«Wohin jetzt?», fragt er.

«Jivan, bleib mal kurz stehen.»

Er hat plötzlich die Kästen im Arm. Pappmaché, silbern grundiert und mit zarten Blumen und Ranken bemalt, mit Blättern und winzigen Paradiesvögeln. Wie sie in den weißen Hippieläden am Campus verkauft werden, wo Räucherstäbchen zwischen den violetten Blutergüssen der Aufknüpfbatik-Sarongs brennen.

«Vorsicht, sie sind innen vergoldet.»

Er gibt sich Mühe, keinen fallen zu lassen.

Sie tippt an einer der Türen einen Code ein, die Tür öffnet sich und gibt den Blick frei auf ein Monitorbild aus dem Bunker: ein Raum voller Arbeiterinnen, die alle goldene Ladoos in weitere kleine Kästen verpacken. Und dort drüben werden diese Kästen in Plastikhüllen gesteckt und noch weiter drüben wird um jeden eine Schleife der Company gebunden. Zu guter Letzt bekommen alle kleinen Kästen ein rotes Siegel, auf dem Sitas Name in goldenem Prägedruck prangt.

Man nimmt ihm die Kästen ab, gibt ihm eine Flasche Company-Wasser und einen missgestalteten Ladoo vom Tablett mit der Ausschussware; dann geht er mit Gargi die Reihen entlang, während sie ihm jeden Herstellungsschritt erklärt.

«Eine kurze Frage, Frau Lehrerin.»

«Ja bitte?», antwortet Gargi, die Hände in die Hüften gestemmt.

«Wo genau ist Sita jetzt?», fragt Jivan.

«Komm mit.»

Er folgt ihr zurück ins Foyer und dann durch eine andere weiße Tür ins Dunkle. Sie klatscht ein-, zweimal in die Hände, und in einem roten Samtkino mit Plüschsesseln für nicht mehr als fünfzehn Zuschauer gehen die Lichter an. Gargi lässt sich in einen Sessel fallen, und ihr gelbes Kleid bettet sich schäumend um sie herum. Er setzt sich neben sie und lässt die Arme über den Sessel hängen, sodass sich beider Hände beinah berühren.

«Schalldicht», erklärt sie. «Keiner hört dich hier schreien. Keine Angst, ich mach nur Spaß.»

«Wirklich?», sagt er.

«Ich wollte nur gern ein bisschen was von dir hören. Wir können uns doch unterhalten, oder?» Sie lächelt. «Jeet hat mir das mit deiner Ma erzählt. Es tut mir so leid. Sie war voller Geschichten. Wie Tausendundeine Nacht.»

Er will auf ihren Schoß kriechen und weinen. Sie ist die Einzige, die es bisher erwähnt hat. Ob sie ihm das gestatten würde?

«Sie hätte sich sehr gefreut, dich so zu sehen», sagt er. «Als Chefin.»

Gargi senkt den Kopf.

«Jivan, ich bin verheiratet. Ich tanze und singe nicht mehr.»

Die Samstagnachmittage im alten Haus der Company, wenn er zusah, wie Ma Gargi und Radha beibrachte, Noten und Tonleitern zu singen; Mundarbeit, Stimmarbeit, Atemarbeit. Der Ton, den sie hervorbrächten, sagte Ma, entweiche zuerst nur, schreite dann durch Nachahmung voran und bewege sich schließlich in Richtung Kunst. Er und Radha brachten es nie so weit, sie schrien immer nur, bis Ma sie beide wegschickte. Gargi übte weiter, kontrollierte den Aufstieg ihrer Stimme auf der Tonleiter, bis sie schwitzte und heiser war und Ma sie gehen ließ – zu ihrem nächsten Hauslehrer, in Linguistik oder Buchhaltung oder was auch immer.

«Als wir nach Amerika kamen, hat Ma das Singen ebenfalls aufgegeben», sagt er. «Sie ist nie wieder öffentlich aufgetreten.»

«Wie traurig, Jivan, sie hatte eine so schöne Stimme. Dass man euch weggeschickt hat, war wirklich ungerecht. Aber vielleicht war es ja besser für dich?»

«Gargi, willst du wirklich darüber sprechen?»

«Verzeih», sagt sie. Sie lehnt den Kopf wieder in den Sessel, nestelt aber an ihrem Kleid herum. «Weißt du, was ich den ganzen Tag gemacht habe? Ladoos verpackt. Für Sitas Verlobung, die bald bekannt gegeben werden soll. Fünfzehntausend vergoldete Kaschmir-Schmuckkästchen mit dem Prägesiegel der Company, hergestellt von Schia-Kunsthandwerkern, den besten Malern und Handwerkern, den letzten ihrer Art. Jedes Kästchen ist mit Samt ausgekleidet, in jedem sind sechs Ladoos. Alles zum Stolz der Familie. Der bleibt uns wohl für immer erhalten.»

Das übel zugerichtete Gesicht des Dieners entfaltet sich vor ihm und beinah muss er wieder würgen. Nanu auf dem Sofa. Gold trifft auf Knochen. Soll er ausplaudern, dass er gesehen hat, wie ihr Vater Devraj aus reiner Lust und Laune einen Diener zu einem Blut spuckenden Matschklumpen geprügelt hat?

«Hast du je Zeit, Filme zu sehen?», fragt er. «Solltest du nicht draußen bei der Kitty-Party sein?»

«Haha. An sich ist das gar keine Kitty-Party. Die sind ja was für Damenkränzchen. Wenn du wieder nach draußen willst, sag's mir.»

Er schüttelt den Kopf.

«Nein, Sir. Diese Typen sind Tiere», sagt sie und zuckt die Achseln. «Das ist, wie gesagt, normales Dienstagszeug, Bapujis Auserwählte. Aber was machen die Mädchen heutzutage? Radhas Freundinnen? Die gehen nur noch ins Fitnessstudio, in den Schönheitssalon, wo sie sich Haare und Make-up und so richten lassen, ich meine, wie machen die das bloß? Wie schaffen sie es, die ganze Zeit wie Filmstars auszusehen?» Sie fasst sich ins Gesicht und zieht an ihrer Haut, ihre Augen werden zu Schlitzen und aus ihrem Mund werden Zähne. Sie ist sich nicht bewusst, wie anmutig ihre Bewegungen selbst dabei noch sind.

Er fasst sie an den Handgelenken und zieht ihre Arme nach unten. Jetzt sieht sie wieder wie immer aus.

«Also komm, Gargi, du bist doch noch nicht alt. Ich war zwar jahrelang weg, aber selbst ich merke, dass etwas nicht stimmt.»

Ob sie redet? Sie blickt auf ihre Handgelenke. Seine Hände als Armreifen. Dann wieder zu ihm hinauf. Ihre Augenschminke ist leicht verwischt.

«Ich muss wieder nach draußen», sagt sie. «Weiter Party feiern, was?»

«Sitas Willkommensfeier», sagt er, «soviel ich gehört habe. Als ich sie das letzte Mal sah, war sie ein kleines Kind.»

Gargi fällt in ihren Sessel.

«Stimmt.»

«Hat das etwas mit Kritik zu tun? Ich war im Sicherheitsbunker. Heute Nachmittag. Ich habe ihn nach dem Mittagessen gesehen. Er hat mich angeschrien. Und gesagt, dass er endgültig geht.»

Gargi befreit ihre Hände aus seinem Griff und steht auf.

«Ein Nachmittag und schon denkst du, du weißt alles?»

«Nein, natürlich nicht», erwidert er. «Es sieht nur ganz so aus, als sei hier nicht alles bloß Party-Party …»

«Okay, gut», sagt Gargi. «Sita ist gegangen. Ihren eigenen Weg, wie es sich für die befreite Frau gehört. Aber wir sind hier in Indien. Wir laufen nicht einfach in alle Richtungen, schon gar nicht, wenn wir den Familiennamen Devraj tragen.»

«Sachte, sachte», sagt er.

«Jivan, hat deine Mutter nie das Wort ‹Sharam› vor dir verwendet? Natürlich nicht, wieso auch. Uns Mädchen verfolgt die Scham vom Augenblick unserer Geburt an. Wir weinen, um ihr zu entkommen. Dann erwischt sie uns.»

«Ich weiß, was ‹Sharam› ist. Ich bin ihre Verkörperung. Erinnerst du dich? ‹Jivan der Hinterhofjunge›.»

«So hab ich dich nie genannt», sagt sie.

Sie setzt sich wieder, legt die Hände flach auf die Knie. Ihre Stimme wird sanft – fast, als gebe sie sich geschlagen, denkt er.

«Das ist etwas anderes. Du bist ohne dein Zutun fortgeschickt worden. Sita ist aus freien Stücken gegangen.»

«Aber jeder will sie irgendwo gesehen haben – das höre ich dauernd.»

«Prima. All diese Leute reden völligen Bakwaas. Hast du mir nicht zugehört? Sie ist heute Nachmittag gegangen.» Gargi fängt an zu lachen.

«Psst, Gargi. Ist in Ordnung. Du brauchst mir nichts zu erzählen», sagt er. Sie wischt sich über die Augen.

«Ich müsste Jahre zurückgehen. Die Zeit haben wir nicht.»

«Das ist mir klar», sagt er.

«Als du fortgingst, ist alles anders geworden.»

Sie lässt sich in den Sessel fallen, beugt sich vor und legt den Kopf auf ihre über den Knien verschränkten Arme, sodass sie mit den Haaren fast den Boden kehrt. Sie rücken enger zusammen, der tiefe Raum verschluckt sie. Er ist kein Dichter. Doch die Luft um sie herum ist ganz still und der Innenraum mit so dickem Samt ausgestattet, dass es ihm ist, als befänden sie sich im Bauch eines rotblütigen, wilden Tieres und seien dessen Lungen, die gemeinsam einatmeten und wieder ausatmeten.

Sie blickt auf. An ihren Wangenbeinen klebt Mascara.

«Wie geht es eigentlich Ranjit Uncle? Und dir? Was hast du vor?», fragt sie.

«Weißt du noch, wie oft du versucht hast, mir beizubringen, gerade zu stehen, aufrecht zu sitzen, artig zu sein?»

Er gleitet vom Sessel und kniet sich vor sie hin, ein seltsamer Romeo.

«Gargi, bitte erlaub mir und Radha, Krach zu machen, Gargi, kannst du Radha bitte sagen, sie soll nicht dauernd hinter mir herjagen, Gargi.»

«Sei kein Blödmann», sagt sie. «Komm, setz dich wieder hin.»

«Das sollte doch ein Fest für Sita werden, oder?», fragt er.

Sie blickt zu ihm hinunter und streckt die Finger nach seinen Augen aus. Dann macht sie zwei Kratzbewegungen an seinen Schläfen und vollendet den Kreis, indem sie sich die Fäuste seitlich ans Gesicht hält.

«Toll, dass du wieder da bist!», sagt sie.

Er will sie wieder bei den Handgelenken fassen. Er will sie zu seinem Mund hinunterziehen. Es ist Gargi. Er rührt sich nicht.

Sie steht auf; stürmt an ihm vorbei zur Wand und drückt auf ein Paneel, das sich öffnet und eine DVD-Sammlung zum Vorschein bringt. In Jivans Augen sehen alle diese DVDs gleich aus.

«Der Familienschatz», sagt sie. «Unsere ganze Kindheit ist auf diesen DVDs. Seit Jor Bagh, und als diese Farm noch gar nicht gebaut war. Ich habe alles digitalisiert: alle offiziellen Videos von unseren Geburtstagen, Diwalis, Dienstagen, weißt du noch, als der Jantar Mantar geschlossen wurde, damit wir dort Verstecken spielen konnten? Und dann konnte niemand Jeet finden, und Nanu hätte fast die Polizei gerufen!»

«Meine Güte», sagt er und lehnt sich zurück. «Das macht ihr hier also? Ihr seht euch das alles an und esst Popcorn dazu?»

Sie lacht über Jivans Gesichtsausdruck. Sie lächelt und drückt auf eine andere Holztafel. Die Minibar. Sie wirft ihm eine Tüte Butterkist Toffee-Popcorn zu.

«Die mochte meine Ma am liebsten», sagt er.

«Zufriedenheit ist unser Ziel. Was möchtest du sehen? Wie wäre es mit Raddys erstem Versuch, dir einen Kuchen zu backen?» Sie lässt die Finger über die DVDs gleiten. «Oder wir vier, als Sita auf die Welt kam?» Sie hält inne. «Vielleicht habe ich sogar eine mit deiner Ma, als sie zur Eröffnung des Delhi-Hotels der Company tanzte? Du hattest die niedliche rosa Kappe auf, die du so geliebt hast, erinnerst du dich an die? Und du hast Harmonium gespielt, so ein braver Junge. Oder war das Jeet?»

Sie lässt den Finger weiter über die DVD-Rücken gleiten.

«Wie wär's mit was Späterem – als du nicht mehr da warst. Mal sehen. Meine Hochzeit, Radhas Hochzeit, sämtliche Neueröffnungen der Company, von Amritsar bis Zebulon, sämtliche Geburtstage von Sita, bis sie nach London ging. Alle ihre verrückten Streikposten und Proteste – mit denen sie versucht hat, Dad dazu zu bringen, in allen Hotels umweltbewusster zu werden –, dann alle Generalproben ihrer Cambridgevorträge, in denen sie sich endlos darüber auslässt, wie die Welt Blatt für Blatt gerettet werden kann. Weniger Wasser, mehr Recycling: Als würden die Leute, die in dieser Company Blut schwitzten, nicht zählen, als sei meine Arbeit für die Frauen bedeutungslos, als sei sesshaft werden, mir zu helfen – das Einzige, was zählt, ist sie … und ihre Welt.»

Ihr geht die Luft aus. Sie muss aufhören.

Jivan denkt an Punj, der, als sie im Golfmobil umherfuhren und das *Personal* trafen, zu ihm gesagt hatte, er würde nicht viel verpassen. Währenddessen passierte aber tatsächlich etwas im Haus, wahrscheinlich während des Mittagessens, an dem er hätte teilnehmen können. Man hatte ihn *eingeladen*.

«Tut mir leid», sagt Gargi. Sie hält einen Stapel DVDs in der Hand und schlägt sich damit sanft an die Stirn. «Ich klinge hysterisch. Sita ist gegangen, okay? Mit einem Jungen. Sie sind nicht mal verlobt. Wir kennen weder seine Kaste noch seine Familie, keiner von uns hat ihn je gesehen. Nanu wurde krank, und Bapuji gibt mir die Schuld. Zu Recht. Ich hätte nie darum kämpfen sollen, dass Sita in England studieren darf. Weiß Gott, wo sie jetzt ist.»

«Wieso? Ist sie irgendwie in – ähm – (er zögert) – Unannehmlichkeiten?»

Gargis Blick zieht ihm fast die Haut ab.

«Du meinst, ob sie Mutter wird? Natürlich nicht. Sei nicht primitiv. Wie sollte sie – das wüsste ich nämlich. Das ist doch keine Bhagat-Verfilmung fürs Fernsehen», sagt sie.

«Bitte was?»

«Egal.» Sie stellt die DVDs zurück ins Regal.

Ein Sauggeräusch – die Kinotür geht auf. Uppal schleicht herein und geht den Gang entlang.

«Uppal», sagt Gargi. «Berichte.»

«Radha Madam nimmt den Jet und fliegt mit acht Freunden nach Goa – zum Morgendämmerungs-Schwimmen und Nashta am Pool. Miss Sitas Aktivitäten bearbeite ich noch. Sie hat am frühen Abend im Company Gurgaon eingecheckt.» Er überreicht ihr einen Aktenordner.

«Allein?», fragt sie.

«Nein, Madam», antwortet Uppal. Er blickt nur Gargi an. Er hat schütteres Haar und einen kurzen Hals; Jivan fällt auf, dass seine Hände dick und die Knöchel knotig sind wie bei alten Bäumen. Er muss mindestens sechzig sein.

«Wie Sie vermutet haben», sagt Uppal. «Mit dem jungen Mann. Der mit der Filmkamera.»

«Im selben Zimmer?», fragt Gargi.

Uppal sieht jetzt Jivan an. Dann sagt er: «In der kleineren Rani Suite. Französisches Bett, Lounge mit Sofa, Regenwald-Badezimmer mit Jacuzzi. Hat unter der Nummer 2145 ayurvedische Zimmermassage für Paare und Abendessen aufs Zimmer bestellt.»

«Danke, Uppal, das genügt.»

«Was ist mit Kritik Sahib?», fragt Jivan.

«Dieser Chamcha», sagt Uppal.

«Uppal!», sagt Gargi. «Das reicht. Es ist spät, geh schlafen. Komm, Jivan.»

Er muss ihr folgen. Er nimmt das Popcorn mit. Überlegt, ob er eine Spur hinterlassen soll, damit er den Weg eines Tages wiederfindet.

Jivan geht hinter Gargi her und Uppal folgt ihm. Sie laufen auf gewundenem Weg durchs Haus, bis er merkt, dass Uppal nicht mehr da ist. Der Partylärm dringt zu ihnen, der DJ spielt wieder *Chammak Challo*. Jivan versucht, im Vorbeigehen die Sicherheitsbeamten zu zählen, verliert sie dann aber aus den Augen. Gargi marschiert voraus. Sie bindet ihr Haar zu einem Knoten, den er lösen will.

An der Bar draußen stehen überall schmutzige Gläser, auf den Tischen verschmierte Teller. Auf der Tanzfläche wiegen sich nur noch ein paar Frauen. Die Männer spielen Jagen oder stehen grüppchenweise beieinander. Niemand nimmt Notiz von ihnen. Gargi sieht sich das Szenario an und tritt einen Schritt zurück ins Haus.

«Komm jetzt mit», sagt Jivan. «Ich muss dir was erzählen, jede Menge sogar.»

Er will sie nicht gehen lassen.

Sie gehen Schulter an Schulter, entfernen sich von der Menschenmenge auf der Tanzfläche und an der Bar. Am türkisen Pool bleiben sie stehen. Sie neigt den Kopf, bis er auf seiner Schulter liegt. Ihr Chignon geht auf, und ihr Haar fällt über ihn wie der Sari in seinem Traum. Der nächtliche Garten seufzt, während die Akkorde von *Chammak Challo* verklingen und *Kissing you* an ihre Stelle tritt, als hätte Iris dem DJ einen Wink gegeben, weswegen Baz Luhrmann jetzt dort herumgeisterte.

«Wenn es eine so große Sache ist, dann können wir sie doch einfach herholen», sagt er. «Ist Gurgaon denn weit von hier?»

«Nein. Aber es geht nicht nur um Sita», sagt Gargi in sein Hemd. «Offenbar hat mein Dad, der verehrte Devraj Bapuji, seine Company heute verlassen.»

«Er hat *was* getan? Das kann doch wohl nicht sein.»

«Doch. Beim Mittagessen. Als er mit dem Nachtisch fertig war. Womit ich im Grunde genommen die Königin von allem bin, was du hier siehst.»

Ihr Scheitel. Ihr Rücken. Ihre rot lackierten Zehen am Saum ihres Kleids. Das stille Wasser des Pools, die seltsamen Pflanzen ringsum und all die Sterne am Himmel. Er zieht sie am Haar und hebt ihr Gesicht an seines. Sie zuckt zusammen, wehrt sich aber nicht.

«Stimmt das denn alles?», fragt er.

«Hoffentlich nicht», sagt sie. «Ich bete, dass mein Dad vielleicht nur überreagiert hat. Wegen des Sita-Dramas.»

«Meine Güte. Ich fass nicht, was heute passiert ist. Das wird Schlagzeilen machen.»

«Wir müssen uns was einfallen lassen – bitte sag nichts weiter, sag erst mal niemandem was. Heute Abend kann ich nicht mehr zu meinem Dad gehen. Bis ich bei ihm gewesen bin, muss alles normal weiterlaufen», sagt sie. «Ich muss das unterbinden. Ganz gleich, wie sehr ich davon geträumt habe, eines Tages Vorstand der Company zu werden, ich muss das jetzt unterbinden. Sofort.»

«Entspann dich. Wenn Devraj wirklich aufhören wollte, hätte er heute Abend nicht auf der Rednerbühne gestanden. Mit Bubu und Surendra und Ranjit. Dann hättest du dort gestanden. (Er hält inne.) Ich würde es gerne sehen, wenn dir hundert Typen zu Füßen säßen.»

Gargi lacht nicht; ob sie lächelt, kann er nicht sehen.

«Das könnte ich meinem Dad nie antun», sagt sie. «Er war heute da, weil das so seine Art ist. So macht er es nun mal. Selbst wenn er diesen Quatsch ernst gemeint haben sollte, hätte ihn keiner dran hindern können, ich am allerwenigsten.»

«Wieso nicht?», fragt Jivan. «Weil du zu hübsch bist?»

Gargi gibt ihm einen Klaps. Das Gewicht ihres Kopfes. Die Faust auf seiner Brust ist herrlich. Er versucht, sich nicht zu bewegen.

«Jivan, werd bitte nicht frech. Ich kann deine affigen amerikanischen Komplimente nicht ertragen. Sie würden mir nicht zu Füßen sitzen, weil sie zu viel Respekt vor meinem Dad haben.»

Er sagt: «Du brauchst bloß den Kurta Pyjama, das Schultertuch und kurzes Haar.» Dann greift er ihr Haar und türmt es bis zu seinem Kinn auf, sodass es zu einem Bart wird.

«Ich trage unsere Shahtooshs nicht, sie sind verboten. Erinnerst du dich nicht mehr an das Spiel? Du warst der Chiru, und wir waren die Jäger, die dein Fell wollten», sagt sie.

«Nein, das weiß ich nicht mehr so genau.» Er lässt ihr Haar fallen. Er rückt ab, sodass sie sich aufsetzen muss.

«Jedenfalls», sagt sie, fängt sich und richtet sich auf, «jedenfalls trag ich die Dinger nicht. Sie sind illegal und grausam. Es mag arrogant wirken, die Vorschriften so zur Schau zu stellen. Ich hab versucht, es Dad zu erklären, aber wann hat er je auf meinen Rat gehört?»

«Devraj ist legendär. Aber du?» Er lächelt sie an. «Du bist eine Wunderfrau. Die Erste deiner Art.»

«Wohl kaum. Ich bin alt.» Sie ergreift ihr Haar und lässt es wieder los. «Seit du Indien verlassen hast, bin ich verheiratet. Und jetzt bist du wieder da. Wohlbehalten und bereit, dich ins Leben zu stürzen.»

«Bleib da», sagt er. «Wir müssen was trinken.»

Im Pool-Haus findet er einen geheimen Vorrat an Rotwein und indischem Champagner. *Sula*, die Sonne – sieht trinkbar aus. Im Hinterzimmer finden sich zwei benutzte Gläser, und auf dem Boden steht eine leere Flasche. Er spült die Gläser aus und geht zu Gargi zurück. Mit hoher, klarer melodischer Stimme schlägt er vor:

«Auf die Herrschaft von Gargi, der schönsten, alten-und-verheirateten-Geschäftsfrau, der ich je begegnet bin.»

«Die Herrschaft von Gargi!», sagt sie lachend. Dann mit leiser Stimme: «Jivan, selbst wenn ich wirklich eines Tages den Vorsitz der gesamten Company übernehmen wollte, würde er das nie zulassen. Nicht mal, wenn es ihm heute ernst war. Ach, ich weiß auch nicht. Trinken wir einen.»

Sie kippen den goldenen Sekt hinunter, ein Glas nach dem anderen, bis die Flasche leer ist. Beim Schlucken hat er das Gefühl, von seinem amerikanischen Leben gereinigt zu werden. Er ist wieder ein Kind, er spielt unter der Schlauchfontäne in Nizamuddin und rennt im wilden Wald herum und auf dem Farmgelände, bevor es das Farmhaus gegeben hat. So haben sie früher gespielt, sogar Gargi, die für die Schule lernte und viele Pflichten hatte, und selbst er, der Bastardsohn von Ranjit Singh. *So war es!*, denkt er. So waren wir, als wir jung waren. Er spürt, wie alles sich um ihn versammelt, jede Pflanze, jedes Blatt erhebt sich, um ihn freudig zu begrüßen. Endlich wird der Held zu Hause willkommen geheißen. Er überredet Gargi, mit ihm zu trinken, auf ihre und seine Zukunft, auf Indien, auf das Popcorn, auf die Nacht. Während sie sich kichernd losreißt, sagt er:

«Trink! Auf die Backsteinbauten der Gargi-Company!»

Sie trinkt.

Er sagt:

«Trink! Auf die Gargi-Motorenwerke!»

Sie trinkt und sagt:

«Trink! Auf die Gargi-Ökotechnologien und -Zukunftslabors, auf den All-India-Beton!»

Er sagt: «Trink! Auf die Gargi-Company-Fabriken, in denen jedes Teil eines jeden Kochgeräts in diesem Land hergestellt wird!»

«Woher weißt du das alles?», fragt sie.

«Trink!»

Sie trinkt.

Er hebt die Flasche und schenkt ihr zum letzten Mal ein. Dann verspricht er ihr, Sita zurückzuholen, sobald die Sonne aufgeht.

«Nein», sagt Gargi. «Lass sie von allein zurückkommen. Sonst lernt sie nichts.»

Die Lehren, die, wie er findet, jede Frau nach Gargi beherzigen sollte, lauten folgendermaßen: Sei tapfer, aber zerbrechlich, sei verfügbar, aber ruf nicht an, komm früh nach Hause, widersprich mit den Augen dem, was der Mund sagt. Sitz immer mit übereinandergeschlagenen Beinen da und stör dich nicht an Herumtreibereien. Er ist sicher, dass Bubu ein Herumtreiber ist. Und Radha? Jivan erhebt sein leeres Glas und stößt still darauf an. Ob Gargi sich herumtreibt? Ihr Kopf ruht wieder in seinem Schoß, ihre Augen sind geschlossen, ihr Haar bedeckt ihn: Er beobachtet sie und begrüßt alle anderen Dinge, diejenigen, die er nicht ausdrücken kann. Das hoffnungsvolle Gelb ihres

Kleids, ihre tüchtigen Hände, ihre zarte Haut. Ihr spontanes, offenes, strahlendes Lächeln.

Fünf Tage vergehen; er kann kaum glauben, dass dieser Augenblick sich je ereignet hat. Erst muss er sich ins Gedächtnis rufen, was am Abend passiert ist, dann den Tag davor, dann die Reise mit dem Flugzeug und den ganzen Weg rückwärts nach Amerika. Seine Ma, ihre kalte, schlaffe Hand, ihre Gesichtshaare, die weiterwuchsen. Der Widerstand des zarten Fleischs, wenn der Atem erloschen ist. Der durchdringende Laugengeruch der Haarentfernungscreme. Dann wieder der schnelle Vorlauf – um auszutüfteln, wie er zur Farm fand, wen er traf, was gesagt wurde, was er als Nächstes tun sollte.

Jivan kann Gargi nicht erreichen. Offenbar fährt sie jeden Morgen, bevor er überhaupt wach ist, von der Farm zur Company-Zentrale in die Innenstadt von Delhi und kommt auch zum Mittagessen nicht zurück. Er muss Ranjit bitten, Kashyap einzuschalten, Kritiks rechte Hand, einen alten Burschen, Kritiks weniger fittes Ebenbild, bis hin zu den spitzen weißen Zähnen. Seit Kritik Sahib nicht mehr da ist, leitet Kashyap den Bunker. Morgens segnet er die Arbeiter, während Punj süffisant lächelnd hinter ihm steht. Zur Lunchzeit geht er immer zum Beten. Kashyap schüttelt Ranjit jetzt die Hand und verspricht, sich um Jivan zu kümmern. Dann zeigt er ihm einen Sessel vor einem Schreibtisch und lässt ihn mit Punj allein.

Sie sitzen im Bunker und essen zusammen hausgemachte Aloo Paranthe. Jivan hört Punj zu, der ihm anvertraut, Kritik Sahib habe immer zu ihm gesagt, er, Punj, und nicht Kashyap solle vorübergehend die Verantwortung übernehmen, wenn er einmal für eine Weile verschwinden sollte. Bis alles wieder beim Alten sei. Kritik hinterließ Punj auch eine Nachricht, die er an Kashyap weiterreichte, der sie (widerwillig, sagt Punj, als wollte er nicht, dass Gargi Madam sie las) an Uppal weitergab. Von dort aus muss sie zu Gargi und zum Rest der Familie gelangt sein. *Sie ist jetzt im Haus meiner Frau. Nicht stören.* Niemand wusste etwas von der Existenz einer Ehefrau oder wo sich ihr Haus befand.

Sie tauchen die Paranthe in selbst gemachtes Joghurt; sie lecken sich die Finger ab und sehen sich dabei auf den Bunkerbildschirmen die Farm an: Devraj und ein Bruchteil seiner Hundert reißen die Tagetesgirlanden von Sitas Verlobungspavillon und hängen sie sich um den Hals. Radha und Bubu streiten sich beim Frühstück. Ranjit geht auf der Terrasse auf und ab, immerzu telefonierend.

Jivan bringt Punj Harvard Business 101 bei, und Punj verspricht ihm dafür, ihn *als Allerersten zu informieren*, sollte Sita irgendwo in der Company gesichtet werden. Er ist auch gewillt, Jivan in allen Aspekten des ‹Internen Geheimen Nachrichtendiensts zu Sicherheitszwecken› zu schulen. Jedoch nur, sagt er, wenn Kashyapji ihm Zeit dafür gewähre.

An trockenen Nachmittagen fährt Punj ihn zum Friedhof der Steingöttinnen. Sie schießen mit Platzpatronen auf die Gipsabgüsse der Statuen. Arme, Beine und Köpfe rollen, Jivan fragt sich, wo um Himmels willen Sita ist, wann um alles in der Welt er eine Audienz bei Devraj bekommt, wo zum Teufel Jeet hinverschwunden ist, der anscheinend mit nacktem Hintern davongelaufen ist: Ranjit hat seine Kleider, sein Telefon und seinen Kara am Abend der ersten Dienstagsparty auf einem Haufen im Bungalow auf dem Badezimmerboden gefunden. Der Inhalt des Badezimmerschranks lag im Waschbecken, und ein Paar von Ranjits Lieblingschappals war verschwunden.

Das Leben auf der Farm beansprucht Jivan ganz und gar, sein Plan, das Nizamuddin-Haus zurückzufordern, wird immer wieder auf morgen verschoben; er redet sich damit heraus, dass er sich sagt, es handele sich ja nur um einen Tag mehr. Jeden Abend geht er mit Ranjit zum Abendessen. Ins Haus zu Gargi und Surendra, Bubu und Radha. Der halbe Company-Vorstand sitzt um den Tisch und bespricht den Tag.

Devraj erscheint nicht. Jivan wartet auf ein Essen, bei dem er sich ordnungsgemäß vorstellen kann. Er möchte etwas über die Company parat haben, über Amerika, das Potenzial dieses Landes, falls Bapuji sich für derlei Pläne interessiert. Gargi entschuldigt ihn jeden Tag – Bapuji genieße die Hundert, den Park, er komme nicht zum Essen. Nanu ruhe, sagt Gargi. Und das schon seit Jivans Ankunft.

Er spürt Nanus Gegenwart ringsum: an der Art, wie Gargi und Radha jede Mahlzeit beginnen – mit einem geflüsterten *Hari Om;* daran, dass sie zuerst Ranjit bedienen, dann ihre Ehemänner, dann sich selbst. Wo ist Sita? Am Morgen nach der Party berichtete Uppal, sie habe das Company-Hotel in Gurgaon verlassen und sei, wie Gargi ihnen erzählt, *mit einem Jungen wer weiß wohin gegangen.*

«Du hättest uns an dem Abend erlauben sollen, sie herzuholen», sagt Bubu. «Gargi, das geht auf deine Rechnung.»

«Ist notiert», sagt Gargi. «Danke. Und wo ist Jeet? Wir brauchen ihn hier.»

Jivan zuckt die Achseln und sieht Ranjit an.

«Unterwegs auf Akquise», sagt Ranjit. «In Bihar. Ich habe ihm gesagt, er soll so bald wie möglich einchecken.»

Also. Die Vermissten werden nicht zurückbeordert. Stattdessen befiehlt Gargi den anderen *business as usual.* Alle sind einverstanden.

*

Weitere fünf Tage vergehen. Die Hitze ringsum entringt den Pfauen schrille Schreie; in der Erde welken die Tagetes und vertrocknen an Sitas Heimkehrpavillon. Eines Nachmittags kommt Gargi früher nach Hause und ruft Jivan in ihr privates Arbeitszimmer. Während Gargi Packen neuer Rupienscheine in eine Tasche stopft, steht Jivan da und betrachtet die abstrakten Kunstwerke an den Wänden, riesige Leinwände, auf denen ein schwarzer Punkt oder ein feuerrotes Viereck prangt.

«Bis du ein Bankkonto hast», sagt sie. «Geh, raus aus dem Bunker.»

Er fährt mit Bubu und Radha an den Stadtrand, um den Göttern zu huldigen: Bajaj, Tahiliani, Rohit Bal. Und für die Accessoires Gucci und Todds. Er sieht, dass sich das Billig-Shoppingcenter direkt neben dem mit den normalen Preisen befindet, das über einen Hof mit Brunnen, bewaffneten Sicherheitsbeamten, Durchgangsmetalldetektoren und einem Steakhaus namens Smoke House zur Emporio Mall führt, wo sich die Hauptakteure tummeln: Die natürliche Weiterentwicklung des Mannes.

«Hey», sagt Radha scherzend, «hast du schon mal *Pimp my Ride* gesehen? Ich pimpe meinen Jivan auf!»

Radha, die für das Wetter immer richtig gekleidet ist, passende Haare, Nägel und Schuhe und eine Ledertasche, so groß und weich wie ein Ferkel. Sie bringt Jivan zur Nassrasur, zur Maniküre, Pediküre und Kopfmassage. Er kauft sich von Gargis Geld eine neue Uhr, eine 88 Rue du Rhone Chronograph *Double 8 Origin*. Mit hochgehaltenen Einkaufstüten, kostümiert und bereit für ein neues Leben, taucht er aus dieser Montage auf.

Danach stehen sie in Radhas gepanzertem, kugelsicherem Wagen mit Vierradantrieb im Stau und schlagen auf den Touchscreen, damit das Gerät im Rücksitz wieder funktioniert und sie das Ende von *Slumdog Millionaire* noch einmal sehen kann. Sie gesteht, dass Anil Kapoor in *Mr India* ihr erster Schwarm war, ein Film, den Jivan entweder nie gesehen hat oder an den er sich nicht mehr erinnert, bis Radha Bubu dazu bringt, mit den Augenbrauen zu wackeln und mit der tiefen Stimme eines Zeichentrickbösewichts zu sagen: *Mogambo khush hua*. Jivan lacht und schluckt eine plötzlich auftauchende Angst hinunter. Er blickt auf und sieht einen mit Hütten bedeckten Hang: Die Feuer brennen, die Silhouetten dunkler Körper vermischen sich mit der Nacht. Er erwähnt es nicht, auch nicht, als ein mit Schlamm bespritzter Kinderkörper mit dem Finger an seine Scheibe klopft und eine geschwärzte Hand an den Mund führt. Dies auch nur wahrzunehmen würde den Touristenstempel in seinem amerikanischen Pass bestätigen.

Beim Familienabendessen schweigt er, während alle über die Lage der Nation reden: Gargi sagt, das Land sei ein geerbter Seidenteppich, von Motten zerfressen und ausgefranst – kompliziert gewebte schöne Stellen seien gerade noch sichtbar. Sie benutzt Wörter wie *Hoffnung*, *Femmeability**, *gewöhnlich* und *Markt*, isst eine Roti und verschwindet dann in ihre Zimmer, um zu arbeiten. Er will mitkommen, wird aber nicht dazu aufgefordert.

Die anderen werfen sich Blicke zu. Wenn sie Hindi sprechen, versteht er immer mehr, indem er gewöhnliche Wörter wie *Person* und *zart* miteinander verbindet. Er erhebt sich vom Tisch, sie blicken auf – lächeln –, und dann übernimmt Radha wieder das Gespräch und erzählt auf Englisch und mit den Händen herumwedelnd Geschichten von Bollywoodstars und mit wem sie nicht alles in Cannes gerockt hat.

Zwei Wochen sind vergangen. Wieder findet eine Dienstagsparty statt. Auch diesmal steht Devraj auf der Bühne, und Bubu steht hinter der Bar. Der Abend läuft wie am Schnürchen, bis hin zur beinah identischen Rede. Jivan hört auf seinen Vater; er drückt sich am Rand der Menge herum, weil Ranjit ihm gesagt hat, er müsse noch ein kleines bisschen warten, dann werde Bapuji sich mit ihm treffen. Später schlendert Jivan durch das Geplapper und hört, wie ein paar Frauen Radha oder Gargi nach Sita fragen, die schnell antworten – *sie ist auf einer letzten Vorverlobungsreise. Um sich zu amüsieren, bevor sie in die Company eintritt.*

Diesmal geht die Party in den Mittwochnachmittag über. Von den Hundert nimmt so mancher, der an seiner Zukunft arbeiten sollte, weiterhin Raum, Sonnenlicht und die Luft der Farm in Anspruch. Jivan begegnet zwanzig von ihnen, die gerade im Pool eine langsame Partie ‹tot› spielen: Sie drücken einander unter Wasser, bis einer um Gnade fleht. *Maaf*. Jivan will schwimmen, und zwar allein. Er beschließt, sie zum Gehen zu überreden. Er macht ihnen klar, das Gargi dies verlange, als Dame des Hauses und älteste Tochter ihres Vaters, als Managerin der Company-Ressourcen, menschlicher und anderweitiger. Sie verlassen das Wasser ohne Widerworte, tropfen über die Fliesen davon, um Devraj zu finden, der seine Tage ‹betend› irgendwo auf dem Gelände verbringt. All dies sehen, wie er weiß, sowohl Kashyap vom Bunker aus als auch Uppal, der Gargi natürlich über ihn Bericht erstattet.

*

An diesem Abend kommt Gargi zu spät zum Abendessen. Die anderen fangen ohne sie an, doch als sie mit Uppal ins Zimmer tritt, verstummen alle.

«Wir können von Glück sagen, dass Jivan bei uns ist, er ist zu uns wie ein Gottesgeschenk gekommen», sagt sie, und ihre Augen, ihre Stimme sind dabei voller Freude. «Ranjit Uncle, ich weiß, dass Kritikji Jivan eine Stelle in der Sicherheitsabteilung der Company angeboten hat, bevor er sich verabschiedet hat. Ohne dass er groß angeleitet worden wäre, hat sich manches durch ihn bereits verändert. Nun, ich habe eine Gegengabe für ihn.»

Uppal tritt nach vorne und überreicht Gargi einen Umschlag. Sie zieht ein festes Dokument heraus, dunkelblau und mit goldenem Prägedruck.

«Pass ki-Ma!», sagt Bubu mit einem Pfiff. «Jivan, Bruderherz, jetzt bist du legal!»

«Ich glaube, wir sollten das feiern, indem wir dich offiziell einstellen», sagt Gargi, «als Direktor der Research and Intelligence North, in Zusammenarbeit mit den Jungs, die für den Süden, Osten und Westen zuständig sind. Denn war es nicht seit jeher so, dass die Devrajfamilie ihre eigenen Leute vor Außenseitern beschützt hat? Unser Vertrauen hat sich immer auf einen engen Kreis beschränkt. Kritik Sahib hat diesen Moment gewählt, um sich zu vertagen. So viel dazu.»

«Richtig so!», rufen die anderen.

«Was ist mit Kashyap?», fragt Surendra. Kritik Sahib hatte ihn eigens ausgewählt, nicht wahr? Gargi – das kannst du nicht machen – Bapuji vertraut ihm doch.»

«Woher weißt du das?», fragt Gargi. «Jedenfalls kann Kashyap keinesfalls Kritik Sahibs Posten übernehmen. Er wird dieses Jahr sechzig. Er bekommt eine hervorragende Altersrente. Lieber Surendra, verstrick dich nicht in die Sache – oder willst du meine Stelle als Chefin der Personalabteilung übernehmen? Nur zu – dann komme ich mit der Führung der Company voran.»

Kurzes Schweigen. Surendra führt die Stoffserviette an den Mund. Er rülpst leise hinein und legt sie dann auf den Tisch.

«Entschuldigt mich», sagt er. «Ich muss ein paar Dinge zu Papier bringen.»

Whisky wird ausgeschenkt, und an diesem Abend zerschneidet

Jivan, angefeuert von Radha und Bubu, seine amerikanischen Ausweise zu Konfettis und tanzt mit seinem Schatten um Bubus private Bar. Er trinkt, bis er seine eigenen fünf Finger nicht mehr zählen kann.

*

Am nächsten Nachmittag fährt Gargi persönlich in einem Golfmobil vor, um Jivan in Ranjits Bungalow aufzusuchen. Sie erwartet ihn auf der Terrasse. Er braucht ungewöhnlich lang. Dann geht er zu ihr nach draußen.

«Komm.»

Er geht hinter ihr her. Schweigend tuckern sie zurück zum Haupthaus. Er kennt sich jetzt gut genug aus und weiß, wohin sie ihn bringt. Zurück zu dem weißen Halbrund, in das die fünf Türen münden. Ihre Privatwohnung und das überfüllte Arbeitszimmer, ihr makelloser privater Trainingsbereich, ihr Atelier, in dem die Mädchen die Kaschmir-Kästchen überarbeiten und die ‹Sita›-Aufkleber durch ein normales Company-Siegel ersetzen.

Das Kino. Diesmal erwartet sie frisches Popcorn. Gargi setzt sich in die erste Reihe.

Auf dem Bildschirm ist das Esszimmer der Familie zu sehen, der Tisch ist abgeräumt, das Zimmer menschenleer.

«Heimkinozeit», sagt er. «Was ist das?»

Das Licht geht aus. Eine frühere Gargi erscheint auf dem Bildschirm – fröhlich und entschlossen. Die Gargi neben ihm hat die Augen geschlossen. Die Fernbedienung hält sie lose in der Hand.

«Du sollst wissen, was am Tag deiner Heimkehr wirklich geschehen ist», sagt sie. «Du sollst wissen, warum hier alles auseinanderfällt.»

Dann kommt das Mittagessen, das Jivan an jenem Tag verpasst hat. Teile, die er schon gesehen hat, laufen nochmals ab: Gargi, die den Dienstboten roboterhaft befiehlt, den Tisch zu decken, das mechanisch ausgeteilte und servierte Essen, Reis, Daal, Fleisch, kein Fleisch, Chapati. Gargi, die Devrajs Teller füllt und dann den von Surendra, Radha, die Bubu bedient. Ranjit und Kritik und Sita, die sich selbst auftun. Sita.

Ihr Hinterkopf sieht so klein aus, ihr Nacken ist entblößt. Auf ihrem Teller liegt fast nichts, nur etwas Gemüse und eine halbe Roti. Arm hoch, Arm runter trinkt sie Wasser.

Er erinnert sich an diesen Tag als einen des Dursts. Als er Sita in allen Ecken der Farm gesucht hat. Er heftet seinen Blick auf den Bildschirm. Die Kamera hat alles festgehalten. Wie jung sie alle wirken. Die Szene stammt aus einem anderen Leben, das viele Jahre zurückliegt. Gerade einmal zehn Tage sind seither vergangen.

Dann sagt Gargi: «Hier ist es. Wir waren alle dabei.»

«Der Ton ist weg», sagt er.

«Darf ich mal», sagt sie und steht auf. «Hier sage ich meinem Vater zum hundertsten Mal, wie sehr ich ihn liebe», sagt sie. «Oh Daddy, ich liebe dich so sehr, mehr als das Licht am Himmel, mehr als das Wasser im Ozean, mehr als die Autos auf der Straße. Oh Daddy, ohne dich wäre das Leben nichts», äfft sie sich selbst nach.

Ihr Timing stimmt: Ihr Bild taucht auf dem großen Bildschirm auf, sie steht aufrecht am Tisch und hält eine Art Rede, die sie beendet, als die Gargi, die neben ihm steht, zu sprechen aufhört.

Er sieht sie erstaunt an. Sie ist angespannt, als sammelten sich Tränen ganz unten im tragenden Teil ihres Rumpfes, die gleich aufsteigen und hervorschießen würden. Sie hält die Hand vors Gesicht.

Die Bildschirm-Gargi setzt sich. Sie hat einen großen weißen Briefumschlag in der Hand. Danach steht Radha auf.

«Sieh dir das an», sagt Gargi.

Jivan starrt Radha an, eine Fernsehgöttin, die den Durchbruch geschafft hat. Ihr Körper ist fester als Gargis und gerundeter als der von Sita. Sie ist so verdammt aus dem Ei gepellt, schön im Sinne einer Mädchenzeitschrift, die geradezu danach schreit, dass die Seite herausgerissen und aufgehängt wird. Doch dann blitzt ihre alte Unsicherheit auf, sie zieht die Augenbrauen hoch und macht Augen wie ein Knirps, der den Atem anhält und gleich vom Fenstersims springt. Jivan hat sie so in Erinnerung, wenn er sich als Mädchen verkleidet bei Company-Soireen in Devrajs altem Haus mit ihr hinter der Tür versteckte. Sie an ihn gedrückt mit ihrem kratzigen Kleid, das ihn an den Armen kitzelte. Sie sahen zu, wie zuerst seine Mutter und dann Gargi vor den Gästen auftraten. Die Finger von sich gestreckt, die Ellenbogen nach außen, der Kopf in Bewegung, der Hals regungslos: *Dha*, ging der Taktschlag, *dha-din-dha*. Klein-Gargi war anmutig, ließ ihre Augen sprechen, bewegte sich geistreich und kontrolliert. Jeet war mit einem Masterji gekommen und gab mit seinem Tablaspiel an. Jivans Rolle war es, niemandem im Weg zu stehen und zu verhindern, dass Radha sich vor der Aufführung übergeben musste. Sie kann nicht tanzen und nicht singen, sie kann nur andere nachmachen. *Niemand mag einen Piti-parrotter**, sagte Nanu. Die Erwachsenen applaudierten Radha trotzdem; sie hatte so süße Bäckchen und ein so niedliches Lächeln.

Gargi dreht die Lautstärke auf und setzt sich wieder neben ihn. Er will ihre Hand halten (lässt es aber).

Auf dem Bildschirm macht sich Radha bereit, Bubu lächelt und lehnt sich in seinen Stuhl zurück, die eine Hand hinter dem Kopf, die andere wahrscheinlich an Radhas Hintern.

Radha sagt: «Also wirklich, Daddy! Der Ehemann?» Sie deutet auf Bubu. «Glaubst du wirklich, ich mache mir was aus dem?» Er zieht eine Schnute *Hände hoch!* und lacht.

«Bapuji, du weißt doch, dass ein Ehemann zu einem Nichts wird, wenn Daddy in der Nähe ist», sagt Radha.

Dafür bekommt sie einen Klaps und, als sie sich hinsetzt, zudem noch einen Briefumschlag, den sie mit einem Kuss an Bubu weitergibt.

«Jetzt Achtung», sagt Gargi mit fast versagender Stimme.

«Chalo, Sita, du, die Jüngste, aber nicht Geringste», sagt Devraj.

Im Kino und auf dem Bildschirm sehen alle Sita an. Gargi fingert an der Ecke ihres Briefumschlags herum; Surendra kratzt seine Dessertschüssel aus. Bubu und Radha warten.

«Komm schon», flüstert Jivan dem Bildschirm zu. Makhan lagao. Der Kindheitsausdruck mundet ihm.

Gargi sieht ihn an und blickt dann wieder auf sich am Tisch. Ein Lächeln. Ein Schulterzucken.

«Zu spät», sagt sie. «Schau hin.»

Sita steht nicht auf. Sie streckt die Arme über dem Kopf aus, der Siegelring glitzert an ihrem Finger; ihr Körper biegt sich in hohem Bogen zu ihrem Vater. Dann richtet sie sich auf.

«Papaji mujhe kuch nahin bolna hein», sagt sie. Sie hält die leeren Hände hoch: Zwischen den Fingern ist nichts als Luft.

Vater (respektvoll), *ich will nichts sagen*. Die Worte formieren sich in seinem Gehirn wie ein Gedicht, das er in der fünften Klasse gelernt hat, Übersetzungs-, Rezitier- und Erklärungsunterricht. Ganz plötzlich hat Jivan einen Einfall: *Überklärungsunterricht – für dich, Barun J. Bharat.*

An jenem Tag sagte Kritik zu ihm: Indische Mädchen sagen nie *Nein*. Und Punj sagte, die Familie spiele dieses Spiel einmal im Monat. Jivan fand es schwierig, zu erkennen, was diesmal anders war, doch jedes Gesicht am Tisch veränderte sich mit Sitas Worten. Statt Gelächter waltete Vorsicht, Gargi saß aufrechter, Surendra stellte Schüssel und Löffel langsam auf den Tisch. Radha blickte von Bubu zu Gargi und dann zu Ranjit, die Hände flach auf dem Tisch, die Finger steif über ihren Briefumschlag gespreizt.

«Komm schon, sei nicht so schüchtern! Sei stark und steh auf. Sei ein Soldat», sagt Devraj.

«Papa», sagt Sita, «ich tue liebend gern alles für dich. Ich komme deinen Bitten nach und deinen Bedürfnissen. Aber ich bin Wirtschaftswissenschaftlerin. Und Umweltschützerin.»

Niemand lacht.

«Und außerdem ist da der ‹Zukünftige Ehemann›». Sita malt zu beiden Seiten ihres Kopfes Anführungszeichen in die Luft. «Ich muss auch seine Nachfrage befriedigen. Und in die Fußstapfen treten», sagt sie.

«So war sie schon immer», sagt Gargi. «Sie hat Angst vor denen, die sie am meisten lieben. Unbekümmert darum, dass der Schmerz, den man anderen zufügt, das eigene Ich trifft.»

Die Bildschirm-Gargi starrt Sita an. Sie hat die Finger der linken Hand über dem Mund gekreuzt: Ihr altes Zeichen für ‹sei still›. Radha blickt starr nach unten, Bubu starrt Sita an.

«Zu mir sagt man nicht ‹Nein›», erwidert Devraj. «Madam, kuch toh sewa karo. Bist du sicher, dass du nichts zu sagen hast? Dein Hochzeitsgeschenk ist in meinen Händen.»

«Daddy», sagt Sita. «Du weißt doch Bescheid. Wie kannst du ‹Mitgift› dazu sagen? Mitgift ist illegal und veraltet. Kennst du mich denn gar nicht?»

Verdammt, Punj hatte die Wahrheit gesagt. *Satyamev Jayate.* Jivan sitzt im Kino, kann die Blicke nicht vom Bildschirm wenden und wartet, dass Devraj einen Ausweg aus der Sackgasse findet. Dass er lacht und nachgibt. Doch auf dem Bildschirm beben Surendras Schultern, als wippe sein Knie unterm Tisch schnell auf und nieder. Radha ist mucksmäuschenstill. Bubus Gesichtsausdruck sagt: *Was glaubst du, wer du bist?* Und seht euch Gargi auf dem Bildschirm an und seine Gargi, die hier leibhaftig atmet. Vier weit aufgerissene Augen, zwei strenge Gesichter, die lächeln, ohne die Zähne zu zeigen.

Devraj sagt: «Gut, Beta, gut. Was ist ein Name? Nenn es Erbe, wenn dir das ein besseres Gefühl verschafft. Oder benenn es gar nicht. Chalo, alles gut. Geh du und mach, was du willst. Wenn du nicht brauchst, wofür ich all die Jahre gearbeitet habe, so lass uns sehen, wer dich dann noch will.»

Seine Stimme ist ganz unbeschwert. Er hebt den Arm und lässt die Hand durch die Luft gleiten, als streute er ihre Asche über sie alle.

«Wenn du meine Company nicht willst, dann eben nicht. Was macht das schon?»

Er stützt die Fäuste auf den Tisch, geballte Abrissbirnen, die bereit sind, auszuholen. Er beugt sich mit steifem Körper vor.

«Wo hast du solche Worte gelernt?», sagt er. «Bei deinen Schwestern? Bei Gargi Madam?»

Im Kino scheint Gargi neben ihm zu zittern. Die ersten Tränen fließen.

«Was bist du denn?», fragt Devraj Sita. Seine Stimme verfällt in die Stimmlage eines schockierten Nachrichtensprechers, der sich schwertut, weiterzureden: Bei diesem Terrorangriff haben Menschen ihr Leben verloren. Das Land befindet sich im Krieg. Jivan sitzt da wie festgenagelt und gibt keinen Ton von sich. Das ist der Gott seiner Bastarden-Kindheit, der sich auf all die heiligen Bücher berief, die sich keiner von ihnen – nicht einmal Jeet – je richtig einprägen konnte.

«Rg Veda, Vers zehn, einhunderteinundzwanzig. Kann mir jemand den Vers aufsagen? Nein?»

Devraj wartet, aber niemand sagt etwas.

«Sieh nach, Sita, und lern das auswendig: ‹Durch den der gewaltige Himmel und die Erde gefestigt ist, durch den die Sonne gestützt wird und das Firmament, der in der Luft den Raum durchdringt – Wer ist der Gott, dem wir mit Opfer dienen sollen?› Ich schwöre dir jetzt, du kriegst kein Jota mehr von mir.»

Sita setzt sich hin, als hätte man sie in die Magengrube geschlagen.

Jivan merkt, dass es ihm den Atem verschlägt, als hätte er und nicht sie verloren. Er denkt zurück an den Abend der Party. Als er zum letzten Mal dort saß. All das passierte am Tag seiner Heimkehr. *Der wollene Anzug*, denkt er. *Mein Stadthemd. Wo sind die Sachen eigentlich?*

Auf dem Bildschirm beugt sich Kritik Sahib zu Devraj und flüstert ihm etwas ins Ohr.

Devrajs Kopf schnellt nach oben. Er sagt: «Untersteh dich, für sie zu würfeln. Du bist ein Reh, das einen Tiger provoziert! Außerdem solltest du es besser wissen und nicht so reden. Aré, Kritik, harami, nach so vielen Jahren, lern was von dieser da und halt den Mund.»

Harami. Jivan kann dieses Wort selbst erklären. *Bastard.*

«Wie Sie wünschen, Devraj», sagt Kritik Sahib. Aus seiner Schulterhaltung spricht Zorn, aus seinem Ton Schockiertheit. Es herrscht zähes Schweigen – keiner verteidigt ihn, nicht einmal Sita.

«Raus!», brüllt Bapuji.

Kritik Sahib verschwindet von der Leinwand.

«Meine Güte», sagt Jivan. Im Echtzeitdunkel klingt seine Stimme dünn. «Direkt danach kam Kritik zum Bunker zurück. In der Hitze. Ich war da, hatte furchtbaren Jetlag und trank seinen Whisky.»

«Pst», sagt Gargi, «sieh's dir an.»

«Hai Bhagwan, meri Ma!», brummt Devraj, umklammert seinen linken Arm fest mit der rechten Hand und schaukelt hin und her wie die alte Nanu beim Beten.

«Hai Ram!»

Devraj steht auf und schiebt seinen Stuhl zurück. Er zeigt auf Sita.

«Schön. Sita hat beschlossen, dass sie nichts will. Soll ihre zukünftige Schwiegermutter sie doch so nehmen», sagt er.

Er macht drei Schritte und verlässt den Raum. Ranjit folgt ihm, dann Surendra, und Bubu wird von Radha hinausgeschoben.

Die Frauen sind allein. Sita hat die Knie an die Brust gezogen, die Füße auf der Stuhlkante. Die anderen trösten sie nicht.

«Du hättest ihm einfach seinen Willen lassen sollen», sagt Radha.

«Da hat sie recht», sagt Gargi und nimmt Radhas Hand.

Sie streckt die Hand nach Sita aus, die sich aus dem Sessel schält und dann innehält.

«Nein.»

«Er gibt dir dieses riesige Geschenk, den größten Teil dessen, wofür wir alle gearbeitet haben», sagt Gargi. «Es ist dein Erbe. Deine Zukunft. Lass mich nicht reden wie Frau Lehrerin. Komm, Sita, es ist doch die *Company*. Selbst wenn er dich nicht um eine Rede gebeten hätte, würde er dir diesen Teil geben.»

«Ich will ihn nicht. Nie und nimmer», sagt Sita.

Sie schüttelt vor Gargi den Kopf. Sie wischt sich die Nase mit dem Handrücken ab. Sie zeigt auf ihre Schwestern. Ihre Tränen haben ihr den englischen Akzent aus dem Mund gespült: Wenn sie spricht, klingt es, als sei sie nie von zu Hause fort gewesen.

«Warum stellt er uns eigentlich immer noch diese Frage? Warum lasst ihr ihm immer noch seinen Willen? Ich kann nicht handeln, um anderen zu gefallen, das hab ich nie gekonnt.»

Sie geht auf ihre Schwestern zu. Jede wartet, dass die andere etwas sagt.

Im Kino wischt sich Gargi über die Augen.

«Ich habe versucht, vernünftig mit ihr zu reden», sagt sie zu Jivan. «Warum versteht sie das nicht? Es ist natürlich ein Spiel. Aber eines Tages wird sie heiraten. Sie muss lernen, sich um ihren Mann zu kümmern, um seine Familie. Das ist nicht leicht. Mann, Schwiegereltern, ein Haus führen und arbeiten. Daddy. Sie hat keine Ahnung, was das alles bedeutet. Ich habe zu ihr gesagt: *Geh zu ihm und bitte ihn um Verzeihung. Sag ihm, was er hören will.*»

«Und was hat sie gesagt?»

«Sie hat *Nein* gesagt.»

«Sita», sagt Gargi, «bitte hör mir zu.»

«Versprich, dass du mich nicht zu finden versuchst, Gargi di, okay?»

Neben Jivan drückt Gargi auf PAUSE.

Was ist schlimmer?, fragt sich Jivan. Eine Mutter zu verlieren oder ein Kind? Frag die Verlierer, die Antwort wird immer dieselbe sein. Dann fällt ihm ein, dass Gargi keine Mutter mehr hat und auch kein Kind. Sie war nicht einmal eine richtige Mutter, nur die Zweitbesetzung, die in die Hauptrolle gedrängt wurde.

«Weißt du, Jivan», sagt Gargi. Ihre Stimme ist leise und fest. «Weißt du, was der zentrale Punkt von alledem ist?»

«Was?»

«Das Company Kashmir. Das neue Hotel.»

«Klar», sagt er. «Wird es ein Mukti Spa haben? Bei dem alle Ahh sagen?»

Gargi sieht verwirrt aus. Dann wird ihr Gesicht traurig.

«Sita findet es nicht richtig, dass wir dort expandieren. Die Gegend ist so heikel. Wir sollten sie nicht mit unserem Markennamen versehen. Insgeheim muss ich dir sagen –»

«Was?»

«Ich weiß, dass sie recht hat.»

Ein paar Reihen weiter hinten hüstelt Uppal.

«Gargi Madam, brauchen Sie noch etwas? Soll ich Ihnen Chai holen oder eine heiße Choco Milk?», fragt er.

Er kommt den Gang entlang. Er zieht ein weißes, zu einem Dreieck gefaltetes Taschentuch aus der Tasche und gibt es Gargi.

«Nein, danke, Uppalji, das ist sehr nett.» Sie wischt sich die Augen, schüttelt das Taschentuch auf, schnäuzt sich und gibt es Uppal zurück.

«Ich bin nicht mal mit der Planung für ihre Aussteuer fertig», sagt sie. «Ich habe meine kleine Schwester gehen lassen, ohne ihr Zucker in den Mund zu stecken.»

Jetzt, wo Uppal zusieht, streckt Jivan die Hand nach Gargi aus. Ihre Tränen fließen auf seine Hände.

«Wo ist sie», fragt er. «Wohin ist sie nach dieser Nacht gegangen?»

«Sie hat zu mir gesagt, ich soll sie in Ruhe lassen. Sie hat sich nicht im Geringsten überlegt, was sie mir damit eingebrockt hat. Es ist mein Fehler, oder? Ihre ganze Haltung.»

«Sie muss doch zu finden sein», sagt er. «Wenn du sie wirklich wiederhaben willst.»

«Natürlich will ich das. Aber da ist ja noch der Rest.»

«Was meinst du damit?»

«Willst du nicht wissen, was wir bekommen haben?»

Er wartet.

Sie holt einen Briefumschlag aus der Tasche, mit einem Briefkopf der Company. Dieselbe cremefarbene Maserung wie diejenigen, die Jeet ihm vor vielen Jahren geschickt hat. Gargi reicht ihm den Umschlag. Er faltet den Brief auseinander. Er ist in dunkelblauer Tinte geschrieben, mit großen, runden Schleifen und Schnörkeln. Um ihn lesen zu können, muss Jivan durch den Gegenlichtschein des Kinos schielen.

ABSICHTSERKLÄRUNG (VORDATIERT)

Ich, Vorsitzender des Devraj-Konzerns
(Holdinggesellschaft der Devraj Company)
Teile hiermit meinen Anteil von 60 Prozent
Zwischen meinen beiden Schwiegersöhnen und meinen drei Töchtern auf

Und entäußere mich jeglichen Interesses an den Tochtergesellschaften, bei denen ich ebenfalls den Vorsitz habe
Für Surendra anstelle meiner ältesten Tochter, Anteile der Werkstoffe (umseitig aufgelistet).
Transport – geht voran.
Aus meinem Privatbesitz: die Farm. In Erwartung der erforderlichen Sorgfalt in Bezug auf meine Person, das Programm der 100 und den genannten Besitz –
Auf ewig.
Im gütigen Namen meiner zukünftigen Generationen.
Denn solcherart ist die Stufe meines Lebensalters.
Yeh hai:
Mann ki baat.
Bapuji.

Jivan dreht das Blatt um. Noch mehr dunkelblaues Gekritzel; er wird nicht schlau daraus. Gargi nimmt es ihm aus der Hand.

«Aufgelistete Werkstoffe: Backsteine und Stahl», liest sie. «Die Autoherstellung. Alles, was ich am wenigsten mag und was die meiste Arbeit macht.»

«Was ist mit Bubu und Radha?»

«Ein paar von den Dienstleistungen: die Shoppingcenter. Ein paar Ingenieurbüros. Den Rest der *Consumer Products*. Dabei schert sich Radha einen Dreck um *Badezimmer*.»

Sie hebt die Hände und zählt an den Fingern auf:

«Und für Sita zwanzig Prozent des Devraj-Konzerns. Von den Tochtergesellschaften die Direktorenposten der Dienstleistungen, inklusive der Eigentumsurkunden für die meisten Hotels. Von den Consumer Products das Beste – nämlich die Schultertücher. Und von den Werkstoffen (und hier holt sie Luft) wollte Bapuji meiner kleinen Schwester Sita die *Betonfabriken* geben. Meine Fabriken. In ihrem Namen.»

Mit leiser Stimme erzählt sie Jivan, dass Bapuji versprochen hat,

Sitas Anteil zwischen Surendra und Bubu aufzuteilen, ihnen aber noch nicht gesagt hat, wie er genau verfahren wird. Sie würden am Ende je dreißig Prozent des Devraj-Konzerns bekommen, und Ranjit werde seine zwölf Prozent behalten (Jivan wusste, dass er beteiligt war, aber nicht, wie viel ihm gehörte). Die übrigen achtundzwanzig Prozent werden aufgeteilt. Im Verwendungszweck zur Hälfte eingegrenzt durch leistungsabhängige Aktien für Angestellte der Lohnniveaus A-E, während die andere Hälfte Privatleuten gehört, die vor langer Zeit, ganz zu Beginn, investiert hatten, als Bapuji das Kapital für seine erste Betonmischanlage beschaffte. Crorepatis, allesamt.

«Unter uns gesagt», erklärt Gargi, «der Beton gehört mir, ganz egal, was geschieht. Und Radha ist identisch mit den Schultertüchern. Wenn Sita nicht nach Hause zurückkommt, wird sie offiziell jeden Backstein und jeden Faden ein für alle Mal einbüßen.»

Jivan blickt auf die Leinwand. Die drei Mädchen, von roten Vorhängen eingerahmt, inmitten ihres Zuhauses.

«Vielleicht ist das gerechter», sagt er. «Ein Anteil für jeden von euch ... aber ich kann mir ehrlich gesagt nicht vorstellen, wie Radha eine Riesenfirma leiten will. Mit Bubu.»

«Mein Dad tut das nicht aus Gründen der Gerechtigkeit», sagt Gargi. Wieder versagt ihr die Stimme. Aus Angst, aus Sorge, Jivan weiß es nicht.

«Er tut es, damit wir ihm nie den Wein reichen können.»

«Das Wasser», sagt Jivan sanft.

«Gargi Madam», sagt Uppal.

«So viel zu Gargi, *Königin alles hier Sichtbaren*», sagt Jivan.

Sie seufzt.

«Bist du zufrieden mit *Königin der Hälfte alles hier Sichtbaren*? Bubu und ich sind einverstanden. Ich übernehme jetzt die Führung. Business as usual bis nach der Eröffnung in Kaschmir.»

«Gargi Madam», sagt Uppal nochmals.

«Wenn du mir nicht glaubst, frag Ranjit Uncle. Es überrascht mich, dass er dir nicht schon alles erzählt hat.»

«Er hat keinen Ton gesagt, ich schwör's. Großes Ehrenwort», sagt Jivan.

Sie rutscht ein Stück weg.

«Mein Dad, der sich benimmt, als sei er auf Dauerurlaub, redet nur, um mich zu schelten. Ich bin 33 Jahre alt. Die Company, meine Träume – davon hat Surendra keinen blassen Schimmer, und es interessiert ihn auch nicht.»

Sie ringt die Hände, dann umklammert sie Jivans Arm. Hinter ihnen hört er kurz ein Geräusch: Uppal, der aufsteht und aus dem Raum schlüpft.

«Jivan», sagt Gargi. «Ich suche mir einen Rechtsberater. Sita wird nach Hause kommen. Doch es ist alles noch viel komplizierter. Ersonnen, um zu verwirren, für die Aufbewahrung in einem sicheren Versteck. Was ist, wenn Bubu beschließt, Company-Shoppingcenter zu bauen, ohne den Company-Beton zu verwenden? Das ergäbe keinen *Sinn*. Das Kaschmir-Hotel sollte an Sita gehen. Das ist das eine, aber Bapuji hat das Delhi-Stadthaus für Radha und Bubu bestimmt. Es war der Stadtpalast meines Großvaters mütterlicherseits. Er ist mindestens so viel wert wie die Farm, vielleicht sogar mehr. In *Crores*.»

«Ach tatsächlich?», sagt Jivan.

Gargi sackt im Sessel zusammen.

Sie blickt zu Jivan hinauf, ihm direkt ins Gesicht. Ihre Augen funkeln.

«Jivan?»

«Ja, Gargi *Madam*?»

«Bitte nicht. Wir dürfen keinem draußen sagen, was vor sich geht. Kein Sterbenswort, keinen Mucks. Bis ich es in Ordnung bringen kann. Oder bis es erledigt ist.»

All die Tage, die er mit Einkaufen, Essen, Reden, Lernen und Jagen zugebracht hat. Das stundenlange, lächelnde Plaudern und das sich wiederholende Ende von *Slumdog*. Weder Radha noch Bubu oder Ranjit haben ihm etwas davon gesagt. Nicht einmal Punj. Sie haben ihn wie einen Touristen umherziehen lassen, in dem Glauben, es ginge um Sita.

Es geht nicht um sie. Es geht um Geld.

«Okay», sagt er. So leise, dass seine Verletztheit nur ahnbar ist und sie nichts von seinem Zorn merkt.

«Das alles konnte ich dir erst jetzt sagen», erklärt sie. «Ich musste warten. Und mich gedulden.»

Auf der Leinwand verschwindet das Pausenzeichen. Sie sitzen im Dunkeln und starren einander an, vor einem Schwall von Hintergrundrauschen.

Jivan geleitet seinen Vater zum Bungalow zurück. Wie jede Nacht seit der Party sitzt er mit Ranjit auf der Terrasse. Sie nippen an ihren Drinks, spießen Cocktailoliven mit Zahnstochern auf und spucken die Steine ins Gras. Und jeden Abend sieht er, wie Ranjit seine Rituale vollführt und um den Platz vor seinem Bungalow geht, siebenmal vorwärts und siebenmal rückwärts, um den bösen Blick abzuwehren, wie er sein Online-Horoskop liest und seine Glückszahlen bei Ambika Gupta auf dem Smartphone überprüft.

Als Ranjit anfängt, Sita und Kritik und schließlich auch noch Jeet hinterherzuflennen, hört Jivan ihm zu. Er tröstet seinen Vater und verspricht ihm, dafür zu sorgen, dass der Familienname nicht besudelt werde, ungeachtet der Schwierigkeiten, in denen Jeet stecke. Nachdem ihm das neue Wort über die Lippen gekommen ist, erklärt er auch gleich, Jeet habe ihn zutiefst verletzt, mit seinem Verschwinden, seinen Lügen, seiner ganzen Art.

Taub und nach dem Bier Whisky kippend, gibt Ranjit nicht Jeet die Schuld, sondern dem blutroten Mond, der im Juni einhundert Minuten über Indien am Himmel stand.

«Eine so lange, totale Mondfinsternis, Jivan Beta, dass sie weltweit in aller Munde war und als Rekord bezeichnet wurde. Hier war sie natürlich zu sehen.»

Ranjit holt sein iPad hervor. Er vergleicht Landkarten von Indien mit Kosmogrammen seines Astrologen in Amritsar. Jivan erfährt, dass der rote Mond am 15. Juni aufgegangen war, zwei Wochen vor seiner Heimkehr. Die Sonne, die Erde und der Mond bildeten eine gerade Linie, schnurgerade, wie sie nicht sein soll.

«Wenn unser Schatten den Himmel verdunkelt, schadet das dem Körper unweigerlich. Wir haben hier alle gefastet und sind nicht aus dem Haus gegangen, bis auf Bubu natürlich, dem ungezogenen Jungen. Das Parlament schloss, und sowohl Sonia Gandhiji als auch ihre Minister setzten ihre Arbeit zu Hause fort; selbst Gargi tat das. Das Antlitz des Mondes wurde rot vor Scham; kein Wunder, dass Gargi nach so vielen Ehejahren immer noch nicht Mutter ist.»

«Jetzt verzögert sich der Monsun, wir werden von Streiks erstickt, die Steuerprüfer schreien nach unseren Unterlagen und das Company Srinagar Hotel, Bapujis Traum, verursacht zu viele Mehrkosten.»

Jivan erfährt, dass die letzte Mondfinsternis vor zehn Jahren war, in der Woche, in der Radha heiratete. Doch in Indien war sie nicht zu sehen – sonst hätte man dieses Datum nie gewählt. Nach der Hochzeit hatte der Astrologe einen Autounfall und konnte danach seine Arme nicht mehr bewegen. Die vorvorletzte Mondfinsternis war 1971. Und dann fängt Ranjit zu allem Überfluss auch noch mit Krieg und Greueltaten an und mit der Plünderung des Landes und der wiederholten Zerschlagung von humare apne India, um Bangladesch hervorzubringen. So viel verlorenes Land, so viel Wachstumspotenzial abgeschnitten. Wozu?

«Tuchfabriken, Textilien, billige Arbeitskräfte. Davon haben wir profitiert. Doch –», sagt Ranjit warnend zu Jivan, «wenn der Schatten des Chandra Grahan sanft herabsinkt, umschließt er uns alle. Und jetzt das Schlimmste: die Dunkelheit, die aus diesem Augenblick stammt, aus der längsten Mondfinsternis, die es je gab, was ist mit der? Sie bringt die Leute zum Verschwinden. Wenn der triumphierende Erdschatten glaubt, er könne den Mond überqueren, dann ist es kein Wunder, dass die Welt jetzt ein Tuttifruttikuddelmuddel ist. Gargi mit ihren Frauenprojekten – was versteht sie denn schon vom Geschäftsleben? Ach, hätte ich doch das Kosmogramm, das angefertigt ward, als sie ein Kindlein war!»

Er gibt seinem Stock einen Stoß, als spiele er Billard und versuche so, alle Probleme zu beseitigen.

«Aber diese Kosmogramme werden im Napurthala-Palast aufbewahrt – dort, wo Gargi geboren ist.» Nur sie könnten möglicherweise erklären, sagt Ranjit, was bekannt wurde, ohne deshalb durchschaubar zu sein.

Jivan wurde unter Rahu und Ketu gezeugt, einem Dämon, der mit seinen zwei Köpfen die Sonne verschlingen und mit dem Körper den Mond verschlucken kann. Sein Horoskop, das irgendwo in Nizamuddin lag, zeige, wie Ranjit glaubt, dass er unter dem Schattenplanet geboren wurde. Der Makel seiner Empfängnis, hatten die Astrologen gesagt, habe ihm eine dunklere Haut beschert als seinem Bruder, obwohl seine Mutter hellhäutig war.

Was sollte Jivan also jetzt tun?

Sein Vater fordert ihn auf, alle eingehenden Videos zu verfolgen, seinen Namen zu benutzen und von Polizisten, die er nicht kennt, Gefälligkeiten einzufordern, Spione zu mobilisieren, nach Sita und Jeet zu suchen – was er natürlich verspricht (aber nicht tut). Er hat das Gefühl, dass die Zigarillos ihm das Hirn geräuchert haben, und rollt mit den Augen, dann ruft er sich in Erinnerung, zu wem er soeben wird und wie schnell. Er denkt an Gargis Tränen und ist auch der Meinung, *dass der rote Mond im Juni ein Zeichen für bald bevorstehendes Chaos sei*, ein Satz, auf den Barun J. Bharat wohl neidisch wäre. Er ist auch der Meinung, dass sie sich in Acht nehmen müssen, und er schwört bei der Asche seiner Ma, denn Ranjit bittet ihn allen Ernstes mit Blicken darum, dass er, Jivan, sich anstrengen solle, alles in Ordnung zu bringen.

Hinterher, als der verdammte heiße Tag vorüber ist und alle auf der Farm schlafen, steht Jivan auf seiner Terrasse, raucht und trinkt ein letztes Company-Bier. Die Nacht ist eine Schüssel von Planeten und gekippten Satelliten, die zur Erde strömen. Er geht in Position, bereit für seine Antrittsrede.

«Jai ho», pfeift er. «Okay, Rahu und Ketu: Wir sind jetzt unter uns. Ich hungere nach dem Mond und der Sonne. Ich werde alles aufessen.»

§

An dem Tag, an dem ich zum ersten Mal mit dem Gewehr schoss, erhielt ich den Namen ‹Devraj Bapuji›. Es war zehn Uhr morgens, und ich war neun Jahre alt. Meine Zielscheibe war ein Fliesenwalla, der meinen Palast in Napurthala dekorierte. Er weigerte sich, das Mosaik fertig zu legen, und verlangte seinen Lohn. Es war der Frühling des Jahres 1947, ich habe es nicht vergessen. Der Fliesenwalla war ein Andersdenkender und ein Andersgläubiger. Ich schoss daneben. Ganz knapp. Er hinkte nach Pakistan. Auf die andere Seite. Der Grenze. Erinnert ihr euch?

Jetzt wird es Abend und bald setzt uns die Eiseskälte der Nacht zu. Wenn ich Streichhölzer hätte, könnte ich das Feuer neu entfachen – wir hatten ja ein Feuer, der junge Bedienstete hatte es angemacht, bevor er durch das Loch fiel. Es ist ausgegangen, und seither ist keiner hier gewesen, um danach zu sehen. Und ich habe Hunger, ich wünschte, jemand brächte mir etwas zu essen. Es muss fast sechs Uhr sein. Um die Zeit esse ich gerne zu Abend. Ich beginne mit einem Teelöffel Kurkuma, aufgelöst in heißem Wasser. Mein Arzt sagt, dass ich auf diese Weise mindestens 120 Jahre alt werde.

Sita hat das immer lustig gefunden. Sie hat mich gefragt, was ich wohl tun werde, wenn ich so alt würde – zum Mond fliegen? Sie meinte, Kurkuma sei eine Pflanze, die überschätzt werde. Ihre Überproduktion trage zum Niedergang der Erde bei, zur Erhöhung des Meeresspiegels.

Ich wollte ihr beweisen, dass sie unrecht hatte. An meinem fünfundsiebzigsten Geburtstag bin ich mit ihr verreist. Ich habe sie gefragt, wohin sie gerne fahren würde, und sie sagte, zu den Sundarbans, in die von Tigern heimgesuchten Mangrovenwälder und Watten West-Bengalens.

Weil es dort Piraten gibt, hatten wir viele Sicherheitskräfte dabei. Ich habe ihr gesagt, wir würden nichts essen, was kein Haldi enthielt, dann würde uns nämlich kein Moskito stechen oder belästigen, und wir würden keine Magenverstimmungen bekommen. Ich behielt recht – wir wurden nicht krank, auch wenn wir orange Zungen bekamen. Ich drückte fest auf eine Oberfläche, die tragen würde, und zeigte ihr dadurch, dass wir nicht untergingen.

Trotzdem weigerte sie sich, zu winken oder sich von der Presse mit mir fotografieren zu lassen. Die ganze Zeit war sie damit beschäftigt, Pflanzenproben zu sammeln, und wies mich mit Blicken scharf zurecht – wegen meiner Kleidung, meiner Schuhe, meinem ganzen Kram, der vielen Medienleute und der großen Crew. Und weil ich Tipu, mein Tigerjunges, auf die Bootsfahrt mitgenommen hatte. Warum auch nicht? Ich dachte, das Tier sähe vielleicht gern seinen ursprünglichen, natürlichen Lebensraum. Als wir wieder in Delhi waren, sprach Sita tagelang nicht mit mir und arbeitete an den winzigen Pflanzenproben, die sie mitgebracht hatte. Und wer hat die Reise finanziert?

«Weißt du, dass diese spezielle Pflanze einzigartig in unserem indischen Ökosystem ist?», fragte sie mich. Sie äußerte diese Meinungen ab und zu. Während sie mir die Füße massierte, ließ ich ihren Behauptungen freien Lauf. Dann sah sie eine Form im Staub: knollige Blätter, Ähren tragende Zungen, welkende Blätter.

«Diese Pflanze hier», sagte sie, «hat perfekte Voraussetzungen, sowohl Überschwemmungen als auch Dürren zu überleben. Ihre Wurzeln wachsen teils in der Erde, teils im Wasser. Nicht im Sumpfland. Ganz genau aufgeteilt, eine genetische Mischung von männlich und weiblich in einem. Oder ein Kind mit einem indischen Elternteil und einem nicht indischen. Ist das nicht wunderbar? Und kühn. Obwohl die Welt sich von innen erhitzt, ihre Doshas durcheinanderbringt und die Ausgewogenheit ihrer Nahrung, passt sich diese Pflanze mit einem leidenschaftlichen Überlebenswillen an. Und sie blüht smaragdgrün, saphirblau und in reinem Weiß. In allen Pfauenfarben. Sie heißt *Githalonius Androgynata*. Auf Sanskrit Meeraka.»

«Na und?», habe ich gefragt. «Kann man sie essen?»

Sie lächelte ihr mütterliches Lächeln. Sie sagte zu mir, die kleine Pflanze besitze das Geheimnis des ewigen Lebens. Dann blies sie auf den Staub, und die Zeichnung war weg. Sie sah traurig aus, sagte etwas Romantisches, etwas wie ‹die Erde wird zu alt, sie ist zu müde zum Kämpfen›.

«Sieh nur», sagte ich. «Sieh nach oben!» Ich fiel vor ihr auf die Knie und drückte meinen Kopf fest in ihren Schoß. Ich drehte mich auf den Rücken und legte ihr die Hand über den Mund. Durch das zerbrochene Dach, pockennarbig vor lauter Gewehrkugeln und Sternen, sahen wir zu, wie Vogelschwärme durch den Himmel jagten. Ich spürte, wie ihr Puls in ihren Schenkeln schlug, wenn sie einatmete und wieder ausatmete. Sita war immer überzeugt, dass die Welt unterging, Atemzug um Atemzug.

Kannst du singen? Sita ist voller Lieder. So viele Lieder. Ich kann sie nicht dazu bringen, dass sie sich auf meine Hände konzentriert, obwohl sie weiß, dass ich das gerne will. Eine Reihe rotbrüstiger Spatzen hockt auf den Balken: winzige Körper mit wissbegierigen Augen. Um sich auszuruhen, kommen sie immer noch hierher, wo ein Dach und ein Deckenventilator sein sollten. Auch andere Vögel kommen. Ich weiß ihre Namen. Schwarzkehlbraunelle. Bienenfresser. Der starrende, langschwänzige eurasische Kuckuck. Der Gackelkuckuck versteckt sich hinter ihm. Sie hocken ebenfalls auf den Balken. Und wenn ich einen Kaschmirzwergschnäpper sehe, ist der Tag für mich gerettet. Sie zwitscherten vor Freude und trillerten im Sonnenuntergang. Und ich mit ihnen. Denn was hätte ich sonst tun sollen? Auf sie schießen?

II

Gargi

Eins

Sie ist froh, aus dem Haus zu kommen, auch wenn es bereits so heiß ist, dass die Luft sich verflüssigt und die Erde zu wabern scheint, als könnte der Erdkreis sich nicht entscheiden, was er gern wäre.

Sie ist Gargi Devraj Grover, Enkelin, Tochter, Ehefrau, Schwester. Sie ist Gargi Devraj Grover, Geschäftsführende Vorsitzende der Devraj Company, Hüterin des Schlüssels zum Büro ihres Vaters. Ein polygonaler Raum im achtzehnten Stock eines Gebäudes, das wie eine Obsidianscherbe funkelt, ein Raum, zu dem sie an diesem strahlenden, frühen Morgen allein geht – zum ersten Mal mit dem Schlüssel in der Hand. Sie ist die Hüterin – das Wort passt gut –, denn obwohl die Hauptgeschäftsstelle der Company in den 1970er-Jahren gebaut wurde, ist es ein aufs Befriedigendste langer, schwerer und prunkvoller Schlüssel; er könnte direkt aus einem der Klassiker herausgefallen sein, die Gargi als junges Mädchen las: aus *David Copperfield* oder *Jahrmarkt der Eitelkeiten*. Nachts unter der Bettdecke mit der Taschenlampe oder morgens, wenn sie sich eigentlich waschen sollte und sich Zeit stahl, indem sie den Nalka aufdrehte, das Wasser auf die Fliesen plätschern ließ und sich hinter dem Geräusch verbarg: Auf dem Topf las sie dann ihr Buch; ihr Geruch – nach der leicht penetranten, überreifen Süße ihres Schweißes zwischen den Beinen – stieg ringsum auf, während sie alle Scham ablegte und den eigenen Körper berührte, um ihn zu säubern, und ihre Schmutzigkeit über den Abfluss auf die Straße spülte, von wo sie in den armen, stinkenden Yamuna geleitet wurde und sich mit dem Schmutz von Millionen anderen vermischte. Damals wollte sie die Heldin dieser Bücher sein, die so schöne Namen hatten und die Vorstellung frischer, sauberer Körper evozierten. Dora. Amelia. Das klang nach Blumen, dachte sie damals – und bat ihre Großmutter und ihre Schwestern, sie nur noch Rosa zu nennen –, weil *Barnaby Rudge* einst ihr Lieblingsbuch gewesen war.

Auf den Stufen des Farmhauses stehend, denkt sie an diese Zeit zurück, weiß aber, was sie im Haus zurücklässt, und nimmt die frühe Rushhour der über ihr tschilpenden Spatzen wahr. Ihr Blick fällt auf den verschlafenen Gärtner am anderen Ende des Rasens. Er schiebt einen Schubkarren vor sich her, um etwas aufzusammeln – was eigentlich? Sie kann es nicht sagen – auf jeden Fall ist sie, während sie darauf wartet, dass Satwant, ihr Fahrer, den Wagen vorfährt – *er verspätet sich, er ist neu, er kann nichts dafür* – in Gedanken bei den Heldinnen aus den Büchern ihrer Mädchenzeit, bei deren kerzengeraden Lebensläufen: von der Geburt über die Schulzeit und einen schicksalhaften Fehltritt bis hinein ins Glück der Liebe und Ehe am Ende. Nur Rosa hatte nichts dergleichen vorzuweisen – ihre Geschichte blieb unvollendet –, und dieses Geheimnis kam Gargi gelegen, denn obwohl das Lesen sie als Mädchen mit dem Vertrauen ins Umblättern der Seiten ausgestattet hatte, dem Gefühl, dass jemand – vielleicht Nanu – auch *ihre* Geschichte schrieb und sie mit sicherer Hand zum versprochenen Ende gelangen ließ –, war sie sich nie sicher gewesen, ob sie solch ein Ende überhaupt wollte.

Mit jedem Geburtstag und den in ihr wirbelnden Wünschen – einfachen Dingen wie Jeans tragen zu dürfen, Anführerin ihres Schuldebattierteams zu werden, bei den Aufgaben zu gewinnen, die ihr Vater ihnen stellte – wurde ihr Körper weicher, bis sie sich schließlich mit gesenktem Blick durch Menschenmengen bewegte und auf eine Weise lächelte, die Nanu guthieß. Um sie herum wurde immer nur von Liebe-Ehe-Kindern geredet, aus dem aufgeregten: *Wie viele möchtest du?* Vor der Hochzeit wurde nach Surendra – *isst du auch richtig, stellst du ihn zufrieden, versuchst du es jeden Monat?* – und dann – *da stimmt etwas nicht. Da ist ein Arzt* – und schließlich – *du solltest zum Ayurved gehen, Kräuterarznei ist am besten.* Gargi hatte zugehört, genickt, geantwortet; ihre Gedanken Entfesselungskünstler, die sie nicht unter Kontrolle hatte.

Das Memorieren von Verhältnissen – Wasser : Kies : Sand, für die verschiedenen Betonsorten, die die Company herstellt. Die Pflege ihrer Kakteen: wie man sie zum Blühen bringt. Während sie größer wurde, zog sie sich zurück und arbeitete an ihren Plänen für das Projekt ‹Kostenlose Schuhe›, das sämtlichen Company-Mitarbeitern des Lohnniveaus X–Z zugutekommen sollte. Für eine Krippe für die Frauen der Lohnniveaus P–Z (in den Hotels, Büros, Tuchfabriken) Kaste-kein-Hindernis. Und für diejenigen des B–Z-Niveaus ein Managementschulungsprogramm für Frauen samt Collegestipendium, auch hier Kaste-kein-Hindernis. Wie dies zu bewerkstelligen sei, trotz Bapujis permanenten Diktaten – *die natürliche Ordnung der Welt erhält sich selbst – Arbeiter, die körperlich und geistig hungern, arbeiten insgesamt besser – der Geruch der Stagnation ist ein Bauch voller Essen* –, war das Problem, das sie am meisten bedrückte. Wie sollte sie das bewerkstelligen, durch die Pubertät hindurch bis hinein in ihr Eheleben, die zyklisch wiederkehrenden Wochen des Monats, in denen Nanu ihre Bettlaken inspizierte? Über ihre Kleidung, ihre Büstenhalter, ihre Unterhosen, über jede Größenveränderung wurde nachgegrübelt und geurteilt. Ayurvedische Arznei wurde angeboten und bitterlich eingenommen. Jeder Pickel in ihrem Gesicht wurde als Zeichen betrachtet. Jahre vergehen, die Pflicht bleibt ungetan, nie, nie, nein.

Jetzt, da sie auf den unteren Stufen des Farmhauses wartet, weil sie in die Zentrale will, atmet sie den Jasmin ein – ihre Schultern entspannen sich –, denn an diesem Morgen, einem ungewöhnlich frischen, klaren Morgen in New Delhi, glaubt sie, dass jetzt vielleicht eine Zeit kommt, in der Gargi Devraj Grover nach ihren eigenen Vorstellungen leben kann. Eine Möglichkeit, die ihr an diesem Tag, als sie mit der weichen Lederaktenmappe in der Hand auf Satwant wartet, ebenso erstaunlich vorkommt wie die Tatsache, dass entlang der gesamten Auffahrt zur Farm die Tagetes immer noch blühen (im August!) – ein echter Zuwachs. Denn jetzt bietet sich eine Chance, mit der sie so schnell nicht gerechnet hätte.

Die Company voranzubringen. Auf ihre eigene Weise.

Wo bleibt Satwant? Sie muss auf den Wagen warten, dann wieder warten, bis Satwant aussteigt und die hintere Wagentür öffnet und sie hinter ihr wieder schließt und dann selbst einsteigt. Obwohl sie den Fahrern doch *gesagt* hat, sie bräuchten bei den jüngeren Familienmitgliedern nichts dergleichen zu tun; anscheinend merken sie sich nie, was sie sagt.

Das Farmhaus rückt in die Ferne, und auch wenn Gargi ihre Großmutter, ihren Vater, ihre Schwestern jeden Tag liebt, empfindet sie diese Fahrt in die Stadt als langsam aufsteigende Euphorie, dasjenige Gefühl, von dem Radha sagt, man könne es sich verschaffen, indem man verschiedene illegale Substanzen einnimmt, während man in Hotel-Clubs in Trance verfällt. Für Gargi genügt es schon, sich auf den Weg zur Hauptgeschäftsstelle der Company zu machen, die so nahe wie per Gesetz möglich ans Machtzentrum der Regierung gebaut ist, einen heimlich ersehnten Schlüssel in der Hand und ohne ihren Vater. Ist sie nicht gerade bei ihm gewesen, und hat er nicht beschlossen, zu Hause zu bleiben und seinen Almari aufzuräumen, statt mit ins Büro zu kommen? In seinem weißen Unterhemd und seinen safranfarbenen Unterhosen stand er da *wie ein hart gekochtes, halbiertes Ei*, dachte sie, zwischen seinen Hemden und Anzügen und Krawatten und Schuhen, und gab seinem Hausdiener die Anweisung, alles wegzupacken und neu zu besorgen, während er zu Gargi sagte (als hätte er den Mund voller Säure oder Nägel), er habe alles über den Augenblick von vor zwei Wochen gehört, als auf der Dienstagsparty bereits der Morgen graute und sie am Pool gesessen habe, *mit diesem Jungen, Ranjits Heimkehrer. Gargi, du hast Alkohol getrunken. Und du hast ihn angefasst und ermuntert, dich anzufassen. Ich hab erfahren, was du getan hast, alles, was du gesagt hast.* Seine Worte waren auf ihrer Haut gelandet, sie hatte gespürt, wie sie um ihren Mund, ihre Brustwarzen und ihre Chuchi brannten. Der Diener war herumgehuscht, und sie sah, dass er erschrocken, aber auch empört war: Sein Gesicht hatte dieselbe Farbe wie der Slip ihres Vaters. *Jeder Poolboy, der vorbeikam, und jedes vorbeikommende Mitglied der Hundert hat euch zu-*

sammen gesehen. Er sah Gargi nicht an, sondern fuhr mit seiner Toilette fort, klatschte sich nach Zitrone riechendes Rasierwasser ins weiße Haar, auf die Brust und auf den Kopf, verrieb es und trug auch ein wenig auf seinen Ohren auf. *Er hat Riesenhände,* denkt sie immer wieder, was ein Vorteil ist, wenn er Menschenmengen zum Schweigen bringen oder Thapars auf nackte Haut niederprasseln lassen will. *Klatsch, klatsch,* die Hände, das Rasierwasser – *Wie fett er geworden ist.* Gargi hatte dagestanden und aufgepasst, aber versucht, nicht hinzusehen, der Anblick von Bapuji in diesem Zustand besudelte ihre Erinnerung an die Nacht mit Jivan auf der Dienstagsparty, als sie am Pool gesessen hatten und er ihr zugeprostet hatte und sie – die mehr getrunken hatte, als sie sich seit Jahren gestattet hatte – dabei geschrien hatte: *Die Gargi Company*!

Bapuji hatte davon erfahren. Von wem spielte keine Rolle. Sie, Gargi, hätte vorsichtiger sein sollen –, denn hat man sie nicht ab und an, jede Minute ihres Lebens beobachtet? Eine Schande, Gargi, eine Schande, sagte Bapuji. Raus hier. Sieh nach deiner Großmutter.

Gargi war da, an diesem Morgen mit klarem Blick in Bapujis Wohnung. Sie wollte versuchen zu erklären, warum Sita gegangen war. Diese Bürde lastet auf ihr und wird hart wie Beton um Stahl. Sie brachte die Teilung der Company nicht zur Sprache. Sie hatte sich für business as usual entschieden: Sie würde es nehmen, wie es kam. Doch Bapuji hatte gesehen, dass sie den Mund aufmachte. Er knöpfte sich den Kurta zu und sagte:

«Ich habe alles Nötige veranlasst. Das Protokoll ist erstellt. Du musst nur noch die Vorstandsunterlagen unterschreiben. Es wird allerhöchste Zeit.»

Auf dem Flachbildschirm hinter ihnen lief der neueste Company-Werbespot für ein Soundsystem namens REVERBOT. REVERBOT reagiert auf Händeklatschen und gehorcht Sprachbefehlen wie ‹Play›. Bapuji drehte die Lautstärke auf. Dann klatschte er in die Hände. Gargi sagte *bitte* – doch ihr Vater konnte sie nicht hören. Sie war weggeschickt worden – wie ein schwieriges Buch, das man zuklappt und beiseiteschiebt.

Sie hatte die Wohnung ihres Vaters verlassen (denn sie ist überaus gehorsam, und just dieses Wissen um ihre eigene Natur machte sie zu einer guten Personalmanagerin) und barst beinah vor Geheimnissen und Tränen. Das Herz schlug ihr bis zum Hals – *erhatallesNötigeveranlasst* –, wie sie es seit ihrer Verlobung nicht mehr erlebt hatte. Sie fühlte sich erleichtert. Beinah. Frei. Vielleicht um nebenbei ihre eigene Geschichte zu erfinden.

Sie ist Gargi, mit dem Schlüssel in der Hand. Wie gut sich das anfühlen wird: ihn hineinzustecken, umzudrehen und die Tür zu Bapujis Büro zu öffnen. Sie wird sich dort einschließen. Allein. Diese Stille. Das hatte nicht sie, sondern Radha sich ausgedacht (mit Unterstützung von Ranjit Uncle, letzte Woche beim Abendessen): Sie hatte vorgeschlagen, Gargi solle das Büro vorerst übernehmen. Ranjit sagte, Bapujis Handeln sei eine Herausforderung. *Aber Ranjit Uncle,* sagte Gargi, *findest du nicht, dass das alles ein bisschen extrem ist? Selbst für Bapuji?* Er sah sie an und griff ausnahmsweise nicht auf Kosmogramme oder Gebete zurück. Mit fester Stimme sagte er: *Lass ihn doch. Du vergisst. Dein Vater war immer ein Meister langfristiger Strategien. Dieses Talent hat er dir vererbt. Fürs Erste musst du mitspielen.*

Bevor Radha nach Goa flog, sagte sie: *Ich bin die für Public Relations verantwortliche Geschäftsführerin. Fürs Erste müssen wir dich der Welt draußen richtig vorstellen und dabei zeigen, dass sich nichts verändert hat.*

Radha hat wie immer recht, hatte Ranjit gesagt. Gargi Beta, du brauchst nichts weiter zu tun, als das Schiff zu steuern. Einen Tag später, an einem ungewöhnlich frischen Morgen, hatte sie den Schlüssel.

Sie wird die Blumen für den Mogulschreibtisch ihres Vaters selbst bestellen. Rosaschuppigen Ingwer, leuchtend orange Paradiesvogelblumen mit durstenden Schnäbeln und blauen Blütenährenzungen, die sich in die Luft bohren. Sie werden Gargis Publikum sein, und die Blütenschatten werden ihr Chor. Vielleicht bestellt sie sich einen REVERBOT, damit auch sie mit einem Händeklatschen Musik spielen kann. Musik, die sie selbst ausgewählt hat, über viele Jahre, wenn sie sich in ihren Tagträumen Reisen in die fernsten Winkel der Welt ausmalte:

Kuba und der Buena Vista Social Club, die Südstaaten und Nina Simone, Mali mit ihrer Lieblingssängerin – Rokia Traoré. Für ihren Vater, Ranjit Uncle und Kritik Sahib *Blackie Songs*. Nach der Arbeit und in der Stunde vor den Drinks wird sie eines dieser Stücke laut abspielen, und wenn Jeet wieder zurück ist, von woher auch immer, mit gepiercten Ohren, den Hals voller Geschichten und mit dem silbernen Kara, den sie ihm geschenkt hatte, als sie beide sechzehn waren – mit der Gravur *Für Jeet Singh, alles Liebe, Gargi* –, und den er immer noch ums Handgelenk trägt, dann wird sie ihn bitten, ihr eine Statue zu schenken. Eine elegante, wilde Durga – aus dem vierten Jahrhundert, der Gupta-Zeit, wie er ihr erklären würde – mit einer nackten Brust, als Zeugin von Gargis Privattänzen, um ungewollte Besucher auf dem falschen Fuß zu erwischen und um statt ihrer die Sekretärinnen wütend anzufunkeln.

Auch wenn sie nur, wie sie sich in Erinnerung ruft, die *Hüterin* des Schlüssels ist, während der Wagen immer schneller auf der Überführung entlangbraust (alles hochfester Company-Beton) und dem Smog und dem mörderischen Verkehr vorauseilt, wird Gargi in Bapujis Büro ihr Lager aufschlagen. Und sich dann überraschen lassen.

Als die Aufzugstüren auf Bapujis Stockwerk aufgehen, wartet Uppal bereits. Sein kahler Schädel in Falten, die Handteller nach oben gerichtet, als wollte er Gargis Pläne auf den Boden der Tatsachen zurückholen. Hinter ihm ist kein leerer Korridor, sondern ein absolut echter, ausgelassener Pulk von Leuten in schwarzen T-Shirts und schwarzen Hosen, die alle Hangama machten. Dort stehen dreibeinige Bühnenlampen und Stangen voller Kleider; Schminktische, ein mit Glühbirnen gerahmter Spiegel. Alle scheinen es eilig zu haben – auch wenn ihr nicht klar ist, warum.

«Fotoaufnahmen, Interview», sagt Uppal.

«Ist das nicht erst nächste Woche?», fragt sie.

«Nächste Woche, Gargi Madam, hat bereits begonnen.»

Sie hält den Schlüssel schlaff in der Hand. Eigentlich sollte sie das Sagen haben, doch in Wirklichkeit ist sie nur der dressierte Elefant für

Radhas PR-Team. Wie immer. Außerdem sitzt bereits eine Journalistin in Bapujis Büro, vor dem riesigen, geschnitzten Mogulschreibtisch – jünger als Sita, vermutet Gargi –, in ausgeblichenen dünnen Jeans und flachen Schuhen mit Leopardenmuster, einem weißen, durchgeknöpften Hemd und einer dunklen, offenen Sportjacke mit hochgekrempelten Ärmeln. Das Haar trägt sie in einem Kachcha-Knoten, aus dem ihr lose Strähnen ins Gesicht fallen. Ihre Brille hat dicke, eckige Ränder, als sei sie das Model bei Fotoaufnahmen für ‹Reporter: Lifestyle Magazine›.

«Hi», sagt die Frau. «Nina Sengupta, Perspectives.»

Nina steht nicht auf und streckt nicht die Hand aus, sondern tickt nur mit ihrem Bleistift auf den Schreibtisch.

«Meinen Glückwunsch, Mrs Grover», fährt sie fort. «Wie fühlt man sich auf dem Fahrersitz – und sei es auch nur vorübergehend? Ist das der Schlüssel zum Büro? Wow. Sieht schwer aus.»

Gargi Devraj Grover blickt auf den Schlüssel, der zwischen ihren Fingern herunterhängt. Sie beschließt, sich dem Mädchen gegenüber wie Nanu zu verhalten. Sie setzt sich in den Sessel ihres Vaters und stellt den Computer an.

«Willkommen», sagt sie, ohne aufzublicken. «Möchten Sie etwas trinken? Sind Sie müde? Sie wirken ein wenig ausgetrocknet. Uppal?»

«Ja, Madam?»

«Bitte besorgen Sie Rina eine Cola oder so. Nun denn», sagt Gargi, «haben Sie Fragen zur Company? Oder zu mir? Nicht, dass da ein Unterschied wäre.»

Sie wartet.

Nina Sengupta steht auf, zieht ihr Hemd glatt, steckt eine Haarsträhne zurück, die ihr ins Gesicht gefallen ist.

«Vielen Dank, dass Sie sich Zeit für mich nehmen, Madam», sagt sie. «Wir wollen, dass unsere Leser Ihre Softie-Seite kennenlernen. Diesen Aspekt wollen wir betonen.»

Sieh mal an! Gargi empfindet tiefe Freude beim Anblick der jungen Nina, die immer noch steht. Jetzt kaut sie am Ende ihres Bleistifts und blättert in ihrem Notizbuch.

«Ach Gott, womit soll ich bloß anfangen?» Gargi lächelt. «Setzen Sie sich doch bitte, Rina.»

Nina setzt sich.

«Also», sagt Gargi, «als Erstes könnte ich Ihnen von unserem neuen Ökoauto erzählen. Wir freuen uns außerordentlich, es schon bald lancieren zu können. Danach können Sie mich fragen, was Sie möchten, okay?»

«Wunderbar, danke Madam. Erst Ihre Schulzeit. Und dann zu Ihren Anfängen in der Company. Wie kam es dazu, dass Sie jetzt in diesem Büro sitzen?»

Gargi blickt umher – der Ledersessel in der Ecke –, die geschnitzten Holzelefanten, die die Lampenschirme mit ihren Rüsseln hielten – und zurück zu Nina, die dasitzt und wartet, fast genau an derselben Stelle, an der Gargi als junges Mädchen auf Bapujis Geheiß jeden Freitag nach der Schule stehen musste. Mit ihr im Wagen saß Lottie, mit der sie in den Staus festhing. Wenn sie hierherfuhren, wollte Gargi immer mit ihr reden, etwas über sie erfahren, weil die Lottie nämlich körperlich jung aussah, im Gesicht jedoch alt wirkte und selbst nicht wusste, wie alt sie war. Gargi wollte sie nach ihrem Dorf fragen, ob sie je zur Schule gegangen sei und *warum ihr Englisch nicht gut sei?* Doch Nanu hatte die Lottie angewiesen, keine Fragen zu beantworten, nur darauf zu achten, dass Gargi sich nicht schmutzig machte und ihr Haar zu festen Zöpfen geflochten war. Die Lottie sagte immer *chup chaap baitho* oder drohte damit, es Nanu zu sagen, und aus Angst vor Nanu schwiegen sie beide, Gargi in ihrer Schuluniform und die Lottie in ihrem dunkelblauen Salwar Kameez mit dem über dem Herzen aufgenähten Company-Logo.

«Schule war Schule, verstehen Sie?», sagt Gargi, die nun zum ersten Mal hinter dem großen Mogulschreibtisch ihres Vaters im Büro sitzt. «Sagen Sie, Nina, wo sind Sie zur Schule gegangen, wo haben Sie studiert?»

Diese Antwort ist eine Bapuji-Taktik, die er entwickelte, als er jahrelang aus kleinen und großen Männern Kontakte und Verträge herausmolk. *Auf eine Frage reagiere mit einer Gegenfrage und höre zu, während der andere sie beantwortet. Lass die anderen zu Ende erzählen, ohne ihnen etwas mitgeteilt zu haben: Sie werden sich trotzdem sehr gut und verstanden fühlen. Wenn du sie das nächste Mal triffst, sieh dir an, wie sie sich darum reißen, dich anhimmeln zu dürfen.*

«Delhi Public School, R.K. Puram, Madam», sagt Nina. «Dann Hindu College, Anglistikstudium. Ich wollte eigentlich in den Finanzjournalismus gehen, wurde aber dem Ressort ‹Lifestyle› zugeteilt. Trotzdem schreibe ich immer noch liebend gern über, wissen Sie, Deals und so. Ich würde zu gerne eines Tages firmenintern arbeiten.»

Nina blickt im Büro umher. Obwohl Gargi nichts gesagt hat, kritzelt Nina eifrig. Die Mine ihres Bleistifts bricht ab.

«Benutzen Sie keine richtigen Stifte?», fragt Gargi. «Nehmen Sie den hier.» Sie reicht Nina einen schwarzen Tintenroller, Company Executive, aus dem Vorrat ihres Vaters.

«Behalten Sie ihn.»

Gargi sieht, wie Nina das Logo betrachtet, und lächelt. Als Kind hatte sie diese verdammten Stifte geliebt. An Freitagen hatte sie immer geputzte Schuhe, in der Hoffnung, Bapuji würde ihr zur Belohnung ein, zwei Stifte für ihre Stifteschachtel schenken. Auf dem Weg in die Zentrale saß sie mit baumelnden Beinen auf dem Rücksitz des weißen Ambassadors, zählte ihre Stifte oder sah zu, wie die Stadt ihre eleganten Geheimnisse enthüllte: ein Gesteck aus Gerbera und sprießendem Bambus am Phoolwalla-Stand – der jetzt verschwunden ist, weil die neuen Regelungen der Stadt vorschreiben, dass sich alle Blumenverkäufer auf einem Markt außerhalb der Ringroad zusammenballen –, und sie hatte darauf gewartet, einen Blick auf die zerbröckelnden Moscheen zu werfen, die erröteten, wenn der Sonnenuntergang sie einfing. In Lutyens Delhi hatten ihr die Kreisverkehrsinseln am besten gefallen; sie gaben mit ihren Pflanzen an, wie die englischen Frauen, die Doras, Amelias und Rosas mit ihren Hüten, die, wie sie sich vorstellte, in ihren Kutschen langsam um diese Kreisplätze herumtrabten – in Kutschen oder offenen Autos? Ihr Wissen über diese Zeit ist vage. Sie durfte das Fenster nicht herunterkurbeln; hatte jedoch die ganze Fahrt über die Company-Reklameschilder am Straßenrand gezählt. Daddys Zahnpasta *weißer als weiß*, Badezimmer – *Fliesen, geformt für ein sauberes Morgen*, heiße Tawas und glückliche Kinder – *ein Company-Lächeln, das nicht anklebt* –, alle Waren ihres Vaters ausgestellt auf dem Weg von zu Hause bis zur Schule und weiter bis zum Büro und wieder zurück. *Chi chi chi chi*, sagte die Lottie immer, wenn die Straßenverkäufer ihnen eine Zeitschrift verkaufen wollten oder eine Kokosnuss oder einen Luftballon – für zwei Rupien, was war das schon für Gargi –, aber die Lottie sagte immer Nein.

Nina dreht den Stift hin und her und sagt: «Was liegt Ihnen am meisten am Herzen?»

«Ich bin Sponsorin verschiedener karitativer Initiativen, unter anderem zur Förderung der Mädchen-Schulbildung. Ich habe in fast jedem Bundesstaat Projekte, bei denen Frauen zu Lehrerinnen ausgebildet werden. Wir konzentrieren uns auf die Regionalsprachen und Hindi, und wir haben Patenschaftsprogramme, damit die Kinder auf englischsprachige Schulen gehen können. Wir unterrichten auch Kernfächer – Mathematik, damit sie ihren eigenen Haushalt führen können. Geografie, damit sie das Ausmaß unserer Welt verstehen. Verwaltungsstrukturen, damit sie jedem Beamten trotzen können. Und ein paar Schulen leiten wir selbst, weil ein geschlossenes System von Angebot und Nachfrage zu Loyalität, Einfluss und Langlebigkeit führt.»

Gargi beobachtet Ninas Hand – schreibt sie oder kritzelt sie vor sich hin? Sie malt Kreise, Kreise und Augen, Nase, Mund. Ein monsterhaftes Gesicht mit langen, dunklen Haaren.

«Als Nächstes wollen wir ein Wasserrettungsprogramm ins Leben rufen. Wir sind in diesem Land mit einer Krise konfrontiert. Deshalb auch das neue Company-Ökoauto.»

Seit Gargi sieben war, trank sie, wenn sie freitags im Wagen saß, nie Wasser, weil sie sonst, das wusste sie, Susu machen musste. Sie hörte nie ihre eigene Musik, weil Nanu dem Fahrer gesagt hatte, er solle nur Krishnamantras spielen. Selbst als einmal ein Mädchen aus ihrer Stufe Gargi eine Kassette mit Alisha geliehen hatte, die Madonna sang, durfte sie sie nicht abspielen.

Wenn sie aus dem Wagenfenster geblickt hatte, hatte sie die alten, grünen Linienbusse gesehen, Männer, die auf die Straße spuckten, und Jungen auf Vespas, die schneller waren als der Wagen, in dem sie fuhr. Sie wollte dem Verkehr entkommen, wenn es sein musste, dann auch mit einem so großen Bündel auf einem Fahrrad. Sie wollte die Balance genauso halten können und schnell auf zwei Rädern sein, statt im Inneren eines Vierradgefährts festzusitzen.

«Wasser», sagt sie nochmals.

«Genau. Welches Geheimnis haben Sie, um sich ganz und gar wohlzufühlen?» Nina saugt am Company-Stift.

Meine Güte, was für einen Stuss diese Frau fragt.

«Ich erstelle Listen», antwortet Gargi. «Jede beschäftigte Frau, die außerdem noch einen Haushalt führt, tut das.»

Die Freitagsfahrten gaben Gargi die Möglichkeit, alles aufzulisten, was sich in der Woche ereignet hatte. Alles, was Radha falsch gemacht hatte: Besonders Bapuji wollte einen Bericht darüber haben. Eine vollständige Aufstellung dessen, was der Gärtner Cheti zu Topu, dem Koch, gesagt hatte. Und alle Slokas und Asanas, die Nanu ihr in dieser Woche gegeben hatte: siebzehn verschiedene vedische Weisen, Gebete für Bapujis Gesundheit zu sprechen. Dann war da Sita. Ihre ersten Worte – *Aape-aape* –, ihre ersten Schritte, ihre vielen erstklassigen Schulnoten. Ganz gleich, welche *Masti* sie ausgeheckt hatte – den Hausgoldfisch in den Außenteich aussetzen, die Hammelfleischbestellung hinter Gargis Rücken rückgängig machen –, Gargi sagte immer zu Bapuji, Sita sei perfekt. Sie sparte sich alle wunden Punkte ihrer jüngsten Schwester für den Schluss auf, um Bapujis Laune in Bestform zu bringen.

«Haben Sie einen Lieblingsort?», fragt Nina noch engagierter. «Irgendeinen Ort, wissen Sie, der Sie inspiriert?»

«Dieser hier natürlich», antwortet Gargi.

«Hinter Bapujis Schreibtisch?», fragt Nina. Sie wirkt überrascht, als hätte Gargi ein schlimmes Wort in der Öffentlichkeit verwendet.

«Ich meine die Company.»

Nicht dieses Büro, in dem Bapuji jeden Freitag auf sie gewartet hat, wo sie klopfen und warten musste, wenn sie ankam, und sich nie setzen konnte. Warum nicht? Weil Bapuji sie nie dazu aufforderte.

Nina kaut an ihrem Stift.

«War Bapuji ein Vater, mit dem man herumblödeln konnte? Er ist ein so tolles Vorbild für uns alle», sagt sie.

«Natürlich», erwidert Gargi. «Er hat viel Sinn für Humor. Er liebt Charlie Chaplin, Dick und Doof und Mr Bean. Alle großen Schelme. Und Gedächtnisspiele. Mit denen bewahrt er sich seinen scharfen Verstand.»

Sein Lieblingsspiel dauerte genau eine Stunde, jeden Freitag musste Gargi – dastehen, memorieren, wiederholen –, was er ihr erzählte: was genau er mit wem in dieser Woche außerhalb gegessen hatte. Bapuji zählte alle prominenten Politikerfamilien, besonders Sanjay und Rajiv Gandhi, zu seinen Busenfreunden. Er erzählte Gargi genau, was bei diesem oder jenem Lunch mit ihnen aufgetischt worden war; bei ihnen zu Hause probierte er zum ersten Mal italienischen Wein und Oliven. Gehaltvolles, köstliches Focaccia-Brot, wie er sagte. Es oblag Gargi, Topu diese Rezepte zu lehren oder dieselben Sachen über Kontakte der Company ausfindig zu machen und dann zu Hause zu servieren.

«Wie hat Ihrer Meinung nach die Hand einer Frau in all den Jahren zum Florieren der Company beigetragen?», fragt Nina. Es klingt gespannt, so als gäbe es ein Geheimnis für weiblichen Erfolg, das Gargi gleich großzügig mit ihr teilen würde.

«Sie können unsere Geschichte auf der Homepage nachlesen, das wissen Sie sicher?», erklärt Gargi. «Aber eigentlich ist es ganz einfach. Alle lieben Bapuji. Er macht alles nach Vorschrift. Deshalb haben wir Erfolg. Alles wird offen besprochen, keine Bestechungsgelder. Was Sie hier sehen, entstammt diesem Ethos, dieser Ethik.»

«Ja», sagt Nina. «Ich hab sie mir ausgedruckt.»

Sie nimmt ein Blatt Papier aus ihrem Notizbuch und liest:

«Zu Beginn gab es nur den Palast in Napurthala und das Napurthala-Stadthaus in Delhi, das Schultertuch-Unternehmen, dann die ersten Hotels und so weiter, dann die Betonwerke, *wir bauen das Indien von morgen*, großartiger Werbeslogan, ich finde die Reklame aus den 60ern einfach toll.»

«Ja», sagt Gargi. «Die Company-Betonmischung wurde in jeden Kornspeicher und in jeden Damm des dritten Fünfjahresplans gegossen. Und das in den Jahren des License Raj, der allumfassenden Regulierungen, in denen Bapuji die Hände ebenso gebunden waren wie allen anderen; ohne Beteiligung der Regierung durfte er nicht mehr als dreihundert Arbeiter beschäftigen. Zum Glück hatten wir immer freundschaftliche Beziehungen zu denjenigen, die an der Macht waren. Das können wir durch unsere ehrliche Gesinnung gewährleisten.»

Nina hält inne, schreibt weiter, fragt nicht, nein *Fragen Sie nicht, Nina* – denkt Gargi –, *was Bapuji in diesen Jahren so alles getan hat*, denkt Gargi, denn er hatte immer Oberwasser.

«Als Sie erwachsen wurden, muss Ihr Leben phantastisch gewesen sein!», sagt Nina. (Sie sieht aus, als wolle sie den Schreibtisch küssen.) «Die älteste Tochter von einem der wichtigsten, angesehensten und erfolgreichsten Männer des Landes ...»

Anfang der 90er-Jahre war Delhi alkoholfrei: In den Einkaufsvierteln gab es keine Alkoholläden und keine Car-o-bars. Die Familie Devraj hatte Alkohol: eine ganz besondere Kiste Wein oder Spirituosen, die sie von einem Lieferanten der Company-Fünf-Sterne-Hotels geschenkt bekommen hatte. Die Kisten landeten, ohne den Zoll zu passieren, Geschenke von indischen Müttern, die im Ausland lebten, in Dubai oder Sharjah, und versuchten, Nanu zu bezirzen, damit sie ihnen gestattete, sich Gargi oder Radha anzusehen, zu späterer Verwendung. Jedes Mal, wenn jemand etwas wollte, kam es zu einer Anzahlung. Die richtigen Geschäfte wurden abends abgewickelt: bei Whisky mit Eiswürfeln aus gefiltertem Wasser, die in den Gläsern schmolzen. Manchmal hatte Gargi bedient. Manchmal, vor allem in dem Jahr, in dem Jivan und seine Ma fortgezogen waren, hatte sie ein klassisches Lied gesungen, begleitet von – ja, natürlich, von Jeet am Harmonium.

Jetzt legt sich Nina ins Zeug:

«Wie sehen Sie Indiens Zukunft in den nächsten Jahren?»

«Gute Frage», sagt Gargi. «Wir begrüßen natürlich den internationalen Wettbewerb ausländischer Firmen, Indien braucht Investitionen, wir brauchen Schulungen und Stellen für unsere Schul- und Universitätsabsolventen, damit sie nicht nur in Callcentern landen oder in die USA verschwinden. Und unsere Kunden sind treu. Aber wir müssen auch auf unsere Ressourcen achten, und damit meine ich nicht nur das Personalwesen, sondern Wasser, Mineralien, Solarenergie, das kann ich nicht genug unterstreichen.»

«Aber was ist mit dem Wettbewerb von multinationalen Konzernen?»

Die Antwort auf diese Frage wurde ihr eingehämmert. Von Nanu, Bapuji, Radha und Bubu. Sie holt tief Atem und lächelt.

«Im Grunde ist die Company ein traditionelles Familienunternehmen. Deshalb sind wir immer innerhalb der Landesgrenzen geblieben. Zwar investieren wir auch außerhalb, aber unser Weitblick konzentriert sich auf das indische Volk. Und vielleicht besitzen wir tatsächlich eine Geheimwaffe.»

«Und die wäre?», fragt Nina.

«Jugaad», antwortet Gargi. «Das ist die indische Verfahrensweise. Meine Großmutter ist ein gutes Beispiel dafür; ich habe mir Notizen über sie gemacht. Sie konnte aus nichts etwas machen. Das ist das Resultat unserer angeborenen prä‹indischen› Natur, bevor die Briten oder sonst wer kamen. *Und deshalb nennen wir es?*» – im Versuch, daran zu glauben, betont sie die Frage und die Antwort: «*Jugaad.*»

Nina nickt so heftig, dass ihr Knoten zur Seite ruckt. Dann runzelt sie die Stirn:

«Aber selbst heute gibt es nicht viele weibliche Wirtschaftsbosse.»

«Nein, das stimmt nicht. In diesem Land gibt es sehr, sehr viele starke Frauen. Recherchieren Sie mal. Meine Großmutter ist ein typisches Beispiel. Wir wissen einfach, dass es besser ist, im Hintergrund zu bleiben, weil wir so mehr bewirken können. Wie Bapuji mir immer ins Gedächtnis ruft: *Hab keine zu hohe Meinung von dir selbst, überlass das lieber anderen.*»

Das bekam Gargi jeden Freitagabend zu hören, wenn ihr die Beine wehtaten und sie Susu machen musste, auch wenn sie vor der Sitzung keinen Tropfen Wasser getrunken hatte. Bevor sie gehen durfte, gab Bapuji ihr die Hand. Wenn sie das Büro verließ, blickte er ihr nach. *Auf Wiedersehen, Gargi,* sagte er dann. *Behalte den Aktienkurs im Auge. Erstatte mir nächsten Freitag genau Bericht.* Oh, wow, wenn er das sagte, hatte sie das Gefühl, sein Augapfel zu sein. Sein Apfel! Dann rannte sie ihrem Schatten hinterher zur Lobby, wo die Lottie auf sie wartete und ihr die Tür zur Damentoilette aufhielt. Die Lottie blieb draußen, damit niemand anders hereinkommen konnte; sie summte, damit keiner hören konnte, dass die Tochter des Chefs auf dem Klo saß.

«Und wo haben Sie Surendra Sahib getroffen? Ein so netter Mann. So sanft. Ich bin ihm einmal auf dem Poloplatz begegnet», sagt Nina.

Nina, will sie sie bitten, *fragen Sie mich etwas Wichtiges, fragen Sie mich, wo meine kleine Schwester ist und was sie nicht alles mit wem tut. Fragen Sie mich, was das für ein Gefühl ist, von einem Mann betrachtet zu werden, der nicht mein Mann ist. Fragen Sie mich, wie es ist, auf dieser Seite des Schreibtischs zu sitzen. Oder stellen Sie mir eine Frage über das Kaschmir-Hotel der Company. Trauen Sie sich!*

«Sie haben Surendra getroffen?», fragt Gargi. «Das freut mich. Ja, wir sponsern den Cup zum Teil. Surendra und ich wurden einander hier, im Büro meines Vaters, vorgestellt. Wir mochten uns, man war sich einig, wir verlobten uns und heirateten. Genau wie Millionen anderer Paare in diesem Land. Unsere Geschichte ist genau die gleiche.»

Natürlich bis auf den Tag nach ihrem achtzehnten Geburtstag – sie war immer noch gespannt, so als würde sie ihr Geschenk noch bekommen. Nanu, nicht Lottie, holte Gargi in ihrem Rolls-Royce von der Schule ab. Sie ging sogar mit Gargi ins Büro hinauf und sagte ihr dann an der Tür, sie würde draußen warten. Gargi ging hinein. Bapuji und Surendra saßen beide – der eine hinter dem Schreibtisch, der andere hinten im Sessel, in dem Nina jetzt sitzt. Gargi stand in der Mitte. Sie wusste nicht, wen sie anblicken sollte. Surendra schien mit dem Leder zu verschmelzen: Sie hielt den Blick auf Bapuji gerichtet.

Was hast du heute gemacht, Gargi? Erzähl mal, hatte Bapuji gesagt.

Am Morgen: Ich bin aufgestanden, habe Radha geweckt, dafür gesorgt, dass Sita sich wäscht und dass beide für die Schule bereit sind. Habe sie zum Frühstückstisch geschickt und dafür gesorgt, dass beide etwas aßen, ein gekochtes Ei und Reiterchen. Swamiji hat uns aus der Bhagawadgita vorgelesen. Ich habe den Wirtschaftsteil durchgesehen. Dann habe ich mich vergewissert, dass beide Mädchen ihre Hausaufgaben gemacht und ihre Snacks eingepackt haben und dass Lottie Nr. 4 ihnen die Haare ordentlich zusammengebunden hat. Dann die Wagen bestellt, sichergestellt, dass Nanu gefrühstückt und alle ihre Pillen genommen hat. Die Mittagessenswünsche an Topuji weitergegeben und mit ihm das Abendessen zusammengestellt; Bachchon ke Bhoot, milchig süß, Sitas Lieblingsspeise. Sita fuhr mit Nanu. Radha und die Lottie sind bei mir mitgefahren. Ich war im Unterricht, hielt ein Referat über multinationale Buchhaltungsgepflogenheiten in drei ausgewählten Forbes-500-Unternehmen. Ich bekam die Bestnote und hatte danach Sport: Weil Freitag ist, hatten wir Hockey. Heute Abend bringe ich Radha und Sita bei, wie man einen französischen Zopf flicht, und übe mit den beiden Grammatik. Dann Abendessen, EDV, Beten und ins Bett.

Bapuji hatte daraufhin eine Frage gestellt, die er noch nie gestellt hatte. *Nun, Gargi, wie willst du deine Zukunft gestalten?*

Bei seinen Worten hatten sich rings um Gargi lauter strahlende Städte erhoben, die sich vom Kaschmir-Teppich bis zum Wandgemälde von Bhishma erstreckten, der flach und fett und fuchsteufelswild an der Zimmerdecke prangte. Gargi richtete den Blick zu ihm hinauf, dem gefallenen Helden des Mahabharata – immer noch liegt er auf seinem Bett aus Pfeilen und stirbt auf dem Schlachtfeld von Kurukshetra, mit seitlich aus dem Mund hängender Zunge, so als wolle er sie endlos lecken. Sie hatte die ihn umringenden fünf Pandava-Prinzen erblickt und beim Namen genannt, ebenso wie ihre Frauen und sämtliche Kinder (selbst die, die eigentlich tot waren, gestorben Tage zuvor in der Schlacht), bevor sie geantwortet hatte: *Bapuji, ich bin in Wirtschaft die*

Beste meines Jahrgangs und ich will bei dir arbeiten. In Fusionen und Übernahmen.

Er lachte. Gute Idee. Du kannst bei mir anfangen. Einen Augenblick lang setzte Gargis Herz aus. Dann kam der Handel. *Nach deiner Hochzeit. Dann kannst du hier deine Stelle als eine der stellvertretenden Geschäftsführerinnen im Personalwesen antreten.*

Gargi: spürte Hitze von den Knien über alle Backen, als hätte sie jemand nackt ausgezogen und rot angemalt. In Gedanken hörte sie Nanu sagen, sie solle sich bei ihrem Vater recht schön bedanken.

Gargi hatte leise geflüstert: *Dankeschön, Bapuji.* Und dann zugesehen, wie Daddy sich zu Surendra gebeugt und gesagt hatte: *Weißt du, Gargi hat die Verantwortung für mein Haus. Natürlich passieren Fehler, aber sie macht ihre Sache gut.*

Dann hatte er sich an sie gewandt. *Gargi, heute mache ich dir ein großes Geschenk.* Er hatte Surendra gewunken. *Gargi, das ist Surendra Sahib. Sag schön ‹Guten Tag›.*

Guten Tag.

Sich zum ersten Mal in diesem Gebäude hingesetzt hatte sie sich an dem Tag, als sie im zehnten Stock einen eigenen Schreibtisch bekam, in ihrem eigenen Büro. Sie wurde zu Mrs Gargi Devraj Grover, stellvertretende Geschäftsführerin der Devraj Company, verantwortlich für das gesamte Personalwesen. So lautete ihr endgültiger Titel – bis vor zwei Wochen.

Wie sollte sie sich jetzt nennen?

Bhishma starrt immer noch wütend von der Decke herab. Die Zunge streckt sich immer noch nach ihr aus, als wolle sie sie verschlingen.

«Welchen Beitrag haben Sie Ihrer Meinung nach bisher für die Company geleistet? Ich meine, was neue Ideen und so anbelangt?», fragt Nina.

«Ich habe sage und schreibe Cappuccino in den Company-Coffeeshops eingeführt», sagt Gargi. «Mitte der 1990er-Jahre trank ich welchen im Hyatt Coffeeshop und bestand dann darauf, dass wir ihn ebenfalls servieren. Und wissen Sie, was? Das ist heute unser Bestseller. Natürlich kredenzen wir ihn mit Valrhona-Schokoladenstaub.»

«Ach tatsächlich? Ich liebe diesen Cappuccino. Der Beste in der ganzen Stadt. Ich trinke jeden Morgen einen auf dem Weg zur Arbeit.»

Ninas Leben. Vielleicht wohnt sie noch bei ihren Eltern, im angesehenen Teil von Punjabi Bagh, hat aber einen separaten Eingang und Schlüssel. Vielleicht wohnt sie auch mit ihren Brüdern und Cousins in einer Mietwohnung in Noida. Oder mit ihren Collegefreunden. Oder sogar allein. Sie kauft bei Zara ein und geht einmal im Monat im La Vie italienisch essen. Geht sie das Risiko ein, nachts allein Auto zu fahren? Trinkt sie mit dem neuen Geld in Dachterrassenbars inländischen Gin oder Cocktails mit grünem Tee, wie ihre Freunde? Fährt sie spätabends noch selbst nach Hause, ohne den Männern Beachtung zu schenken, die die Verfolgung aufnehmen?

«Den Luxus leiste ich mir», sagt Nina. «Das ist es mir wert.»

«Danke», sagt Gargi. «Die 170 Rupien inklusive Steuern pro Tasse machen den Cappuccino zu einem äußerst lukrativen Produkt. Kleine Dinge bringen am meisten ein.»

Ihren ersten Cappuccino bekam Gargi von Surendra spendiert, als sie zum ersten Mal zusammen ausgingen – das erste Mal, dass sie als Achtzehnjährige mit einem Mann allein war, der weder Jeet noch Ranjit Uncle noch Kritik Sahib noch Bapuji war. Es war an einem Nachmittag zu Beginn des Frühlings. Sie gingen zum Coffeeshop des Hyatt Regency Hotel – Surendra wollte nicht ins Company Delhi Hotel gehen; er hatte gesagt, ihr Date würde verdorben, wenn zu viele Angestellte sie erkannten. Er bestellte einen Vanille-Schoko-Eisbecher, von dem die Schokoladensoße heruntertropfte. Dann aß er ihn selbst, drehte den Löffel in der weichen Eiscreme herum und leckte ihn ab, während Gargi zusah. Surendra hatte ein dünnes Gesicht mit gepflegten Augenbrauen. Sie sahen fast aus, als seien sie fachgerecht gezupft worden. Sie starrte die Brauen an und dann seine dünnen Lippen. Nanus Stimme tobte in ihrem Kopf: *Mach dein Bett ordentlich, schlag die Ecken unter, schüttel die Kopfkissen auf, sei immer frisch, mach es willkommen, weich, wenn nötig, hart kommt von selbst, sei glücklich und fruchtbar und gehorch deinem Mann, auf diese Weise wirst du bekommen, was du verdient hast.*

Der Kellner kam zu ihnen, seine weiße Arbeitsuniform spannte und schien ihn zu tragen. «Sind Sie zufrieden, Sir?», hatte er gefragt und dabei Gargi angesehen. Sie nahm die Speisekarte zur Hand und bestellte *Cappuccino*, weil sie das Wort nicht kannte. Es dauerte eine Weile, doch als er kam, trank sie ihn in kleinen Schlucken, genoss ihn, ihren Cappuccino. Und versuchte, keinen Milch-Mouchie zu bekommen, während Surendra nonstop redete. Er erzählte ihr, dass er achtundzwanzig sei (eine Lüge, er war dreiunddreißig, im selben Alter wie sie jetzt – das bemerkt Gargi gerade, während sie mit Nina an derselben Stelle sitzt, an der sie ihrem Mann zum ersten Mal begegnet ist). Er sagte zu ihr, er *liebe* seine Roti mit Ghee, er *liebe* es, die Füße vor dem Schlafengehen massiert zu bekommen, und alle sechs Monate *liebe* er es, seine Gunas zu säubern, und zwar mithilfe einer Nasenflöte, die sein ge-*liebter* Großvater an ihn weitergegeben habe. Er fragte nicht, Gargi, was *liebst* du? Glücklicherweise (oder unglücklicherweise), denn dann hätte sie geantwortet: *die wunderbare Aussicht auf die Produktionsmöglichkeitenkurve. Die maximalen Outputkombinationen zweier Waren oder Dienstleistungen, die eine Wirtschaft erreichen kann, wenn alle Ressourcen voll und effizient ausgeschöpft werden.* Wenn sie das gesagt hätte, hätte er seine Meinung vielleicht geändert.

Einen Monat später trug Gargi einen rosafarbenen, in Durchbrucharbeit gearbeiteten Lehenga mit Goldfadenrand. Die Choli war im Rücken fest geschnürt. Der Stoff ließ auf ihrem Rücken eine kreisrunde Stelle frei. Zum ersten Mal in ihrem Leben zeigte sie sich mit nackten Schultern in der Öffentlichkeit. Dermaßen glatt. Der Dupatta bestand aus fast drei Metern steifer Tissue-Seide, fast durchsichtig, aber nicht ganz. Sie stand in Sandalen da und versuchte, sich nicht zu bewegen, während der Garderobier sie darin einwickelte.

Nanu hatte sie davon überzeugt, dass Farbe und Stil der letzte Schrei waren. Doch als sie vor ihrer Sagai-Zeremonie vor dem Spiegel stand, sah sie, dass ihre Garderobe nicht *elegant, achtzehn, kurz vor der Verlo-*

bung zum Ausdruck brachte. Der Dupatta verlieh ihr das Aussehen einer Boodhi Amma ke Baal; Nanu war ihrer Meinung. Zuckerwatte. An einem Stiel. Ei wie niedlich. Sie ging zum Fest – das Radha mit ihrer Schmollerei fast verdorben hätte: sie wollte auch in einem rosa Lehenga mit den Jungen draußen essen – und hörte einen Onkel, der geradewegs auf ihre Bluse blickte, sagen *Aré wah! Die Zielscheibe hat sie hinten, die Geschosse vorne.*

Sie schob sich hocherhobenen Hauptes durch die Menge und wurde sich bewusst, dass Bapuji sie betrogen hatte. Dass sie hätte verhandeln sollen. Sie ist Gargi Devraj Kumari, die Tochter eines Familien-Dharma, der zu den Anfängen zurückgeht. Surendra Grover arbeitete bei einer Bank. Sein Onkel väterlicherseits, Lal Sahib, war ein mächtiger Mann in Indira Auntys Regierung. Mit Lal Sahibs Hilfe änderte die Company ihren Namen und tauchte für ein, zwei Jahre unter, um den Besteuerungen und den Beschränkungen während der Zeit des Ausnahmezustands zu entrinnen. Als die schlimmste Zeit vorbei war, tauchte die Company wieder aus der Versenkung auf. Die Holding Group hieß jetzt The Devraj Company, und ihre Tochtergesellschaft Consumer Goods ging zum Vorteil von Millionen an die Börse: mit einer neuen Produktlinie getrockneter Lebensmittel – *Pot Daal und Pot Chawal – genau wie Mummyjis**, die mit gekochtem Wasser wieder hydratisiert werden konnten – *einfach Instantliebe hinzufügen*. Gargi saß gelangweilt auf einer Bühne voller Blumen auf einem goldenen Stuhl und hatte in Gedanken die drei Haupttochtergesellschaften und die fünfundvierzig Unternehmen aufgelistet, die sie damals besaßen oder zum Teil besaßen – ihre Partner, ihren Umsatz, ihren Aktienwert, ihre Verschuldung –, dann ihre Manager, ihre Ehefrauen, ihre Kinder, ihre Haustiere. Sie sah sich die Schlange derjenigen an, die erst ihrem Vater, dann Onkel Pal, dann Surendras Vater und dann Surendra ihre Aufwartung machen wollten.

Als Gargi die Ladoostücke hinunterschluckte – die ihr eine Hand nach der anderen in den Mund gedrückt hatte –, fragte sie sich, ob sie die Investition war, der Zins oder die Prämie. Ihr Dahej bestand aus drei Autos, einer kleinen Erhöhung ihres Jahresabschlusspakets, einer Teekiste voller Gebrauchssaris und Bettwäsche, dem Versprechen, dass die Eigentumsurkunden des Napurthala-Palasts (der schon damals Lakhs für die Renovierung benötigte) mit ihrem (neuen) Nachnamen versehen würden, und einem möblierten Flügel der Farm, in dem sie mit Surendra wohnen würde. Sie hatte Glück. Sie war dankbar. Wirklich. Nicht mehr als eine Vorauszahlung zukünftiger Dividenden.

«Können Sie mir etwas über Ihre Hochzeit erzählen?», fragt Nina.

«Soll ich das wirklich?», erwidert Gargi. «Das ist schon so lange her. 1998.»

«Da war ich fünf», sagt Nina.

«Das waren die ersten Jahre der Wirtschaftsliberalisierung. Wir mussten damals ein paar schmerzliche Umstrukturierungen vornehmen. Sie werden das kaum zu würdigen wissen, aber meine Hochzeit war ein Wendepunkt. Die Speisen! Wir hatten einfach alles, von französischen Crêpes bis zu Hakkanudeln, lauter Gerichte, die keiner hier je zu Gesicht bekommen hatte. Es war die erste 80-Crore-Hochzeit in Indien, laut dem *Business Day*. Im Nilchamand Hills Company Hotel, unserem wunderschönen hundert Morgen großen Heritage-Anwesen. Dort haben wir auch unsere Flitterwochen verbracht. Es ist die ehemalige Jagdhütte des Maharaja von Golkattapur.»

Sie sieht, wie Nina *Jagdhütte* notiert und ein Viereck um das Wort malt. Dann erscheinen Herzen an Stilen.

«Mit eigener Jheel», sagt Gargi.

Nach Tausenden von Stunden und Gesichtern und Konfekt und lakhweise Gold und Schmuck und Liedern hatten sich Gargi und Surendra frisch vermählt in die Hochzeitsgemächer der Maharani von Golkattapur zurückgezogen. Überall auf dem Bett und dem Boden lagen Rosenblüten. Die darauf warteten, vom Gewicht ihrer Körper oder von ihren Füßen zerquetscht zu werden. Und dann nicht angerührt worden zu sein – denn Gargi verbrachte ihren Suhaag Raat weinend im Badezimmer, mit einem Company-Handtuch im Mund, damit er sie nicht hörte. Der Gedanke daran, wie Surendras Kopf zurückschnellte, als sie versuchte, ihn zu küssen, und ihre Zunge in seinen Mund steckte.

Sein Mund schmeckte wie gegrillte Leber ohne Masala. Sie würgte nicht. Sie hatte sich ausgezogen und stand nackt vor ihm – was sie noch nie in ihrem ganzen Leben getan hatte, vor niemandem, nicht einmal vor einer Lottie – und spürte, dass Surendras Blick auf sie die Lippen zwischen ihren Beinen anschwellen ließ und ihren Körper in reinen, heißen Ras verwandelte, der für eine Explosion im gesamten Zimmer reichte. Ungeachtet dessen tat Surendra etwas, was ihre Ehe von da an bestimmte. Er ließ sie stehen. Nackt. Während er ihr den Rücken zukehrte und in Ruhe die passende Musik auswählte, Raag Chaundrakauns: langsame Tabla und melancholische Sitar, die wie ein Fluss über Steine stürzte. Gargi hatte ihn angestarrt, während der Ras sich am ganzen Körper in Gänsehaut verwandelte. Surendra hatte sich wieder aufs Bett gelegt und ihr gesagt, sie solle für ihn tanzen. Zu einer Musik, die man nur allein hören sollte –, bei der man weinen muss und in deren Verlauf man dann Trost findet. Es war keine Musik, zu der man tanzen konnte. In solch einer Nacht.

Sie kann immer noch das Summen der Saiten hören, als an die Stelle ihrer Erregung die Pflicht trat. Sie kann immer noch Surendra sehen, wie er sich in die Kissen zurücklehnt, die steife Seide im Schritt seines Hochzeitspyjamas ohne Ausbuchtung. Darauf war Gargi mit achtzehn von niemandem vorbereitet worden. Selbst Nanu hatte geflüstert, es würde ein Vergnügen für sie werden und vielleicht so überwältigend, dass ihr der Atem stocken würde. Doch obwohl der Mund ihres Mannes lächelte, waren seine Augen geschlossen.

Sie spricht weiter mit fester Stimme, entschieden, den Blick direkt auf Nina gerichtet.

«Vor fünfzehn Jahren habe ich geheiratet und die erste Stufe der Company-Leiter erklommen, und jetzt bin ich hier.»

«Wissen Sie, wie viele Angestellte Sie haben?», fragt Nina.

«Wollen Sie Zahlen? Es ist nicht schön, so über Leute zu reden. In meiner Vorstellung sind wir eine große glückliche Familie. Dieses Ethos herrscht in der gesamten Company, von oben bis unten. Ich muss mich um eintausend Kinder kümmern.»

Sie lächelt. Und zählt in Gedanken rückwärts bis zu Ninas nächster Frage, auf die sie gespannt ist. Fünf, vier, drei, zwei …

«Und immer noch keine eigenen Babys», sagt Nina.

Die Befundseröffnung! Sehr vorhersehbar, sehr leicht zu beantworten.

«Ach Gott, ich wusste doch, dass ich etwas vergessen hatte! Wie kann man nur so blöd sein.» Sie lacht, beugt sich vor; blättert ihre Unterlagen durch und sieht unter dem Schreibtisch nach. Nina lacht mit. Sie schwingt den Company-Stift im Kreis wie einen Zauberstab.

«Was würden Sie gerne als Nächstes erreichen?», fragt sie.

Abrakadabra. Bringt Sita nach Hause.

«Und wo, ähhm – ist Bapuji jetzt genau?»

Gargi zieht die Augenbrauen hoch.

«Ich weiß, dass es in diesem Interview um Sie gehen soll», sagt Nina. «Aber Barunji, mein Redakteur, hat mich gebeten, Ihnen diese Frage zu stellen.»

«Wie er ja bereits von meiner Schwester Radha weiß, ist Bapuji momentan zu Hause und genießt die Farm. Er legt eine wohlverdiente Ruhepause ein. Kein Grund zur Sorge; wir haben einen sehr erfahrenen Vorstand, der die Stellung hält. Alle tragen ihren Teil dazu bei.»

«Großartig», sagt Nina. «Vielen Dank. Bapuji geht es also gut. Er tritt nicht, ähhm, in den Ruhestand …»

«Wir arbeiten weiterhin für das Wohl des Volkes, so wie immer. Jeder, der glaubt, Bapuji habe ausgedient, nur weil er fünfundsiebzig ist, liegt gründlich daneben. Er ist so vital wie eh und je, und wir haben viel vor. Wir sind eine Familie, in der sich alle sehr nahestehen. Daran ändert sich nichts. Sie haben einen Vater, Nina, ich bin mir sicher, dass Sie das auch so empfinden.»

Nina lächelt, stimmt zu, klappt ihr Notizbuch zu. Gargi wartet, bis sie es wegsteckt. Dann ruft sie nach Uppal: Er bringt eine zuckerfreie Company-Cola in einer Glasflasche, in deren Hals ein Zitronenschnitz steckt. Ein Hauch von Nostalgikercity, eine Strategie, für die Radha Lakhs ihres PR-Budgets an eine spezialisierte Unternehmensberatung bezahlt hat: keine westliche, sondern eine einheimische – Design-Newbies, direkt aus Bengaluru. *Wie prägt man einen aktuellen Trend.* Gargi beobachtet, wie Nina über die Flasche lächelt, sie streichelt, die Zitrone nach unten stößt und den biegsamen Strohhalm hineinsteckt. Daran saugt. Sie erlaubt Nina auszutrinken und dann die Visagisten, die Beleuchter, die Garderobieren und die Fotografen zu rufen. Die Fotoaufnahmen beginnen.

Am nächsten Tag erscheint der Artikel. *Treffen Sie Mrs Devraj Grover, die Frau an der Spitze, die die Stellung hält: ein Dynamo, der für das Wachstum des Landes lebt, für die Familie, für die Company, voll der Hoffnung, eines Tages eine eigene Familie zu haben.* Auf dem Bild sieht man Gargi hinter dem Mogulschreibtisch sitzen und lächelnd mit der Brille auf der Nase (so wollte sie es unbedingt) Schreibarbeiten erledigen. Sie trägt eine goldschwarze Kameez und handbedruckte Seidenchuridaars, einen olivgrünen Dupatta, mit handgestickten gelben Zweigen. Die Bildunterschrift lautet: *Mrs Devraj Grover bei der Arbeit. Churidaar-Kameez – Ritu Kumar, Kunti Kollektion. Estée Lauder Malabar-Frühlings-Lidschatten-Palette, MAC LipGlass (clear), Mikimoto-Perlen (ein Geschenk von Mrs Devraj Grovers Mann Surendra Grover anlässlich ihres zehnten Hochzeitstages).*

«Du hast dich in Bapujis Büro fotografieren lassen. In seinem Bürostuhl», sagt Surendra.

Er hält inne. Er hat die Stirn gerunzelt, und seine Finger schweben über den weißen Idli-Monden, die er zum Frühstück isst. Er sucht sich einen aus, halbiert ihn und schaufelt sich damit Sambar in den Mund.

«Sag bloß nicht, dass es Radhas Idee war», sagt er.

Fehler passieren, sagt sich Gargi im Stillen. Sie nimmt ihre Zeitschrift und überlässt Surendra seinem Dosa, den er immer samstags isst.

Sie lässt sich von ihren Füßen durch den ausgedörrten Garten bis zum glitzernden Pool tragen. Die Pflanzen müssen auf Wasser warten. Jeden Abend, wenn die Rasensprenger angestellt werden, gibt sich jede Blume erwartungsvoll frisch, eine Braut vor der Hochzeitszeremonie.

Die Hitze, denkt Gargi, *entflammt das Begehren und lässt den Willen zerfließen.*

Seit der Nacht, in der Sita fortgegangen ist, ist Gargi nicht mehr am Pool gewesen. *Trink,* erinnert sie sich. *Auf die Gargi Company*! Sie spürt eine Röte nach der anderen durch ihre Adern brennen, die auf ihrer Haut nicht zu sehen ist.

Jivan liegt mit geschlossenen Augen und dem Arm über dem Gesicht auf einer Sonnenliege. Sein Brusthaar ist dicht gekräuselt und dunkel. Seine schwarzen Schwimmshorts sind zwischen den Beinen aufgebauscht und fangen die Wassertropfen auf, die an seinen Schenkeln entlangrinnen. Sein Mund ist geöffnet.

Surendra, denkt Gargi. *Beim Brunch.*

Sie steht vor der Liege, ihr Schatten fällt über Jivan. Er bewegt seinen Arm. Blickt auf. Sie reicht ihm die Zeitschrift.

«Ziemlich cool!»

Er lächelt sie an und blättert zum Artikel auf den Mittelseiten.

«Du siehst aus, als seist du dafür geboren, Babe. Was ja stimmt. Du siehst echt scharf aus.»

Er imitiert einen indischen Akzent, scherzt mit ihr wie ein liebevoller kleiner Bruder oder ein sehr guter Freund.

Zurzeit, sagt sich Gargi, *sind wir einfach nur alte Freunde.* Jivan war der Spielkamerad ihrer Schwester, er ist Jeets Halbbruder, seine Eltern waren nicht verheiratet. Ein Elternteil ist Ranjit Uncle, der ihr so nahesteht wie ein Vater.

Und Jivan ist auch der ungezogene Bachcha, der mit Radha immer in Schwierigkeiten geriet: nichts Dramatisches, es reichte jedoch dafür, dass Gargi von Nanu geschimpft wurde, sie hätte nicht gut genug auf die beiden aufgepasst. Seltsamerweise waren sie ganz verrückt danach, sich zu verkleiden. Immer fand eine Lottie in Bapujis Wohnung Radhas übergroße Puppen, die Jivans T-Shirts trugen. Ranjit Uncle hat Jivan immer aufgezogen, weil er hellhäutig und klein war. Wenn Jivan jetzt aufstünde, würde er sie mit Leichtigkeit überragen.

Sie betrachtet ihn, den erwachsenen Jivan. Wassertröpfchen fallen funkelnd herab. Er starrt ihr Foto an, als könne er die Ängste sehen, die wie Bergchiru durch sie hindurchrennen und ihren Atem durch Blöken ersetzen.

«Was ist denn?», fragt er. «Das Bild ist phantastisch. Jeder Banker in Mumbai hängt sich das auf.»

«Danke, dafür bin ich Geschäftsfrau geworden», erwidert sie.

«Komm, Gargi. Du siehst großartig aus. Was plagt dich denn?»

Sie hat das Gefühl, dass der perfekt schimmernde Augenblick Risse bekäme, wenn sie jetzt redet. Ihr Körper würde entblößt, die Dehnungsstreifen an den Hüften vom Abnehmen-Zunehmen, die vom Ritzen mit der Zirkelspitze als Schülerin selbst verursachten Narben kreuz und quer auf ihren Schenkeln. Dazwischen der dreieckige Wald aus dunklem, lockigem Haar.

In der Studie über den neuen Wagen, die gerade gekommen ist – fast ein Jahr zu spät –, heißt es, der kleine Mann wolle kein flottes, erschwingliches, ökofreundliches Auto. Der kleine Mann will eine Bestie, wie sie sie fährt: Ochsenkarrenräder, Kotflügel, die Mauern durchbrechen, Autos, die (nach Belieben) alle anderen Idioten rammen und von der Straße drücken können. Aber die Fonds für die Produktion waren bereits verbraucht; jede Verzögerung bedeutet einen Verlust in Crorehöhe. Zu allem Überfluss braut sich in der Fabrik in Ghaziabad auch noch ein Sitzstreik an, möglicherweise dreitausend Arbeiter, die was verlangen? Bapuji sagt, sie wollten nur mehr Ferienzeit und bezahlten Urlaub, als ob der Staat ihnen derlei gewähre.

Sie ist auch in einen Bakwaas-Verwaltungsalbtraum mit einem Regierungs-Ökodepot hineingezogen worden, wegen ihrer Sandgewinnung am Puristrand: Es geht um religiöse Unantastbarkeit – (Uppal hätte das klären sollen) –, und außerdem leiden die Meeresschildkröten. Was ist mit ihrem geliebten Beton: selbsthärtend, hochfest, ultramikroverstärkt, alles mit Company-Stempel, der benötigt wird, um ihn beim Bau der neuen Metro-Erweiterungen auf die Erde zu gießen, für die Wohnblocks, die Hotelerweiterungen, für die die Regierung sie so lobt?

Und damit nicht genug, sie stehen kurz vor einer Steuerprüfung aller Hotels, und alle Mitarbeiter mit Schlüsselqualifikationen müssen Tag und Nacht arbeiten, um die richtigen Unterlagen vorzubereiten – und die falschen loszuwerden. Das Hotel in Kaschmir ist noch nicht einmal fertig: Die heiklen Verhandlungen erfordern mehr Schmiergeld; um bis Diwali mit dem Bau fertig zu werden, schlucken die Bauunternehmer Bestechungsgelder, die sich auf das Gewicht ihres Hochleistungsschotters belaufen. Im Tal drohen neue Terroranschläge, und von Sita hat sie immer noch nichts Nennenswertes gehört. Es ist fast vier Uhr, und sie weiß noch nicht, was Bapuji und Nanu sich zum Abendessen wünschen.

Es ist, als stiege Stille wie Rauch aus dem verdorrten Gras. Das Blau des Pools hört auf den Himmel.

«Ich sollte öfters hierherkommen», sagt sie. «Es ist erholsam.»

«Dann mach es doch. Trau dich. Nimm's nicht so ernst, keiner wird was sagen. Radha ist in Goa. Sie hat ein paar Leute von einer britischen Zeitschrift dabei, genau genommen arbeitet sie also. Bubu ist, glaube ich, in Gurgaon, in Utopicity. Dreihundert große Luxuswohnungen inklusive Portier, Fitnessstudio, Golfclubmitgliedschaft und Golfclub, einem Minieinkaufszentrum, einem Feinkostladen mit Supermarkt und einer besonderen Note: Privatlehrer, die bei Bedarf für Vorschulkinder zur Verfügung stehen. Alles vastukonform, Feng Shui gegen Aufpreis.»

«Sehr gut», sagt sie. «Du hast dich damit befasst. Hast du gewusst, dass Radha am liebsten im Regen Wellness macht? Falls es dort jetzt regnet. Nicht wie du, der gern in der Sonne brät. Und Ranjit Uncle ist in Mumbai wegen Bankterminen; er ist der Einzige, der die Banken beruhigen kann, indem er genau auf die richtige Art gar nichts sagt. Surendra ist damit beschäftigt, seine Idlis und Dosas zu verspeisen. Danach hält er ein Schläfchen, heute Abend trinkt er dann Cocktails und spielt Golf.»

«Gocktails», sagt Jivan mit einem Grinsen.

«Wie bitte? Hey, bevor ich's vergesse: Hast du eigentlich Jeet schon getroffen? Ich vermisse ihn. Wir brauchen ihn für Vorstandskram. Dein Dad hat gesagt, er sei verreist, aber im Büro weiß niemand, wohin. Was nicht viel heißt. Aber sein Grips wäre jetzt nützlich.»

«Er ist abgehauen», sagt Jivan. «An dem Abend, an dem ich hier ankam, hat er mir gesagt, er gehe auf eine ‹Pilgerreise›, verstehst du, was ich meine? Am Heiligenschrein irgendeines armen Teufels beten, der keine Ahnung hat, dass Jeet ihn um seine Familienschätze bringen wird.»

«So was macht Jeet nicht», sagt Gargi.

«Natürlich nicht, ich mache bloß Spaß. Er kommt wahrscheinlich bald zurück. Jedenfalls hast du deine Sache gut gemacht, Gargi Madam.» Jivan lächelt sie an. Fächelt ihr Luft mit der Zeitschrift zu.

«Zeit zum Schwimmen», sagt er. «Das Wasser ist genau richtig.»

Sie überlegt, ob sie sich ausziehen und in den Pool gehen soll. Sie will ihr Haar wie Schilf im Wasser treiben spüren, ihre Glieder, als würden sie von Armen getragen, die sie niemals fallen lassen würden. Sie denkt an ihren Körper im einteiligen Badeanzug. An ihren Schwimmstil, den Radha *Aunty im Kuaan* nennt: Kinn nach oben, paddelnde Hände und fast keine Bewegung, während sie versucht, den Kopf über Wasser zu halten. Ihr Körper als seine eigene Rettungsboje.

«Das geht jetzt nicht. Vielleicht morgen.»

Gargi empfindet dies als den ersten ruhigen Moment seit jener Nacht, in der sie und Jivan an diesem Pool gesessen haben, auf Gargis Zukunft angestoßen haben und dann bis zum Morgengrauen aufgeblieben und in kleiner werdenden Kreisen umhergegangen sind und sie ihm die Orte auf der Farm gezeigt hat, die ihr lieb waren und die er noch nie gesehen hatte, weil sie damals noch nicht existierten: der Ententeich, der Sonnenuhrinnenhof. Der prunkvolle Jhoola, eingesponnen in die Orangenblütenlaube. Dort hatten sie gesessen und behutsam zusammen geschaukelt. Er hatte ihren Kopf an seine Schulter gezogen. Sie hatte ihm gesagt, es sei die Schaukel ihrer Mutter, die auf Bapujis Geheiß dem Zahn der Zeit überlassen und überwuchert worden war.

«Nach dem Tod deiner Mutter», hatte Jivan gesagt, «hat mein Dad Jeet und mir verboten, über sie zu reden. Offenbar auf Bapujis Anweisung.»

«Daran erinnerst du dich noch. Du warst damals höchstens – elf? So alt wie Radha.»

«Ranjit hat zu uns gesagt, deine Ma sei nach Srinagar gegangen und würde nicht wiederkommen. Jeet musste mir erklären, dass sie tot war. Er hat nicht gesagt, wie sie gestorben ist.»

Gargis eigene Erinnerung an diese Zeit ist belastet. Erwartungen an sie, den Kummer zu verdrängen. Nanu hatte ihr beim Frühstück gesagt, ihre Mama sei nach Srinagar gefahren und komme nicht zurück. Sita war erst zehn Monate alt. Sie musste gefüttert werden. Die Lottie verwandelte alles in Chaos, deshalb entließ Gargi sie. Während sie Nanu zuhörte, fütterte sie ihre Schwester mit dem Löffel. Dann ging sie nachsehen, ob Radha fertig für die Schule war.

Auf der Schaukel erinnerte sie sich, dass Nanu ihr erzählt hatte, im Haus in Srinagar habe es gebrannt. Sie war erst fünfzehn – und glaubte es trotzdem nicht. Wie konnte ein Haus samt aller Bewohner und Dinge darin einfach abbrennen?

«Ich dachte, Mummy sei das Leben mit uns so leid gewesen, dass sie uns verlassen und in ihr nächstes Leben gewechselt habe», sagte sie. «Warum erzähl ich dir das überhaupt? Eigentlich denke ich nie mehr daran.»

Außer an ihrem Geburtstag, wenn sie mit jedem Jahr das Alter näher kommen fühlt, in dem ihre Mutter gestorben ist. Hartnäckig bohrt es winzige Löcher in ihre Hoffnungen, wie Motten, die Schultertücher verzehren. Außer all die Male, wenn sie etwas für Bapuji, für Nanu, für Radha oder Sita tut, was eigentlich Aufgabe ihrer Mutter gewesen wäre.

«Glaubst du wirklich an all das Reinkarnationszeug?», hatte Jivan gefragt.

Sie hatte nicht gewusst, warum – vielleicht war es sein amerikanischer Akzent gewesen –, doch seine Stimme schwächte, so schien es ihr, ihren Glauben. Einen Augenblick lang hatte sie diesen Zweifel gekostet. Dann hinuntergeschluckt. «Warum auch nicht?», hatte sie gesagt. Schließlich kann es nicht alles Hokuspokus sein.

«Hokuspokus», hatte er lachend wiederholt.

«Glaubst du nicht an Gott?», hatte Gargi gefragt. Und sich gefragt, wie er so leben könne. Vielleicht war er durch die lange Zeit in den Vereinigten Staaten schon zu weit weg.

«Nanu nimmt ihren Hinduismus sehr ernst, sie ist sehr religiös und rührt nicht mal Eier an», hatte sie gesagt.

«Soll das heißen, es gibt einen Gott, weil Nanu keine Eier isst?»

«Willst du wissen, wie meine Mutter gestorben ist? Weißt du gar nichts über Kaschmir?» Ihre Stimme hatte sich gehoben. Jivan regte sich nicht und blickte ihr in die Augen.

«Ich bin wieder Inder», hatte er sie erinnert. «Du musst mir Unterricht geben. Das war doch immer deine Aufgabe.»

Google es, hätte sie am liebsten gesagt. Ich bin nicht dazu da, dir zu sagen, was du wissen müsstest. Die Worte kamen nur langsam aus ihrem Mund – die Geschichte von ihrem kranken Nanaji und ihrer Mama, die nach Srinagar gefahren war, um sich um ihn zu kümmern. Immer war sie zu ihm zurückgegangen, immer hatte sie sich Sorgen um ihn gemacht, obwohl Bapuji dagegen gewesen war. Auf den Straßen hatten Unruhen geherrscht, die Kashmiri-Pandits, zu denen ihre Mutter gehörte, waren belagert worden.

«Sie und mein Großvater wurden auf der Straße vor ihrem eigenen Haus umgebracht», sagte Gargi.

«Im Prozess gegen die Religion ist das Plädoyer der Anklage abgeschlossen.» Jivan lehnt sich auf der Bank zurück und verschränkt die Arme.

«Bapuji wurde sehr zornig. Wir verloren dort alles Land.»

Jivans Gesicht war im Schatten geblieben. Der Jhoola hatte sie gewiegt. Er flüsterte etwas, es klang wie *Land und Honig.*

«Ja, man nennt Kaschmir das ‹Land, wo Milch und Honig fließen›», erwiderte sie. «So viel dazu.»

Dann legte Jivan die Hände auf ihre Hände. Er hatte warme Hände, größer als die Surendras, mit raueren Handtellern, obwohl die Nägel poliert waren. Sie hatte sich angesehen, wie ihre Finger sich verknotet hatten. Wenn Hände sprechen könnten, würden sie ihr dann die Frage beantworten: *Wer bin ich für dich?*

«Wenn man mir erlaubt hätte, in Indien zu bleiben», hatte Jivan gesagt, «dann hätte ich dir helfen können.»

«Wie denn? Was hättest du denn getan?»

«Dafür gesorgt, dass du keine Ladoostückchen im Haar hast!»

«Oje, sind da welche? Mein Gott, wie ein kleines Kind!»

Sie zog ihre Hände weg, aber er lachte. Er bat sie, sich mit dem Rücken zu ihm zu setzen, und sie hatte gehorcht, im Wissen um ihr nacktes Rückgrat und ihre bloßen Schultern in dem leuchtend gelben Kleid.

«Kanari», sagte er. «Dein Haar ist sehr lang.»

Sie spürte seinen Atem auf ihrem Rücken, eine Spur wärmer als die Luft kurz vor Morgengrauen. Sie hatte die Augen geschlossen, um eine alte Erinnerung willkommen zu heißen, als ihre Mutter dasselbe getan hatte. Finger harkten durch ihr Haar, langsames Wiegen unter den spitzen Lippen der Bougainvillea. Sie hörte Grashüpfer zirpen und das freudige Lärmen und Platschen der Männer; es war Zeit dafür: ein nächtliches Bad im Rausch. Sie ließ Jivan mit ihrem Haar spielen. In einem langsamen Seufzer wichen ihre Wut und Verletztheit aus ihren Schultern, ihrem Hals und ihrem Mund.

Dann hatte ein Pfau hoch und rau geschrien. Sie hatte die Augen geöffnet. Sie muss gehen und das Frühstücksbuffet organisieren. Nach dem Schwimmen würden die Leute frieren und garam garam Paranthe erwarten. Und Croissants.

Viele Jahre lang hatten die Dienstagspartys nur alle zwei Monate stattgefunden und immer um Punkt Mitternacht geendet. Es war eine Frage der Ehre, dass jeder der Hundert am nächsten Morgen wieder an seinem Schreibtisch saß: *Der Company-Zeit entzieht man sich nicht.* Nach und nach fanden die Partys monatlich statt, dann sogar alle zwei Wochen. Seit Bapujis fünfundsiebzigsten Geburtstag sind die Nächte immer wilder geworden und dauern bis Mittwochmorgen, sogar bis zum Nachmittag. Bapujis Naturell ist ein Rakshas, doch seit Sita fort ist, spielt er den

Kobold und entzündet ein stichflammenartiges Chaos an vereinzelten Stellen der Farm. Gargi weiß nie, welcher Unfug als Nächstes Feuer fängt.

Am Tag vor Gargis Interview und den Fotoaufnahmen war der Partylärm bumsend durchs Haus gerumst. Weil verschiedene der Hundert Gargi ignorierten oder zu überreden versuchten, an ihren Spielen teilzunehmen, hatte sie sich auf die Suche nach Bapuji gemacht. Die Hausdiener brachten Bapuji alles, was er wollte; sie hatten Angst vor ihm – noch mehr als sie selbst, sonst hätte sie die Küche geschlossen, Punkt.

Nanu ist ihr keine Hilfe. Sie will erst wieder aufstehen, wenn Sita nach Haus gekommen ist und die Hochzeitsvorbereitungen beginnen. Nanu will keine Geschichten hören, und sie will sich nicht waschen. Doch sie ist voller fröhlicher Prophezeiungen. Gestern Abend war Gargi bei ihr gewesen. Nanu lag auf ihrem Bett, sie schien zu schrumpfen, sich innerlich einzupökeln. Körperlich wirkte sie zerbrechlich, doch ihr Händedruck war stählern. Sie wollte das Licht und die Zimmertemperatur richtig eingestellt und die Decken in Ordnung gebracht haben; sie wollte Musik hören. Sie verweigerte jegliches Essen, nahm aber Flüssignahrung zu sich. *Kannst du mit Bapuji reden, dass er Sita nach Hause bringt?* Gargi wollte Nanu um Rat bitten – doch stattdessen bekam sie nur ihre neunzigjährige Großmutter und ihren Redeschwall mit Zitaten aus einer heiligen Schrift –, deren Namen und Stellenangaben Gargi, wenn sie auch nur das Geringste taugte, eigentlich hätte kennen müssen.

Brich entzwei, sagt Vishnu, *und die eine Hälfte des Eis wird zum Himmel, die andere zur Hölle. Wenn wir nur das Gold sehen, dann ist die Schale leer und enthält weder das eine noch das andere,* sagte Nanu, hustete abschließend und rollte sich auf ihrem Bett auf die Seite, das Gesicht zur Wand. Nach einer Weile fing sie leise bebend an zu schnarchen, als weinte sie im Traum.

Gargi hatte sie alleingelassen und war durchs Haus zurückgegangen, durch das Jubelstürme tobten – die Männer sahen im Hauptwohnzimmer Sport. Der Lärm wurde zu einem Metallband, das ihren Kopf fest umschloss. Im Spielzimmer hatte sie Jivan entdeckt. Er spielte mit ein paar ruhigeren Männern Poker, drei von der Truppe, die sie mit Namen kennt: Rahul, Shiv, Manoj. Sie stand ein, zwei Schritte hinter Jivan und hörte ihn Dinge sagen, die sie nicht verstand: *Straight up Flush, er verwettet gleich die Farm.* Später fand Jivan Gargi mit einer Maske über den Augen im abgedunkelten Roten Zimmer. Er ging wieder – sie dachte, er spiele weiter Karten. Doch als an jenem Tag vor dem Abendessen Ruhe im Haus einkehrte, teilte Uppal ihr mit, dass Jivan mindestens die Hälfte der Dienstagsjungs hinausgeworfen und ihnen gesagt hätte, sie sollten nicht wiederkommen. Bis Gargi sie persönlich hierher einlade.

Jetzt, in der erstickenden Hitze des späten Vormittags, neben dem stillen Pool, ist all dieses Wüten schwer vorstellbar.

«Jivan», sagt sie, «noch mal danke für neulich Abend.»

«Kein Problem», sagt er. «Das ist ja jetzt meine Aufgabe. Da zeig ich doch besser, was ich kann.»

Schnipp, schnipp, spitzel. Das Geräusch einer großen Schere bei der Hecke auf der anderen Seite des Wassers. Gargi rückt von Jivan weg und schirmt ihre Augen mit der Hand ab.

«Ich muss meinen Dad finden», sagt sie. «Ich muss ihm sagen, dass wir dafür sind, dass du Kritik Uncles Stelle einnimmst, zumindest fürs Erste. Bapuji geht dir nicht aus dem Weg, es ist nur so, dass er – tut, was er will. Er will dich sicher bald wiedersehen. Es tut mir wirklich leid, dass das noch nicht geschehen ist.»

«Ist schon okay. Nach so vielen Jahren kann ich noch ein bisschen weiter warten.» Jivan runzelt die Stirn. Dann winkt er ihr mit der Zeitschrift zu. «Die behalt ich. Wenn du mich brauchst, weißt du, wo du mich findest.»

Wenn Gargi drei Wünsche frei hätte, würde sie sich die Begabungen ihrer Schwestern wünschen: Radhas Anziehungskraft und Sitas dezidierte Meinungsäußerung. Als Drittes würde sie sich die Gabe wünschen, nicht zurückzublicken. Sie lächelt Jivan ein letztes Mal an. Dann geht sie weg und fragt sich, ob er ihr immer noch hinterherblickt.

Daddy könnte überall sein. Auf dem Bowlinggreen oder dem Drivingrange. Im Eisraum, in dem bei Bedarf echter Schnee niederrieselt. Im Vogelturm bei den Pfauen und Tauben, die am äußersten südlichen Ende der Farm gurren und schmollen. Sie muss ihn dazu bringen, sich zu ihr zu setzen und ihr zuzuhören. Er wird etwas über den Streik erfahren wollen. Was das Hotel in Kaschmir anbelangt, so muss er noch mehr Direktiven für sie haben. Sie hat das Gefühl, so schwer geworden zu sein wie der Schlüssel zu seinem Büro. Bleib draußen, bleib drinnen, dreh weiter.

Ihr Kurta saugt an ihrer Haut; ihre Schenkel sind geschwollen, ihre Wangen müssen zwei rote Pflaumen sein. Ihre Taille bauscht sich nach oben: eine Puri in heißem Fett. Sie kommt zum Ententeich. Auf einer Steinbank ruht sie sich im Schutz freundlicher Weiden aus. Die Wärme des Steins steigt nach oben und dringt in sie ein. Die Bank ist von ausgedrückten Zigarettenstummeln verunstaltet. Sie befühlt jedes dunkle Brandmal.

Sita war immer – eigensinnig und forsch. Zu offen. Zu selbstbewusst. Bapuji glaubt, ihre Zeit in England sei die Ursache für ihren Ungehorsam. *Zumindest,* denkt Gargi, *haben die Mädchen dort den Segen ihrer Familien, bevor sie losziehen und Gott weiß was tun.* Sie weiß, dass Sitas Selbstsucht ihren Vater verletzt hat. Aber muss er deswegen alle bestrafen?

Radha sagt, Sita beantworte ihre SMS. *Mit einem Hallo, bin okay, bin mit Freunden hier, mach dir keinen Kopf.* Gargi hätte nie gedacht, dass Sita lügen könnte – und das schmerzt sie am meisten. Sita schreibt *Freunde* und sagt nichts von *einem Jungen.* Doch in Uppals ausführlichem Bericht, den er in den Tagen nach der Party verfasst hat, als sie schon nicht mehr im Company Gurgaon gewesen war, steht, dass ein Bett in der Suite unbenutzt geblieben war. Sita hatte den Zimmerservice bestellt, aber nichts konsumiert. Zehn grüne Flaschen Cristal waren geöffnet worden – und waren dann schal geworden. Neun Flaschen Sula-Dindori-Weißwein – in die Badewanne geleert. Acht frische Zitronen waren geviertelt worden – und schwammen an der Oberfläche. Man hatte sieben Cola Light und sechs Karamelleisbecher mit besonders dunklen Schokoladenraspeln gemixt – und dann im Bidet schmelzen lassen. Mittlerweile sind auch fünf aufgeschnittene Cha Siu Bao gefunden worden – klebrige Schweinefleischbrötchen, wie man ihr erklärt hat, deren Inneres ausgehöhlt und zu winzigen, formvollendeten Schweinen modelliert worden war. Auf Uppals Bitte hatte der Housekeeping Service Fotos geliefert: Man hatte vier kleine Kaviarwale entdeckt, die über die Kopfkissen tauchen. Sita musste stundenlang mit einer Schüssel und einem winzigen Silberlöffel auf dem Bett gekauert und die Wale aus den winzigen schwarzen Eiern geformt haben. In den Doppelwaschtischen wurden zwei Dutzend stinkende Austern gefunden; ihr Inneres war herausgelöst und mit dem Faden aus dem Gratisnähset zu einer Halskette aufgefädelt worden – die jetzt als Girlande um eine für den Portier unverständliche Lippenstiftbotschaft am Spiegel hängt:

NeIn, tut mIr leId – In der bourgeoIsen Gesellschaft Ist das KapItal unabhängIg und besItzt In-dIvId-dualItät, während der lebendIge Mensch abhängIg ist und keIne IndIvIdualItät besItzt – NeIn Danke. Rettet dIe Affen.

Auf einem einzigen ‹i› war, wie Gargi feststellte, in der Höhe eines Bindis ein roter Punkt. Auf dem Wort *ist*.

Sita Madam hatte sich auch ein Tattoo stechen lassen. Und zwar laut eines Zimmermädchens, das gerufen worden war, um ihr während der Sitzung die Hand zu halten. Wo hat Sita sich markieren lassen? Das Zimmermädchen deutete auf ihre linke Seite. Und warum? Was für ein Muster hat sie gewählt? Das stumme Zimmermädchen hat natürlich keine Ahnung.

Sita und der Junge hatten die Suite am nächsten Morgen verlassen. Der Portier sah, wie sie sage und schreibe zu Fuß und ohne Sicherheitspersonal die breite Hotelauffahrt entlanggingen, vorbei an den Fahrern, die darauf warteten, ihre Angestellten abzusetzen, vorbei an den Polizisten, die nach Bomben suchten, und hinaus auf die Straße. Er habe sie nicht aufgehalten, wie auch? Zwei Wochen sind seitdem vergangen. Sita hat ihre Kreditkarten nicht benutzt. Es ist, als habe die Stadt sie verschluckt. Entweder liegt sie tot im Graben oder sie frönt in irgendeiner Form der höchsten Selbstsucht mit diesem Jungen. Gargi hatte versprochen, ihr nicht nachzuspionieren. Sie muss Wort halten.

Sie tritt aus dem Schatten der Weide, deren Zweige ihr über die Schultern hängen und sie zum Bleiben zu überreden versuchen, indem sie ihr zuraunen: *Hat Sita vielleicht gewusst, dass Daddy ihr den Rücken zukehren würde?* Gargi streicht ihren Zopf glatt und legt ihn sich um den Hals. Die Sorgen haben graue Strähnen hineingewebt; sie muss ihn färben lassen. Sie wickelt ihn fest um ihren Hals. *Die Mädchen von heute haben keinen Respekt.* Gargi sagt es laut:

«Die Mädchen von heute haben keinen Respekt.»

Das gibt ihr ein Gefühl der Stärke, als stamme sie von lauter mächtigen Frauen ab: solidarische Frauen, die solche Dinge über ihre Kinder sagen, weil sie solche Dinge ertragen müssen. Ringsum steht die Luft vom Ringen der Pflanzen, die zu überleben versuchen. Sitas Verrat schmerzt wie ein Magengeschwür. Würden ihre Eingeweide stinken, wenn sie verfaulten?

Sie fragt sich einen Moment, ob einer der Hunde sich hier erleichtert und keiner sein Geschäft beseitigt hat. Nein, das war es nicht. Etwas in der Nähe stinkt nach Erbrochenem – wie damals, als Sita vier war und Typhus hatte. Gargi hatte über eine Woche lang den Unterricht versäumt, ihrer kleinen Schwester die Hand gehalten und niemand anderem erlaubt, sie zu füttern oder zu waschen. Sie weinte wegen Sita und schlief jede Nacht neben ihr. Die Ärzte hatten ihre Fürsorge gelobt und gesagt – *Gargi, du pflegst sie mit so viel Hingabe, du wirst sie heilen.* Was hätte ihre Mutter getan? Dasselbe. Also tat Gargi es auch. Sie lag zusammengerollt auf den Knien, die Stirn auf den Boden gedrückt: Nur so konnte sie zeigen, dass sie ernsthaft betete. Sie versprach Krishna, dem Herrn, immer zu tun, was ihr Vater von ihr verlangte. Sie versprach, Nanu nie wieder heimlich zu verfluchen. Sie versprach, dafür zu sorgen, dass Radha sich gut benahm. Sie würde kein Huhn mehr essen und kein Fleisch und keine Eier, und sie würde ein ganzes Jahr lang keine Musik mehr spielen – wenn sie das davor bewahrte, Bapuji sagen zu müssen, Sita sei tot.

Als Sita wieder gesund war, sorgte Gargi dafür, dass es ihr an nichts fehlte. Sie ließ sogar jedes Jahr eine Geburtstagskarte für sie von Bapuji unterschreiben und packte ihr ein Geschenk von ihm ein. Etwas Kostbares – einmal ein Pflanzenbuch, einmal ein botanisches Set – zusätzlich zu irgendeinem Prachtgewand, das ihr Papa für sie gekauft hatte.

Jetzt fällt die Sonne auf Gargis dunklen Kopf und auf ihren Körper und lässt ihre Knöchel und Hände anschwellen. Jede ihrer Poren weint. *Sita*, denkt sie. *Komm nach Hause.*

Der Gestank durchdringt die heiße Sommerluft, als sei ein Abwasserrohr geplatzt. Im Rosengarten hält Gargi sich den Dupatta über Mund und Nase. Sie hatte das tröstliche Nicken der Rosen erwartet – ihr stilles Einverständnis –, stellt aber fest, dass die Stiele alle kahl geschält sind. Der ganze Garten ist ein Dornenwirrwarr, das in den Himmel sticht. Wo sind die Blütenblätter? Was ist das für ein Gestank? Sie zwingt sich zum Einatmen. Auf der anderen Seite der Eibenhecke ein Farbschock: über das blutbefleckte Gras sind Pfauenfedern in grellem Türkis mit dunkelblauen Augen ausgebreitet.

Wilde Hunde? Unmöglich. Eine Betonmauer und ein Stacheldrahtzaun schützen die Rückseite der Farm. Es gibt Gärtnerjungen. Sie kriecht an der Hecke entlang, stranguliert sich fast, als sie sich auf ihren Dupatta kniet, und sieht noch mehr dunkle Augen – Saphire, eingefasst von Türkis, Beige, Smaragdgrün, blicken zu ihr auf –, und jede Schwanzfeder schreibt, dick und dicht gefiedert, an einem Körper mit weißen gespreizten Beinen, die Füße geschuppt, wie Nanus alte Finger in ihren Eidechsenlederhandschuhen. Gargi muss unter die Eibe langen und ziehen. Die Pfauenkrallen kratzen, als sei das Tier noch am Leben.

Sie kämpft mit den Ästen, achtet darauf, dass der Schweif nicht von der Fleischmasse abreißt, versucht, einen Schwarm Fliegen wegzuwedeln und den Pfauenkörper auf die Arme zu nehmen. Ein trockener See aus Blut färbt die Erde. Um ein Loch in der Pfauenbrust klebt noch eine trockene Blutkruste. Der Bauch ist aufgeschlitzt – bleiche Gedärme quellen heraus –, der Körpersaft des Geschöpfs tropft auf sie, klebrig, ölig, der Geruch feuchter Erde wie bei einem Kind, das seinen Stuhl nicht halten kann. Gargi schmeckt die Ulti, die in ihr hochkommt, und schluckt. Sie bettet den Pfau in ihren Schoß: Ja, er hat die Größe und das Gewicht eines kleinen Kindes.

Sie wiegt den Vogel in ihren Armen. So gut es geht, dreht sie ihn um: Der blaue Hals, den sie immer so elegant fand, ist gebrochen. Sie streichelt ihn mit einem Finger: rau wie rohe Seide. Die jettschwarzen Augen starren zu ihr hinauf. Die Spitzen seiner Krone sind umgebogen; die winzigen Rasierzähne sind entblößt, als versuchten sie die Luft zu beißen.

Schweiß rinnt an Gargis Hals entlang, durchnässt ihr die Achselhöhlen und Brüste. Ihr Kopf fühlt sich so leicht an, als triebe er ohne ihren Körper dahin. Die kahlen Rosenbüsche ringsum flehen den Himmel an. Die Antwort bleibt aus.

Sie muss Bapuji finden. Ihre Arme sind taub; sie zieht sie vorsichtig unter dem Pfau hervor und versucht ihn aufs Gras zu legen, ohne ihn noch mehr zu verdrehen – als hätte er nur Schmerzen und sei noch nicht tot. Sie wischt die Hände am Gras ab, sucht in ihrer Tasche herum, holt ihr Telefon heraus und drückt die ‹1›.

«Uppal», sagt sie. Ihre Kehle ist ausgedörrt. Ihre Stimme zittert. «Rosengarten phata-phat aao, mali ko lekar. Mali ko lekar aao, einen, der was taugt. Er soll einen Schubkarren und eine Schaufel mitbringen. Wenn Sie hier fertig sind, machen Sie einen Farmrundgang und sehen nach, ob Sie noch mehr finden. Dass Sie immer noch mit den Ladoos befasst sind, ist mir egal. Tun Sie das jetzt. Und, Uppal ... bringen Sie keine Pfauenfedern ins Haus.»

Gargi steht auf und läuft los, nicht zum Bunker, sondern in die andere Richtung des Anwesens. Zum Vogelturm.

Auf dem Weg dorthin sieht sie weitere Federn, noch mehr Schweife, die aufgefächert über den Körpern im Gras liegen, mit albern abstehenden Beinen wie die betrunkener Mädchen in Lehengas, die über ihre eigenen Röcke stolpern. Schämen sie sich denn gar nicht?

Sie läuft weiter und bleibt nicht einmal richtig stehen, als ihr Telefon klingelt. Es ist ihre Großmutter.

«Was ist, Nanuji?»

«Was machst du in diesem lecken Ballon? Die Welt ist eine Spielhölle, Gargi, du darfst nicht zu sorgenfrei gefüllt sein. In Golkattapur ist die Vogelgrippe ausgebrochen. Die Regierung keult alle Hühner. Ich rufe an, weil ich das Abendessen bestellen will. Aaj raat ke khaane ke liye, saag banwana.»

«Ja, Nanuji», sagt Gargi. *Khaana, Vögel, Keulen.* Gargi durchquert so schnell sie kann die Farm, angetrieben von einer Erinnerung an sich selbst als Achtjährige – dem Jahr, als Bapuji die Company fast an die Bank of India verloren hätte. Eine überraschende Einkommenssteuerprüfung hatte ihn wochenlang ausgeschaltet; jeder Teil des Unternehmens wurde unter Beobachtung gestellt, alle Büros von Staatsbeamten besetzt. Bapuji nahm das Gewehr von der Wand seines Arbeitszimmers, lud es und ging auf dem Dachgarten des alten Jor-Bagh-Hauses auf die Jagd. Gargi hatte mit Radha im Musikzimmer gekauert, den Gewehrsalven gelauscht – und zugesehen, wie die Federn auf den Rasen vor dem Haus regneten. Ein rosa Flamingo, der zum Lodhisee flog. Ein riesiger Schwarzmilan, der größte, den sie je gesehen hatte. Er stürzte vom Himmel, als hätte Lord Krishna ihn von dort oben herabgestoßen. Er landete direkt vor ihrem Fenster, sodass die dreijährige Radha zu schreien anfing.

Als die Schießerei endlich vorbei war, ließ Gargi Radha bei der Lottie und schlich nach oben. Ein Trupp Polizisten schritt auf dem Dachgarten auf und ab, und sie sah, wie sich ihre Stiefel zwischen Nanus kostbaren Blumentöpfen bewegten (in denen lauter rosafarbene Blumen mit englischen Namen wuchsen). Die Männer fragten Bapuji, wie groß sein Gewehr sei, welche Schussweite es habe und wie viel jede Patrone koste. Sie gratulierten ihm zu seiner Zielsicherheit.

Als sie sich zeigte, wie eine Dame des Hauses, die die erregten Gemüter besänftigen kam, was, wie sie fand, von Mut zeugte, schickte

Bapuji sie zurück nach unten, wo sie dafür sorgen sollte, dass Tee gebracht wurde.

Sie bestellte den Tee. Dann ging sie nach oben zu Nanu und durfte bei ihr bleiben. Während die Sonne durch den Smog blutete, saß Nanu unter dem Vordach und teilte den Polizisten mit, das Gewehr sei ein Geschenk des Generalmajors der Britischen Armee, das dieser im Jahre 1903 Nanus Vater überreicht habe, dem Maharaja von Lutchapur. Dann, als Nanu mit acht Jahren heiratete, wurde es Bestandteil ihres eigenen Dahej. Ihr Mann, der Maharaja von Napurthala, habe versucht, es den Briten als Abschiedsgeschenk zurückzugeben, die Geste wurde jedoch als Bestechungsversuch aufgefasst, und das Geschenk wurde abgelehnt. Nanu beschrieb den Polizisten, wie ihr Mann, der Maharaja, danach das Gewehr genommen und seinem Diener befohlen habe, ihn zu erschießen, ein paar Wochen, nachdem er sein Land an Indien abgetreten hatte. Nanu und ein König, der noch ein Junge war, waren die Hinterbliebenen ohne ein Königreich.

«*Sehen Sie nur*», sagte Nanu, «*mein Sohn hat sein Geld dazu verwendet, Indien zu einem Rivalen aller Länder auf Erden aufzubauen! Sehen Sie sich an, wie er jeden Britischen hundertfach aufkaufen kann! Das ist ein wahrer Maharaja. Wer den Wert seines Mutterlandes kennt, kann der eigenen strahlenden Zukunft nicht entsagen.*»

Die Inspector Sahibs hatten zugestimmt und Nanu dazu gratuliert, die Art Sohn geboren zu haben, dem ihre eigenen Söhne nacheifern sollten. Bevor sie gingen, setzten sie sich breitbeinig auf die Dachterrassenschaukel und prosteten ihr mit feinen Knochenporzellantassen zu, die mit bestem Company-Tee gefüllt waren.

Lügen, lauter Lügen: Ihr Großvater väterlicherseits war bankrott, als er starb, gelb vom Glücksspiel und vom Wein. Schon als Mädchen hatte Gargi dies gewusst.

Gargi muss zum Vogelturm gelangen. Und mindestens einen Pfau retten. Selbst eine Taube genügt. Sie wird durch den Wald gehen, um die Behausungen der Dienstboten herum. Sie rennt, geht, hüpft, rennt –

was schwer ist –, bis sie fast am Ende des Rasens ist, wo die gepflegte Farm auf die äußere Ringstraße trifft.

Es ist die Grenzlinie, die sie, so wurden sie in ihrer Kindheit angewiesen, nie überschreiten durften. Falls sie das täten, warnte Nanu sie, würden sie geraubt oder gegen ein Kind aus einer niederen Kaste eingetauscht und dann nie mehr nach Hause zurückfinden. Jeet und Gargi forderten einander damals heraus: bis hierhin, eine Zehenlänge über die Linie, ein Bein und einen Arm, während Radha und Jivan, die zu klein und ängstlich waren, zusahen. Zu spät, um daran zu denken: Gargi muss zum Turm gelangen. Sie muss die Vögel retten.

Sie zwingt sich, vom Park aus auf die kleine Anhöhe hinaufzugehen. Es gibt nicht einmal eine Straße, nur einen kachcha Weg aus gelber, harter, rissiger Erde. Vor ihr liegt ein Kiefernhain, tief und dicht bepflanzt, mit einem Teppich aus Farnen, süßen, seltsamen Blumen und langem Gras ausgelegt, das scharf ist und ihr die Arme aufschneidet. Plötzlich Kälte und Gebirgsluft wie in ihren frühesten Erinnerungen an Pahalgam, an die Sommer, die sie hoch oben in den Bergen in Kaschmir verbrachten, bevor es zu gefährlich wurde, bevor ihre Schwestern geboren wurden.

Sie erreicht das äußere Ende des Kiefernwäldchens. Durch die Lichtung kann sie das Viertel der Tagesdomestiken sehen, weiße Betonkästen in ordentlichen Reihen. Es wirkt friedlich und leer, wie der Friedhof mit seinen Grabsteinen im alten Cantonment in West-Delhi – dort ging sie sonntags immer mit Radha und einer Lottie spazieren. Ein Ort mit seltsamer Nomenklatur, vor allem Abendländer: die Gloucestershire Rifles, das Machine Gun Corps, die gefallenen Commonwealth Soldaten des ungeteilten Indiens, die neben den Männern ihres Großvaters kämpften. Als sie jung war, war dies ein ruhiger, sicherer Ort.

Sie überquert einen weiteren, schmalen Feldweg. Hier ist niemand. Während sie durch die Blocks geht, beobachtet die Stille sie, wartet darauf, sie anzuspringen, um sie ins Innere einer der weißen Kästen zu bringen und die Hohlräume zuzumauern. In dieser Hitze würde alle Flüssigkeit aus ihrem Körper gesaugt, und am Ende wäre ihr Fleisch

Tandoori und würde von den Knochen fallen. Hinter jeder sauberen Hütte liegt die Gasse voller Müll, der in der Sonne brät. *Wer soll sich darum kümmern?* Verstecken sich alle Dienstboten, die hier wohnen, und warten darauf, über sie herfallen zu können?

Sei nicht albern; alle sind zu Hause und arbeiten.

Sie geht in das umzäunte Grundstück hinein und erblickt eine Gruppe schwarzer Kinder, die neben einer alten Wasserpumpe im Dreck hocken und mit ein paar Kiefernzapfen Kegel spielen. Sie hält den Atem an. Dienstboten ist es nicht gestattet, ihre Frauen oder Familien bei sich zu haben.

Dann ruft eine weibliche Stimme:

«Madamji?»

Gargi blickt auf und ist gezwungen, durch ihren eigenen Schweiß zu blinzeln. Eine dunkelhäutige Frau in einem bedruckten Baumwollsari steht auf den Stufen zu einer Betonwohnung; ihre Gestalt hebt sich von den weiß getünchten Wänden ab.

Die Augen der Frau flackern nicht, als sie die Blutflecken auf Gargis Kurta und ihre zerrissene Chunni in Augenschein nimmt, die mit den Goldarmreifen und den Brillantohrsteckern kontrastieren. Gargis dichtes Haar ist schweißverklebt. *Ich bin dreiunddreißig, ich bin dreiunddreißig, ich beaufsichtige Tausende von Menschen,* geht es ihr durch den Kopf. Seit sie dreizehn ist, hat sie so etwas nicht mehr empfunden: Nanu hatte sie bei einem Nachmittagsschläfchen ertappt, den Chaadar bis zur Taille hochgerutscht. Sie trug keine Unterhose. Nanu hatte Gargi mit ihrer harten, flachen Hand eine Ohrfeige gegeben.

Gargi nimmt dieselbe aufrechte Haltung ein, wie wenn sie ihrem Vater zuprostet.

«Was machen Sie hier?», fragt sie. «Zu wem gehören Sie? Wie stehen Sie zu diesen Kindern?»

Die Frau zieht ihren Sari über den Kopf, als wollte sie beten, doch er bedeckt ihre Augen nicht. In ihr zerknirschtes Flehen mischt sich eine Unverschämtheit, die, denkt Gargi, jeden geistig gesunden Menschen zum Schreien bringen kann.

«Paanchopi din ki baad», sagt die Frau. «Gargi Madam. Kommen Sie jetzt mit.»

Ihre Sprache ist von einem starken, mundartlichen Akzent überkrustet, dessen Herkunft hier keiner kennt.

«Kommen Sie jetzt mit», sagt sie noch einmal.

Gargi folgt ihr. Die Stufen hinauf und in den Betonbau. Karbolseife, Sandelholzrauch und saurer Männerschweiß hängen in dem stickigen Raum. Wo der Deckenventilator sein sollte, ragen verwickelte Drähte heraus. Neben dem Bett steht eine leere Zinn-Thali mit einer Tasse. An der Wand hängt ein mit einer rostigen Reißzwecke befestigter Company Resorts of India Kalender von 2009, der den Monat November zeigt: Radha und Bubu in ihren förmlichsten indischen Gewändern aus goldbesetzter Seide zünden an Diwali mit einem langen Wachsstock grinsend Kerzen an. Dieser Kalender. Den bekommen die G-Niveau-Angestellten immer an Neujahr.

In dem grauen Raum liegt ein Mann eingerollt auf einem niedrigen Rattanbett. Er trägt ein schmutziges Unterhemd und Pyjamahosen; Kopf und Brust sind mit Stoffstreifen bedeckt, die mit Kurkuma und getrocknetem Blut befleckt sind. Die Frau schlägt das Laken zurück: an seinem Brustkorb üble Quetschungen; grün, gelb, violett breiten sie sich unter den Verbänden aus zerrissenen Hemden aus.

Gargi sieht weg. An einem Haken neben dem Bett hängt eine Company-Servier-Uniform, an der man noch die herausgewaschenen Blutflecken sieht.

Sie blinzelt. Im Raum herrscht ein Gefühl überwältigender Verzweiflung. Der Staub setzt ihr zu. Sie versucht, nicht einzuatmen.

«Wie ist das passiert – bei einer Schlägerei?»

«Nein, Madam. Keine Schlägerei. Nach der Mangalvar-Party. Sita-Madam Willkommen zu Hause. Farmhaus wale ne asahu bheja inko. Put-put mein.»

Die Frau wischt sich mit ihrem Dupatta übers Gesicht und hockt sich neben das Bett.

Gargi versteht etwas von Sita und der Dienstagsparty von vor zwei

Wochen. Das Put-put – die Frau sagt, der Mann sei in diesem Zustand in einem Wägelchen vom Haus hierhergebracht worden und habe seitdem hier gelegen und gelitten.

Sie wählt die ‹1›.

«Uppal. Schick den Company-Arzt hierher, ins Domestikenviertel.» Sie wendet sich an die Frau:

«Sektor? Einheit?»

«G-Teen-panch, Madam.»

«G-Niveau, Sektor drei, Einheit fünf», sagt sie zu Uppal. «Kommen Sie mit dem Arzt. Und bringen sie 2000, nein, 5000 in bar mit.»

Dann sagt sie zu der knienden Frau:

«Doctor Sahib aa rahe hain, Uppalji ke saath. Aap yahan par unka intezaar karo, aur unko batao ki kya hua hai.»

Die Frau faucht. Sie sieht Gargi nicht an. Den Blick auf ihren Mann gerichtet, schiebt sie die Hand unter seine Hand. Dann beginnt sie zu singen, wie für ein Kind, lori, sanft und leise.

Nanhi kali, sone chali, hawa dheere aana.

Gargis eigene Mutter hatte ihr dieses Wiegenlied gesungen. Jivans Mutter sang es immer für Radha, und sie, Gargi, sang es für Sita, wenn sie sie für ihr Nachmittagsschläfchen ins Bett gesteckt hatte. Gargi sieht zu. Mit Gliedern, die zu schwer sind, um auch nur einen Schritt zu tun.

Gargi steht hinter der knienden Frau. Tränen fließen über ihre Wangen. Sie spürt den Trost, eine sich auflösende Sprache von Klängen, die zu erinnern sie sich nicht erlauben kann. Sie erlebt, wie eine Frau sich in eine Mutter verwandelt, wie ein Mann wieder zum Jungen wird.

Sie streckt die Hand aus und legt sie der Frau auf die Schulter. Der billige, bedruckte Stoff fühlt sich rau an, die Knochen darunter spitz. Sie möchte den bebenden Scheitel dieser Frau küssen. Sie starrt auf ihre eigene Hand: Ihr altmodischer, runder Verlobungsbrillantring funkelt zurück. Nanu würde nie die Frau eines Dieners berühren. Auch Bapuji, Ranjit Uncle, Kritik Sahib, Jeet, Surendra, Bubu, Radha, oder Jivan würden das nicht tun – keiner außer Sita. Was wird jetzt aus ihr?

Die Frau ist angespannt, dreht sich aber nicht weg. Das Lied ist zu Ende.

Gagi nimmt wieder den Blutgeruch auf ihrem Kurta wahr, ihr eigenes Gewicht. Trocknenden Schweiß. Sie kehrt dem Bett den Rücken zu und geht aus dem Zimmer ins Abendlicht hinaus. Die Kinder haben aufgehört zu spielen und sind verschwunden. Sie durchquert das Kiefernwäldchen und geht über die Straße. Dann macht sie sich auf den langen Marsch nach Hause. Die Farm erwartet sie: ihr Zuhause.

Geh weiter, Gargi, geh einfach weiter.

Warte nicht mehr auf Sita. Lauf Daddy nicht mehr hinterher. Keine Zeit, Nanu zu kontrollieren oder um tote Pfauen zu weinen. Könige und Höflinge aßen sie einst gefüllt mit Reis oder als gebackene Pasteten. Wenn ihr Vater das will, soll er es bekommen. Was würde geschehen, wenn sie die Unglücksfedern in die Küche bringen und zum Abendessen Pfauenpastete servieren würde?

Sie kommt zu einem kreisrunden Abdruck im Rasen. Einem kahlen, nackten Fleck, an dem Sitas Verlobungsbaldachin gestanden hatte, der jetzt abgebaut worden ist, samt allen Tagetesblumen und Schleifen. Sie betritt den Kreis. Eines Tages werden Lieder über Sitas Opfer geschrieben werden, vom rohen Beton bis zu den fertigen Hotels, ja, aber auch über jede noch so winzige, gestickte Raute in einer Raute, jeden Chashm-e-Bulbul, jede kostbare Faser Toosh. Das Schultertuch-Unternehmen, das ihre Mutter mit in die Ehe gebracht hatte und das Bapuji Sita schenken wollte, deren Namen es tragen sollte.

Von diesem narbigen Ort aus wird sie nun verkünden, dass dieses Land und alles Land jenseits davon – alle Leute, die es bearbeiten und jeder, der sein Geld darin investiert hat –, dass all dies jetzt Gargi und Radha gehört. Sie werden Bapus Teilungsplan nicht unterschreiben. Sie werden zusammenarbeiten und die Company zum Singen bringen. Sie werden einen Trust gründen und vielleicht eine kleine Stadt bauen, mit Bildungsprogrammen für Mädchen, aus denen Dichterinnen, Gelehrte, Journalistinnen werden, die besser sind als Nina, Redakteurinnen, Lektorinnen, zukünftige Songschreiberinnen, Übersetzerinnen von Geschichten aus allen nur denkbaren Sprachen. Sie wird Unterricht in Malayalam und Kannada, Gujarati und Punjabi anbieten – und wieder zurück und immer wieder zurück –, sodass jede Frau mit jeder anderen reden kann ohne trennende Grenzen oder Gedanken. Ob Tamil oder Telugu, keine wird zum Schweigen gebracht werden.

Danke schön, danke schön, denkt sie und hat das Gefühl, wieder ein sechsjähriges Mädchen zu sein. Gekleidet in ihre kostbare handgewebte Kashmiri Salwar Kameez, die ihre Mama ihr aus Srinagar mitgebracht hat. Wie hatte sie diese weiten Pyjamas geliebt, den Bauernmädchen-Kurta. Er war aus schwarzem Samt mit Goldstickereien am Brustlatz. Dazu gehörte ein gelber Dupatta, der um den Kopf gewickelt wurde, mit Fransen, wie die der Handleserinnen in den Lobbys der Company-Hotels. Der Kurta war diagonal geschnitten und schwang, wenn sie ihn trug, um ihren Körper. Sie hatte den Rouf darin getanzt, dessen Schritte ihr die erste Lottie beigebracht hatte, eine Frau, an die sie sich gut erinnert, weil sie so beweglich war und so alte, faltige Haut hatte, schön wie die Haut um ein Elefantenauge. Gargis jungvermählte Mutter hatte sie aus Srinagar mitgebracht. Sie starb, als Gargi sechs war.

Gargi steht in dem Kreis auf dem Rasen, die Arme über der Brust verschränkt, die Hände nach außen gerichtet, und stellt sich vor, dass Radha sie an der Hand fasst, dann eine andere Gargi, eine andere Radha, eine Sita, eine Nina und die Frau von G.3.5. Sie machen einen Schritt vorwärts und einen zurück, eine Kette aus Papierpuppen, die die jeweiligen Jahreszeiten willkommen heißen. Gargi vollführt die Tanzschritte, bis sie außer Atem ist, ihr Haar in Unordnung, die Haut schmutzüberkrustet. Dann verbeugt sie sich und marschiert weiter, marschiert und marschiert, blind für die Gartenwallas und die Poolaufseher, die ihr kurze Seitenblicke zuwerfen.

Sie kann nicht direkt ins Haus gehen. Stattdessen macht sie im Wellnessbereich halt und bestellt einen Krug Nimboo Pani aus frischen Farmzitronen. Glas für Glas trinkt sie den bittersüßen Saft, bis nichts mehr übrig ist. Dann bestellt sie noch einen Krug, diesmal mit viel Wodka. Sie zieht ihre ruinierten Kleider aus und wickelt sich in einen Bademantel. Trinkzeit im Dampfraum, wo ihr ganzer Körper jetzt in Ruhe weinen kann.

Als sie auf dem Massagetisch liegt, sieht sie sich im Spiegel an der Decke, ihr Körper wie ein Watt – durchsetzt von blassen, ausgetrockneten Dehnungsstreifenbächlein: eine Luftaufnahme der Erde. Die Masseurin kommt herein. Sie hat ein Handtuch in der Hand und sieht weg, als Gargi sich auf den Bauch dreht. Ihre Hände fangen an, Druck auszuüben, und lösen Knoten, als seien es Nägel in ihrem Rückgrat. Als die Masseurin sie bittet, sich nochmals umzudrehen, dringt ein Laut zwischen Stöhnen und Seufzen aus Gargis Mund.

«Tut es weh, Madam?», fragt die Masseurin.

Die Frau ist korpulent. Als sie sich vorbeugt, legt sich ihr Bauch auf den von Gargi. Bis auf das Ächzen – vor Anstrengung – ist es im Zimmer ganz still. Die Hände walken den Tag durch Gargis Muskeln und reiben das Gefühl der toten Vögel und des geschlagenen Mannes von ihrer Haut ab. Gargi hört das Wiegenlied der Dienerin und denkt an ihre eigene Ehe. Daran, was es bedeutet, eine Ehefrau zu sein, an diesen zarten Knoten. Sie liegt auf dem Massagetisch und macht sich klar, dass sie verschachert worden war, bevor sie sich wertschätzen konnte. Doch Surendra hat sich nie schlecht benommen oder seine Stimme erhoben; er zeigt kaum je das geringste Interesse. Sie hat ihm nie gesagt, was sie möchte oder nicht möchte. Sie will die ganze Welt, bis auf eines. Bis auf die eine natürliche Sache.

Gargi Devraj Grover will keine Kinder gebären. Sie wird keine bekommen. Dieses Versprechen hat sie nach ihrer Hochzeitsnacht verwirklicht. Und hat nur Radha davon erzählt, die einmal, als sie noch nicht verheiratet war, unbedingt wissen wollte, was ein Blowjob sei (Gargi konnte es ihr nicht sagen), was spritzen sei (Gargi konnte es ihr nicht sagen), warum Bapujis Freunde um sie herumfuchtelten und sie hier und da streiften (weil Männer viel längere Arme haben als Frauen, bleibt ihnen nichts anderes übrig, eine Antwort, über die Radha Tränen gelacht hatte – und dann herausbrachte, nein, weil sie fuchteln *können*). Zu guter Letzt wollte sie wissen, warum Nanu dauernd sagte, *Sex sei für Frauen nach der Hochzeit eine Pflicht*, während Radha wollte, dass er Spaß mache.

«Sex ist dazu da, Kinder zu zeugen», hatte Gargi gesagt. *«Du hast Sex und dann Kinder. Sie können diese Erde erben. Ich will kein Einziges.»*

In dem stillen Raum drückt die Masseurin die Hände ganz fest auf Gargis Unterleib, als wolle sie ihre Gebärmutter einem Wahrheitstest unterziehen.

Gargi geht leise zum Haus zurück. Die Poollichter sind ausgeschaltet, aus dem Haus und vom Gelände dahinter kommt keine Musik. Es ist eine warme Nacht; die tiefe Dunkelheit ist eine Wohltat für sie – ein wandelnder, weißer Frotteebademantel in Slippern –, sie kann ihre eigene Haut nicht sehen. Sie geht in ihr Arbeitszimmer, bleibt eine Weile dort und arbeitet an der Personalplanung für Srinagar. Sie schreibt Jivan eine Hallo-wie-gehts-SMS (keine Antwort). Sie ruft Radha an und spricht nur über die Hoteleröffnung, nicht über Pfauen oder Sitas Protestgekritzel noch sonst etwas. Dann lässt sie noch einen letzten Besucher zu sich.

Sie sitzt vor dem Spiegel. Der Friseur steht hinter ihr. In seinen Ohrläppchen hat er winzige silberne Scheren, um den Kopf ein Tuch. Er steht da und hält den schweren Strang ihres Zopfs in der Hand, als würde er gleich das Schiff wechseln und sich daran hinüberschwingen.

«Abschneiden», sagt sie, «ganz kurz.»

«Nein, Gargi Madam», sagt er, «das sieht nicht gut aus. Ich schneide Ihnen eine *Rachelfrisur*. Bis knapp über die Schultern, mit Ponys. Sehr kokett-hübsch-modern. Ja, das mach ich Ihnen.»

Er fängt an, den Zopf aufzuflechten und das Haar zu waschen. Dann schneidet er ein Stück ab. Sie sagt zu ihm:

«Kürzer, viel kürzer.»

Er arbeitet etappenweise: schneidet, schneidet, schnippelt, rasiert ihren Nacken. Ihr Haar verwandelt den Fußboden in ein schwarzes Meer.

Als er fort ist, bindet sie den Bademantel auf und streckt sich vor dem Spiegel. Fünf von ihr blicken zurück. Sie hebt die Arme. Ihre Brüste sind schwer. Ihre Brustwarzen wirken größer, spitzer und voller, sie versuchen nach oben zu spähen, zu ihrem Haar. Sie fühlt sich ganz leicht: Wenn sie hochspränge, würde es sie in der Schwebe halten, bevor sie wieder unten landete. Alle Wesen eilen ihrer Zerstörung entgegen, wie Schneeflocken im Wind. Sie beugt die Ellenbogen hinter den Kopf. An ihrem Hals ist eine weiche Stelle, die sie noch nie berührt hat.

Zum ersten Mal in ihrem Leben geht sie nackt zu Bett. Surendra legt sich nie zu ihr. Wenn sie nachts mit den Händen durch ihr Haar streicht, ihre vollen Brüste umfasst und sich in die Brustwarzen zwickt oder aber die Hände an ihrem Bauch hinuntergleiten lässt und einen Finger zwischen die Lippen legt, sieht es keiner, weiß es keiner, sagt es keiner weiter. Wenn sie in heißen Nächten mit weit ausgebreiteten Armen und Beinen auf dem Rücken im Bett liegt, weiß nicht einmal sie selbst etwas davon. Sie wölbt sich nach oben und streicht mit einer Hand unterhalb des Nabels über den Bauch, schiebt die andere unter den Rücken und dann nach unten, bis sich die Finger beider Hände im Inneren ihrer empfindlichen Zone berühren. In ihrer Sprache gibt es dafür kein Wort. Nicht für den zarten Knochen. Nicht für das Gleiten, die Nässe, sie streichelt sich vorne und hinten, ihre Finger trippeln in ihr – *Ram, Ram, Ram, Ram,* flüstert sie und ruft zum ersten Mal einen Schwall hervor.

Sie presst nach unten. In die eigenen Hände, dann nach oben, ihre Wangen ein Opfer an die Luft, ihr Mund keucht und saugt an der Nacht. Sie selbst, als sähe sie sich durch die Kamera, die ihr Ankleidezimmer von oben scannt, kriecht auf allen vieren, steigt auf die Chaiselongue, die Knie gespreizt, die Finger innen drin, die Augen geschlossen, Kopf nach hinten, Hintern Richtung Kamera, Finger von beiden Seiten drinnen, weit geöffnet, sie macht es auf dem Bett, kniend, Brustwarzen und Bauch hängen herunter, Kopf voller Spiegel, das Auge der Kamera, die Leitung zu den Bildschirmen; Jivans Gesicht, das zuschaut, Jivan, und sonst niemand, niemals, schaut zu, bis er kommen muss. Hitze steigt in ihr auf, angefüllt von ihrer eigenen Stimme wiederholt sie seinen Namen, hört nur sich selbst, dann der Hitzekern, dort, durch die Falten und Schichten; sie hört sich mit reiner Stimme flüstern,

– *Gargi, Gargi, Gargi* –

Sie gehorcht. Sie ist die Einzige, die ihren Wunsch hört oder ihr zusichern kann, dass er in Erfüllung geht.

§

Ich will, ich will, ich will auf die Jagd gehen. Rittlings auf einem Pferd werden wir reiten. Eine Jagdgesellschaft. Psst, sag niemandem, dass ich das gesagt habe. Sita würde es nicht mögen, das weiß ich genau. Sie muss jedoch lernen, dass Gewehre beschützen. Über die Jahre habe ich das erlebt.

Sita war immer die Ruhige, die gut zuhören konnte. Doch als wir hierherkamen, in dieses Haus, fing sie an zu reden, redete und redete, und ich, ihr Vater, konnte sie nicht stoppen. Sie hegte lauter Ansichten, die ich nicht ertragen kann. Begehren, Barmherzigkeit, ihre Schwestern. Statt sich auf ihr Land zu konzentrieren, will sie an sich selbst in der Welt denken. Sie hat mich beschuldigt, die Umwelt zu verschmutzen. Mich! Sie hat gesagt, dass mit jedem Zentimeter, den der Meeresspiegel ansteigt, eine Million Pflanzenarten verschwänden. Deshalb hätten Gargi und sie einen Plan.

«Ach ja? Erzähl mir davon», sagte ich.

Sita lächelte, wie immer, wenn sie etwas sagen will, dass ich ihrer Meinung nach hören sollte. Ihre grünblauen Augen mit dem ins Braune verschwimmenden Ring waren weit aufgerissen und wirkten verstört.

«Sita», sagte ich, die Hände auf ihrem hübschen, kleinen Gesicht. «Hast du mich je angelogen?»

Sie senkte weder den Blick noch ließ sie den Kopf hängen. Sie sah mir direkt ins Gesicht und sagte:

«Gargi und ich waren zusammen im Valley of Flowers, in Bhyundar, hoch oben im Westen des Himalaya, wo Lord Hanuman die Kräuter gefunden hat, die Lakshman ins Leben zurückholten, als er dem Tod schon ins Auge sah. Gargi und ich saßen hinten im Landrover und aßen

Kathi Rolls. Wir tranken Tee aus einer Thermoskanne. Gargi denkt immer an alles, sie hatte sogar selbst gebackene Brownies dabei. Sie weiß, dass ich gerne probiere. Wenn man ihr Essen isst, ist es, als würde man von der ersten Sommersonne gewärmt.»

«Warum erzählst du mir das alles, Sita?», fragte ich. «Erwähne den Namen deiner Schwester nicht.» Ich weiß noch, dass ihre Antwort rätselhaft war, sie sagte vielleicht:

«Aber Papa, ich möchte ein Institut eröffnen, in dem wir die Auswirkungen der Erderwärmung untersuchen und unsere kostbaren Arten vor der Zerstörung retten. Während es aufgebaut wird, könnte ich dort im Tal wohnen. Gargi hat gesagt, sie würde das Institut finanziell unterstützen, wenn du ebenfalls mithilfst.»

Der junge Diener neben der Tür räusperte sich. Ich sah ihn an, und wir staunten gemeinsam über die weibliche Vorstellungskraft. Gargi und Sita wollten mein Geld und meinen Segen, damit Sita irgendwo im Nirgendwo leben und sich um Pflanzen kümmern konnte!

Es war Gargis Art, sie meinem Blickfeld zu entziehen. Und zu verhindern, dass Sita meinen Grundsätzen und meinem Vermächtnis folgt, dass sie ihre Funktion ausübt, ihr Schicksal erfüllt, wie es seit jeher geschrieben steht. Ich werde nicht zulassen, dass Gargi gewinnt.

Dann fragte ich so vorsichtig wie möglich:

«Sita, wo warst du in all dieser Zeit?»

Lächelnd, als würde sie eine Liebeserinnerung goutieren, gestand sie, sie sei allein in Sri Lanka gewesen. Ohne mich oder irgendwen, den sie kannte, war sie zwischen Affen und Insekten umhergezogen, als einziges Mädchen in der Gruppe. Ich hörte, wie der Diener laut Luft einsog. Wir warteten beide auf ihre Antwort. Da Sita nicht hier ist, kann ich ja wiedergeben, was sie erwidert hat:

«Vater (hat sie gesagt, vielleicht aber auch *Pa*), in Sri Lanka sind die Wälder voller Affengeschnatter, und eine seltsame Flora und Fauna gedeiht dort. Spinnen weben Netze, die von einem Baum zum anderen reichen. Ich bin aus dem liebevollen Kreis meiner Familie herausgetreten, um zu lernen, wie man die Geschöpfe und ihre Welt vor der Zerstörung durch den Menschen rettet. Dies ist für mich die höchste Berufung. Kannst du das verstehen? Die Luft ist das Einzige, was wir atmen können.»

«Ich weiß, warum du in Wirklichkeit fortgegangen bist: weil du diesem Jungen gefolgt bist, dem du verfallen bist.»

«Nein», (hat sie, glaube ich, gesagt und wieder gelogen), «ganz und gar nicht. Es war mein Wunsch, allein dorthin zu reisen, um meine Liebe zum Wald neu aufleben zu lassen, auf die zu verzichten er mich gezwungen hatte. Ich bin umhergewandert und habe seltene Pflanzen gesucht. Ich trug Unterhemd und Shorts und ging mit sandigen Füßen am Strand entlang. Mit meinem gelenkigen, goldenen Körper und mit wildem Haar bin ich im warmen Wasser des tiefblauen Ozeans geschwommen, in einem Zweiteiler, den nur eine Kordel zusammenhielt. Mit kaum bedecktem Busen, kaum bedeckter Fotze konnte ich leben, wie ich wollte. Doch obwohl es ein Paradies war, habe ich dich ganz schrecklich vermisst. Nach einer Weile wollte ich nur noch nach Hause.»

Während sie sprach, krümmte ich mich in ihrem Schoß und wartete darauf, dass sie merkte, wie mich ihre Worte anekelten. Mit meinem Blick bat ich sie, zu schweigen und mir die Reinheit der Stille zuzugestehen. Sie ging nicht darauf ein. Sie ging nie auf etwas ein. Aber hier erzählt nicht nur sie die Geschichten. Immerhin habe ich sie alles gelehrt, was sie weiß – habe ich nicht ihre Bildung ermöglicht? Also bin ich der Quell. Von ihr. Von ihrem Wissen. Oder etwa nicht? Ich stand auf, stellte mich in dem staubigen Zimmer hinter sie und legte die Hände liebevoll um ihren Hals. Der Diener fuhr zusammen, blieb aber auf seinem Posten und schritt nicht ein.

«Du kannst selbstverständlich nicht allein in Uttarakhand leben oder dich in Sri Lanka herumtreiben», sagte ich. «Deine Wurzeln sind hier. Warum bauen wir denn sonst ein neues Hotel? Nur auf diese Weise können wir den Saldo ausgleichen. Du bist 1989 geboren, an der Schwelle zu einem Bürgerkrieg. Ein Jahr später war deine Mutter tot, man hat sie aus diesem Haus auf die Straße gezerrt. Wer weiß, was sie danach getan hat? Die Beine breit gemacht und gebettelt. Es gibt verschiedene Berichte. Manche sagten, sie habe ihren Körper im Tausch gegen ihr Leben versprochen. Andere sagten, sie habe Geld angeboten und das Haus. Dann wieder hieß es, sie hätten sich genommen, was sie wollten, und sie dann sterben lassen. Ich habe gehört, sie hätten die Leichen ihrer Familie und aller, die tot waren, in den Jhelum geworfen. Ich habe gehört, manche seien aufgefressen worden. Selbst die Elite dieser Stadt, die herrschende Klasse! Dass diese Grenze überschritten werden konnte, ist mir unbegreiflich. Jetzt sind ihre Häuser kaputt, ihre Geschichten sind Zunderstäbe, die aneinanderreiben. Das ist der Lauf der Welt. So dreht sie sich immer weiter. Die Lehre daraus: Behaltet eure Frauen, eure Töchter in eurer Nähe. Macht Gewinne mit Zinsen.»

Und Sita sagte, daran erinnere ich mich, als spräche sie zu den Vögeln:

«Muss denn eine Generation nach der anderen für die Verbrechen der Geschichte bestraft werden? Die Erde gehört uns nicht.»

Sie rückte von mir weg. Sie hatte einen so geschmeidigen Körper, dass sie Schauspielerin hätte werden können – in einem anderen Leben.

Ach, wie unrecht sie doch hat! An diesem Terrain hier sollte allen unseren Blutsverwandten am meisten liegen. Es geht hier nicht um Frauen. In Kriegszeiten hat Land Bestand und erhebt Anspruch auf uns. Zu gehorchen ist unsere Pflicht.

Der Diener beobachtete sie von der Tür aus: Ich bedeutete ihm, zu mir zu kommen.

«Komm her», sagte ich. «Komm und hilf mir mit dieser Tochter, damit ich es euch beiden verständlich machen kann.» Ich packte Sita am Arm und hielt sie fest.

«Papa», sagte sie, und das klingt mir noch klar in den Ohren: «Ich will raus aus diesem Haus und diesem Bundesstaat. Lass mich gehen.»

Zwei

Außer dem Mogulschreibtisch behält Gargi nichts. Die Whiskybar ist demontiert, der Sessel verbannt, die antiken Gewehre sind ausgemustert, und die Jagdköpfe lagern jetzt auf der Farm. Die Fotos von Bapuji in jedem Alter, die hinter dem Schreibtisch überall an der Wand hängen – als Zehnjähriger in knielangen Shorts und einem Hemd mit Pandit Nehru auf den Stufen des Napurthala-Palastes stehend, im Hintergrund Nanu mit dunkler Jackie-O-Sonnenbrille und schwerer Saribordüre; als junger Mann, der Mrs Thatcher die Hand schüttelt; dann bei Indira Gandhi im Rashtrapati Bhavan, mit einem der George Bushs lächelnd, und zuletzt in edlem Seidenkurta und mit Sita am Arm im Durbar Restaurant des Company Delhi Hotels beim Besuch des chinesischen Ministerpräsidenten. Gargi verbannt sie alle. Lässt sie neu rahmen und links von den Drehtüren in einer diskreten Ecke der Lobby aufhängen, die mit einem kurzen, roten Teppich und einem Samtseil markiert ist. Alle haben gesagt, *es sehe absolut toll aus, phantastisch, einfach wunderbar,* bewacht von verschiedenen im Winter blühenden Kakteen, die sie selbst ausgewählt hat.

Anstelle von Bapujis Fotos hängt sie das Bild einer brennenden indischen Stadt auf. Eine Fotografie von oben, ein Nachtstück in tiefblauen und schwarzen Tönen. Die festhält, wie eine dreifingerbreite Flamme durch die Straßen der Stadt stürmt – und hinauf in den Himmel. Ja, Gargi hat ihre erste Dayanita Singh gekauft, eine Künstlerin, deren Lichtarbeiten sie seit Jahren verfolgt und deren andere Fotos von einer Hijra namens Mona handeln, die sich auf einem Sofa ausruht – in den Augen die Segensbürde, beide Seiten sehen zu können. Sie könnte sich in dieses Bild der Stadt fügen. Es würde passen. *Wo Angst und Schmerz berauschend sind und die Sorgen verfliegen. Die Straßen erneuern sich ohne Ende.*

Auf Uppals Rat hin hat sie in Kunst investiert (*das liegt im Trend, diese Ausstellung in London, auf allen Kunstfuzzipartys wird heutzutage das Werk von blablabla gepriesen*). Bisher hat sie noch nie etwas für sich selbst gekauft. Sie glaubt, dass es ein Bild von Mumbai ist. Ganz in der Ferne kann sie beinah das Company-Hotel ausmachen. *Mein Hotel,* sagt sie sich. *Meine Company. Ich.* Sie erlaubt sich, sich in ihrem Stuhl zu drehen, sodass sie auf die innere Wand des Büros blickt, die vollständig aus Glas besteht – auf einen Innenhof, den sie, als sie jung verheiratet war, mit Bäumen und Blumen aus allen Gärten Indiens und Arabiens gefüllt hatte. Mit über dreihundert Arten, über die sie alles für ihre Collegeaufnahmeprüfungen gelernt hatte: Sie bekam einen Studienplatz für das St. Stephen's College, heiratete aber, bevor sie ihr Studium beginnen konnte. Ein *Syzigium Cumini* drückt sein Blätterdach an ihr Fenster – sie kennt diesen Baum aus dem Buch *Trees of Delhi* – «ein schöner, großer Jamun-Baum, mehr oder weniger immergrün. Blassbraune Borke, schuppig und rau, besonders im unteren Bereich des Stammes. Blätter mit zahlreichen parallel verlaufenden Seitenadern, die sich mit einer Randader vereinigen. Blüten in dichten Trauben … weiß bis cremefarben. Die Frucht ist eine runde oder längliche, dunkelviolette Beere. Im Geschmack süß oder säuerlich. In der Volksmedizin wird sie gegen Diabetes, Ruhr und Erkrankungen der Milz verwendet, auf Englisch ‹spleen›» – ein Wort, das sie mit Lachen und Losprusten in Verbindung bringt. Dass es so gut zum lateinischen Baumnamen passt, gefällt ihr. Der Innenhof öffnet sich nach oben zum Himmel – leuchtend grüne Papageien rauschen herein und verschwinden wieder. Manchmal verirrt sich eine Taube in den Hof und sitzt auf einem Ast, mit glänzenden Knopfaugen, den Kopf schräg gelegt, Richtung Glasscheibe. Gargi fährt sich durch ihr kurzes Haar. Noch nach zehn Tagen ist sie erstaunt, wie weich ihr Nacken ist.

Ein Foto hat sie aufgehoben und auf den Schreibtisch gestellt. Den feierlichen ersten Spatenstich des Company Delhi Hotels. Der Grundstein war noch nicht einmal gelegt. Man sieht Matsch und scharfrandig ausgehobene Quadrate, als sei eine alte Stadt ausgegraben worden. Nanu trug einen bedruckten Seidensari, Bapuji seinen Shahtoosh und seine Kappe. Gargi war fünf, ein Wonneproppen mit Schleifen im Haar und Rüschensöckchen. Gargi hatte die Aufgabe, dem Ehrengast, Madam Indira Gandhiji, eine Girlande umzuhängen. Sie erinnert sich noch an das Magengrummeln, das ihr die vielen Erwachsenen bereiteten, die sich ringsum drängten. Daran, wie Indira Auntys Hand schrecklich fest auf ihre Schulter drückte – und an ihre Worte: *Vergiss nie, wessen Tochter du bist.*

Gargi hatte den Kopf gesenkt und war zurückgetreten. Die Erwachsenen um sie herum hatten geklatscht. Danach hatte sie an Nanus Hand zugesehen, wie der Swamiji die Erde segnete. Seine safrangelben Gewänder waren für sie auf dem kahlen Land die leuchtendste Farbe. Doch er roch, daran erinnert sie sich, nach Mandelöl; dass er ihr sehr nah kam und ihr seine verschrumpelten Hände auf den Kopf legte, gefiel ihr nicht.

«Danke dem Swamiji für seinen Segen», hatte Nanu zu ihr gesagt.

«Er riecht nach Badesalz.»

Dafür bekam sie eine kräftige Ohrfeige.

«Bhagwan sabh kuch dekh rahe hain. Papaji sabh kuch dekh rahe hain. Stell keine Fragen, tu, was ich sage.»

Nanu nahm eine Handvoll Erde, und Gargi warf sie ins Feuer. Sie hatte das Gefühl, das Land zu verheiraten. Damit es immer für sie sorgte. (Doch sie hatte sich gefragt: Wenn das Land ein Ehemann war, wieso wird es dann Ma genannt?)

Gargi weiß noch, dass sie diese Frage stellte und keine Antwort bekam, nur eine hochgehaltene Hand, als sollte sie nochmals geohrfeigt werden. Sie weiß noch, wie der Tag zur Neige ging und Radha in den Armen einer Lottie weinte. Wo war ihre Mutter damals? Wahrscheinlich fort: Es war die Jahreszeit dafür. Frühling in Srinagar. Wenn die Tulpen blühten, reiste sie immer dorthin zurück.

Gargi sitzt jetzt am Mogulschreibtisch und starrt durch die Glasmauer in den Dschungel. Die Bäume müssen abgespritzt werden, die Blätter sind grau vor Stadtstaub. Ein kleiner Vogel, weder ein Spatz noch eine Taube, lässt sich auf einem Jamunzweig neben der Glasscheibe nieder. Einfarbig, schlank, mit gegabeltem Schwanz – ein Drongo –, Gargi findet ihn sehr elegant, auch wenn er gemeinhin für böse gehalten wird. Einen Moment lang beobachtet er sie mit schräg gelegtem Kopf. Dann fliegt er weg.

Dhanya, die Sekretärin ihres Vaters, klopft an die offene Tür.

«Gargi Madam, kann ich Ihnen etwas bringen? Die Direktoren Sahibs sind auf dem Weg hierher.»

Dhanya stammt aus Cochin. Sie erstattet Gargi Bericht über das Leben der weiblichen Angestellten im Wohnheim, einem Neubau in Paschim Vihar, und erzählt ihr Geschichten über die anderen Sekretärinnen, mit denen sie zusammenwohnt. Sie kommen aus allen Landesteilen und arbeiten in der Zentrale. Dhanya rümpft die Nase über die bengalischen Mädchen, die sich für die Allertollsten halten. Sie hat Mühe, zu kochen, woran sie gewöhnt ist (frischer Fisch ist nicht leicht zu bekommen). Sie isst mit ein, zwei Mädchen aus Trivandrum, als läge zwischen ihren Städten keine zehnstündige Busfahrt, sondern als seien sie einander so nah wie Cousins ersten Grades. Weil ihre Zimmergenossin Aarti entweder schnarcht oder pausenlos singt, meistens Kannadalieder, die Dhanya nicht versteht, hat sie sich Ohrstöpsel gekauft. In Paschim Vihar kann Dhanya nicht den Kaffee bekommen, der ihr schmeckt. Außerdem haben die Läden so früh morgens noch nicht geöffnet. Sie fährt jeden Tag mit der U-Bahn ins Büro. An guten Tagen dauert die Fahrt fünfundsiebzig Minuten, halb so lange wie mit dem Bus für die Angestellten; sie sitzt im Hauptwagen, damit sie Jungen beobachten kann. Doch von dem einen Jahr in Delhi, erzählt sie Gargi, habe sie Nasenbluten und Asthma bekommen. Sie könne nicht allein ausgehen, und wie solle sie einen Mann kennenlernen, wenn sie nur mit Frauen zusammenlebte, zumal Delhi so groß sei? Sie überlege, nach Hause zurückzukehren – wenn sich dort eine Stelle für sie im Company-Hotel finde, werde sie sich gerne fürs Management umschulen lassen. Gargi hat zu ihr gesagt: *Wir werden sehen.*

Dhanya hat die eine Hand auf ihrer Chunni und drückt sich an den Türrahmen, um drei Männer hereinzulassen.

«Kishoreji, Deepakji, Sunilji möchten Sie sprechen, Gargi Madam», sagt sie. Dann geht sie hinaus und schließt leise die Tür hinter sich.

Gargi beobachtet die drei unabhängigen Direktoren des Devraj-Konzerns; die erste Sitzung, die Gargi einberufen hat, seit die Farbe an der Decke trocken ist. Sama, dama, bheda, danda. Diese vedische Lehre, in der Nanu und Bapuji sie unterrichteten, hat sich tief in ihr Herz gegraben. Schließe Freundschaften, gib Geschenke, trenne die Teile und verwende den Stock. Diese Männer, die jetzt ihre Stühle heranziehen und ihre Unterlagen hervorholen, sind alle wie die dickwandigen Töpfe mit Company-Pickles; *Mangos,* denkt sie, *nein, Amla, die runden braunen Früchte. Fitnesscenter jao,* will sie ihnen befehlen, *und hört auf, euch mit Paranthe vollzustopfen.*

Um ihre Furcht zu bändigen, stellt sie sich vor, sie seien Figuren aus ihren Kinderbüchern. Es sind Ernste Männer* – jeder mit einer Geschichte. Und mit vielen Universitätsabschlüssen – Wissen, das sie in Stanford, Harvard und am IIT gesammelt hatten. Wenn Jivan hier wäre, denkt Gargi, läse er in diesen Männern auf eine Art, die mir verwehrt ist – ich sehe immer nur dasselbe Gesicht, das sich endlos wiederholt. Als ich klein war, dachte ich, diese Männer seien die drei Bären, oder manchmal, die drei kleinen S.

Nein, beschließt sie jetzt, sie sind die drei Affen – nichts sehen, nichts sagen, nichts hören. Von außen gesehen, kann man sie leicht abschreiben: So nichtssagend sind sie in ihren eintönigen Hemden, schlichten Krawatten und grauen Anzügen. Die alte Leier. Doch zusammen können sie einen halben Lakh für ein Fünf-Sterne-Dinner ausgeben und dann ein karges Frühstück zu sich nehmen: vielleicht ein (oder zwei) Ajwein ke paranthe und ein wenig hausgemachten Dahi. Hinterher bezeichnen sie sich dann als fair und ernten dafür auch noch Applaus.

Sie sind immer einer Meinung (privat jedoch keineswegs, denkt sie, aber nur spät nachts, wenn sie ihre Söhne zählen und vielleicht flüstern, *die Company wartet auf euch*). Sie beobachtet, wie sie sich im Büro umsehen. Die brennende Stadt in sich aufnehmen. Jetzt blicken die Männer direkt auf Gargis kurz geschnittenes Haar, sie hätte eine Salwar Kameez anziehen sollen, der Anzug ist zu streng und lässt sie topplastig erscheinen. Stopp.

«Setzen Sie sich doch, Kishoreji, Deepakji, Sunilji. Herzlich willkommen.»

Szenen wie diese gehören nicht in Bücher, denkt sie, in denen kleine Leute pausenlos über Kunst und Gewalt nachdenken sowie über große Fragen, indem sie alltägliche Dinge anbeten. Die Farbe ihres Lippenstifts (Pflaumen Dynastie) oder den tiefen, seitlichen Teil ihrer Ponyfrisur. Jivan liest keine Belletristik, das weiß sie. Und diese Männer hier? Sie stehen auf der Liste der ‹Giganten der wirklichen Welt›-Seite der Company Website. Sie sind gekommen, um Weisheit zu bringen und Antworten zu bekommen. Sie fordern Antworten. Zuallererst auf die allerwichtigsten Fragen:

«Gargi Beta, mit welchen neuen Ideen experimentiert Bapuji in der Büroplanung?»

«Gargi Beta, Sie haben Ihre Haare geschnitten? Das sieht sehr professionell aus.»

«Gargi Beta, ich habe die Unterlagen für die Abstoßung der Tochtergesellschaft dabei. Kommt Surendraji zum Unterschreiben?»

Zum Schluss spricht Kishoreji, erst seit fünf Jahren Independent Director des Devraj-Konzerns, doch seit mindestens vierzig Jahren Bapujis Rechtsberater. Aufgrund der Bogenschützenquote kam er ins College, nahm für Indien an der Olympiade teil und wurde dann Anwalt in der Firma seines Onkels. Kishoreji, der ungeachtet des Wetters immer einen Krawattenschal trägt; heute in einer schlichten, dunkelblauen Variante.

«Gargi Beti, gibt es Probleme beim Fortschreiten des von Ihrem Bapuji Gewünschten?», fragt er. «Ranjitji hat uns gesagt, Sie seien ein wenig zögerlich. Doch darf ich Sie daran erinnern, dass Aufschub Zweifel weckt, eine überaus gefährliche Krankheit.»

Kishoreji mag gerne Pista Barfi zum Kaffee, und dass Gargi ihn immer damit versorgt, gefällt ihm. Erinnert er sich noch, wie oft sie dagesessen und zugehört hat, wenn er darüber sprach, was die neuen Gesetze für Auswirkungen haben würden, wie man die Company durch Schlingen und Löcher bugsiert – Wörter, denkt sie, mit denen sie immer schnelles Fahren und Verrücktheit assoziiert hat. Wieder Comics: eine Ecke Schweizer Käse mit großen Augen und fuchtelnden Armen, die aus einer Achterbahnkabine winkt. Eine Maus jagt dem Käse hinterher, eine Katze jagt die Maus, ohne sie zu fangen, je fangen zu können, weil Achterbahnen auf Schienen fahren, wie in Apu Ghar, dem ersten Themenpark, der in Delhi eröffnet wurde und in dem sie als junges Mädchen mit Jeet war. Während sie warteten, bis sie mitfahren durften, ganz weit hinauf, hatte er sie mit einem kleinen Plastiklöffel (sie nahm immer einen grünen) mit Eis aus einem Pappbecher gefüttert. Gargi, auf deren Händen Mehndi trocknete (das von einer Frau aufgetragen wurde, die zu berühren die Lottie nicht guthieß) –, hatte die nach Vanille duftende Luft gerochen und die Hände ausgestreckt, während die Kabine höher und höher stieg und dann nach unten stürzte, alle Augenblicke ihrer Kindheit zogen verschwommen an ihr vorüber, als der junge Kishoreji die Company mit seinem prächtigen Gesetzesverstand durch Hintertürchen lotste. Geld und Land und Lust, verheddert im Stahl einer Hals-über-Kopf-Schiene.

«Mit jedem Tag, den Sie warten, setzen Sie Lakhs aufs Spiel», sagt Kishoreji. Er gibt ihr einen Klotz Company-Unterlagen.

«Die sind für Sie. Geben Sie sie bitte Surendraji zum Lesen. Doch als ältestes biologisches Kind sind Sie diejenige, die unterschreiben muss.»

Gargi denkt an all die Lakhs, die wie Hexen in den Märchen der Weißen an den Brandpfahl gebunden werden und dort brennen und brennen. *Geld ist nicht real, es existiert nur im Kopf eines Computers.* Jeet – *wo ist er?* – hatte sich totgelacht, als sie ihn als kleines Mädchen fragte, wo das Banksafe sei, das, in dem alle Rupien aller Menschen auf der Welt verwahrt würden? Woher wisse die Bank, welche Safegröße jeder Einzelne brauche? Jeet – mit seinem kostbaren, gebundenen Sanskrit-Englisch-Wörterbuch, das Bapuji ihm in London bei Sotheby's gekauft hatte, als Jeet sieben Jahre alt war. Jeet liebte dieses Buch so sehr, dass er nachts manchmal darüber einschlief, und wurde deswegen von der zehnten Klasse an schikaniert – aber er hat damit Gargi die Sprache des Geldes beigebracht; dass das Wort ‹Lakh› mit seiner Eins und den fünf Nullen entweder aus dem Pali stammt (Maskulinum, Substantiv) und für ‹Spieleinsatz› steht oder aus dem Sanskrit, wo ‹laksa› ‹Ziel› oder ‹Zeichen› bedeutet.

Die drei Männer verstehen noch nichts. Sie wird nichts von Sita nehmen. Auch will sie nicht für die Aufteilung des Devraj-Konzerns verantwortlich sein. *Die Zukunft, der Markt, das Volk,* denkt sie. *Was werden die Leute sagen?*

Diese Frage könnte Deepakji beantworten, als ehemaliger Werbestratege. Bevor er dem Vorstand beitrat, gehörte er zum engsten Kreis der Universitätsabsolventen aus Bapujis Hundert von vor Jahren, die bei Zeitungen und Fernsehanstalten als Eigentümer, Reporter und Werbefachleute arbeiten – *ist Barun nicht auch einer von ihnen?* – Gargi kann sich nicht erinnern – *wahrscheinlich schon,* denkt sie –, solche Einzelheiten zu vergessen, ist eigentlich nicht ihre Art, doch Deepakji redet und seine Stimme schwebt über ihren Gedanken dahin.

«Gargi Beti – Ihre Schwester Radha und Bubuji orientieren sich an Surendraji und an Ihnen. Bitte gehen Sie mit gutem Beispiel voran. Lassen Sie Bubuji seinen Anteil verwalten, außerdem sollten wir Surendra Sahib rufen, um die nächste Phase zu besprechen. Wenn die Details ausgearbeitet sind, würden wir gerne alle drei bei ihm bleiben. Und bei Ihnen.»

Er wartet darauf, dass sie ihm dankt. Sie zuckt nicht mit der Wimper.

«Sunilji, sind Sie als unser Finanzaufsichtsexperte nicht auch der Meinung, dass eine Aufteilung der Company zu diesem Zeitpunkt absurd ist?», fragt sie.

«Absurd ist, wer Absurdes tut», sagt Sunilji. «Gar nichts ist hier absurd.»

«Besorgen Sie mir alle Zahlen zum Kaschmir-Hotel», sagt sie. «Das Budget ist bereits ausgeschöpft, und die Rechnungen werden nicht richtig überprüft. Die Medienberichte über dieses Bauprojekt sind immer gegen uns gewesen, und ich mache mir Gedanken darüber, ob es eigentlich legal ist. Beobachten Sie das, alle drei.»

Kishoreji will es ihr erklären, das sieht sie ihm an. Er will ihr sagen, dass die Gesetze im Bundesstaat Jammu und Kaschmir im Jahr 2000 geändert worden sind, sodass Frauen aus Kaschmir, die einen Nichtkaschmiri geheiratet haben, wie beispielsweise ihre liebe Mama Bapuji geheiratet hat, jetzt in der Lage sind, Land in Kaschmir zu kaufen. Zuvor war dies aufgrund der Dogra-Gesetze von 1846 verboten, als die Hindu Maharajas mit dem Vertrag von Amritsar das Land samt der Menschen ‹direkt› von den Briten kauften. Gargi muss Jeet dafür danken, dass sie das weiß, und sie vertraut diesem Wissen – Jeet, der immer so getan hat, als sei er ein entfernter Nachkomme dieser Dogras –, deren Herrschaft hundert Jahre dauerte, bis ‹Indien› kreiert wurde. Jeet, der just in dem Moment, wo er am dringendsten gebraucht wird, seine blöde Reise machen muss – trotzdem dankt Gargi ihm im Stillen, während sie zusieht, wie Kishoreji den Mund bewegt und erklärt, was sie bereits weiß. Jedenfalls ist seine Antwort unvollständig, weil die Frage eigentlich lautet: *Wie verhält sich die Sache, wenn das Gesetz geändert worden ist, nachdem die Frau bereits zehn Jahre tot war?* Das fragt Gargi nicht, und Kishoreji erklärt es nicht. Es ist zu spät. Das Hotel wird in ein paar Monaten fertig. Um das meiste aus dem Schneedrama herauszuholen, wollte Bapuji, dass es im November eröffnet wird.

«Vielleicht sollten wir den Bau stoppen», sagt Gargi. «Wir sollten warten. Bestimmt wird Bapuji seine Entscheidung rückgängig machen. Vielleicht tut sich ja etwas.»

Niemand erwähnt Sita. *Wie viel wissen sie?*

Drei Augenpaare blicken sie an, die am Schreibtisch ihres Vaters sitzt. Sie lächelt ihr schönstes Lächeln und sagt:

«Sunilji, bitte sagen Sie uns, was Sie denken.»

«Ah, Madam», sagt Sunilji. «Die Eröffnung des Company Srinagar Hotels – lässt sich nicht verschieben. Die Finanzierungskette ist filigraner als ein Braut-Nath samt Kettchen von der Nase zum Haar. Wenn wir daran ziehen, könnte Blut fließen.»

Was alles erforderlich wäre, um die Sache zu stoppen, weiß sie, auch dass es dafür zu spät ist – weil es nicht nur um die Finanzierung geht, sondern auch um die Personalpolitik. Gemäß der Firmenpolitik ist veranlasst worden, dass Hunderte von Arbeitern aus Maharashtra nach Kaschmir gebracht worden sind. Eine ganz neue Stadt ist für sie aus dem Boden geschossen. Informelle Läden, die ihre Songs und ihre Götter verkaufen. Schulen in Hindi und Marathi; Restaurants, die ihre Gerichte servieren. Die Einheimischen protestierten, und die Zeitungen schrieben ein paar negative Artikel. Doch Dhabas werden von allen geschätzt, ganz gleich, wer dort kocht.

Nun schwebt aber eine Frage über Gargi, wie die Berge über der Stadt, in der ihre Mama starb. Liebt sie ihr Land? Keiner hat ihr je überzeugend dargelegt, was ihr Land sei oder sein könne. Liebt sie die Company? Ihre Schwestern? Beides und beide.

Sie streckt die Hand aus und zieht die Unterlagen zu sich hin, die auf der anderen Seite des Tischs liegen, hält den Stapel senkrecht. *Wenn ich unterschreibe*, denkt sie, *dann zerfällt alles.*

«Ich will Bescheid wissen», sagt sie. «Über jedes Glied in der Geldkette. Erstellen Sie mir einen genauen Bericht. Zeigen Sie mir, warum eine Verschiebung der Eröffnung des Kaschmir-Hotels komplizierter sein soll als die Aufteilung der gesamten Company zwischen –»

Als sie gerade zwei oder drei sagen will, beißt sie sich auf die Zunge. Sie blickt den Männern in die Augen und wieder kommt ihr der Gedanke: Wie viel wissen sie? In Srinagar diskutiert man diese Frage bei Kahwa und Zigaretten. Jeet ist oft dort, er weiß, worüber in den Kaffeehäusern geredet wird, die, an denen ein Mädchen bloß vorbeizugehen und durch den Mund einzuatmen braucht, um den Tabak zu schmecken. Gargi raucht nicht, sie hat noch nie geraucht, obwohl Radha sie einmal dazu herausgefordert hat. Bevor Sita nach Cambridge gegangen ist, hat Gargi sie einmal zusammen mit Radha auf Radhas kleiner Terrasse auf der Farm angetroffen, wo sie zusammensaßen und rauchten und lachten. Als sie dazukam, verstummten sie.

«Die Farm», sagt sie. «Was ist mit dem Grundbesitz der Familie, die Hotels einmal außer Acht gelassen. Wie ist da der Stand der Dinge?»

Kishoreji sagt, sie könne zwar die großzügige *Aufteilung* der Company hinauszögern, die Bapuji genau festgelegt habe, könne jedoch nicht verhindern, dass Geschenke aus seinem persönlichen Vermögen verteilt würden. Das Company Kashmir Hotel, die Farm, das Delhi-Stadthaus und der Napurthala-Palast (der seit den letzten sieben Jahren renoviert wird) gingen an die genannten Begünstigten, so wie Bapuji es bestimmt habe.

«Bei allem Respekt», sagt Kishoreji, «dass Bapuji jetzt entscheidet und damit Konflikte vermeidet, ist weise und gut. Das Hindu-Undivided-Family-Gesetz würde ebenso verfahren und das Erbe zwischen Ihnen und Ihren verheirateten oder unverheirateten Schwestern verteilen, sollte Ihr Vater sein Leben aushauchen. Da es keinen Sohn gibt, der als Karta fungieren könnte, und da Schwiegersöhne nicht zählen, wird es natürlich schwierig werden, wenn Sie und Ihre Schwestern zu teilen versuchen.»

Karta. Das Gesetz, dass Erbe und Vollmacht an den ältesten Mann in der Familie weitergegeben werden. *Das wird sich noch zu meinen Lebzeiten ändern,* denkt Gargi. Warum sollte sie als Älteste nicht der Karta sein und entscheiden, wer was bekommt und wie viel und wann, ohne sich mit jemandem beraten zu müssen? Diese vorstellbare Zukunft würde bedeuten, dass Bapuji nicht mehr da wäre. Sie blickt an die Decke. Bhishma, der sich jetzt hinter weißer Dispersionsfarbe verbirgt, stirbt immer noch, nach so vielen Jahren.

Aus der Dunkelheit des Büros tritt sie in die schräg stehende Sonne hinaus. Satwant wartet bereits und hält ihr die Wagentür auf. Er nimmt den Weg über das Parlament und wegen der U-Bahn-Bauarbeiten stehen sie im Stau. Es wird mehr als eine Stunde dauern, bis sie zu Hause sind. Sie holt eine Büchse Coke aus dem Autokühlschrank und drückt sie an ihre Stirn. Ein Mann auf einer Vespa hält direkt neben dem Wagen. Er klappt sein Visier hoch und starrt sie durchs Fenster an. Sie starrt zurück, bis der Stau sich auflöst und er hinter dem Wagen zurückbleibt. Als sie den Rajpath überqueren, wo man den Rashtrapati Bhavan hinter der Anhöhe sieht, schließt sie die Augen. Während sie sich im Schneckentempo auf die Hauptstraße zubewegen, lässt sie das Autofenster herunter. Die Sonne ist ein goldener Gulab Jamun, der in einem Siruphimmel versinkt, und aus der Smogfriteuse riecht es nach Schweiß und Abgasen, die sich als Schmutzschicht aus dem Atem Tausender, sich abrackernder Menschen auf ihrer Haut festsetzen. Collegejungen in billig ergatterten Nikes stehen dicht an dicht am Straßenrand und warten auf den Bus, der sie in die Außenviertel der Stadt bringt. Collegemädchen in Fab India Blockdruck-Kameez und Jeans, auf dem Weg zu einer Holzofenpizza am Khan Market oder möglicherweise zu Räucherlachsbagels in Haus Khas Village; vielleicht drängen sie sich in die für Frauen reservierten U-Bahn-Wagen, weil sie nach einem langen Tag Hunger haben.

Sie macht das Fenster wieder zu. Ihr Traum von einer Stadt ist einfach nur: Neu-Delhi mit seinen versunkenen Schichten, mit all seinen Kreisverkehrsinseln und Enklaven, jeder Vespa, jeder Autorikscha und jedem Motorrad. Sie will den Scharen von Menschen sagen: *Erzählt mir eure Geschichte, ich erzähle euch meine: Wegen mir fahrt ihr Motorrad – wir stellen die Teile her. Wegen mir fahren eure Lastwagen so reibungslos – wir haben die Maschinen konstruiert. Wegen mir könnt ihr von einem idealen Ort für eure Hochzeit und für eure Flitterwochen träumen – weil meine Hotels die besten sind. Wem gehört welche Geschichte? Meine ist eure und eure ist meine.*

Die Cola verschwindet in großen Schlucken. Zucker und Schuldgefühle. Es schmeckt so gut, sogar ohne Zitrone und Eis.

«Stellen Sie nächstens sicher, dass Eis und Zitronen im Wagen sind, Satwant», sagt Gargi.

Sie drückt die 1 auf ihrem Telefon.

«Uppal?»

«Sind Sie schon unterwegs, Gargi Madam?»

«Kyun? Was ist los? Nanu?»

«Nein, obwohl sie immer noch nichts isst. Sie wollte weder frühstücken noch zu Mittag essen. Es ist wegen Ihres Vaters, Gargi Madam.»

«O Gott. Was ist mit ihm?»

«Er war in Ihrer Werkstatt. Er hat den Frauen befohlen, mit der Einwickelei aufzuhören. Zehn von seiner Hundertschaft kamen mit und nahmen Sita Madams Hochzeits-Ladoos an sich. Um damit Cricket zu spielen.»

Ein schockierter, bellender Lachlaut entfährt ihr. Colatropfen landen auf ihren Händen und wirken wie Bapujis Leberflecken. Sie leckt sie ab.

«Was? Warum sorgen Sie nicht dafür, dass er keine Nautanki macht?»

«Gargi Madam, das ist es nicht. Überall auf dem Rasen liegen Ladoos, im ganzen Jubiläumsgarten. Auch an den Rosenbüschen kleben sie. Wissen Sie, diesmal habe ich das Gefühl, dass er wirklich verrückt geworden ist.»

«Uppal, seit wann sprechen Sie so über Bapuji?»

Tiefes, erwartungsvolles Schweigen. Uppal ist mit ihrer Mutter aus Kaschmir gekommen. Er trägt seine Geschichte wie eine Kriegerdecke. Damals war er ein Junge, und als er bei der Company anfing ein junger Mann: Man habe ihm die Rolle eines General Assistant Managers zugewiesen, damit er über die Interessen ihrer Mutter wache, erzählte er ihr, als Bestandteil des Ehedeals. Er war schon alt, bevor Gargi heiratete. Um sie anleiten zu können, stand er ihr seit ihrem ersten Arbeitstag zur Verfügung. Dank Uppal kennt Gargi die Company aus dem Effeff.

«Wo ist mein Mann?», fragt Gargi.

Uppal schnaubt.

«Rufen Sie ihn an», sagt sie. «Sagen Sie ihm, ich möchte, dass er zum Abendessen kommt. Und sagen Sie ihm, was Bapuji getan hat, falls er das nicht bereits selbst bemerkt hat.»

«Madam, ich habe Satwant einen Ordner für Sie mitgegeben. Haben Sie ihn angesehen?»

Sie klopft an die Sicherheitsscheibe. Satwant, den Blick weiterhin auf die Straße geheftet, lässt die Scheibe herunter und reicht ihr eine dicke, gelbe Mappe mit Unterlagen.

«Satwant, nächstes Mal Unterlagen pehley dena chahiye», sagt sie.

Sie beendet das Telefonat. Die Ampel wechselt die Farbe, die Hupen ertönen, der Verkehr rührt sich nicht. Ein Straßenhändler knallt ein Bild von Bapujis Gesicht an ihr Fenster. *TIME: Die Kaschmirfrage*. Gargi starrt das Foto an. Sie würde die Zeitschrift nie von der Straße kaufen. Sie braucht den Artikel nicht zu lesen, um zu wissen, dass er vom Leiden in Srinagar unter vermutlich in Company-Fabriken gegossenen indischen Barrikaden, Kontrollpunkten und Straßensperren handelt, über denen das Company-Hotel aufragt. Die Mädchen, die in dieser dezimierten Stadt im selben Jahr geboren sind wie sie oder Radha oder Sita, sind jetzt erwachsene Frauen. Der Artikel wird nichts über das Srinagar sagen, das Gargi liebt, in dem sie zum ersten Mal lernte, zu verschwinden und sich verborgen unter lauter Stoffschichten durch die perforierten Straßen zu bewegen, denn in Srinagar können die Leute zu Fuß gehen (auch wenn sie nicht stehen bleiben dürfen. Um sich zu versammeln.). An den Kaffeehäusern vorbei, in denen sich ältere Männer treffen, um zu rauchen und zu schreiben, um sich zu erinnern oder es zumindest zu versuchen. Vorbei an den längst geschlossenen Kinos, in denen nur noch Sandsäcke und Stacheldraht zu sehen sind. Über den Markt, um den See herum zu den zerbröckelnden Museen, in die Jeet sie früher mitgenommen hat und die voller gefundener Münzen sind und schöner Schwerter, die von alten Frauen bewacht werden, die jünger sind als sie selbst. Deren Körper mit Geschichten beschrieben sind, die in Flammen und Tränen enden.

Satwant rückt langsam voran, der Straßenhändler geht weiter. Gargis Augen pochen. Sie saugt den Rest Cola aus. Der Wagen schaukelt leicht: Donner, Stille und wieder Donner. Draußen herrscht dichtes Gedränge, Stimmen erheben sich. Ein Unfall? Hunderte von Leuten gehen auf der Straße und bringen den Verkehr zum Erliegen. Sie bewegen sich alle in dieselbe Richtung, ihr entgegengesetzt. So viele Köpfe, so viele Augen, Münder, Nasen, Männer und Frauen, die zusammen auf den Beinen sind. In Delhi, einer Stadt, in der keiner zu Fuß geht.

«Was ist, Satwant?», fragt sie.

«Madam, Antikorruptionsproteste, glaube ich.»

Ein Rücken drückt gegen die Wagenscheibe und nimmt ihr die Sicht. Auf den Straßen auf der anderen Seite drängen sich Collegejungen und -mädchen, Büroangestellte, sogar Dienstboten Schulter an Schulter, manche halten die Hand schützend um ausgehende Flammen, manche halten gedruckte Spruchbänder und Schilder an Stäben hoch. Ein Mann in einem Hemd und Chinos trägt eine indische Flagge als Superheld-Umhang; ein anderer hat seine Flagge wie eine Chunni über dem Kopf drapiert. Gargi sieht Dienstmädchen mit zerzausten Babys, es gibt sogar Männer wie ihre drei Direktoren: mit abgenutzten Anzügen und lichten Scheitelfrisuren, und es ist, als hätte sich jedes Gebäude auf die Straße ausgestülpt. Sie greift nach der Wagentür, zieht die Hand jedoch wieder zurück. Sie kann nicht aussteigen. *Sita hätte keine solchen Bedenken.* Vielleicht ist sie sogar in der Menschenmenge – in einer neuen Sippe voller Sloganschilder, in der geschrien und marschiert wird. In der sie zulässt, dass sich Körper an ihr reiben, Hände nach ihr greifen, ihr Salwar-Oberteil zerreißen, was, wenn dann – was wenn – was dann?

Gargi sieht einen Haufen dunkelhäutiger Mädchen in leuchtenden Farben mit Haarspangen und Perlenschmuck – eng umschlungen reklamieren sie die Straße. Eine hellhäutigere Frau hält eine von den dunkelhäutigen an der Hand, ihre Haare sind offen – sie trägt eine Jeans und ein Nadelstreifenhemd. Wie wild sie wirken, wie frei. Ist das Sita? Gargi drückt die Hände gegen die Scheibe – sie will Satwant anweisen, das Gaspedal durchzudrücken, fort von den Menschenmengen und der Farm in eine andere Richtung zu fahren – vielleicht zum Ridge – und dann weiter zum Fluss, an die Stellen, die von den Ausflüssen der Stadt verstopft sind, und die Ratten und Lumpensammler zu stören. Sie kann sich nicht vorstellen, was für Stimmen dort zu hören wären. Wie diese Leute sie sehen würden.

Sita ist dort unten gewesen, am Wasser, das töten kann. Sie hat versucht, es ihren Schwestern zu schildern, sie gebeten, sich zumindest *Salam Bombay!* gemeinsam anzusehen. Doch sie ist Gargi Devraj Grover. Sie hat keine Zeit.

Moment mal, ist das Sita? Nein.

Gargi lehnt sich zurück. Sie sieht ein handgemaltes Schild mit roten Buchstaben und Zahlen: SMS NEIN auf 555, helft der Bewegung! Sie simst ihr NEIN an die Nummer. Dabei versteckt sie das Handy fast vor sich selbst.

Der Wagen bewegt sich ganz langsam vorwärts. Gargi seufzt und öffnet die Mappe mit den Unterlagen, die Uppal ihr geschickt hat. Ein paar zusammengeheftete Seiten, ganz oben ein Foto von einem Mann in Unterhemd und Dhoti, dessen ganzer Leib mit violetten und grünen Blutergüssen bedeckt ist, in allen Pfauenfarben. Er liegt zusammengerollt auf einem Rattanbett. Gargi überfliegt die getippte Notiz: *Nacht des 15. Juli, Dienstagsparty, bei dem Versuch, Nanuji Daal makhani und Chawal statt des bestellten Khichdi zu servieren, wurde der Diener G.3.5, Vorname Bilal Kakri, mit einem goldenen Napurthala-Palace-Kerzenleuchter aus dem Jahr 1925 verprügelt, der zu Nanus Suite gehört. Zeugen: Drei (Nanuji, B.1.4 und A.5.2), die erklären, Devraj Bapuji sei nicht der Täter. Verletzungen: drei gebrochene Rippen, Jochbein, Schlüsselbein. Schwere Verletzungen am Rücken, an den Schultern und Kniekehlen.*

Datum der Verletzungen: Dienstag, der 3. Juli 2012. Festlegung des Schmerzensgeldes: Montag, den 30. Juli 2012: einmalige Zahlung vereinbart sowie zusätzliche Finanzierung der Versetzung. Weitere Maßnahmen: unnötig, Diener hat die Stelle bei der Company aufgegeben und ist wie vertraglich vereinbart in sein Heimatdorf zurückgekehrt (Bundesstaat Jharkhand). (Anhang A: signierte Mundtodvereinbarung, versehen mit G.3.5 Fingerabdruck, linke Hand, dritter Finger, unauslöschliche Tinte.)

Draußen geht der Protest weiter, während die Wagen wie Puzzleteile auf der Straße zurückbleiben.

Was ist der Unterschied zwischen Daal-Chawal und Khichdi? Korngröße. Beschaffenheit. Druck und Dampf.

«Satwant, ich komme zu spät. Hupen Sie hin und wieder.»

Satwant steuert den Wagen durch eine winzige Lücke. Er fährt auf dem Randstein an einem Kokosnussstand vorbei, und die vielen runden Früchte wirken wie abgetrennte Affenköpfe. Sie sieht den Verkäufer in Aktion, mit aufgerissenen Augen, den Arm angespannt, den Hammer über den Kopf erhoben.

Bapuji hat also einen von ihren Männern geschlagen. G.3s werden direkt von Gargi eingestellt, für besondere Aufgaben: um Nanu zu dienen, ihr ein Bad zu ermöglichen und so weiter. Gargi berührt die Verletzungen auf dem Foto. Drückt auf die 1. Sie hält die Hand über die Sprechmuschel und spricht leise hinein.

«Was soll ich tun? Gib mir bitte einen Rat, Uppalji. Ich möchte Bapuji jetzt nicht sehen. Sagen Sie ihm, ich sei unpässlich. Ach Gott. Wenn Sie diese Frauendinge nicht erwähnen wollen, sagen Sie ihm einfach, eine Kuh sei über den Mond gesprungen.»

«Nehmen Sie es nicht zu schwer», sagt Uppal. «Vieles ist unter den Augen Ihres Vaters den Bach runtergegangen. Was ist da ein Leben mehr?»

Sie verlassen die Autobahn. Gargi tritt gegen den Vordersitz. Satwant blickt abrupt in den Rückspiegel; sein Blick ist ausdruckslos, als sähe er in einer ihm unverständlichen Sprache fern. Gargi zwingt sich, innezuhalten. Sie holt ihre Puderdose hervor und malt sich voller Entschlossenheit mit Lippenstift ein Lächeln zurück ins Gesicht. Ja, es stimmt. Im Lauf der Jahre gab es Ausschreitungen gegen die Company. In Orissa, Verzeihung, Odisha, als die ersten Zementfabriken errichtet wurden. *Einheimische gegen den Fortschritt,* sagte Bapuji, sagte Ranjit Uncle. Ja, denkt Gargi. Menschen sind gestorben, das stimmt. Sümpfe wurden trockengelegt, seltene Arten wurden zum Verschwinden gebracht, Kinder aus der Heimat ihrer Vorfahren entwurzelt. Die Company hat diese Dinge getan – ihr Vater hat ihr immer gesagt, sie solle eher daran denken, dass diese Gemeinschaften wegen ihnen umziehen und letztendlich florieren. Doch dieser eine Mann, dieser Bilal Kakri war einer von Gargis Männern.

Sie fahren im Schneckentempo an Dilli Haat vorbei: Für die Touristen, die zum Einkaufen in dieses ‹Dorf› kommen, ist Nagalandwoche. Sie hat das Telefon in der Hand. Ein letzter Anruf. Es klingelt, zweimal, viermal, fünfmal. Dann Radhas Stimme:

«Hi, Big Sis! Na, wie geht's?»

«Hey», sagt Gargi. Sie zieht den Bauch ein. «Fängt die Goa-Party gerade an oder geht sie zu Ende? Okay, du brauchst nicht zu antworten.»

Du hättest mal anrufen können, denkt Gargi. Und dann: *Sprich weiter. Frag mich, wie's mir geht.*

Gelächter, Redegeräusche anderer Leute: Radha beendet gerade ein langes Mittagessen – oder sie fängt gerade mit den Abend-Drinks an. Sie klingt außer Atem.

«Es sieht ganz gut aus», sagt sie. «Ich arbeite an der Gästeliste für die Kaschmir-Einweihung. Für die A-Liste nehmen wir die Karten mit Goldrand, die wir für Sitas Verlobung bestellt haben.»

«Und die Geschenkkästchen?», fragt Gargi.

«Die sind alle fertig. Titan für die VVIPs, die Dankeschön-Suiten in Goa, Mumbai und Delhi bekommen. Das war Dads ausdrücklicher Wunsch. Weißgold für die A-Liste, ganz süß sind die, Gargi, du musst sie sehen. Etwa so groß wie ein kleiner Finger und mit Halbedelsteinen besetzt. Silber für die B-Liste: für die Srinagar-VIPs und ihresgleichen. Alle, die über Satellit in unseren Hotels in Mumbai, Delhi, Goa und Amritsar an der abendlichen Einweihungsfeier teilnehmen, bekommen vergoldete oder versilberte, und ein paar kriegen Bronze.»

«Was ist mit den Angestellten?»

«Ich dachte, wir hätten uns darauf geeinigt, den Angestellten die Ladoos zu geben. Sie halten sich bis dahin.»

Gargi hört Klavierklänge am anderen Ende der Leitung, ein tiefes Trillern, wie bei Trennungen und Versöhnungen in den Junge-Mädchen-Filmen, die sie so liebt – und die sie sich allein ansieht, aber nur sonntags, wenn sie von zu Hause aus arbeitet. Sie stellt sich vor, wie ihre Schwester an der Poolbar bei einem Cosmopolitan die Zähne zeigt, damit ihr Lippenstift nicht verschmiert.

«Radha», sagt sie. «Das geht nicht. Daddy kommt nicht mehr zurande. Er schlägt die Ladoos querbeet durch die Farm.»

«Er schlägt wen oder was? Oh, dummer Daddy. Mach dir keine Sorgen, ich ruf ihn an.»

«Ich kann ihn nicht überwachen. Und dann sind da noch – die Vögel, der Turm –, willst du das wissen? Ich kann dir nämlich gar nicht sagen, wie schlecht ich mich fühle.»

«Gargi, wenn du nicht zurechtkommst, brauchst du mehr Angestellte.»

«Das ist es nicht. Du bist nicht da, du begreifst es nicht.»

«Doch, ich begreif es sehr wohl. Du solltest ihn eine Weile in Ruhe lassen. Er ist jetzt zwangsläufig aufgebracht. Weiß er denn, dass wir die Dokumente noch nicht unterschrieben haben? Hast du überhaupt versucht, mit ihm zu sprechen?»

«Hör mir bitte zu, Rads. Ich hab nicht viel Zeit. Ich versuche, das Büro in den Griff zu bekommen. Ich kann nicht jeden Tag zum Mittagessen nach Hause kommen.»

«Ach, und ich schon? Auch ich arbeite, weißt du.»

«Das habe ich nicht gemeint. Aber Nanu isst nichts, ich streite mich mit dem Vorstand herum, und ich mache mir Sorgen um Sita.»

«Wegen Sita brauchst du dich nicht aufzuregen», sagt Radha. Sie spricht jetzt sanfter. «Gargi, ich hab es Bubu gesagt, und ich sag es jetzt dir: Sie will nur beweisen, dass sie recht hat. Ich hab ihr letzten Monat jede Menge Textnachrichten gesimst, und sie hat immer nur zurückgeschrieben – *Keinen Empfang*. Ich dachte, danke, das haben wir langsam kapiert. Sita geht's gut.»

«O Gott», seufzt Gargi. «Zumindest antwortet sie. Du hast recht. Sie wird zurückkommen. Und Radha – wenn sie wieder da ist, ordnen wir Dads Chaos, du und ich.»

«Ja, Madam. Ganz wie Sie meinen.»

Es folgt ein kurzes Schweigen.

«Und wie gehts Jivan Bhaiyya?», fragt Radha.

Wie ihre Stimme bei dem Wort Bruder klingt. Anzüglich, durchtrieben. Gargi umfasst ihr Telefon fester. Froh darüber, dass Radha sie nicht sieht.

«Es geht ihm ebenfalls gut», sagt sie. «Ich treffe ihn später.»

«Ja, mach das, Big Sis», sagt Radha lachend. «Muss jetzt weg, okay? Wir reden später weiter.»

Gargi sitzt auf dem Rücksitz und sieht zu, wie das Licht durch die Platanen taumelt, sich auf der Straße bricht. Als sie am Qutb-Komplex vorbeifahren, bemerkt sie, dass die Außenmauer bröckelt. Sie zieht die Füße an und lehnt sich ans Wagenfenster. Die Stadt dehnt sich hier in die Außenbereiche: Wo früher Wüste war, wurden Bewässerungsrohre verlegt und Häuser schossen aus dem Boden. Rings um den Minar hat ein Herrscher nach dem anderen sein Zeichen hinterlassen: einen Tempel. Eine Säule. Einen prunkvollen Torbogen. Ob zur Lobpreisung Gottes oder um dem Auftraggeber Unsterblichkeit zu verleihen, weiß Gargi nicht.

Als sie an einem Gurdwara vorbeikommen, fahren sie langsamer. Die Frauen machen sich zum Gebet bereit. Sie rollen ihre Salwars hoch und waschen sich die Füße, dann das Gesicht. Ihre Bewegungen sind sparsam, ein Tanz aus Bücken, Wasserwerfen, Abwischen und Aufstehen. Wie sie lächeln und reden, einander helfen, Chunnis und Haare in Ordnung zu bringen. Während Gargi an ihnen vorbeichauffiert wird, blickt sie nach hinten und sieht, wie die Abendsonne die goldene Kuppel entflammt. Ringsherum breiten die Krähen die Flügel aus. Sie schweben langsam nach unten, Ascheteilchen von einem Scheiterhaufen.

Als sie auf der Farm ankommen, geht Gargi nicht in ihre Wohnung, sondern durch die Garage, wo sie sich ein Golfmobil nimmt. Damit fährt sie über die gesamte Farm bis zum Rosengarten. Sie möchte die über den Rasen verstreuten Ladookrümel sehen, die von Dornen aufgespießten, süßen Kugeln. Hier sind sie. Was für eine Sauerei. Sie widersteht dem Impuls, einen aufzuheben und in den Mund zu stecken. Sie fährt weiter, am Sonnenuhrinnenhof vorbei. Das Golfwägelchen bringt sie zu Jivan.

Im Bunker hat Sai Baba abgedankt, zugunsten eines Flachbildschirms, auf dem StarSports läuft: Winzige Figuren, gepolstert und eingegittert, rennen aufeinander zu, werfen einen weißen Ball hoch über eine Pitch hinweg. Sie weiß, dass sie stehen bleiben und sich ansehen sollte, wer gewinnt. Sie hat sich nie für Cricket begeistern können. Doch wenn die Zuschauer jubeln, ist es einen Moment lang, als ginge die Sonne auf. Nichts ist geschehen: keine Sitzungen, keine Ladoos, kein Verkehr und kein Ordner mit Beweisen. Als Nächstes kommt nichts. Sie lächelt noch mehr. *Wie ein Clown*, denkt sie. Ich sehe bestimmt wie ein Clown aus. Auf einem niedrigen Tisch steht ein Foto von einer aufgedunsenen Frau in einem glänzenden Silberrahmen. Jivans Mutter – krank und nicht wiederzuerkennen. Sie hebt es vorsichtig hoch und stellt es wieder zurück.

Im unteren Stockwerk tippt sie den Code für die Kellertür ein. Das Licht leuchtet rot auf: Kein Eintritt. Auf ihrem Telefon drückt sie die 2 und hört Jivans Handy drinnen klingeln.

«Sesam öffne dich!»

Und er steht vor ihr.

«Du hast den Türcode geändert», sagt sie.

«Haye-haye! Du hast deine Haare abgeschnitten!» Jivan hält sich die Hände an die Wangen und tut so, als sei er schockiert ob ihrer Kühnheit.

Gargi fasst sich an den Nacken.

«Das war deine Idee», sagt sie.

«Okay, ganz ruhig, es gefällt mir doch.»

Sie folgt ihm in den Bunker. Zu dieser Stunde, vor Beginn der Nachtschicht, ist er fast leer. Jivan geht zwischen den Schreibtischen entlang, mit hochgekrempelten Ärmeln und offenem Kragenknopf, die Hände in den Hosentaschen, als ruhten sie auf Pistolen in Halftern. Er ist der Bösewicht in dem Western *Erbarmungslos* – der letzte Film, den sie in einem öffentlichen Kino gesehen hat. Damals war sie sechzehn. Sie bemerkt Jivans dunkle Brust- und Armbehaarung. Sie zwingt sich, den Blick wieder auf sein Gesicht zu lenken.

«Komm, Yaar, pack aus», sagt sie. «Was kann schon schlimmer gewesen sein als das hier?» Sie wedelt mit Uppals Unterlagenmappe.

«Gut», sagt Jivan. «Arbeiten wir. Komm hierher, das interessiert dich sicher.»

Sie setzen sich vor den Hauptbildschirm. Sitas Zimmer ist dunkel. Radhas Wohnung wird gerade geputzt; das Dienstmädchen zieht getupfte Unterwäsche aus den Bettlaken. Gargi kann Jivan nicht ansehen. Im Esszimmer werden die Tische zum Abendessen gedeckt. Sie sieht auf ihre Armbanduhr: Es ist sechs Uhr. Normalerweise bekommt ihr Vater sein Abendessen um Punkt halb sieben serviert. Wer hat ihm das Mittagessen gekocht? Sie merkt, dass sie es nicht weiß, auch nicht, was er gegessen hat oder wie viel.

Jivan wendet sich zu Gargi. Nach dem langen Tag hat sie trockene Haut und Kopfschmerzen. Küss mich, denkt sie. Sie schlägt die Beine übereinander. Sie starrt auf eine Postkarte mit einer Schneelandschaft, einem Schweizer Chalet auf einem Berg, die in einer Ecke der Workstation steckt.

Jivan zeigt auf den Fernseher ganz rechts.

Auf dem Bildschirm sieht man einen Bapuji hin- und hergehen, der aufgrund der Kameraperspektive kleiner und dicker ist. Das Hemd hängt ihm aus der Hose, seine Brust ist mit einer klebrigen, gelben Paste beschmiert, die, wie ihr klar wird, aus Ladoos besteht. Er schreitet im alten Wohnzimmer auf und ab und faselt vor zwanzig seiner Dienstagsjungs irgendwelchen Unsinn. Sie identifiziert den schlimmsten von ihnen – Kishan, dessen Frau ein Familien-Schuh-Franchise geerbt hat, dessen siebzig Filialen Bankrott machen und der sich immer aufspielen muss. Wady, der älteste Sohn von Wadra Sahib, Geschäftsführer von Indiatechnow: Beim Kauen ist er ein guter Imitator eines Gras fressenden Schafs, sodass Bapuji immer lachen muss. Sie beobachtet, wie einer von ihnen, Akash, glaubt sie – *ist das nicht ein besonders guter Freund von*

Jeet? –, sich auf eine Holzskulptur aus dem siebzehnten Jahrhundert stützt, die aus Gujarat stammt: eine Frau mit großen Mandelaugen, die, behangen mit Halsketten und auf einem Bein balancierend, einen Dhol spielt. Obwohl der Abend gerade erst anfängt, hat Akash sein Jackett abgelegt und das Hemd halb geöffnet. Er streichelt die runde Wange der Statue, und wie zu erwarten lachen alle.

Erschüttert wird Gargi klar, dass es Dienstag ist. Heute. Sie warten darauf, dass die Party anfängt. Niemand hat angeordnet, welche Musik gespielt werden soll, was für Essen aufgetragen und wie die Bühne dekoriert werden soll. Alle warten – auf sie.

Ihr Blick begegnet Jivans Blick. Seine Augen sind grün gesprenkelt und von dunklen Wimpern umrandet. Sie haben immer noch dasselbe unartige Glitzern wie früher, als er und Radha Schlagballspiel- oder Springseilwettkämpfe veranstalteten und sie als Schiedsrichterin fungieren musste. Sie möchte in den Geschichten jener Tage versinken, im tiefen Teil des Pools. Sich anhören, was er damals über sie dachte. Sie möchte sich Kiemen wachsen lassen und nie mehr auftauchen müssen, um nach Luft zu schnappen.

«Schau sie dir an.» Sie sieht Bapuji, seinen Arm, der perspektivisch zu einem gestutzten Instrument deformiert ist, das bebt, wenn er auf etwas zeigt. Er erhebt die Stimme und entsendet einen der Jungen, der etwas zu essen organisieren soll: Das Haustelefon steht auf einem Tisch neben ihm und schmollt, weil es keiner benutzt.

«Was für ein *Schwanz* mein Dad sein kann», sagt sie kichernd und fängt an, richtig zu lachen, als sie Jivans schockierte Miene sieht.

«Na und? Brave Mädchen können schlimme Worte benutzen, weißt du.»

«Wann hast du zum letzten Mal gelacht?», fragt er.

«Man hat darüber berichtet, Yaar.»

«Ich bin nicht dein ‹Yaar›.»

Er spricht es Yär aus, als würde das lange ‹ah› zu viel verraten.

«Was denn dann? Mein Yäh?» So mit ihm zu sprechen macht Spaß – beinah Radha zu spielen.

«Ich hab das Gefühl, dass du nie weg gewesen bist», sagt sie. «Und gleichzeitig ist mir, als seist du ewig weg gewesen. Viel zu lange, Yaar.»

Für sie ist das lange ‹a› eine schleichend langsame Zustimmung, wie der Klang des Wortes ‹ja›.

«Komm Gargi, nimm's nicht so ernst. Du weißt doch, unsere Dads sind wie –» Jivan legt die Handteller aneinander wie ein betender Christ und schlingt dann die Finger zu einer großen Faust.

«Ich bin einfach froh, dass du hier bist», sagt sie.

Er dreht sich mit seinem Stuhl. Zu ihr und weg von ihr. Er runzelt die Stirn.

«Mein Dad will, dass ich zu ihm in den Norden gehe und etwas über die Company erfahre. Würdest du das okay finden?»

Gargi stellt sich vor, wie Jivan in Amritsar arbeitet. Und vielleicht von dort aus hilft, das neue Srinagar-Hotel vorzubereiten. Sie stellt sich vor, wie sie in Delhi bleibt und allein arbeitet.

«Können wir Ranjit Uncle nicht eine Weile vertrösten?», sagt sie. «Ich hätte gern – ich meine, die Company braucht dich hier.»

«Er ist mein Vater. Und dann ist da die Sache mit Jeet ... Er sitzt wirklich tief in der Scheiße.»

Jeet. Die Nacht, in der Sita fortgegangen ist, ist jetzt fast vier Wochen her. Sie hat Jeet angerufen – keine Antwort. Und ihm eine SMS geschrieben – keine Antwort. Am Tag der Pfauen, das weiß sie noch – danach hat sie ihn nicht mehr angerufen – gekränkt, dass er sie nicht zurückgerufen hat.

«Ich hab doch gewusst, dass etwas nicht stimmt», sagt sie. «Geht es ihm gut? Wenn er wieder in Delhi ist, sollte er jetzt bei uns sein.»

«Soweit ich weiß, geht es ihm gut. Aber weißt du, Gargi, ich glaube er hat ... Ich weiß nicht, wie ich es dir sagen soll. Er hat gestohlen.»

«*Was?*»

Ein Schock nach dem anderen heute, davon werden ihre Haare noch komplett weiß. Wie die von Nanu. Sie wird als die Großmutter aller Sorgen in die Annalen eingehen.

Jivans verschlungene Finger öffnen und schließen sich wie eine Art

Tiefseekreatur, die Wasser ins Maul nimmt, um zu atmen. Mit vor Sorge erstarrtem Gesicht erzählt er ihr, dass Jeet verschwunden sei. Dass er laut der Unterlagen von Kritik Uncle Artefakte und Antiquitäten geschmuggelt habe, ohne Lizenz, und sehr viel mehr als die korrekten Bestechungsgelder angeboten habe. Er habe Kanäle der Company und Ranjit Uncles persönliche Ersparnisse verwendet. Am Abend von Sitas Dienstagsparty, sagt Jivan, habe Jeet gewollt, dass er mitmache – und als er abgelehnt habe, sei er verschwunden.

Jivans grüne Augen mit den dunklen Wimpern verengen sich, seine Lippen zittern, während die Geschichte aus ihm heraussprudelt.

Gargi kennt Jeet schon ihr ganzes Leben. Himmelherrgott noch mal, ihr Vater hatte seinen Namen ausgesucht. Von Kindesbeinen an hat sie ihm selbst gemachte Rakhibändchen umgebunden, um ihn an sich zu binden wie einen Bruder – mit dem Versprechen, dass er sie vor allen Rakshas beschütze – bei diesem Teil der Zeremonie mussten sie immer lachen. Sie schlang ihre Fäden – *kein Glitzerzeug, das hasse ich,* hatte Jeet immer gesagt – unter Nanus wachsamem Auge um sein mageres Handgelenk, und dann mussten sie dasitzen und sich die Geschichte des Rituals anhören, bevor sie Jeets Geschenk öffnen durfte, das natürlich wie jedes Jahr Schmuck war, der gesamte Schmuck, den sie jetzt trägt, bis auf den Ehering. Der Goldkolibrianhänger. Die in Platin gefassten Perlenohrringe, *sehr ungewöhnlich,* hatte er gesagt. Einmal hatte sie sogar geträumt, sie heirateten, auch wenn sie wusste, dass das nicht sein konnte. Sie ist stolz darauf, zu den Ersten zu zählen, die von seinem anderen Leben erfuhren. Er erzählte es ihr, als sie sechzehn waren, im Dunkel des Priya Kinos, als er sie wegstieß, ihre Spucke von seiner Wange wischte und flüsterte: *Verdammt, Gargi, hör auf damit, hab ein bisschen Selbstachtung. Es geht nicht zwischen uns, du Dummkopf, verstehst du denn gar nichts?* Zuerst hatte sie gedacht, er habe das nur gesagt, damit sie aufhöre, von ihm zu träumen. Dann sagte er, er würde ihr nie einen Zungenkuss geben, und während ihnen beiden die Tränen übers Gesicht liefen, als der Böse zum Guten (der ihn gleich erschießen würde) sagte: *Wir sehen uns in der Hölle,* machte Jeet ihr deutlich, warum. Ja, das war der *Erbarmungslos*-Tag. Jeet hatte den Film ausgesucht.

Jeet. In Schwierigkeiten. Bestiehlt die Company. Wie konnte sie nur die ganze Zeit so blind sein? Sie denkt wieder an Sita, wie sie aus dem Haus verschwand. An Bapuji, der einen Kerzenständer nahm und einen Menschen fast totprügelte. Liebte einer von ihnen überhaupt irgendwen?

«Du musst zu deinem Vater gehen», sagt sie.

Jivan lächelt sie mit schräg gestelltem Kopf an.

Du hast doch nicht etwa Mitleid mit mir, denkt sie.

«Du solltest so bald wie möglich zu Ranjit Uncle gehen. Ich schicke Radha nach Amritsar hoch. Sie kann dort mit den Vorbereitungen für Srinagar weitermachen. Ich spreche mit Bubu, er wird sich eine Strategie ausdenken. Kein Wunder, dass mein Finanztyp den ganzen Tag so verdächtig aussah. Er muss wissen, dass Amritsar geschröpft wird.»

«Was willst du tun?», fragt Jivan.

«Lass das meine Sorge sein. Ich muss mir überlegen, wie ich das handhabe. Vielleicht über den stellvertretenden Sekretär der Abteilung für Kulturerbe – ich kenne seine Tochter. Bubu kann Kontrollen an den Flughäfen und Grenzen in die Wege leiten, falls Jeet nicht schon im Ausland ist. Die Sache darf nicht publik werden.»

«Ihr seid wirklich die Mafia», sagt er grinsend. «Würdest du das auch tun, um Sita zu finden?»

«Natürlich nicht», sagt Gargi. «Sie hat kein Verbrechen begangen. Radha hat Kontakt zu ihr. Es geht ihr gut. Wahrscheinlich ist sie noch in Delhi oder Mumbai, hoffentlich mit einem Schulfreund. Sie kommt zurück, wenn sie bereit dazu ist. Aber Jeet – kann überall stecken. Er ist der Weitestgereiste von uns allen.»

«Danke», sagt Jivan.

«Ich tue mein Bestes, um meine Familie zusammenzuhalten. Um die Company tickety-boo zu halten.»

Tickety-boo*, denkt sie, wer hat das gesagt?

«Gargi Ma», sagt er, «komm her.»

Sie lässt zu, dass er sie an sich zieht, ihr den Arm um die Schultern legt. Sie spürt, wie er sie an sich drückt. Spürt seine Rippen durch sein Hemd, seinen Brustkorb. Wenn sie ihm ihr Gesicht zukehren und sich auf die Zehenspitzen stellen würde, würden sie sich in die Augen blicken.

«Oh Shit», sagt er. «Sieh dir das an!»

Er zeigt hinter sie.

Auf dem Bildschirm rekelt sich Uppal am Boden. Über ihm steht ein älterer Mann in einer schmutzigen Kurta mit einer verbeulten Topi, das Gesicht in ein Schultertuch gehüllt wie ein Chaukidar im Winter. Ob sich die Jahreszeiten geändert haben, während Gargi mit Jivan unter der Erde war? Wird sie nach draußen gehen, um ihren Atem in der Luft zu sehen?

«Wer ist das?», fragt Jivan. «Punjs alter *Boss?*»

«*Kashyap?* O Gott, jetzt geht alles zum Teufel», sagt Gargi. «Ich habe ihn gehen lassen, und er ist zurückgekommen. Warum nehmen diese Leute mich eigentlich nicht ernst?»

«Halt. Mach dir keine Gedanken um ihn. Ohne deine oder meine Zustimmung kann er nicht wieder eingestellt werden. Aber warum trägt er diese Sachen?»

«Wahrscheinlich ist er betrunken. Wer weiß?»

Uppal. Stehen Sie jetzt auf, denkt Gargi. Sie sehen zu, wie Uppal aufsteht. Sie sehen Bapuji, der sich vor Lachen schüttelt. Kashyap und weitere Männer lachen eindeutig mit ihm.

Uppal stolpert aus dem Zimmer. Er drängt sich an Nanu vorbei. Gargi sieht zu und hält sich den Mund zu. Nanu. Aber – ruft sie sich ins Gedächtnis – ihre Großmutter hat die Angewohnheit, nach Belieben zerbrechlich oder stark auszusehen. Hatte sie zu irgendeiner Zeit keine weißen Haare? Nanu gehört zu einer der Letzten einer Art, die sich ewig zitternd kurz vor der Auslöschung befindet. *Doch Nanu lebt wahrscheinlich länger als wir alle,* denkt Gargi. Sie wird sogar ohne Bapuji weiterleben.

Gargi kann Jivan nicht ansehen. Sie lässt ihre Hand in seine gleiten und ignoriert das Reiben ihres Eherings. Sie blicken auf den Bildschirm. Nanu wird von einem der Jungs geholfen, und sie biegt sich wie Draht in ihren Sessel hinein. Gargi denkt, es ist vielleicht Ritesh, der die jüngeren

Mitglieder der Hundert gern quält, wie sie gehört hat, indem er in wunden Punkten pult (eine fette Schwägerin, eine geschiedene Tante). Ritesh sorgt dafür, dass Nanu es in ihrem Seidenbrokat-Sessel bequem hat, von dem sich ihr dünner weißer Sari abhebt. Wenigstens ist sie auf, und das bedeutet, dass sie vielleicht etwas essen möchte. Nanu hebt die Arme, als wollte sie einem Orchester ein Zeichen geben. Gargi fragt sich, was für eine Lektion ihre Großmutter erteilt. Vielleicht hat einer der Jungs die Hoffnung zu heiraten und hat sich an sie gewandt. In diesem Fall würde Nanu ihre Lieblingswarnung aussprechen, die Gargi auswendig kennt. *Der Hund hat ein menschliches Herz, man darf ihm nicht erlauben, sich etwas über seinem Stand vorzustellen. Der Mungo frisst Mäuse, genau wie die Katze den Mungo frisst; der Hund verschlingt die Katze, und wilde Tiere fressen den Hund.*

Nanu lehnt sich in den Sessel zurück. Die Jungs, ungefähr zwanzig, sitzen zu ihren Füßen und klatschen. Nanu hebt lächelnd die Handteller und bedeutet ihnen: *Schon gut, das reicht.*

«Das reicht. Ich kann nicht mehr», sagt Gargi. «Ich muss sie alle loswerden.» Sie steht auf.

«Soll ich mitkommen?»

Sie blickt zu Jivan hinunter und ist ein wenig überrascht, dass es Jahre gab, in denen er nicht bei ihr war. Doch dann beschließt sie: besser nicht. Das hier muss sie selbst erledigen.

«Ich habe mich sogar gefragt, wie viel Bargeld nötig wäre. Damit sie wegbleiben. Vielleicht hundert mal hundert.»

«Du kannst dir alles kaufen, nicht wahr?», sagt Jivan leichtfertig.

Gargi richtet sich zu ihrer vollen Größe auf, einen Schritt von ihm entfernt.

«Hör zu, Jivan, und tu jetzt bitte nicht überrascht. Du bist hier geboren, du hast früher hier gelebt. Es ist auch dein Land. Jeden Tag schneller Vorlauf – ohne irgendwo hinzugelangen. Wir reden darüber, dass unsere Regierung korrupt ist und wir gezwungen sind, uns gegenseitig für alles Bestechungsgelder zu bezahlen. Um Verträge zu bekommen, bezahlen wir. Um bezahlt zu werden, bezahlen wir. Auf der untersten

Ebene falsche Rechnungen, in der Mitte Briefkastenfirmen, die Aktiengeschäfte machen, und an der Spitze kann keiner belangt werden. Selbst bei den Milliarden Dollar Multinationalen Konzernen läuft es so. Im ganzen Vorstand gibt es nicht einen einzigen Finanzdirektor, der keine schmutzigen Hände hat. Du solltest die drei Fakire kennenlernen, mit denen ich mich heute auseinandersetzen musste. Glaubst du, das ist der einzige Geheimbunker auf der Farm? Lieber Himmel, der ganze Boden des Tanzsaals lässt sich zurückschieben. Auf Backsteinen aus Gold gebaut. Ich geb dir die Codes dafür, falls du je schnell Bargeld brauchst. Du weißt ja, dass wir eine Amüsierfarm haben, oder? In West-Gurgaon. Dorthin bringt dein Dad die leitenden Geschäftsführer zum Entspannen. Models, Drogen, Pornofilme auf Großleinwand: alles, was sie wünschen. Tut mir leid, aber das ist die Wahrheit. Der aufdringliche Haufen kommt hierher, um sich die Dienstagsvorträge anzuhören und seinesgleichen zu treffen, doch nach Gurgaon gehen sie wegen der ‹Eliteschulung der Company›. Meinst du, sie lernen dort Steuerrecht und Betriebsstatuten? Nicht in Devrajs Sonderschule, in der gute Jungs in zukünftige Führer verwandelt werden. Hierzulande sagt man: *Aise hi chalta hai!* Na und? Alles ist gut! So ist Indien, Jivan, versteh das doch.»

Sie verschränkt die Hände über der Kehle und legt ihr Kinn darauf, sodass ihre Stimme blockiert ist.

«Tut mir leid. Ich bin sehr müde. Du solltest nach Amritsar gehen und dich um Jeets Chaos kümmern. Für das, was er getan hat, muss er zumindest Rechenschaft ablegen. Erzähl Radha und Bubu alles, sobald sie ankommen, auch, was hier los ist. Oder noch besser: Mach digitale Dateien davon, sie müssen sich das selbst ansehen.»

Sie nimmt ihr Jackett und ihre Tasche und versucht zu lächeln. Für ihre Gesichtsmuskeln ist das beinah eine Zumutung.

«Was wirst du tun?», fragt Jivan.

«Noch was?», sagt sie. «Achte darauf, dass fürs Abendessen gesorgt ist. Kümmere dich um meinen Vater und pass auf, dass Nanu sich nicht erschöpft. Es ist Dienstag.»

Sie lacht.

«Mein Gott, ich will doch nur – ich würde mir wünschen, er würde sich ausnahmsweise wie ein Vater benehmen.»

«Wieso ist dir seine Anerkennung so wichtig?», fragt Jivan. «Gargi, ich wette, du kennst die Namen von neunzig Prozent der Angestellten bis hinunter ins mittlere Management eines jeden Hotels, jeder Bauteile-Fabrik und jedes Geschäfts, das euch gehört. Das ist mehr als dein Vater von sich behaupten kann. Du bist eine schöne, wohlhabende, erwachsene Frau. Keine taube Nuss, Verzeihung, Erbin; eine echte Geschäftsfrau, die die Verantwortung für wichtige Dinge trägt. Du hättest tun können, was immer auf Erden du möchtest. Shoppen bei Barney's. Partys in Dubai. Dich im Sommer auf den Malediven bräunen und im Winter auf Skipisten. Kultur- und Haute-Couture-Reisen nach Paris oder London oder Mailand. Aber du willst nichts weiter als das Familienunternehmen fortführen. In den Vereinigten Staaten wärst du mittlerweile auf der Titelseite der *Newsweek*. Die Immobilienmogule würden dir in den Arsch kriechen.»

Red weiter, denkt sie. *Rede mehr als geboten, mehr als sich gehört, rede ruhig immer weiter, bis es so aussieht, als würdest du reden, um der Welt zu erzählen, was sie durch bloßes Hinschauen sehen sollte.*

«Du wolltest die Company: Du hast sie bekommen. Also mach das Beste daraus. Dazu brauchst du weder deinen Vater noch Nanus Segen», sagt er.

«Sie waren schon immer so. Alte Garde, verstehst du? Außerdem haben sie viel durchgemacht.»

«Bitte keine mildernden Umstände», sagt Jivan. «Nicht dafür.»

Er deutet auf den Bildschirm. Nanu imitiert Pinku, Sitas Hündchen, ganz hervorragend, indem sie so tut, als würde sie hinter Ritesh herkeuchen.

«Ich geh jetzt besser», sagt Gargi.

Sie ist nicht wie Sita: unerschrocken oder dumm genug, ihrem Herzen Luft zu machen. Sie ist Gargi, was bedeutet, dass sie nichts mehr sagen soll.

«Gut. Aber lass dich nicht tyrannisieren.»

Als das Company-Hotel in Mumbai in Legosteine und Staub zerlegt wurde, war sie dort hingefahren. Während des Wiederaufbaus stand sie hoch über der Stadt auf dem Gerüst, wie der schlimme Big Brother in *Slumdog Millionaire*. Wind, die Aussicht und Stille: *In dieser Höhe*, dachte sie, *könnte sie sicherlich fliegen*.

«Bestimmt nicht», antwortet sie.

«Ich werd's mir ansehen. Lauf, Gargi, lauf!»

Er schlägt mit den Fäusten in die Luft, eine amerikanische Beifallsbekundung. Er legt ihr den Arm um die Schultern und bringt sie zur Tür.

«Wir sehen uns in Amritsar», sagt sie. «Sag deinem Dad schöne Grüße.»

Die Bunkertür schlägt zwischen ihnen zu. Gargi küsst ihren Handteller und drückt ihn sanft gegen den Türrahmen. Als sie nach oben gelangt, trifft die warme Nachtluft auf ihre Haut. Ein leichtes Lüftchen zerzaust das Grasland. Sie hört die Frösche quaken, die zum Teich unterwegs sind.

*

In der Stille der Dunkelheit allein zu sein beruhigt sie. Vor dem Haus angelangt, ruft sie Uppal an und vergewissert sich, dass er nicht verletzt ist. Sie sagt ihm, er solle nicht mit den Vorbereitungen beginnen, die Party heute Abend finde nicht statt. Sie geht die Gänge entlang, bis sie zu dem Zimmer kommt, in dem Nanu ein uraltes Ghazal singt: mit ruhiger, rauer Stimme, die silbrig wie Räucherstäbchenrauch durch die Türritzen dringt und sich in Gargis Kehle verfängt.

Das Lied ist fast zu Ende. Sie kann nicht ins Zimmer gehen. Hatte sie nicht oftmals am Ende des Abends dagesessen, ins Lied ihrer Großmutter versunken? Da sie es immer schwieriger fand, sitzen zu bleiben und zuzuhören, da sie immer weniger imstande war, aufzustehen und aus dem Zimmer zu gehen, je älter Nanu wurde, hatte sie den Wunsch, jede Verszeile auf einen Sari zu drucken – ihn um ihren Körper zu wickeln – und nie mehr auszuziehen.

Ye ishq kii kahaaniyyan,
Ye ras Bharii javaaniyaan
Udhar se meharabaaniyaan,
Idhar se lantaraaniyaan

Dies sind Liebesgeschichten,
Aus berauschenden Jugendtagen,
Manche milde, geduldig.
Andere eitel und arrogant.

Abhii to main javaan hoon
Abhii to main javaan hoon

Ich bin doch noch jung,
Bin doch noch jung.

Ye aasmaan ye zamiin,
Nazzaraahaa-e-dilanashiin
Une hayaat aafariin,
Bhalaa main chhod duun yahiin?

Der Anblick dieses Himmels, dieser Erde
lässt mein Herz höher schlagen,
Dieses himmlische Leben –
Wie soll ich es einfach hinter mir lassen?

Hai maut is qadar qariin,
Mujhe na aaegaa yaquin
Nahiin-nahiin abhii nahiin,
Nahiin nahiin abhii nahiin

Dass der Tod so nah sein soll,
Kann ich nicht glauben.
Nein, nein, doch nicht schon jetzt!
Nein, nein, doch nicht schon jetzt!

Abhii to main javaan hoon
Abhii to main javaan hoon
Abhii to main javaan hoon
Abhii to main javaan hoon

Ich bin doch noch jung,
Bin doch noch jung,
Ich bin doch noch jung,
Bin doch noch jung.

Gham kushuud-o-bast kaa,
Baland kaa na past ka
Na buud kaa na hast kaa,

Ich klage weder über Nähe noch Ferne,
Noch über den Nadir noch den Zenit,
Noch über mein Leben, meine Existenz,

Na vaadaa-e-alast kaa	Auch nicht über das Versprechen, fromm zu leben.
Ummiid aur yaas gum,	Ich hoffe nichts, noch verzweifle ich,
Havaas gum qayaas gum	Habe Vernunft und Intuition verloren.
Nazar se aas-paas gum, Hamaan bajuz gilaas gum	Ich sehe nichts ringsherum Nichts als den Kelch.
Na may mein kuchh kamii rahe, Kadaa se hamadamii rahe	Lasst den Wein ewig weiterfließen, Lasst mich dieser Taverne ewig verbunden bleiben,
Nishast ye jamii rahe, Yahii hamaan hamiin rahe	Lasst dieses Fest niemals enden, Lasst uns hier immer wieder zusammenkommen.
Vo raag chhed mutaribaa	Meine Liebe, singt dies himmlische Lied nochmals
Tarab-fizaa, alam-rubaa Asar sadaa-e-saaz kaa, Jigar men aag de lagaa	Zu göttlichen Harfenklängen, Es versetzt mich in ein Hochgefühl, Es entfacht mein Seelenfeuer
Na haath rok saaqiyaa Pilaae jaa pilaae jaa, Pilaae jaa pilaae jaa	Haltet nicht inne, oh Teuerste, schenkt immer weiter Wein ein, schenkt immer weiter Wein ein.
Abhii to main javaan hoon Abhii to main javaan hoon Abhii to main javaan hoon Abhii to main javaan hoon	Ich bin doch noch jung, Bin doch noch jung, Ich bin doch noch jung, Bin doch noch jung.

Das Lied verklingt. Ein Atemzug, dann beginnt das Getöse. *Los, Gargi.* Sie stößt die Tür auf, schluckt ihre Erinnerungen hinunter – wie sie Nanu zu Füßen gesessen und die kostbaren Worte auswendig gelernt hat, während sie sich vorstellte, irgendwann im Kreis einer eigenen Familie zu sitzen und dieses Lied selbst zu singen. Damals nannte Bapuji sie immer seine *Gargi, den heiß geliebten Kanarienvogel.* Heute nicht mehr.

Sie stößt die Tür auf.

Obwohl es draußen noch nicht dunkel ist, sind die roten Brokatvorhänge im Zimmer zugezogen. Das Lampenlicht wirft achtlos Goldreifen umher, die dunkle Schatten hinterlassen. Auf den Serviertischen brennen Diyas, an den Wänden flackern ersterbende Flammen. Gargis Großvater väterlicherseits starrt zornig aus einem Goldrahmen über dem steinernen Kamin, die dunkle Hautfarbe kompensiert durch die Krone auf seinem Kopf, durch den Tweed-Dreiteiler, der unter der offenen blauen Seidenrobe zu sehen ist, durch seine Empire-Schärpe und das Schwert am Gürtel. Sein Schnurrbart ist gewachst; seine Miene genau wie die von Bapuji nach einem guten Abendessen. Sein rechter Fuß ruht auf einem toten englischen Vogel, der wie ein Pfau aussieht, jedoch mit roter Brust, außerdem hängt ihm etwas Rotes schlaff über die Augen. Der Schokoladenspaniel schnauft dicht hinter Großvater her. In einer Ecke steht seine Intarsienstanduhr mit dem Westminster-Glockenschlag, die Handwerksmeister im England des Jahres 1830 nach Techniken gefertigt haben, die laut Jeet dem Taj Mahal entlehnt sind. Auf einem niedrigen Tisch seine Spieldose: eine goldene Schatztruhe, auf der ein Soldaten-Affe thront. Das Original steht immer noch in Nanus Wohnung. Wenn man den kleinen Affen mit einem juwelenbesetzten Schlüsselchen aufzieht, schlägt er die Zimbeln aneinander.

Männer liegen ausgestreckt auf Chaiselongues und auf Kissen am Boden, einer raucht eine Wasserpfeife, etwas, was es in diesem Haus nie zuvor gegeben hat. Bei jedem saugenden Geräusch spürt Gargi Wut in sich aufsteigen. Ein Grüppchen von drei, vier sitzt ihrer Großmutter zu

Füßen. Sie hält Ausschau nach Kashyap, sieht ihn aber nirgends. Mit ihrem neuen Kurzhaarschnitt bleibt sie unbemerkt. Dann blickt Nanu auf und hebt die Hände. Die Männer sitzen aufmerksam da, empfänglich für neue Zerstreuungen.

«Willkommen, willkommen, seht, wer hier ist», krächzt Nanu. «Gargi die Große! Gargi die Wunderbare ist gekommen, erweisen wir ihr unsere Ehrerbietung!»

Sie presst ihre Handteller aneinander.

«Du bist wahrhaftig eine großartige Frau, Gargi.»

Die Männer zu ihren Füßen erheben ihre Gläser.

«Namaste, namaste», lachen sie.

Gargi. Atme durch. Sie wendet sich an ihren Vater, der sie vom Kamin aus beobachtet. Dort brennt schon seit Jahren kein Feuer mehr – stattdessen hängen Schnüre mit getrockneten Chillis wie verschrumpelte Zungen vor der Kaminöffnung. Radhas Entwurf, meine *Fusion*-Idee, sagt sie.

«Bapuji», sagt Gargi, «Daddy, bitte sorge dafür, dass Nanu nicht solche Sachen zu mir sagt.»

«Es war als Witz gedacht», sagt Bapuji. «Komm, setzt dich zu mir und erzähl mir von deinem Tag in meinem Büro und wie unsere Srinagar-Feldzüge vorankommen. Mach nicht so eine Miene, du ruinierst noch dein Gesicht. Dessen Wert, der Nennwert, sollte nicht fallen, selbst wenn der Marktwert abstürzt. Der Buchwert sollte erhalten bleiben. Meine Güte, du wirst mich ausschimpfen! Frauen mit kurzen Haaren bekommen leicht hysterische Anfälle, werden plötzlich dramatisch und impulsiv, haben alle möglichen niederen Gedanken, die sie besser nicht hätten. Sei vorsichtig, Gargi.»

Er duckt sich und hält die Hände vors Gesicht, als herrsche sie, nicht er über jeden Einzelnen im Raum.

«Bapuji», sagt Gargi. «Nanu geht es eindeutig nicht gut. Und all diese Jungs veranstalten Chaos. Bitte, Daddy, könntest du ...?»

Radha kann so etwas viel besser. Sie fängt noch einmal an.

«Heute habe ich die Sache mit meinem Diener erfahren.»

Bapuji zuckt die Schultern.

«Keine Ahnung. Wo liegt das Problem, Gargi?»

«Bei dir. Was für ein Problem hattest du mit meinem G.3.5? Bitte schick diese Männer aus dem Zimmer, damit wir reden können.»

Bapuji starrt sie an. Mit hochgezogenen Augenbrauen fasst er sich an den Kopf.

«So redest du mit deinem Vater?», sagt Nanu. «Chi!»

Die Männer um Nanu schütteln die Köpfe. Sie ist sicher, einen von ihnen mit hoher Stimme *miauen* zu hören.

«Bapuji», sagt sie, «das ist auch mein Zuhause.»

«Zuhause-mause, hum-tum, was soll das? Deins? Meine Tochter kann nicht so reden. Kya tum Büro mein aise karti ho? Geh dich umziehen, wasch dir das Gesicht. Dann kannst du reden. Und das Abendessen servieren. Hast du vergessen, dass heute Dienstag ist? Die Party fängt bald an.»

Gargi denkt an die Frau von G.3.5. An ihr Lied, ihre Hände. Ihr hervortretendes Schlüsselbein: wie es sich anfühlte, als sie ihre Hand flach darauf legte.

«Nein», sagt sie, «es reicht, ich ertrage es nicht mehr. Seit Jahren geht das jetzt so – können wir nicht endlich damit aufhören? Es wird langsam unschicklich, Bapuji.»

«Aré gadhi, chal haat! Spül dir den Mund mit Seife aus», sagt Nanu.

Die Männer zu Nanus Füßen rutschen hin und her. Ihre Großmutter nennt sie einen Esel. Gargi sieht ein paar von ihnen trinken und verhohlen lächeln.

Bapuji platziert seine Füße in Chappals auf dem Teppich und hievt sich hoch. In seinem Kurta Pyjama, seinem braunen Shahtoosh, seinem weißen Haar erinnert er sie an die schneebedeckten Berge in Kaschmir: unüberwindlich, ewig. Sie hat weiche Knie. Die Männer verstummen.

«Mein kaun hoon?», sagt Bapuji. «Ich bin ein Vater, nicht wahr?»

«Ja, Sir!»

«Aber kann ein Vater blind sein? Kann ein Vater taub sein?»

Keiner rührt sich. Man hört keinen Laut, nur die Standuhr, Gargi denkt, *diese Uhr muss weg.*

«Ich glaube, das bin ich. Ich bin der Geist eines Vaters, der seit jeher für seine Töchter gearbeitet hat.»

«Ja, und jetzt versuchen sie, dir die Mutter zu ersetzen», sagt Nanu. «Statt selbst Kinder auszutragen. Gargi, ist dir schlecht? Gargi, isst du zu viel? War dir heute morgen schwindelig?»

Die alte Frau erzählt jedem, der es hören will, von ihrer Periode. Ob Gargi schwanger ist oder nicht, interessiert anscheinend das ganze Land. Alle Männer im Raum starren auf ihren Bauch, als könnten sie durch die Haut in ihre Gebärmutter blicken und dort einen Samen platzieren.

«Wenn ich Devraj bin, der Vater, wer bist du dann?», fragt Bapuji. «Los, sag's mir, sag's mir ruhig.»

Es handelt sich um eine Frage, die sie in ihrer Kindheit fast jeden Freitag beantwortete.

«Du bist Devraj. Mein Vater, Radhas Vater, der Vater von – uns allen. Ältester der Familie. Chef der Company. Ich schätze dich aus ganzem Herzen. Aber ich bitte dich, Daddy, diese Männer nach Hause zu schicken. Ich brauche deine Hilfe. Warum spielst du mit diesen Jungen, statt deinem Ruf gerecht zu werden? Lach nicht – sag mir, woher du diese Shisha hast? Du machst aus diesem Ort eine Art schmutziger – ich weiß auch nicht – Jauchegrube.»

Sie hält sich die Hand vor ihren Mund. Sie will ihre Worte dorthin zurückzwingen. Ihr hebt sich das Herz in der Brust und bleibt ihr im Halse stecken. Tränen trippeln über ihre Finger, sie reibt sich die Augen, sie schmerzen vom Mascara, aber sie reibt weiter, bis sie im ganzen Gesicht schwarze Schminke hat. Sie sieht ihren Vater an. Wie hässlich sie wirken muss.

«Du kannst nicht aufhören mit deinen Lügen, nicht wahr?», sagt er. «Dienstboten kann man nicht die ganze Zeit kontrollieren, und jetzt gibst du meinen Jungs die Schuld. All diese jungen Männer sind handverlesen. Sie kommen vom St. Stephen's College. Vom Hindu College. Vom IIT. Deepak hier –» (Deepak, der auf dem Boden sitzt, grinst, doch Gargi weiß, dass er jeden Paise, den seine Frau ihm geben wird, für schlechte Investitionen in Technologie-Start-ups ausgeben wird) «– Deepak war auf der Doon School. Was redest du da, Gargi? Mach keinen Pascha aus mir. All die Männer hier sind zukünftige Kapitäne dieses Landes. Und sie sind hier, um zu lernen, wie man eine Firma führt – besser, als du es je gelernt hast. Du bist doch nur mit deinen Programmen beschäftigt. ‹Gargi für Frauen›, als ob damit das Schiff auf Kurs gehalten und die Bilanz ausgeglichen würde. Mein Gott. Bist du eine Tochter oder eine Schlange?»

Sie lässt sich in den Sessel ihres Vaters plumpsen. Sie sieht zu, wie er zur Tür schreitet.

«Du schlägst einen Mann bis zur Besinnungslosigkeit, nur weil er seine Arbeit tut. Und diese Jungen versuchen, *mich* dazu zu bringen, *sie* zu bedienen?»

Er wendet sich an die Männer.

«Chalo. Gehen wir. Die Dienstagsparty wartet, sicher sind noch mehr Jungs gekommen.»

Durch Gargis Mund flutet Befriedigung. Der Geschmack ist ungewöhnlich – Nimboo Pani mit zusätzlichem Salz. Bapuji wird nach draußen gehen und feststellen, dass die Schüsseln leer sind und die Warmhalteplatten nicht angezündet worden sind. Es wird keine Golfwägelchen geben und keine Fahrer. Die Lichter im Innenhof bleiben unangezündet, die Bühne ist nicht dekoriert. Mikrofon und Lautsprecher sind nicht eingesteckt. Dunkelheit, Schweigen – und sonst nichts.

*

«Daddyji, was ist los?»

Es ist Surendra. Gargis lieber Mann, der soeben seinen Abend-Raag beendet hat. Er geht leicht gebeugt und sieht besorgt aus. Unter dem Arm hat er eine Zeitung, wahrscheinlich *The Hindu,* die er täglich liest, zur Orientierung für seinen Schreibstil. Er verfasst unzählige Leserbriefe und Übungskolumnen zu jedem Thema: von Leberreinigungsdiäten bis zur richtigen Tragweise gestärkter Kurtas.

«Surendraji, lass mich bitte vorbei.»

«Warte, Papaji, warte. Sag mir zumindest, was los ist.» Surendra spricht so leise, dass Gargi ihn kaum versteht. Streit war ihm schon immer verhasst: Davon bekommt er Verdauungsstörungen.

Sie reibt sich die Augen, sieht zu, wie ihr Mann die Zeitung durchblättert und mit den Lippen Os formt, als blase er Seifenblasen in die Luft.

«Ich verstehe das nicht», sagt Surendra.

Bapuji ignoriert ihn und wendet sich an Gargi. Sein Blick wird weich, sein Gesicht lang. Er braucht nicht zu sprechen, sie kann ihn auch ohne Worte verstehen: *Du enttäuschst mich sehr.*

Hier sind sie, ihr Vater und ihre Großmutter: Ihre Haut von den Jahren glatt gerieben, ihre Hände, die nach der Luft greifen und sie wieder loslassen. Ringsum Bapujis Schweigen, schwer wie Neuschnee. Sie leckt sich über die Lippen.

Bapuji kommt quer durchs Zimmer auf sie zu.

«Du bist die, deren Name böse ist, die mit krankem Mutterschoß darniederliegt, die den Embryo tötet, während er sich niederlässt und ruht und sich bewegt, die ihn zu töten wünscht, bevor er geboren ist; du hungerst nach einem, der dir beide Beine spreizt, der sich zwischen das Ehepaar legt, in deinem Mutterleib herumleckt, alles zu deiner eigenen, perversen Lust. Und wenn du glaubst, du würdest zur großen Mutter meiner ganzen Company, dann täuschst du dich. Eine Mutter kannst du für keinen sein.»

Seine Worte sind so extrem, dass Gargi beinah loslacht. Sie zieht die Wangen ein und kaut darauf herum.

Bapuji sieht es. Er bleibt vor ihr stehen, sein Schultertuch um sich gelegt. Der Shahtoosh, der so fein ist, dass er sich durch das O eines weiblichen Eherings ziehen lässt. Sie hatte Bapuji gebeten, ihn nicht zu tragen.

«Was immer du berührst, verwandelt sich in etwas Schlechtes, während du dich weiterhin weigerst, deine Pflicht zu tun», sagt er, «und deinen Auftrag auf dieser Erde zu erfüllen. Gargi, du wirst nie verstehen, wie sehr du mich heute Abend verletzt hast. Keine kinderlose Frau kann verstehen, wie verletzend undankbare Kinder sind. Wir tun so viel für dich. Nahin, beti, nahin.»

Er zieht die Luft ein, als hätte Chinku, der Welpe, seine Runde gedreht, zuerst am Boden schnüffelnd, dann sorgfältig sein Geschäft verrichtend, eigens zu seinen Füßen.

Daddy, denkt sie. *Hündinnen fletschen die Zähne und beißen die eigenen Babys tot. Was wirst du jetzt tun?*

Doch sie spürt immer noch Sitas Gewicht als Kleinkind auf der Brust, wie sie sich an ihren Hals klammert, schläfrig und schwer. Eine Geschichte, Geschichte, Geschichte, hatte sie gewollt, hatte sie immer gewollt. Wenn sie ins Bett gehen musste, ließ sie sich nur von Gargi anfassen. Und folglich hat Bapuji recht: An Sita ist Gargi selbst schuld. Sie sieht Nanu an. *Dann lass es auch ihre Schuld sein,* denkt sie. Und Bapuji: Sie sieht ihren Vater an. *Er hat uns zu seinem eigenen Vergnügen entzweit. Wie Fleisch, das vom Knochen gerissen wird.*

Ihr Vater faucht:

«Pah! Erst veranstalte ich meine Party. Dann gehe ich fort. Nach Goa, zu Radha. Und werde dort ein bisschen meditieren.»

Er übergeht Surendra, der das Zimmer verlässt. Die Jungen erheben sich allein, zu zweit oder zu dritt und gehen ebenfalls.

«Beta, warte toh karo!», ruft Nanu.

Bapuji antwortet nicht; er lässt sie im Sessel sitzen und die Hände nach ihm ausstrecken, damit er zurückkommt.

«Was hast du getan?», sagt Surendra. «Was hat sie getan, Nanuji?»

«Kümmere dich nicht darum, Surendraji.» Gargi faltet die Hände im Nacken und unterdrückt die Anspannung in ihrer Stimme: «Lass Daddy ruhig zu Radha gehen und sich lächerlich machen. Das ist jetzt seine Aufgabe.»

«Hast du die Dokumente unterschrieben?», fragt Surendra.

Er geht im Wohnzimmer umher, sammelt Gläser ein und stellt sie ab. Sein Wohnbereich liegt gegenüber von ihrem: sein Schlafzimmer, sein Wandschrank, sein Golfübungsgelände – er hat Dusche und Toilette lieber draußen, weil er gerne den Himmel sieht, wenn er auf dem Topf sitzt. In der Hochzeitsnacht hatte sie nackt dagestanden, während Surendra ihr mitteilte, dass es ihre Pflicht sei, sich ständig sauber zu halten. Er brachte sie ins Badezimmer und sah zu, wie sie sich seinen Anweisungen gemäß wusch. Er überprüfte ihre Chikkis, an Stellen, die bislang nur sie berührt hatte. Seine Finger waren nicht sanft, sondern hart und sachlich. Ihre Erregung klang schnell ab und verwandelte sich in ihren alten Feind: den Drang, Susu zu machen. Und dann zog Surendra sich aus, und sie musste sich hinknien und ihn ebenfalls waschen. Mit Blick auf seinen Schwanz – wie fremd sie sich fühlt, wenn sie an dieses Wort denkt –, doch damals sagte sie ‹Lund› dazu, das Wort hatte sie von ihrer Lottie – so weich und verborgen, wie ein kleiner Finger, der sich im Haar dreht –, dennoch hatte sie gespürt, wie ihre Kehle sich öffnete und schloss. Sie hatte ihn in den Mund nehmen und an ihm saugen wollen, hätte ihre Finger aber auch gern in sich selbst gesteckt: Ihre Erregung war zurückgekehrt.

Dann hatte er sie aus dem Bad geführt, und sie musste sich mit dem Gesicht aufs Bett legen. Sie hatte gespürt, wie seine Hüftknochen sich in ihre Schenkel drückten. Sie hatte ihre Beine weiter geöffnet und auf den Schmerz gewartet, von dem Nanu berichtet haben wollte, und auf die Lust, die ihre Lottie ihr versprochen hatte. Ein Gefühl der Leidenschaft. Sie hatte ihr Gesicht ins Kissen gedrückt und hineingebissen. Sie hatte die Bettlaken um ihre Fäuste gewickelt.

Sein Lund war, wenn er ihn in ihr hatte, nicht viel mehr als eine kleine Raupe, die sie innen kitzelte. Sie hatte Lust gehabt, nach unten zu drücken, Lust, Susu zu machen und gleichzeitig zu lachen. Dann war sein Körper gegen ihren Hintern gestoßen und mit einem Schrei auf ihr kollabiert und hatte sie mit Nachgiebigkeit bedeckt. Das Kissen im Mund, die Brüste ans Laken gepresst, ein klebriges Getröpfel auf dem Schenkel, hatte sie gedacht: Flitterwochen-Suiten sollten festere Matratzen haben. Gratisschokolade. Duftkerzen, eine gebundene Ausgabe des Kamasutra und Massageöle. Und für den Morgen danach einen Sexberater.

Sie nannte es Hochzeitssonderpaket. Es wurde drei Monate später in der gesamten Company herausgebracht, für 2500 Rupien pro Stück, und wurde zu ihrem Hauptbestseller, vor allem in den nördlichen Bundesstaaten.

Sieben Jahre lang ließ sie zu, dass Surendra sie einmal im Monat stieß. Alle drei Monate ging sie zum Hautarzt – einem freundlichen Mann, dem besten –, der ihr die Pille verschrieb (natürlich nur für ihre Akne). Dann wurde sie fünfundzwanzig. Als sie in jener Nacht die Kerzen ausblies, beschloss sie, nie wieder mit Surendra zu schlafen, selbst wenn sie das letzte verheiratete Paar am Ende der Zeiten sein sollten. Ohne Mutter und Kind würde sie einfach Schwester unter Schwestern sein. Sie selbst für sich.

«Lass ihn gehen, Surendra», sagt Gargi.

Er antwortet nicht und blickt sie auch nicht an. Als er das Zimmer verlässt, quietschen seine Schuhe auf dem Marmorboden, iik, ik, iik, ik, iik. Gargi sitzt schweigend da. Nanu hat den Kopf zurückgelegt und die Augen geschossen. Mehrere Minuten vergehen. Gargi geht zu den Panoramafenstern hinüber und späht durch die roten Vorhänge. Ihr Vater und die Jungen sind auf der Terrasse. Bapuji wedelt mit denselben Armen, mit denen er einen Mann windelweich geprügelt und ihm die Rippen und das Schlüsselbein gebrochen hat. Jetzt schlägt er die Hände zusammen und blickt nach rechts und nach links. Die Jungen verteilen sich über die Terrasse, zwischen die aufgestapelten Stühle und ungedeckten Tische, als könnten sie die Party heraufbeschwören.

Surendra kommt zu ihnen. Er greift nach Bapujis Arm und will ihn umarmen, doch Bapuji dreht sich weg und wieder zurück, als habe er sich in einem Springseil verfangen, an dessen beiden Enden jemand zieht. Er drängt sich an Surendra vorbei, kehrt dann wieder um und geht ins Zimmer zurück.

Sie wartet.

Er ist im Haus. Er geht den Korridor hinunter und schreit lautstark: «Gargi, hast du keine Scham? Die Party einfach abzusagen – und dieser

Saala, Ranjits Sohn – höre soeben, dass du ihm gesagt hast, er solle fünfzig von meinen Hundert ausschließen – du, eine Frau ohne Selbstkontrolle. Weißt du nicht, wessen Tochter du bist?»

Sie geht ihm entgegen, versucht, ihn am Arm zu fassen.

«Daddy», sagt sie. «Der Dienstbote heißt Bilal Kakri. Er wurde eigens wegen seines sanften Naturells ausgewählt, um Nanuji zu bedienen. Wir mussten ihn in sein Dorf nach Jharkhand zurückschicken. Was wird aus *seinen* Töchtern, hein?»

«Erwarte nicht, dass ich jetzt vor dir weine. Eher werde ich blind, sitze in der Basti und kratze Flöhe von den Katzen.»

Er spricht jetzt, ohne dass seine Stimme auch nur eine Spur zittert; seine Stimme klingt ebenso freudig, wie wenn er der Presse die Company-Jahresprofite mitteilt.

«Ich glaube, mein Name ist Devraj, und diese Gargi ist nicht meine Tochter. Chup! Sag nichts, du bist nicht an der Reihe. Gargi, du hast meine Farm, mein Büro, meinen Schreibtisch. Und jetzt auch noch mein Seminar und meine Jungs. Nahin beti, nahin. Tum aisa nahin kar sakti ho. Glaubst du, die ganze Company gehört dir allein? Undankbare, besharram –»

«Was? Undankbare was?», sagt sie. Sie hat die Hände über der Brust gefaltet, die weit aufgerissenen Augen auf ihn gerichtet; das Herz schlägt ihr bis zum Halse und fällt ihr fast aus dem Mund, als sie sich zu Bapuji vorbeugt:

«Aré chup, randi, chup!», schreit er.

In der tiefen, großen Stille schwebt das Wort *Hure* herab. Es bleibt zwischen Gargi und Bapuji liegen, eine Pfauenfeder, die ins Gras fällt.

Nanu hat die ganze Zeit über von ihrem tiefen Sessel aus zugesehen. Jetzt schiebt sie sich hinauf.

«Gargi», sagt sie. «Du bist von Natur aus durchtrieben wie deine Mutter. Immer sprichst du ohne jeden Respekt. Glaubst du, dieser Junge Jivan, Ranjits Thook, kann fünfzig einfach so aussperren, ohne dass etwas passiert? Ich kenne dich. Durch und durch. Also lass ihn dich zwischen den Schenkeln lecken und sehen, wie du schmeckst. Devraj Beta, meri baat toh suno. Lass uns zu Radha gehen. Die weiß wenigstens, wie man dient.»

Bapuji geht zu Nanu. Er legt seine Hand unter ihren Rücken und hilft ihr aus dem Stuhl. Sie stützt sich auf ihn, wischt sich übers Gesicht. Gemeinsam gehen sie weg.

«Ich werde deinen Anteil auf Radha und Bubu verteilen», sagt Bapuji. «Sie sollen alles haben. Dann wirst du schon sehen.»

Gargi blickt ihnen hinterher, die Hände über dem Mund, mit steifem Leib. *Wie Draht,* denkt sie, *ich muss wie Draht werden.*

Surendra sitzt auf einer Ottomane, klopft sich auf die Knie, schaukelt und murmelt:

«Hai Ram! Was ist hier passiert? Eine Neuverteilung? Gargi, was hat Bapuji da gesagt?»

Sita, denkt Gargi. *Du hast unser Leben für immer ruiniert.*

Sie holt ihr Telefon hervor und drückt auf die 1.

«Uppal? Bitte notier das und e-maile es sofort an Radha Madam», sagt Gargi. Sie spricht klar und laut. Sie erzählt die Geschichte von den Pfauen, die Verletzungen, die Bilal Kakri erlitten hat. Es hört sich wie eine Liste von Nichtigkeiten an, also beschreibt sie jede Wunde im Detail: Gebrochene Finger. Der Arm ausgekugelt. Drei Rippen gebrochen. Der Rücken voller Blutergüsse, die Seite fast durchbohrt. Surendra lässt seine flache Hand auf sie zuschnellen, hält sie ihr fast ins Gesicht. Sie hält den Telefonhörer zu.

«Was ist?»

«Siehst du nicht, was du für ein Chaos veranstaltest?», sagt er. «Geh dich bei Bapuji entschuldigen und gib Anweisung für die Partyvorbereitungen.»

«Du willst ihm hinterherlaufen», sagt sie. «Dann mach das. Aber eine Party findet heute Abend nicht statt.»

Sie wartet, bis er fort ist. Dann telefoniert sie weiter mit Uppal, beauftragt ihn, Radha und Bubu zu sagen, *dass sie daran denken sollen, dass wir am stärksten sind, wenn wir an einem Strang ziehen.* Außerdem sollten sie früher aufstehen, nicht so lange schlafen, weniger Partys feiern und vor allem Ranjit Uncle liebevoll behandeln.

«Ach ja, Uppal: Ich möchte, dass Sie nach Amritsar fahren. Sagen Sie Radha direkt, dass wir bei der Srinagar-Eröffnung Daddys Pensionierung bekannt geben, egal, was er sagt. Alle werden es erfahren, während sie unser Khaana essen und unsere Getränke trinken. Sie werden erleben, dass wir als Familie handeln. Sagen Sie Radha, sie solle besonders sorgfältig darauf achten, dass die richtigen Minister, Richter, Schriftsteller, Cricketspieler und ein gutes Kontingent an Bollywoodtypen darum bitten, kommen zu dürfen. Wir haben lange genug gewartet. Sagen Sie ihr, sie soll das an Bapuji weitergeben, okay?»

Sie klappt das Telefon zu. Die Kerzen ringsum verlöschen langsam, die Flammen neigen sich zu Boden. Umhergeworfene Kissen liegen verlassen da. Leere Weingläser stehen daneben. Pistazienschalen liegen umgedreht da wie winzige Boote, die durch das kostbare Meer aus Teppich und Tuch schlingern. Der Affe auf der Spieldose starrt sie an und wartet darauf, klatschen zu dürfen. Sie wird all diese Überbleibsel einpacken und moderne Meister in diesem Zimmer aufhängen. Sie wird daraus einen Raum für ihre eigenen Praktikanten machen. Ihre Arme sind schlaff; sie betastet eine Flasche Company-Wein, die neben dem Stuhl steht. Sie hebt sie an die Lippen, lässt den Kopf nach hinten fallen, die Flasche immer noch locker in der Hand. Sie denkt an den Packen Papiere, die auf ihre Unterschrift warten. Es ist, als bewege sich der rote Vorhang und flüstere die alte Warnung: «Das Leben eines Handelshauses beträgt sechzig Jahre.» Doch als Gargi die Flasche ansetzt und trinkt, verstummt alles. Sie blickt zur Kamera in der Ecke hinauf. *Abhi toh main jawaan hoon*, sagt sie. *Seht nur, was ich jetzt mache.*

§

Meine Geschichte ist einfach, tretet näher, wenn ihr könnt. Eine Geschichte hallt beim Erzählen wider, als Segen, als Warnung oder als Fluch. Sie ändert sich in Form und Ton, doch meine Stimme wird überdauern, denn heißt es nicht in den Veden ‹Ich bin nicht der Erste meiner selbst und werde auch nicht der Letzte sein›?

Früher hatte ich einen Gefährten, einen starken Mann! Er hieß Kashyap, erstaunlicherweise weiß ich seinen Namen noch. Er war ein echter Mann des Volkes. Der gute alte Kritik hatte ihn zu mir geschickt, damit er nach mir sehe. Er war alt und streng, nicht vergleichbar mit meinen Jungs, aber was macht das schon? Er kam aus ganz anderen Verhältnissen, war jedoch ein guter Mensch. Keine Ahnung, was aus ihm geworden ist, aber so kommen und gehen sie.

An dem Abend, als ich die Farm verließ, habe ich nur drei Dinge mitgenommen: Nanu, Kashyap und meinen guten Namen. Wir sind aus Delhi fortgegangen und im Land umhergereist, um unseren Besitz zu kontrollieren und uns Unterstützung zu verschaffen. Dann sind wir in den Norden nach Amritsar gefahren. Ich musste mit meinen Teilhabern ein Abkommen treffen; ich musste mit Ranjit über den Standort seines Bastards im Zusammenhang mit unseren Interessen reden. Ich wollte, dass Jeet, mein Patensohn, kam und seine Rolle übernahm, sofern er sich benahm und seine Krankheit behandeln ließ. Ich wollte, dass meine liebe Radha mir die Tür öffnete, mich in ihrem Haus willkommen hieß, dass sie sich durchsetzte und unsere Dynastie beschützte, selbst wenn ihre Schwestern sich hartnäckig weigerten, nachzugeben.

Mittleres Kind, wozu bist du da?, frage ich mich. Radha isst zu viele Süßigkeiten. Sie muss aufpassen, dass sie sich nicht von ihrem Mann dominieren lässt. Das habe ich ihr schon so oft gesagt. Gesagt und gesagt und gesagt.

Manchmal betrachte ich sie und bin überrascht. Sie ist auf eine neue Art schön. Haut über Knochen. Sie ist loyal, weil ihr Grips nicht erstklassig ist. Sie ist eher geschickt als intelligent; für ihr Geschlecht ist das eine Stärke. Company-Schultertücher werden so gewebt, dass sie lange halten und wärmen, wegen ihrer Finesse und bescheidenen Schönheit. Radha hat ein paar von diesen Eigenschaften, aber nicht alle, obwohl sie ihren Mann zufriedenstellt und ihre Rolle spielt. Deshalb hatte ich beschlossen, das Schultertuch-Unternehmen an Sita zu übergeben. Ich wusste nicht, dass Radha deshalb gekränkt sein würde: Auch wenn Radha den meisten Lärm macht von meinen drei Vögelchen, erinnere ich mich, dass ihr Gezwitscher nichts als heiße Luft ist.

III

RADHA

Eins

Die Jalousien sind heruntergezogen, die Lamellen sind halb geöffnet. Das Zimmer ist ein Käfig aus Licht. Sie ist die Bettkatze Radha-Baby, die schnurrt und ihre Bettdecke walkt. Sie wartet auf das fröhliche Geklingel von Silber und Porzellan, auf den Butler, der das Frühstück in die Suite bringt. Als der Duft von Pav Bhaji zu ihr dringt, schmeckt sie sofort die Erbsen und knackigen Karotten, die Zwiebeln und locker flockigen Kartoffeln, die brennend scharfen Gewürze, die leicht frittierte, auf allen Seiten mit Butter bestrichene Puri, mmh, einfach köstlich. Sie schlüpft aus dem Bett und spannt die Zehen auf dem Teppich an. *Guten Morgen,* sagt die Suite, die ihr der Spiegel zeigt und die flott und hell wirkt mit ihrem blauen Interieur, dem Strandmotto für Goa. Eine ganz entzückende Suite – Konzept ‹Strand›, Schlafzimmer, Wohnzimmer, Meerblick; und dann das Ensuite, einfach wunderschön, mit farbiger Wand, die sich je nach Stimmung ändern lässt: Morgendämmerung, Regenwald, Ozeanwellenkamm. Es gibt Düsenduschköpfe in verschiedenen Höhen, außerdem ein Bidet. Eine Company-Suite, die aber versucht, sich von anderen Suiten zu unterscheiden. Doch, sie ist wirklich etwas Besonderes.

Radha greift nach ihrem Handy – dann ertönt ein Pfiff aus dem Wohnzimmer. *Schlüpf aus dem Bett, Radha, lass das Handy in Ruhe, lass es einfach in Ruhe! Tappe in Shorties und Unterhemd zur Schlafzimmertür: Lehn dich an den Türrahmen.*

Bubu steht neben dem Servierwagen, sein Wanst wölbt sich aus seinem Baumwollpikee-Bademantel. Ab und zu tätschelt er den armen Bauch; heute ist er mit einer Morgenrunde Gymnastik bestraft worden. Bubu trainiert an der Rudermaschine, er hüpft Seil, er hebt Gewichte. Dummer Bubu, er ist so ein lieber Knuddelbär.

Bubu tut so, als bemerke er Radha nicht; er zieht die Augenbrauen hoch und hebt silberne Servierhauben hoch wie ein Fernsehküchenchef am Ende der Sendung. Da – da! Da ist ihr Pav Bhaji! Ihre Schale mit Bioerdbeeren (von der Company Goa angepflanzt – wie sie den Gästen erzählt, die nicht aus Goa kommen). Bubu taucht den Finger in ihren grünen Tee, leckt ihn ab und macht ein Khatta-Gesicht. Er hängt die Servierhaube über den Wasserspeier in der Sofaecke, der sie sofort kahl und einäugig anfaucht – *OMG Bubu ist wirklich schlimm* – eine handgeschnitzte Antiquität aus Jaipur – die sie eigens für ihn hat anfertigen lassen.

Was frühstückt Bubu? Schwarzen Kaffee. Seinen Kurkuma-Power-Smoothie mit extra Amaranth. Und da ist er ja: ein Teller mit drei perfekten Suji ki ladoo, in dunkle Schokolade getaucht und mit Blattgold überzogen. *Ah, Buji. Mini-Ladoo.* Egal, wie viel ihr Mann trainiert, seinen Frühstücksgenüssen kann er nicht widerstehen.

«Worüber lächelst du? Über meinen Hintern? Dreckiges Mädchen.»

«Ich lächle über deine Frühstücksauswahl.»

Bubu geht zu ihr und trägt dabei seinen Teller vor sich her.

«Willst du nicht meine goldenen Eier probieren?»

Belebt vom Schlenkern seines Handgelenks schlagen die Ladoos aneinander.

«Schweinerei! Ich ruf die Empfangschefin», quiekt sie.

Sie huscht zurück ins Schlafzimmer, wirft sich bäuchlings aufs Bett und greift nach dem Hoteltelefon.

«Du weißt, was passiert, wenn du diesen Hörer anfasst», sagt Bubu.

Sie rollt sich herum und blickt ihn an. Unter seinem Bademantel trägt er seine Donald-Duck-Boxershorts. Quak, quak, quack – sie hat sie schon immer eher unerotisch gefunden. Er nimmt sich einen Ladoo und lässt den Teller auf den Stapel mit schmutziger Wäsche vom Vorabend fallen. Sie spreizt die Beine: Ihre Seidenunterhose rutscht nach oben.

«Was ist?», fragt sie.

Bubu steht zwischen ihren Beinen am Fußende des Betts. Donald

Duck ergreift ihre Zehen und lässt sie wieder los. Bubus Schritt ist jetzt abwechselnd bleich, dunkel, bleich gestreift. *Ein Tiger im Lichtkäfig.* Ja. Gut so. Er umfasst Radhas Fesseln und drückt sie die Laken hinauf, bis ihr Kopf leicht über den Bettrand hängt und ihre Haare sich über den Boden ausbreiten. Unter dem Nachttisch liegt Staub, und ist das der Ohrring, den sie letzte Nacht getragen hat? Das Blut schießt ihr in die Kehle, die Schläfen. Sie blickt auf: Das Meer tauscht den Platz mit dem Himmel – ein Stück Unendlichkeit, vom Fenster eingerahmt. Für diese Sache ist es der schönste Blick, und zudem ihre Lieblingssuite in ihrem absoluten Lieblingshotel.

«Komm schon, keine leeren Drohungen.»

Sie trägt ihre Zeilen gefühlvoll vor. Dann hebt sie ihr Bein hoch und steckt ihm einen Zeh in den Mund: wie niedlich, wie hübsch ihr Zehennagel ist, ein Bonbon, an dem er lutschen kann. Sie glaubt, der Deckenventilator hinter Bubus Kopf sei nur Verzierung. Stimmt das? Bubu drückt den Daumen in Radhas Spann und jagt ihre Sinne auf hundertachtzig. Er drückt einen Ladoo auf ihren Schritt und verreibt ihn: Sie spürt Seide in ihrem Inneren. Die Schokoladenhülle bricht auf; er hält sich die hohle Hand vor den Mund, verschlingt die Krümel mit einem kurzen Kopfrucken, beugt sich über sie und verteilt all die klebrigen, goldenen, schokoladigen Krumen auf ihrem Bauch. Laut Spiegel ist er bereit, ja, bereit, ja. Sie legt die Arme hinter den Kopf und streckt ihren Körper aus.

Ihr Handy fängt an zu singen –

Like a G6 like G6 like a like a G6 Like a G6 like a G6 like a like a G6 Like G6 like a G6 like a like a G6

Bubu hält inne und betrachtet sie. Einen Augenblick lang glaubt sie, alles wird gut. Dann steht er vom Bett auf, zieht sich die Boxershorts hoch und tätschelt seinen Freund.

Oh Shityaar. Jetzt müssen sie sich anziehen und wieder von vorne anfangen. Den Butler rufen, damit er den Servierwagen wegfährt und Bubu nochmals Frühstück bestellen und der Butler es nochmals servieren kann. Das ist für sie das Zeichen aufzustehen, zu ihm zu gehen, ihn zu betrachten und zu necken. Noch einmal. *Wach auf, Radha, riech den Pav Bhaji und stell das Handy aus.*

«Bubu-Bär, sei doch nicht so», versucht sie es leise.

«Geh schon dran. Ich muss mit meinem Tag vorankommen.»

Er geht fort. Der Chor schräger Enten auf seinem Hintern quakt sie an.

*

Sie liegt im Bett – *schönes, wunderschönes Bett, du magst mich.* Sie will rauchen. Sie hört, wie die Dusche angestellt wird. Dann dreht sie sich auf den Bauch, greift nach unten und fasst sich mit beiden Händen behaglich zwischen die Beine. Sie fängt an, sich zu reiben. Nägel Pink in Pink fühlt sie sich so pink, braune Pobacken blitzen pink, mit dem Gesicht in den Laken atmet sie ihren eigenen Geruch ein: Ylang-Ylang und Bettschweiß, sie greift mit dem Fingernagel nach ihrer Clitchie; Schmerz durchzuckt sie, ihre Lungen schreien *vorwärts.* Nach Luft schnappend, taucht sie wieder auf. An ihren Schenkeln hängen Ladookrümel. Sie leckt sich die Finger und isst ein paar auf. *Milch und Honig.* Das Bett, die Frisierkommode, der Bademantel am Boden sind gespannt, was sie als Nächstes tut.

Drück einen Hebel. Öffne die Markisen. Draußen trennt nur eine dünne, gewölbte Linie das Meer vom Mittagsdunst des Himmels. Es ist ganz ruhig und sehr klar. Sie scrollt durch ihr Handy: iMessages zuerst: von Freunden in Delhi zwei niedliche Katzenbilder; von Jivan ein Foto von einem Burlington-Hemd mit langen Ärmeln und Streifen, das sie zusammen im Shoppingcenter gekauft haben. Dann die tägliche automatische Nachricht der Company *Bapuji bol!* Begleitet von einer Tempelglocke: *Verkaufen Sie Ihre Vision, sie ist das Produkt.* Radha hat diesen Dienst in Auftrag gegeben; sie hat die Sprüche ausgewählt. Der Dienst hat mindestens eine Million Abonnenten, was schön ist – ha – sehr schön, oder?

Sie hört einen Moment zu. Bubu ist noch unter der Dusche. Sie hat

Zeit, Twitter zu öffnen. Ihr Konto, ihr kleines Geheimnis, @MrGee. Ihm wird das heutige Bapuji bol gefallen. Er wird es retweeten und kommentieren – *Soeben erhalten – eine großartige Message von Devraj Bapuji, um in Ihren Arbeitstag zu starten.*

Dann überprüft sie ihr WhatsApp. Gargi. Oje. Eine Nachricht, die länger ist als Radhas Ahnentafel. Sie scrollt sie durch. Hat eine Vision: Eine dunkle Wand tosenden Wassers erhebt sich und bricht durch die Fenster.

«Buji!», schreit sie. Sie springt aus dem Bett und geht ins Bad.

Bubu trocknet sich dort gerade ab, sieht Cricket und überprüft seine Zähne in einer nach Ylang duftenden Dampfwolke. Immer benutzt er ihre Duschperlen; immer benutzt er zu heißes Wasser.

«Bubu, das musst du lesen», sagt sie.

Er knallt sein Handtuch gegen ihre Schenkel.

«Besharram!»

Er lässt es noch einmal knallen, sodass ihre Haut brennt.

Ihre Stimme wird zuckersüß, wird zu derjenigen, die sie für ausländische Journalisten verwendet, die zum ersten Mal im Land sind und das *echte Indien* sehen wollen und zur Aufheiterung noch so ein Litschi-Wodka-Lassi brauchen, während sie den Rundgang mitmachen.

«Bubu-Bär, ehrlich, du musst das jetzt lesen.»

«Mach dich erst sauber. Dann kannst du mir sagen, was ich tun soll.» Er sieht weiter Cricket.

«Mist», sagt er. «Wegen dir hab ich den Sechser verpasst!»

Sie legt ihr Handy vorsichtig auf die schwarze Glasoberfläche. Sie wird ihr Seidenunterhemd an ihrem Körper hinuntergleiten lassen. *Nett*, sagt der Spiegel, *aber das reicht nicht.*

Bubu steckt sich den Finger ins Ohr und schüttelt den Kopf: Dabei blickt er weiter auf den Bildschirm.

Radha geht unter die Dusche. Als Farb- und Klangkulisse wählt sie Regenwaldvogelgesang, dann hält sie den Kopf unter die Brause, um das hohle *Plop* des auf den Ball treffenden Schlägers und die jubelnden Männer nicht mehr zu hören.

Bubu öffnet die Duschkabinentür. Er steht vollständig angezogen da und starrt sie an. Sie stellt die Dusche ab. Ihre Arme hängen dumm herab, Wasser rinnt ihr vom Kinn, von den Haaren, von den Brüsten, während der Vogel-Soundtrack ringsherum zwitschert.

«Echt? Schon wieder?», sagt sie.

«Sei keine Junglee. Außerdem musst du zum Wachsen.»

«Zum Wachsen?»

Sie fasst sich mit der einen Hand an die Muschi, mit der anderen an den Schamhügel. Das Wasser tropft an ihr herunter, es quillt aus ihrem Nabel, weint zwischen ihren Beinen. Der Dampf aus der Dusche vernebelt den Spiegel und entweicht durch die Tür.

«Taange bandh. Und deinen Mund. Zieh dir Reiseklamotten an, Piti-parrotter*», sagt Bubu. «Wir fahren nach Amritsar.»

Aus dem Zimmer in den Lift in die Hotellobby und ins Auto. Türen gehen auf und zu. Die Wände und Türen und Kronleuchter der Company sagen *Guten Tag* und *Willkommen; Sie sind wieder da, okay tschüss.* Radha sitzt mit der Schulter am Wagenfenster und blickt ins Wageninnere: Bubu beschreibt liebend gerne jeden dreckigen Bhikshu, an dem sie vorbeikommen.

«Gerade hab ich einen auf die Straße kacken sehen!», sagt er, oder: «Gerade hab ich einen gesehen, der war dünner als sein eigener Stock!» Und wenn er sie ernsthaft bestrafen will, sagt er: «Lass uns anhalten und den da mitnehmen, willst du nicht deinen Teil beitragen? Sita wäre stolz auf dich.»

Früher hat sie immer das Wagenfenster heruntergekurbelt und die Nase in die Stadtluft gehalten; bei jedem Imbisskarren, an dem sie vorbeifuhren, bettelte sie, dass angehalten wurde und sie probieren durfte: die schnellen Handbewegungen der Männer, die den Atta kneteten, zwickten, die Roti formten, umdrehten und auf den Tawa klatschten. Roti, Puri, Dosa, heiße, frittierte Gulab Jamun: Sie wollte alles probieren, ganz gleich, was es war.

«Iss eine Erdnuss», sagte Gargi dann immer. Radha nahm eine

Handvoll, knackte die Schale mit den Zähnen auf und schnipste sie dann nach draußen, um zu sehen, was sie alles treffen konnte. Nanu benutzte die Straße ja selbst als Müllhaufen. Bonbonpapierchen, Orangenschalen – alles warf sie aus dem Fenster –, was Gargi regelmäßig dazu brachte, die beleidigte Leberwurst zu spielen, woraufhin sich alle über sie lustig machten, bis sie in Tränen war. Damals hatte Gargi gesagt: *Vergiss nicht, dass du Radha Kumari bist, die Tochter einer Kashmiri Pandit und des Maharajas von Napurthala, du solltest immer mit gutem Beispiel vorangehen und auf Sauberkeit achten.*

Nanu hatte über Gargi die Nase gerümpft. *Junge Mädchen zeigen ihr Gesicht nicht auf der Straße.* Sie hatte Radha erklärt, sie würde verflucht, wenn sie einem Bettler in die Augen blickte; ihr Gesicht würde sich verändern, sie würde über Nacht altern und zu einer weißhaarigen Budiya mit Erdnussschalenhaut werden und am nächsten Morgen in der Dhimbala Basti aufwachen. Ein anderes, hübscheres Mädchen würde dann in ihrem Bett schlafen, und wenn Radha ihren Namen sagen würde, würde ihr niemand glauben. Das reichte. Selbst heute kontrolliert diese Geschichte ihren Körper, bringt sie dazu, ihre Puderdose hervorzuholen; hält sie davon ab, aus dem Fenster zu sehen. Das Einzige, was hilft, ist Bubus Spiel «Halt-nach-dem-Schlimmsten-Ausschau».

Radha wirft Bubu einen Blick zu, aber er will jetzt nicht spielen. Er telefoniert und spricht über Jeet. Verschwunden, Geld futsch, Probleme mit dem Amt für Kulturerbe, *hätte man sich denken können.*

Worum es bei dem ganzen Theater eigentlich geht, weiß Radha nicht. Jeet der Rätselhafte, Jeet der Geheimnisvolle, Jeet der Friedensstifter, der Yogi, die Große Hoffnung. Eigentlich Jeet der Egoist – das ist sein Markenzeichen. Jeet – der sich immer über sie lustig macht – dann aber zu ihr kommt und sie anfleht, ihm ihre Freundinnen für Partys auszuleihen. Jeet, der von allen erwartet, ihn zu decken, während er Ranjits Liebling bleibt und Nanus Schatz. Selbst Bapuji betrachtet ihn als jungen Birbal, als *so weise*. Wegen Jeet, dem Egoisten, fahren Radha und Bubu nach Amritsar in die Ödnis – wo Bubu stöhnen wird und sie eifrig, freundlich und zuvorkommend sein wird, um Ranjit Uncle besser trösten zu können. Immer fällt ihr diese Aufgabe zu.

«Mensch, er muss verrückt geworden sein», sagt sie.

Sie scrollt ihr Handy durch. @MrGee hat siebenunddreißig neue Twitter-Follower. Die meisten sind junge Männer, die sich hinter Eiern verstecken.

Bubu blickt auf und sieht Radha auf ihr Handy starren. Sie klickt auf ihr Video-Newsfeed, sodass er nicht sehen kann, was sie macht. Er beugt sich über sie. In Delhi marschiert eine Menschenmenge, der Ticker meldet: *Hunderte in Antikorruptionsprotesten von der Polizei verhaftet* Tränengaseinsatz angedroht* Gewerkschaften organisieren im ganzen Land* kein Führer erhebt Anspruch auf Organisation oder Botschaft* Regierungsgebäude angegriffen* Hunderte in Antikorruptionsprotesten von der Polizei verhaftet* kein Führer*

Sie schaltet es ab. Bubu lehnt sich zurück, seine angespannten Schultern sagen: Warum arbeitest du nicht, warum tust du nicht etwas Sinnvolles, mach dir wenigstens das Gesicht und die Haare.

«Früher oder später», sagt er, «finden die Medien heraus, was hier vor sich geht.»

Früher oder später. Wenn sie daran denkt, was sie alles erledigen muss, überkommt sie große Müdigkeit: Bubu will, dass sie Barun anruft, ihren Journalistenfreund, außerdem alle Geschäftsinhaber, die nicht in Bapujis Gefolge sind. Sie soll die Redakteure und den Vertrieb an die Ausgaben für die Company-Werbung erinnern, die nur noch höher werden, wenn das Ökoauto erst auf dem Markt ist.

«Nichts soll über Jeet nach außen dringen. Und nichts über Sita», sagt Bubu. «Und schon gar nichts, wirklich absolut nichts, über die geistige Verfassung deines Dads. Wenn wir in Srinagar sind, werden wir damit herausrücken.»

«Was soll ich denn dann *sagen?*», fragt sie.

Er spricht jetzt mit seiner Bububärenstimme.

«Du weißt doch, was zu tun ist, Raddles. Gib ihnen ein paar Leckerbissen zu löffeln. Big Sis haben sie ja schon. Konzentrier dich auf das

Srinagar-Hotel: Immer wieder zu hören, wie schlimm alles in Kaschmir ist, hängt allen zum Hals heraus. Also erzählen wir ihnen unser Märchen von den Möglichkeiten – Arbeitsplätze, Tourismus –, die dort entstehen. Erzähl ihnen von Jivan. Gib deinem Barun ein Exklusivintro über die Generation von HEUTE. Das wird ihm gefallen. Jivan Singh: *Unsere neue rechte Hand.* Nein: *Unser frischer Blick.*

«Er ist nicht *mein* Barun», sagt sie, aber Bubu hört ihr schon nicht mehr zu.

Pressemitteilung. Jivan Singh. *Ranjitjis geliebter Sohn.* Die Geschichte über seine Mutter, eine Sängerin von Weltklasse, die aus Liebe alles aufgegeben hat. (Die 70er – die Beatles – Ravi Shankar – Norah Jones – eine andere Zeit; alles war weniger festgelegt.) Sie können Jivans Harvardstudium einflechten und dann zum echten Knüller kommen: zu seinem Entschluss, aus Amerika fortzugehen und nach Indien heimzukehren, um bei seiner Familie zu leben, die er so sehr liebt. Sie sieht die Titelseite bereits vor sich: Jivan im dunklen Anzug (oder lieber in einer handgesponnenen Kurta und Jeans?). Dann die Schlagzeile: *Jivan naya jeevan hai.*

Sie haben das Hotel verlassen und fahren jetzt die schäbige Beachroad entlang, die mit Buden von Ausländern gesäumt ist. Hier kann Radha aus dem Fenster schauen; sie ist auf Safari, erspäht die weißen Mädchen in Bikinioberteilen und Jeans-Hotpants, mit einer Haut wie am Strand weggeworfene, schwertförmige Scheidenmuscheln, das Haar versandet oder zu langen, toten Schlangen gezwirbelt. Sie sieht, wie sie bei den Schwarzhändlern, die die alten Hindi-Musikstände annektiert haben, zu denen Ranjit Uncle sie immer mitgenommen hat, um billige Churidars feilschen, die sie zu schlauchartigen Oberteilen tragen, oder um chemische Räucherstäbchen, um DVD-Raubkopien. Wie unelegant diese Frauen sind – sogar die reichen; sie hat nie verstanden, warum sie wie ungewaschene Landstreicher in Hütten schlafen, sich mit selbst angebautem Ganja zudröhnen und auf dem Motorradrücksitz mit goanischen Muskeljungs ohne Hemd herumfahren. Und warum tragen sie alle diese Knüpfbatik-Sarongs? Meine Güte, wie der Markt stinkt. Nach rohem Fisch und altem Obst. Gott sei Dank gibt es die Schnellstraße mit dem flachen, blauen Wasser auf beiden Seiten.

MrGee schreibt ein Tweet: *Goa wird von weißen stillosen Mädchen verschandelt. Die Medien verlangen für die Strände indische Kleiderregeln.* Sie postet es mit einem Bild von Pryanka Chopra in einem Tanga. Like like like like like like like: Sie sieht zu, wie Twitter gespeist wird.

Sie brennt so sehr darauf, den öffentlichen Bereich der Stadt hinter sich zu lassen, dass sie auf den Stufen zum Flugzeug fast hinfällt. Die Company-Türen schließen, der Gurt schnappt zu, die Fensterblenden werden heruntergelassen. Sie rasen aufs Meer zu, gehen in die Querlage und drehen nach Norden: Endlich werden sie den Erdboden los.

In den Wolken oben öffnet Radha ihren Gurt. Das Innere des kleinen Jets ist mit Kamelleder ausgestattet. Das gefällt ihr, es ist so weich: Haut an Haut. Sie ruft die Airhostess und bestellt das Mittagessen. Cholay-Puri und Saag-Fleisch für Bubu. Er isst wie ein ausgehungerter Bachcha und reißt mit der Hand kleine Stücke von der weichen Puri ab und schaufelt sich damit Cholay in den Mund. Er nimmt ein Stück Markknochen aus dem Saag und saugt ihn aus.

«Gleiche Anteile stärken die Familienbande», sagt er mit vollem Mund. «Macht den Trust zukunftssicher.»

Radha streicht ihren Sprossensalat mit der Gabel glatt. Sie isst eine Erbsenschote und denkt an Pav Bhaji. Im Flugzeug gibt es keine Straßensnacks. Sie will ein Glas kalten Sancerre und drückt auf den Knopf.

«*Alles zu seiner Zeit*», sagt Bubu. «Die Lieblingspille deines Dads. In den zehn Jahren unserer Ehe habe ich für die Company geschuftet wie ein Esel. Habe ich je etwas als Gegenleistung dafür verlangt?»

Er wartet nicht auf Radhas Antwort.

«Wenn wir in Amritsar sind, musst du dich unbedingt um Ranjit kümmern.»

Sie hat keine Ahnung, warum er das eigens erwähnt.

«Wir haben so viel mit den Vorbereitungen für die Srinagar-Eröffnung zu tun, und jetzt nehmen wir uns auch noch hierfür Zeit.»

Mit wem redet er eigentlich? Sie zählt ihre abgegessenen Olivenkerne. Eins (für die Sorgen), zwei (für Freude), drei (für ein Mädchen), vier (für einen Jungen), fünf (für einen König). Sie reibt sich noch einmal über die Zähne.

«Wenn wir das Srinagar-Hotel eröffnet kriegen, wirst du sehen, was wir tatsächlich tun können. Ich meine, unseren Betrieb *Sita* überlassen? Hotel und Schultertücher? Was hat sich dein Dad gedacht? Ich kann nur sagen, Gott sei Dank ist sie gegangen. Das gesamte Nordnetzwerk hängt von diesem Geschäftszweig ab.»

Ja, Bubu, das stimmt. Das kleine Flugzeug geht tiefer und steigt wieder auf. Der Kaschmirkorridor. Radha klopft mit den Nägeln auf ihr Knie. *Ein dunkler Ort, ein schmaler Ort, ein Unort auf jeder Karte.* Hierher kommen die Waffen, und von hier nach dort gehen die Drogen, flüssig, fest und in Gasform. Durch Gänge und in Ecken, durch Türen in Zimmer, leichte Waffen werden sie genannt, obwohl sie schwer sind und hart. Alles in erstklassigen weichen Stoff gehüllt. Psst-psst – bewegen sich die Dinge – schlüpfen durch Männerhände wie ein schöner Schulterschal über die Haut. In einer gesegneten Gemeinschaft von Allah und Shiva. Ein Zustand tiefer Gnade. Kein Durchgreifen. Die Lieferungen nehmen zu. Nichts Romantisches. Der Laden muss vor dem Winter fertig sein, tief unten im Keller des neuen Company Kashmir Hotels.

Bapuji hat Bubu damit beauftragt. Vorbehaltlos. Die Schultertücher, die aus den Bäuchlein der geschützten kleinen Chirus gemacht werden, sind eine andere Sache. Sie werden weiter hergestellt, trotz der Wildnisschützer, der Medien und Gargis rechtlicher Einwände. Und doch geschieht all das wegen Bubu. Er sagt, er halte die Schmiergelder auf einem bezahlbaren Level, angefangen bei den Jungs, die den Flaum von den Bäuchen der verdammten Zicklein klauben, bis hin zu den Läden am Sansad Marg. Und der Kaschmirkorridor bleibt geöffnet. Er ist bei jedem Wetter offen für den freien Handel.

Bubu nimmt noch eine Puri und wischt seine Schale aus, damit ihm selbst die letzte Fleischfaser in der Soße nicht entgeht.

«Ich bin sehr gespannt auf das Kaschmir-Hotel», sagt er. «Wenn deine Schwester die Fertigstellung nicht noch sabotiert. Warum seid ihr beide bloß so *sentimental*?»

Srinagar, Srinagar, Spätsommer am See. In einer Hängematte in einem Garten in den Bergen zu liegen und durch die Äste in die weit ausladende Krone eines Baumes hinaufzublicken. Ihre schlanke Taille. Ihre langen Beine. Die Verantwortung für die eigene Schönheit vor der Gewalt auf den Straßen. Vierzehn Moskitostiche auf ihrem Knöchel, einer für jedes Lebensjahr. Sita und die große Schwester irgendwo in der Nähe. Radha hatte sich dort oben so fern von allem und wunderbar gefühlt. Einsam, auf die einmalige Art der Bergblumen. Obwohl es Tischtennis gab. Sie hatte den roten Schläger und Ranjit Uncle den blauen. Und natürlich war da der Streichelzoo. Mit echten lebendigen Hühnern und Ziegen.

Bubu zielt jetzt mit seinen essensverschmierten, eine Pistole imitierenden Fingern auf sie. Er schießt ihr ins Gesicht und leckt sich die Finger danach ab.

«Wenn wir in das neue Hotel kommen, wird Gargi Madam endgültig kapieren, dass sie nicht herumstolzieren und so tun kann, als sei sie die Chefin.»

«Gargi will nur das Richtige.»

«Du solltest aufhören, sie zu verteidigen, Radha. Du bist achtundzwanzig Jahre alt. Du solltest endlich anfangen, eigenständig zu denken. Hör auf, dir Sorgen zu machen, was deine große Schwester wohl dazu sagen wird. Vergiss eines nicht: Du bist meine Frau. Und du leitest die Company-PR.»

Perfekte Radha, Berückende Radha, Pakka Radha. Bubu bleibt jetzt an seinem Lieblingsthema hängen: Dass Gargi Glaubt, Sie Sei Gott. Radha will sich das nicht schon wieder anhören. Doch sie hat sich Bubu ausgesucht, das weiß sie – es war nicht so, dass man eine Schleife um sie gebunden und sie verschenkt hätte. Bubus Gotra war exzellent, ein Rajput-Stammbaum, dessen männliche Linie sich bis zur Wurzel zurückverfolgen lässt. Seine Eltern waren Stadtplaner, die übrige Familie Politiker. Neues Geld, doch es waren die späten 90er-Jahre, und das Land öffnete sich. Auch wenn Ranjit Uncle es ihr erst mühsam entlocken musste, gestand Radha eines Nachts, dass sie sich von allen Kandidaten, die um sie boten, in Bubu verknallt hatte. Kosmogramme wurden angefertigt. Ihre Horoskope passten zusammen und der Familien-Swamiji wurde wegen des Termins zurate gezogen. Radha dachte, Gargi werde vielleicht nicht einverstanden sein, doch sie hatte nur gesagt: *Meinst du nicht, dass er ein bisschen schnell ist?*

«Ich nutze die Zeit in Amritsar und fahre von dort ein-, zweimal nach Srinagar», sagt Bubu. «Die Bauunternehmer sollen wissen, dass ich da bin. Komm du mit, spiel den guten Cop, okay? Oder ich nehme Jivan mit, keine schlechte Idee. Ja, Jivan mit seinem amerikanischen Akzent. Stehst du auf diesen Akzent, Raddles? Leck-leck-liebst ihn?»

War Radha je froh darüber, dass Bubu so viel redet? Das kleine Flugzeug bebt um sie herum. Als sie anfingen, miteinander auszugehen, fand sie es süß, dass Bubu sich von ihr verstanden fühlen wollte. Er führte sie ins Habitat Centre aus, weil ihr der Festungsstil gefiel und er das Englische Pub mochte – wo sie diese Nüsse mit Salz und Gewürzen zu den Drinks reichten, die er, wie er sagte, nirgendwo anders in Delhi finde, nicht einmal in Daddys Hotel. Sie saß da und hörte zu, als er ihr von seiner Kindheit erzählte: Dad und Mom bauten das Unternehmen zusammen auf; gingen ins Büro und kamen zum Mittagessen nach Hause; machten abends Spaziergänge um den Platz im Viertel, während Bubu Nachhilfe in Bruchrechnen bekam. Zwei Benz vor dem Haus und über zehn Dienstboten: Fahrer und Chaukidar, Koch, Dienstmädchen, Safai Wallas und so weiter. Der glückliche kleine Bubu war mit den Söhnen der Freunde seiner Eltern aufs St. Columba geschickt worden; er hatte jeden Abend mit seiner Familie beim Abendessen gesessen und war nach den Instruktionen seiner Mom gefüttert und gefüttert und gefüttert worden. Onkel bei der Polizei und beim Staatsdienst, die immer weiter aufstiegen, wie englischer Brotteig, der in die Höhe geht. Sonntags Lunch im Lodhi Restaurant, Partys im Gymkhana Club, ein MBA von Princeton, ein, zwei Jahre bei Pierce & Pierce in London. Er sei, sagte er, heimgekehrt, als das Büro nach 9/11 schloss. Die Stelle sei sowieso nichts für ihn gewesen; es stimmt, denkt Radha, er ist besser sein eigener Herr. Mit achtzehn wollte sie unbedingt heiraten. Bubu war der Auserkorene: Diese Entscheidung hatte sie getroffen, als er Bapuji beim vierten oder fünften Treffen mit seinen Eindrücken von London zum Lachen gebracht hatte und daraufhin die Erlaubnis bekam, Radha allein zum Abendessen auszuführen. Er wählte Biryani im Delhi O'Delhi, obwohl sie Shakes und Burger im American Diner wollte. Dort seien zu viele Kids, sagte er, und die Beleuchtung sei funzelig (auch wenn sie das Lokal damals verdammt cool fand – nun ja, sie war ja auch erst achtzehn.)

Plötzlich Turbulenzen – Bubu streckt die Arme aus und legt die Hände in den Nacken.

«Fürs Erste basiert unsere Zusammenarbeit auf Gargis Verhalten», sagt er. «Sehen wir mal, ob sie an der Spitze zurande kommt.»

Als Braut besaß Radha keinerlei Trumpfkarte. Doch sie würde nicht mit Bubus Eltern in deren neu gebauter Stadt leben. Auch wenn Bubu ihr erklärte, Paradise Park sei *der Ort der Zukunft*, auch wenn er *versprach*, ihr dort ein Shoppingcenter zu bauen. Damit sie vom Schlafzimmer zum Auto und dann direkt zum überdachten Shoppen gehen und ihre Lieblingsmarken kaufen konnte, ohne auch nur zu merken, dass sie das Haus verlassen hatte.

«Das will ich nicht», hatte sie gesagt. «Ich gehe gerne nach London; dort sind die besten Clubs, und man kann bis morgens um drei Snacks auf der Straße essen.»

Sie fragte sich, ob er noch nie in dieser Straße in der Nähe von Selfridges bei Marble Arch gewesen war, einem Miniatur-India-Gate? Ganz saftiges Schawarma gibt es dort und frischen, frischen Saft. Auf ihrer ersten Londonreise, mit siebzehn, aß sie dort jeden Abend nach dem Tanzen im Opium: Sie und ihre Schulfreundinnen durften zusammen nach England reisen, weil deren Brüder mitkamen. Es war ein wildes Gefühl, mit nackten Beinen auf der Straße herumzulaufen, hohe Absätze und enge Kleider zu tragen und nachts dicht nebeneinander auf dem Boden zu schlafen, alle durcheinander, Finger und Haare und heißer Atem, Cousins und Cousinen küssend und was nicht alles. Und nie vor zwölf Uhr mittags aufzustehen.

Bubu hatte nicht geantwortet; wollte nur wissen, ob sie es nie als unfair erachte, dass sie mehr Geld habe als jeder Brite, sich jedoch in ein Flugzeug setzen müsse, wenn sie sich die neueste Mode besorgen wolle? Sollte Indien nicht am Wettbewerb teilnehmen? Er sagte, schuld an alledem sei ein geschlossenes Finanzsystem, das auf einem Trugbild basiere, einem endlosen Zyklus von Regierungsträumen, die in Fünfjahrespläne eingesperrt seien. Und zwar bis heute. *Man kann die 80er dafür verantwortlich machen*, sagte er. *Und die frühen 90er. Meine Onkel in der Kongresspartei, deinen Dad und Ranjit.*

Niemand hatte je zuvor so über Bapuji gesprochen. Die Entschlossenheit in Bubus Stimme gefiel ihr. Sie hatte nur eine ungefähre Vorstellung davon, was er eigentlich gesagt hatte. Sie hatte ihn unter dem Tisch mit dem Fuß berührt und gesagt:

«Jetzt sind doch die Schnullerjahre.» Sie erwartete, dass er lachte.

«*Stimmt*», hatte er gesagt und ihr einen Bissen zartes Lamm hingehalten. «*Und was ist im letzten Jahrzehnt passiert? Rettungsaktionen. Guten Tag, internationale Währung. Lakshmi Devi hat unsere Generation mit der Wirtschaftsöffnung gesegnet; aus jeder Rupie das meiste herauszuholen ist jetzt unsere Pflicht. Das ist unsere Zeit, Radha, wir dürfen sie nicht verschwenden; die Bettlerschale wird den Besitzer wechseln, wart's ab!*»

Er hatte recht. Bubu war, wie sie fand, eine Art Business-Guru, genau wie Bapuji. Trotzdem weigerte sie sich, in Paradise Park zu wohnen. Manche Enklaven waren erst halb fertig; alle anderen waren voller pensionierter Onkel und Tanten in Wohntürmen, deren Kinder zu ihren Füßen in ordentlichen Bungalows wohnten. Für altes Geld kein bewohnbares Land. So hatte sie es vor Ranjit Uncle formuliert, und er hatte ihr natürlich recht gegeben. Er redete mit Bubu, und jetzt leben sie stattdessen seit zehn Jahren mit Gargi und Surendra, Bapuji und Nanu und Ranjit Uncle auf der Farm.

Radha dreht sich um und schaut aus dem Flugzeugfenster, kann aber nur ein paar Wolkenfetzen sehen: weiße Haare, die über die kahle, verbrannte Erde schleifen. Sie denkt an Amritsar, wo Ranjit Uncle jetzt ist. Und an Jivan.

*

Pressemitteilung. Sie trinkt einen Schluck Wein. Als Jivans Ma einst versucht hatte, ihr die Grundzüge des Bharatnatyam beizubringen – araimandi, *halb sitzend*, samapadam, *Beine zusammen* –, gestand Radha ihr, dass sie Jivans Rishta sein wollte. *Körper steif, Gesichtsausdruck weich*. Und in den Gärten des Company Delhi Hotels Verlobung feiern wolle, wo die Terrasse sich unter dem Gewicht des Neides all ihrer Schulfreundinnen heben und senken würde, und ihre Schwestern würden zuschauen und ihr Glück wünschen, und ihr Vater und Ranjit Uncle würden sie mit mehr Süßigkeiten und Geld segnen, als sie essen oder zählen könnte. *Arm nach außen, Fuß gestreckt*. Ob sie einverstanden sein würden? Besser nicht daran denken, auch nicht an Ranjit Uncles Hand in ihrem Kreuz, die sie immer in die richtige Richtung führte, anscheinend ihr Leben lang.

Chi, hatte Jivans Ma gesagt. Nimm die Älteren zur Kenntnis, deine Schwester. Lern deine Tanzschritte gut.

Sie hatte Radha pagal genannt und gesagt, eher werde Lord Shiva als ungewaschene Gopi verkleidet auftauchen und die Kühe für ihre Morgen-doodh melken, als dass Bapuji seiner mittleren Tochter erlauben werde, Jivan zu heiraten. *Warum?* Artige Mädchen fragen nicht. *Warum?* Weil solch eine Verbindung ebenso unerwünscht wäre, wie wenn die Mittagssonne auf frisch gemachtes Joghurt fiele.

Niemand hatte Radha gesagt, dass Jivan nach Amerika geschickt werden würde. Erst als er fort war, teilte man es ihr mit. Es war im Oktober gewesen. Die Farm wurde für Gargis Hochzeit fertig gebaut. Alle waren bis in alle Einzelheiten davon besessen, welchen Schmuck und welche Kleider Gargi tragen würde, sogar ihre Unterwäsche würde neu sein. Ranjit Uncle war zum Jor-Bagh-Haus gekommen und hatte

Radha allein und rauchend auf der Dachterrasse angetroffen. Ihre Zigarette schien er nicht zu bemerken. Er machte eine Verbeugung vor ihr und lud sie zum Tee in den Palm Court des Company Delhi Hotels ein, nur sie allein. Er fuhr sie im Bentley dorthin: Er roch nach Lederpolitur und Old-Spice-Rasierwasser. *Guten Tag,* sagten die Sitze, *wie geht's dir, schöne Radha? Erst fünfzehn und schon so elegant.*

An diesem Tag trug sie eine Kameez mit winzigen Spiegeln und sah sich stückchenweise widergespiegelt. Sie saß auf dem Rücksitz, neben Ranjit Uncle, der seinen Ebenholzstock zwischen den Knien hielt. Er sagte zu ihr, Bapuji habe ihm soeben etwas Wunderschönes geschenkt. Sie war verwirrt. Er beobachtete sie und sagte lachend: *Und zwar das Company Amritsar Hotel, als Zeichen langjähriger Loyalität und Freundschaft.* Er fragte sie, wie sie seinen neuen Anzug finde. Radha sagte, er gefalle ihr gut, und er nahm ihre Hand und streichelte damit den Stoff über seinem Bein.

«Siehst du?», hatte er gesagt, «Baumwollvelours. Fast so weich wie deine Haut.»

Im Palm Court angekommen, ließ Ranjit Uncle sie die Plätze aussuchen. Dann bat er den Pianisten, ihre Lieblingsmelodie zu spielen: Damals war es *Memory* aus dem Musical *Cats.*

Als er ihr sanft beizubringen versuchte, dass Jivans Ma nicht mehr in Indien hatte leben wollen und lieber ein eigenes neues Haus wollte, hatte sie geweint. Ranjit Uncle war mit seinem Stuhl näher gerückt und hatte den Arm um sie gelegt und gesagt, Jivan sei natürlich lieber bei seiner Mutter geblieben. Daraufhin hatte sie sich etwas besser gefühlt. Er zog ihren Kopf an seine Schulter und das Taschentuch aus seiner Brusttasche. Sie schnäuzte hinein und gab es ihm zurück. Er hatte es kurz hochgehalten, dann zärtlich gefaltet, als sei es ein Brief, und zurück in die Brusttasche gesteckt. Er hatte ihr übers Haar gestrichen und gesagt, er habe ein Geschenk für sie.

Aus seiner Aktenmappe nahm er einen Stapel alter Fotos von sich und Bapuji. Sie starrte sie an, die Helden des damaligen Kinos, in Schlaghosen, Westen und Ray-Bans – und fand Ranjit Uncle ein bisschen flotter als Bapuji. Auf den Bildern sah man sie überall in Europa an Balustraden lehnen, in der Schweiz am Genfer See. (Zu Hause zeigte Radha sie Gargi, die ihr erklärte, im Hintergrund sei Srinagar, nicht die Schweiz. Radha wollte das von Nanu bestätigt wissen, doch ihre Großmutter nahm ihr die Bilder ab und schickte sie mit flammender Wange fort.)

Am Ende des ersten gemeinsamen Tees hatte Ranjit Uncle Radha versprochen, es wiedergutzumachen. Er sagte – *Bin ich nicht immer dein Spielkamerad gewesen, seit du ein kleines Mädchen warst?* Es stimmte, er war immer da gewesen, wenn Jivan nicht zum Spielen nach draußen kommen durfte.

Ranjit Uncle versprach, sie einmal im Monat gewissenhaft zum Tee auszuführen. Er versprach, Radhas bester Freund zu sein. Sie war soooo glücklich. Jivan hatte sie für immer verlassen, dachte sie, und sich nicht einmal verabschiedet.

«Hör auf zu träumen, Radha», sagt Bubu. «Ich habe eine Überraschung zum zehnten Hochzeitstag. Was würdest du sagen, wenn wir in ein eigenes Farmhaus zögen?»

Na klar, denkt Radha. Mit viel Platz für seine Eltern, seine Schwester und ihre Kinder und für Bubus gesamte Kumpelschar.

«Hinter Daddy herzurennen ist Aufgabe der ältesten Tochter», sagt Bubu.

«Jaaa», sagt Radha, «aber ich will Gargi nicht mit all dem alleinlassen.»

«Hat Gargi an dich gedacht, als sie geheiratet hat? Sie hat Glück, dass Surendraji keine Familie hat. Das ist auch unser Glück.»

Radha war fünfzehn. Wenn sie sich schminkte, übte sie noch.

«Mach dir keine Gedanken, wir laden sie ja manchmal ein. Und du behältst deinen Platz als Vierte von Bapujis fünf Lieben», sagt Bubu.

Erstens: die Company. Zweitens: Nanu. Drittens – Sita. Sie – Radha – kommt an vierter Stelle. Zumindest nicht als Letzte.

Bubu streckt die Hand aus und zwickt Radha in die Wange. Seine Finger riechen nach Cholay.

«Mach dir keine Gedanken», sagt er. «Du wirst immer meine Nummer eins sein. Willst du dich ein Leben lang an den Gästemassen für Gargis Partys abarbeiten? Noch mehr Tee-ji und wie wäre es mit ein, zwei Barfis? Oder möchtest du eigene Partys veranstalten? Keine Reden mehr, nichts als Party, Party, Party!»

Bubu schlägt dreimal hintereinander in die Luft – in ihre Richtung, so als sei sie die Party.

Hör auf zu träumen, Radha, hör auf zu träumen. Sie schenkt sich Wein nach. *Wenn wir nach Srinagar kommen …* Nach der Eröffnung des Srinagar-Hotels sollten sie eine Kreuzfahrt machen. Oder vielleicht auf die Malediven fliegen? Sie könnte auch ein neues Projekt anfangen, zum Beispiel ihre eigene Schultertücher-Kollektion. Zukunftsmodern oder alt-kolonial? Heritage oder Avantgarde? Sie wird ein paar Mumbai-Design-Zeitschriften bestellen und sie nach Amritsar liefern lassen.

Gargi würde das nicht gutheißen. Außer – Radha könnte ein Baby bekommen. Sie wollte schon immer ein echtes lebendiges Baby.

Bubu-bu?, sagt sie und lässt den Arm zwischen den abgegessenen Tellern vom Mittagessen über den Tisch gleiten.

«Willst du mein Baby-Daddy sein?»

Bubu legt seine Arbeit beiseite und kneift die Augen zusammen.

«Steh auf», sagt er. «Bis zur Landung ist noch Zeit.»

Er bedeutet der Stewardess, ins Cockpit zu gehen. In sechstausend Metern Höhe öffnet er seinen Hosenschlitz. Er lädt Radha auf seine Tischseite ein und bittet sie, den Rock hochzuheben. Er zieht ihr den Slip herunter und setzt sie auf seinen Schoss, das Gesicht nach vorne, damit er sie in die Brustwarzen kneifen kann. Er drückt sein Kinn in ihren Rücken. Sie starrt auf das Geschirr. Im Korb liegt noch etwas Puri. Sie bereitet sich vor: Ihre Knie sind unter der Tischkante eingeklemmt. Bubu beugt Radha nach vorne und beginnt im vertrauten Rhythmus. Sie schreit laut auf und ist überzeugt, dass sie weit unten jedermann von Goa bis Amritsar hören kann: eine wunderschöne wilde Mynah, die vom Himmel herabstößt.

Die Hitze in Amritsar. Heftige achtunddreißig Grad, die sich durch die Sandalensohlen brennen. Der Wagen schiebt sich aus dem Flughafen, fort von der Altstadt mit ihrer Stadtmauer. Radha ist voller Sex und Pastis; sie fühlt sich so sicher, dass sie von ihrem Handy aufsieht und den Blick über die zerlumpten Frauen gleiten lässt, die im Dreck hocken. Sie sagt sich, der alte Fluch sei albern. Ich betreibe Marktforschung, denkt sie. Und suche eine Finanzspritze. Von der ihre Zeitschriften-Damen sagen, sie sähen sie nirgends. *Wir sollten ein paar dieser Seilmacher kontaktieren, dieser Matratzenweber. Und ein paar große Porträts von ihnen im Hotel aufhängen, geschmackvoll, Blick direkt in die Kamera, sodass ihre Köpfe das Bild ausfüllen und ihre Augen wie die von Eulen wirken.*

«Fühlst du dich gut?», fragt sie Bubu.

Sie kann seine Augen hinter der Sonnenbrille nicht sehen.

«Großartig.»

Er streckt die Hand aus und zieht sie am Haar.

«Hey, sieh mal! Da ist eine ohne Schuhe, siehst du die? Macht mit bloßen Händen einen Tandoor. Willst du die? Eine Tandoormacherin? Wir könnten sie samt all ihrer Töpfe kaufen. Lass uns anhalten!», sagt er.

Sie kommen an einem Parantha-Stand vorbei, um den ein Haufen Männer steht; sie kann das heiße Ghee riechen, dick wie ein Pelzfutter in ihrem Hals. Wenn sie doch nur einen probieren könnte – nein, das geht nicht. Bubu hasst ihre Vorliebe für Straßensnacks. Er hat ihr verboten, nach dem Frühstück Kohlehydrate zu essen. Zu ihrem eigenen Wohl.

«Sieh nur! Die Kinder da versuchen, Chapati von der Mitti zu essen!», sagt Bubu. «Willst du eine Matsch-Chapati? Ja?»

«Nein!»

«Komm schon, Babe, du musst mitspielen.»

Der Wagen ist zu klein, die Straße kaputt.

«Wie heißen sie?», fragt Radha.

«Ähhm, Chinku, Rinku, Mr Stinku!», sagt er lachend. «Wie Sitas Hunde.»

«Sei nicht gemein», sagt sie. «Die Hündchen sind süß. Sie können nichts dafür, dass Sita sie ohne ihre Mami dagelassen hat.»

«Wie bitte? Seit Sita Madam auf dem College ist, hat Dad mehr Zeit mit ihnen verbracht als mit dir. Sie sind nicht süß – sie sind boshaft. Vor allem Mr Stinku. Er pfeift wirklich auf dem letzten Loch.»

Einfach so, denkt sie. Man wird besser nicht fett, krank oder alt.

«Armer Mr Stinku», sagt sie. «Er ist so ein süßes Hundetier.»

«Ekliger, kläffender Köter. Mach dir keine Hoffnungen. Ein Hund kommt nicht infrage. Wenn du unbedingt geleckt werden willst, bitte den da!»

Bubu zeigt auf einen dünnen alten Mann auf einem klapprigen Fahrrad, vor dem sich ein gewaltiges Stoffbündel türmt – die Hälfte von Radhas hundertteiliger Garderobe hätte dort Platz. Seine Füße stecken in kaputten Chappals, und wenn er in die Pedale tritt, verzerrt sich sein Gesicht. *Als trauere er um seine Beine.* Sie sieht die Adern in seinem Nacken hervortreten, wie Flüsse auf einer alten Landkarte. Seine Augen quellen hervor, und er hat die Zunge zwischen die Zähne geklemmt.

«Okay, du hast gewonnen, wie immer!», sagt sie.

Bubu lacht. Der Wagen fährt langsamer und biegt durch die rosa Steintorpfosten des Company Amritsar Hotels. *Seien Sie gegrüßt*, die Türsteher erkennen sie wieder. Radha streicht sich die Haare glatt und drapiert ihren Duppata über dem Busen zu einem perfekten Lächeln. Radha Kumari. Radha Kumari Devraj Balraj ist im Hotel ihres Ranjit Uncles angekommen.

Du schon wieder!, sagt die Lobby. *Willkommen, die üblichen Zimmer erwarten dich. Indischer Obstkorb (Litschis, Satsumas, Jackfruits, Bananen – auf Wunsch Ananas); eisgekühlter Champagner.* Man muss den Innenhof durchqueren, den Aufzug nehmen, Gänge entlanggehen, um zu den Zimmern zu gelangen. Zimmer zum Essen und zum Schlafen; Zimmer, in denen man hübsch ist, und welche, in denen man trinkt. Alles Company-Zimmer. Manche mit Verbindungstüren – Suiten in schauerlichem Geschäftsreisenden-Stil: durchsichtige Plastikstühle, schwarzviolette Kandelaber, lasergeschnitten und auf alt getrimmt. Samtene

Früchte und Paisleys bedecken die Wände. Das Amritsar-Hotel ist ein Boutique-Hotel: Es hat nur dreizehn Stockwerke, übereinandergestapelt, als sei es ein gigantischer Henkelmann. Die Korridore im Inneren haben keine Fenster, nur weiches, gedämpftes Licht. Man kann im Kreis herumgehen, hinauf und hinunter, ohne je zu wissen, wo man ist, falls man nicht in die oberen Stockwerke gerät: Im achten Stock ändert sich der Grundriss: Die eine Hälfte besteht aus Zimmern, die andere ist weggeschnitten. Die eine Hälfte besteht aus Ranjit Uncles Suite und den Büros der Company North, die andere dient ihm als Privatterrasse. Dort stehen überall Jeets Statuen. Die wertvollen und die Fälschungen. Alle posieren. Radha nennt es die Terrasse des Stillstehens. Auf dem Hoteldach sind eine Sonnenterrasse, eine Bar, ein Swimmingpool und ein Jacuzzi, der ausschließlich Radha und Bubu zur Verfügung steht, wenn sie im Hotel wohnen. Das Hotel liegt inmitten von fünf Morgen gepflegtem Park, der jeden Tag bewässert wird. Umgrenzt wird all das von einer gelben Backsteinmauer. In südöstlicher Richtung hinter dem Hotel befindet sich (glaubt sie) die stinkende Dhimbala Basti: An Festtagen verteilt die Hotelküche Essen an die Kinder. Auf der anderen Seite davon liegt das Königreich Napurthala, wo Gargi und Radha geboren wurden. *Ein Ort für die schönste aller Zeiten: die Geschichte von einer Mutter und zwei kleinen Prinzessinnen, die den ganzen Tag glücklich miteinander spielten.* Stopp. Draußen führt die Straße nach Süden, in die Stadt; und nach Norden, nach Kaschmir.

Als sie ins Srinagar-Hotel kamen … Türen öffnen sich und schließen sich.

Heute Abend essen sie im Hotelrestaurant, unter dem Aam janta. Im fünften Ehejahr hatte Ranjit Uncle Radha (beim Tee) erzählt, er habe ein paar schlechte Investitionsentscheidungen getroffen. Das Alleineigentum des Hotels sei gefährdet. Außenstehende würden sich möglicherweise beteiligen … er hielt ihre Hand und weinte. Diesmal war es Radha, die ihm das Taschentuch aus der Brusttasche zog und ihm seine armen, traurigen Augen abwischte. Gott sei Dank kam ihm Bubu zu

Hilfe und kaufte drei Fünftel des Hotels auf (ohne Bapuji ein Wort zu sagen). Doch sie achten auf die Einhaltung der Etikette: Ranjit Uncle lädt Bubu und Radha zum gemeinsamen Abendessen ein, und Bubu nimmt die Einladung an.

In Radhas Zimmer wartet ein Geschenk: Eine weiche Stofftasche, in der sich ein nagelneuer Toosh befindet. Das Schultertuch ist cremefarben und mit ein paar handgestickten Schmetterlingen versehen. Eine ganz feine Zardozi-Arbeit. Radha berührt einen Flügel. Das Geschöpf sieht beinah lebendig aus. *Alles Liebe, Ranjit Uncle.*

Radha hüllt sich in ihre Schmetterlinge, wickelt sie über BH und Slip. Sie geht durchs Zimmer, hüpft zum Spiegel wie ein Chiru, die langbeinige Antilope schneebedeckter Regionen. Man braucht drei Chiru, um einen Frauen-Shahtoosh herzustellen, und fünf für einen Männer-Shahtoosh. Ein Gargi-, ein Radha- und ein Sita-Chiru, und auch ein Jeet- und ein Jivan-Chiru. Ranjit Uncle hatte ihnen, als sie klein waren, nach dem Mittagessen Vorträge darüber in der Bibliothek gehalten. Damals war Jivan der junge Chiru, der im Gebirge über Indien, schon fast in Tibet, durch die Wälder hüpfte. *Eines der unwirtlichsten Terrains der Welt,* hatte Ranjit Uncle gesagt.

Abgegrenzt wurde es durch einen düsteren Bergkamm aus Büchern, die aus Bapujis Bibliothek stammten und ziemlich ungelesen wirkten. Leichtfüßig klapperte das Chiru-Baby Jivan über das Parkett des Jor Bagh-Hauses und suchte sich ein Versteck. Radha war der Jäger mit dem Messer, sie musste Gargi und Jeet Bericht erstatten und sich instruieren lassen, wo sie den Chiru suchen sollte, bis er schließlich gefangen war. Oder bis Nanu dem Lärm Einhalt zu bieten versuchte und, wenn sie nicht aufhörten, Ranjit Uncle rief. Jivan war in den Garten gebracht und so geschlagen worden, dass seine weiche Unterbauchhaut nicht verletzt wurde. Klein-Radha spielte ihre Rolle weiter: Sie hielt den Stock mit beiden Händen, über denen Ranjit Uncles Hand lag, und schlug ein paarmal kräftig zu; er sagte, sie müsse lernen, wie man Tieren eine Lektion erteile.

Dann begann der Chiru zu sterben. Davor musste ihm aber noch das

Fell Büschel für Büschel an den weichsten Stellen entfernt werden, um dann von Frauen und Kindern, die in ihren Hütten über ihrer Arbeit blinzeln, mit flinken Fingern gesponnen und per Hand gewoben zu werden. Jivan wurde auf den Rücken gelegt, am Bauch gekitzelt und gezwickt, bis er aufhörte zu weinen und sich tot stellte. Daraufhin wurde er zur armen Kaschmirerin, die die Wolle kämmte und ein Jahr oder noch länger (fünf Minuten) an dem feinen Schal webte, woraufhin er zum Shi'a Mann wurde, der den Schal bestickte: etwa ein weiteres Jahr lang (fünf Minuten). Gargi kümmerte sich um den Vertrieb, Jeet war der Hauptabnehmer, und Radha war die englische Endkundin. Vergleichen Sie, probieren Sie, Sie können ‹Nein› sagen oder kaufen.

Dann wurden die drei zum Abendessen gerufen. Ranjit Uncle beendete die Geschichte mit den Worten – *Diejenigen, die den Shahtoosh tragen, sind die Könige und Königinnen in diesem Leben.* Wenn sie und Gargi und Jeet aufgegessen hatten, was man ihnen aufgetan hatte, wuschen sie sich die Hände und durften dann einen Shahtoosh berühren, ihn vielleicht sogar über Sita-Baby in ihrem Gitterbett breiten.

Radha dreht sich im Spiegel. Die Pailletten fangen das Licht ein, werfen Schatten, Spiegelkugeln. Sie kneift die Finger zusammen: die Lotusblume, der Wolf. *Sehr schön*, sagt der Spiegel, *genau richtig*. Der Spiegel ist Repro vom Feinsten, mit falschen Flecken, damit er alt wirkt. Eine ältere Radha starrt sie an, wie eine Filmdiva von anno dazumal, die an ihre Jugend denkt. *Dieses schöne Mädchen wird nie altern oder sterben.* Der Spiegel schweigt dazu.

Sie zieht sich an: einen grünen Sari, eine Bluse, die von zwei Schnüren gehalten wird: eine über dem Rücken, die andere um den Hals. Sie wickelt den Sari so tief wie möglich: Ihr Nabel starrt schamlos heraus und zwinkert sich im Spiegel zu. Sie sticht mit dem Finger hinein, *ungezogene Naabhi*! Dann stäubt sie Bronzepuder darüber. Sie lässt ein Set vom Hoteljuwelier kommen – ein Collier aus antikem Gold mit Diamantenkruste; ein Paar Ohrringe in Form winziger Kronleuchter. Jetzt sagt das Zimmer *Aah, schöne Radha – ganz wie eine Braut!* Ranjit Uncle wird zu schätzen wissen, dass sie sich mit Ware aus seinem Laden schmückt. *Ja, das wird er. Und Jivan?*

Seltsam, dass sie eine Spur zu viel Parfum trägt. Für das zahlende Publikum? Kommen Sie und besorgen Sie sich eine Eintrittskarte, um die Göttin zu sehen und Ihr Schicksal von ihr zu erfragen!

Im Aufzug ist kein Spiegel. Er wurde durch ein Video mit Goldfisch ersetzt, der mit rotierenden Augen und weit geöffnetem Mund von einer Seite auf die andere flimmert. Bubu starrt auf die Türen; Radha auf ihre Zehen. Der Fisch schwimmt hinter ihnen. Sie betreten die Lagoon Bar (nur für Mitglieder). Der Oberkellner begrüßt sie; Radha geht hinter Bubu her, *jetzt beginnt der Abend.*

Vor der Hochzeit stundenlang Fashion TV zu sehen, hat sie gelehrt, ihren Rücken gerade zu halten, die Schultern nicht hochzuziehen und das Becken herauszustrecken. Alles ringsum ist Tiefsee: kaltes Licht auf blauem Samt. Die Bar sieht zu, wie Radha vorbeigeht, die von hinten beleuchteten Flaschen sind ein Regenbogenregiment: Sie stehen in Habachtstellung da und sagen: *Guten Abend, Radha Rani, du siehst ganz bezaubernd aus. Wie wäre es heute mit einem Cocktail?* Schnüre mit durchsichtigen Glasperlen fallen kaskadenartig von der Zimmerdecke: winzige Wasserfälle, die je eine Muschelsitzecke verbergen. Radha trägt ihr neues Schultertuch, Schmetterlinge, die durch Aquamarin flattern.

Es wird Jazz gespielt. Ausnahmsweise nicht Ranjit Uncles alte Lieblingsfilmhits.

«Bubu, Radha! Willkommen, schön, euch zu sehen.»

Jivan. In Jeans und dunklem Hemd wartet er an ihrem Tisch. Seine Augenbrauen sind gezupft. Dadurch sieht sein Gesicht kantiger aus, seine Wangenknochen werden betont. Er sieht immer aus, als erzähle er gleich einen Witz, und zwar einen dreckigen. Radhas Lächeln breitet sich in ihrem Körper aus, warm, wie die Sonne Goas.

«Hey, sieh mal, wen wir hier haben», sagt Bubu.

Sie machen Junge-beschnüffelt-Junge: Greifen, Ziehen, Auf-den-Rücken-Schlagen, Drücken, Loslassen. Sie scheinen echt erfreut, einander wiederzusehen. Bubu mag den Eckplatz der Sitzecke, runzelt jedoch die Stirn über die Flasche Veuve Clicquot, die dort bereitsteht. Er winkt sie weg. Er trinkt immer nur indischen Alkohol (ohne Importsteuer). Sich Gedanken über solche Dinge zu machen, ist eine Angewohnheit seines Vaters.

Der Oberkellner umklammert den Eiskübel; er schüttelt ihn, als hätte der Kübel sich absichtlich dorthin gestellt. Das Geräusch bringt Radhas Nerven zum Klingen, während sie sich zu Jivan vorbeugt und seine Hand auf ihrem Rücken spürt; nach europäischer Art küsst sie ihn auf beide Wangen. Seine Stoppeln kratzen: Sie sieht sich als langes, dünnes Zündholz, das sich an ihm reibt. Er riecht nach Zitrus und beinah nach – Jasmin? Er zieht sie sanft in die Samtmuschel.

Unter dem Tisch drückt sie den Daumen in Jivans Handteller.

«Meine Herren? Was darf ich Ihnen bringen?» Ein junger Kellner, dessen Uniform zu groß ist: Sie sitzt, als rechne sie damit, dass er in der nächsten Minute hineinwächst, *fügen Sie einfach Wasser hinzu.* Seine Turnschuhe leuchten im ultramarinblauen Licht. *Trink, trink,* tönen die Glasperlen hinter ihm. *Trinken? Na, keine Frage.*

«*Tiger, Budweiser?*», fragt Jivan Bubu.

«Er trinkt einen Tiger», sagt Radha. «Für mich Wodka Tonic.»

«Ek dum thanda, okay?», fährt Jivan den Jungen an. «Aur glass nahin chahiye. Bhoolna nahin, okay? Und einen JD für mich, einen Wodka Tonic für Radha Madam, Eis und Zitrone. Und bringen Sie Mr und Mrs Balraj ein paar Snacks. Was möchtet ihr? Scharfe Nachos? Pommes frites? Oder sollen wir mit ein paar warmen Spezialitäten anfangen?»

Bubu zieht die Augenbrauen hoch.

«Wah, wah. Nicht schlecht, dein Hindi, Mr Leiter des Internen Nachrichtendiensts. Mann, eben erst gelandet und spricht die Sprache schon wie ein Wasserfall. Ich bin beeindruckt, mein Freund», sagt er.

«Na ja, weißt du … ich bin ja mit Hindi aufgewachsen. Und Gargi Madam meinte, ich solle mich darin üben. Was Gargi Madam will, das bekommt sie auch», erwidert Jivan.

Bubu lacht, also lacht Radha ebenfalls. Auf einmal scheint alles sehr lustig zu sein. *Sie und er und er und wo ist Ranjit Uncle?* Jivan verzieht keine Miene, als Radha seine Hand loslässt und beide Hände auf den Tisch legt. Ehering, Verlobungsring, Memory Ring. Bubus Mitverschwörer zwinkern ihr zu. Sie möchte in Jivans Kopf kriechen und seine Erinnerungen durchforsten, um zu sehen, an welche Radha er sich erinnert: Ist diejenige noch da, die ihn immer verkleidet und Jäger-jagt-Chiru mit ihm gespielt hat?

Die Drinks werden serviert: Sie beobachtet die Männer, den Whisky und das Bier. Bubu lässt die Nachos-Katchos zurückgehen, also bestellt sie heiße Samosas, *gutes Zeug*. Radha nippt an ihrem Wodka und versucht dann, ihr Glas zum Singen zu bringen, indem sie den Finger auf dem Rand des Glases kreisen lässt.

*

Nach drei kleinen Wodkas ist das Zimmer mit ihr warm geworden: Wie gemütlich ist es doch in Amritsar. Sie liebt die Bar, das Blau; Geplauder über dies und das schwirrt umher. Bubu schaufelt eine Faust voll Erdnüsse aus dem Schälchen und wirft sie sich in den Mund. Jivan lächelt sie ab und zu träge an. Als liefe die Zeit für ihn langsamer. Sie beobachtet die beiden. Bubu liebt selbst gekochtes Essen und geht liebend gerne einkaufen. Er interessiert sich für ihre Garderobe und ihr Haar. Jivan, findet sie, ist jünger und frischer. Mit dem Wodka Tonic schleicht sich ein Gedanke ein, der mit den Blasen nach oben sprudeln und zu Gelächter werden will: *Bubu und Jivan passen hervorragend zueinander. Sie könnten heiraten, die Flitterwochen in Srinagar verbringen und Bootsfahrten auf dem See machen.*

Sie trinkt und scrollt ihr Handy durch. MrGee hat fünfzehn neue Follower. Sie tippt einen Tweet ein: *Vorverkaufsfieber nach dem neuen Company-Ökoauto steigt stündlich! Schnelle Bestellung ratsam – hab meine schon rausgeschickt!* Sie beobachtet ihre beiden Männer; sie bringen sich auf den neuesten Stand. Trinken in einem Zug aus. Fangen an, über Jeet zu reden. Jivan wirkt sehr aufgebracht.

«Mal im Ernst, wo kann er hinverschwunden sein?», fragt er. «Natürlich ist mein Dad am Boden zerstört.»

«Es ist nun mal passiert», sagt Bubu schulterzuckend. «Jeet war schon immer unberechenbar. Ich hab die Delhi-Polizei und die von Amritsar gemeinsam auf ihn angesetzt. Wenn sie ihn kriegen, sollen sie ihm nichts tun. Diese Burschen zücken schnell die Schlagstöcke – verstehst du, was ich meine?»

«Machst du Witze?», fragt Jivan.

Er sieht jetzt verängstigt aus. Oder erregt? Radha nippt ihren Wodka in dem blassen Blau und sieht überall winzige Lichtpunkte über ihm tanzen.

«Wieso sollte ich Witze machen?», sagt Bubu. «Alle internationalen und alle Inlandsflughäfen, alle Bahnhöfe und die größeren Busbahnhöfe haben Jeets Foto. Wir haben auch ein paar Leute in Zivil angesetzt. Für den Fall, dass er sich immer noch in Delhi versteckt. In der Altstadt.»

«Warte mal, du meinst euren internen Geheimdienst? Mensch, das ist doch mein Job?», fragt Jivan.

«Huh. Kritik und Kashyap. So intelligent wie Affen, die zu schreiben versuchen. Wir wissen ja nicht mal, an was Jeet beteiligt ist. Es kann eine terroristische Gruppe sein, religiös motivierte Aufwiegler, oder er könnte von einem Gandu erpresst werden. Egal, was es ist, wir müssen die Vermögenswerte schützen.»

«Vor Jeet?», fragt Jivan. «Im Ernst?»

«Er kennt jede Menge Existenzen. So arbeitet er. Stammesangehörige, Tamilen, verrückte Sikhs, die ihren eigenen Staat wollen. Fanatiker aus Kaschmir. Von denen sind wir schon mal getroffen worden», sagt Bubu. «Und denen stiehlt er besser nichts – bei Jeet weiß man nie, und normalerweise frage ich ihn auch nicht danach.»

Es läuft wilde Klaviermusik, unterhöhlt von Trommeln, die den Takt schlagen, *Wo ist der Junge?* Radhas Glas ist leer.

«Okay, Back-up», sagt Jivan. «Wo zum Teufel kommt das alles her? Ziemlich harter Tobak. *Fanatiker* aus Kaschmir? Also Terroristen? Jeet würde sich nie auf so was einlassen. Er weiß wahrscheinlich nicht mal, wie man ein Gewehr hält.»

Ja! Endlich etwas, was nur Radha beantworten kann.

«An seinem achtzehnten Geburtstag hat ihm Bapuji beigebracht, wie man schießt», sagt sie. «Sie haben im wilden Wald Pappkameraden aufgestellt – all die Ausschneidefiguren von Industriellen, auf die Bapuji böse war – Jeet hatte irgendwie seinen Spaß damit. Hat er mir gesagt.»

«Aber Terroristen?», sagt Jivan.

«Sie versuchen, uns dazu zu kriegen, dass wir aus Kaschmir abziehen», sagt Bubu. «Ihr Amis seid nicht die Einzigen, die sich mit so was herumschlagen müssen. Es gab Angriffe auf das Parlament in Delhi. Vor vier Jahren explodierten Bomben in Mumbai – unser Company-Hotel und ein paar andere wurden getroffen. Letztes Jahr gingen noch mehr Bomben hoch. Weißt du gar nichts davon?»

«Es war irre», sagt Radha. «Ich war dort – an dem Tag hatte ich ein paar Treffen mit diesem phantastischen jungen Regisseur Amit Khanna – wir sprachen über Werbekampagnen und hatten gerade einen Matcha-Tee bestellt. Ich erinnere mich noch ganz genau.»

Bubu streckt die Hand über den Tisch aus und legt ihr den Finger auf die Lippen. Er streichelt ihr über die Wange. Sie geht auf ihn los und will ihn beißen, lässt es dann aber.

«Ich erinnere mich an die Mumbaigeschichte. Hatte vergessen, dass ihr angegriffen wurdet», sagt Jivan.

«Ja, der Horror», sagt Radha. «Terrorhorror.»

Jivan und Bubu blicken sie an. Keiner von beiden lacht.

*

Du hier, zu dieser Stunde? Die Lobby ist hell erleuchtet, dort sind zu viele Fremde. Radha wickelt sich in ihr Schultertuch. Sie hält sich das Handy vors Gesicht. Klick, klick, klick. Das wird sie später auf MrGee tweeten. Das Restaurant ist voller Familien, die Speisen vom Buffet essen, von den vielen Gerichten auf Warmhalteplatten und auf Eis. Genau das

Richtige für ein vertrauliches Gespräch – ein Tête-à-Tête – bei dem nicht einmal der Sommelier oder der Wasserkellner hört, was man sagt, sondern nur derjenige, der neben einem sitzt. An jedem Platz sind fünf Messer und fünf Gabeln gedeckt sowie drei übereinandergestapelte Teller, auf denen eine zu einem Pfauenrad gefaltete Serviette thront.

Ranjit Uncle sitzt bereits am Tisch und wartet darauf, dass Radha *kommt und sich zu ihm setzt.* Er steht auf und begrüßt alle; seine Augen sind leicht blutunterlaufen. Er sieht ein wenig alt aus. Ranjit Uncle: der ihr vor ihrer Hochzeit beigebracht hat, wie man einen Whisky Sour zubereitet – *Überlebenskunst,* sagte er. Der sie an ihrem zwanzigsten Geburtstag nach Dubai ausgeführt hat, weil Bubu zu sehr mit seinem Shoppingcenter beschäftigt war. Von dem Radha gelernt hat, Wie-man-bekommt-was-man-will-ohne-Freunde-zu-Verlieren. Sogar sein Bart sieht ein wenig ungestutzt aus.

«Gefällt dir das Schultertuch? Es steht dir sehr gut.» Er hat feuchte Hände. Seine Stimme und sein Atem sind Eis mit Whisky.

Sie setzen sich hin: erst Radha, dann Ranjit Uncle, dann Jivan, dann Bubu. Einer ist ihr Mann, einer ihr Mentor, einer ihr ältester Freund. Sie kann nicht sagen, wer der Ehrliche ist, wer der Naive und wer das Monster unter dem Bett.

«Ich hätte nie gedacht, dass Jeet so gefühllos sein kann, das sage ich euch. Woher hat er das bloß?», sagt Ranjit. «Usne mera dil chir diya.»

Wie seltsam, dass er sagt, es habe ihm das Herz zerrissen, nicht gebrochen. Weil er jetzt Jivan hat? Sie lächelt den Sohn an, über den Vater hinweg.

«Wir können es auch kaum glauben», sagt sie. «Dein heiß geliebter Jeet.»

«Aré Radha Beti, könnte ich diese ganze Sache doch bloß vergessen. Wie soll ich deinem Bapuji jetzt unter die Augen treten?»

Mistry, der Koch, kommt an den Tisch. Seine Kochmütze steht wie eine Zuckergusssäule auf seinem Milchschokoladengesicht. Er möchte wissen, was für Leckerbissen er für Radha zubereiten kann, und sagt ihr dann, was ihm am besten schmeckt.

«Bringen Sie eine Auswahl», sagt sie – wie immer. «Und noch eine Runde Drinks.»

Jetzt muss sie sich Ranjit Uncle zuwenden, mit weicherer Stimme sprechen.

«Lieber Ranjit Uncle, ich weiß, dass du Jeet liebst, aber manchmal benimmt er sich schlecht. Gegenüber Bapujis Hundert, zum Beispiel. Gargi hat mir gesagt, sie seien auf der Farm außer sich geraten und hätten alle möglichen Faxen gemacht. Das ist nichts für Bapujis Gesundheit. Hast du gewusst, dass Jeet ihnen nahesteht?»

«Anscheinend weiß ich nicht, Beti, was Jeet so alles treibt.»

«Es stimmt, Dad», sagt Jivan. «Jeet hat sich schon immer für diese Typen interessiert. Und das ist nicht gerade eine Veg-Szene.»

Sieh einer an! Radha bemerkt, dass Jivan wieder die alten Slangwörter benutzt, die Gargi als Teenager im Mund führte: ‹veg›, ‹non-veg›. Sagt man im Westen nicht eher – wie war das noch gleich – ‹savoury› (pikant) und ‹unsavoury› (widerlich)? Noch interessanter ist, dass Jivan ihr bei etwas den Rücken stärkt, von dem er nach all den Jahren in Amerika nicht wissen kann, ob es stimmt. Und will er andeuten, dass Jeet schwul ist? *Vor seinem eigenen Vater?*

«Das Srinagar-Hotel wird doch bald eröffnet. Wie kann Jeet da einfach verschwinden?», sagt Ranjit Uncle.

Wie Milch, denkt sie. Jeet der Doodh. Sie ertränkt ihr Lachen im Wein.

«Ich dachte schon, Bapuji würde seine Jungs nach Goa mitbringen und erwarten, dass ich sie bewirte. Das geht zu weit», sagt sie.

Sie hat die Augen aufgerissen und den Mund geöffnet; das Entsetzen zerrt an ihren Wangen, als würde Ranjit Uncle hineinkneifen.

Ranjit Uncle schüttelt den Kopf. *Ja, liebe Radha, das geht zu weit.*

«Mach dir keine Sorgen», sagt Bubu. «Wir finden den bösen Buben Jeet. Und dann kannst du entscheiden, wie er bestraft werden soll.»

Bubu blickt von Ranjit Uncle zu Jivan und legt jedem eine Hand auf die Schulter.

Ranjit Uncle nimmt seinen Drink in die Hand. Seit Jahren sieht

Radha ihm zu, wie er die Flüssigkeit schwenkt und dann hinunterkippt. Er stellt das Glas ab, hält es aber noch fest. Er starrt weiter auf seine Hand; sein Gesichtsausdruck lässt sich nicht entziffern. Seine Haut ist pockennarbig wie das Glas mit Gravur, Einkerbungen von zu vielen späten Nächten. *Bubu und nicht Jivan,* denkt sie, *wird wahrscheinlich eines Tages aussehen wie Ranjit Uncle.*

Das Essen kommt: Riesengarnelen im Schmetterlingsschnitt, die aufgeklappt rosa aussehen und so zufrieden, als seien sie in den Topf geschwommen und hätten sich der Soße willig geopfert. Roti und im Tandoor gebackene Daal. Juwelenreis, mit leuchtend roten Granatapfelkernen und dem feinsten Safran aus Kaschmir.

«Essen wir», sagt Ranjit Uncle. «Komm, Beta. Alles, was ich habe, steht zu deiner Verfügung.»

Als sie mit dem Essen fertig sind, überlässt Radha die Jungen einem neuen Spiel: Poker, nach Jivans selbst ersonnenen, ganz neuen *amerikanischen* Regeln. Sie begleitet Ranjit Uncle zurück in seine Suite. Er drängt sie, noch auf einen Drink zu bleiben, weil er sein neues Spielzeug vorführen will: einen Pizzaofen mit Holzfeuerung, den er erst kürzlich auf seiner Terrasse installiert hat. Er verspricht, am nächsten Wochenende Radha zu Ehren eine Pizza-Party zu geben, wenn sie ein wenig Zeit mit einem südafrikanischen Geschäftskollegen verbringe, dem er vor seiner Abreise eine Kostprobe ihrer Gastfreundschaft geben wolle.

Miles ist über einen Meter achtzig groß (größer als Bubu); seine Schultern sind so breit wie das India Gate. Er hat warme, große Hände mit rauen Handtellern. Er ist das, was Radha ‹heiß› nennen würde, wenn sie sich etwas aus weißen Typen machen würde; sie weiß nicht, warum sie sich bei ihm so entspannt fühlt, beschließt aber, zu bleiben. Er sei in Indien, um Zigarren zu kaufen, direkt aus Ranjits eigenen, persönlichen kubanischen Beständen, die ihm von allen am besten schmecken. Radha lächelt, ja, ja, Ranjit Uncle hat derartig eklektische Angewohnheiten. Miles schenkt ihr einen Doppelten ein und lässt sie an seiner Zigarre saugen. Ranjit Uncle nickt dazu. Danach fühlt sie sich hervorragend. Sie gesteht Miles (leise), sie wisse natürlich, wer er in Wirklichkeit sei – der Geschäftsführer gewisser Fabriken vor Johannesburg. Er wirkt so überrascht, dass sie kichern muss. Er stellt Kleinteile her, die Panzer, Gewehre und Beobachtungsinstrumente zusammenhalten. Die Company-Materials-Tochtergesellschaft (die, wie sie vermutet, jetzt zum Teil ihr gehört), besitzt einen kleinen, bedeutenden Anteil davon.

«Das war die Fabrik, die Klimaanlagen für Saddam Husseins Palast im Irak hergestellt hat», sagt Ranjit Uncle. «Im Nahen Osten.»

«Waren Sie da?», fragt Radha.

«Klar», antwortet Miles. «Innen alles aus Gold. Sogar die Aufzüge.»

Radha hat dazu keine Meinung, was bedeutet ihr das schon? Es ist eine gute Geschichte. Die Aktien bringen ein paar Hundert nicht deklarierte Crore pro Jahr ein. Die Teile werden über die Company an die Regierungen in Pakistan, Afghanistan und an Iran, Irak, Syrien und Jemen verkauft. An Großbritannien und nach Amerika. Durch den Kaschmirkorridor kommen sie als ausgewachsene Waffen zurück nach Hause. Was für große Waffen-Arme du hast, Radha lacht beinah los. *Hihihi.* Sie hebt den Arm hoch. Eine kleine Muskelwölbung unter der glatten Haut. Der Schatten eines Tänzers erscheint an der Wand. Waffen-Arme und der Höchstbietende.

Miles scheint überrascht, dass Radha Alkohol trinkt – *brave Mädchen trinken nicht* – dass sie Zigarren probiert – *brave Mädchen würden das nie* – dass sie seinen Beruf kennt – *brave Mädchen sollten nicht – was nicht? Darüber reden.*

Radha sagt, während Ranjit Uncle voller Stolz auf sie zuschaut (ein Gefühl, das wie Zigarrenrauch in ihren Augen brennt), sie und ihr *Mann* leiteten die Company Consumer Goods-Tochtergesellschaft, die Schultertücher und das Zubehör; sie wisse genau, was sie kauften und verkauften und von wem. Und wo die Ware herkomme und wohin sie gehe.

«Friede!», sagt Miles. «Women's Lib.»

Beim Whisky-Schlaftrunk und bei flambierten, kandierten Äpfeln mit goldener Kruste und zartem Fleisch kuschelt sich Radha links von

Ranjit Uncle aufs Sofa, *auf ihre gute Seite,* ihre hübschen Füße in seiner Nähe, sodass er sie gegebenenfalls als Handstütze benutzen kann. Sie erzählt Geschichten über Bollywoodstars und ihre perversen Forderungen, über verzweifelte PR-Mitarbeiter, die pausenlos an Aufpolierungen arbeiteten; Geld geht durch dieses System, wird gesnifft und geraucht; eine Bargeldspritze aus flüssigen Highs aus den geheimsten Company-Quellen, *stimmt doch, oder, Ranjit Uncle?* Er lacht und drückt ihren Fuß; und erinnert sich an die Zeit, als ein Hollywoodstudio nach Mumbai kam, um Radha zu treffen und von ihr in die Dharavi Basti gebracht zu werden, um alles über Bapuji zu erfahren; ja, und sie trinkt jetzt ihr Gläschen und gesteht, dass sie ihnen Einzelheiten erzählt hatte – Bapujis Liebe zu alten Gewehren und seine Fixierung auf Frage-und-Antwort-Spiele. Sie glaubten ihr nicht und drehten ein Biopic (das ein Flop wurde), in dem Bapuji in Armut aufwuchs und dann großen Erfolg im Textilhandel hatte, weil er nie Bestechungsgelder annahm. Miles muss darüber lachen, ein Lachen wie ein Gewehrschuss, hapahhapaphapa. Auch Radha lacht, sie lacht an den richtigen Stellen, als Ranjit Uncle in allen Einzelheiten von seinem Schokoladenherstellungskurs erzählt, den er soeben bei einem in der Schweiz ausgebildeten Konditor namens Clive Vertenbaker absolviert hat, ein Name, den sie lustig findet, doch diesmal lacht Miles nicht, vielleicht hat er den Witz nicht verstanden. Als ihr der Sari von der Schulter rutscht, bringt Ranjit Uncle eine Auswahl feiner dunkler Trüffel in Blattgold – er hat sie selbst gemacht. Er und Miles wollen sie damit füttern – ihr eine nach der anderen mit ihren Wurstfingern in den Mund stecken; sie zerbeißt sie lächelnd und lacht und schluckt; kleine, harte Kugeln mit scharfer flüssiger Füllung, die ihr im Hals stecken bleiben. Sie trinkt weiter Whisky und Luft. *So lustig, hach, wie lustig.* Als Ranjit Uncle geht (um, wie er sagt, noch mehr Wein aus dem Hotelkeller zu holen), ist die Zeit gekommen. Miles rückt ein bisschen näher an sie heran. Sie erlaubt ihm, ihre Hand zu halten, zwischen den Sarifalten.

Er redet ununterbrochen über seinen Sohn, einen Fünfzehnjährigen namens William (nach dem britischen Prinzen).

«Was ich mache, gefällt Wills nicht. Er redet nicht mehr mit mir. Aber die ganzen Sachen, die ihm das beschert, sein iPad, sein Jeep, die findet er natürlich wunderbar.»

Sie lehnt sich zurück und fährt sich mit den Fingern durchs Haar.

«Ach, das Leben. Würden Sie wieder dasselbe machen, wenn Sie es sich noch mal aussuchen könnten?»

Sie streckt die Beine aus. Er sieht ihre Zehen unter dem Sari herausragen, rührt sich aber nicht.

«Ich kann mich jetzt nicht mehr verändern. Dafür ist es zu spät», sagt er. Er beugt den Kopf zu ihr hinunter.

Meine Güte, wie traurig er aussieht. Warum sind Ausländer immer so *ernst?*

«Das stimmt doch nicht», sagt sie.

Sie springt auf. Findet ihr Gleichgewicht. Schlüpft in ihre Sandalen. Ein Selfie mit ihm und seiner Zigarre. Für ihr privates Fotoalbum.

«Sie scheinen ein guter Mensch zu sein», sagt sie. «Gehen Sie mit Ihrem Jungen auf Safari, das wird er toll finden. Ich bin an meinem fünften Hochzeitstag mit Bubu nach Ruanda gereist, um die Gorillas zu sehen. Es war phantastisch. Ich weiß nicht, wer sich mehr für wen interessiert hat, Bubu für die Gorillas oder umgekehrt!»

Lautes Gelächter, bevor Ranjit zurückkommt, sagt sie Gute Nacht und geht.

Die Tage verlaufen folgendermaßen: Radha im Fitnessstudio, wo sie jeden Morgen mit Jivan oder Bubu trainiert. Dann Lunch. Schimmel kriecht über die Frucht im Korb – weiß gesprenkeltes Grün über Orange –, die anfängt, zu zerfallen und zu riechen; sie muss um Ersatz bitten und fragt sich, ob der Service in dieser Stadt jemals so sein wird wie der in Delhi. Nachmittags Arbeit an den Details für die Srinagar-Eröffnungsparty. Der Pool wird jeden Morgen gereinigt, das Wasser über ein Abflussrohr abgelassen, das – wo endet? Radha weiß es nicht. Ihr gefällt, wie die Kacheln an den Seiten geschrubbt werden; bereit für ihr abendliches Schwimmen, erst in Bahnen, dann zwischen Luftblasen untertauchend, während Ranjit Uncle bei ihr sitzt; die Pläne durchgeht, Namen auf der Liste ergänzt, andere ausstreicht, wer ist dabei, wer ist draußen. *Gib den Verkauf anfangs nicht aus den Händen. Akquiriere deine ersten hundert Kunden selbst,* tönt der automatische Service. Drinks. Dinner. Morgens: *Ein Kind mit Schulbildung ist ein zukünftiger Tycoon.* Tee, Kuchen, keine Makronen. Bubu fordert jeden Abend Freunde aus Amritsar auf, Jivans Poker zu spielen – die Regeln werden immer komplizierter. Keiner versteht sie alle – auch wenn Jivan sagt, sie seien so einfach wie ein Kinderspiel.

Radha kreiselt durch die Hotelkorridore, fährt mit dem Aufzug hinauf und hinunter; Fitnessraum im Keller, Mittagessen im Restaurant, Tee in Ranjit Uncles Suite. Arbeit in den Hotelbüros, dann zur Dachterrassenbar und wieder nach unten ins Bett. Nachts denkt sie an Jivan und drückt sich deshalb an Bubu, wofür sie eine saftige Ohrfeige nach der anderen bekommt. Sie fühlt sich von Langeweile verfolgt, Gott sei Dank gibt es MrGee. Tweetet dies und das, vor allem über die Company. Und der automatische Service lässt erklingen, dass die Tage vergehen. *Unsere Träume müssen größer werden. Unser Geist tiefer. Die Reisen weiter: Zusammen machen wir alles neu.*

Eines Abends bringt Bubu sie zurück zum Flughafen. Sie steigen in das kleine Flugzeug und fliegen in den Sonnenuntergang: Eine halbe Stunde lang befinden sie sich hoch über Srinagar, landen jedoch nicht. Durchs Fenster zeigt Bubu auf Berge, die sich in der untergehenden Sonne rot färben; die das Licht vom Schnee reflektieren. Dort sind die Pässe, über die das Geld in den Fluss schmilzt, der durch die Company-Hähne fließt. Irgendwo dort unten ist der hochgelegene Ort, wo Chirus gejagt werden. Obwohl es nicht kalt ist, steckt Radha das Schultertuch in ihr Jackett. Auf dem Rückweg kommt es zu Turbulenzen, was Bubu erregt und energischer macht. Das kleine Flugzeug wirft sich seinem Rhythmus entgegen, und sie, das Gesicht an einer Rückenlehne, die Hüften in seinen Händen, die Knie in Bewegung und Gegenbewegung vom Sitz gehoben, klammert sich in Gedanken an Jivan. Eine Hand greift nach ihrem Mund und reibt ihr den feinsten, frischen Schnee aus den Bergen von Kaschmir aufs Zahnfleisch. Ein gutes Gefühl. Sie schreit wie ein Chiru, fühlt sich von ihrem Mann in zwei Hälften zerlegt.

Drei Nächte später, nach Drinks, Dinner, Drinks und einem Schuss-für-Schuss-Spiel Jubaan Twisters mit Ranjit Uncle in seiner Suite, geht Radha auf die Dachterrasse. Es herrscht Nacht. Die Palmen zeichnen sich drohend vom Pool ab, als seien die eigentlichen Bäume ertrunken und hätten ihre Geister dort zurückgelassen. Jivan und Bubu spielen ihr Kartenspiel mit zwei von Bubus Freunden aus Amritsar – Pankaj und Rahul Singh, beide groß und mit enormen Turbanen, aus einer Familie, die mit Süßwaren aus der Gegend handelt. Eine Schachtel Jalebi steht offen auf dem Spieltisch. Sie betrachtet die Schachtel mit dem klebrigen Kringelgold. *Jalebi sind schlecht. Süßigkeiten sind schlecht. Nein, Radha, nein.*

Jivan hat Würfelspiele hinzugefügt: Die Inder verlieren ununterbrochen. Radha ist in einer Stimmung, die nach Aufmerksamkeit verlangt, und sie wird singen und tanzen, um sie zu bekommen. Sie stolziert auf der Dachterrasse umher. Sie beugt sich über die Brüstung und beobachtet die Lastwagen, die auf der Schnellstraße Mutproben machen. Wenn sie die Hand erhöbe, könnte sie sie von hier oben aufsammeln, ihnen die Räder abziehen und zusehen, wie sie versuchten, weiterzufahren. Als sie neun war, hat Jeet sie angestiftet, dies mit Kakerlaken zu machen, wackelwackel, wenn du sie fängst, dann knacken und zermatschen, braunes Blut auf Radha-Babys Hand. Schreie und Tränen, die Finger gespreizt, den Arm von sich gestreckt. Jeet hat sie immer aufgezogen und gezwungen, an ihnen zu lecken.

Es muss mindestens zwei Uhr morgens sein. Sie geht hier nie in die Stadt, das würde mindestens eine Stunde dauern – tagsüber ist Amritsar ein Einfaltspinsel, Delhis dicke, fette Auntyji, die auf der Party in der Ecke hockt. Doch nachts hält sie sich in einer Art überdrehtem Frieden, der, wie sie vermutet, von den Sprechgesängen aus dem Goldenen Tempel gespeist wird, pausenlos, pausenlos. Touristen ihrer Güteklasse begeistern sich viel mehr für dieses Monument als für den Taj Mahal, *es ist dort so sauber, so ruhig, keiner belästigt einen. Und haben Sie den Langar gesehen, wo jeden Tag Hunderte von Armen gespeist werden?* Der Sikh-Glaube ist so stark, so schön, so ehrenhaft. Ranjit Uncles Glaube. In den Baumwipfeln erhebt sich eine starke Brise, doch das Hotel ist zu weit von den Sprechgesängen entfernt. Trotzdem liegt *etwas* in der Luft, wie ein Fetzen Musik, den Radha nicht identifizieren kann. Ein Pfeifen, vielleicht sind es aber auch nur die Bäume.

Radha schlendert zum Spieltisch zurück; Jivan hat einen Stapel Chips vor sich liegen und lehnt grinsend in seinem Sessel. Bubu hat seine Krawatte verloren, die obersten Hemdknöpfe sind geöffnet; sein Gesicht ist ganz verzerrt, wie das eines schmollenden Schuljungen. Die Männer blicken auf und begrüßen ihr Cocktailkleid und ihre Beine, ihre Louboutins: *Ja*, sagen die Bäume, *du bist hübsch*; und der Nachthimmel scheint ihnen beizupflichten. Bubu streckt den Arm aus, und sie stellt sich hinter ihn und setzt ihr Glas auf seinem Kopf ab. Er schlingt den Arm um ihre Taille, drückt ihr die Pailletten in die Haut. Er hat beschissene Karten.

«Babe», sagt er. «Dieser madarchod Ausländer reißt mir den Arsch auf.»

«Oh, so ein niedlicher Arsch. Also komm, du kannst doch nicht zulassen, dass dieser Amerikaner dich schlägt.»

«Hey, mein Freund», sagt Jivan. «Ich hab dich schon gekannt, als du noch Kackwindeln anhattest, ich hab die indischen Chips und die Ausländerchips.»

«Das geht nicht, Alter», sagt Bubu. «Du musst wählen. Außerdem bist du gar nicht richtig hier aufgewachsen. Woher willst du wissen, was läuft? Wir feiern gern rauschende Partys, wir wollen, dass unsere Frauen sexy sind, wir haben gern eine reine Seele. Und wir spielen nur nach unseren eigenen Regeln. So ist das in Indien!»

Jivan prostet Bubu zu.

«Und doch bist du hier», sagt er. «Glaubst du, ich kann dich nicht schlagen?»

«Keine Sorge, dich erwischt's auch noch. Weißt du, was ich zu den USAhhh sage?»

«Was, sag's uns, oh Bubu, oh Weiser!», sagt Radha.

«Wir sind in Indien, Mann! Alles, was die können, können wir besser. Und das Ihre werden wir ebenfalls haben.»

«Amen», sagt Jivan.

Alle erheben die Gläser und trinken aus. Dann bestellen sie noch mehr Bourbon.

«Verlier bloß nicht zu viel», sagt sie zu Bubu. «Ich hab bald Geburtstag.» Jivan blickt zu ihr auf.

«Hey, du auch», sagt sie. «Im November. Gott – weißt du noch Gargi und ihre Kuchen? Erst ich, dann du. Deiner war immer schöner. Du bist immer zu uns gekommen, fein gemacht, für einen offiziellen Geburtstagsbesuch. Hast du nicht sogar mal eine Fliege getragen?»

»Okay, Miss Piggy», sagt Jivan.

«War sie nicht dein Lieblingsspielzeug? Piggy, piggy», leiert Bubu. «Red nicht despektierlich von deiner Schwester. Schlimm genug für Gargi, dass sie den nicht kriegt. Blas auf meine Hand, Raddy. Bring mir Glück, sonst verlier ich alles und muss dich verwetten.»

Sie sitzt auf Bubus Knie. Er muss die Arme um sie legen.

«Und was ist, wenn Jivan mich gewinnt und ich protestiere?», fragt sie. «Wird er dann an meinen Pailletten zerren? Ich glaube nicht, dass Lord Krishna auftaucht und sie durch eine Prada nach der anderen ersetzt.»

Bubu trommelt mit den Händen auf den Tisch, als sei sie eine Sängerin tiefgründiger Ghazals, die gleich anfängt zu singen.

«Jivan, weißt du, wovon sie redet? Seht nur – unser Foreign Return kennt nicht mal die Grundzüge des *Mahabharat*!»

«Kinderkram», sagt Jivan. «Ich kann zählen, wie viel du mir schuldest, und das genügt mir.»

«Diese Dinge solltest du aber kennen», sagt Radha. Laut unseres ortsansässigen Weisen Bubu, *hamare apne India mein, yeh chize pata honi chahiye, nahin toh sab toot jayega*. Kapiert? Armer Jiju. Ich will's dir erklären. In unserem Indien sollte man diese Dinge kennen, sonst ist alles verloren. Nein, ‹toot jayega› bedeutet ‹alles geht kaputt›. Wie auch immer. Damit beginnt jetzt deine erste Lektion in den heiligen Schriften.»

Sie steht von Bubus Knien auf und steht aufrecht, während ihr der Stil ihres Glases zwischen den Fingern herunterrutscht. Sie schüttelt ihr Haar vor den aufmerksamen Blicken von Bubu und seinen Sugarbuddys, sie bewegt sich, bis sie vor Jivan steht, die Hand auf dem vorgeschobenen Hüftknochen, den Wein hoch erhoben, wie eine Ordensschwester aus ihrer Klosterschule, die ihn gleich im Namen des Herrn taufen wird. «Lasst mich spielen, dann sag ich's euch», erklärt sie.

«Sag's mir, dann lass ich dich spielen», erwidert Jivan.

«Versprochen?»

«Ehrenwort. Ich schwöre es, ich schwöre es.»

«Ich schwöre es», fährt sie fort, dann sagen sie es gleichzeitig und immer schneller. «Wenn du Nanu doch was sagst, bist du erledigt! Eins, zwei!» Sie strecken die Hand aus, um sich gegenseitig zu ohrfeigen; sie duckt sich weg, er stürzt sich auf sie, ihr Wein ergießt sich zwischen ihre Beine, gekrümmt, mit nach unten hängendem Haar, taumelt sie über dem dunkelroten Schlamassel.

«Komm schon, Radha, steh auf», sagt Bubu.

«Brr, langsam, Schwester!» Jivan kniet sich hin und hilft ihr auf. «Komm, setz dich. Möchtest du ein Glas Wasser? Möchtest du ins Bett?»

Sie grinst ein wenig; er sieht es nicht.

«Ist doch alles gut, Mann! Willst du noch Wein, Baby?», sagt Bubu. «Bring ihr einfach noch einen Wein.»

Sie setzen sie auf Bubus Stuhl. Ihr Glas ist wieder gefüllt. Rot, wie flüssige Rubine. Trink aus, trink aus. Keiner der Männer hat gemerkt, dass Radha ihnen fast vor die Füße gekotzt hätte. Sie lassen sie zur Bar gehen und rauchen. Nur Jivan bleibt da. Sie stützt den Ellenbogen auf die Karten und die verstreuten Rupienscheine. Nullen schwimmen auf sie zu, tausend rosa Gandhiji-Gesichter. Lachen, lachen, lachen.

Sie möchte wissen, ob Jivan sich noch erinnert, wie seine Ma diesen Striptanz aufführte: «Draupadi im Spielsaal, *du weißt schon*, die Ehefrau von fünf Brüdern. Ihr Mann verspielt alles, was er hat, und verliert es an seinen bösen, alten Cousin, bis ihm nur noch sie bleibt. Und dann würfelt ihr Mann und verliert. Erst verliert er alles und dann auch noch sie.»

«Und dann?», fragt Jivan. Er beugt sich vor und streicht ihr das Haar zurück. Seine Hände fühlen sich kühl an auf ihrem Gesicht.

«Draupadi kommt in den Saal und weigert sich, mit dem bösen Cousin mitzugehen, und dann versucht einer ihrer Onkel ihr den Sari auszuziehen. Weil sie fromm ist, betet sie intensiv zu Lord Krishna – dem Blauen mit der Flöte? Egal, als der Sari aufgeht, erscheint darunter ein anderer, und darunter noch einer und noch einer. Das weißt du sicher noch. Es war bei diesem Tanz unsere Lieblingsstelle. Deine Ma hat sich gedreht und gedreht und ihren Dupatta hervorschnellen lassen –»

Radha hält inne. Sie betrachtet Jivan und sieht den kleinen Jungen, der sich immer mit ihr hinter der Tür versteckt hat und ihren Arm zu fest packte, wenn seine Ma ihre Hüllen ablegte, bis nur noch eine übrig war, rot, eine Flamme. Und dann ihre kindische Erleichterung, wenn sie es dabei beließ und zu kreisen begann, mit wirbelnden Röcken, rasend schnellen Fußbewegungen, um Handgelenke und Hals Schmuck, der unter den Kronleuchtern blitzte, als sei sie die Macht, durch die die Erde sich drehte.

Jivan steht vom Tisch auf.

«Du brauchst Wasser», sagt er.

Bubu kommt wieder und tätschelt Radha die Hand. Er holt ein Briefchen Koks aus seiner Brusttasche und nimmt seine Lieblingskarte, die Queen of Diamonds, um das Pulver in zwei Linien zu teilen, die er mit der Jack of Clubs begradigt. Radha sieht zu, wie Bubus Hände die Karten halten. Sie steht auf, damit er auf ihrem Stuhl sitzen kann, und setzt sich dann auf seine Knie. Er rollt einen rosa Tausenderschein auf und reicht ihn Radha. Er drückt ihren Nacken nach unten und hält sie fest, bis sie fertig ist. *Schleuder dein Haar jetzt zurück, Radha, und schlendere am Pool vorbei bis zum Dachrand. So hoch. Einzig deine Schönheit und dein Körper stehen zwischen dem Sprung hinab und den Sternen.*

Die Welt ist voller schimmernder Farben und Lichter. Sie zieht ihre Stöckelschuhe aus und beginnt die Schritte des Draupadi-Tanzes zu tanzen, anfangs mit langsamen Drehungen, dann immer schneller, bis sie sich nicht mehr auf den Beinen halten kann. Ihr Kleid hat keine Träger und keinen Faltenunterrock, ihre schwarzen Pailletten funkeln, reflektieren das Licht des Pools, verwandeln ihre Füße in einen Kometen:

«O mein Gott!», schreit sie. «Phantastisch! Ich bin phantastisch!»

Jivans Ma muss diesen Tanz geliebt haben. Radha lässt sich keuchend auf eine Liege fallen und versucht, in den Sternen Gesichter auszumachen.

Sie beugt sich wieder über die Brüstung. Tief unten kann sie auf der Rückseite des Hotels den hell erleuchteten hinteren Küchenhof sehen. Eine Gruppe Männer steht im Kreis um zwei Gestalten. Ringen sie? Tanzen sie? Sie weiß es nicht. Und lacht kurz auf. Dort unten passiert etwas Spaßiges.

Sie fasst ihre Schuhe an den Absätzen: Vor dem Lackleder und den roten Sohlen blitzen ihre Diamantringe dunkel auf. Sie sollte einen Schuh wie eine Bombe über die Brüstung hinabwerfen. Hinter ihr sagt Jivan:

«Radha? Irgendwas ist da unten los. Mein Dad will, dass Bubu und ich runtergehen.»

«Warte auf mich», sagt sie. «Ich komm mit.»

Sie trägt ihre Schuhe in der Hand. Sie nehmen den Aufzug. Radha könnte alle dreizehn Stockwerke hinunterrennen. Im achten Stock gehen die Türen auf; Ranjit Uncle steht vor ihnen. Er trägt seine Topi und einen Kurta Pyjama, seinen Gehstock und sieht wirklich alt aus. Radha merkt, dass sie gleich loskichern muss, wegen Nightcap und Schlummertrunk, *kapiert, hast du's kapiert?* Das ist was für @MrGee.

Radha schlüpft hinter Bubu her, zieht ihre Pailletten über die Brust nach oben und dann über den Schenkeln wieder nach unten. Hoch, runter, hoch, runter, aus! Sag nichts, Radha, chup-chup, psst.

«Bubu! Was für ein Gastgeber bin ich?», fragt Ranjit Uncle. Er wirkt gehetzt, seine Pyjamakordel hängt unter seinem Kurta heraus. Radha sieht sie, versucht nicht, die Hand auszustrecken und daran zu ziehen. «Tut mir leid, dass ihr euer Spiel unterbrechen musstet», sagt er.

«Mal sehen», sagt Bubu und klingt dabei nüchtern.

Wie kann er bloß nüchtern sein? Radha hat gute Lust, ihn mit ihren Schuhen zu schlagen, die sie eigentlich an den Füßen tragen sollte – doch sie weiß, dass sie hinfallen würde, wenn sie versuchen würde, sich zu bücken und sie anzuziehen. O Gott, schon wieder kündigt sich ein Kichern an: Bubu macht ein derartiges Pokerface. In der Lobby arbeitet die Nachtbelegschaft; *Zum Personalausgang bitte hier entlang, meine Lieben, hier, nicht dort.* Sie gehen hinter Ranjit Uncle durchs Restaurant – alle Tische sind gedeckt, als würden unsichtbare Freunde zu einem Fest erwartet. Durch die Schwingtür für das Personal und in die Küche, wo Männer in weißen Kitteln unaufhörlich die rostfreie Stahlwelt säubern, wo das Licht zu hell ist und die diensthabenden Köche sie anstarren, als müssten sie sie als Nächstes in Stücke hacken. Bubu bleibt stehen und zieht sein Jackett aus. Er legt es Radha über die Schultern. Er hält sie fest, und als sie sich die Schuhe anzieht – eins, zwei –, ist ihr immer noch nach Lachen zumute. Vielleicht sollte sie den Draupadi-Tanz aufführen. Sie fängt an zu wackeln, stolpert aber sofort und hört deshalb auf.

Sie folgt Bubu nach draußen. Seit ihrer Ankunft vor einer Woche ist Radha noch nie auf Bodenhöhe gewesen. Sie war noch nie auf der Hotelrückseite. Einem Ort mit Flutlicht. Sauber, aber der Gestank, denkt sie, kommt sicher von verrottendem Essen, das sich gerade in Schlamm verwandelt. Sie zieht sich Bubus Ärmel über die Hand und drückt sie sich über Mund und Nase. Ein paar Hilfskräfte, dürre, dunkle Gestalten in schmutzigen Unterhemden und Dhotis, rauchen Bidis und feuern die Ringkämpfer an. In dem Kreis ringen zwei Männer miteinander. Einer, denkt Radha, ist eindeutig Uppal. Das ist ziemlich lustig, weil er Arbeitskleidung trägt, das dunkle Jackett und die Hosen der Company-Sonderberater, alles ein bisschen zu eng, weshalb er sich nicht richtig verteidigen kann. Wenn er den einen Arm ausstreckt, ruckt der andere ein bisschen nach oben. Und wer – Radha muss blinzeln – ist sein Gegner?

«Hört mit dem Bakwaas auf», ruft Bubu. «Was geht hier vor?»

Die Raucher gehen auseinander, der stechende Rauch der Bidis bleibt. Blicke schnellen über Radha, man stößt sich mit den Ellenbogen an. Ranjit Uncle winkt ihnen mit dem Gehstock zu: Sie eilen ins Haus. *Wird auch Zeit,* denkt Radha, faule Säcke, die hier nur rumstehen.

Uppal ist verletzt und blutet an der Lippe. Sein Gegner ist ein alter Mann, dessen Kopf in einen schmutzigen Pagri gewickelt ist. Blut rinnt ihm aus der Nase in den Bart. *Ekelhaft.* Ranjit Uncle umklammert seinen Stock, er ringt die Hände. Jivan geht zu den Kämpfern und packt den alten Mann an den Armen. Alle sind sie im Licht ertappt: blutunterlaufene Augen, staubige Haut, leuchtendes Blut, *flüssige Rubine,* hier ist ein Bettler, ein Verrückter, ein Hijra, ein Bhoot. Radhas Haut kribbelt, als landeten Fliegen auf ihr, landeten und flögen davon, landeten und landeten und flögen davon. Sie schüttelt den Kopf, um die tanzenden Farben zu verscheuchen; eine alte Filmmelodie kommt ihr in den Sinn, wird zum Chor der Nacht, *Mera joota hai Japani, yeh patloon Inglistani, sar par laal topi neeli, phir bhi dil hai Hindustani.* Ohrwurm, Ohrwurm, diesen Song wird sie nie mehr los.

«Du sagst, du kommst von meinem Vater? Nahin, tum gully ke ho», sagt sie.

Der Klang in ihrer Stimme war ihr neu: wie Zitrone und Salz in einer Wunde. Als hätte sie schon so lange gelebt, dass sie jetzt wieder jung wäre und sagen könnte, was sie wollte. Der alte Mann macht sich aus Jivans Griff frei und kauert am Boden. Radha will tatsächlich zu ihm gehen, ihn kitzeln und streicheln. *Ein lieber Wauwau.*

«Kashyap», schnauzt er. «Ich will mit Ranjit sprechen. Ich habe Nachrichten von Bapuji.»

Ranjit Uncle erschrickt, er hält die Hände über dem Herz zusammen – *wer ich?* Anscheinend soll das heißen: Warum sollte Bapuji dich zu mir schicken?

«Kashyap», sagt Jivan. «Was wollen Sie hier? Sie arbeiten nicht mehr für die Company, haben Sie das vergessen?»

«Das ist Kashyap, liebe Radha. Er ist Kritik Sahib viele Jahre lang gefolgt», sagt Ranjit.

Kashyap. Sollte Radha ihn kennen? Sie will ihn Ketchup nennen und Pommes frites bestellen. Er ist jetzt ein Schattenboxer: ein grauhaariger Anwärter, der sich weigert, zurückzutreten. *Kämpf! Kämpf! Komm schon,* flüstert Radha, die Fäuste geballt. Fast hätte sie ihn angefeuert.

«Ich bin vorzeitig entlassen worden, werde aber nie von Bapujis Seite weichen. Ich war mehr als dreißig Jahre lang sein Mann und Kritik Sahibs Stellvertreter – ich gebe jetzt nicht einfach auf.»

«Es tut mir leid, Bubuji, Radha Madam, Ranjitji, Mr Jivan», sagt Uppal. «Ich bin hier, weil Gargi Madam mich geschickt hat, um Ihnen zu helfen. Bei den Srinagar-Hoteleröffnungsplänen. Ich war dabei, mich gedanklich zu sammeln, als dieser Dreckskerl hier auftauchte. Das letzte Mal hat er mich in Delhi vor Bapuji und Nanuji gedemütigt. Er hat mich gestoßen und dann geschlagen. Ohne jeden Grund. Und jetzt hat er mich schon wieder getreten.»

Kashyap tänzelt mit erhobenen Fäusten auf den Zehenspitzen. Er zieht sein schmutziges Banyan hoch und wischt sich damit das Gesicht ab, sodass man seinen Bauch sieht. Er ist mit grauen Haaren bedeckt, wie man es bei alten Wauwaus erwartet.

«Uppal», schnauzt er. «Du hast dich wirklich angestrengt, deine Vorgesetzten zu bekämpfen.»

Ha, ha, ha, was für ein lustiger Mann, denkt Radha, *dass er glaubt, er sei allen so vertraut. Ein alter Vertrauter,* denkt sie, *es heißt, er sei schon seit Jahren hier. Und beobachte uns.*

«Das ist Amritsar, die heilige Stadt des Friedens», sagt Kashyap. «Doch Waheguru ist in keinem von euch.» Er zeigt auf Uppal, sein Finger wirkt sehr lang.

«Nicht mal Allah ist in dir», sagt er zu Uppal. «Aré nahin. Tum to pathar ke bane ho.»

«Was für ein totaler Kack», sagt Bubu. «Kommen Sie her.»

Kashyap salutiert. Er wischt sich wieder das Gesicht ab, entfernt Schweiß und Blut. Er lächelt – seine Zähne sind schneeweiß und sauber. Sie blühen aus seinem Gesicht wie Jasmin, der aus einem Stein hervorblüht. *Scharf*, denkt Radha, *wie die Zähne von Kritik Sahib.*

«Hanji, Bubu Sahib! Vielleicht sind Sie ja von Mr MF Husain gemalt worden, kommen Sie zu uns zurück! Kunst fürs Volk! Oder ein ungelernter Darji hat Sie geschneidert – kein angesehener Schneider würde einen Mann von so dürftiger Passform nähen. Ha, ha, ha!»

Ist das lustig? Radha versucht, still zu sein und sich nicht zu rühren. Uppal sagt:

«Offensichtlich ist er jetzt einer von Bapujis Männern. Aber warum sollte Bapuji diesen Mann schicken? Er kann Sie doch direkt anrufen! Oder durch Gargi Madam über mich kommunizieren!»

«Suar ke bachche! Halt bloß die Klappe», faucht Kashyap Uppal an. Weißer Schaum landet auf dem Boden. Radha starrt darauf, während er sich auflöst und nur ein Fleck auf der Erde zurückbleibt.

Er hat gesagt, sein Name sei Kashyap und Bapuji habe ihn geschickt. Er hat gesagt, er habe für Kritik Sahib gearbeitet. Seine Zähne sind weiß, so weiß, so spitz. *Bubu, Ranjit Uncle, Jivan – Kashyap ist genau wie Kritik Sahib.* Hat sie etwas gesagt? Vielleicht doch nicht? Niemand sieht sie an. Ranjit Uncle und Bubu und Jivan stehen mit ausgebreiteten Armen da und bilden einen Zaun um die beiden Kämpfer. Dahinter ist nur noch der Weg zum hinteren Tor. Dann kommt der Himmel, und derselbe Himmel ist über Dhimbala Basti – von dort bis Napurthala, wo – stopp.

Radha ist tatsächlich draußen. Keine Zimmer, keine Wände, keine Türen. Sie ist draußen. Außerhalb von Bubus und Ranjit Uncles Sichtweite. Jetzt kommen nur noch Kicherlaute aus ihr heraus. Was für eine schöne Nacht. So viele Farben an so einem stinkenden Ort. *Kashyap ist Kritik Sahibs Mann, er ist Bapujis Mann – so ein Mist.*

«Bubu Sir», sagt Kashyap, «ich weiß, dass Sie ein großartiges Wesen sind und dass Ihre Familie am Aufbau unseres geliebten Landes beteiligt ist. Es ist allgemein bekannt, dass Sie Aussichten haben, Ihrem angesehenen Onkel in die Politik zu folgen. Sie sind mit der feinen Dame hier verheiratet (*das bin ich, ich, denkt Radha*), die aus exzellentem Samen stammt.»

Fast hätte sie sich verneigt, schwankt dann aber auf Bubu zu und versucht, ihn am Arm zu erwischen. Der Kashyap-Kritik-Bapuji-Mann zeigt jetzt auf sie und erhebt die Stimme:

«Doch sie ist die Frau eines Fleisch essenden Ghoul, sie deckt das heilige Feuer zu und sitzt darauf», sagt er. «Überlassen sie diesen Uppal mir. Dann werd ich Ihnen zeigen, wozu dieser Älteste imstande ist.»

«Bubu», sagt Radha. Sie zieht ihn am Arm. Er schüttelt sie ab.

«Chup», fährt Bubu ihn an. «Wissen Sie nicht, wann man sagen muss: ‹genug, das Maß ist voll›?» Kashyap lächelt.

«Das weiß ich sehr wohl. Aber genug ist noch nicht, Sir, genug ist erst, wenn der Tod kommt. Wenn man rechtschaffen ist, kann man nicht genug sagen», erklärt Kashyap.

Jetzt kann Radha ihrem Gekicher freien Lauf lassen, jetzt ist der richtige Zeitpunkt dafür.

«Radha, ich habe gesagt, es reicht!», sagt Bubu. «Ranjit, bringst du sie bitte ins Haus?»

«Komm, Radha Beti», sagt Ranjit Uncle. «Warte wenigstens in der Küche. Jivan, bitte bring sie ins Haus.»

«Ich bin ja schon still», sagt sie. «Seht mal!» Sie weicht zur Mauer zurück und zieht sich die Ärmel von Bubus Jackett über den Mund. *Kashyap ist genau wie Kritik Sahib,* pflichtet die Mauer ihr bei. *Er ist Bapujis Mann.*

«Sagen Sie mir eines. Ich habe Sie jahrelang beobachtet, ich weiß, wer Sie sind. Ich weiß, dass Sie Männer wie diesen Uppal mit seiner Gargi mögen», sagt Kashyap.

Sein Gesicht ist jetzt von Bubus Rücken verdeckt, Radha kann ihn nur hören. Sie bewegt sich, doch jetzt steht Jivan im Weg, danach Ranjit Uncle. An der Küchentür steht ein Wachmann. *Helfen Sie mir hoch?* Sie möchte sagen: *Sei mein Schweinchen oder mein Pferdchen, lass mich sehn, was da passiert.* Es bleibt ihr nichts anderes übrig, als zuzuhören.

«Dieser Uppal, der bei allem sagt *Ja, Gargi Madam*, sagt keinem, dem er dienen soll, die Wahrheit. Hat er seine Gargi Madam nicht ruiniert? Und bewirkt, dass sie von der Company für sich selbst gestohlen hat? Hat er nicht für sie unserer lieben Sita, unserem lieben Bapuji hinterherspioniert?», sagt Kashyap.

Seine Frage zerschellt hinter Radhas Augen, lässt Sterne, viele schöne Sterne hüpfen. Bubu ist zornig, das sieht sie, sogar sein Nacken wirkt wütend. Dieser Mann ist besser bald still.

«Eigentlich ist es nicht Uppals Schuld», sagt Kashyap. *Er redet immer noch, redet immer noch!* Ein Hund, der um Leckereien bettelt. Mit dem typischen Lächeln, als sei alles egal. «Chi!», sagt er. «Raus mit Ihnen, gehen Sie mit Ihrer Gargi Madam zurück auf Ihre Farm. Kommen Sie, dort will ich Sie verprügeln!»

«Das reicht», sagt Bubu. «Uppalji, gehen Sie nach drinnen. Machen Sie sich sauber, wir regeln diese Sache morgen früh.»

Uppal geht hastig in die Küche. Bubu gibt Zeichen, Jivan bewegt sich; jetzt kann Radha endlich etwas sehen. Jivan drückt Kashyap den Arm auf den Rücken. Sie kämpfen kurz, doch Jivan ist stark genug, er ist so stark – und auch sauberer –, dann hört Kashyap auf zu kämpfen. Nur noch die Worte fallen ihm so schnell aus dem Mund, als bekäme er sie herausgesaugt; Radha leckt über ihren Ärmel – wenn dieser Kashyap reden kann, dann kann Radha auch reden – sie öffnet den Mund – doch Kashyap ist schneller.

«Er ist ein Lügner, ich bin ehrlich. Er ist eine Eidechse, ich bin ein Mann. Was brauchen Sie noch, Sir? Er folgt dem Führer, ich führe heutzutage die Follower. Mir gefällt sein Gesicht nicht.»

«Na und?», sagt Jivan. Er übergibt Kashyap an den Wachmann und wischt sich mit dem Arm über die Stirn.

«Kommen Sie, Mann, entschuldigen Sie sich, sonst gibt's hier Ärger.»

Kashyap lässt den Blick zu Bubu hinüberschnellen und zu Ranjit Uncle. Zu Radhas Beinen und ihren Louboutins. Er schiebt sich langsam zu ihr.

«Was tut diese Madam? Bläst garam hawa in ein heißes Land. Ich bin durch ganz Indien gereist und hab bessere Gesichter gesehen, die die Dorflatrine auslecken – besser, als die, die ich hier sehe.»

«Aré wah!», sagt Bubu. «Große Worte. Salah chut!» Er hebt die Hand. Radha weiß, was jetzt kommt, sie kann es nicht mit ansehen. Sie hört Bubu zuschlagen und den alten Mann schreien: «Pah!»

Radha zieht die Wangen ein, die Lippen. Dann beißt sie zu. Schmeckt ihr eigenes Blut. Schluckt es.

«Bhagwan jo hum ko dekhta hai, Bhagwan jo paani hum ko pilata hain, tat tvam asi, Sasri Akal. Ich dachte, Sie, die Sie aus einer so feinen Familie kommen und mit dieser Göttin verheiratet sind, würden es zu schätzen wissen, dass ich die Sprache der Brahmanen spreche. Ich spreche als einfacher Mann. So ehrlich bin ich», schreit Kashyap.

Radha späht durch ihre gespreizten Finger; Jivan hat sein Knie auf Kashyaps Rücken, Ranjit Uncle wirkt erstarrt, wie eine von Jeets Statuen.

«Fessel ihn», sagt Bubu. «Ans hintere Tor.»

«Oh Krishna!», sagt Kashyap. «Dieser Haufen würde Yudishthira zum Narren halten und Bhim zum Diener machen!»

«Hol die Handschellen, Ranjit», sagt Bubu. Er beugt sich dicht zu ihm.

«Vielleicht lernen Sie so Manieren. In der Schule hat man sie Ihnen anscheinend nicht beigebracht.»

«Ich bin zu alt, Sahib, um mich von Fremden belehren zu lassen. Ranjit Sahib, holen Sie Ihr Eisen-Choodiya und sagen Sie Madam Radha, sie soll sie mir anlegen, dann bin ich mit ihr vereint; vielleicht kann ich ihr ja heute Nacht zu Gefallen sein, heh, heh?»

«Wir werden dir Handschellen anlegen und dich ans hintere Tor anketten, und dort wirst du bis morgen Mittag sitzen oder bis du Entschuldigung sagst», erklärt Bubu.

Er spuckt in den Dreck.

«Kommen Sie, Madam!» Kashyap streckt die Hände aus und macht mit den Fingern Zeichen. «Umarmen Sie mich, da ich ja direkt von

Ihrem Bapuji komme. Sie kennen ihn vielleicht: Mr Devraj, Maharaja von Napurthala. Ihre Scham wird grenzenlos sein, wenn Sie den Mann beleidigen, der Ihnen so viel gegeben hat … sollen wir zusammenrechnen? Ach, alles hat er Ihnen gegeben.»

Sie kämpft mit den Tränen, das ist ungerecht, nein, ein Drink, ein Liedlein, mehr nicht. Kashyaps Gesicht ist hässlich, er ist ihr alter Lehrerji, der ihr mit einem schlechten Zeugnis droht. Die Lichter sind hier so grell, warum eigentlich, wozu?

«Sprich mich ja nicht an», sagt sie. «Du kannst hier sitzen bis morgen Nacht. Bis zum Tag nach dem Morgen. Ich bin Radha Devraj Kumari Balraj, mein Wort gilt.»

Sie dreht sich von Bubu weg, tritt nach dem alten Kashyap und erwischt ihn mit der Schuhspitze am Knie.

«Madam! Das würden Sie nicht mal dem Hund Ihrer Schwester antun.» Kashyap keucht. In seiner Stimme liegen Schmerz und große Trauer, als kenne er sie (natürlich kennt er sie) und als hätte sie bestätigt, dass er recht hat. Als sei sie die größte Enttäuschung seines langen Lebens.

Ranjit Uncle kommt mit den Handschellen. Radha hat noch nie echte gesehen. Sie will ihr Gewicht spüren. Wie sie glänzen!

Sie tritt den Mann noch einmal, diesmal seitlich in den Oberschenkel.

«Bubuji? Radha Beti?» Ranjit Uncle sieht sie an, als könne er nicht glauben, dass seine süße Radha einen Mann so malträtieren kann.

«Überleg doch noch mal», sagt Ranjit Uncle. «Kashyap ist über die Maßen unverschämt, aber er hat nichts Unrechtes getan. Falls doch, dann soll Bapuji sich darum kümmern, okay? Diese – diese Sache mit den Handschellen – auf diese Art bestrafen wir Jungen, die etwas aus der Küche stehlen.»

«Mach dir keine Gedanken, Ranjit Uncle», sagt sie. «Wir müssen weitergeben, was wir gelernt haben. Geh doch nach oben. Ich bestell dir Tee und Reis-Khir auf dein Zimmer, ja?»

«Ich habe die Pflicht, zu beraten, letztlich aber, zu gehorchen.»

Ranjit Uncle schüttelt die Handschellen. Was für ein Geklirre und Geklingel. Er sagt: «Ich sorge dafür, dass es so geschieht.»

Müde, sehr müde. Es wird Zeit, dass Radha-Baby auf die Dachterrasse geht und ihren Wein austrinkt und ein bisschen Karten spielt. Oder sich die Füße massieren lässt und heiße Milch bestellt und ins Bett geht. Sie will Bubu nicht in ihrer Nähe, er sieht heute Abend zu fanatisch aus.

«Hunger?», fragt sie ihn.

«Rumali Roti, Tandoori Chicken Kebab. Achte darauf, dass es heiß ist, ja?»

«Spiel dein Kartenspiel zu Ende. Ich geb die Bestellung an die Küche weiter.»

Der Nachtkoch musste wissen, wie verkohlt und wie zart Bubu seinen Kebab gebraten haben will. Radha steht zwischen Reis-, Mehl- und Zuckersäcken in der Küche und wiederholt die Bestellung so lange, bis der Koch sie richtig aufsagen kann. Dann geht sie wieder nach draußen, schlurft über den Küchenhof und durch den Garten zum hinteren Tor. Seltsame Nacht, seltsamer Weg, den sie noch nie entlanggegangen ist. Sie trägt immer noch Bubus Jackett. In der Jacketttasche findet sie seine Camels und sein goldenes Company-Zippo; sie nimmt sich eine Zigarette und steckt sie an, merkt, dass der Rauch sie beruhigt; einatmen, ausatmen: *rauch, Radha-Baby, rauch.*

Am Wegrand sind lotusförmige Lichtbirnen platziert. Rasensprenger zischen. Über Radhas Kopf durchschneiden Fledermäuse den Himmel. Sie sieht das Tor und ringsherum eine Gruppe Männer. Mit ihren Stöckelschuhen tritt sie ganz vorsichtig auf.

Auf halbem Weg wird der Pfad kachcha und unbeleuchtet. Die nächtliche Frische feuchten Laubs mischt sich mit dem Gestank verrottender Nahrungsmittel; das muss aus der Basti kommen, die direkt ans hintere Tor grenzt, denkt sie. Radha verschwindet zwischen den Bäumen. Sie beobachtet die Männer; sie sieht Kashyap, der mit Handschellen an den Chaukidar-Pfosten gekettet ist. Die Hände hinter dem

Rücken. Sie sieht, dass Ranjit Uncle ihn bemitleidet, doch der Angekettete schüttelt nur den Kopf und lacht.

Was wird ihr Vater sagen, wenn er all das erfährt? Zweifel beschleichen Radha. Sie schiebt sich näher heran. Hört Ranjit Uncle und den Mann gemeinsam seufzen. Und meint, sie höre sie *Sita* sagen.

Radha schirmt ihre Zigarette mit der Hand ab und geht in die Hocke. Ranjit Uncle und sein Wachmann machen sich auf den Rückweg zum Hotel.

Der Angekettete ruft ihnen nach:

«Keine Sorge, Ranjitji. Ein Opfer erzeugt die Hitze, durch die sich die Welt weiterdreht. Wenn keiner Opfer bringt, geht die Sonne nicht auf.»

Ranjit Uncle lacht. Ohne sich umzudrehen, wünscht er eine gute Nacht. Er geht so dicht an Radha vorbei, dass sie glaubt, er habe sie gesehen oder zumindest den Rauch gerochen.

Sie muss pinkeln. Keiner sieht ihr zu, keine Menschenseele weiß, wo sie ist. Der Himmel über ihr ist von Sternen durchstochen, von Hand auf ein tiefschwarzes Schultertuch genähte Swarovskis. Sie kauert auf ihren Fersen, beißt in ihre Zigarette und zieht ihr Kleid hoch. Zieht die Unterhose bis zu den Knöcheln herunter und strengt sich an, Susu zu machen. Sie hört ihr Herz mit den Grillen wetteifern. Sie hält den Atem an und atmet langsam aus. Es strömt heraus, breitet sich um ihre Füße aus – sie kann nicht verhindern, dass es ihre Schuhe berührt. Sie wirft die Zigarette in die Pfütze, wo sie zischend verglüht. Irgendwo hinter ihr knirscht Kies, dann herrscht wieder Stille. Kann der Angekettete sie sehen? Mühsam zieht sie ihren Slip hoch und ihr Kleid herunter, *verdammte Pailletten, blödes Kleid,* und versucht, aufrecht zu stehen.

«Hai Ram», sagt der Angekettete. «Die Zeit zermürbt alle Wesen. Lächelt Eurem Diener zu, oh Lord Shiva. So dreht sich das Rad des Dharma: Komme also, was wolle, und möge Indra sich meiner erbarmen.»

Er beginnt *Memory* zu pfeifen.

Radha holt Luft. Sie rutscht auf dem nassen Gras aus, dreht sich um und geht zurück. Auf dem Weg. Die Lotoslichter scheinen zu blinken und ihr zu folgen; den ganzen Weg bis zur Dachterrasse spielt das Pfeifen mit ihrem Innenohr.

§

Wollt ihr mein Geschäftsgeheimnis wissen? Verkauft eure Vision, nicht nur das Produkt. Kaum jemand weiß, dass ich auch ein Poet bin. Ein Staatsmann muss vieles sein. Erstens muss er eine gute Geschichte erzählen können, damit man sich in seine Träume verliebt und von ihnen aufs Kreuz gelegt wird. Zweitens versteht er die Macht der Wiederholung, durch die seine Geschichten zu Mantras und Mythen transzendieren und zur Wahrheit der Vergangenheit werden und zu einer Blaupause für die Zukunft. Drittens, ein Staatsmann ist ein Staatsmann.

Heutzutage profitieren moderne Frauen von allem, wofür wir gearbeitet haben. Sie arbeiten auch für sich selbst und auch das unterstützen wir. Viele hören nach der Hochzeit auf zu arbeiten, manche nicht, und dies, glauben wir, ist gut so, vor allem für bestimmte Bereiche des Familienunternehmens. Für ein weiches Management beispielsweise, das Frauen sehr gekonnt betreiben. Öffentlichkeitsarbeit, in der Radha so gut ist und die in der heutigen Welt so notwendig ist. Ich dachte, Sita könne nach ihrer Heirat an ihre Stelle treten, und Radha könne sich dann der Mutterschaft widmen.

Aber Sita hat mir gerade gesagt, sie wolle nicht heiraten.

«Bis sich das Rechtssystem ändert und die Frauen Rechte bekommen und alle beschützt werden, vor Blicken, vor der Straße, vor Brüdern, Onkeln, Ehemännern.»

«Vermutlich auch vor den Vätern?», sagte ich. «Sita, was soll dieses Rechte-Schechte-Gerede?», lachte ich. «Wie viel ist dir die Tradition wert?»

«Nein sagen zu können und beim Wort genommen zu werden!», sagte sie. «Das ist eine Freiheit, von der manche nur träumen können.»

«Muss ich dich um Freundlichkeit anbetteln? Kannst du mir das bitte ersparen?», sagte ich. Über mir dreht sich der Engel voller Trauer über meine Tränen.

«Komm jetzt runter, ich bitte dich, aber die Antwort bleibt aus. Willst du nicht kommen? Antworte mir. Nein? Redest du immer noch nicht mit mir? Na schön», sagte ich. «Hör zu, kleiner Vogel, ich erzähl dir noch eine Geschichte:

Unterwegs traf ich einen Bettlerjungen namens Rudra, der tat, als sei er ein Mädchen. Ihm war immer kalt, deshalb gab ich ihm mein bestes Schultertuch. Es war ein Akt der Liebe. Rudra war ein freundlicher Junge, er erinnerte mich an mich selbst in seinem Alter. Witzig und ehrlich, mit der Gabe, eine Menschenmenge für sich einzunehmen. Er sprach auf eine besondere Weise, mischte Wörter aus vielen Sprachen, als sei es nicht wichtig, welche Sprache er sprach, als könne ihn jeder verstehen, von den Bergen hier bis zum Dschungel von Sri Lanka. In der Nacht, als ich in den schrecklichen Sturm geriet, sang er mir folgende Worte vor:

‹Wenn der König keine gerechte Strafe walten lässt, wird ein Hund die Opfergabe auflecken. Dann bleibt kein Stein auf dem anderen.›»

Zwei

Am Morgen scharen sie sich um ihr Bett und schimpfen sie aus: Kritik Sahib, Ranjit Uncle, Nanu, Sita und Bapuji. Sie stehen am Fußende, eine Furie mit fünf Köpfen. *Radha, nette Mädchen tun das nicht! Nette Mädchen könnten das nie!* Sie umklammert ihr Kopfkissen und jammert ihnen ins Gesicht: *Warum drangsaliert ihr nur mich? Bubu war dabei und Jivan. Und du auch, Ranjit Uncle;* sein Blick ist erwartungsvoll, drückt aber auch Enttäuschung aus; genau diesen Blick hatte er, als sie zu müde für den Zunge-umschlingt-Finger-Kuss und die Blindenberührung war: Sie bekommt davon dieses Fliegen-krabbeln-auf-der-Haut-Gefühl.

Durch die Vorhänge schimmert gedämpftes Licht. Das Zimmer ist abgedunkelt und kühl. Bubu hat sie in ein Laken gewickelt dort liegen lassen, eine Leiche, die auf die Verbrennung wartet. Wo sind die Dienstboten? Wo bleibt ihr Frühstück? Die Kirschen auf der Tapete ranken sich um sie herum, Blätter und Äpfel baumeln dort und sehen saftig und reif aus. *Hör auf zu träumen, Radha, hör auf zu träumen.* Essen die Toten? Was sollten sie essen? Bestellen die Toten etwas beim Zimmerservice? Können sie die Tageszeitung lesen? Radha hat Durst. *Wenn ich esse und trinke und hübsch aussehe, Ranjit Uncle, lässt du mich dann bitte in Ruhe?*

Haben Angekettete Wasser verdient? Er schüttelt den Kopf. Wie traurig er ist. Wie sanft.

Hör auf zu träumen. Radha öffnet die Augen. Das Telefon ist handfeste Realität: gut so. Sie setzt sich im Bett auf. Die unnachgiebigen Zeiger der alten Reiseuhr zeigen gerade nach oben. Das Zimmer weicht vor ihr zurück; der Zigarettenrauch der letzten Nacht hängt noch in ihren

Kleidern. Über das Telefon auf ihrem Nachttisch fragt sie den Koch nach den Tagesgerichten.

«Ranjit Sahib hat einen der seltenen Wagyu-Beefburger für Sie organisiert, Radha Madam», sagt er. «Ich kann ihn mit Speck, Käse und rauchiger Grillsoße zubereiten.»

Radha sollte so etwas eigentlich nicht essen. Nicht in Amritsar. Ihr ist bewusst, dass Gargi dagegen wäre. Und Nanu ebenfalls. Doch dann wäre Ranjit Uncle enttäuscht. Sie kann sich nicht entscheiden.

«Ich nehme ihn», sagt sie. «Mit Pommes frites, einer Katori Mayonnaise und einem Katori Ketchup.» Ketchup. Sie reibt sich den Kopf. Ein weiches Brötchen.

«Achten Sie darauf, dass das Brötchen weich ist», sagt sie. «Die Soßen sollten in einer gekühlten Silberschale und mit klitzekleinen Löffeln serviert werden.»

Zu trinken: einen Schokoladenmilchshake. Und zum Abschluss: einen Fruchtbecher und Vanilleeis mit Himbeersirupmarmorierung. Nein, einen Rasgullah. Oder doch lieber Eiscreme. Aber vielleicht will sie in Wirklichkeit heiße, frische Cholay, auf eine Puri gehäuft und mit Zitrone beträufelt, schwarz von den Händen des Straßenverkäufers. Sie wird den Burger essen und erst einmal eine besonders scharf gewürzte Bloody Mary trinken.

Im Bad spritzt Radha sich Wasser ins Gesicht und richtet ihr Haar. Sie trägt Grundierungscreme, Make-up und Puder auf – und fühlt sich anschließend ganz natürlich und frisch. Sie duscht nicht, sondern springt schnell wieder ins Bett, macht es sich dort mit ihrem Handy gemütlich und wartet auf das Essen.

Als der Butler klopft, um ihr mitzuteilen, ihr Cocktail sei fertig und ihr Beefburger angerichtet, und ob sie Salz und Pfeffer auf ihre Pommes frites wolle – als sie MrGee durchgescrollt und getweetet hat: *Wussten Sie, dass das Company Srinagar Hotel 100 verarmten Frauen aus der Region Arbeit und Hoffnung bringt* (stimmt nicht); und *dass Bubu Balraj jeden Tag trainiert – ein Vorbild für junge Unternehmer* (wäre möglich) und dass *Zigarrenrauchen der neue Zeitvertreib für die Wohlhabenden und Coolen ist* (bis jetzt ja) – ist ihr Essen bereits auf einem Betttablett serviert worden, neben den Ausschnitten aus der Tagespresse. Radha tunkt eine Fritte in die Mayonnaise und will sie gerade essen, als ihr Blick auf einen Schnappschuss von Bapuji in Goa fällt, der Yogaübungen am Strand macht – in Stellungen, in denen ihn Radha noch nie gesehen hat: Niralambha – Schulterstand (ohne Stütze): Pyjama hochgerollt, Toosh um den Hals, Hintern in der Luft. Pasasana: in der Hocke, die Arme um die Beine geschlungen, die Hände zu einer Schlinge verbunden. *Morgengebete, Abendgebete,* liest sie. Dann ist Bapuji nach Ghazabad gefahren, um die Streikenden zu treffen. *Er schüttelte ihnen die Hand,* heißt es in dem Zeitungsausschnitt, und versprach, ihre Forderungen anzusprechen. Danach veranstaltete er ein vegetarisches Mittagessen für die religiösen und politischen Schlüsselfiguren, alle Safrangelb oder Khadi tragend. Zum Schluss wurde *Jana Gana Mana* vorgetragen, unter der Leitung von Nanu, die das Wort ‹Sindh› offenbar durch ‹Sindhu› ersetzt hatte. *Kann man einen Bezirk in Pakistan durch einen indischen Fluss ersetzen?,* denkt Radha. MrGee geht online, findet den Artikel und retweetet ihn: Seht's euch an – *Jana Gana Mana: die Bapuji-Mischung.*

La la la, Bloody Mary und ein Burger. Bapuji kann keinen seiner Pläne in die Tat umsetzen. Den Arbeitern kann er nichts als Worte versprechen. Ganz gleich, was er mit dem Land in Goa machen will – Villen für ausländische Rentner oder Hundert-Löcher-Golfplätze – Bubu und Gargi werden es nicht gestatten. Yoga und Singsang – vielleicht ist das nur sein Alter. Ältere Männer kultivieren ihre spirituelle Intensität; das stand erst letzte Woche in der *India Today.*

Ihr Handy klingelt: *Machen Sie das meiste aus jedem Atemzug. Gott behütet die, die sich selbst behüten – Bapuji.* Radha denkt an Bapujis Abonnenten, die gerade alle diesen Text lesen. Sie beißt in den Burger, schmeckt Käse, saure Gurke, scharfe Zwiebel und eine Tomatenscheibe, die offenbar gekocht worden ist (wieso kriegen sie das nie richtig hin?), während sie die Faxe durchgeht, die man ihr von der Rezeption gebracht hat: Sie sind allesamt von Gargi, die sämtliche Zeitungsausschnitte gesehen hat und glaubt, Radha habe diese Artikel abgesegnet. Radha pult ein Stückchen Tomatenhaut von ihrer Zunge und wischt es am Bettlaken ab. Anscheinend ist Bapuji unterwegs nach Amritsar. Radha versucht sich ein *Was-würde-Gargi-tun-*Szenario vorzustellen; kann aber überraschenderweise nur an Sita denken.

«Sita», sagt sie zu ihrem Burger. «Was würdest du jetzt tun? Sei ehrlich. Ach ja? Du würdest Dad, falls er auftaucht, sagen, was du wirklich fühlst. Sehr gut! Und was ist das genau? Für ein Mädchen wie mich ist das eine interessante Frage. Chalo, denken wir nach.»

Radha nimmt eine Fritte in die Hand – das ist ihr Vater. *Die Zukunft dieser Company liegt in guter Öffentlichkeitsarbeit. Wenn dir das nicht klar ist, Bapuji, dann bist du verrückt. Ich bin Ehefrau und werde Mutter werden, jetzt, wo Gargi sich dieser Verantwortung entzogen hat und Sita fortgegangen ist, ist es an mir, für die Zukunft dieser Familie zu sorgen. Richtig?* Sie beißt von der Fritte ab.

Genug nachgedacht. Zeit für ihre tägliche Dosis an Sonderbarem und Wundersamem, auch wenn die Ausbeute heute nicht groß ist. *Geburt einer Kuh mit zwei Köpfen in Chandigarh, während Vollmond zweimal hintereinander aufgeht* (bei der Vorstellung spuckt sie fast ihren Burger aus). *Monstersturm legt Kalkutta lahm:* dazu ein Foto von den wie immer verstopften Straßen, dem üblichen Stillstand – nicht sehr witzig. *Delhis INA-Gemüsemarkt strotzt vor Schmutz und Fliegen – Bezugsquelle aller Haushalte und Fünf-Sterne-Hotels.* Warum wird das überhaupt zur Schlagzeile? Die nächste ist besser: *Baby mit fünf Gliedmaßen braucht sofort Operation, wütende Dörfler nennen sie Göttin, wollen, dass der dritte Arm bleibt.* Die Eltern ersuchen um Aufnahme im Krankenhaus. Radha wird ein Telefonat mit ihnen arrangieren und anbieten, die Kosten zu übernehmen. Eine Kleinigkeit für sie.

Jetzt zu den Kolumnen und der Rubrik *The Speaking Tree,* die den Beitrag ihres lieben Schwagers wieder einmal nicht veröffentlicht hat. Armer Surendraji mit seinem Geschreibsel. Allen schriftlich mitzuteilen, was er denkt. Er hat schon so oft versucht, dort etwas unterzubringen, doch anscheinend lässt sich der Redakteur durch kein Schmiergeld der Welt dazu bringen, ihn zu drucken. Der heutige Beitrag handelt von Swami Vivekananda: Einem Guru, der Tausende von Followern hatte, bevor es überhaupt Handys gab, ist Respekt zu zollen. *Der Weg der Widerstandslosigkeit* lautet die heutige Botschaft. Surendraji sollte das als Zeichen verstehen und aufgeben.

Und jetzt die Horoskope: Alle sind sich einig: Für den stechenden Skorpion ist es Zeit für Liebe und Abenteuer. Die Werbung unterstützt dies: Immer wieder sieht Radha ein Foto der braunen Penelope Pitstop mit hochhackigen, rosa Stiefeln und unter dem Helm hervorwehendem Haar auf einer rosa Vespa. *Als Frau schwelgt man gerne in Gefühlen und liebt es, jede Empfindung zum Ausdruck zu bringen. Das hier ist ein Gefühl, das ihr noch nie gehabt habt. Steigt einfach auf euren neuen Roller und legt los: Werdet eins mit dem Universum, Karma erfüllt, Chic in Schuss. Kommt in eine neue Welt, an die eure kühnsten Träume nicht heranreichen. Holt euch die Power dieser Maschine* – Will sie einen Motorroller? Oder ist sie dafür zu alt? Das ist etwas für Collegemädchen, die am Stadtrand wohnen: aus guten Familien, aber dennoch. Oder für Mädchen, die zum ersten Mal ihr eigenes Geld verdienen; für die noch keine Ehemänner in Sicht sind. Wo soll Radha überhaupt herumfahren? In der Stadt geht sie nie aus. Weder zum Einkaufen noch in Restaurants wie alle anderen Mädchen. Trotzdem kauft sie sich vielleicht einen Motorroller. Dann kann sie auf der Farm herumfahren. Sie könnte ihn als Requisite für die neuen Company-Verlobungs- und Flitterwochen-Werbebroschüren verwenden: *Kommt und erweckt eure Sinne. Beginnt euer neues Leben in der hocheleganten Company*. Ledersessel, Poster von alten Filmen wie ‹Mother India› oder ‹Sholay›, Schilder wie ‹Eintritt nur von der Rückseite› und in der Werbung ein junges Paar in Abendkleidung (oder vielleicht in abendländischen Luxusoutfits?), das auf einer Terrasse Chai nippt (oder Champagner, wie sie entschieden hat). Nostalgikercity schäbiger Schick von circa 1950 bis 1970: So ist die romantische Liebe von heute.

Das Telefon auf ihrem Nachttisch klingelt – sie lässt die Hand darüber schweben und betet: *Nicht Gargi, nicht Bubu, nicht Daddy. Bitte mach, dass es … Jivan ist.* Und dann hebt sie den Hörer ab.

«Ja, hallo?»

«Radha Beti, alles in Ordnung?»

«Ranjit Uncle, ich versuch nur, mit der Arbeit hinterherzukommen. Ich wollte im Zimmer bleiben; hier ist es so schön ruhig.»

Sie hört den Angeketteten pfeifen. Sie liegt im Bett und zieht die Zehen ein.

«Ist dein Essen in Ordnung, Radha, Liebes? Wie war der Burger?»

Die Überreste erstarren auf dem Teller; die Laken sind mit roten Spuren befleckt. *Radha isst Rind! Radha isst schon wieder Snacks von der Straße! Radha-Baby nimmt zu!* Und so weiter, querbeet durch die ganze Familie. Blut auf den Laken! *Radha-baby ke Aunty aa gayi hai? Ist sie niedergeschlagen?* Warum nicht Barun anrufen und es auf der Titelseite bringen? Natürlich in der *Times of India,* die schließlich von allen Zeitungen der englischsprachigen Welt die höchste Auflage hat. Ungelogen.

«Danke, Ranjit Uncle, sehr gut», sagt sie. «Der Koch ist wirklich ausgezeichnet. Du hast aus diesem Hotel wirklich etwas ganz Unvergleichliches gemacht.»

«Er kann dir kochen, was du möchtest. Magst du Sushi? Das kann er auch. Wenn du hier bist, ist das dein Zuhause. Ich habe dieses Fleisch extra für dich kommen lassen, per Luftfracht.»

«Hast du es probiert?»

«Das hier ist eine heilige Stadt, Beta», sagt er. «Aur waise bhi, wie du weißt, Rindfleisch main nahin khata.»

Sie weiß es. Die ganze Geschäftswelt weiß es: Ranjit Singh, Company-Direktor. Berühmt für seine Frömmigkeit. Muh. Radha nimmt den Rest des Burgers in die Hand und steckt sich so viel wie möglich in den Mund.

«Hoffentlich findest du das Bett bequem», sagt Ranjit Uncle.

Sie verschluckt sich fast, kaut schnell und schluckt. Das ganze Zimmer stinkt nach gegrilltem Fleisch.

«Ranjit Uncle», sagt sie. «Ich glaube, Bapuji kommt nach Amritsar. Wusstest du das?»

Sie merkt, dass sie *exklamatorisch* klingt, wie ihre Englischlehrerin immer sagte. Mit ihrem Fimmel für gläserne Armreifen und Juttis vom Markt, ihren bedruckten Hauskleidern von Liberty London und ihren schottischen Strickjacken aus Kaschmirwolle: Kaschmir-Cardigans – ein Wort, das Radha so fremdartig fand, dass sie immer an alte, weiße Leute denken musste. *Alicia*, nicht Alice, war mit ihrem Mann nach Delhi gekommen, einem Immobilienmakler, den Bapuji für seine Deals angeheuert hatte. *Alicia* sagte, sie habe früher in britischen Verlagen gearbeitet; laufend korrigierte sie Radhas Sätze und versuchte, Radhas Akzent glatt zu bügeln, bis sie aufgab und sich Sita zuwandte, um sie auf die Aufnahmeprüfung für Cambridge vorzubereiten. Seht euch das an. Ranjit Uncle glaubt, Gargi könne 70 000 Angestellte überwachen und sogar fürs Erste die Company leiten. Und Sita kann gehen, wohin sie möchte. Doch Radha, Ehefrau und PR-Expertin, ist immer noch seine Kleine Brandfackel, die herumrennt und um einen Lutscher aus seinen geheimen Vorräten bettelt. Die immer noch Geschichten über die anderen erfindet, um ihn zu bezaubern und dabei seine Füße zu massieren.

«Hör zu, Kleine Brandfackel», sagt Ranjit. «Ich schicke jetzt Paani zum hinteren Tor. Bubu war gestern Abend sehr aufgebracht, aber du weißt ja, dass dein Papa es nicht gutheißen würde, dass Kashyap so schlecht behandelt wird. Ungehobelte Brutalität sollte man der Polizei überlassen oder den Company-Gundas. Der Mann sollte freigelassen werden, oder wir sollten ihm zumindest eine Roti und ein Glas Wasser geben.»

«Nein», sagt Radha.

Sie hört, wie Ranjit Uncle tief Luft holt.

«Bubu hat das entschieden, nicht ich. Und Gargi wäre dagegen. Bitte verlang nicht von mir, dass ich mich meiner Schwester und meinem Mann widersetze. Ich bin deiner Meinung, das weißt du doch.»

Bapuji starrt sie von den Zeitungsausschnitten an.

«Du weißt, dass ich dazu nicht Ja sagen kann. Stell dir vor, Mummy hätte etwas getan, was Daddy nicht billigte? Auch mir sind die Hände gebunden.»

«Ach! Deine Mutter», sagt Ranjit Uncle.

Radha beißt noch einmal in den Burger, wobei Ketchup und Fleischsaft aus dem Brötchen spritzen und auf dem Gesicht ihres Vaters landen. Sie nimmt die Zeitschrift und leckt sie ab. *Relax*, denkt sie. *Ranjit Uncle kann das doch gar nicht sehen.*

«Radha?», sagt Ranjit. «Du solltest aufstehen, dich fertig machen und runterkommen. Lass uns zumindest eine Tasse Tee zusammen trinken, bevor du gehen musst.»

Sie hat gewonnen! Und kann es noch nicht ganz glauben. Die Obststücke ihres Früchtebechers, Mango und Ananas, schwimmen jetzt in einem rosastichigen Eiscrememeer. So viel zum Silver Service – sie können nicht einmal das Dessert nach dem Hauptgang bringen, sondern bringen alles zusammen, als hätten sie ihr Handwerk in einem Zwei-Sterne-Hotel am Bahnhof gelernt. Fast hätte sie den Saft aus der Schale getrunken, findet dann aber, dass ihr mehr nach einem First-Flush-Assamtee ist, serviert in einer Knochenporzellantasse.

«Ja, Ranjit Uncle», sagt sie. «Aber hast du heute schon Zeitung gelesen? Die Leute fragen sich zunehmend, was in unserer großen, alten Company eigentlich vor sich geht. Du musst mit Daddy reden. Das kannst nur du, und zwar bevor er irgendwas aberwitzig Dummes anstellt.»

«Sprich nicht so über deinen Bapuji, du ungezogenes Mädchen.»

Sie hört ein Schniefen. Und dann noch eines.

«Ich warte in der Members' Lounge», sagt Ranjit Uncle, «neunter Stock.»

Gut, denkt sie. *Dann gibt es wenigstens Kuchen.*

*

Die Glastür geht auf und zu. *Ja*, singt das Wasser, *Zeit für Sauberkeit*. Unter der Dusche fühlt sie sich weich und glitschig an, sie pfeift vor sich hin, *nein Radha, nicht pfeifen*. Hand über den Mund: Der Angekettete ist immer noch draußen. Worüber soll sie sich beim Tee mit Ranjit Uncle unterhalten? Es muss etwas Ablenkendes, Erfreuliches sein. Radha tritt aus der Dusche und beginnt sich abzutrocknen. Wie wäre es mit ihrem Sonderplan, Mitaktionärin zu werden, ein echter Sonderplan. (Was soll sie zum Tee anziehen? Die rote Salwar Kameez.) Na also.

Der Plan ist folgender: Mrs Radha Balraj wird der Company einen neuen Firmennamen geben. Nicht mehr Devraj Company – aus Sindh wird Sindhu. Und zwar ... Radha posiert nackt, die Zehenriemensandalen in der einen Hand, die andere am Hinterkopf, den Bauch noch mehr eingezogen. – *Und zwar: Die India Company! Ja, ihr Cosmo-Metro-Jungs und -Mädchen, ihr Neulinge unter den Steinreichen, hier kommt InCo.»* Oder doch lieber IndiCo? Nein – InCo klingt besser. *Frisch im Hier und Heute – die neue India Company – über das einundzwanzigste Jahrhundert hinaus!*

Radha streckt die Arme zum Spiegel aus und lädt Scharen von Shoppenden und Ladeninhabern in ihre Mall ein. Bubu wird sie ihr in Paradise Park bauen (und sie wird nicht zulassen, dass er sie ‹Radha Mall› nennt; *Gott, er hat wirklich keine Ahnung*). Nein. InCo Mall soll sie heißen. Die Abkürzung InCo steht für India Company, aber in diesem kleinen Wort – sie zieht ihre Salwar an und bindet die Kordel zu – klingt auch die Straße an: Inko – sie – die InCoMall für die Schickeria. Ein Werbespot mit ein paar Mädchen in Acid-Brights. Bauchfreie Tops und enge Jeans und Bindis und Armreifen. Verkehrt herum aufgesetzte Kappen, desi-cool, wie die Mädchen, die MrGee auf Twitter anstachelt.

Inko InCo Mall pasand hai!
Sie lieben die InCo Mall!

Bist du dir sicher, Radha-Baby? InCo oder IndiCo? IndiCo klingt zu sehr nach IndiGo – die sie für die beste Billiginlandsfluglinie hält – zumindest, was das Branding angeht. Vielleicht können sie fusionieren. Sie würde Kunden, die zwischen InCo-Hotels und -Malls hin- und herreisen, zu Sondertarifen fliegen lassen. *IndiGo*. Ein großartiger Name.

Sie wünscht, sie wäre als Erste darauf gekommen. Vielleicht könnte die Company die Fluglinie kaufen. India: Go go go! – Los, Indien!

InCo IndiGo pasand hai! InCo liebt IndiGo!

Nein, anders herum:

IndiGo InCo pasand hai! IndiGo liebt InCo!

Ja – und die Schickeria macht sich vom Company-Hotel aus auf den Weg. In lauter grellen Farben. Oder vielleicht kann sie ein Foto von sich in einem Hosenanzug verwenden, auf dem sie von den Stufen des InCo-IndiGo-Flugzeugs winkt. Sich als das Gesicht der Company zu positionieren wäre nicht schlecht – das sorgt für ein wenig Familienflair. Vielleicht auch nicht. Ob sie tatsächlich mitfliegen müsste?

«Ich gehöre zur Schickeria! Kaun? Tu? Haan main!», singt sie.

Sie lässt den Kopf sinken und fängt an, sich zu föhnen. *Trag dein Haar heute glatt.* Besprüh dein Gesicht, Radha, dein Make-up braucht Auffrischung. Die Zeiten sind ernst. Fertig. Bereit. Radha geht zur Teestunde nach unten.

Sie pfeift noch, als sie ihre Ringe anlegt, ihre Sandalen, ihren wunderschönen Schmetterlingsschal. Sie nimmt ihre Tasche und ihre Sonnenbrille und stöckelt klack-klack zum Aufzug. Sie beschließt, dass – oh ja – Ranjit Uncle als Erster von InCo erfahren soll. Wenn ihm und Bubu die Idee gefällt, wird Gargi einverstanden sein.

Der Klavierspieler erblickt Radha und fängt sofort an zu spielen. *La lo la lo La-tikas Melodie.* Die Lounge hat keine Spiegel, das dunkle Holz und die Palmen in den Töpfen sind anonym, sie schenkt ihnen ebenso wenig Beachtung wie den dort gruppierten, schwach beleuchteten Kugeln. Bis auf Ranjit Uncle, der gelbe Socken und einen Leinenanzug trägt, ist die Lounge menschenleer. *Wie kahl er geworden ist, ein Fabergé-Ei.* Sie bückt sich und küsst ihn auf die Wange, die weich und faltig ist wie das handgeschöpfte Papier im Company-Hotelshop. Er ergreift ihre Hand und drückt sie – er hat scharfe Nägel, und es tut weh. Früher hat sie ihm die Hände massiert und seine Haut mit Fettcreme eingerieben. Fixiert auf das Eincremen hat er ihre Knie gestreichelt. So glatte Hände im Kniezwischenraum. Ihre Schulsocken und ihr Rock. Jetzt schuppt sich seine Haut, fällt ihr auf, und löst sich um die Fingernägel ab.

«Weißt du was?», sagt er. «Ich glaube, sie sollten aus *Slumdog Millionaire* ein Musical machen. Das wäre höchst interessant.»

«Ja, das wäre toll! Du solltest das finanzieren.»

Sie zieht ihre Hand weg, wartet, bis er aufgestanden ist und sie Platz nehmen lässt.

«Können wir Makronen essen?», sagt sie. «In den Company-Hotels in Goa und in Mumbai servieren wir sie seit Kurzem zum Nachmittagstee. Sie sind wirklich ausgezeichnet, lauter verschiedene Geschmacksrichtungen, Lakritz und Litschi und sogar Masala Chai. Können wir die bitte bestellen?»

Lächelnd klopft Ranjit Uncle mit seinem Stock an Radhas Schulter.

«Radha, schon mich ein wenig. In Amritsar mag man es gerne schlicht. Sieh mal, wir haben exzellente Teilchen aus Brandteig.»

Auf dem Kuchenständer liegen winzige Windbeutel: Profiteroles. Sie lässt einen auf ihren Teller gleiten und drückt den Löffel hinein. An beiden Seiten quillt Creme heraus. Sie nimmt ein winziges Löffelchen voll. Vanillecreme. Ranjit Uncle sieht ihr zu, die Falten unter seinen Augen wie feine Radspeichen.

«Danke, Ranjit Uncle», sagt sie.

«Ach wofür denn», sagt er. «Iss noch ein bisschen.»

Er schiebt ihr die Windbeutelchen hin.

Komm, Radha-Baby, nur noch einen. Drei kleine Profiteroles. Sie nimmt noch einen. Nur noch einen. Du und ich zusammen beim Tee. *Von der Rolle profitieren,* möchte sie sagen. Ranjit Uncle würde den Witz nicht verstehen.

Ihre Köpfe sind so nah beieinander, dass sie ihn riechen kann. Nelken und Moschus. Er ist der Onkel mit dem Kitzelbart: der noch ein bisschen schwarz ist. Er bringt seinen am Tisch lehnenden Stock in die Balance zurück. Er hat seine Hände über ihre Hände gelegt, und wie er sie anblickt! So freundlich. Sie kämpft mit den Tränen und schluckt.

«Radha, ich weiß, dass dir die schreckliche Geschichte von gestern Abend zu schaffen macht. Wir haben heute neununddreißig Grad. Wir können den Mann nicht dort lassen. Wir sollten zusammen zu ihm gehen.»

«Weißt du, Ranjit Uncle», sagt sie, «von dir haben wir als Kinder gelernt, wie unsere edelsten Luxusartikel hergestellt werden – weißt du noch?»

«Meine süße Radha.»

Er rückt von ihr weg und dreht die Hand in der Luft, um die Erinnerung daran wie einen Apfel vom Baum zu pflücken. Er streichelt sie, auf ihrem Schal, dicht am Schlüsselbein.

«Sprich nicht von dir als Kind. Lass uns statt Tee einen Drink bestellen, oder?», sagt Ranjit Uncle. «Ich bin doch nicht zu alt, um einen Cocktail mit dir zu trinken?»

«Nein, natürlich nicht! Du bist so jung, dass du immer noch Dande padenge spielen könntest. Jäger-Chiru mit dem Stock. Was für ein hartes Spiel das war», sagt sie.

Er lächelt sie an. Mit ganz freundlichen, ruhigen Augen.

«Zwei Whisky Soda», sagt er zum Kellner.

Radha beugt sich vor und küsst ihn auf die Wange.

«O nein, jetzt hast du einen Lippenstiftfleck!»

Sie versenkt den Finger in seiner Wange und kann seine Zähne fühlen. Als sie den Lippenstift abgerieben hat, bleiben rote Spuren zurück.

«Jetzt siehst du aus, als hätte dich jemand gebissen, lieber Himmel, was hab ich da angerichtet?»

«Mach dir keine Gedanken.»

Sie richtet sich auf, doch er erwischt sie an ihrem Schal und zieht sie wieder zu sich.

«Gut. Achte darauf, dass Bubu von jetzt an ruhig bleibt. Gib ihm ein paar dieser Küsse», sagt er.

Ranjit Uncle zerrt an ihr. Er drückt seinen Mund auf ihren, seine Zunge schießt in ihren Mund, *nicht so tief wie früher*, denkt sie.

Vielleicht werde ich alt.

Als sie sich losmacht, schlüpft ihr Schultertuch durch die Schlaufe seiner Finger wie durch einen goldenen Ehering. Radha nippt an ihrem Whisky. Ihr Lippenstift an ihrem Glas, an seiner Wange. Der Druck seiner Hand auf ihrer. Der Stock darunter. Der sie gelehrt hat, ihr Opfer fast blutig zu schlagen.

*

Am Abend kehrt keine Ruhe ein: Bubu hat Freunde aus Delhi eingeladen, fast fünfzehn Mann, die sich jetzt zum Spielen im goldgetäfelten Spielzimmer eingefunden haben. Die beiden Süßwaren-Brüder und ein paar von ihren Freunden aus der Gegend. Alle rauchen und berauschen sich im Bad. Wohin das Auge blickt, stehen Wein-, Whisky- und Schnapsgläser, übereinandergetürmt oder als einstöckige Domizile nebeneinander, sie bedecken jeden freien Fleck. Das Zimmer hat sich in eine zerbrechliche Zukunftsstadt verwandelt, in der man kein Holz mehr antrifft.

Jivans Pokerspiel wird nicht mehr gespielt: Die Spielregeln waren unmöglich, selbst er hatte sie vergessen oder nie richtig gewusst. Bubu und Jivan sind jetzt in ein Supertrumpfspiel verwickelt, bei dem Bubu nur noch Hemd und Unterhose trägt und alle anderen zuschauen, Wetten abschließen, trinken, rauchen, tratschen, SMS schreiben, noch mehr trinken und zuhören, wie Bubu *Trumpf!* schreit und Jivan, *Supertrumpf*! Jivan hat seine Hosen noch an. *Trumpf*! Er hat den besseren Körper, durchtrainiert und glatt. Sie weiß bereits, wie er sich anfühlt: Hat er nicht, als sie Kinder waren, Pferd für sie gespielt? Ihn zu berühren, würde sie mit neuem Leben erfüllen, mit Zärtlichkeit und Erregung, und vielleicht würde sie sogar schwanger und danach glücklich bis ans Ende ihrer Tage weiterleben. Sie betrachtet Bubu. Dessen Körper sie besser kennt als alle anderen Männerkörper – bis zu den Haaren in seiner Poritze.

Radha hat einen schwarzen Hund auf der Schulter. Sie belauert ihr Handy: scrollt auf der Suche nach Glückszahlen Ambika Gupta durch. Geht zwischen den Tischen umher, Jivan, Bubu, Jivan, Bubu – ihr Mann verliert schon wieder. Heute wird um Lakhs gewettet, um Geldscheinklötze, die Jivan sich gerne direkt aus dem Safe zuschiebt; *die Bauklötze unserer Wirtschaft,* nennt er sie. *Ein Dankeschön an die Bubu Nationalbank.*

«Komm, Bubuji, du wirst doch haushoch geschlagen. Dieser Typ verarscht dich doch bloß», sagt Radha.

«Na und?», sagt Bubu, «Jivan ist nicht schüchtern. Keine Sorge, Memsahib, wir werden dich nicht beschämen – das könnten wir gar nicht, selbst wenn wir wollten.»

«*Trumpf*!», schreit Jivan und klatscht die Karten auf den Tisch.

«*Supertrumpf*!», schreit Bubu. Jivan bückt sich und zieht eine Socke aus.

Sie wendet dem Zimmer den Rücken zu und stellt sich ans Fenster, die Stirn an der Scheibe. Die Luft draußen ist voller Staub. Durch den Smog kann sie fast bis zum hinteren Tor sehen, bis zur zerbröckelnden gelben Mauer. Dahinter erstreckt sich die Dhimbala Basti bis nach Napurthala. Das Pfeifen des Angeketteten kriecht ihr unter die Haut. Tief zwischen ihren Beinen siedelt es sich an wie ein fremdes Baby, das ihr Inneres aufisst.

Ihr Handy ertönt in ihrer Hand: eine Nachricht vom Türsteher, der in der Eingangshalle wartet: Madam müsse dringend kommen. Seine Worte treten ihren schwarzen Hund in die Schnauze, sie jault auf, geht mit der Nachricht zu Bubu (sein Rücken ist ölig, sein Haar verfilzt, er hat seit dem Morgen nicht mehr geduscht) und flüstert sie ihm ins Ohr.

«Oh Mann, was ist, verdammte Scheiße? Radha Babe, wir haben jetzt was anderes zu tun», sagt Bubu.

Sie hält sich an seiner Schulter fest. Er ist ganz auf seine Karten konzentriert.

«Aber es geht um Ranjit Uncle», sagt sie. «Bapuji ist da. Wir müssen runtergehen, das sag ich dir.»

«*Sag ich mir, sag ich dir – Knowing me, knowing you, there is nothing we can do*», singt Bubu. «ABBA. Kapiert? Bapuji muss sich gedulden.»

Sie ist wieder im Spiegelkorridor und sieht sich: hundert Arme, hundert Beine und Köpfe. Hundert trägerlose fleischfarbene Bandagenkleider, die von der Brust bis zur Hälfte der Oberschenkel so eng sitzen, als hätte man sie aufgeschnitten und auf diese Weise wieder zusammengebunden. So viele Miu Miu-Plateauschuhe aus schwarzem Lackleder. Ein tropfenförmiger Diamant an einer Jettsteinhalskette – mehrreihig, damit ihre Hände damit spielen können. *Seht nur, Unmengen von uns!* Hundert Türsteher beobachten sie.

«Madam, kommen Sie jetzt?», sagt der Türsteher.

Ist sein Ton scharf oder normal? Das weiß sie nicht, sie will einen Drink.

«Wer ist bei Bapuji?», fragt sie.

«Es heißt, er sei mit der Maharani von Napurthala gekommen, seiner lieben Mutter, Ihrer Großmutter. Zuerst zum Chaukidar am hinteren Einfahrttor. Dann zur Hotellobby auf der Vorderseite. Ranjitji bringt sie gleich in den achten Stock.»

Ein Tag ist vergangen. Der Mann ist immer noch am Torpfosten angekettet, seine Haut muss verbrannt sein und sich in Fetzen von seinem Gesicht ablösen. Als sie nach draußen blickte und sah, dass die Hitze den Himmel gelbsuchtfarben getönt hatte und dass die Luft zu brennen schien. Ihn zu befreien, oblag Radha nicht.

«Entschuldigen Sie, Madam – es heißt, Bapuji sei vom Bahnhof bis hierher zu Fuß gegangen. Erst sei er zum Goldenen Tempel gegangen und dann hierhergekommen. Er ist ein großer Mann, Radha Madam, ein großer Mann.»

Von wegen! Die Radhas werfen die Köpfe zurück. Seit sie und die Ihren geboren worden sind, haben Bapujis Füße die gewöhnliche Erde dieses Landes nicht mehr berührt. Was weiß dieser Diener über Größe? Kuch nahin. Fast hätte sie den Mund geöffnet und verlangt, dass er aufhöre, sie anzusehen oder über Bapuji zu reden, doch dann fällt ihr wieder ein, dass es besser ist, nichts zu sagen. Momentan glaubt sie, Bapuji sei im Erdgeschoss und habe alles herausgefunden. O Gott, wo ist bloß Bubu?

Radha geht zurück ins goldene Zimmer. Bubu sitzt immer noch vor seinen Spielkarten. Er hat seine Krawatte verloren. Er hat nur noch Unterhosen an und einen grün getupften Socken. Behutsam nähert sie sich dem Tisch. Jivan blickt auf, ermuntert sie zum Sprechen.

«Komm, Bubu, lass uns bitte nach unten gehen.»

Bubu sieht sie mürrisch an, und Radha versucht es von Neuem:

«Bapuji ist da, Ranjit Uncle gerät in Panik. Der Typ, den du draußen angekettet hast, könnte in sehr schlechter Verfassung sein. Wir müssen alle runtergehen», sagt sie und blickt Jivan an.

Jivan und Bubu grinsen sich an. Bubu fängt an zu lachen – und schlägt sich mit der flachen Hand auf die Schenkel.

«Wir alle? Nacheinander? *Auf die Knie, auf die Knie!*», singt er. «Nein, es ist noch nicht mal 7 Uhr. Ich bin nackt und Madam Radha, du hast immer noch weniger an als ich. Nein. Der große, schlimme Bapuji muss noch warten. Ranjit soll ihn treffen. Ich möchte feiern, eine Party feiern, feiern. *We like to party, we like to party, we like to party. Kennst du den Song?*»

«Wie ekelhaft von dir», sagt Radha. «Ich geh jetzt los. Der Typ draußen hat gesagt, Bapuji sei vom Bahnhof hierhergelaufen. Gelaufen, Bubu! Irgendwas stimmt hier ganz und gar nicht.»

Jivan kippelt mit seinem Stuhl. Bubu hört auf, die Karten zu mischen.

«Es ist ganz leicht, Radha», sagt er. «Du musst einfach nur tun, was ich sage, okay?» Er teilt die Karten aus und blickt mit traurigen Hundeaugen zu ihr hoch.

«Wo ist bei dir der S. P. A. S. S.?», fragt er. «Bleib da und spiel mit.»

Sie sieht Jivan an. Sie könnte sich eine Weile zu ihm setzen und eine Runde gegen Bubu spielen …

«Gott, ich geh jetzt», sagt sie. «Ich sag, dass du schläfst, Bubuji.»

«Sag, was du willst, sag, ich sei kotzkrank, ja, stimmt genau: Weil es mich ankotzt, dauernd gestört zu werden.»

Er hebt die Hand, um ein High five von Jivan zu bekommen; ein Schlag von Handteller zu Handteller und das einhergehende Grinsen. Doch seht, wie Jivan Radha anblickt: *Bleib,* sagt sein Gesicht. *Spiel mit.*

Sie weiß, dass sie die beiden sich selbst überlassen muss. Sie nimmt ihr Handy und ruft den Türsteher an.

«Sagen Sie Ranjitji, ich kümmere mich gerade um Bubu Sahib. Und bitten Sie den Koch, ein paar Hähnchen-Dipper zu machen. Und Keema Paranthe. Denken Sie an Nimboo und Joghurt. Am besten als Kheere ka raita», sagt sie. «Und einen heißen Schokovulkan. Mit drei Löffeln.»

Das Spielzimmer will sie nun bestrafen: Seht nur, wie die Lampen flackern und zucken. Und der Stuhl fühlt sich hart an. Die Jungen klatschen Karten auf den Tisch, es klingt wie Türen, die auf- und zugehen. R. Sethi Singh, der Geschäftsführer des Hotels (ein dunkelhäutiger Mann mit einem irgendwie krummen Lächeln, der aus der Gegend stammt und seine Anstellung der Gargi-Quote verdankt), kommt an ihren Tisch. Um ihnen persönlich zu sagen, dass Ranjit Uncle auf Radha Madam wartet und dass Sri Bapuji sie sofort sprechen will.

Sie steht auf.

«Wo gehst du hin?», sagt Bubu.

In Radhas Kopf brennt es lichterloh, hinter ihren Augen. Das Feuer versengt ihre Zunge. Sie hat das Gefühl, dass sie gleich anfängt zu zittern.

«Daddy ist den ganzen Tag gereist, Bubu. Und Jivan – Ranjit Uncle ist auf dich angewiesen. Meinst du, er wird uns helfen, gegen Bapuji? Keine Frage.»

«Glaub ich nicht», sagt Jivan, dann schneidet ihm Bubu das Wort ab.

«Ja, ja, Madam Radha Devraj Balraj. Gehorsamsverweigerung! Was meinst du, Jivan – sollen wir sie bestrafen?»

Bubu schlägt sich mit der Hand auf den Schenkel und lässt einen roten Fleck zurück. Seine Augen sehen wild aus, als hätte er getrunken und sei von wilder Betrunkenheit zu ruhiger Betrunkenheit übergegangen, die, wie Radha findet, so ruhig ist, dass im nächsten Augenblick alles Mögliche passieren könnte.

Jivan legt seine Karten ab, hebt sein Hemd vom Boden auf und zieht es an.

«Sie hat recht. Nach fünfzehn Jahren bin ich jetzt wieder gut bei ihm angeschrieben. Ich geh nach unten. Jedenfalls würde Gargi nicht wollen, dass Devraj und mein Dad etwas aushecken, ohne dass wir dabei sind, oder? Und ich hab auch irgendwie die Nase voll.»

Er deutet auf das Zimmer. Eine Freundin von ihnen, deren rubinrote Sandalen unter einem Wirrwarr von Schultertüchern und Mänteln hervorlugen, liegt halb bewusstlos auf dem Bett. Sie hält ihre krokodillederne Beuteltasche umklammert, als wolle sie hineinkotzen. Eine Kotzbeuteltasche, denkt Radha. Haha.

«Ein guter Rat, sehr weise», sagt Bubu. «Du bist ganz schön brauchbarji. Aber lass uns erst essen und dann gehen. Nein? Okay, gut. Dann komm!»

Er zieht sich Jeans und Hemd über. Dann ergreift er Radhas Handgelenk, zerrt zehn von ihr den Spiegelkorridor entlang. Ein paar Jivans gehen hinter ihnen her.

«Bubuji, lass mich wenigstens mein Schultertuch holen», sagt sie.

«Nein. Du willst gehen, chalo – dann gehen wir.»

Er stößt den Türvorsteher beiseite und drückt selbst auf den Aufzugsknopf.

«Du siehst gut aus, Baby, sehr sexy. Stimmt's?», sagt er zu Jivan.

Jivan verschwindet wieder in der Suite. Einen Augenblick später taucht er wieder auf und winkt mit einem gelben Kaschmir-Schultertuch: das nicht Radha gehört. Sie wickelt sich darin ein: Es verleiht ihr einen geliehenen Glanz.

Sie fahren mit dem Aufzug nach unten. Im Hintergrund glotzt und schwimmt der Fisch. *Ebene 8*, verkünden die Türen: Ranjit Uncles Stockwerk. Er begrüßt sie persönlich, immer noch in seinem Tagesanzug, den Gehstock in der zitternden Hand.

«Bubuji, Radha, wo wart ihr denn? Ich hab euch oben immer wieder gerufen. Bapuji ist hier. Ich hab ihm alles erzählt, über gestern Abend. Er war bei dem Mann. Kashyap. Ich hab ihn gerade befreien lassen. Sein Gesicht ist verbrannt. Er hat überall offene Wunden und braucht einen Arzt – Austrocknung – ich habe ihn per Taxi ins Krankenhaus bringen lassen. Wir sind uns alle einig, dass es nicht ohne Strafe geht, aber das hier … Bapuji findet das gar nicht gut.»

«Was hast du zu ihm gesagt, Ranjit?», fragt Bubu. *Findet-das-gar-nicht-gut.* Radha spürt den Rhythmus dieser Worte von der Fußspitze bis in den Schädel. Um ihnen die Passage, Umkehr und Absorption zu erleichtern, hätte sie jetzt gern einen Drink.

«Ich will nur, dass zwischen euch alles friedlich bleibt», sagt Ranjit Uncle.

Hinter ihm auf der Terrasse kann Radha die tiefe Stimme ihres Vaters schreien hören: «Aré chup kar mere dil, bohut hogaya.»

Dann Nanu: «Dekh teri beti kya ban gayi hai? Jab bakri shaheed ho gayi, aur phir bolta hai, chup!»

«Was sagt sie, Rads?», flüstert Jivan. Radha fasst ihn am Arm.

«Warum sollte man der Geiß, die schon geopfert worden ist, noch gebieten, still zu sein und sich nicht mehr zu winden?», flüstert sie.

«Hör auf, dich zu winden, Radha!», sagt Jivan lachend und boxt sie in die Seite.

Sie dreht sich weg. Ihr wird klar, dass er nicht wie ihre Familie ist. Er versteht das nicht. Sie schlingt die Arme um sich. Dicht aneinandergedrängt gehen sie und Jivan durch die Suite und betreten den Garten des Stillstehens.

Hier sind keine Blumen; nur Steintröge mit glatten, weißen Kieseln, zwischen denen ein paar blütenlose Farne wachsen. *Jeet,* denkt Radha, *ist hier überall* – in den Terrakottabänken mit den Klauenfüßen, in den zerbrochenen Skulpturen. Torsi aus grauem Stein, ohne Köpfe oder Münder, ohne Zungen und Lippen tauchen zwischen den Bäumen auf. Ohne Augen. Und so füllig. Radha überläuft es kalt.

In der Ecke des Gartens ganz in der Nähe steht eine Bar aus Ebenholz und Silberkachelintarsien, an der zwei Personen Platz haben. Hinter der Bar bereitet ein Diener zwei Gläser Eiswürfel mit Whisky zu. In der Gartenmitte befindet sich eine kreisförmige Lichtung, umgeben von Skelettfarnen. Auf einer niedrigen Steinbank an der Seite sitzt Nanu. Sie hat die Beine weit geöffnet, ihr weißer Chiffonsari hängt zwischen ihren Knien durch. Sie holt eine Orange aus ihrer Kelly-Tasche und gräbt die Nägel hinein, reißt die Schale ab und wirft sie auf den Boden. Sie schürzt die Lippen und schlürft an den Schnitzen. Radha geht ihre Großmutter begrüßen, bückt sich, atmet feine zerknitterte Haut über Knochen. Nanu fasst sie an den Schultern, drückt ihr einen feuchten Kuss auf den Kopf und lässt sie wieder los.

«Komm und begrüße mich, Radha.» Bapuji steht mit ausgebreiteten Armen neben dem kleinen Teich.

«Ja, Daddy», sagt sie. Ja, Daddy, ja. Und ist das nicht alles, was sie ihm zu sagen hat? Hanji. Schluss mit diesem Auftritt zwischen kalten, weißen Kieseln und Skelettfarnen – ein Fehler, denkt sie, dass sie nichts getrunken hat: Der Abend wäre dann heller und leichter – sogar ein Glas Wasser würde helfen – das einzige Wasser hier ist das in dem kleinen Zierteich. Nie zuvor hat sie die Gandhibüste richtig bemerkt, die dort Wache steht – Auge um Auge –, was hat er gleich noch gesagt? Eine Welt, in der alle blind werden. Daddy sieht ihr jetzt zu, er wartet auf Radha, sein Kurta ist staubig, seine Füße in den Chappals – ist er vom Bahnhof hierhergelaufen? Das hat es noch nie gegeben. Von einem Ort, an dem sie seit ihrer Kindheit nicht mehr gewesen ist. Bevor sie mit dem Auto fuhren oder flogen, gab es den Lunch-Service der ersten Klasse und Jungen, die Wasserballons an den Bahnsteigen verkauften. *Hör auf zu träumen, Radha,* Daddy begrüßt dich nämlich, er fasst dich ganz fest an den Schultern und an deinem Schultertuch; *rutsch nicht runter, Schultertuch,* der Wind wird stärker, alle Farne biegen sich in ihre Richtung, blödes Grünzeug, sie hasst Farne. Daddy hält sie mit aller Kraft fest; er riecht streng: nach Joghurt, der schlecht wird. Sie weicht nicht zurück: Denn hier sind sie nun alle – im Garten des Stillstehens.

«Radha, Beti, du freust dich, dass ich da bin; du vergisst deine Prioritäten nicht.»

«Nein, Daddy.»

Jetzt ist sie ihm ganz nahe; sein Körper dicht an ihrem presst ihr alle Gedanken aus dem Kopf. Sie blinzelt ihm ins Gesicht, das zu schmelzen scheint, Moment – ist das das Zeichen zum Weinen? Nein. Halt. Das Schultertuch rutscht herunter, doch sie kann es nicht hochziehen und steht in ihren Bandagen da, halb Mumie, halb Bronzeobjekt – da nimmt Daddy die Enden und wickelt sie ihr um den Hals.

«Ich hab deiner Schwester gesagt, dass sie machen kann, was sie will. Seit Jahren verhält sie sich wie ein Geier mit seiner Beute. Sie verliert keinen Gedanken an mich.»

Bei diesen Worten bricht er zusammen, stützt den Kopf auf ihre Schulter. Ihre Knie geben nach; sie hat noch nie mehr als eine Krokodilledertasche getragen – und muss jetzt mit ihm als Sack in den Armen dort knien und der stille Punkt in der kreisenden Nacht sein – wo ist Bubu, wo Jivan – wo ist Ranjit Uncle jetzt? Bubu auf der einen Seite und Jivan auf der anderen helfen ihr auf, die Hände zu einer Schaukel verbunden, führen sie Bapuji und sie zur Bank gegenüber von Nanu. Ranjit Uncle sitzt bei ihr; beide schälen eine Orange.

Radha leckt sich über die Lippen. Ihr Mund ist ganz ausgetrocknet – und Bapuji hat noch nie so ausgesehen wie jetzt – nicht einmal, als im Company Mumbai Bomben explodierten. Von einem Tag auf den anderen ein solcher Verlust. Der Aktienkurs des Hotels, das Familienkapital. Radha hatte ihm gesüßten Chai und Badam ki Barfi geholt, dann aber zu große Angst gehabt, ihm beides zu bringen. Sie hatte vor seiner Tür gestanden und die Barfi selbst verspeist, bis ihr schlecht war. War sie in Mumbai nicht die Erste vor Ort gewesen und hatte dort ausgeharrt? Warum überlässt man es immer ihr, sämtliche Drehbücher für Sorgen und Kummer zu schreiben?

Radha will losrennen. Doch die Schuhe, das Kleid, das Schultertuch.

«Du wirst es kaum glauben, Radha. Aber deine Schwester ist eine Junglee. Was sagst du dazu? Sprich», sagt Bapuji.

Radha hat jetzt Gargi vor Augen. Jedes Mal, wenn sie eine Prüfung absolvieren müssen, gewinnt Gargi. Gargi wird mehr gelobt, bekommt beim Sonntagstee mehr Fondant und mehr Fritten. Gargi hat immer die schönsten neuen Kleider bekommen, und Gargi durfte im Auto immer vorne sitzen. Gargi konnte alles so gut: Zuhören, Wiederholen, Verstehen. Immer gab es jemanden, der Gargi jeden Klacks weitersagte, der aus Radhas Mund drang.

Bapuji drückt ihr jetzt die Hand auf die Stirn. Zart und fest, als wolle er sie festhalten, um Fieber zu messen. Vertrauensselig wie sie ist, sinkt sie in sich zusammen, weil sie einen Moment lang glaubt, sie hätte Fieber. Neben der Bank steht ein weiblicher Torso mit tief sitzendem, rundem Bauch; er hat keine Naabhi, wie Radha bemerkt, keiner der Torsi hat eine. Du wirst den Rest deines Lebens hier knien, Radha, unter Bapujis Hand.

Jetzt sagt sie zu ihm, sie wisse, dass er sehr müde sein müsse. Dass Gargi nicht *ehrgeizig* sei, nur pflichtbewusst. Dass sie nicht *zu selbstständig* sei – sie wolle nur ihr Bestes geben. Dass die Dienstagspartys zu viel würden, dass Gargi sie nicht mehr bewältigen könne.

«Sie kann zur Hölle fahren», sagt Bapuji.

«Ach nein, Bapuji, du bist sehr müde. Natürlich möchtest du immer weiter arbeiten, aber jetzt ist es Zeit, auszuruhen. Geh nach Delhi zurück», sagt Radha. «Bring Gargi ein paar Süßigkeiten aus Amritsar mit. Mitha mag sie am liebsten. Sag ihr, dass es dir leidtut.»

Jetzt gleitet Radha von der Bank auf die Knie. Sie merkt, dass ihr Bandagenkleid hängen bleibt, und hofft, dass es sich nicht auftrennt; Ranjit Uncle nickt und lächelt dort drüben, und Nanu verspeist ihre Orange – Bubu, dessen zweite getupfte Socke fehlt, schenkt Jivan an der Bar einen Drink ein – hat sie den Tonfall ihres Vaters richtig im Kopf? Er steht von der Bank auf und kniet sich ebenfalls hin – ihr gegenüber –, als wolle er wie die Schulmädchen auf dem Schulhof Klatschen spielen. Jetzt steh auf, Radha, ja, das wird sie tun – sie steht auf und merkt, dass sie einen Fehler gemacht hat.

Jetzt beugt Bapuji sich vor und berührt ihre Füße. Mit seinem besten englischen Akzent sagt er: «Liebe Tochter, ja, ich drehe durch. Ich bitte dich, lass mich bei dir wohnen. Nur du kannst mir zu essen geben und mir meine Kleider heraussuchen. Du könntest mir zumindest – er packt sie an den Knöcheln – einen einzigen Drink anbieten.»

Jetzt schaut er auf, mit strengem Blick und gespitzten Lippen, als würde er gleich einen trockenen Kuss zu ihren Knien blasen. Sie klemmt sie zusammen, atmet ein, schluckt Luft. Sie sitzt auf der Bank und er auf dem Boden. Sie küsst ihn auf den Kopf.

«Daddy», sagt sie mit ihrer sanftesten Stimme. «Family bond bhi to hai. Bitte. Spiel nicht den Clown. Geh zurück auf die Farm, zu Gargi.»

Jetzt könnte sie ihn in die Nase zwicken, ihn vielleicht zum Lachen bringen. Sich nach vorne beugen und ihn küssen, ja? Nein, sagen die Statuen um sie herum. Rühr dich nicht, sonst überlebst du nicht. Bubu und Jivan sind irgendwo hinter ihr und bewegen sich nicht. Der Himmel hat einen Rotstich. Die Luft ist voller Sand, sie kann ihn schmecken.

«Gargi hat die Dienstagspartys aufgegeben», sagt Bapuji. «Eines der wenigen Dinge, die mir Freude gemacht haben. Mein Vermächtnis, mein Ruf, meine Bildung, mein Name. Durch sie weitergegeben. Was denn: Meinst du, das sei nichts? Gargi will alles.»

Alles? Bis hinunter zu deiner gesamten Kollektion safranfarbener Unterhosen?

Jetzt verdüstert sich Bapujis Gesicht, als hätte er ihre Gedanken gelesen, reißt er sie an den Armen, zieht sie hoch, bis sie aufrecht steht, und schwingt ihre Fäuste in den Himmel.

«Ich bitte Lord Vishnu, ihr die Knochen zu brechen und Stöckchen damit zu spielen!», schreit er.

«Devraj», sagt Bubu. «Lass sie gehen.»

Na endlich! Bubu ist da und zieht Radha von Bapuji fort. Sie steht da und reibt ihre armen Handgelenke: Sie tun weh. Knie und Knöchel, die Schultern – so behandelt zu werden ist härter, als den ganzen Tag dazusitzen und unter der sengenden Sonne zu pfeifen. Trotzdem will sie ein guter Mensch sein. Gut zu sein bedeutet, dass es einem gut geht. Geht es mir gut? Keine Antwort, von keinem Wesen, Mensch oder Stein.

«Daddy, deine Worte werden mich töten, das schwör ich», sagt sie. Sie streckt die Arme aus und will ihn umarmen.

Jetzt fängt Bapuji sie auf, ihr Gesicht liegt an seiner Schulter; sein Körper fühlt sich feucht an, ihr Mund füllt sich mit Stoff. Die Welt ringsherum wird finster.

«Chup, Beti. Nahin, wein doch nicht. Ich werde so was nie über dich sagen.» Er fasst sie am Kinn und hebt ihren Kopf zu sich hinauf.

«Du hast meine Augen», sagt er. «Du hast meine Sicht und würdest mich nie von meinen Vergnügungen abhalten. Vor allem weißt du die Älteren zu respektieren. Zumindest du hast verstanden, dass die Hälfte meines Anteils an der Devraj Company jetzt dir gehört. Sag mir frei heraus: Wer hat meinen Mann da draußen angekettet? Komm schon, sag's deinem Bapuji.»

Jetzt ertönt ein Vogelruf und dann noch einmal und noch einmal. Bapuji lässt Radha los. Sie dreht sich mit Bapuji und Bubu um. Alle drehen sich um und sehen, wie Uppal mit erhobenen Händen auf die Terrasse tritt. Sein Handy blitzt auf und zwitschert wie ein gestörter Spatz, als sei Morgen, nicht Abend.

Jetzt fasst Bapuji Radha an der Schulter. Einer von Nanus Obstkernen trifft Radha am Arm, als hätte sie ihn aus einem Autofenster gespuckt.

«Verschwinde!», schreit Bapuji. «Radha, dafür, wie dieser Bhenchod mit mir geredet hat, gehört er verprügelt. Nur weil diese Frau Gargi ihre Pflichten vergessen hat – nur weil sie sich bei jeder Kleinigkeit an ihn wendet –, glaubt er, er könne die Fäden ziehen.»

«Nein, das glaubt er nicht, Sir», sagt Uppal.

Da, jemand bewegt sich hinter ihm. *Mist.* Das ist Gargi. Sie taucht aus der Suite auf; in einer saphirblauen Salwar Kameez aus changierender Seide. *Sie hat ihr Haar abgeschnitten.* Sie sieht fünfzehn Jahre jünger aus. *Mist.*

Jetzt fängt Bapuji an; eine weiße Haarlocke fällt ihm über das eine Auge. Radha muss an Popeye denken, *Stopp.* Gargi sieht sehr entschlossen aus, wie Olive Oyl, wenn sie wütend ist. *Stopp!* Sie lächelt, sie sagt etwas zu Uppal. *Seht mal, er verzieht sich einfach nach drinnen.*

«Hey Radha. Hey Bubu. Und lieber Ranjit Uncle.» Dann sagt sie – *eine Spur herzlicher?* –: «Hey Jivan.»

Jetzt wartet Gargi, jetzt wartet Bapuji, jetzt zerrt Bubu wieder an Radha und zwickt ihr eine Anweisung in den Arm. Bubus Zwicktechnik besteht darin, dass er gleichzeitig dreht: Das hat er als kleiner Junge an seiner Schwester geübt und an Radha im ersten Ehejahr perfektioniert. Sie weiß, was er Radha-Baby damit aufträgt: Es ist das, was sie *selbst tun will.*

«Radha! Bleib da!», sagt Bapuji.

Jetzt will sie ihm nur einen Kuss zuhauchen. Doch der Geruch ihrer Schwester ist immer derselbe: Schweiß mit einem Schuss altmodischem Company-Jasmin. Radha will sich in Gargis Leib drücken und nie wieder herauskommen.

«Schön, dein Haar, Schwesterherz. Du hättest mir ein Bild schicken sollen», sagt sie. Gargi sackt kurz zusammen, aber nur ganz leicht. *Was habe ich gesagt?* Radha steht neben ihrer Schwester und hält sie an der Hand.

«Meine Güte», sagt Bapuji. «Komm, Radha, zähm diese Königinnen-Kobra, zeig ihr, was Respekt ist. Gargi, sharam nahin aati kya?»

«Warum sollte Raddy mir keinen Begrüßungskuss geben?» Sie beugt sich vor und drückt dabei Radhas Hand. Sie drückt immer weiter. Es tut weh, ihre Ringe tun weh. Dann sagt Gargi, mit dem Gesicht auf Bapuji zeigend:

«Nur weil du alt bist, zolle ich dir nicht automatisch Respekt.»

Es ist, als spanne die Nacht jeden Muskel an. Radha sieht, wie der Himmel sich rot färbt. Bapujis Augen weiten sich; *er bekommt einen Herzschlag,* denkt Radha, *hier auf der Terrasse, vor der Eröffnung des Srinagar-Hotels.* Mist – er kann nicht sprechen. Mist – er fängt gleich an zu weinen. *Radha Devraj Kumari Balraj – du erlebst gleich deine erste große PR-Katastrophe.*

«Sir», sagt Bubu. «Wenn Sie wissen wollen, wer Ihren Mann angekettet hat: Das war ich. Er hat Glück, dass es ihn nicht noch schlimmer erwischt hat.»

Jetzt stößt Bapuji einen Laut aus: *«Du?»*

Jetzt muss Radha sich einschalten. Sie lässt Gargi los, geht die zehn Schritte, zählt mit, *Radha,* sie muss noch einmal versuchen, Daddy zu beruhigen. Nanu klatscht wieder, als sie an ihr vorbeigeht, sie isst ihre zweite Orange, verstreut die Schalen ringsum und kickt sie mit dem Fuß unter die Bank.

Jetzt schauen die anderen nur zu, sogar Ranjit Uncle, der auf Gargis Frisur starrt, als hätte sie ihm gerade auf die Schuhe gespuckt.

«Daddy», sagt Radha. *Sprich mit gurrender Stimme, locker dein Haar auf.* «Du weißt doch, dass du nicht so stark bist, wie du glaubst. Gargi ist hier, es tut ihr leid, sie ist gekommen, um dich nach Hause zu bringen.»

Jetzt nickt Bubu – ja, gute Idee. Gargi schüttelt den Kopf – nein.

«Phir wohi baat?», sagt Bapuji. «*Nein.* Keinen Fuß werde ich auf ihr Territorium setzen. Bei *ihr* bleibe ich nicht, eher nehme ich meine Mütze und gehe auf der Straße betteln. Wie ein Hund werde ich mich mit Lumpensammlern und Ratten anfreunden. Nach alledem sagt mir meine Radha, ich soll mit *ihr* zurückgehen?»

Jetzt hat Gargi die Hände in die Hüften gestemmt – ihr Blick ist streng – Bapuji versucht zurückzustarren, doch es gelingt ihm nicht. Er zaudert. Dann wendet er sich tatsächlich ab. Radha blickt um sich – Jivan hat die Stirn gerunzelt, sogar Bubu wirkt überrascht. Nanu isst ihre Orange, Gargi steht wie angewurzelt da. Ranjit Uncle will gerade aufstehen, doch Bapuji hält ihn davon ab.

«Nein», sagt er. «Ich werde auf der Straße um Essen betteln, um einen Anna. Mit der da zurückgehen?» Er deutet auf Gargi. «Lieber trotte ich hinterher und bewahre die Chappals von diesem Uppal davor, dass sie in den Matsch geraten.»

«Ganz wie Sie wollen, Ji.»

Jetzt zuckt Gargi die Schultern. Das ist die große Schwester, ihr Leben ist Bapujis Freude. Dieselbe Gargi, die vor ihrer Hochzeit keinen Jungen auch nur angesehen hatte, lächelt nun Jivan an. Er signalisiert ihr seine

Zustimmung, mit nach oben gehaltenem Daumen. Und Bapuji redet weiter:

«Chup, Beta. Gib dir keine Mühe, mich zu verstehen, dann mach ich dir keinen Ärger. Wir gehen uns einfach aus dem Weg, was ist schon dabei?»

Jetzt wartet er. Radha sieht zu. Gargi sagt kein Wort. Wie kann sie nur schweigen? Radha öffnet den Mund – sie muss reden –, dann sagt Bapuji: «Magar tum mera hi khoon ho, mera hi hissa ho. Das muss ich zugeben. Ich kann dich nicht ausstechen. Du bist ich: eine Krankheit in meinen Adern. Ab aage jo bhi hoga, woh tumhare upar hai. Die Scham kommt noch früh genug. Ich bleibe bei meiner Radha, und wir veranstalten unsere Dienstagspartys, wo immer sie gerade ist.»

Nun, es ist folgendermaßen. Warum hat Radha nicht auf Bubu gehört oder sich selbst mal angesehen, was Gargi getan? Hat Bapuji nicht immer warnend gesagt, Gargi arbeite nur für sich selbst? Jetzt wird sie, Radha, gezwungen, die Oma für die Ältesten ihrer Familie zu spielen. Sie wartet darauf, dass jemand, Nanu oder Bubu oder sogar Ranjit Uncle Gargi an ihre Pflicht erinnert. Sie wartet und wartet.

«Daddy, du weißt ja, dass das Srinagar Hotel noch nicht fertig ist. Es gibt noch so viel zu tun. Wie soll ich mich hier um dich kümmern? Wir sind für Monate ausgebucht und haben keinen Platz für deine Diener – sie müssten außerhalb des Hotels untergebracht werden.»

«Warst du dabei, als dein Mann einen meiner Männer angekettet hat? Ja, das weiß ich. Alles, was du besitzt, habe ich dir gegeben. Alles.»

Jetzt ist seine Stimme ganz tonlos – als sei alles nur vorhanden, damit man ihm dafür *danke*.

Radha denkt jetzt an Bubu, der für seine Arbeit nichts als ein Gehalt bekommt. Der sie mit der Aussicht auf mehr geheiratet hat. Sie weiß, dass er ihr nie zuhört. Sie nicht sieht, im Kreis herumgeht, mit den Wänden spricht. Die Spiele, die sie seit fast zehn Jahren mit ihm spielen muss, morgens, mittags und abends, der gotterbärmliche Donald-Duck-Sex.

Jetzt warten schon wieder alle auf Radha. Was für ein Abend! Was für Zuschauer. Was soll sie jetzt sagen? Was hatte Gargi ihr geraten, was war das noch gleich?

«Nun (kommt es aus ihr heraus), du hast uns lange genug warten lassen.»

Es entsteht eine kurze Pause, dann sagt Bapuji: «Undankbare kleine Chut!»

Cunt – Fotze. In Radhas Mund sprudelt es. *Sag ‹Cunt›, Daddy. Das ist die englische Art.* Vielleicht wird Radha das zu ihrer Hausmarke machen. Cunt. *Wie würde der Slogan lauten?* Sie schluckt ein Lachen und ein Schluchzen hinunter, beides gleichzeitig.

«Ich habe dir die Verantwortung für die Company übertragen und sehr viel in dich investiert – ich verlange nichts weiter von dir, als die Devraj-Hundertschaft behalten zu dürfen. Und jetzt erklärst du mir, nicht mehr als fünfundzwanzig Männer? Habe ich dich richtig verstanden? Glaubst du, es ist der richtige Zeitpunkt, Schwäche zu zeigen, indem man die Anzahl beschränkt? Du hast nicht das Geringste vom Geschäftsleben verstanden. Du ekelst mich an, Radha. Du sorgst dafür, dass deine Schwester neben dir positiv hervorsticht. Chalo – (er sieht Gargi an). Wir gehen mit der halben Party zurück nach Delhi.»

«Weißt du was?», sagt Gargi. «Wir könnten eine Satellitenverbindung einrichten. Dann kannst du deine Vorträge sogar ohne Party halten. Das könnte wunderbar sein, wie ein exklusiver TED-Talk. Wir könnten ihn in Endlosschleife auf den Hotelfernsehern zeigen. So was machen die anderen schon seit einer ganzen Weile. Warum wir noch nicht, Radha? Und dann Twitter, Daddy, Twitter. Du könntest fünfzigtausend Follower bekommen! Vielleicht sogar fünfzig Millionen! Du solltest den Twitteraccount sehen, von dem selbst ich gehört habe – alle jüngeren Angestellten finden ihn toll – einen Typ namens MrGee – es geht ums Geschäftsleben, auf eine sehr witzige, kluge Art. Du könntest ihn toppen …»

Jetzt strahlt Gargi. Nanu lacht, und Bubu und Jivan lächeln – über Gargi, die über Twitter spricht und ihnen von MrGee erzählt – keiner weiß, dass Radha ihn ins Leben gerufen hat, dass sie dahintersteckt –

wenn die Idee Bapuji gefällt, wird man ihr dann noch glauben? Nein, das wäre nicht fair.

«Bapuji?», sagt sie, sucht ihr Handy, um ihm das Ganze zu erklären. Doch man sehe nur Bapujis Gesicht. Die Sache gefällt ihm nicht. Tweets kommen nicht infrage. Wer braucht jetzt einen Drink? Radha braucht noch keinen – denn nichts ist witziger als Bapujis Gesichtsausdruck und die völlig erstarrten Gesichter von Gargi und Bubu, als hätte jemand gerufen STANDBILD!

«Mehr von mir sieht man nicht?» Bapuji deutet auf sein Kinn.

Jetzt denkt Radha: *Ja, Daddy, du bist nichts als dein eigenes Kinn.*

«Bin ich nur eine Stimme, ein Kopf auf einem Bildschirm, der nach Belieben nach oben oder nach unten gedreht oder abgestellt werden kann? Von jedermann, von der breiten Masse? Nein. Einst hatten wir hier eine gute, starke Regierung, die an der Industrialisierung des Landes gearbeitet hat, damit alle genug haben würden. Ihr Mädchen habt keine Kultur, keine Geschichte, ihr erinnert euch nicht an diese Dinge – es waren Zeiten, in denen jeder Mann und jede Frau wusste, wohin sie gehörten.»

«Daddy, fang nicht wieder mit diesem Damals-war-alles-besser-Unsinn an», sagt Gargi. «Wir wissen Bescheid, weil wir nämlich heute mit den Karten zurechtkommen müssen, mit denen ihr damals gespielt habt.»

«Gargi meint, dass wir das Beste aus dem machen, was du hinterlassen hast, Bapuji», sagt Bubu.

Bubu verteidigt Gargi? Jetzt ist Radha zum Lachen zumute.

Jetzt sieht Gargi Bubu mit weit aufgerissenen Augen an: Es ist ihr *Halt-die-Klappe-Arschloch*-Gesicht. Ha! Diese große Schwester ist großartig. Keiner blickt Bubu auf eine solche Art an. Er zieht sich an die Bar zurück.

«Ich will nichts weiter, als uns allen einen erfolgreichen Weg in die Zukunft zu bahnen. TED ist toll», sagt Gargi. «Schließlich hast du es nicht nötig, so vornehm zu tun, Devraj – warum soll nicht jeder dich sehen und deine Weisheit vernehmen dürfen?»

«Devraj?», sagt Bapuji. «Nötig? Sieh dich an, Gargi, ein versiegter Brunnen. Du kannst einem Mann nicht geben, was er nötig hat. Und du, Radha? So fein, so fein. Mein Gott, als könne feiner Stoff deine wahre Natur verdecken. Ihr Mädchen seid wie zwei kranke Eulen, mit unnatürlich langen Krallen, sonderbar geschnäbelt mit eurer vielen Schminke und euren angemalten Nägeln. Diese Dinge, die ihr für so schön haltet, überdecken euren Gestank nicht. Nari nari bohut hogaya, Sarkar mat bano.»

Jetzt macht Bapuji drei Schritte und zieht an Radhas gelbem Schultertuch; sie muss sich blitzschnell drehen oder halb erstickt in ihrem Bandagenkleid dastehen: sich auf und ab bewegender Kopf, Dekolleté, Arme und Beine: die fehlenden Teile der Statuen, lebendig, atmend.

«Lieber Gott», sagt Bapuji. Er wringt das Schultertuch in den Händen. «Dass es mit meinem Leben so weit gekommen ist, erfüllt mich mit Trauer. Wenn du mich mit diesen Töchtern bestrafen willst, dann gib mir auch die Kraft, ihre Respektlosigkeit zu ertragen. Lass mich fair sein, und wenn ich zornig bin, dann lass es zu Recht sein. Doch gestatte mir nicht zu weinen, wie dieses Mädchen hier, das auf Verlangen weint. Ja, Radha, ich kenne dich. Euch beide. Dich» – er zeigt auf Gargi – «Radha hat mir gesagt, dass du dich weigerst, dieser Familie Kinder zu gebären.»

«Wie bitte?», sagt Gargi.

«Und du», er zeigt auf Radha. «Gargi hat mir gesagt, dass du deinen Körper den ganzen Tag über mit Essen aus der Gosse füllst.»

«Wie bitte?», sagt Radha.

«Und ihr beide, das weiß ich, tätowiert euch wie zwei Naphs von niederer Geburt alle eure nicht zu sehenden Körperteile, die Pobacken, Schenkel und wer weiß was noch, und wozu?»

«Das ist Sita!», schreit Gargi und schlägt sich die Hände über den Mund.

«Chup! In Frauen wohnt ein Dämon mit langer Zunge, der nur darauf wartet, herauszukommen. Seht euch die hier an, mit ihren Bandagen. Unter deiner Verpackung ist ein Körper, der mit offenen Lippen bedeckt ist, den Lippen, die du zwischen deinen Beinen versteckst, während du darauf wartest, einen Mann aussaugen zu können. Wenn wir mit diesen Lippen zu tun bekommen, verfallen wir dir und kommen nicht mehr los. Nieder mit euch! Ich werde mich dem nicht beugen. Nieder mit euch, Kama, Rajas und Tamas! Tamas, die Wesensart der Prakriti, mit der die Frauen alle Männer infizieren. Es wird der Tag kommen, an dem ihr wünscht, ihr wäret nie geboren worden.»

Stopp, will Radha zu ihm sagen, *bitte, Bapuji, hör auf.* Er hört nicht auf, sondern schreitet auf und ab, schreit, fuchtelt jetzt mit den Armen und schwingt sie vor und zurück. Er geht von Gargi zu Radha, dann zu Bubu, und wieder zu Gargi. Ranjit Uncle und Nanu auf der Bank, Jivan an der Bar, wo er Drinks zubereitet.

«Du behandelst mich, als würde ich senil werden – pass auf, sonst wird dein Wunsch Wirklichkeit. Heul nicht, das ist meine Rolle, die ich aber nicht spielen werde, nicht für dich, nicht jetzt und nicht hier.»

Nanu hat ihre Orangen fertig gegessen. Als Bapuji schweigt, klatscht sie und singt:

Ich, der Schogun,
Ich, ein hohes Tier.
Ich, der Häuptlingssohn.
Ich bestimme hier die Regeln.
Das ist ein Haufen Kacke.

(Haha, das hast du gesagt –)

Lachend, hüpfend,
purzelnd, sind sie alle
auf dem Weg nach Todesville.
In einem einzigen Augenblick
wird der König
von seinem Königreich getrennt.

«Chup chup psst», sagt Bapuji und legt den Arm um Nanu. Er beißt die Zähne zusammen und hilft ihr beim Aufstehen.

«Mama.»

Das ist jetzt sein letztes Wort. Radha sieht zu, wie sie durch den Garten gehen, die Farne verneigen sich vor ihnen, der Himmel ist rot und schmeckt nach Staub. Wo gehen sie hin? Ranjit Uncle folgt ihnen, ohne sich umzudrehen. An der Bar hat Bubu Jivan abgelöst. Jivan gibt Gargi einen Begrüßungskuss: eine Wange, zwei Wangen, drei Wangen, vier Wangen! Wieso nicht fünf oder sechs?

Radha steht allein da.

Was soll sie jetzt tun?

Sie gehen einer nach dem anderen ins Haus. Der Wind ist stärker geworden, kleine Sandwirbel streicheln die Fenster. Sie gehen auseinander, finden ein Eckchen oder andere Zimmer.

Türen müssen geschlossen werden. Schlösser verriegelt und Wasserhähne aufgedreht werden. Radha kriecht herum und sehnt sich nach einer Zigarette. Sie folgt Gargi zum Badezimmer und wartet vor der Tür. Wie viel kostet Wasser, das aus einem goldenen Wasserhahn kommt? *Lass es fließen, Gargi.* Radha geht zurück zum Sofa: Hier hat sie mit Miles aus Südafrika gesessen. An jenem ersten Abend in Amritsar, als sie versucht hat, ihn davon zu überzeugen, dass es Wege gebe, ein anderes Leben zu führen. Genau an diesem Glastisch mit dem aus formlosem Silber modellierten Ständer. Sie sieht Jivan an der Terrassentür stehen. Bubu bringt ein Tablett von der Terrassenbar, geschliffene Kristallgläser, Whisky, gemessen in Fingerbreiten, Eis.

Jivan nimmt das Tablett entgegen. Er bringt es zum Tisch, stellt es ab. Er setzt sich neben Radha aufs Sofa, schlingt die Hände um die Knie. Er hat sehr lange Finger und polierte Nägel.

«Wo ist Ranjit?», fragt Gargi. Ihr Anzug ist ein wenig zu eng, ihr Make-up schmilzt ihr vom Gesicht. Sie sitzt allein im einzigen Sessel.

«Ich bin hier», sagt er von der Innentür aus. «Ich wollte sehen, ob ich deinen Bapuji beruhigen kann, aber er ist sehr aufgebracht. Er hat jegliche Hilfe abgelehnt. So habe ich ihn noch nie erlebt.»

Ranjit umklammert seinen Spazierstock; mit der freien Hand

wischt er sich über die Stirn. Er wirkt schmächtig und ein bisschen abgespannt.

«Sorg dich nicht, Ranjit. Er wird schon wieder», sagt Bubu. «Stimmt's Kinder?» Er kippt seinen Whisky hinunter und bedeutet Jivan, ihm nachzuschenken.

Jemand hat die Terrassentüren geschlossen. Radha sieht ihre Spiegelbilder, in die Breite verzogen, die Nacht als Hintergrund für ihre Geister. *Vielleicht wird es niemals Morgen.* Der Whisky brennt in ihr. *Sieh mal, das bist du als Dickerchen,* sagt die Radha im Fenster. Morgen wird sie einen Assistenten bitten, ihre Lieblingsdesigner einzuberufen, damit sie ihr frische Kleider zur Anprobe ins Zimmer bringen. Und die leuchtenden Kirschen an den Wänden ihrer Suite werden sie anstrahlen, denkt sie, und ihr raten, was bescheiden und was zu gewagt wirkt. Vielleicht Maxi – sie sollte einen neuen Trend ins Leben rufen.

Woher diese Wärme? Das gelbe Schultertuch hat auf ihre Schultern zurückgefunden. Es ist etwas feucht und riecht nach Bapuji.

«Bapuji kann nicht einfach so gehen», sagt Ranjit Uncle.

Tja, hat er nicht die letzte halbe Stunde dagesessen und an Nanus Orangen gesaugt?

«Gargi, er hat keinen Wagen dabei, nur Nanuji ist bei ihm, sonst niemand. Wie soll er zurechtkommen? Hat er überhaupt Geld dabei oder Kreditkarten oder sein Handy?»

«Sei unbesorgt, Ranjit Uncle», sagt Radha. «Von hier bis nach Goa gibt es jede Menge Freunde, die er besuchen kann. Sie werden ihn alle willkommen heißen, da er uns ja nicht will.»

«Ganz genau, Rads, ganz genau», sagt Bubu.

Sie wird sich nie daran gewöhnen, dass er sich hinter sie stellt und ihr den Nacken mit den Daumen knetet. Es tut weh. Das tut er immer, wenn er seinen Stress loswerden will.

Radha wirft einen Blick auf Jivan. Er sieht Gargi an.

«Jivan», sagt Radha. «Es hängt von dir ab. Willst du die Company Security ganz übernehmen? Dann halt mir Bapuji vom Leib. Lass ihn keinen Unsinn machen, den ich dann wieder in der Presse gerade biegen muss. Es steht jetzt zu viel auf dem Spiel.»

Jivans Lächeln wärmt ihre Haut, das gelbe Schultertuch rutscht herunter.

«Ja, Radha.» Er rollt ihren Namen über seine Zunge.

«Stimmt doch», sagt sie. «Hab ich recht, Ranjit Uncle?»

Ranjit Uncle schnieft kurz und streicht über den Knauf seines Spazierstocks. *Seine Krawatte muss neu gebunden werden, er sollte achtsamer sein.*

«Das weißt du am besten, Beta», sagt er. «Ich kann nichts mehr dazu sagen. Aber denk daran: Dein Vater hat erlebt, wie die Briten Indien verlassen haben. Er hat diese Company aus dem Nichts aufgebaut. Er hat euch großgezogen, für eure Ausbildung gesorgt und euch verheiratet. Er ist älter als dieses Indien! Ohne ihn hat keiner von uns eine Zukunft. Lass ihm seine Hundertschaft, was ist schon dabei? Mit solchen Kleinigkeiten geht viel mehr verloren, so wie beim Flügelschlag des Schmetterlings im Vereinigten Königreich, der Überschwemmungen auslöst.»

Bubu lacht.

«Sei unbesorgt, Ranjitji. Wir können uns glücklich schätzen, wenn wir dieses Jahr überhaupt einen Tropfen Regen bekommen. Jivan, Gargi, noch einen Drink?»

«Ich sage dann wohl gute Nacht», sagt Ranjit.

Radha sieht Ranjit Uncle dastehen. Als sie klein war, liebte sie ihn. Sie sah ihn immer von Frauen umringt, S. P. A. S. S. war ihm wichtig. Er lud sie immer ein, sich neben ihn zu setzen; sie wusste, dass sie sein Liebling war. Er war so schick und roch so frisch, und immer wenn er aus Amerika oder England oder einem anderen Land zurückkam, brachte er ihr neue T-Shirts und Jeans mit. Sie blickt hinter sich zu Jivan, beide haben dieselbe Hautfarbe, denselben Kopf. Jivan, denkt sie, hat wahrscheinlich die besseren Zähne.

«Gute Nacht, Ranjit Uncle, danke für den guten Tee», ruft sie.

Er geht zu seinem Schlafzimmer, als führe ihn das Alter zärtlich zu seinem Scheiterhaufen. Dann macht er die Tür hinter sich zu.

Alle lehnen sich zurück. Obwohl sie immer noch in Ranjit Uncles Suite sind, will Radha sich jetzt die Schuhe ausziehen, auf die Kissen einprügeln und ihren Fuß zu Jivans Bein ausstrecken. Er lächelt; er prostet ihr sogar zu.

«Genau», sagt er. «Ich tauch mal kurz unter. Wer kommt mit?»

«Tolle Idee. Jacuzzi-Zeit.» Bubu streckt die Arme aus und lässt seine Rolex blitzen.

«Ich!»

«Atta Radha! Und Gargi, kommst du nicht auch?» Jivan imitiert einen paddelnden Hund, keucht und grinst.

Seht euch Gargi an, wie Queen Elizabeth sitzt sie auf dem Sofa. Rosa und Lila stehen ihr nicht. Und jemand hat ihr die Augenbrauen zu einer Dauerfrage gezupft – sie sieht aus wie eine russische Puppe.

«Das geht nicht», sagt Gargi. «Wir müssen besprechen, wie wir mit Dad umgehen sollen und wie wir die nächste Etappe angehen wollen. Rads, ich möchte, dass du eine Broschüre entwirfst, die intern bleibt. Wir können nicht länger warten. Wir erklären den Aktionären, dass wir jetzt die Company übernehmen. Außerdem gibt es eine Reihe von Problemen, über die wir zusammen sprechen müssen. Steuerprüfungen der Hotels und Malls, Bubu. Das Feedback zum Ökoauto …»

«Ach komm, Big Sis, lass uns das morgen machen», sagt Bubu. Er greift nach seinem Drink, trinkt einen Schluck Whisky und verzieht den Mund; dabei altert sein Gesicht auf der Stelle. Mit geschlossenen Augen trinkt er sein Glas leer.

«Die Artikel heute Morgen über Bapuji in Ghaziabad», sagt Gargi. «Radha, hast du schon was dagegen unternommen? Oder sollten wir uns nur auf all die Lecks und Briefkastenfirmen konzentrieren, die Bargeld durch die neuen Bubu-Balraj-Bauprojekte waschen? Ich weiß genau, wie viel jeder Vertrag wert ist, wie hoch die Ausgaben sind, was auf deine Privatkonten geht und wie viel Prozent an die Familie gehen sollte.»

Bubu schuftet sich ja auch ab, denkt Radha, *was ist also so schlimm daran?*

«Ach, Schwesterji», sagt sie zu Gargi. «Runzel die Stirn nicht so, die Falten graben sich ein.»

Es funktioniert. Bubu prustet, Jivan lehnt sich zurück, Gargi lächelt kurz und verkniffen.

«Ruhen wir uns ein bisschen aus, und morgen frühstücken wir dann ordentlich. Wir bestellen dir Hafergrütze und Obst. Ich versprech dir, dass wir dann alles gemeinsam besprechen. Selbst du musst dich mal entspannen», sagt Radha.

«Jivan?», sagt Gargi.

Wie süß er lächelt, so bescheiden, so hilflos! Er zieht die Schulter hoch, blickt Gargi dabei an.

Ha! Ein Denkzettel für Big Sis. Soll sie doch über ihrer Arbeit sitzen, ihrer wahren Liebe. Radha wird mit Jivan aufs Dach gehen. Denn Gargi hin oder her, Dad hin oder her – und Bubu kann ihr zwar sechs Wege zum Himmel zeigen, Jivan jedoch tut etwas anderes. Seht nur, wie gelassen er bleibt, trotz des ganzen Dramas. Er bringt Radha zum Lachen. Ohne langes Nachdenken. Er führt ihr Leela vor Augen. Bubu ahnt überhaupt nicht, dass so etwas in ihr steckt. Jetzt, wo Jivan hier ist, spürt sie es wieder. Das Leben.

In dieser Nacht beschließt sie, nicht mehr über die Vergangenheit nachzudenken. Keine Erinnerungen mehr daran, dass die kleine Radha und der kleine Jivan zusammen Bachchas waren. Auch will sie nicht mehr versuchen, Gargi zu kopieren oder nur zu tun, was Bubu will. Und – vielleicht – keinen Tee mehr mit Ranjit Uncle. Gargi hat er nie beachtet. Und Sita – Radha wird nicht über Sita nachdenken. Sita sollte zu Hause sein und sich um Bapujis Wohl kümmern oder wenigstens um ihre Hunde.

Von jetzt an werden Radhas Erinnerungen hier beginnen, auf dem Dach des Company Amritsar. Das Sprungbecken! Was für ein Name: für einen Kreis aus Wasser mit einem steinernen Sitz darin. Es ist noch früh, noch vor Mitternacht. Zwei, drei Angestellte schlurfen langsam umher. Schenken Drinks ein, holen Handtücher. Dann gehen sie endlich. Zwanzig Minuten, eine halbe Stunde. Bubu ist nirgends zu sehen. Er hat gesagt, er wolle sich die Nase pudern und dann zu ihnen kommen – zwei Stunden später hat sie ihn dann halb bewusstlos auf dem Boden seines Ankleidezimmers liegend vorgefunden, seine Kaschmirbox umarmend, zwischen den dort hängenden Anzügen und den gefalteten Hemden. Sie hat ihn dort liegen gelassen.

Türkis schimmert die Reflexion auf ihrer Haut und macht sie zu einem amphibischen Wesen. Sie schlüpft aus den Kleidern und sinkt ins warme Wasser. Hier oben geht kein Lüftchen. Es riecht nach Chlor und Rosen. Das entspannt sie. Sie hält sich am abgerundeten Beckenrand fest und lässt sich treiben, während sie auf Jivan wartet. In ihren Badeanzug ist eine Iris eingeschnitten: rings um ihren Nabel. Sie streichelt ihn und sticht mit dem Finger hinein. *Nette Naabhi.*

«Alles okay?», sagt Jivan. Er klettert ins Becken; aus zwei Armlängen Entfernung stellt er diese schlichte Frage. Tränen rinnen ihr über die Wangen. Sie steckt ihr Gesicht ins Wasser und taucht wieder auf. Nach Rosen duftend.

«Du musst nach Goa kommen», sagt sie. «Es ist das schönste Hotel im Land. Bis das neue in Kaschmir fertig ist. Wir schaffen gerade künstliche Seen, damit die Gäste eigene Hausbootsuiten bewohnen können. Mit allen Schikanen und Annehmlichkeiten: im Sommer ein Open-Air-Kino, im Herbst ein Literaturfestival am See – Bücher und so sind nämlich gerade superangesagt. Vielleicht sogar ein Theater: Dramen in Englisch und Marionettentheater. Wir machen alles, was uns gefällt. Jeden Abend Livemusik aus der Region. Im Winter Skipässe und Privatunterricht von Schweizer Profis. Das wird der Wahnsinn!»

«Radha. Hör auf. Was ist los?»

Die kleinen Wellen spiegeln sich in seinem Gesicht und in den Fenstern hinter ihm. Ein seltsames Gefühl, als gingen sie auf dem Meeresgrund und könnten dennoch atmen.

«Nach all dem musst du uns für Barbaren halten.»

Jivan bewegt sich; mit den Beinen berührt er ihre Beine. Körper im Wasser, die wie Zungen aneinander entlanggleiten.

«Warte», sagt sie. «Bubu könnte kommen.»

«Was hab ich deiner Meinung nach vor?», fragt er.

Unter Wasser streckt er die Hand aus, umfasst ihren Fuß und streichelt ihre Wade mit den Fingerkuppen. Es fühlt sich an, als würde sie von tausend kleinen Meeresgeschöpfen gestreift. Radhas Mund klappt auf. Türkis durchströmt sie. Sie wird zu Ganga Ma, der Göttin des Wassers. Sie versucht es vor Jivan zu verbergen.

«Du hast mich nicht schockiert», sagt er. «Das einzig Schockierende hier ist der Zustand der Straßen in der Nähe der Farm.»

Er lässt ihren Fuß los und schiebt sich zu ihr. Sie steht mit dem Rücken an der Beckenwand des kleinen Pools. Dort schließt er sie in die Arme.

«Immer noch dieselbe, die allen gefällt. Komm», sagt er lachend, «sag schon. Wer ist Radha? Was tut sie am liebsten?»

Trockener Wind erfasst die Palmenwipfel und bringt alles ringsum zum Flüstern. Die startenden Düsenjets, das Motorenbrummen: Luftblasen steigen zwischen ihren Beinen und an ihrem Bauch empor. Zwischen Jivans Körper und ihrem Körper. Es fühlt sich gut an. Jivan stößt sich ab, weg von ihr. Sie glaubt, sie kann ihn um alles bitten, ohne dass jemand es ihr verübeln oder schlecht über sie reden würde, keine Pappis würden mit dem Finger auf sie zeigen, weil es nichts gäbe, worauf sie zeigen könnten. Bei Jivan Radha zu sein ist das Natürlichste auf der Welt.

«Ich habe noch nie jemandem Handschellen angelegt. Aber Bubu ... wird gern grob», sagt Radha.

Sie sinkt nach unten, während das Wasser ihr Haar in die Höhe hebt. Ihre Worte treiben zu ihm, breiten sich auf der Pooloberfläche aus. Sie wartet. Er wird sie trösten – er weiß, wie es ist, wenn ein verletzender, blutiger Schmerz bis ins empfindlichste Innere des eigenen Selbst dringt, von jemandem verursacht, dem man eigentlich nur gefallen wollte.

Er streckt die Arme aus und greift nach den Poolrändern.

«Radha, für wen hältst du mich? Du hast Erinnerungen an mich als Kind – zur Hälfte bei euch, ein Halbbruder, mit der halben Erlaubnis mitzuspielen und halb außen vor. Ich bin Inder. Ich bin Amerikaner. Halb dies, halb das, immer der andere. Meine Mutter hat Amerika immer in den höchsten Tönen gepriesen. Hier weiß zumindest jeder Bescheid. *Kommt alle in die Traumstadt, baut auf Liebesdienste und Bestechungsgelder.* Und sagt dann schulterzuckend: *Na und? Aise hi hota hai!* Großartig, mach weiter und leb dein Leben. Keiner hat den Mut, Whistleblower zu werden. Warum auch? Selbst der Whistleblower bekommt wahrscheinlich etwas zugesteckt. Geld. Ist nirgendwo flüssiger als hier.

Sie lässt sich zu ihm treiben und legt ihm die Hände auf die Knie. Sie hat keinerlei Vorstellung davon, wie sie aussieht, wahrscheinlich ist ihr Mascara verschmiert, und ihre Wimpern sind verklebt. Sie hält ihr Gesicht ganz nah an seines, ihre Münder berühren sich beinah.

«Natürlich. Du hast recht, so ist es immer. Und wir sind daran beteiligt.»

Sie streicht mit der Hand übers Wasser.

«Bis hinauf in die Spitze. Für jeden Paise, den wir ausgeben, arbeiten wir schwer.»

«Mann, meinst du das ernst?»

Macht er sich über sie lustig? Sie lehnt sich in den Stuhl zurück.

«Ich meine, natürlich gibt es Armut», sagt sie. «Aber wir schaffen auch viele Arbeitsplätze – was sollen wir sonst tun? Wir leben in einem jungen Land, Jivan. Vor fünf Jahren konnte man hier noch nicht mal Coca-Cola in Büchsen kaufen. Die Kids, die jetzt viel Geld verdienen, wie unsere Angestellten im oberen Segment, die Jungen und Mädchen, die nicht mit Auslandsreisen aufwuchsen, wollen nur Geld verdienen und cool sein. Sie wissen genau, was für Zeug sie wollen; und das Beste daran ist, dass sie nicht wissen, warum. Keinerlei Kontext! Gott, das sind die idealen Kunden! Sie hatten auf nichts Zugriff, und jetzt plötzlich – auf alles. Auf alles auf einmal. Jetzt, jetzt, jetzt!»

Sie lacht, schlägt auf die Wasseroberfläche, sodass die Tropfen ringsum aufspritzen.

«Und welchen Platz habe ich in alledem? Und du?», fragt er. «Sind wir nicht bloß große Fische, die warten, bis die kleinen sie fressen?»

Radha bewegt sich jetzt wieder auf ihn zu, balanciert auf ihm, eine Zirkusnummer aus Händen auf Schultern, die Beine schwimmen hinterher. Er nimmt ihre Arme und zieht sie auf seinen Schoß. Stoppeln und Haut, nass, hart, muskulös. Knochen. Ranjit Uncles Wangenknochen und sein voller, sinnlicher Mund. Zwischen seinen Beinen, ach Gott, denkt sie: So nah bei ihm zu sein ist ein gutes Gefühl. Bubu (der immer noch nicht aufgetaucht ist: *O bitte, bitte, schlaf tief und fest weiter)* würde spätestens jetzt an ihr saugen, sie beißen, ihr wehtun. Dann denkt sie: *Ha. Soll er doch kommen und sie ertappen. Soll er's doch sehen.*

«Radha, schöne Radha. Hast du nicht gelernt, dass du brutal sein musst, wenn du in dieser Welt überleben willst? Sei keine Hochstaplerin, mach den anderen nichts vor. Warum sagst du nicht, was du fühlst?», fragt Jivan.

Radha starrt ihn an. Die Gesichter dicht beieinander, wie seit Jahren nicht mehr. Sie will ihn in die Wange zwicken und umdrehen. *Hast du mich wirklich vermisst? Denkst du nie daran, was hätte sein können? Willst du mich vögeln?* Wenn sie so etwas sagte, würde sie Gefahr laufen, Sita zu werden – und sich zu finden. Nichts als sich selbst.

«Gefällt es dir hier überhaupt?», fragt sie.

Jivan umschlingt ihre Taille, sie sitzt auf seinem Schoß. Seine Lippen ruhen auf ihrer Schulter. Beim Sprechen streift er sie mit Zähnen und mit Worten.

«Wie, glaubst du, ich hätte Heimweh? Ich hab kein Heimweh. Zum ersten Mal seit fünfzehn Jahren. Ich bin hier geboren. Wenn ich mit dir und Gargi zusammen bin, hab ich das Gefühl, endlich zu Hause zu sein.»

Die Schatten der Kerzen und das Poollicht versammeln sich um ihn herum und rahmen ihn in leuchtenden Glanz. Ein blauer Gott, Krishna, der das Meer um sie herum bei der Erschaffung der Welt quirlt.

«Jivan, ich wünschte», fängt sie an.

Sein Kopf ist so fest, eine Kokosnuss in ihren Händen.

«Ich wünschte, du wärst nie fortgegangen.»

Dann ist sie nur noch Glieder und Haare um ihn herum, um seine Arme, Beine, seine nackte Brust, seinen Schritt. Er rührt sich keinen Millimeter unter ihr; sich auf ihn zuzubewegen ist erregend. Die Erregung brennt sich bis in ihre Haarspitzen, und immer noch bewegt er sich nicht. Er hat die Augen geschlossen und den Kopf zurückgeworfen, sie spürt, wie er sich zwischen ihre Beine schiebt. Sie zieht sich den Badeanzug bis zur Taille herunter und lässt ihre Brustwarzen von einer Seite zur anderen über seinen Mund streifen. Dann legt sie ihm den Arm um den Hals und küsst ihn. Nasse Haut, die Lippen so voll wie ihre. Seine Zunge ist warm und dick und schmeckt nach Tauchbecken.

«Jivan», sagt sie, «*Zu Hause.*»

Er hebt sie hoch, dreht sich um und platziert sie auf dem Stuhl. Sie ist verwirrt und bemerkt dann, dass er seine Shorts auszieht. Bevor sie ein Wort sagen kann, hebt er sie wieder hoch, legt sie auf sich. Das Wasser erleichtert alles; sie kehren in ihr Element zurück.

Schon so lange hat sie kein Männergesicht mehr so nahe unter sich gesehen. Er ist so still: Sie sieht nichts als seine Augen und streift sich den Badeanzug ab; er stürzt sich nach vorne und beißt ihr in die Brustwarze, saugt erst an der einen, dann an der anderen, an der einen, der anderen, der einen, der anderen, der einen, der anderen, der einen, der anderen, sie sieht seinen dunklen Kopf über sich und die Sinnenlust schickt ihr geflüstertes Ja hoch hinauf in die Nacht, wo der Wind es sich greift und davonträgt.

Sie greift in sein Haar und zieht seinen Kopf zurück, um sein straff gezogenes, grinsendes Gesicht sehen zu können.

«Liebe», sagt sie.

Danach gibt es kein Zurück mehr.

*

Sie haben sich gemeinsam auf eine Liege gebettet und in ein Handtuch gewickelt. Mindestens eine Stunde ist vergangen. *Nie wieder Bubu,* denkt sie. Sie hat das Ohr an sein Herz gelegt und spürt seine Schulterknochen an ihrer Wange. Ein-, zweimal hebt sie den Kopf und blickt ihn an: Er lächelt, hat aber die Augen geschlossen. Jahre sind vergangen. Sie zählt: Gargi und sie, die Tänze für Bapuji vorführen. Größer werden und stillstehen und versuchen, sich von den Onkeln wegzudrehen, die einen immer auf den Mund küssen, egal wie alt man schon ist; ein Festzins, der mit den Jahren immer schwerer aufzubringen ist. Dann Surendra, ihr älterer Schwager, der sie immer kontrollierte, bis Bubu kam und ihr mehr und mehr und immer mehr eröffnete.

Die aufkommende Brise kribbelt auf ihrer Haut und lässt alte Tagträume auflodern. Sie wird Jivan haben, und Gargi wird Jeet haben, und Bubu und Surendra werden irgendwie weg sein. Zu viert werden sie sorglos an einem Sandstrand leben, ohne etwas verkaufen oder kaufen zu müssen. Jeden Tag wird sie mit ihrer Schwester in blauen Gewässern nach seltsam geformten Fischen tauchen, die sie Jeet und Jivan zu Hause zum Ausnehmen und Kochen geben. Die heiße Sonne und der Sand werden ihre Gesichtszüge und Körper attackieren, bis sie abstrakte Bronzen geworden sind. Sie werden sich hinhocken und mit den Händen essen, die Happen in vier aufteilen und auf Sita warten, die bald kommen wird. Doch dann bricht der Tagtraum ab: Gargi küsst Jivan, Jeet sieht lächelnd zu – Radha macht die Augen auf und spricht:

«Ich dachte immer, du magst Gargi lieber als mich.»

Jivan zieht sie an den Haaren und sagt:

«Manche Frauen will man heiraten. Für manche will man nur schwärmen.» Sie weiß nicht genau, wer welche ist, und fragt deshalb nicht nach. Träge erzählt sie ihm:

«Gargi will keine Kinder – hast du das gewusst? Also wieso bloß?»

Ein kurzes Schweigen, dann sagt er: «Im Ernst?»

«Vielleicht hatte sie die Nase voll, weil sie uns immer bemuttern musste.»

«Und Sita», sagt er.

«Mmh, und sieh dir an, wie erwachsen sie geworden ist. Jivan?»

«Ja, Mrs Radha Balraj Devraj? Übrigens ein wahnsinnig üppiger Name für ein dünnes Mädchen wie dich.»

«Danke», sagt sie und zieht den Bauch ein. «Weißt du, dass Gargi einen Narren an dir gefressen hat?»

Er dreht sich auf die andere Seite, blickt sie an und gibt ihr einen leichten Klaps auf die Wange.

«Sei nicht gemein.»

«Frag sie selbst und hör dir ihre Antwort an. Du glaubst, sie hätte alles unter Kontrolle. Sie weiß nicht, was sie tut.»

«Und du?», fragt Jivan sie.

«Was ist mit dir?»

«Ich schon. Aber ich habe eine Frage: Was ist eine Chut?»

Sie grinst. Das Wort wird sie nicht übersetzen. Nicht einmal für ihn. Sie nimmt seine Hand und zieht sie zwischen ihre Beine.

«Ach, genau. Das hätte ich mir denken können. Wie nennt man das? Komm schon, ‹Fotze› kannst du doch sagen.»

Ja, schon. Aber im Moment will sie, dass alles ringsum sanft bleibt.

«Komm, sag schon Fotze! Fotze, Fotze, Fotze.» Sein Mund an ihrem Ohr. Wenn man ein Wort oft genug wiederholt, entleert es sich und verliert seine Bedeutung.

«Ich will nicht.»

«Nur einmal.»

«Nein.»

«Fotze.»

«Nein.»

«Fotze.»

«Nein.»

«Fotze.»

«Hör auf! Okay. Fotze. Fotze Fotze Fotze. Bist du jetzt zufrieden?»

Er grinst.

«Nanu hat immer *Yoni* dazu gesagt», erklärt sie.

«Yoni. New Age, Mann, gefällt mir.» Er küsst sie auf den Hals, die Arme, die Hände. «Und dein Dad glaubt anscheinend, du hättest die überall, am ganzen Körper. Mmh. Sexy.»

Sie lacht, während der Wind stärker wird und die Bäume sich vor einem rot gefärbten Himmel ringsum biegen. Dämmert der Morgen? Nein – es ist etwas anderes – es ist wie die Nacht ihres Hochzeitsmondes. Ringsum wehen Sandböen und zwingen sie ins Haus. Nur noch ein

Diener ist draußen, in einen Teppich gewickelt liegt er unter der Poolbar.

Mit dem Abdruck von Jivans Körper auf ihrem Leib geht sie in ihr Zimmer. Wie jede Nacht flüstert sie die Namen ihrer Schwestern, um sie zu segnen. Dann sinkt sie ins Bett und wünscht, es würde nicht dämmern.

Mit schweren Lidern glaubt sie, über der Stadt und den fernen Bergen Donner krachen zu hören, bis an die Landesgrenze. Sie spürt, dass es irgendwo angefangen hat zu regnen. *Süße Träume*, flüstert sie und schläft ein.

In dieser Nacht kommt ein außergewöhnlicher Sturm auf. Er wirbelt um das Amritsar-Hotel, fegt über die Dhimbala Basti, gelangt zum brachliegenden Gelände des Company Napurthala, reißt den Erdboden auf und zerrt die Bäume nieder. Die Mogulgärten, die Radhas Mutter einst liebevoll nach ihrem eigenen Erinnerungskatalog gepflanzt hatte, sind vom Sand und von fallenden Steinen verwüstet. Mit diesen Neuigkeiten weckt Gargi Radha.

«Komm und sieh dir den Schaden an», bittet sie, «lass uns sehen, was noch zu retten ist.»

Doch Radha kann das Hotel nicht verlassen. Erst wenn sich Jivan zu ihr setzt, kann sie frühstücken. Der automatische Textservice *Bapuji Bol!* klingt so kryptisch, dass sie kein Wort versteht: *Keiner kann Eisen zerstören, nur der ihm eigene Rost … Eine Sadhuhütte ist eine Zufluchtsstätte für Könige … Das neue Indien ist der neue Tourismus.*

Nachmittags beginnt ein unerträgliches Spiel des Beobachtens und Beobachtetwerdens; Radha läuft die Korridore ab und scrollt ihr Handy durch, bis Jivan sie erwischt. Im Treppenhaus oder im Lager oder manchmal in seinem Bett. Abends isst und trinkt sie nichts; die Dauerwiederholungen der Nachrichten schlucken ihren Schlaf: Radha verfolgt den Zyklus und erstattet Gargi Bericht: Immer noch keine Spur von Bapuji.

Drei Tage vergehen.

Es ist Dienstag. Bapuji taucht schließlich auf, wo sie ihn am wenigsten erwartet hätten: auf den Titelseiten der Zeitungen im ganzen Land. Ein Bild von ihm in den Ruinen des Napurthala-Hotels, kaum fünfzehn Kilometer entfernt. Er ist durch die stinkende Dhimbala Basti auf die andere Seite gegangen.

Radha bleibt im Bett und liest die englischen Zeitungsausschnitte. Diejenigen in den Regionalsprachen schickt sie an ein Übersetzerbüro. Auch die internationale Presse berichtet über ihn, die *FT*, die *Times*, der *Telegraph*, die *New York Times*, das *Wall Street Journal*, *Asian Age* und der *Sydney Morning Herald*, sogar die *Dawn*, Herrgottnochmal, die *Dawn*. Von Barun J. Bharat an verschiedene Zeitungen in der ganzen Welt gleichzeitig verkauft: Der große Devraj mit hohlen Augen und herabhängender Haut, in Kurta und Dhoti, eine Nehru-Kappe auf seinem gebändigten Haar, steht er am Rednerpult, deutet zum Himmel hinauf und spricht zu einer Schar Männer, die wie Fabrikarbeiter aussehen, Männer aus der Gegend, die die Überreste von Radhas Kindheit auflesen. Leute, die ihr Vater normalerweise übersieht. Der Typus, der, wenn überhaupt, seinen eigenen Dienstboten dient. Sie weiß, dass man keine Gewalt anwenden muss, um von einer Menschenmenge geliebt zu werden. Man braucht nichts weiter als eine Bühne, einen Finger, der deutet, und ein paar wohlgewählte Worte. *Ich haben ihnen meine Company geschenkt, und sie haben mich hinausgeworfen. Ich kehre zu meinen Leuten zurück, um sie zur Wahrheit zu führen.*

An Bapujis Ellenbogen ist ein halb nackter Heiliger, ganz Auge – vielleicht ein Sant, den er von der Straße aufgelesen hat. Bapujis kostbarer Toosh umhüllt seine Scham. Unglaublich. Wo ist Nanu? Radha sieht die Bilder durch, kann sie aber nirgends entdecken. Sie will Barun finden und ihn umbringen.

Ranjit Uncle rät ihnen – *bleibt ruhig und wartet ab. Euer Bapuji wird sich völlig verausgaben und dann nach Hause kommen.* Am Morgen ruft er Radha nicht in ihrer Suite an und lädt sie auch nicht zum Tee ein. Sie bemerkt es, muss sich aber um so viele andere Dinge kümmern. Die Korridore sind kreisförmig, sie berührt Jivan und achtet nicht auf die abgerundeten Wände – *Gargi, Bubu, verheiratet, Schlampe, Sex, Scham.* Mit Jivan kann Radha glücklich sein. In seinem Zimmer hört sie nur seine Stimme.

Wieder ist eine Woche vergangen. Brütende, trockene Hitze verschließt die Stadt von innen. Gargi und Bubu planen jetzt den ganzen Tag die Eröffnung des Srinagar-Hotels; nachts lassen sie Gargi auf dem Dach zurück, wo sie den Himmel durch ein Teleskop nach Sternen absucht. Ranjit Uncle beauftragt Astronomen aus Oxford, die Entfernung von Indien zu Mond und Sonne zu messen, dann schickt er Bubu und Radha täglich ihr Horoskop auf dem hausinternen Postweg. Beim Abendessen steht er auf und entschuldigt sich: Er sagt, er müsse arbeiten, er versuche weiterhin, mit Bapuji zu kommunizieren.

Noch vor Morgengrauen um drei Uhr morgens wartet Gargi in der Hotellobby auf Radha. Sie gehen gemeinsam zum Goldenen Tempel. Auf den Marmorplatten machen ihre nackten Füße kein Geräusch; der Sprechgesang umhüllt sie wie ganz zarter Stoff, und man lässt sie in Ruhe, sodass sie beim Gehen flüsternd besprechen können, was sie für die nächsten Tage geplant haben. Sie setzen sich ein Weilchen an den Sarovar; Radha beobachtet Gargis Spiegelbild und fragt sich, ob sie ihr alles gestehen soll. Ihre Schwester wird ihr sagen, Ehebruch sei ein Verbrechen. Jivan muss fünf Jahre ins Gefängnis, wenn Bubu ihn verklagt. Und was ist mit ihrem Ruf? Was werden die Leute sagen? Der Sprechgesang ringsum wird lauter: Sie senken die Köpfe und werden gesegnet.

Bapuji beginnt durchs Land zu reisen. Die Leute nehmen ihn überall auf. Idioten, ist ihnen nicht klar, dass er dabei ist, den Verstand zu verlieren? Dass er nie – kein einziges Mal im Leben – etwas ohne Gegengabe weggegeben oder zurückgegeben hat? Immer wenn Gargi und Sita ein Projekt planten, das den Armen helfen würde, hieß es Nein. Selbst damals, als Radha dachte, sie und Bubu könnten vielleicht ein Kind adoptieren, hieß es: Auf keinen Fall. Und jetzt seht ihn euch an. An einem Tag in Madhya Pradesh, am nächsten in Maharashtra; nie in Company-Hotels. Dieser neue Bapuji scheint nie zu schlafen und es nie müde zu werden, die Company zu diskreditieren, die er gegründet, aufgebaut und geleitet hat. Er verbringt seine Zeit in den Bastis der Orte, in die er kommt; anscheinend macht es ihm Freude, das eine oder andere schmutzige Kind aus irgendeiner gottverlassenen Fabrik zu zerren. – *Seht bloß! Dieses Kind sollte zur Schule gehen, statt zu arbeiten! Seht, worauf die Company tatsächlich gebaut ist!*

Den Großteil der Beschuldigungen hat er für Gargi aufgehoben, manches davon schwappt über. Bapujis Anhänger reden schlecht über Bubu: all die Regierungsverträge, die er um das Fünffache ihres Werts ausbeutet. Die drei weisen Männer werden nie kritisiert: weder Bapuji noch Kritik noch Ranjit. Keiner interessiert sich für die Vergangenheit. Sie erinnern sich einzig an das, was sie vor sich sehen: einen großen Mann, der die Company aus der Asche seines Vaters aufgebaut hat und ihnen jetzt helfen will. Gargi wird gebeten, sich zu verteidigen, und erscheint im Fernsehen und in den Zeitungen. Es wird behauptet, der Company-Beton bekomme leicht Risse, und es geht das Gerücht, die Straßen würden damit zu dünn beschichtet, sodass die eingesparten Zentimeter nicht ausgegossenen Betons als Geld auf der Bank landeten – für einen soliden Kontostand und glückliche Aktionäre. Radha kommt es derzeit vor, als seien alle glücklich. Dann wird die Kalkulation für die Glühbirnen in den Company-Hotels veröffentlicht – von denen jede den Tageslohn eines Arbeiters weit übersteigt. Es wird eine Montage von Radha auf Partys gezeigt; was ihre Kleider kosten – warum steht so etwas in der Zeitung? Ihr Handy wird ihr zur zweiten Hand – permanent Anrufe von Reportern, Redakteuren oder, noch schlimmer, von Aktionären, die beruhigt werden wollen. Radha kann so viele Werbegeschenke verteilen, wie sie will, die Leute gehen trotzdem zu Bapuji: für eine gute Sache zu demonstrieren, begeistert sie!

Radha bleibt im Hotel. Sie fühlt sich von der Stille der Korridore und Aufzüge bestraft. Ihr fällt die Aufgabe zu, das Pressegeschrei zu dämpfen. Wörter und Fakten und andere Wahrheiten entspringen dem Mund ihres Vaters: *Wussten Sie, dass Bapuji versucht hat, in jeder Ziegelei eine Schule einzurichten? Aber Gargi Madam sagte, die Arbeit der Kinder sei unverzichtbar.* Die Menschenmengen werden größer, ganz gleich, wo er hingeht, die Podien werden immer öfter mit Tagetesgirlanden geschmückt und mit Khadi umhüllt, zunehmend in Weiß. Amritsar wäre der richtige Ort für Radha. Solange sie mit Ranjit Uncle unter einem Dach lebt, kann ihr nichts passieren. Die Tage vergehen. Bald ist es Oktober. Wenn Sita nicht fortgegangen wäre, würden sie jetzt ihre Hochzeit planen.

Gargi gibt Interviews: Sie spricht über ihre Frauenprogramme und das neue Ökoauto. Keiner hört zu. Eine Zeitung nach der anderen druckt Zeilen, deren Wahrheit Radha nicht überprüfen kann. Dass Gargi bestechlich sei: Sie habe eine Frau bestochen, deren Mann, ein Company-Angestellter, geschlagen worden sei. Dass Gargi labil sei: Diesen Sommer sei sie durchgedreht und habe sämtliche Pfauen und Tauben auf der Delhi-Farm erschossen, um die Bapuji sich so liebevoll gekümmert habe. Radha rät Gargi, sich nur noch in Saris zu hüllen und nur noch Naturtöne mit safranfarbenen Borten zu tragen; ihre Saribusen sollten im Rücken hochgeschlossen sein, und die Ärmel sollten bis zu den Ellenbogen reichen.

«Große Leistung», sagt Bubu zu ihr. «‹Gargi fein machen› – das ist die beste Öffentlichkeitsarbeit, die du je geliefert hast.»

Radha versucht, Bubu aus dem Weg zu gehen: Er wacht wütend auf und bleibt wütend, bis er abends betrunken ins Bett fällt. Er fliegt von einem Ort zum anderen und versucht zu verhindern, dass seine Bauprojekte zu Schutt werden. Etwas bleibt immer hängen – und im momentanen Klima will keiner Geschäfte mit einem Mann machen, der für eine hohe Anzahl bekannt gewordener Todesfälle von Bauarbeitern verantwortlich ist – dessen Zement auf Ausbeutung beruht –, der nichts an die Region zurückgibt, Wachmann-Jobs anbietet und Frauen anheuert, die ihn trösten, wenn seine Frau nicht bei ihm ist. Die Tochter von Bapuji.

Radha telefoniert eine Stunde mit Barun. Sie weist ihn auf Twitter hin: MrGee bekommt jede Menge Unterstützung für Gargi; MrGee erinnert seine 28 600 Follower (nicht schlecht) daran, dass Bapuji nur bis vor Kurzem die Geschäfte geführt hat; dass Gargi ein feiner Kerl sei;

dass viele Frauen zu ihr aufblickten. Weil Gargi morgens und abends betet, nennen MrGee (erklärt Radha Barun) und seine 29 000 Follower sie ‹Devi›; sie kennt jeden Mitarbeiter der Company mit Namen. MrGee twittert seinen 35 000 Followern den ganzen Tag lang und schickt Bilder und Geschenke: Alles, was Gargi gelernt hat, hat sie von Sri Sri Bapuji (sie zollt ihm Respekt, der von Herzen kommt).

Barun zeigt sein ‹Gargi Ma›-Stück mit einem Foto der Schwestern bei Sonnenaufgang im Tempel in Amritsar. Blaues Licht und Radha mit Kopfbedeckung; Gargi hat ihren Dupatta um die Schultern geschlungen. Das Interesse an Bapuji geht zurück; achtundvierzig Stunden lang fachsimpeln die Experten über *diese Haarfrisur*. Sie sei, sagen sie, ein Zeichen dafür, dass sie das Charisma anderer starker Frauen nachahme und versuche, den Respekt der Geschäftswelt zu gewinnen. Um den Namen der Devraj Company davor zu bewahren, von innen zu verfaulen.

Dann beginnt Bapuji einen Hungerstreik. Eine Verlautbarung wird veröffentlicht. Radha sieht sie zum ersten Mal als Retweet von @IndiaBS an @MrGee. Danach geht sie an die Presse. *Schluss mit der Korruption!* Zielscheibe sind nicht mehr Bapujis Töchter. Er fordert jetzt die Armen auf, sich von seiner Arbeit inspirieren zu lassen und gegen ‹ihre schrecklichen Lebensbedingungen› zu demonstrieren. Wie bitte? Die Bedingungen hat er selbst geschaffen. Er verspricht ihnen, dass ihre Plackereien mit seinem Fasten beendet werden. *Schluss mit der Korruption!* Die Pandits konstatieren, dass es sich um die große Reue handelt, einen Augenblick der Erschütterung in der Geschichte Indiens im 21. Jahrhundert. Die Veränderung beginnt mit dem Fasten. Bapujis Körper wird von Jahren der Schwelgerei gereinigt werden. Danach kommt die Abrechnung mit Schmiergeldern, Manipulation und Geiz.

Bapuji von ein paar wichtigen Geschäftsfreunden zu isolieren, reicht vollkommen. Ein paar beginnen Blumen und Geschenke nach Amritsar zu schicken, die an Gargi und Radha adressiert sind. Manche wollen persönlich vorbeikommen, doch sie vertröstet sie. @MrGee geht weiter, tweetet Common Sense und Fakten; führt die vielen Initiativen an, die

Gargi nicht in die Tat umsetzen durfte – die Bereitstellung von Schuhen für die Arbeiter, die Kinderkrippe für die Sekretärinnen. Die Company-Frauen tweeten und retweeten; sie bestätigen, dass Gargi für sie alle eine Ma ist.

Radha und Gargi bleiben in Amritsar und finden sich mit dem Dorf-Service in Ranjit Uncles Hotel ab – das Personal hasst sie und Bubu, das weiß sie genau –, und sie will Gargi keine Vorwürfe wegen des schlechten Personals machen. Einzelheiten über Geschäftsinterna prallen an ihr ab: Jivan und Bubu definieren das Sicherheitskonzept der Company neu: mehr Kameras, mehr Beobachter, mehr Alarm. Bubu ist die meisten Tage und Nächte in Srinagar, streitet sich mit den Bauherren und verhandelt mit den Kommunalpolitikern. Gargi setzt durch, dass Company-Arbeiter, die die Devraj-Kampagne unterstützen, ab sofort ein Bußgeld bezahlen müssen; selbst eine ganze Armee von ihnen wäre Radhas Begehren nicht gewachsen.

Langsam wird klar, dass Gargi nicht nur einen Narren an Jivan gefressen hat: Sie glaubt, dass sie in ihn verliebt ist. Wie sie ihm mit den Blicken folgt und versucht, unter allen Umständen bei ihm zu sein! Doch wenn Bubu am Spätnachmittag fort ist und Gargi ein Telefonat nach dem anderen führen muss, nimmt Radha den Chiru gefangen. Manchmal vergraben sie sich nur in seinem Bett, drehen sich hin und her und drücken einander Lippen, Daumen, Knie, Ellenbogen gegenseitig ins Rückgrat. Manchmal ist das der Auftakt zum Sex, der ganz langsam und sanft und immer von Angesicht zu Angesicht anfängt, dann intensiver wird, bis Jivan so laut wird, dass sie droht, ihm ein Kissen aufs Gesicht zu legen.

Sie will über all dies nicht nachdenken und auch nicht darüber, wer es alles erfahren darf. Vom Keller bis hinauf in den dreizehnten Stock. Ob Bubu es weiß? Sie redet sich ein, dass es ihm nichts ausmacht. Nur Gargi darf nichts davon wissen.

Wenn Radha frühmorgens nach draußen geht, merkt sie, dass die Temperatur gefallen ist. Sie sieht ihren Atem. In der Nähe des Tempels herrscht friedliche Stille, die fast wie eine Droge wirkt. Anders als früher kühlt ihr der Marmor die Füße. Sie denkt daran, sich Wollsachen aus Delhi schicken zu lassen. Sie lauscht den Sprechgesängen, es ist immer noch dunkel. Ihr Magen rumort. Während sie mit Gargi ihre Runde dreht, zählt sie fünf schwarze Raben neben einem der Tempelbecken, deren Silhouetten sich vom frühen Morgendämmer abheben. Sie macht Gargi auf sie aufmerksam, die ihr achselzuckend erklärt, dass die Pfauengeschichte stimme, nur sei es nicht sie gewesen, sondern Daddy, der die Vögel auf der Delhi-Farm aufgeschlitzt habe.

Sie geht zurück zum Hotel und kann nichts essen: Sie verlangt nach Jivan, doch die Concierge erklärt ihr, er mache einen Ausflug mit seinem Vater. Den ganzen Tag. Das bereitet ihr leichte Übelkeit. *Ob sie über sie reden?*, fragt sie sich. *Weiß Ranjit Uncle etwas von der Sache?*

Radha kriecht in ihr Bett. MrGee auf dem Handy, die Zeitungsausschnitte in der Hand. Sie wacht im Dunkeln auf, in ihrem Kopf flackert es, Worte, Scrollen, Worte, Zeilen, sie weiß nicht, welcher Tag oder wie spät es ist. Bubu ist da, er besteigt sie. Er stinkt nach Büro und nach Schweiß: Er streckt die Hand nach dem Lichtschalter aus.

«Steh auf, schöne Radha», sagt er. «Warum schläfst du? Es ist doch erst sieben Uhr abends.» Er will, dass sie Chef und Sekretärin spielen und sie ihn mit einem Holzlineal ganz fest schlägt.

Sie liegen da, umgeben von den zerfetzten Zeitungsausschnitten. Während Bubu neben ihr schläft, scrollt sie ihr Handy durch. Eine Klingel. Bubu schlägt die Augen auf. Die Klingel läutet wieder. Er steht auf und geht an die Tür.

«Bleib hier», sagt er.

Wo sollte sie denn hingehen? Radha liegt im Bett und retweetet ein Bild aus dem Mumbai Mirror (ihrer Lieblingszeitung): Bapuji in Chandigarh (warte, von dort schreibt man über ihn?), wo er eine Kundgebung abhält – seine Stirn ist gerunzelt, mit den Fingern zeigt er auf etwas, immer auf etwas, nie auf sich selbst. Sie schreibt – *Dieser Finger, wenn dein Dad deine Rocklänge nicht mag* – und tweetet. Beinah augenblicklich reagieren dreißig Herzen. Der Eingang zum Wohnzimmer steht offen.

Dann hört sie Jivans Stimme, glaubt, sie träume nur; *ist er hier? Und begrüßt Bubu?* Sie lauscht angestrengt – brumm, brumm, es geht um Chandigarh, eine Fahrt dorthin – und dann:

«*Sita.*»

Radha kämpft mit den Laken; sie zieht ihren Bademantel an und geht ins Wohnzimmer. Jivan und Bubu stehen still neben dem Esstisch, auf dem ein trockenes Lavendelgesteck steht, das kleine Blütenblättchen abwirft und ersetzt werden sollte – die ganze Suite muss auf den neuesten Stand gebracht werden – *Tourismus, das Fundament für die Zukunft* – sie bleibt neben Bubu stehen und versucht, in Jivans Gesicht zu lesen. *Müde und leicht panisch,* findet sie. Interessant.

«Ich wusste, dass etwas mit meinem Dad ist», sagt er.

Bubu sackt in sich zusammen und schüttelt den Kopf. Radha blickt von ihm zu Jivan. Meint er damit, dass das Geld für die Devraj-Kampagne von Ranjit Uncle stammt? Dass er, statt mit Radha jeden Tag Tee zu trinken, seit Wochen unterwegs ist, um Bapujis Natak zu unterstützen?

«Und weiter?», fragt Bubu.

Jivan spitzt die Lippen. Bubu fängt an zu lachen. Es klingt schlimmer als sein Gelächter bei einem verlorenen Deal. Er krümmt sich und hält sich an Radhas Arm fest. «Und was weiter?»

«Kennst du die Grundstruktur des Devraj-Konzerns, Radha? Die Holding Company für alles, was wir besitzen?», fragt Jivan.

«Erklär's ihr», sagt Bubu. «Sie hat sich nie herabgelassen, es von mir oder von Gargi zu lernen.»

Sie tut Bubu schulterzuckend ab. Was gibt es da zu erklären? Sie und Bubu, Gargi und Surendra besitzen jetzt jeweils dreißig Prozent des Konzerns. Ranjit Uncle besitzt zwölf Prozent. Vierzehn Prozent werden für die (meist nicht erreichbare) leistungsabhängige Belohnung der Mitarbeiter zurückgehalten. All das wurde in Strohfirmen investiert, die in Großbritannien registriert sind und mit denen der Devraj-Konzern (natürlich) nichts zu tun hat. Die Strohfirmen kaufen manchmal Aktien der Company-Tochtergesellschaften – besonders von Consumer Goods, der Firma, die die anderen Aktionäre glücklich stimmt. So glücklich – dass auch Bubu glücklich ist. Dann gibt es noch vierzehn Prozent, die sich etwa vierzig Privatpersonen teilen, enge, langjährige Freunde der Familie, die sich während der dürren Jahre eingekauft haben, als Kapitalinvestitionen für das Wachstum benötigt wurden. Manche besitzen nur ein Prozent, andere sechs Prozent. Niemand hat mehr als acht Prozent. Was noch? MrGee könnte das in weniger als zehn Tweets ausspucken.

«Du und Bubu, Gargi und Surendra habt jetzt jeder dreißig Prozent des Konzerns. Zusammen sechzig Prozent. Mein Vater hatte zwölf Prozent. Vierzehn Prozent wurden gemäß einem Vergütungssystem für das Personal zurückbehalten. Vierzehn Prozent gehören Privatleuten, die alle von hier aus dem Punjab stammen. Insgesamt also vierzig Prozent.»

Jivan sagt immer noch Pun-*jab**, wie der Stock. Radha lacht fast los. Jaab, jaab, jaab, sie hat diesen Akzent immer wieder ausprobiert. Sie blickt von einem Jungen zum anderen.

Bubu legt ihr den Ellenbogen um den Hals und klemmt ihr Haar darunter ein.

«Wie viele Aktionäre hat Ranjit ausbezahlt?», fragt er.

«Alle», antwortet Jivan. «Er hat mir die Unterlagen selbst gezeigt. Er sagt, er werde es alles treuhänderisch verwalten.

«Für dich?», fragt Radha. «Wow.»

«Für Sita», sagt Jivan.

Sita, Sita. Die hat dann sechsundzwanzig Prozent, denkt Radha. Und was ist mit meinen Schultertüchern?

Sie greift nach Bubus Arm, der eng um ihren Hals liegt.

«Gute Arbeit, kleines Mädchen», sagt Bubu. «Was noch?»

«Die Mitarbeiteraktien – der Company-Anwalt – wie heißt er noch?»

«Kishore», sagt Bubu. «Sein ältester Sohn war bei den Devraj-Hundert. In der 2005er-Gruppe.»

«Stimmt. Kishore hat sich damit einverstanden erklärt, die Bedingungen für die Bereitstellung der Mitarbeiteraktien umzugestalten und von Ranjit erledigen zu lassen – auf dem Papier kontrolliert er jetzt vierzig Prozent. Die kann er an Sita weitergeben oder an Bapuji oder auch selbst behalten. Wer weiß, was er damit macht?»

Vierzig Prozent.

Bubu schwenkt jetzt den Arm und zwingt Radha, ihm ins Gesicht zu blicken. Ist das Mitgefühl? Sein breites Grinsen spaltet sein Gesicht.

«Meine Informanten melden, dass dieser ganze Protest-Showtest Sitas Idee war», sagt Jivan. «Würde das nicht zu ihr passen?»

«Doch, aber … Ich kann mir nicht vorstellen, dass Ranjit Uncle … ich meine, Sita würde mir so was nicht antun. Auch Gargi nicht. Gargi schon gar nicht», sagt Radha.

«Wieso nicht?», fragt Bubu.

Radha macht sich los. Dann spürt sie Bubus Arm um ihre Taille, seinen Daumen in der Gürtelschlaufe ihres Bademantels.

«Beweis es», sagt sie.

Jivan zieht einen Company-Umschlag aus der Hosentasche. Er enthält einen Briefbogen, der mit Ranjit Uncles Handschrift beschrieben ist. *Schmerztablette*, denkt Radha. Sie nimmt den Bogen und liest ihn.

Sita, du musst zu uns nach Kaschmir kommen. Ohne dich wird das Hotel nicht eröffnet. Dein Vater braucht dich jetzt und wird sich freuen, wenn du kommst. Sicher weißt du, was für Probleme deine Schwestern machen. Ich werde alles arrangieren, unser Geheimnis. Auf immer, Dein Ranjit Uncle.

Sie wird nicht weinen.

«Na und? Das ist nur ein Brief. Dein Vater ist auf meiner Seite. Das weiß ich. Darauf wette ich meinen Kopf», sagt sie.

Bubu hat ein Schakallächeln im Gesicht. Als könnte er einfach so dastehen und rauchen, trinken und Karten spielen und zusehen, wie das ganze Leben zusammenbricht. Er zieht Radha an den Haarspitzen.

«Arme Radha. Du weißt doch am allerbesten, dass Ranjit jede Chance riecht, um sich zu schützen. Sieht aus, als wirke dein Charme nicht mehr, meine liebe Gattin.»

Sie steht neben Bubu, Jivan gegenüber, das Blatt Papier schlaff in Händen. Sie überlegt, welchen von beiden sie liebt – mit wem soll sie ihr

Leben verbringen – welcher wäre der bessere Vater – welchen macht sie glücklich. Ist Bubu je glücklich?, fragt sie sich.

«Gargi muss bald hier sein», sagt Jivan, während er auf seinem Handy Tasten drückt.

Bubu holt seine Camel Golds heraus und sein Feuerzeug. Er gibt Jivan eine, der zündet sie an und gibt sie Radha. Bubu zuckt die Schultern. Lächelt süffisant weiter. Gibt Jivan noch eine Zigarette. Wie Radha dieses Grinsen hasst.

*

«Ich wüsste gern, Jivan, warum du das nicht schon früher mitbekommen hast.» Bubu zieht an seiner Zigarette und atmet den Rauch aus, der erst in der Luft hängt und sich dann auflöst.

«Berechtigte Frage. Ich war nicht bei der Sache, das ist alles. Und du?»

«Leute», sagt Radha, «es reicht.»

Keiner von beiden reagiert, so sehr konzentrieren sie sich aufeinander. Das Zimmer – ist keine Hilfe, es besteht aus lauter scharfen Ecken und harten Lichtwinkeln – durch den Rauch hindurch löst sich alles auf und verändert die Position – der Zwischenraum zwischen Bubu und Jivan schrumpft. Um sie voneinander zu trennen, sagt Radha:

«Es gibt nur einen Menschen, der das in Ordnung bringen kann, und das ist Jeet. Wo zum Teufel ist Jeet?»

Bubu beugt sich jetzt mit seiner Zigarette vor, die rote Glut auf Jivans weiches Gesicht gerichtet.

«Stimmt», sagt er. «Wo ist Jeet? Solltest du ihn nicht finden, Jivan Singh, Sohn des Ranjit Singh, Bastardhalbbruder des Jeet Singh?»

Noch bevor Jivan antworten kann, geht die Tür zum Haupteingang auf: der Klang von Gargis Stimme, die mit Uppal spricht. Radha sieht: Als Gargi ins Zimmer kommt, richten Jivan und Bubu sich auf und rücken auseinander.

«Ich fahre sofort zurück nach Delhi», sagt Gargi. «Ich schmeiße Kishore raus. Alle einverstanden? Heb die Hand, Jivan, als Ranjits Stellvertreter.»

Bubu hebt die Hand. Jivan ebenfalls. Radha kann nur nicken.

«Ich arbeite für unser aller Wohl. Ich weiß, was ich tue. Und ihr drei wisst es meistens auch. Jemand muss mit Ranjit sprechen und ihm sagen, dass wir Sita die Hälfte ihres Anteils geben, wenn sie zurückkommt. Fünfzehn Prozent minus Beton und (sie sieht Radha an) minus Schultertücher. Wenn Ranjit so darauf erpicht ist, seinen Anteil loszuwerden, dann sollte er ihn dir geben, Jivan. Einverstanden?»

Gargi lächelt, ihre Augen leuchten auf. *Sie ist erregt. Das hier lässt ihr Herz höher schlagen.* Doch in Wirklichkeit gilt ihr Lächeln nur Jivan, und *das geht gar nicht,* denkt Radha – die, ohne auf Gargis Seitenblicke zu achten, den Rauch in den trockenen Mund einatmet – und dann wieder ausatmet, abseits von den anderen.

«Glaubst du, mein Dad nimmt dich ernst, Gargi?», fragt Jivan. «Er traut keinem von uns. Mit mir redet er immer noch so, als könne er mir sagen, ich solle gerade stehen, meine Socken hochziehen oder aber dande padenge (Jivan schlägt mit einem imaginären Stock in die Luft). Nein. Ich glaube, reden reicht nicht.»

Er wirkt ziemlich angesäuselt und Gargi ebenfalls; Radha fragt sich, ob sie irgendwo waren und zusammen getrunken haben.

«Gargi», sagt Jivan, «an dem Abend, als Bapuji die Farm verlassen hat, hast du zu mir gesagt, unsere Zeit sei gekommen. Haben wir nicht die ‹jüngste Bevölkerung, die am schnellsten wachsende Demokratie› der Welt? Jeder sagt das. Komm schon. Willst du nicht alles an dich reißen und festhalten – dem Zusammenhalt unter Schwestern zuliebe?»

Er blickt jetzt Bubu an und wedelt, um den Rauch zu vertreiben:

«Bubu, du redest immer über die hungrigen mittleren Einkommen, die darauf warten, dass du ihnen Wohnungen baust, dass deine Shoppingmalls eröffnet werden, deine Mode in den Handel kommt, deine Hotels Dim Sum mit Soße servieren wie im Hakkasan Delhi. Diese Company braucht keine alten Männer, die immer noch in den ruhmreichen Tagen der 80er- und 90er-Jahre leben. Es ist *Jetztzeit*, Leute. *Unsere Zeit.*»

Jivan sagt: *Unsere Zeit.* Radha bemerkt es, und sie bemerkt auch Gargis kurzes Lächeln. Ihre Schwester und ihr Liebhaber, ein ideales Paar. Sie beißt sich auf die Zungenspitze und zieht sie zwischen die Zähne.

«Was sollen wir deiner Meinung nach tun?», fragt Bubu langsam.

«Erst mal sollten wir Ranjit Uncle feuern», sagt Radha.

Gargi schnaubt.

«Für den Ärger, den er uns macht, könnte ich ihm die Augen ausreißen.»

«Madam-Gargi-Direktorji. Dein Wunsch ist mir Befehl», sagt Bubu. «Die Sitzung ist vertagt. Geh zurück nach Delhi, Gargi, und bring deinen Teil in Ordnung. Ich kümmere mich um Ranjit.»

Gargi geht, und Bubu schickt Jivan als Begleitung mit. Alle drei sind sich einig: Zur Sicherung der Zentrale müssen die beiden vor Ort sein. Sie beschließen, die Nacht durchzufahren. Gargi will Energie sparen (selbst jetzt), Jivan meint, es sei nicht so auffällig wie per Flugzeug zu reisen.

Radha muss zusehen, wie sie abreisen. Ihre Knochen schmerzen, ihre Augen tun weh, ihr Magen fühlt sich hohl an. Bubu holt seine Kaschmirbox und schneidet ihr ein paar Linien für den Abend. Sie will augenblicklich Ranjit Uncle sehen.

«Lass uns losgehen und ihn suchen», sagt sie.

«Nein», sagt Bubu, schnupft die Droge, reibt sich das Kokain ins Zahnfleisch und zieht sich die Hose an.

Blöde Hose, er kann sie nicht richtig anziehen und hüpft einen Moment lang im Zimmer herum. Radhas Kichern mischt sich mit der Wut in ihrem Bauch und zeigt, dass der Schnee in ihren Adern schmilzt und ihr Blut in Eis verwandelt.

«Wir haben unsere Anordnungen von Gargi Ma erhalten», sagt er und ruft dem Türsteher zu:

«Bringen Sie Ranjit in die Küche runter. Ich muss dort mit ihm über ein Problem sprechen.»

Wenigstens lässt Bubu zu, dass Radha sich anzieht. Jeans und ein weites T-Shirt, das sie nach dem Fitnessstudio benutzt. An den Füßen ihre handgeschusterten Kolhapuris. Ihr Schmetterlingsschultertuch. Sie fahren im Aufzug nach unten, und er hält sie am Ellenbogen fest. Als sich die Aufzugtüren wieder öffnen, ist die Lobby leer, niemand grüßt sie auch nur im Flüsterton. Wie spät ist es? Sicher erst 10 Uhr abends. Eigentlich sollte dort Servierpersonal sein, das bedient, und Gepäck und Gäste. Nichts dergleichen. Der Bodenpolierer dreht seine Runden. Bubu gibt den Sicherheitsleuten an der Rezeption ein Zeichen, und zwei Männer laufen hinter ihm her. Immer noch auf die Gespensterparty wartend, schleift er Radha durch das Restaurant, *wo sind die bloß alle?* Er bekommt keine Antwort. Kaum sind sie in der Küche, nimmt ihr die gewürzgeschwängerte Luft den Atem: Es riecht nach Garam Masala, Zwiebeln, rohem Fleisch. Die Kühlschränke und Herde und Mixer und Stampfer sind spiegelblank. Die Küche macht bald Feierabend (dies ist Amritsar), doch Radha läuft das Wasser im Mund zusammen und ihr brennt die Nase. Bubu zieht sie in den Spülraum, in dem noch mehr Stahl ist und Dampf – sie kommen an einem Potwalla vorbei, der die Arme ins Spülbecken getaucht hat, sodass es aussieht, als hätten Wasser und Schaum sie ihm abgehackt; beim Anblick seiner schmutzigen Zehennägel, seiner schwarzen Haut mit den drahtigen Haaren und seinen winzigen Streichholzbeinen schaudert ihr. Der Mann starrt sie an, eine vom Licht überraschte Kakerlake, die sie zertreten, aber nicht berühren will, weswegen sie ihren ganzen Körper so stark wie möglich anspannt: Auf diese Weise verhindert ein artiges Mädchen, dass irgendeines von ihren Körperteilen seinem Körper zu nahe kommt. Bubu zerrt Radha durch den Kachra-Raum, wo haufenweise Zwiebelschalen und Fettstücke liegen, rosa und weiße Haut und Knochenstückchen mit gehacktem Gemüse – alles für die Kinder aus der Dhimbala Basti, die es später zugeworfen bekommen. Ist das eine Ratte? Bubu zieht sie weiter: wieder nach draußen, zu ebener Erde um die Ecke, um die Hotelrundung herum, fort von den Lichtern und wieder um die Ecke in einen Durchgang, von dessen Existenz sie bisher nichts gewusst hatte. Auf dem nassen

Boden rutscht sie aus und etwas bleibt an ihren Chappalsohlen hängen. Gott, was für einen Hunger sie hat. Bubu bleibt stehen. Fast hätte sie die Hand ausgestreckt, um sich an der Wand festzuhalten und wieder ins Gleichgewicht zu kommen. Stattdessen legt sie sich das Schultertuch über den Mund, die Lippen an die Schmetterlingsflügel.

Der Durchgang ist lang, schmal und spärlich von ein paar Neonröhren beleuchtet. Am äußersten Ende steht ein riesenhafter Tandoor, der immer noch Hitze ausströmt und den Geruch des Nachtbetriebs: Huhn, Lamm und alle Marinaden, die Bubu so gut schmecken. Es ist kochend heiß hier unten. Radha kann sich nicht zurücklehnen; die Wände sind feucht, es riecht nach Susu und Blut, beißendem Essig und Sojapisse. Sie will von jemandem hochgehoben werden, damit sie den schmutzigen Boden nicht mit den Füßen berühren muss.

Ranjit Uncle biegt um die Ecke. Er trägt eine kecke, pfirsichfarbene Krawatte und einen schön geschnittenen Anzug. Ranjit Uncle, von dem sie dachte, er liebe sie mehr als alles auf der Welt. Auf seinem Gesicht liegt ein ganz bestimmtes Lächeln: Entzücken über ihr Unbehagen. Sie zwingt ihren Körper, stehen zu bleiben, obwohl sie mit den Jahren gelernt hat, zu ihm zu eilen, ihm einen Kuss zu geben, ihn mit den Brüsten an der Schulter zu streifen und mit den Haaren an den Wangen zu kitzeln. Hinter ihm scheint eine Schar Diener und Tellerwäscher aus den Wänden zu quellen, sodass ihnen der Weg versperrt ist: Auf der einen Seite der Tandoor, auf der anderen die Arbeiter, in der unüberdachten Passage hinter der Küche. Sie stehen da und betrachten sie. Wie Stadtkühe, die von Gras träumen. Um zwischen ihnen unsichtbar zu sein, müsste sie schmutzig, nackt, dunkelhäutig und arm sein. Dann überwältigt sie das Gefühl. Nicht wegen der Tellerwäscher. Sondern wegen Ranjit Uncle.

Radha blickt mit zurückgelehntem Kopf in den Nachthimmel und fragt sich, wo Gargi und Jivan jetzt wohl sein mögen, ob sie die Bundesstaatsgrenze schon passiert haben. Tränen rinnen ihr übers Gesicht in Ohren und Haare. Sie richtet den Kopf wieder auf und sagt:

«Wie konntest du uns nur so den Rücken zukehren? Du hast doch gehört, wie Bapuji mit mir gesprochen hat, Ranjit Uncle.»

Ranjit Uncle rümpft nur die Nase und leckt sich über die Lippen. Er wendet den Blick nicht von Bubu. Es ist, als schrumpfe sein ganzer Körper zusammen. Er hält seinen Stock umklammert.

«Wir wollen uns als kultivierte Männer begegnen, Bubu. Wozu müssen wir uns in diese Niederungen begeben?»

Ranjit Uncle macht ein Gesicht wie ein Hund, dem man den Knochen verweigert. Radha kennt diesen Blick ebenfalls: Hat er ihn ihr nicht beigebracht? Hat sie ihn nicht immer wieder verwendet, um von Gargi oder von Bapuji zu bekommen, was sie wollte? *Meine kleine Brandfackel,* nennt Ranjit Uncle sie. Und jetzt ist es so weit. Ja, denkt sie, jetzt wirst du was erleben. Wie damals als kleines Mädchen will sie sich an ihn drücken: der Anisduft seines Rasierwassers, das Kratzen seines Barts, seine Zunge in ihrem Mund, seine Hände, sein Stock, seine Finger, sein kitzelnder Bart. Sein Bart. Sie will ihm alle Kinnhaare ausreißen. *Sieh dir an, was du getan hast,* wird sie sagen. Und die Fetzen Sita schicken.

«Ranjit ko pakado», sagt Bubu.

Die Wachleute treten vor und packen Ranjit Uncle, er wehrt sich, doch Bubu schlägt ihn. Radha stopft sich das Schultertuch in den Mund; sie will schreien, bringt aber keinen Ton heraus.

«Fesselt ihn», sagt Bubu.

Er lockert seine Krawatte. *Nimm die nicht, das ist eine Armani,* denkt Radha. Er signalisiert den Wachleuten, es ihm nachzutun. Sie stoßen Ranjit herum, er steht jetzt den Arbeitern zugewandt, seine Finger winden sich Radha zu – fünf oder zehn Finger – wachsen ihr entgegen, wollen sie innen berühren – sie sieht Bubu herumhantieren. *Mein Gott, wie stümperhaft.* Sie stößt ihn weg und schnappt sich die Krawatten und fesselt Ranjit Uncles Handgelenke; Bubu hat keine Ahnung von richtigen Knoten. Radha kennt sich jedoch aus, denn hat nicht Ranjit Uncle ihr beigebracht, wie man Jivan, den Chiru, fesselt? Und hat er ihr nicht eingeprägt, dass es wichtig ist, zu schlagen, ohne zu töten? Die Fesseln sind fest: Er ringt mit ihnen und versucht, sich herauszuwinden, fast hätte er sie gebissen, doch obwohl er stärker ist, als man meint, ist sie ebenfalls stark, denn sie boxt und macht Yoga und Bauchmuskeltraining und Kniebeugen und spreizt die Beine über dem Kopf und trainiert ihre Körpermitte und tut alles, um ihre Figur zu behalten und kein Pummel zu werden oder krank oder alt und um sicherzustellen, dass die Wände und Türen und Böden und Bars und Spiegel und Türsteher und die Öffentlichkeit und Bubu und Ranjit eine schöne Augenweide haben – sie zieht Ranjits Fesseln noch fester; sie dreht ihn um, damit er sie vor sich sieht; er schlägt seinen Kopf gegen die Wand. Sein schockiertes Gesicht beglückt sie. Er versucht sich zu befreien und merkt dann, dass es unmöglich ist. Radhas Arme hängen lose herab, sie streckt die Hände aus, greift nach dem Bart, den sie immer gestreichelt hat, und zieht mit aller Kraft.

«Radha!», schreit ihr Ranjit Uncle auf.

Um seine Füße bildet sich eine Pfütze. Sein Susu läuft den Gang entlang und mischt sich mit dem, was schon dort liegt: Fett, schwarzer Schmutz. Sein Stock fällt zu Boden, er selbst fällt auf die Knie.

«Bravo!», applaudiert Bubu.

Hinter Ranjit Uncle rotten sich die Zwiebelschäler und Gott weiß wer gegen die Sicherheitsleute zusammen. Der Durchgang ist sehr schmal, *ein Glück, dass sie so dünn ist.* Arme strecken sich über Ranjits Kopf nach Radha aus – fast grapschen Finger nach ihr. Bubu zieht sie hinter sich her. Die Sicherheitsleute stoßen die Dienstboten zur engsten Stelle des Durchgangs. Schuld an alledem ist Ranjit Uncle. Wie konnte er es so weit kommen lassen? Als sie klein war, versprach er, sie immer zu lieben und zu beschützen. Er hatte gesagt, er würde all ihre Geheimnisse für sich behalten und sie tätscheln und streicheln und beschenken und zu schönen Dingen einladen. Damit ist jetzt Schluss. Sie drängt sich an Bubu vorbei und schreit ihm, ohne so recht zu wissen, was sie sagt, ins Gesicht: auf die Gasse pissen, mit Sita sprechen, lügen, betrügen, Ranjit Uncle. *Du hast versprochen, auf mich aufzupassen, und was ist daraus geworden?* Der Schmerz ist stärker als der Essiggeruch ringsum, sie fühlt sich körperlich in jene heißen Nachmittage zurückversetzt, als sie dreizehn war und ihr vom Champagner schwindelte; als sie sich nach Jivan sehnte, sie auf dem Heimweg von der Teegesellschaft mit dem Kopf in Ranjits Schoß im Bentley nach Nizamuddin gefahren wurde, um ein Schläfchen zu machen und nüchtern zu werden – er blieb dann bei ihr, streichelte sie, streichelte sie, die eine Hand am Gehstock und ein bis fünf Finger in ihr. Als sie aufwachte, waren die Laken voller Blut. Ranjit Uncles Kinn tropft hochrot auf das Weiß: Was für ein leuchtendes, verletztes Rot unter der Neonröhre. In der tote Fliegen gefangen sind; stille Körper über ihren Köpfen. Das Blut ist wunderschön, es tut ihr in den Augen, auf der Haut, im Inneren weh; sie will nochmals ziehen und das Rot herauskommen sehen. *Hast du Sita gesagt, sie kann kommen und alles nehmen? Hast du ihr das gesagt?*

Ranjit Uncle schluckt. Radha reibt ihre Hände an seinen Wangen ab. Jivans Knochenstruktur zu spüren ist ein Schock. Jivans Fleisch, das sich so hart anfühlt, verwandelt in schalen Papad, den keiner mehr isst.

«Sita wollte, dass ich ihr helfe, sich zu versöhnen – sie wollte die Lüge über das Land* hören, und ich habe ihr die Wahrheit gesagt, mehr nicht.»

Seine alte Spielstimme. Seine *Wir-haben-ein-Geheimnis-Stimme.* Radha hört jetzt etwas anderes: Feigheit. Gerissenheit. Angst.

«Lüg mich nicht an, Ranjit Uncle, bitte sach batao. Wer bin ich?», schreit sie ihm ins Gesicht.

Sie fängt an zu weinen. Sie spürt Bubu im Rücken, der sie aus dem Weg stößt. Sie hebt den Arm.

«Stopp.»

Ihre Stimme klingt so sanft, dass Ranjit Uncle den Kopf hebt. Überall an seinen Lippen klebt Blut, wie flüssiger Lippenstift. Er weint. Seine Nase läuft, in sein Blut hinein.

«Radha», flüstert er. Er klingt schrecklich ernst und verletzt.

«Ich habe dich und deine Schwestern schon gekannt, bevor ihr auf der Welt wart. Ich habe dich streiten und spielen sehen. Ich habe gesehen, wie du den Herausforderungen des Lebens begegnet bist. Ich habe zugesehen, wie du die Frau dieses Idioten wurdest, und ich habe versucht, dich zu leiten. Aber ich kann nicht mit ansehen, wie du und Gargi eurem Vater alles nehmt. Seine Titel, seine Häuser, die Augen in seinem Kopf. Ihr habt kein Vorstellungsvermögen, und es ist euch auch egal.»

Ranjit schweigt. Und spuckt Blut.

Radha nimmt ihr weißes Schultertuch und versucht ihm die Wangen abzuwischen. Ranjit Uncle wendet den Kopf ab.

«Du bist nicht mehr die Radha, die ich Dinge gelehrt und die ich geliebt habe. Selbst wenn ein pagal Kutta in diesem Sturm draußen gebellt hätte, hättest du ihn ins Haus gelassen. Gott wird uns zeigen, was mit Tätern wie dir passiert, die so große Männer zu Sklaven machen.»

«Gott wird dir gar nichts zeigen», sagt Bubu.

Er stößt Radha weg; sie fällt im Gang der Länge nach hin und kommt dann auf die Knie. Sie berührt kalten Stein, dunkle Materie, Duft nach Erde und Schmutz. Die Dienstboten schreien – was ist das bloß für ein Geräusch? *Knacks*, wie das Knacken eines Rohrstocks, und *Bums*, wie wenn ein Körper zu Boden fällt. Sie blickt auf. Bubu steht über Ranjit Uncle, den zersplitterten Stock in der Hand. Er hebt den Arm und stößt die Stockspitze in Ranjit Uncles Auge, dann dreht er den Stock hin und her.

Ein Blutschwall ergießt sich auf Bubu und Radha. Sie schreit und nimmt gleichzeitig eine tiefere Note wahr: Ranjit Uncle. Er klingt wie Jivan im Bett unter ihr – und sie sieht nur noch rot um sich herum; sie spürt nichts als das Reiben von Fleisch an Fleisch. Nass wie die Nacht im Tauchbecken, ihre Erregung, als er nacheinander an ihren Brüsten saugte, an einer nach der anderen, ganz fest. An der einen, der anderen, der einen, der anderen. Es perlt in ihrem Mund, und dann sagt sie die Worte, die ihre Geschichte auf immer verändern werden – sie sagt sie in einem roten Dunstschleier, spricht den Satz, von dem sie nie wieder frei sein wird, nein, nie mehr, nie wieder –

«Das andere auch, das andere auch! Er soll nicht schief aussehen, nimm ihm das andere auch!»

Bubu nimmt sie an der Hand, packt sie an der Schulter, aber sie kann sich nicht frei machen. Seine Hand auf ihrer, der Stock in ihrer Hand.

Er hebt ihre Arme hoch: *Blute, kleiner Chiru, aber stirb nicht.* Sie drehen den Stock fest herum. Ein paar Sekunden lang. Langsam, einen Atemzug lang oder zwei. Es ist vollbracht.

«Ayee, ayee!» Die Dienstboten stürmen an den Sicherheitskräften vorbei, Radha sieht sie auf sich zustolpern.

«Bus karo!» Einer, ein Kind noch, ist barfuß und rutscht auf dem Blut aus, versucht, an Bubu hinaufzuklettern und ihm den Stock zu entreißen. *Ayeee, Ayeee!* Bubu schüttelt ihn ab, er fällt zu Boden. Klatsch macht sein kleiner Kopf. Radha versucht, ihn zu treten; Bubu kniet sich über ihn – dann schlägt jemand – ein Wachmann – Bubu mit einem Tandoorbackstein an die Schläfe: Er fällt dumpf zu Boden und bleibt regungslos liegen.

Der Wachmann schlägt noch einmal zu. Radha kann ihm nicht Einhalt gebieten, weil sie nicht nahe genug an ihn herankommt. Sie ist voller Blut. Das ist ihre Jugend: Eigentlich sollte sie in der Schweiz sein oder in Paris oder in London; sie spürt die Kälte frisch gefallenen Schnees, die blendend weißen Alpen. Das ist so weit weg von der Pisse im Durchgang, vom Blut, von dem Stock, mit dem der Wachmann jetzt fuchtelt und ihren Mann erziehen will. Die Öffnung des Tandoors ist ein dunkles Loch: Das ist unsere Zeit. *Jetztzeit, Radha, Jetztzeit!*

Sie krabbelt zu dem Wachmann, sieht das Messer in seinem Gürtel. Er bemerkt sie nicht. Sie zieht es heraus und sticht es dem Mann in die Seite.

«Rühr die Höhergestellten nicht an, du ekelhafter Jhimba!»

Sie muss das Messer herausziehen – was schwerer ist als Zustechen. Fleisch auf Knochen, mit den Zähnen herausgerissen. Sie braucht dafür ihre ganze Kraft, danach bricht der Mann zusammen.

Um sie herum: Männer. Stopp. Aufgerissene Augen. Zu ihren Füßen glotzt Bubu sie mit starrem Blick an. Er greift nach ihr. Alles ist über und über voller Blut. Die ganze rechte Seite seines Kopfes ist zerquetscht. Sie will ihn im Durchgang liegen lassen. Dreieinhalb Leichen. Ranjit, Bubu, der Wachmann und das wimmernde Kind.

Aus der roten Lache ertönt ein Stöhnen.

«Jivan, wo bist du?»

Ranjit oder Radha? Das könnte keiner dort sagen.

Sie hievt Bubu aus dem Durchgang. Die Dienstboten drängen sich um Ranjit Uncle, manche drücken sich an die Mauer. Manche helfen. Sie legen Bubu neben die Fünf-Kilo-Säcke Company-Mehl. Er wirkt blutleer. Als sei er nur betäubt, nicht tot. Als sei er nur tot und würde gleich erwachen. Als der Wagen da ist, steigt sie ebenfalls ein und hält seine Hand. Sie weint nicht. Sie erreichen das Krankenhaus, aber sie geht nicht mit hinein. Sie will nicht, dass man sie so sieht, blutverschmiert, an diesem rückständigen Ort. Sie wird in Krankenhausdecken gewickelt und dann zurück ins Hotel gebracht. Durch das hintere Tor. Oben im Aufzug glotzt der Goldfisch und flimmert, das Licht tastet ihre blutbefleckten Kleider ab. In ihrer Suite beginnt sie heftig zu schluchzen, bis sie fast erstickt: Jemand, es ist ihr egal, wer, schlägt sie. Und tätschelt sie dann und wickelt sie wieder ein, bringt sie ins Bett, in ihr Kirschzimmer, und flößt ihr etwas Milchiges ein. Wie leuchtend rot die Früchte an den Ranken sind. Sie schließt die Augen. Nein, halt sie offen. Stille legt sich auf alles: eine so tiefe Stille, dass es ist, als sei Sita nach Hause gekommen und fülle jeden Winkel der weiten Welt mit ihrem Nichts.

Sie wacht auf, sie schläft. Sie wacht auf. Die Wolken wallen in grauen Schatten auf sie zu, silberhell und dunkelblau. Wie damals in Goa schneiden Lichtritzen aus funkelndem Gold durch die Jalousien. Wellen aus dunklem Violett, dann wieder ein kurzes Gelb. Ein völlig zerschrammter, verwundeter Himmel, der die Stadt bedeckt und die Erde verschluckt.

Gargi simst *Mach dir keine Sorgen*. Sie hasst Gargi dafür, dass sie Ranjit Uncle verletzen musste und weil sie Surendra hat. Dafür, dass sie älter ist, dass sie Jivan mit nach Delhi nimmt. Sie hasst Jivan dafür, dass er weggeht. Sie hasst Bubu dafür, dass er gestorben ist, und vor allem hasst sie Ranjit Uncle. Das kann sie keinem erklären, denn der einzige Mann, der es vielleicht verstünde, glaubt Radha, und hält inne: ist Bapuji. Auch er redet nicht mehr mit ihr: Ihn hasst sie am allermeisten.

Er ist zu beschäftigt damit, das ganze Land gegen sie aufzubringen. Sie ist allein. Das war schon immer so, seit ihrer Kindheit.

Die weichen, schweigenden Kissen der Suite beobachten sie und flüstern, und die Teppiche, das Sofa und die Sesselschoner ebenfalls. Fetzen ihrer eigenen Haut, die man ihr abgezogen hat. Der Teppich erstickt ihre Schritte. Sie weiß nicht, was sie sagen oder mögen soll. Sie nimmt den Scotch, den Vermouth, den Cognac, den Vodka aus der Bar, alles gute Flaschen, stellt sie nebeneinander und beginnt. Auf Bubus Wohl! Sie kippt ein Gläschen. Auf Jivans Wohl – der jetzt so reich ist wie ein König! Ein Gläschen. Auf Sitas Wohl, egal wo sie ist! Ein doppeltes Gläschen. Auf Gargi! Ein Gläschen. Auf Nanu! Ein Gläschen. Und auf ihre Mutter, die längst verbrannt und verstreut ist: ein Gläschen.

Wo ist Nanu? Bestimmt hier im Zimmer, ihr Gemurmel rasselt mit den Schatten, ein Skelett aus Wörtern. *All dies soll vergehen, wie es vergangen ist, vergeht und wiederkehrt. Und jede Frau, die einen Bären zum Mann hat, soll keine Kinder gebären, sondern nur Eulenkinder. KiWITT!* Die Gläser sind sehr vernünftig. Die Gläser auf der Bar greifen ihren Spruch auf, er erklingt so klar, als sei sie im Zimmer. Radha ruft die Worte nun selbst und prostet den Fenstern zu, ihrem eigenen lichtdurchlässigen Selbst. *Auf Radhas Wohl!* – Sie kippt ein Gläschen.

Radha schreibt ihre eigene Grabrede und benutzt dafür Company-Briefpapier. Sie wird sie an Barun J. Bharat schicken, der vor Kurzem zum Chefredakteur für die Wohin-Gehen-Wir-Heute-Rubrik der *Times of India* befördert wurde. *Hier ruht Mrs R. Devraj Balraj: eine verwitwete Achtundzwanzigjährige, der lebendige Tod für ein mutterloses Mädchen. Mrs R. Devraj Balraj, von ihrem Vater verlassen, der die Menschen blendet und einen Dienstboten im Namen der Ehre getötet hat. Die ihre Pflichten als Ehefrau nicht erfüllt hat, weil sie ihren Mann nicht vor dem Tod bewahren konnte.*

Randalierend und marodierend trinkt sie die goldenen Flüssigkeiten ebenso wie die klaren, den Weißwein, den roten Kirschlikör, den widerlich süßen Kahlua, grellblau im Glas und auf ihren Lippen, Shivas Gift, das sie nicht in der Kehle halten kann, seht ihr's? Alles heruntergekippt, alles ertränkt. Sie geht beim Trinken auf und ab und verfällt wie ein Yogi oder Sannyasi in Sprechgesang, rezitiert das Buch Nanu, um die Geräusche sterbender Männer zu verdrängen. Dann öffnet sie Bubus Kaschmir-Box. Sie hat keine Karodame, mit der sie die Linien ausrichten könnte. Sie taucht den Finger hinein und leckt und leckt: eine Mahlzeit aus reinem, weißem Schnee.

Psst, sagen die Sofakissen, *still,* sagt das Bett. *Ruhig,* sagen die Vorhänge, du musst versuchen, ruhig zu bleiben. Sie kann nicht darauf hören. Die Augen lodernd und blutrot verweint vergisst sie, dass sie ein Mensch ist und wird zur Schakalin. Nackt und mit schwingenden Brüsten und wirrem Haar macht sie mit einer herumliegenden Schere Jagd auf alles, was im Zimmer weich ist. Fang den Chiru! Die Klingen zerfetzen die Sofas, die Chaiselongue, die Kissen, die Vorhänge, die Bettwäsche. *Ayee, ayee,* sie stößt zu und schlitzt alles auf: Nichts hat dieselbe Elastizität, nichts macht dasselbe leise Schlürfgeräusch wie Augen, die sich der gespaltenen Spitze eines Gehstocks mit Beingriff fügen – da ist nur die Erregung beim Eindringen der Schere und dann die schwebende Weichheit von Federn und Daunen.

Danach sitzt sie völlig erschöpft in der flatternden Verwüstung auf dem Boden. Schweißüberströmt und an den Stellen, wo die Schere sie getroffen hat, aus winzigen, tiefen Schnittwunden blutend, kriecht sie in die ausgeweideten Überreste des Betts, greift zum Telefonhörer und krächzt der Person aus der Küche zu: «Bringen Sie mir eine Kanne First-Flush-Tee. Und einen Teller rosa Makronen.»

Am nächsten Morgen stehen in den Zeitungen Berichte über die große Kundgebung, die Bapuji in Chandigarh abgehalten und auf der er ein Schweigegelübde abgelegt hat. Im weit entfernten westlichen Bundesstaat Odisha bedankt man sich, weil Regen gefallen ist; die dürstenden Farmer sind erleichtert, obwohl die Gefahr besteht, dass mancher Damm bricht (Company-Beton – schon wieder.) Es heißt, Shilpa Shetty, der grazile Bollywoodstar, der die Herzen von Millionen höher schlagen lässt, biete noch vor Baubeginn vastu-geprüfte Wohnungen in Gurgaon an. Für den folgenden Tag hat Bapuji den Beginn seines öffentlichen Fastens auf dem Ramleela Maidan in Delhi geplant: Man bereitet sich auf eine große Menschenmenge vor, Eltern lagern Hausaufgaben und naturwissenschaftliche Projekte an IIT-Abgänger aus, damit ihre Kinder gut vorwärtskommen, und dabei handelt es sich um einen bekannten, viele Lakh schweren Skandal, während sich auf der Seite Drei Radhas Freunde ohne sie in Mumbai und Delhi auf Partys tummeln. Nichts über Bubu oder den Mann, den Radha getötet hat. Tage vergehen, und am Sonntag ist immer noch nichts darüber erschienen. Am Montag steht jedoch in der Zeitung, dass Bubu tot ist.

Vierundzwanzig Stunden später bekam Radha eine Urne geliefert. Radha hatte sich in ihr Zimmer eingeschlossen. Mutter und Vater und Schwester kamen angereist – Radha sagte, sie könne sie nicht empfangen, sie sei völlig am Boden zerstört. Die Urne ließ sie per Aufzug an seine Mutter herunterschicken.

Tagtäglich erwartet Radha ein Klopfen an der Tür. Warum hat das Hotel immer noch geöffnet? Wieso reden die Dienstboten nicht? Warum hat keiner sie zu Ranjit Uncle oder Bubu befragt – oder sich auch nur zu ihr gesetzt und sie gefragt, wie es ihr geht? Wo ist Gargi? Die Wände geben keine Antwort. *Jivan*, denkt sie. *Vielleicht ist auch er tot.*

Eine Woche oder drei Tage – nein, eine Woche später, während Bapujis Schweigen durchs Land hallt, berichtet die Zeitung, dass ein Mann gefasst und wegen Mordes an Devraj Bapujis zweitem Schwiegersohn Bubu angeklagt worden sei, dem Sohn von Manpreet und Nalini, Stadtplanern und Shoppingcenter-Investoren, Bruder und Schwägerin des Abgeordneten für Industrie und Handel. Die schrecklich unter dem Verlust ihres einzigen Sohnes leiden. Radha verfolgt im Fernsehen mit, wie der Mordfall das Land in Atem hält: Ein Dienstbote, der meinte, seinem Boss sagen zu können, was er falsch machte, ein Mann des Volkes, aus einer rauen Region, an dem der Wohlstand vorbeigegangen ist, anscheinend loyal, der natürlich auch schon früher gewalttätig geworden sei und aus einer armen Familie stamme. Der Angeklagte wurde außerdem als jemand identifiziert, der aufgrund von Gargi Devis Sonderquote für Moslems in der Company eingestellt worden sei. Diejenigen, die *Bescheid wissen*, sagen, der Schuldige werde den Rest seines Lebens im Gefängnis vor sich hin rotten und dieses Leben werde nicht lange währen, wenn Gott (oder die Polizei, mit der Bubuji dick befreundet war) damit zu tun bekomme.

Ja! Der Mann niederer Herkunft, der unseren geliebten Bubuji getötet hat, wird rasch vor Gericht gestellt – denn das ist die Strafe für Mord. Ein guter Mensch ist gefallen, ein Mann, der die Zukunft seines Landes auf eine Weise mitgestaltet hat, von der seine Großväter nur träumen konnten. Und dann seine Frau! Radha Devraj Balraj, ein Sinnbild strahlender Schönheit. Ja. Ein wunderschönes Mädchen hat ihren Mann verloren. Viel zu jung, viel zu jung für so etwas, sagen die Medien einstimmig. Doch sie ist noch jung und erbt das Vermögen eines Imperiums. Aré, wer weiß, was die Zeit uns bescheren wird? Dass Witwen zum zweiten Mal heiraten, ist heutzutage nicht ausgeschlossen, noch dazu, wenn sie so vermögend sind. Es war ja keine Scheidung. Und sie ist immer noch sehr schön. Ja, Gott sei Dank, befinden sie einstimmig: Wenigstens ist sie noch ziemlich jung.

§

Junge Mädchen sollten alle wie Sita sein. Tapfer und wissbegierig und freundlich. Von allen Fünfen, meinen drei Mädchen und Ranjits zwei Jungen, waren Jeet und Sita, wie ich fand, füreinander geschaffen. Alles an ihm ist genau, wie es sich für einen Mann gehört. Er hat nur einen Fehler. Ich werde nicht sagen, welchen, denn in der feinen Gesellschaft aus gefallenen Dienern, Hunden, Vögeln, Engeln und Staub, in der ich mich befinde, sollte man derlei nicht erwähnen. Doch sei hier offiziell vermerkt, dass ich ihn trotzdem wertschätze. Und wie sehr er an die Company-Träume geglaubt hat! Ich habe die Hotels gebaut, und Jeet hat sie verschönert. Er hatte so viel Geschmack. Ich frage mich, wo er jetzt ist, warum er nicht kommt. Er hat mich geliebt. Er wird zurückkommen, dessen bin ich mir gewiss.

Einst habe ich Sita um einen Liebesbeweis gebeten. Doch jetzt wird mir bewusst, dass sie mir nicht die Wahrheit gesagt hätte, selbst wenn sie geredet hätte. Weil Sitas Liebe eigentlich nicht mir galt, sie galt nichts Menschlichem.

«Was ist für dich das Allerwichtigste auf der Welt?», fragte ich sie.

«Die Fotosynthese», sagte sie – die Entstehung atembarer Luft. So viel zu ihrem Gefühl für mein Lebenswerk.

Eines Nachts – Sita war immer noch verschollen – stand ich auf der Dachterrasse im achten Stock des Company Amritsar. Von diesem Plateau aus sieht man die Stadt unter sich, als würde sie brennen. Sie können sich all die umherschweifenden Männer vorstellen, zu der Zeit sind kaum Frauen unterwegs. Jedenfalls sieht man nicht viele. Und es war, als hätten sie sich alle auf der Dachterrasse versammelt, um auf mich einzureden, einzureden, einzureden. Nur der Himmel war stumm.

Von Amritsar nach Srinagar ist es anscheinend nur ein Katzensprung, doch zwischendurch ist vieles passiert. In jener Nacht beschloss ich, das Land für meine Sache zu entfachen. Ich wusste, dass ich dies kann, denn das Volk liebt mich blind, schon mein ganzes Leben lang. Vielleicht wegen der Dinge, die ich erlebt habe, vielleicht, weil ich so großzügig mit meinen Ressourcen bin und das Denken mit meinen Ideen voranbringe. Ich appelliere an Indien, ich verlange nach einer neuen Ordnung. Das Land muss gesäubert werden, dann können wir neu anfangen, ohne diese Gargi, die die Moslems liebt, und ohne dass uns Radha, dieser faule Apfel, daran hindert.

Sita hat immer gesagt, wenn sie eine Bewegung ins Leben rufen könnte, dann würde sie jedes kleine Mädchen richtig ernähren und in die Schule schicken und Korn ohne Chemie anbauen. Sie hat eine Wirtschaftslehre der Liebe vertreten. Dennoch habe ich ihre Ambitionen dazu benutzt, sie freundlich aufzufordern, nach Hause zu kommen. Wir haben ihr versprochen:

(1) Eine eigene Wohnung in der Stadt ihrer Wahl. Sie wollte nach Mumbai. Sie sagte, es solle eine Wohnung mit Meerblick sein, in der Platz für mich sei. Sie will dort wohnen, weil sie das Wasser liebt. Das werden wir ihr ermöglichen, aber vielleicht können wir ihr solch eine Wohnung auf der Farm bauen. Stein um Stein. Geschichte um Geschichte. Wird die Wohnung ein Glashaus haben? Sita will schreiben und forschen und ihre Entdeckungen veröffentlichen. Über Pflanzen jedweder Art; heimische, fremde und eingeborene Arten. Über die, die in den Ritzen der Backsteingebäude und in den Zisternen der Mogulgärten blühen. Um der Welt zu zeigen, dass alle Geschöpfe unter der Oberfläche aus demselben Stoff gemacht sind. Ich habe natürlich gesagt, komm einfach nach Hause, Sita, und du wirst all dies von mir bekommen.

(2) Eine von ihr konzipierte Kampagne. Und zwar unter der Bedingung, dass sie nach Hause kommen und mir ihre Anteile wieder aus-

händigen würde. Dann könne sie ihr Nichts besitzen und gleichzeitig alles, was sie wolle.

Sie ist nach Hause gekommen.

Wie schlicht ihre Wünsche doch sind!

Als sie auf das Kaschmir-Hotel zu sprechen kam, legte ich ein Fasten- und Schweigegelübde ab, bis sie versprach, nicht mehr zu protestieren. Als ich wieder sprach, erzählte ich ihr diese Geschichte, um ihr verständlich zu machen, warum wir nach Srinagar zurückkehren und dort bauen mussten.

«Es war einmal ein König, der besaß viele Länder. Und er antwortete keinem, der von niedrigerem Rang war, sondern einzig dem höchst anspruchsvollen Gott namens Kalki. Kalki wurde als Krieger auf einem fliegenden, weißen Pferd verkörpert, dessen Flügel nur Sturmwinde bewegen konnten. Kalki wartete immer darauf, dass der König einen Krieg begann, was ein so schwerer Fehler wäre, dass ein Sturm für Kalkis flammendes Schwert entfacht würde. Doch der König war klug. Statt Krieg zu führen, fand er ein von Land umschlossenes Grundstück und baute darauf.

Das Problem war, dass die Menschen auf diesem Stück Land schon viele Jahre lang unter der Herrschaft der Königsfamilie gelitten hatten. Doch der König gab nicht auf. Er musste auf diesem Stück Land bauen. Und den Ort allen durch einen Tunnel zugänglich machen, der in den Fels gehauen wurde. Je mehr Menschen im Namen der Schönheit kamen, desto mehr applaudierte die ganze Welt; denn sie waren nur um der Unterhaltung willen da, um Geld auszugeben, um eine Dienstleistungsgesellschaft zu schaffen und neu entdeckten Wohlstand aufzubauen; und natürlich fand dies die Zustimmung und Dankbarkeit aller, und die Menschen, die dort wohnten, freuten sich. All dies ereignete sich während vieler Jahrzehnte. Kalki wartete, langweilte sich und schlief ein.»

Und Sita auch, den Kopf in meinem Schoß. Ringsumher Dunkelheit und Kälte. Der Diener stand wieder an seinem Platz an der Tür. Er sah zu, wie ich versuchte, mich zu bewegen, ohne Sita aufzuwecken – mit glänzenden Augen und Henkelohren, wie der Bursche in *Slumdog Millionaire*. War das Radhas oder Gargis Lieblingsfilm?

«Und was geschah dann», fragte er mich. Sein Gesicht war voller Erwartung, wie das eines Jungen mit einer Pistole.

«Das Ende», sagte ich, «habe ich vergessen.»

IV

JEET

Eins

«Rudra Bhai, kannst du schwimmen und kannst du fliegen?»

Fragt Felix, ein Basti-Junge von sieben Jahren in einem verblichenen *Coke is shit*-T-Shirt und abgeschnittenen Hosen.

«Rudra Bhai, kannst du dich an alles in deinem letzten Leben erinnern?»

Fragt Akul, ein anderer Junge, ungefähr dreizehn, aber klein, ohne Papa. Immer will er Geschichten über das Trinken hören, über Ganja und die Kunst, Pfeifenrauchringe in die Luft zu blasen (so wie phantasielose Mädchen, die faul fischten und versuchten, sich Jeet mit ihrem aufgesetzten Lächeln und ihren Seufzern zu angeln).

«Rudra Bhai, was ist das Schlimmste, was du je getan hast?»

Fragt Nakul, sein Zwillingsbruder (eineiig), der als Zweiter herauskam (wie er immer wieder erzählt), als wäre er deshalb eher bereit zu glauben, dass Rudra der Weise einst ein Babu namens Jeet Singh gewesen war.

«Rudra Bhai, was braucht es, um einen Mann zu töten?»

Schweigen. Die Jungen blicken zu Samir auf, ihrem vierzehnjährigen Anführer, der, wie es scheint, in jedem Müllhaufen einen Schatz findet: einen Goldanhänger, eine halbe Flasche tollen, rosa Nagellack, eine Seidenkrawatte mit Heritage-Etikett um den reizenden Kopf. Samir, dessen Vater eine Company-Uniform trägt, um das hintere Eingangstor des Amritsar-Hotels zu bewachen, und der eigene Schuhe besitzt; flache Lederschuhe mit Schnürsenkeln und zerkratzten roten Sohlen, die ihm zu groß sind, die er gefunden hat, die aber ihm gehören.

*

Am Tag bevor der Sturm in Dhimbala losbricht, sitzt Jeet wie immer unter seinem Baum und beobachtet die Jungen mit halb geschlossenen Augen. Er fragt sich, was Samir für diese Schuhe tun musste. Ist er ein Trickbetrüger? Ein Spion? Nein. Jeet sollte Samirs liebem Lächeln nicht misstrauen. Er hat seinen Weg gewählt und versucht, rein zu sein, gut zu sein und – nur reine Gedanken zu haben und sich auf den Pfad der Erlösung zu begeben. Nicht zu vergessen, dass er Rudra, Rudra, Rudra ist.

Jeden Tag kommt die Stunde, in der die Basti-Jungen von der Müllhalde herunterklettern. Sie versammeln sich um Jeet, der unter dem Baum sitzt. Dunkle Haut, bedeckt mit flatternden weißen Plastikschnipseln, als seien sie Mosaike ihrer selbst. Sie werden sich die Abfallstücke gegenseitig abzupfen und abreißen. Ihn mit Fragen quälen wie: *Was braucht es?* Und ihn um Geschichten bitten, bevor sie in ihre Hütten zurückgehen. Die Geschichten sollen geradlinig sein: Anfang – Mitte – Ende. Doch er ist Jeet Singh, und sein Mund ist trocken. Er versucht, mit allen Kräften Rudra zu werden, ein Naph-Weiser. Er fühlt sich berufen, das Leben dieser Jungen nicht zu simplifizieren. Beim Geschichtenerzählen dreht er sich volkstümlich im Kreis, erzählt rückwärts und ringsherum: um nicht den Verstand zu verlieren und um hierbleiben zu können, muss er den Jungen beibringen, dass sich das Leben nicht linear leben lässt. Sie müssen lernen, was es heißt, die Zukunft dieser alten Sprachen zu sein, für die nur das Heute zählt, nicht die Zeit.

Sie versammeln sich wegen der Geschichten, bewacht von der Rückseite des Amritsar Company Hotels, dessen weiße Außenseite von Klimaanlagen durchlöchert ist und dessen Mauern schwarze Streifen verfärben, als weinten die Fenster Mascaratränen. Dhimbala erstreckt sich über einer Mulde, einer alten, längst ausgetrockneten Seensohle. Es ist mindestens zwei Kilometer breit, vielleicht sogar drei. Doch wie sollte Jeet das wissen oder berechnen? Er weiß nur, dass die Hütten sich wie Schimmel in einer Schüssel ausgebreitet haben, ohne der Bundesstaatsgrenze Beachtung zu schenken – sie haben sich immer weiter ausgebreitet, bis sie an die hohen Steinmauern des alten Napurthala Palastes reichten, in dem Bapuji einst ein Junge war.

Die Hälfte der Basti ist von einer rissigen Ebene gesäumt, in der sich an verrosteten Pfählen Reklameplakate für Waschmaschinen, Spülmaschinen und Bilder von Stränden in Streifen ablösen und Bapujis Gesicht zum Vorschein bringen – und Nanus – ihre zum Namaste aneinandergelegten Hände, die mit den Jahren vom Monsun und der grausamen trockenen Hitze ramponiert worden sind. Auf jeder Tafel stehen noch Stellen des Werbeslogans: *Company City – demnächst hier!*

Demnächst, denkt Jeet, der unter seinem Baum sitzt: *Ich werde weitermachen. Ich werde mich auf den Pilgerweg nach Amarnath machen. Ich werde mich von Lord Shiva segnen lassen und den Lingam aus Eis mit meinen eigenen Augen erblicken. Sein Zu- und Abnehmen. Unter Pilgern jeglicher Portemonnaies werde ich wandeln; und alle Sünden werden von mir genommen.* Doch selbst am Tag vor dem Sturm, wenn sein Geist frei und ungebunden sein wird, wenn die winzigen Narben überall an seinen Armen zu dünnen, weißen Strichen verblichen sind und er die Wochen zu zählen versucht, die er schon dort ist – sind es vier? Fünf? Sechs? –, selbst dann wird er nicht fortgehen. Sondern versuchen, darüber nachzudenken, was man ihn gefragt hat und wie er hierhergekommen ist.

Was braucht es, um einen Menschen zu töten? An dem Dienstag, als Jivan nach Hause kam. In jener Nacht. Sprach Jeet mit Jivan; und lief dann davon, in eine unbekannte Welt. Auf der Ladefläche eines Lastwagens gelangte er auf diesen Platz in Dhimbala – der Fahrer schien aus dem tiefsten Inneren der Erde zu kommen: ein weißhaariger, weiß gewandeter Sardarji, dessen Patta durch das Fenster des Führerhauses schnellte und dann am Himmel flatterte, ein von Gott verfolgter Asura. Der Lastwagen hatte kein Nummernschild, und an den Seiten stand nichts geschrieben.

Jeet hatte sich festgeklammert, während seine vielen Schnittwunden bluteten und er zwischen den prall mit Mais gefüllten Säcken saß und seinen neuen Namen vor sich hersang, *Rudra, Rudra, Rudra*. Im Morgengrauen wurde er hungrig und ausgetrocknet irgendwo an der Bundesstraße außerhalb von Amritsar abgesetzt. Von dort ging er frierend und fast verdurstend zu Fuß neben den paar bereits vorbeibrausenden Autos bis zum Hotel seines Vaters.

Es war seine erste Prüfung. *Rudra,* sagte er sich an jenem Morgen – *Rudra ist ein Naph;* er muss gegen das Verlangen ankämpfen, das des Körpers und das des Geistes. Um ein Haar wäre er ins Hotel gerannt und hätte diejenigen begrüßt, die Jeet Singh kannten und liebten, um dann ein Bad zu nehmen, etwas zu essen, sich umzuziehen und zu schlafen, zu essen, sich zu waschen und etwas zu bestellen. Stattdessen sagte er leise vor sich hin: *Stärke das Selbst mit den Mitteln des Selbst* und humpelte an der gelben Backsteinmauer des Hotels neben der Straße entlang bis an eine Stelle, an der sich eine Elefantenfamilie mit Leichtigkeit hätte im Kreis drehen können.

Früher hatte hier ein Tier namens Haathi gelebt. Man setzte es für Hotelhochzeiten und Touristenausritte ein; es wurde an Bräutigame im Stadtzentrum von Amritsar vermietet. Es fraß, was in den Company-Küchen übrig blieb, und sein Dung wurde von den Söhnen seines Wärters an die Bauernhöfe der Gegend als Dünger verkauft, was ihnen einen Nebenverdienst bescherte; die Töchter des Wärters machten Papier daraus, das sie im Company-Hotelshop verkauften; als Schutz gegen Moskitos wurden die Kinder damit eingerieben. Während der Dürreperioden, die, als das Tier alt wurde, immer häufiger auftraten, presste man sogar Wasser aus dem Mist heraus. Nach Haathis Tod musste sich die Amritsarseite der Basti *umstellen*: Laut Samir wurde hart um die Müllkippenanteile gekämpft.

Es sind jetzt vier oder fünf Wochen seit jenem ersten Morgen vergangen, als Jeet den kachcha Weg entlanggegangen war, einen Sehnsuchtspfad, der so breit ist wie ein Auto, jedoch mit den Jahren von unzähligen Füßen geschaffen worden war. Angezogen vom Klang singender Männer gelangte er zu einem ungestrichenen Betonklotz, in dem sich Geschäfte befanden: zuerst zu JAB WE MET PAN, wo man sein Handyguthaben aufladen konnte – ein Laden, der zu dieser Zeit noch nicht geöffnet hatte.

Dort gibt es auch einen Kühlschrank, aus dem Chuski und Getränke verkauft werden; die Zeitungen der Gegend, billige Lifestyle-, Einrichtungs- und Softpornozeitschriften. Auf den Regalen reihen sich Plastikgläser mit Süßigkeiten; am Eingang baumeln massenweise in Silberfolie gewickelte Pan-Päckchen – die Jeet immer wie Schnüre mit einzeln verpackten Kondomen vorkommen. Er hat mittlerweile herausgefunden, dass Kal und Dodal, die beiden im Laden arbeitenden, muskulösen Brüder mit passenden Designerstoppeln, nicht in der Basti wohnen, sondern in der Stadt, dass sie auf dem Motorrad mit Soziussitz zu ihrem Laden fahren. Sie verschenken nie etwas, nicht einmal ein Lutschbonbon, an Rudra, den Naph.

Danach kam ein Tauschladen mit Geldverleih, den Mr Kataria Senior führte, ein Mann, der fünf Söhne hatte, die von den Basti-Frauen 1, 2, 3, 4 und 5 genannt wurden, weil sie alle das Gleiche tragen, gleich groß und gleich gebaut sind – bis auf Nummer 4, der die längsten Nägel hat, die Jeet je bei einem Mann gesehen hat, und 5, dem ein Finger fehlt. Man hat ihm gesagt, diese fünf teilten sich die Basti auf, sammelten einmal im Monat Miete ein, kontrollierten die Verteilung der Chips, mit denen man die Toiletten des ersten Kreises benutzen könnte, hätten ein Auge darauf, was die Jungen auf der Müllhalde fänden: Dinge, die wertvoller sein mochten, als die Jungen ahnten.

Als Drittes kam der Dhaba, den ein kleiner, wortkarger Mann mit gestutztem Schnurrbart und rasierten Wangen führte, von dem Jeet jetzt weiß, dass er Feroze Shah heißt, Sohn des Charan Shah, und dass er die dunkel gerösteten Aloo Paranthe macht, von denen die Touristen träumen, die sie aber nur bestellen, wenn sie im Reiseführer empfohlen werden. Mit verkohltem Atta und grünen Chilis, die so scharf sind, dass einem die Augen tränen, wenn man kein Joghurt dazu isst. An dem Morgen, als Jeet ankam, war Shah da: Er baute draußen gerade alles für die Vormittagskundschaft auf. Sein kleiner Fernseher, den er über der

Theke aufgebaut hatte, übertrug bereits live aus dem Goldenen Tempel: rhythmische Tabla, überlagert vom Gesang der Männer, die den Shabad aus dem Guru Granth Sahib singen. Er überflutete Jeet – so als sei dieses kleine Lokal mit seinen langen Tischen und Bänken aus Holz, den Ketchup- und Chilisoßenquetschflaschen aus Plastik, den Wandpostern verblichener Bollywood-Sternchen aus den Achtzigern das Innere des Gurdwara.

Shabad – für Ranjits Glauben, der in Jeet vergraben lag, unter Jahren der Katholischen Schule und ihren Gebeten zu Jesus (der blutend am Kreuz starb und jeden Sonntag neu geboren wurde). Shabad – für Jeets kostbares Sanskrit-Englisch-Wörterbuch, seine empfindlichen Seiten, auf denen beinah unendliche Bedeutungsvarianten standen; Wörter erzeugen Wörter, wie ein Zweig Blätter erzeugt. Shabad – Sprachlaute – um Sprache zu ermöglichen. Die ganze Schulzeit über wurden die Allwissenheit und Allmacht und Allgegenwart und das einhergehende Dilemma der Allgüte Gottes besungen.

Die christlichen Brüder waren nicht freundlich. Sie duldeten keine Abweichung, nicht einen Inch. Sie lehrten Jeet, Dinge zu leugnen. Jedes Jahr zur Fastenzeit fastete und betete er. Später brachten ihn diese Rituale dazu, sich an Id mit Vik zu messen, doch Vik fastete nicht. Er war aus Kaschmir und sagte, er wisse bereits, wie sich Hunger anfühle.

«Bis man bereit ist, Ratten zu essen?», fragte Jeet ihn einmal.

Shabad.

Als Jeet an dem Morgen in der Dhimbala Basti ankam und den Tempelgesang aus dem Dhaba-Fernseher hörte, schwankte er.

Jeet will zurückkehren. Zu dem Morgen, an dem ihn die Kirtanstimmen anzogen. Er war an Feroze Shah herangetreten, der gerade die Dhaba-Gasbrenner anzündete. Und sagte ihm seinen Namen: Rudra, der Naph, unterwegs nach Kaschmir, um mit Tausenden zum Amarnath-Schrein zu pilgern. Dafür musste er sich das Gesicht mit Karbolseife am Dhaba-Waschbecken waschen, und man brachte ihm heißes Wasser in einer Blechtasse. Er versuchte, das Wasser schluckweise zu trinken, trank es dann aber in einem Zug leer. Er bekam auch einen Aloo Parantha mit einem Stückchen Butter; als Feroze ihm das salzige Teilchen überreichte, dachte er in der Dämmerung kurz, *verdammt – Jeet – Dhaba-Essen – iss das niemals* – rollte es dann aber auf und verschlang es in drei Bissen.

Erst als aus dem Licht grelle Sonne geworden war, räumte Feroze Shah Teller und Tasse ab und legte die Hände aneinander, um Rudra alles Gute auf seinem weiteren Weg zu wünschen. Wohin sollte Jeet gehen? Er stolperte über den Platz und vermied das hintere Tor zum Hotel. Die CCTV-Kamera am Wächterhäuschen schien ihm blind zu folgen; die Drähte waren durchtrennt und baumelten herab. Jeet sah den Neembaum (unter dem er jetzt sitzt); ein guter Baum, der dürftig Schatten spendet. Er sah sieben Wasserpumpen und ging zu einer davon, weil er großen Durst hatte – er probierte sie aus, aber sie funktionierte nicht. Heute weiß er, dass die Pumpen nur zwischen Tagesanbruch und 8 Uhr morgens laufen und dass die Basti-Bewohner Kataria 1 Geld für Einzel-, Paar- oder Familienchips geben, die sie frühestens einen Monat im Voraus kaufen können. Anschließend traute er seinen Augen kaum: Am heller werdenden Himmel erschien ein schneebedeckter Gebirgszug.

Jeet blinzelte. Er drehte sich nach einem klatschenden Geräusch um: Hinter ihm kamen schwarze Slumfrauen in Chappals durch den steinernen Torbogen, der (das weiß er jetzt) Amritsartor genannt wird; manche trugen fröhliche Plastikeimer zu den Wasserpumpen. Er versuchte sich zu verstecken, indem er sich unter den Baum hockte; als er unverwandt hinaufblickte, erkannte er, dass sich gegenüber dem Dhaba kein schneebedeckter Berg befand, sondern der Hang einer mindestens fünf Meter hoch aufragenden Müllhalde (doch woher wusste Jeet das?), die einen großen Bogen vor ihm beschrieb – so weit sein Auge reichte. Sie beginnt bei den Müllcontainern vor dem Amritsar-Hotel, erhebt sich in einem stinkenden Halbkreis und läuft dann in Napurthala allmählich aus. Die städtische Müllhalde umschließt Dhimbala. Die wilden Hunde und Ratten und Menschen der Basti leben von dem, was sie hergibt: alles, wovon sie sich ernähren und was ihnen Schutz gibt, von kostbaren Plastiktüten und Hüllen für ihre Häuser bis zu den frischesten Exkrementen, die Menschen produzieren können, die sich von Nahrungsabfällen ernähren. Jeet ist selbst darauf gelaufen; die Halde ist stellenweise sehr weich – manchmal brodelt eine gallertartige, schwarze Flüssigkeit an die Oberfläche, die nach Luft schnappt oder verzweifelt versucht, ihn nach unten zu saugen. Ein Meeresmonster wartet auf diejenigen, die auf der Müllhalde arbeiten und spielen; und alle wissen, dass es sich dort befindet: Sie können seinen Atem riechen.

Dieser erste Morgen in Dhimbala jagte Jeet Angst und Schrecken ein. Er hatte mit hämmerndem Kopf und trockenem Mund unter dem Neembaum auf der Erde gesessen. Mit Augen, die so schwer waren wie das Gewicht der heißen Sonne auf seinen Schultern. Die Arme um die Knie geschlungen, musterte er, wie die Basti den Tag begann. Wie die Jungen sich einfanden und sich bereit machten, den Müllberg zu erklimmen.

Jeet weinte. Um sie (mehr jedoch um sich selbst), während ihm der Schweiß Salz in den Mund träufelte. Die Sonne stand hoch im Zenit, und der Baumschatten am Boden rückte weiter im Kreis. Nach dem Gebrauch der Pumpen gingen die Frauen fort. Er zog sein Unterhemd aus, legte es auf den nassen Boden und zog es wieder an. Er sagte sich, dass er Rudra sei und nicht Jeet, dass Jeet so etwas nie tun würde; Jeet liebte die Schönheit, er war von einem Mann großgezogen worden, der einen Gehstock mit Beingriff hatte und seine Krawatten immer auf seine Socken und Einstecktücher abstimmte.

Das nasse Unterhemd am Leib, das ein wenig kühlte, sah er zu, wie die Jungen mit der mahagonifarbenen Haut, dem verfilzten Haar und dem Staub im Gesicht hinaufkletterten, Dinge auflasen und Funde machten. Als der Vormittag vorbei war, hatte er den Anführer ausfindig gemacht, Samir, wie er jetzt weiß – und beobachtet, wie er diese seine Funde dem Company-Wachmann im Wachmannhäuschen zeigte und dann den Eingang des Amritsar-Hotels anspuckte. Jeet saß mit geschlossenen Augen und sinkender Stimmung unter dem Neembaum. Worauf wartete er? Er wusste es nicht.

Der Tag vor dem Sturm ist ein Freitag. Ein paar Jungen sollten sich für die Nachmittagsgebete waschen. Andere sollten auf dem Müll arbeiten. Doch sie scharen sich um Rudra unter dem Baum; sie sind so nah bei ihm, dass sie ihn fast berühren. Das Weiß in ihren Augen ist das einzig Saubere an ihnen. Es geht kein Lüftchen. Die Wochen unsäglicher Hitze haben begonnen, doch die Sonne scheint die Jungen nicht zu stören. Sie wollen Geschichten aus Jeets alter Welt hören, in der es Plätze und Gärten gibt, in denen man einfach nur spazieren geht; wo die Häuser aus Beton oder Backstein sind, Banktresore für menschliches Leben. Wo Topfpflanzen nur fürs Auge auf Terrassen stehen und wo Vögel mit Nüssen und Samen für höchstens 50 Anna aus Drahtspendern gefüttert werden – das entspricht umgerechnet einer Mahlzeit für eine fünfköpfige Familie in der Basti. Oder so ungefähr. Jeet hat noch nie Vogelfutter gekauft, daher ist diese Zahl eine bloße Vermutung.

Auch wenn Jeet noch nicht ganz Dhimbala durchquert hat, weiß er doch, dass es neun Kreise gibt. Wie alle Männer, die in neue Länder kommen, hat er seine Lieblingsrouten kartografiert und markiert.

Er hat entschieden, dass der erste Kreis am stärksten nach verfaultem Essen riecht. Und zwar, weil er für diejenigen reserviert ist, die das Glück haben, in den Hotelküchen von Amritsar arbeiten zu dürfen (auch wenn sie es höchstens zum Topfwäscher bringen). Der erste Kreis hat auch eigene Hocktoiletten – für die man ebenfalls Chips braucht; manche Familien haben sogar Elektrizität, die von den Company-Leitungen zur Dhaba und dann in ihre Hütten umgeleitet wird.

Im zweiten Kreis zählt Jeet fünf Generationen von Männern, die Tempel aus Speckstein meißeln und in der Altstadt verkaufen; die Specksteinabfälle sammeln sich in den Abflüssen und färben den schwarzen Schlamm grau. Er zählt die Seiler: Jungen, die Plastiktüten und -flaschen horten, sie mit rostigen Scheren und Klingen zerschneiden und dann Tag für Tag dasitzen und Seile flechten. Ihre Hütten sind aus Backstein und Blech; auch haben sie ein wenig elektrisches Licht.

Danach ändern sich die Bauten: Im dritten und vierten Kreis sind sie drei-, zwei- oder eingeschossig und aus gefundenen Backsteinen. Dort sieht Jeet am ersten Tag zum ersten Mal in seinem Leben eine echte Prostituierte – er hat immer nur von solchen Frauen gelesen, in den Erzählungen von Saadat Hasan Manto. Die Prostituierte ist eine Madam namens Madam; sie wohnt in einem schwankenden Backsteinhaus mit drei Stockwerken, das sich auf das Nachbarhaus lehnt. Er erwartet, dass sie frech ist und Grips hat. Und Rudra, einen Naph, mit pfiffigem Respekt begrüßt, den er natürlich nicht beachten würde. Doch als er an ihr vorbeigeht, blickt sie nicht auf. Jeden Morgen sitzt sie, den hellblauen Pallu über dem Kopf, in ihrem Hof und liest eine Lokalzeitung. Sie kaut weder Pan, noch raucht sie eine Bidi. Neben ihr hängt eine riesige Messingglocke über einem alten Bohrloch, und in der Ecke gegenüber liegt eine tiefe, verrostete Kohlenpfanne.

Jeet geht fast jeden Tag an ihrem Haus vorbei. Der Innenhof ist normalerweise leer – abgesehen von seinem eigenen Verlangen, einen Augenblick lang nicht Madam oder ihre Mädchen zu treffen, sondern das Grüppchen Hijras, das ruhig in den Gassen auf und ab geht. Manchmal setzen sie sich in den Hof der Huren, und abends ölen sie einander die Haare. Sie haben große, tüchtige Hände. Jeet will mehr sehen. Rudra geht in ihre Nähe, kommt ihnen aber nicht nahe; er ist die Bandwallas leid, ist eifersüchtig auf sie, die in diesem Kreis leben und, wenn es Oktober wird, bei Bräutigamszügen spielen. In manchen Nächten hört er sie nachts üben und stellt sich ihre purpurroten Jacketts mit den goldenen Epauletten vor; sie wohnen neben dem Bordell, sind im Hof willkommen und verstauen ihre Instrumente im Keller, wo es warm und trocken ist – Jeet wünschte, er könnte ein Instrument spielen: Trommel oder Trompete oder sogar Flöte; dann wäre er imstande gewesen hineinzugehen. Und hätte beweisen können, dass er vor weiblichen Berührungen keine Angst hat, auch nicht davor, was oder wie Frauen etwas berühren.

Den vierten Kreis hat er durch die bemalten Fensterläden kennengelernt. Hier, sagt Samir, hat einst eine weiße Frau gelebt. Sie hieß Anya und blieb monatelang, das war, bevor Samir auf die Welt gekommen war.

Sie hatte einen Fotoapparat mit einem Kodakfilm darin und eine Sofortbildkamera, bei der sich die Bilder entwickelten, wenn sie geschüttelt wurden. Sie machte Schnappschüsse von allen kleinen Basti-Mädchen, von ihrem Schmuck und ihren Kleidern. Als Samirs Mutter sechzehn war und eine Braut, half sie Anya zu leben. Hier, in einem kleinen Zimmer aus Backstein. Die Blechrollläden sind jetzt heruntergelassen und verriegelt. Eine Frau ist daraufgemalt: mit einem braunrosa Gesicht und dunklem, wallendem Haar, das ihr ein kariertes Kopftuch aus dem Gesicht hält; auf ihrem welligen Bizeps steht in Hindi-Buchstaben gekritzelt: Dhimbala Frauenpresse: *ein unabhängiges Projekt der All India Women's Commission on Women's Rights*.

Im fünften Kreis sind die Gassen der Muslime blank geschrubbt. Die Hütten sind klein und in einer Reihe aneinandergebaut, mit Verbindungstüren von der einen Familie zur nächsten. Rudra ärgert sich über diese Ordnung und Sauberkeit; wenn er den fünften Kreis durchquert, spuckt er auf den Boden. Die Muslime haben auch, wie Jeet bemerkt hat, eine Schule, in der auf Hindi unterrichtet wird: An die Wände sind glückliche Kinder gemalt, die unter einem gemalten Baum sitzen und Krishna lauschen, der ihr Lehrer ist. Eine Sprechblase über seinem Kopf erklärt, ihre Herzen, Gedanken und Münder seien Opfergaben an das Bildungsministerium. Laut Samir – der dies schulterzuckend erzählt – geht dort keiner zur Schule; das Gebäude hatte Kataria Senior errichtet; es ist nur ein, zwei Monate geöffnet – wenn Wahlen sind. Im fünften Kreis ist Geld versteckt, das kann Jeet riechen.

Im sechsten und siebenten Kreis bestehen die Hütten aus Jutesäcken, die zur Festigung mit Urin getränkt, dann zusammengepresst und mit Plastikseilen an Bambus gebunden worden sind. Auch wenn sie vor Läusen wimmeln und an Tagen, an denen man gar nicht mehr weiß, was Regen ist, in der Hitze stinken, sind sie doch stabil. Hier leben die Christen, die eine Schwarzbrennerei betreiben. Im achten Kreis sind die Hütten aus Pappe, Plastikplanen und Fundstücken, alten Koffern und Kleidern; es ist der Kreis derjenigen, die auf Friedhöfen und Verbrennungsplätzen arbeiten, der Männer und Frauen und Kinder, die die öffentlichen Toiletten auf den Farmen im ganzen Bundesstaat reinigen, deren Lebenswerk darin besteht, sich mit allem Toten in der Basti und in den Abflüssen der Stadt zu befassen, von tollwütigen Hunden, die sich gegenseitig totbeißen bis zu stoffpuppenartigen Föten, die von Abflussrohren in den hinteren Gassen der Stadt ausgespuckt und unter die Dhimbala-Abfälle gespült werden.

Die Gassen zwischen den Kreisen sind höchstens zwei Meter breit. Vom ersten bis zum fünften Kreis bestehen sie aus grobem Lehm. Vom sechsten Kreis an liegen grobe, hölzerne Planken über übel riechendem schwarzen Wasser, es stinkt nach verfaulten Lebensmitteln und süßen Räucherstäbchen – auf beiden Seiten befinden sich offene Abflüsse; Blut der Müllbestie nennen die Basti-Jungen es – während sie gleichzeitig morgens dort direkt hineindefäkieren und sich gegenseitig Angst einjagen, indem sie drohen, einander von den Planken zu schubsen. Ein Fuß tritt hinein, ein Schuh wird fortgesaugt; er wird versinken oder im Abfluss stecken bleiben, der zum nächsten Halbkreis führt. Wenn der Schuh klein ist, rutscht er durch die Lücke in den neunten Kreis von Dhimbala, wo die, die nichts haben, so etwas Ähnliches tun wie leben – und von dort in die Grube, die zehn Mann tief ist und zwanzig Mann breit, sagen die Basti-Bewohner, und die sich langsam mit Müll füllt, der verbrannt werden muss; eine Pupille der Verneinung mitten im Auge.

Seit Jeets Ankunft in Dhimbala ist sein Gesichtshaar gewachsen. Im Schlaf zerrt er daran. In der ersten Woche konnte er es nicht waschen, es geriet ihm in Mund und Nase, als säße ein schwergewichtiges Mädchen auf seinem Gesicht. Er weiß, dass er wild aussehen muss – nicht wie das Bild seiner selbst, das er am Abend der Party gesehen hatte, als er Jivan an der Bar zurückließ und zu Ranjits Bungalow ging. Er stand im Zimmer seines Vaters und betrachtete sich im Schrankspiegel – sein langes, offenes Haar, das ihm über die kunstvollen Stoppeln fiel. Die Fettschicht, die ihn hier als Fremdling markieren würde, ist zu Haut geworden, die sich straff über seinen Hüften spannt. Am Abend der Dienstagsparty hatte Jeet seinen silbernen Kurta ausgezogen und sich hingehockt. Von der Bewegung taten ihm die Eier ein bisschen weh, und als er den Badezimmerschrank aufmachte, um alte Arzneien und Wattebäusche zu durchstöbern, stieß er sich das Knie. Ganz hinten war ein kleines Täschchen mit drei Pillen versteckt, in die ein primitives Tier eingeprägt war, vielleicht eine Kuh oder ein Yak. Er schenkte sich ein großes Glas Company-Sprudel aus dem kleinen Eisschrank neben dem Bad ein und nahm eine davon. Dann ging er nackt zurück ins Zimmer seines Vaters. Zitternd vor Kälte – wegen der Klimaanlage – und ohne sich darum zu kümmern, dass er überwacht wurde, öffnete er den Kleiderschrank: Ranjit schlief immer noch im weißen Baumwollkurta-Pyjama, unter dem er ein Unterhemd trug, das er seit Jahren beim selben Schneider kaufte. Dass ein Set fehlte, würde er nicht bemerken; es waren so viele, und er zählte sie nicht. Also nahm sich Jeet ein Set. Es war ihm zu groß, aber er streifte es trotzdem über. Er zog die Pyjamakordel fest: Sie bauschte sich an seiner Taille.

Danach faltete Jeet seine Kleider und ließ sie auf seinen Schuhen liegen. Er nahm seine Piercings ab: eines von seinem Ohr und zwei von seinen beiden Brustwarzen. Es blutete; er wusch das Blut ab. Dann hielt er inne. Und legte sein Kara, sein Handy und schließlich sein Portemonnaie auf den Stapel. Er ging ein letztes Mal im Bungalow umher. Er nahm sich ein Paar alte Chappals und legte sie wieder weg.

Ein Pilger musste barfuß gehen.

Nach einem zehnminütigen Spaziergang über das Farmgras musste er stehen bleiben und sich auf den Boden setzen. Er hielt sich die Füße, als seien sie Babys, verwundert, dass sie so wehtaten. Dann hoppelte er zurück zum Bungalow, holte die Chappals und zog sie an. Er versuchte, auf diesen falschen Anfang nicht böse zu sein.

Der Wind brachte den Geruch nach Regen und reizte das trockene Land. Der Monsun hatte sich verspätet (er ist immer noch nicht da). Die Außenbereiche des Farmlands waren ausgedörrt und verbrannt. Die Nacht umfing ihn, und als er den Kick der Droge im Blut, in den Wangen, hinter den Augen spürte, fing er an zu rennen.

Am Außenzaun begann seine eigentliche Reise. Er kletterte durch den Stacheldraht. Er riss sich daran auf und blutete aus lauter winzigen Schnitten und Kratzern. Als er auf halbem Weg stecken blieb, hätte er die Möglichkeit gehabt, umzukehren, doch er hatte Angst, dass dies noch schmerzhafter sein würde. Deshalb zwängte er sich weiter, spürte, wie die Kratzer langsam anschwollen, wusste, dass er Tetanus oder eine Infektion bekommen konnte, – und dachte: Na und? Der Schmerz fühlte sich freundlich an, an ihm gab es nichts zu deuteln. Aber weh tat es, bei Gott. Mehr als die Verbrennungen, die er sich früher mit Zigaretten an Stellen zugefügt hatte, die keiner sehen konnte. Gab es etwas Schmerzhafteres? Die Geschichten der Brüder handelten von Mönchen, die sich mit Nägeln, Nadeln und Holzstacheln kasteiten.

Jeet brüllte. Als er sich durch den Draht auf die andere Seite durchschlug, musste er sich im Dreck wälzen, bis sein Haar verfilzt und der weiße Pyjama mit Schlamm befleckt war. Er legte sich flach auf den Boden und starrte in den Himmel hinauf. Dort waren so viele Sterne – es war Sommer – Tränen rannen ihm übers Gesicht; er wischte sie nicht ab – er verbiss sich in den Schmerz. Er wollte beweisen, dass er durchkam, dass er unter den Hunderten, Tausenden, Millionen von Niemanden leben konnte, die ihre Schatten auf das Land werfen. Wo ihn keiner anhalten würde – oder glauben würde, selbst wenn er es ihm sagte, dass er einst Jeet Singh gewesen war, der Sohn von Ranjit und Patensohn von Devraj Bapuji, einem der reichsten Männer Indiens. Er dachte an die Männer auf der Party. Was würden sie sagen, wenn sie ihn jetzt sähen?

Vielleicht würden sie ihm einen Fußtritt geben und fragen: «Wie heißt du?»

Und er würde antworten: «Rudra der Naph, Bewahrer der heiligen Riten.»

Dann mochten sie sich fragen: *Warum?*

Mit einer viel weinerlicheren, gutturaleren Stimme als Jeet würde er ihnen dann erklären, dass es sein Dharma sei, sich zu verkleiden; zu diesem Zweck sei er geboren worden.

«Wo willst du hingehen, du hässlicher Pagal? Rudra, Abschaum – Pilger – Heiliger? Wo gehst du hin?», würden sie ihn fragen.

Ich werde das Gesicht dem ersehnten Regen aus dem Norden zuwenden und den Winden. Ich werde mich nach Amritsar begeben und von dort nach Amarnath.

«In welcher Sprache wirst du sprechen?»

Woraufhin er antworten würde:

«In derjenigen der alten Weisen und BlackBerry-Simser: Wer diese Sprache hört, wird mich verrückt nennen. Mein Name ist Rudra, ich werde mein Essen erbetteln und mich auf die Gaben der Erde verlassen. Meine Gedanken werden frei sein von Jeet.»

Dann übernahmen die Drogen die Herrschaft, die Wörter fanden seinen Mund und dort, auf der anderen Seite der Farm, begann er am Boden liegend seinen Sprechgesang an die Nacht:

«Langes Haar hält Feuer aus, hält Drogen aus, hält Himmel und Erde aus ... Die mit Wind umwickelten Asketen kleideten sich in schmutzige, safranfarbene Lumpen. Die bloß Sterblichen sehen nichts als unsere Körper. Langes Haar trinkt aus der Tasse und teilt die Droge mit Rudra.»

Jeet bemühte sich, dem Schmerz in seinen Füßen und am ganzen Körper keine Beachtung zu schenken, und schluckte seine trockenen Befürchtungen hinunter. Er formte einen lautlosen Abschiedsgruß an seinen Vater, die Tack-tack-Spitze des Gehstocks mit dem Beingriff. Rein und unrein richtete Jeet das Gesicht auf die Straße.

*

Nachts wenden sich die Kreise der Basti Madams Glockenklang zu. Jeet kriecht zum vierten Kreis und beobachtet sie im Hof, wo sie den Kunden Geld abnimmt, bevor sie in ihr Haus gehen. Sie läutet einmal für die Hindus auf der Amritsarseite, die sich, soweit Jeet dies überblickt, in halbstündigen Abständen dem Bordell nähern, nach Beschäftigung, Kreis oder Familie geordnet, auch wenn die Reihenfolge manchmal umgekehrt zu sein scheint. Sie läutet einmal für die Muslime, die sich nach Alter und manchmal nach Vermögen sortieren, obwohl Jeet die weniger betuchten Jungen schon vor ihren Onkeln hat hineingehen sehen. Jeden vierten Tag im Monat, hat man ihm gesagt, läute die Glocke zwischen 3 und 4 Uhr nachmittags für Männer jeden Alters aus Napurthala, die die Mädchen nehmen, die noch übrig sind. Jeet hört die Glocke. Es gibt nur eine Tür – man kann unmöglich wissen, wer zu den Huren geht, wer dort ein- und ausgeht. Welcher der Jungen, die sich jetzt um ihn scharen, wird eines Tages dort hingehen? Jeet meint, sie weiß, dass er da ist: Als sie ihn am nächsten Morgen auf dem Weg zu den Wasserpumpen unter seinem Baum sitzen sieht, zieht sie die eine Augenbraue hoch und schüttelt den Kopf, lächelt ihn süffisant an, grinst wie ein echtes Miststück – selbst er, der Rudra, der Naph sein soll und ohne Begehren – selbst er sieht, wie sie die Zähne fletscht, die Lippen schürzt und einem Mann noch den letzten Tropfen aussaugt. Die Schreie, die Jeet nachts hört, dringen in seinen Körper. *Warum*, denkt er, *müssen Frauen immer schreien?* Er hört keine Männer. Sie kommen und gehen, ohne einen Ton zu sagen. Sie lösen nichts im Inneren aus.

Unter seinem Baum bleiben ihm nur die Fragen der Jungen. Seine eigenen Sünden fallen ihm wieder ein. … *um einen Mann zu töten* – Rudra erzählt es den Jungen: *Einmal, am späten Abend, war sein Fahrer nicht mehr verfügbar. Jeet war sechzehn. Er war von schwarzgebranntem Alkohol betrunken, er war bekifft und raste in seinem weißen Mercedes Jeep von einer Party zur nächsten. Dann riss er wegen eines Hundes den Wagen herum – und geriet dabei auf den Randstein. Schlief dort jemand auf dem Pflaster?* Während er die Geschichte erzählt, beobachtet er die Basti-Jungen; sie beißen sich auf die jungen Lippen, sie blicken einander an, um zu überprüfen, ob die Körper, die dort sein sollten, noch alle da sind. *Und was geschah dann?* Nichts. Jeet fuhr weiter. Zu Hause brachte Jeets Vater ihn zu seinem Sarkar. Die beiden Männer sprachen ein ernstes Wort mit ihm. Sie erklärten ihm, solche Unfälle zählten nicht. Das seien nur Schießübungen. Es sei einfach so – viele Hündchen würden ja auch von Autos überfahren.

Was ist, wenn man jemanden richtig und gründlich tötet? Als heiligen Akt oder wenn es um Leben und Tod geht? Könnte Jeet diese Art Tod planen, oder wäre er dazu ohne nachzudenken imstande, wenn es nötig wäre? Jeder stellt sich den eigenen Tod vor. Wir alle fragen uns, wie Sterben ist. Aber *Töten* – und danach weiterleben? *Gargi kennt sich da aus,* denkt Jeet. Bei ihrer Hochzeit hatte Jeet zugesehen, wie sie ums Feuer ging, an Surendra gebunden. An jenem Tag hat sie freiwillig etwas getötet, ohne groß zu überlegen. Auf der Hochzeit seiner besten Freundin war Jeet ein Junglee; es war nicht wie dieser Julia-Roberts-Film, in dem der Schwule das Mädchen kriegt und beide Walzer tanzen.

Jeet wusste, dass seine Gargi weg war. Als er sie eine Woche später wiedersah, weigerte sie sich, über Surendra oder ihre Hochzeitsnacht zu sprechen. Nicht die kleinste Einzelheit ließ sie heraus, als wüsste sie jetzt mehr, als Jeet je über Sex mit Männern wissen würde. Das Einzige, was sie sagte, war, *er ist sehr vergeistigt* – als sei Jeet das nicht; als hätte er Gargi nicht immer zur Heldin seines Lebens gemacht. Gargi, der er all seine Geheimnisse erzählte, die Einzige, die sagte:

Heul nicht, iss ein bisschen Popcorn, der Film dauert nicht mehr lange.

Unter dem Neembaum erzählt Rudra seinen Basti-Jungen, dass Jeet Singh einst auf einer prächtigen Party gestorben sei, die noch größer war als die Partys hinter den Mauern des Amritsar-Hotels. Dass Jeet eine Sünde begangen habe, die so schlimm sei, dass er in diesem Leben wiedergeboren worden sei, um seinen Lebenswandel zu ändern. Dass sein Karma ihn wiedergeboren habe, als Rudra, und ihn nach Dhimbala Basti gebracht habe, hierher, unter diesen Neembaum. Als Rudra drei Wochen dort gelebt hat, wollen die Jungen Jeets ganze Lebensgeschichte hören.

Bitte, Baba, bitte.

Er lässt sie alle drei Adho Mukha Svanasana machen. Dann erzählt er ihnen, Jeet sei ein Mann gewesen, der Reichtum und Partys geliebt und es genossen habe, verwöhnt zu werden: dass in seiner Welt (er deutet auf das Amritsar-Hotel) selbst die Hunde Bäder hätten und von Ärzten behandelt würden. Dass Jeet von einem sehr reichen Mann geliebt worden sei und eine weise Lehrerin gehabt habe – die ihn die Bhagavad Gita gelehrt habe, die Veden, die Upanischaden, die ersten neunzehn Gesetze Manus aus Kapitel neun der Manusmrti (in der Übersetzung von George Bühler von 1886, die von der Rani von Napurthala gefördert worden war und von der Jeet im Alter von zwölf Jahren eigene Fassungen anfertigte). Dieser Text, erklärt er den Jungen, sei die Grundlage einer jeden Gesellschaft, der Kodex, nach dem die Naphs leben. Alle Jungen sollten ihn erlernen, wenn sie erwachsene Männer werden wollen, insbesondere die ersten vier Gesetze.

(1) Frauen müssen Tag und Nacht von den Männern ihrer (Familien) in Abhängigkeit gehalten werden und müssen der Kontrolle eines Jungen unterstellt werden, sollten sie sich sinnlichen Genüssen hingeben.

(2) Der Vater hütet ihre Unschuld, der Gatte hütet ihr Aufblühen, die Söhne hüten ihren Hunger, wenn sie alt ist; eine Frau ist niemals für die Unabhängigkeit geeignet.

(3) Schlecht ist der Vater, der seine Tochter nicht zur Heirat gibt, wenn sie reif dafür ist; schlimmer ist der Gatte, der sie nicht besteigt, wenn sie rein ist, am schlimmsten ist der Sohn, der die Mutter nach dem Tod seines Vaters nicht von der Welt fernhält.

(4) Frauen müssen vor bösen Neigungen jeglicher Art geschützt werden, einschließlich dem Essen von Süßigkeiten und dem Tragen von Schminke. Unbeschützt würden sie Kummer in zwei Familien bringen.

Jeet blickt sich in seiner kleinen Klasse um. Die Jungen hören nicht mehr zu. Sie zucken mit den Knien, kratzen im Dreck und kleben sich die weißen, flatternden Plastikschnipseln wieder gegenseitig auf Augen und Ohren. Auch wenn Jeet das als Kind keinem sagte, so hatte er doch die Grammatik der alten Napurthalisprache von Nanu gelernt, die sie mit dem altklugen Anspruch eines Kindes sprach, das von Geburt an im richtigen Auftreten geschult worden war. Wenn sie ohne Gargi oder Radha in ihrem Innengemach saß, erzählte sie Jeet eine Geschichte nach der anderen über die Naph-Sekte: dass es sich um die heiligen Krieger der Regierung handelte, um Berater des Königs; dass sie Lord Shiva anbeteten – und in späteren Zeiten genau wussten, wie man einen perfekten Martini mixte, während man Sonette und Kabir zitierte.

Stattdessen reißt Rudra die Augen auf. Sein Schatten wächst über die Jungen hinaus. Er erzählt ihnen, er sei einst, in einem weit entfernten Land, ein bengalischer Tiger von seltener Art gewesen, der nur jagt, wenn er hungrig ist und nur, um das Gleichgewicht des Waldes zu erhalten, denn dies sei das Dharma solcher Tiere. Dann die Abweichung, woraufhin er ein Mensch wurde: Man nannte ihn Jeet Singh, ein Name, den Millionen in unserem großartigen Land tragen. Jetzt hören die Jungen zu, jetzt sind sie mucksmäuschenstill.

Er sagt ihnen nicht, dass er der Sohn von Ranjit Singh war (Wahldroge: Ecstasy); Lieblingspatenkind von Devraj Bapuji (Halbbruder von Jivan Singh); Rakhi-Bruder von Gargi, Radha und Sita (erster Kuss: Gargi, als er acht war, bei einem Großfamilienurlaub in Pahalgam in den Bergen von Kaschmir, wo sie – ebenfalls zum ersten Mal – Schnee sahen); sich regelmäßig mit den reichsten Mädchen der Stadt traf (Liebhaber eines muslimischen Jungen); das Vermögen seines Vaters erbt (Antiquitätenschmuggler für das Allgemeinwohl); Sikh ist (benutzt Kajal); Ausbildung am D Catholic Convent für Jungen, am St. Stephen's College und IIT (ist an drei Stellen gepierct); brillanter Debattierer und herausragender Redner, wunderbarer Ökonom (insgeheim Dichter); Gelehrter der Heiligen Texte (mit dem Napurthala-Tattoo auf der linken Pobacke – einem Lotus und einer Schlange); begehrter Junggeselle (mit einer Vorliebe für Blowjobs von bürgerlichen Jat-Jungen, die er auf gewissen Partys trifft); spricht drei lebende indische Sprachen und zwei europäische, kann eine ‹tote› Sprache lesen; Denker, Ghazal- und Opernfan (Liebhaber, Lügner und dreckiger Schwindler bei Karten- und Würfelspielen); Besitzer der feinsten handgeschusterten Schuhe, die die Welt je gesehen hat (ein Reinraus-Gandu), der dachte, Pflichterfüllung bedeute nur, auf Partys zu gehen, die Wangen der Mädchen zu drücken, ihnen zu sagen, sie sähen sehr *müde* aus und ein bisschen *mollig,* sie sollten *dieses oder jenes Label* nicht tragen (trotzdem suchte er sich immer ein, zwei weibliche Lieblinge für den Abend aus, während er die Männer taxierte, selbst wenn dies dazu führen würde, dass er eine Frau heiraten musste und seinem Vater ein paar Kinder bescherte). Das würde sicherlich reichen, dachte er – er war nicht hierhergekommen, um nachts in einer Bruchbude eine leere Hülle zu werden. Er hat den Geschmack von Tamarinden im Mund, der ihn an neureichen Samen nach zu viel schwerem Essen erinnert.

Die Basti-Jungen haben Angst. Sie glauben, Jeet sei tatsächlich gestorben und dann als Rudra wiedergeboren worden, der sich an sein früheres Leben erinnert. Sie erfinden ein neues Spiel: «Was ich in meinem vorigen Leben war.» Manche suchen sich einen Kinostar aus, manche einen reichen Mann, andere nennen einen Politiker mit einem fünftürigen Jeep und vier glänzenden Rädern. Jeden Abend, bevor sie nach Hause gehen, spielen sie, sie seien Hotelgäste mit Einkaufstaschen und Blumengirlanden und Taxis, die größer sind als ihre eigenen Hütten. Alle träumen sie von einem Leben, wie Jeet es einst führte, selbst wenn sie dann wieder hier landen würden.

«Wach auf! Was machst du hier? Mein Sohn sagt, du sitzt hier schon seit heute Morgen und siehst unseren Jungen bei der Arbeit zu.»

Am ersten Tag wurde er von einer Frau geweckt, die Antworten von ihm verlangte, während er unter dem Baum saß. Mit ihrer Stimme und einem Fußtritt weckte sie ihn. Sie stand über ihm, Samir hinter ihr, samt einem Haufen Frauen, die ihre Dupattas über die Stirn hielten. Jeet hatte zu einem dünnen Gesicht hinaufgeblinzelt: schwarze Haut, kajalumrahmt, die Nasenflügel mit goldenen Ringen durchstochen. Ihr rosa Baumwollsari war mit einem Bandhini-Muster bedruckt: Papageien mit Paillettenaugen; einer befand sich direkt über ihrer Brust in seinem Blickfeld. Sie wirkte jung, doch ihr Arm auf seiner Schulter war faltig, als trüge sie Opernhandschuhe.

In dem Augenblick hatte eine Stimme laut über den Platz gerufen. Jeet schüttelte die Frau ab. Er stand mühsam auf. Die Stimme kam aus einem Lautsprecher, der am Dhaba-Pfosten angebracht war.

TEMPLE BUS, LANGAR BUS, ABFAHRT IN FÜNF MINUTEN. Samir wandte sich von seiner Mutter ab, als Männer, Frauen und Kinder sich aus dem Slum durch das Amritsartor ergossen. Manche rannten, andere gingen schnell über den Platz zum Pfad, der zur Schnellstraße führte. Jeet wollte mit ihnen gehen, er hatte es nötig: Im Goldenen Tempel könnte er sein Gesicht waschen und seine kaputten Füße kühlen; er könnte ein Weilchen auf dem heiligen Gelände sitzen und würde eine frische, heiße Mahlzeit serviert bekommen, zusammen mit Tausenden anderen Menschen, die jeden Tag im Tempel zu essen bekamen. Er würde ungestört ausruhen können, in erlösender Stille. Er sah Samir zum Bus rennen und versuchte sich an der Frau vorbeizudrängen, die ihm ein Bein stellte. Es war, wie er später herausfand, Samirs Mutter (die Frau des Company-Wächters am hinteren Tor), die in einem Backsteinhaus im ersten Kreis wohnte.

«Ich bin Rudra, der Naph», sagte er zu ihr. «Auf dem Weg zur Pilgerreise nach Amarnath.»

«Naph?» Sie wandte sich an die anderen Frauen. «Er sagt, er sei ein Naph! Komm mit, dann sehen wir ja, ob du die Wahrheit sagst. Schlag dir aus dem Kopf, mit dem Langarbus rauszufahren; erst kommst du mit mir. Hinterher geb ich dir Reis, also komm jetzt.»

Er gehorchte; er folgte dem *flap flap* ihrer schwarzen Plastik-Flip-Flops durchs Amritsartor, und der Geschmack verbrannter Aloo Parantha kam ihm wieder hoch, während er an Käfigen mit krankem Geflügel vorbeikam, Madam ihn schnitt und die plötzliche, seltsame Sauberkeit des fünften Kreises ihn zum Stolpern brachte. Er versuchte, nicht zu würgen oder Angst zu zeigen, als die Häuser niedriger wurden; zum ersten Mal beschritt er die Planken; und fast wären seine Füße abgerutscht, sodass alle Kinder zwischen Erde und Dächern schwarz geworden wären. Er ging den ganzen Weg bis zum neunten Kreis hinter den Frauen her.

Es kam ihm vor, als sei er über eine Stunde zu Fuß gegangen, so geschwollen waren seine Füße. Ab und zu hatte er fast das Gefühl, wieder in der Schule zu sein und für eine Runde Mitternachtsmärtyrer zum Kesselraum geführt zu werden (du bist ein verdammter Schlappschwanz, du kleines schwules Arschloch); dann wieder fühlte er sich in die hintersten Gassen von Alt-Delhi versetzt, wo er früher immer hinging und hinging und in den Himmel ging, durch den Gestank der Abwässer und offenen Kanäle, in großem Bogen um die Färber mit ihren dampfenden Bottichen voller Farbe, um die aufgehängten, grob gehäuteten Ziegenrümpfe, um die danda-dünnen Wesen, die trotz staubigem Haar und geschwärzten Augen lächelten; um die Hunde, die voller Flöhe waren, aber immer noch sauberer als die Mädchen. Er war dorthin gegangen – in seinem alten Leben als Jeet. Er versuchte, nicht daran zu denken, doch wie sollte er das fertigbringen? Ohne sich zu fragen, ob Alt-Delhi einfach nur die Vorbereitung auf dies hier gewesen war.

Auf der anderen Seite der Grube blieb Samirs Mutter so abrupt stehen, dass Jeet fast in den Schlamm gefallen wäre.

«Wir sind da», sagte sie. «Das ist der Napurthala Mandir. Wenn du ein Naph bist, dann zeig es.»

Die Stuckaturen an der Vorderseite des Schreins waren einmal rosa gewesen. In den drei Nischen standen angeschlagene, bemalte Götterstatuen: ein fünfköpfiger Shiva, der auf die fünf Elemente verwies, dessen Augen Sonne und Mond bedeuteten und dessen drittes Auge für das Feuer steht, das das Universum zerstört, um in zukünftigen Formen wiedererbaut zu werden. Jeet streckte den Arm nach oben und deutete auf die Schlange um die Hüften des Gottes – dann auf das Tigerfell, das in leuchtend oranger Ölfarbe und dunkelschwarzen Flecken gemalt war, die für das Begehren standen, für das heftige Verlangen, das die Welt äußerlich überzieht. Er stellte dies vor den Frauen pantomimisch dar – mit Händen, Zähnen, Zunge –, sodass sie vor ihm zurückwichen.

Die zweite Statue war eine aufgeschnittene Zitrone, deren Kerne die Atome darstellen, aus denen das Universum besteht; das kann er den Frauen nicht erklären. Und schließlich Saraswati, die für die ehemals großen Flüsse und Seen der verlorenen Indus-Kultur steht, in einem Land, das an Amritsar grenzt.

Jeet merkte, dass die Frauen ihn beobachteten. Der Schrein war sehr primitiv; er wartete darauf, Gott ringsum zu fühlen, sich verwandelt zu fühlen. Es musste passieren: Zwar war er als Sikh geboren und als Katholik erzogen worden, doch dies war sein wahres Wesen – das hatte Nanu ihm versichert, als er gerade einmal fünf Jahre alt gewesen war.

Auf einem unteren Bord brannte der Öldocht eines rauen Terrakotta-Diya mit stetiger Flamme. Eine echte Schlangenhaut wand sich spiralförmig um eine Girlande aus frischen, blauen Blumen, in der blassen Farbe des Himmels. Hier Blumen! In den Ritzen brannte ein Räucherstäbchen; es roch nach bittersüßem Amlaöl. Jeets Augen füllten sich mit Tränen. Er legte die Handflächen aneinander; er intonierte die ersten Worte Napurthali, die er je gelernt hatte. Das Naphgebet, das ihn Nanu gelehrt hatte – das nur ganz besondere Jungen zu hören bekamen, nämlich diejenigen, die später Birbals am Napurthala-Hof werden sollten.

Na tuevahaparam jatunusam	Nie gab es eine Zeit, da ich nicht war,
na tuenemek janadhipahra	noch du, noch diese Könige;

«Was stammelst du da, Fakir?», fragte Samirs Mutter. «Du bist ebenso wenig ein Naph wie ich.»

Jeet blickte sie an. Dann drehte er sich um, zog seinen Pyjama herunter und zeigte den Frauen seine linke Pobacke mit dem Napurthala-Tattoo.

Auf diese Weise bekam Rudra der Naph Zuflucht neben dem Schrein gewährt. Es ist ein Flecken schlammigen Bodens von höchstens drei Quadratmetern (er kann sich dort hinlegen, zusammengerollt oder diagonal), von dem aus man das Ende der Müllhalde vor sich hat. Eine ganze halbe Stunde vom Neembaum entfernt, denkt er. Sein Körper ist

Asche. Er hat nach Pappe gestöbert, um die Wände auszukleiden; und hat unter dem eifersüchtigen Raunen der Basti-Jungen eine blaue Plastikplane gefunden, die ihm als Dach dient. In jener ersten Nacht lief ihm vor lauter Gestank die Nase. Er war über sich selbst erschrocken, über das, was er getan hatte.

Natürlich konnte er nicht schlafen, versuchte, zum Napurthala Minar zu gelangen und stolperte dabei im Dunkeln herum. Einem seltsamen, eckigen, halb fertigen Backsteinturm, der seinen Zwilling in Amritsar auf der anderen Seite der Grube anstarrte. Beide waren dreistöckig, fensterlos, ohne Türen, es gab nur leere Zimmer und ein Flachdach, wo Jeet gehofft hatte, unterschlüpfen zu können – um sich vorzustellen, er wäre in so etwas wie einem Haus und schliefe.

Wer hat sie gebaut? Samir sagt ihm, es sei Kataria 5 gewesen. Und zwar vor den Kommunalwahlen – als Samir sechs war. Er weiß nicht mehr, worum es bei diesen Wahlen ging. Er weiß aber, dass Kataria 5 den Napurthali Jhimbas, den nicht tätowierten Latrinenreinigern und denjenigen auf der Amritsarseite bei seiner Wahlkampagne diese Minars für ihre Hochzeiten versprochen hatte – endlich eigene Gemeinschaftsräume – und nicht nur einen einzigen, sondern je einen für jede Seite. Nr. 5 suchte die Bauplätze aus, obwohl Samir glaubt, er sei gewarnt worden: Jhimbas heiraten nur in ihren eigenen Dörfern, die auf der anderen Seite des Bundesstaates liegen und in die sie zurückkehren, um ihre Bräute nachzuholen. *Wie auch immer,* sagte Samir, *wer will denn schon am Rand der stinkenden Müllgrube heiraten?* Der Junge hatte sich geschüttelt vor Lachen: Stell dir die stinkende Hochzeit vor, die widerlich stinkende Braut! Das Wahlangebot scheiterte natürlich und das Bauvorhaben wurde gestoppt.

Bei dem Versuch, Bewohner des sechsten Kreises davon abzuhalten, in die Gebäude einzuziehen, verlor Kataria 5 einen Finger. Um lebloser Backsteine willen wurde Blut vergossen: Die Napurthali Jhimbas erachten ausgerechnet dies als den schlimmsten Makel, der dem Dharma eines Menschen erwachsen kann. Als Jeet davon hört, wird ihm klar, warum keiner dort wohnt und warum er sich dort nicht häuslich einrichten kann.

Stattdessen wird ihm eine Hütte errichtet: in einer Ecke der Basti, die einer neunköpfigen Familie gehört, die die höchsten Mieten in Dhimbala bezahlt – 185 Rupien pro Monat, festgelegt anhand der Jungen und Männer im Verhältnis zu Frauen und Quadratmeterzahl. Weil er ein Naph ist, trennen sie ihm mit allem, was sie an Stapelbarem haben, einen Verschlag ab. Dort kauert er sich nachts hin und hört, wie die Männer nebenan, die alle unterschiedlichen Alters sind, abwechselnd schlafen, essen und Sex haben. Jeet hält sich die Ohren zu und wiederholt seinen neuen Namen: *Rudra, Rudra, Rudra.*

Bald trete ich meine Pilgerreise an und gehe mit den Brüdern nach Amarnath. Bald, sehr bald.

Seine Hütte stinkt: Sein Körper verträgt die Brocken nicht gut, die er zusammenkratzt. In seinem Gedärm rumort es unaufhörlich. Die Scheiße läuft aus ihm heraus wie Schweiß. In der ersten Woche hat er es nicht bis zum Feld auf der anderen Seite der Müllhalde geschafft, wo die arbeitsfähigen Männer sich jeden Morgen als Erste hinhocken und unter freiem Himmel kacken – mit dem Handy in der Hand, damit ihnen nicht langweilig wird. Ganz am Rand findet Rudra ein fast geschütztes Fleckchen zum Hinhocken. Er hat das Gefühl, dass sein Versteck nie sauber war. Er bewahrt die weißen gekachelten Badezimmer im Gedächtnis, Erinnerungen an echte Artefakte, an das Gefühl duftenden Seifenschaums. Wasser. Die Wasserrationierung an den Pumpen von Dhimbala ist streng geregelt – Wasser, das er sich nicht leisten kann. *Dann geh fort, Jeet – geh hinein – klopf an die Tür des Amritsar-Hotels und finde Weichheit und Ruhe hinter den sicheren Mauern.* Er geht in die Hocke, blickt überallhin, nur nicht nach unten. Die anderen Männer sehen ihn nicht an, sie sind zu sehr mit ihren Handys beschäftigt. Alle haben sie eines, nur er nicht.

Jeet lernt, was er tun muss, damit seine Augen sich nicht entzünden und rot werden. In jener ersten Woche eiterten und tränten sie. Er kroch durch die Gassen der Basti auf der Napurthalaseite. Samir zeigte ihm den Weg zu einer Frau namens Mumtaz, die mit einer nicht voll ausgeformten Zunge zur Welt kam und bekannt ist für ihre Kräuterheilkünste. Mumtaz behandelte seine Augen und seinen Bauch. Er ließ zu, dass sie ihn berührte.

Er wurde kräftiger und ging die Gegend erkunden: die Napurthalaseite, die dunkler ist als die Amritsarseite. Abends sieht man ab einer bestimmten Zeit nur noch Männer auf den Gassen. Alle kleinen Jungen haben nachts spitze Stöcke bei sich. Die Napurthalafrauen kommen kaum je aus ihren Hütten, die Mädchen gehen keiner bezahlten Arbeit nach. Womit sie den ganzen Tag beschäftigt sind, kann Jeet sich nicht vorstellen. *Sie bluten irgendwo*, denkt er, *irgendein Mädchen blutet immer*. Er fragt herum und findet heraus, dass die meisten bis zum Markt, der zweimal jährlich im April und Dezember stattfindet, in ihren Hütten bleiben. Dann kommt Kataria Senior mit landesweiten Stellenangeboten aus allen Bundesstaaten. Stolz ist, wer ein Mädchen nach Mumbai, Delhi, Kolkata zum Arbeiten schicken kann – Namen, denkt Jeet, die heraufbeschwören, was aus ihrem Leben werden könnte.

Ha, weißt du noch, als Gargi zum ersten Mal ihre Periode bekam? Sie ging eine Woche lang nicht mehr aus ihrem Zimmer. Jeet war ohne sie auf der Farm herumgewandert. Hatte sich unter die Weide gesetzt und Zigaretten geraucht, sie auf der Bank ausgedrückt und die Stummel in den Ententeich geschnipst. Er war froh gewesen, dass sie nicht da war.

Auf der Napurthalaseite lassen die Männer die Tage über sich ergehen. Ein Dauergesprächsthema ist Devraj Bapuji. Was sie ihn fragen würden, wenn sie Gelegenheit dazu hätten. Die Dadajis, die Taojis und Chachajis sowie die Jungen, die für die Königsfamilie von Napurthala gearbeitet hatten, tragen alle auf dem linken oberen Bizeps Tätowierungen. Als Bapuji klein war, waren sie die Herren der Basti und stürmten die unsichtbaren Linien in das Gebiet von Amritsar. Es gibt Hunderte von Kindern im Slum, die Dev heißen oder Devi oder Raj. Dann zog Bapuji nach Delhi, und aus dem Palast wurde ein Hotel.

Manche Napurthalijungen – diejenigen aus den ersten drei Kreisen – konnten auf neue Jobs hoffen. Doch nicht alle können Gärtner und Diener werden. Nicht alle können als Küchenjungen arbeiten oder armselige Trinkgelder bei primitiven Marionettentheater-Vorführungen verdienen. Gargi Madams Strategie bestand ganz eindeutig darin, Mitarbeiter von außerhalb zu beschäftigen (die eigenen hasst sie und stellt keinen aus der Gegend ein; dieser Ruf eilt ihr voraus). Dann schloss das Hotel; niemand wusste, warum – obwohl es hieß, es würde renoviert. Fünf Jahre lang bestand keine Hoffnung auf Arbeit. Und dieses Jahr wird es für die Männer, die kochen können, und die Jungen, die Töpfe spülen und kehren, wieder keine Arbeit geben, die bis Diwali dauert. Wenn die Ratten hungern, hungern auch die Babys. Keiner kann für die Mädchen bezahlen. Die Jungen müssen einen neuen Beruf lernen.

Manche Männer reisen fort, um Arbeit auf Farmen zu finden. Jeet weiß, was sie finden werden: Seit zwanzig Jahren ist die Company-Saat nicht mehr aufgegangen. Das Land bringt nur noch Witwen und Töchter hervor, deren Väter und Brüder sich das Leben genommen haben. Dieser Ertrag wächst und wächst: Auf beiden Bastiseiten – der von Amritsar und der von Napurthala – gibt es immer mehr Frauen – und was sollen diese Frauen jetzt tun?

Die Dürre begann letztes Jahr; sie breitete sich aus, klaffte über die Grenzen des Bundesstaates hinaus, ließ sich in den Erdspalten nieder und lag still. Auch wenn nichts gedeiht, müssen die Kredite für Saatgut samt Zinsen zurückgezahlt werden. In den Napurthalakreisen von Dhimbala hassen die Leute Gargi und geben ihr die Schuld dafür. Sie sagen, Gargi hungere sie aus, weil Devraj Bapuji und Ranjit Sahib ihr nicht erlauben, sie aus dem trockenen Erdgrund ihres heiligen, angestammten Sees gewaltsam zu vertreiben. Manche sagen, wenn sie das tue, werde sie das Hotel erweitern. Dort werde sie dann einen ganz kalten Raum bauen, in dem Dikhata falle, so weiß wie in den Bergen. Andere sagen, riesige Mengen Swakachcha würden aus Goa importiert und um einen künstlichen Tümpel arrangiert, an dem den ganzen Tag nackte Mädchen herumliefen, die jeder sehen könne.

Wenn Gargi Madam meint, sie könne der Natur ihren Willen aufzwingen, so glauben die Männer von Dhimbala ihr. Sie geben ihr die

Schuld an der Dürre, die letzten April begann, nach einem Sturm, bei dem Eissplitter vom Himmel fielen. So etwas hatte es in ihrem Bundesstaat noch nie gegeben. Danach waren mehr Basti-Mädchen mit Deformationen zur Welt gekommen; sie mussten alle eingeschläfert werden.

Außerdem gibt es Gerüchte, dass Gargi Madam den Palast zu ihrem Privatwohnsitz machen werde. Dass es dann gar keine Arbeit mehr geben werde, weil sie sich nur noch mit Muslimen aus ihrem Mutter-Bundesstaat Jammu und Kaschmir umgeben werde; oder nur noch mit gebildeten Mädchen aus Brahmanenfamilien. Dass dem nicht so sei, dass sie den Palast in Wirklichkeit an einen Mann verkaufen werde, klein von Gestalt und aus fernen Landen, der ihn in eine Fabrik verwandele, in der nur Chini-Arbeiter eingestellt würden. Alle bekämen Häuser: Deswegen werde der Slum geräumt. Es heißt, Devraj Bapuji habe nicht länger das Sagen, und wenn er fort sei, würden die Leute ihre Behausungen für immer verlieren. Nur Bapuji kann ihnen helfen. Wenn er nur herkäme – dann könnte er alles mit eigenen Augen sehen. Er wird kommen – da sind sie sich sicher.

Der Tag vor dem Sturm ist wie jeder andere Tag: Im Morgengrauen erwacht die Basti zum Leben. Der beißende Gestank offener Abwasserkanäle verstärkt sich durch die hoffnungsvollen Anstrengungen der Sonne. Jeet windet sich aus dem Schlaf, kauert sich aufs Feld, betrachtet, die Hand über Mund und Nase gelegt, die anderen und sehnt sich nach einem Handy. Er hat gelernt, wie man kackt, ohne sich den Pyjama oder die Füße in den Chappals zu beschmutzen. Danach geht er um die Grube herum durch die Bastigassen zum Platz, setzt sich unter seinen Baum und sieht dem morgendlichen Alltag zu. Zuerst kommen die Matriarchinnen mit ihren Eimern, um an den Pumpen Wasser zu holen. Manche von ihnen stellen Plastikseile her. Eine führt im ersten Kreis einen Haarschneide-Salon für volljährige Mädchen. Ihre Schwester ist die Heiratsvermittlerin der Basti – sie begleitet die jungvermählten Frauen mit den verwelkten Jasminblüten im Haar. Dann sind da Madams Mädchen, die durch bloßes Gehen eine kostenlose Show präsentierten. Jeet beobachtet, wie die Jungen im Dhaba sie beobachten. Dann kommen die weggelaufenen Säureangriffsopfer; sie bilden einen Sarivorhang um die Pumpen, sodass die Augen nur Füße und Köpfe und Schultern und Hände sehen können. Sie waschen sich nicht hier. Sie tragen das Wasser in Eimern zu ihren Hütten, wo sie sich und ihre Töchter waschen und frischen Chai kochen. Sie helfen sich gegenseitig und passen aufeinander auf. Sie gehen mit jedem Tropfen vorsichtig um.

Die Jungen kommen ein paar Minuten später, die älteren schubsen die jüngeren. Sie kommen in Grüppchen durchs Tor und scharen sich um die Pumpen; spritzen und seifen sich von oben bis unten weiß ein; dann stellen sie sich so dicht wie möglich nebeneinander und spülen den Seifenschaum ab. Als Jeet dies vor Wochen sah, hatte er eine Idee, die ganz einfach war und auf die er stolz sein kann. Er begann, die Plastiktüten einzusammeln, die von der Müllhalde in die Gassen geweht wurden; er wählte drei Jungen aus, die Chips benutzten, wenn sie waschen wollten – Little Amar, Akul und Nakul – und sagte ihnen, sie sollten jeder eine Tüte Wasser holen und sie gegen eine Geschichte eintauschen.

Sie lieben die Geschichtenerzählstunde. So sehr, dass sie Katarias Zorn riskieren und Wasser in Tüten füllen und in Plastikflaschen und eine Kette durch die Kreise bilden, die Rudra überwacht. Auf dem ganzen Weg bis zur Napurthalaseite der Basti. Von denjenigen, die bezahlen können, nimmt er Münzen und sammelt auf dem Rückweg durch die Gassen weitere Tüten, bis zum Baum, wo er den Jungen zusieht, die in Chappals oder barfuß auf die Müllhalde klettern und einander jeden Fund lauthals mitteilen.

Den restlichen Vormittag verbringt Jeet unter dem Baum. Die Männer schleichen sich fort, um Arbeit zu finden; andere sitzen unter Wellblechvordächern und beginnen mit der täglichen Philosophiererei. Dann wird es Zeit für das swachh Basti: Jede Frau faltet die Nacht in Stoffstapel und verstaut sie unter Hüllen; jeder Quadratzentimeter des Fußbodens wird mit Wasser besprengt und gekehrt, jede Frau räumt die Ecke ihrer Familie auf, leert ihre Toilette auf die Gasse und beginnt mit ihrer nächsten Aufgabe: Plastik sortieren, Decken weben, Gummi in

Stücke schneiden oder Rasen, Kapde waschen, den Männern zur Verfügung stehen. Indem Rudra jede Frau auf seinem Morgenrundgang beobachtet, lernt er die Kunst der Arbeit. Die Hunde, selbst die räudigen, und selbst die Fliegen auf den Hunden haben hier ihren Ort und Zweck.

Einmal pro Woche fahren die Basti-Bewohner mit Bussen zum Langar im Goldenen Tempel. Seit vier Wochen (oder sind es fünf?) markieren der Tempelbus und das Langarmahl die verrinnende Zeit. Seit Jeets Ankunft in Dhimbala hat es vier Fahrten gegeben, fünf, wenn er den ersten Tag mitzählt. Seitdem hat er gelernt, auf den Müllberg zu klettern, die weichen Stellen zu vermeiden, an denen man einsinkt, die Orte, an denen plötzlich ganz von selbst Feuer ausbrechen und wieder ausgehen, als wollten sie den Abfall aus den Company-Küchen nochmals erhitzen. Er kennt jetzt diese Abkürzung zum Platz, die es ihm erspart, um die Grube herum- und durch die Gassen zum Amritsartor zu gehen, wo die Leute immer drängeln und schubsen, wenn sie aneinander vorbeigehen. Vier Mahlzeiten, vier Segnungen an dem kühlen weißen Ort. Eine Gelegenheit, Wasser um seiner selbst willen zu sehen.

*

Den ganzen August über herrscht brünstige Hitze. Rudra ist in Jeet gefahren und reinigt dessen Körper. Jeet erhebt sich in ihm; er sehnt sich nach dem Gefühl von Wasser auf der Haut; nach Essen, einem Handy; nach einem Kreditkartenspiel in einer Brieftasche, dem Geruch neuer Schuhe. Seine Hände fühlen sich nie sauber an.

In der zweiten Woche nimmt er den Bus. Er isst in dem klappernden Saal auf dem Boden neben hundert anderen. Er beobachtet die Tür, hält Ausschau nach Würdenträgern und Touristen und weißen Jungen, die nicht auf ihre Handys aufpassen. Stehlen? An diesem Ort?

Er bringt es nicht fertig – und dann doch – es ist nur ein billiges, altes Mobiltelefon voller Spammessages und mit drei gespeicherten Kontakten:

Tante June
Fahrer Narain
Jaipur Hilton

Bevor Jeet den Bus zurück nach Dhimbala nimmt, erlaubt er sich einen kurzen Streifzug durch die hinteren Gassen von Amritsar. Warum geht er dort entlang? Rudra würde so etwas nicht in den Sinn kommen – er würde sich nicht mit einem kleinen Täschchen und einer letzten Pille, auf die ein Kuhkopf graviert ist, auf die Jagd nach ein paar Mittelklasse-Chamchas machen, die poetische Sonnenbrillen und enge zerrissene Jeans tragen – aus Delhi, denkt er –, aber wen interessiert das? Er verkauft ihnen die Pille, die eigentlich 1500 Rupien kostet – für 300 Rupien, doch sie lachen ihm ins Gesicht, so viel wollen sie nicht bezahlen, 1000 sagt er, 500. Sie gehen weg – 300 ist in der Basti ein königlicher Betrag –, deshalb gibt er nach und denkt *Ja! Ja!*, da nur diejenigen aus dem ersten Kreis so viel Bargeld haben.

Jeet wartet an diesem Abend in der Basti, bis die Geschichtenstunde vorbei ist. Dann klettert er mit Samir auf der Müllhalde herum, bis zu einer ummauerten Senke, die sie als eine Art Lager verwenden. Er gibt dem Jungen einen Geldschein und beauftragt ihn, damit zu Kataria 1 zu gehen und ihn zu wechseln. Sie bekommen 75 Rupien zurück, die sie halbieren und nochmals halbieren. Das nennen sie die *Aloo-Parantha-Ration.* Samir kauft zehn Paranthe, für sich und für Rudra; zwischen Gebeten und Schlaf steigen sie auf den Abfallhaufen hinauf und essen die Hälfte und besprechen, wie sie die andere Hälfte am besten für den nächsten Tag aufheben können. Mit dem zweiten Geldschein schickt er Samir weitere Wasserpumpen-Chips kaufen, blickt ihm nach, fragt sich, warum er so dunkelhäutig ist und warum er Yoga lernen möchte.

Jetzt kann Rudra Wasser kaufen. Die Pumpe arbeitet für ihn. Er kann Guthaben für sein neues Handy in der Mobiltelefon-Auflade-Hütte kaufen, die die Brüder betreiben, die nie etwas verschenken – nicht einmal an Rudra den Naph, der sie dennoch segnet.

«Rudra Bhai, bist du im Company Napurthala gewesen?», fragt ihn Samir eines Abends nach dem Essen und rückt seine Jeans auf seinen Nagin-Hüften zurecht.

«Aré, Basti Hipster, du weißt ja, was modisch ist! Was für ein Garn soll Jeet für diesen Jungen spinnen, der als eine von vielen Aufgaben vorführt, was es heißt, ein Mann zu sein?» Er leckt sich über die Lippen.

«Mujhe ek glass pani milega? Phir main tumhe ek kahani sunaonga.» Er wartet, bis Samir ihm das Wasser in einer Blechtasse bringt, warm und bitter, das eine Wohltat sein sollte, von dem einem jedoch schlecht wird.

«Samir», sagt Jeet. «Das Napurthala Palace ist das erste, älteste und exklusivste von allen Company-Hotels. Devraj Bapuji hat dort seine Kindheit verbracht, und davor hat es seinem Vater gehört. Wie kann ich dir die unschätzbare Kunst, die Silber-Artefakte, die Vier-Zimmer-Suiten mit je eigenem Butler erklären? Was für eine Ehre! Die Erinnerung an diesen Palast ist ein Traum aus Stille und Meditation, an ein Leben in den weichsten Wolken. Von hier so weit entfernt wie London oder der Mond.»

«Das stimmt nicht», sagt Samir. «Das Company Napurthala ist auf der anderen Bastiseite. Das weißt du doch, Rudra Bhai.»

«Okay, hier ist die Sprachpolizei! Du hast recht. Und was möchtest du noch wissen?»

«Kannst du mir das Napurthala-Tattoo stechen?» Samir streckt den Arm aus und lässt seine Schulter kreisen. Der Junge ist ein geborener Yogi. Er schüttelt seine Hand, ein Hund, der eine nasse Pfote schwenkt – an so einem heißen Tag trocknet der Schweiß nicht.

«Nein, Samir, ich kann dir das Tattoo nicht geben. Du solltest dankbar sein – du wohnst im ersten Kreis, du bist auf der Seite der Gewinner, wo die Geschäfte gut gehen.»

«Bitte», sagt Samir.

«Verstehst du denn nicht, dass dir das nichts bringt? Du gehörst dann nur zu einer aussterbenden Marke. Chal. Geh und mach deine Arbeit, und dann bring mir, was du gefunden hast. Der Arme, der vom

Müll der Reichen lebt, lebt auch von ihrem Vergnügen! Im nächsten Leben toh achi banegi teri.»

Am Nachmittag sitzt Jeet unter seinem Baum. Er weiß noch nicht, dass ihn morgen Sand und auch Regen erwarten. Heute gilt es weiterhin, das Begehren zu bekämpfen, seine armen Nachbarn zu lieben, hinzunehmen, dass er einer von ihnen ist, damit einverstanden zu sein, zu versuchen, nicht von Fleisch zu träumen, wo die meisten hier nichts als Reisbrei mit Molke essen – und das, was die Company-Küchen an Resten wegwerfen. Die blinden Fenster des Amritsar-Hotels zu zählen, sich auf den Alltagsrhythmus der Basti zu konzentrieren und zu versuchen, nicht an das Leben im Inneren dieser sauberen, weichen Wohnstätte zu denken.

Er lässt sich die Fragen durch den Kopf gehen, die ihm die Basti-Jungen gestellt haben.

Er lehrt diese Jungen Suryanamaskars, den Hund mit dem Gesicht nach unten.

Er kann nicht darüber nachdenken, was er getan hat.

Und an Vik will er nicht denken.

Vik stammte aus einem Dorf bei Anantnag. Die Familie baute Äpfel an und besaß einen kleinen Obstgarten, der immer von irgendeiner Pflanzenkrankheit belagert war. Als der Frühling im Kaschmirtal sich in Blut verwandelte, war Vik bereits zwei Jahre in Delhi. Unruhen und Proteste, Bombardierung der indischen Armee mit Steinen, Bandhs, scharfe Gegenmaßnahmen. Jeet dachte nur noch an die Schätze, die er dort zurückgelassen hatte, dass er sie in jenem Sommer hatte holen wollen, was jetzt nicht mehr möglich war.

Er hatte Vik bei einer Dichterlesung in einer winzigen Buchhandlung in Haus Khas Village kennengelernt. Die Lyrik war übersetzt – nicht schlecht, wie Jeet fand, doch hinkte sie dem Original hinterher. Jeet sah sich nach jemandem um, mit dem er einen Blick wechseln und stumm fragen konnte – findest du auch, dass die Urdufassung viel besser war? Niemand reagierte, doch dann stieß ihn Vik mit dem Ellenbogen in die Seite.

Jeet erinnert sich, dass er lächelte. Er erinnert sich an Viks Augen, daran, dass er sein Lächeln erwiderte. Er spürte, wie ihm das Blut stockte. Er sah sich die Gesichter in der Buchhandlung an: entflammt und lebendig von den rezitierenden Stimmen, denen sie gelauscht hatten. Er hatte an die Schule gedacht, wo die Christlichen Brüder die destruktiven Triebkräfte von Eigenliebe und männlichem Sex (schlüpfrig, erinnert er sich, hart, sinnlich und scharf), verurteilt hätten. Die Brüder hielten Vorträge über die Heiligkeit der Familie, den Wert der Ehe. Jeet wusste, dass seine eigene Religion derselben Auffassung war. Er wusste, dass auch Nanu zustimmen würde, obwohl die Naphs die sexuelle Liebe zwischen Männern einst aufs Höchste schätzten. Daher wusste Jeet schon als kleiner Schuljunge – noch bevor er je eine Zunge (männlich oder weiblich) probiert hatte –, dass die Brüder direkt über *ihn* sprachen, wenn sie solche Dinge sagten. Ranjit Singhs Sprössling, abnorm in seinem Begehren.

Weil die Company das Land besaß, auf dem die Buchhandlung errichtet worden war, wusste Jeet, dass derlei Läden, die auf Übersetzungen bauten, als Backstein-Mörtel-Gebäude nicht überleben würden. Die Miete stieg bereits und würde zu hoch werden. Diese alten und jungen Männer, die Jeets Einschätzung nach zwischen einundzwanzig und fünfzig waren (manche erkannte er wieder, von dem Abend im Union Café, an dem sie 2009 die Legalisierung der Liebe wild gefeiert hatten – als seien solche Obligationen Gold [wobei vergessen wurde, dass Gold eingeschmolzen werden kann], mit Kaffee und einem Gläschen und den Worten von Lalla – Lal Ded, der wandernden Kachmiri, der Wildgans des Schreibens, die Vik liebte, indem sie sangen: *Ergib dich dem Licht der Seele, auch du wirst frei sein*, sie alle würden, wenn die Buchhandlung schloss, wieder in den Untergrund gezwungen werden. Die Männer und der Laden könnten dann nur in einer anderen, virtuellen Welt Handel treiben, einer Welt der Sünde oder des Hasses oder des Vergnügens – in welcher davon, würde über die Bildschirme der Geräte schwer auszumachen sein.

Vik war mit Jeets Wagen durch die Stadt gefahren, immer im Kreis auf der Ringroad. Die Nacht zog herauf: ein leichtes, warmes Schultertuch. Jeet redete und fand kein Ende – doch Vik hatte nur zugehört und den Wagen gesteuert. *Krieg verschlägt einem die Sprache*, sagte er schließlich. Seine Freunde und Brüder waren seitdem verstummt. Vik sagte, er sei ein Feigling: Er habe nie den Wunsch gehabt, Steine zu werfen oder sich dem bewaffneten Widerstand gegen Indien anzuschließen. Doch Jeet wusste es besser. Sich dem Sog zu widersetzen musste Mut erfordern. Vik sprach erst nach vielen Monaten über diese Zeit; als Kind, sagte er, habe er Botschaften von Anantnag nach Srinagar gebracht, zwischen einer Azadi und der anderen. Vik war tapfer – vielleicht ohne es zu wissen. *Stille Träumer*, hatte Jeet gedacht, *wissen nie, dass sie stark sind.*

Vik hatte zu Jeet gesagt, er wolle eine andere Art Azadi. Bei der man morgens frische Milch trinkt und nachmittags und abends dunkle Schokolade isst. In Cafés sitzt und sich über die literarischen Verdienste Mantos im Vergleich zu Manu Joseph streitet, einem Schriftsteller, den Vik erst entdeckt hatte, als er nach Delhi gezogen war. Du hast deine Manu-Gesetze, ich habe meine, sagte er. Viks Mutter hatte ihn zuerst zum Studium nach Delhi geschickt und dann, damit er dort Arbeit finde. Er sagte, er wolle schreiben.

Vik, der eigentlich Nadir hieß. Jeet gab ihm einen neuen Namen, als sie an jenem ersten Abend vor der Galerie in Nizamuddin im Wagen saßen. Noch bevor sie sich geküsst hatten.

«Rudra Bhai», sagt Samir, «du musst uns das jetzt sagen. Welche Sünde hat Jeet Singh begangen, dass er von einem Leben im großen Stil hierher verschlagen worden ist?»

Die Sünde war nicht Hass, sondern Liebe zu einem Jungen namens Vik.

Das Hackbeil des Metzgers kennzeichnete ihr gemeinsames Jahr: Hacke Haut, Hacke Fleisch, Hacke Knorpel, Hacke Knochen kam es von der Bude unter Viks Wohnung. Davon eingelullt zu werden war seltsam. Die Erinnerung an dieses Geräusch und das Gefühl von Viks glatt gehobeltem Körper an seinem Körper hat sich Jeet tief eingeprägt, innen und außen, Haut an Haut und Muskeln an Muskeln, Wange an klopfendem Herzen bis zur Hüfte, zum Hüftknochen, Brustkorb an Brustkorb: ein Augenpaar, das sich im Spiegel sieht, während eine Stimme, weich und rauchig wie ein High nach ein paar Gläsern, nachts auf Kashmiri singt.

Viks Gelächter, als er sagte: *Die Gesellschaft schlafwandelt durch die Verzweiflung, diese Welt ist eine Pille, die man schluckt, um zu träumen.*

Liebe. Zähne an Lippen, ein paar zarte Bisse.

In der sengenden Sonne von Dhimbala erinnert sich Jeet an die Beschaffenheit jener Nacht, in der Vik in Delhi umherfuhr. Jeet hatte versucht, ihn zu überreden, nach Nizamuddin zurückzukommen und gesagt: *Das ist Krieg*. Vik hatte ihn kurz angesehen und dann wieder auf die Straße geblickt.

An jenem letzten Tag hatte Vik dasselbe zu ihm gesagt: *Das ist Krieg*. Sie hatten sich gestritten: sich die Worte im Rhythmus des Metzgerhackmessers gegenseitig vor die Füße geworfen, hack, dein *Glaube*, hack, dein *Schweigen*, hack, dein *Bruder*, bis zum Knochen, dein *Vater*. Sie kämpften mit allen *Wörtern*, die ihnen einfielen – Scham, Gebet, knien, Sünde, *Biss*.

Nachdem die beiden monatelang gemeinsam in der Stadt verbracht hatten, wollte Jeet, dass Vik mit ihm nach Kaschmir kam. Er wollte mit ihm zusammen reisen – erst nach Anantnag –, wo er die Kostbarkeiten abholen wollte, die er dagelassen hatte und im Sommer der Unruhen herausbringen wollte – und dann weiter auf Pilgerfahrt nach Amarnath. Er fand, sie sollten beide ihr altes Leben loslassen und dort weitermachen, wo sie angefangen hatten. Etwas werde sich gefühlsmäßig verändern und Jeet werde dann bereit sein, Vik zu Gargi mitzunehmen, ihn Radha vorzustellen und all seinen Freunden und sich zu outen: Endlich, nach all den Abenden, die er damit zugebracht hatte, Mädchen aus Delhi, Mumbai und Goa in der Rolle der zukünftigen Ehefrau vorsprechen zu lassen.

Die meisten in seinem Kreis wussten, dass er lieber Schokolade als Khir mochte – und er kannte eine Menge Männer, denen es ebenso ging. Sie trafen sich auf Partys und bei sich zu Hause und konnten ihr Leben führen, vorausgesetzt, sie heirateten. Doch die meisten dieser Männer waren nichts für ihn. Sie waren alle Varianten von Radhas Bubu. Ungehobelt. *Unsauber*, nannte Vik sie. Und unterdessen lächelten alle ihre engsten Freunde und versuchten lauthals, sich angesichts der alten Formen, in denen sich die Liebe zeigen kann, modern zu geben.

Vik lachte in jener Nacht über Jeet. Er lachte ihn tatsächlich aus – *eine Hindu Yatra durch gestohlenes Land in einem deutschen Auto mit Vierradantrieb macht es auch nicht besser, du Idiot. Verstehst du denn nicht, dass wir solchen Scheiß nicht brauchen? Wir sind die neue Welt – sag dir das und leb es, mehr ist nicht nötig.*

Er kann jetzt nichts tun. Heute Nachmittag. Nur unter dem Neembaum sitzen und darauf warten, dass die Basti-Jungen von der Müllhalde steigen und mit ihrem Flutterpicking beginnen. Flutterpicking*. Ein guter Ausdruck – der die Sanskritregel beherzigt, durch die Verzahnung zweier Konsonanten einen dritten zu schaffen. Wenn Jeet es so will, wird Rudra die Regel auf das Englische anwenden – hier hockend wie die Figur eines Ajivika-Asketen aus Harwan, die in einer an die Fötusstellung erinnernden Haltung eingerollt war, unter ihm die kosmische Gans. Jeet hatte diese Figur einmal auf einer der letzten erhaltenen Terrakottafliesen von dort gesehen – ein Fragment aus dem dritten oder vierten Jahrhundert, das im LA County Museum in den USA aufbewahrt wurde. Er wünschte, er hätte diese Figur als Erster entdeckt. Sie war erhaben gearbeitet, ausgemergelt, die Augen waren in die Augenhöhlen eingesunken, die langen Haare und der Bart waren ungekämmt.

Dahocken und meditieren: Etwas anderes kann man in der Dhimbala Basti, barfuß, nicht tun.

Der Dhaba-Fernseher plärrt die Nachrichten über den Platz. Mit dem Monsun ist nicht zu rechnen: Das Ministerium für Meteorologie spricht von einer extremen Dürre. In den heiligen Städten wäscht man die Kühe mit ihrer eigenen Milch.

Jeet weiß noch, wie er und Vik an jenem Tag dastanden, die Arme verschränkt, sich gegenseitig von beiden Seiten des Bettes anblickend, zwischen sich die zerwühlten Laken. Es kam ihnen vor, als stünden sie stundenlang so da. Es war der Nachmittag, an dem Jivan nach Hause kam, der ganze Nachmittag, als Jeet eigentlich zum Flughafen hätte gehen sollen. Sie standen da und stritten sich, bis Vik sagte: *Katholischer Junge, der eigentlich Sikh ist, Möchtegern-Naph oder so – ganz egal, ohne das Geld deines Vaters würdest du keinen einzigen Tag überstehen.* Viks Stimme teilte ihm mit: *Ich kann so nicht mit dir leben.*

Jeet fiel nach vorn, er fiel buchstäblich mit dem Gesicht aufs Bett und vergrub seine Nase in den Laken. Er hatte sie bei Good Earth für Vik gekauft, und sie rochen noch nach Vik und ihm. Er lag dort, umklammerte die Laken und wartete darauf, dass Vikram kam, ihn umschlang, ihn um Verzeihung bat und *Geliebter* flüsterte.

Diese Laken gehörten Jeet ebenso wie Viks Personalausweis. Er bezahlte die Miete für die Wohnung, damit sie allein sein konnten. Er hatte Vik für das kommende Semester in einem drittrangigen College der Delhi University eingeschrieben, für die IT-Abendkurse. Reservierung für Other Backward Classes. Er atmete die Laken ein, den Geruch alter Liebe, und dachte: *Was ich für Vik getan habe, stinkt von Daryaganj bis zu den reihenweisen Höhepunkten.* In einer abgeschlossenen Kiste unter dem Bett befand sich die Hälfte des nicht zu versteuernden Einkommens, das Jeet nach einem Geschäft mit dreiköpfigen Göttinnen nicht deklariert hatte. Er gab es Vik als gebündeltes Bargeld, zusammen mit seinem Siegelring. Der an Viks Finger steckt. Vik, der sagte, Jeet könne nicht ohne das Geld seines Vaters überleben.

Er ließ sich den Ring nicht zurückgeben.

Jeet sitzt im kargen Schatten und sieht sich an, wie die jungen Männer auf ihren Motorrädern vorfahren und in der Dhaba bestellen: heiße Parantha, Chai und Zigaretten zum Lunch. Der Geruch nach Ghee hängt in der Luft – und erinnert ihn wie immer an die Dienstagabende der Company. An denen er fast nie etwas aß. In den letzten Monaten ging er immer nach Bapujis Rede, bevor getanzt wurde; er ging jedes Mal zu Vik. In dessen Wohnung rauchten sie oder nahmen eine Pille oder lasen einander aus Viks Buch von Lalla vor. Dann liebten sie sich: Hände erforschten die Hautunterschiede zwischen ihnen; oder sie gingen aufs Dach und legten sich auf den Rücken und suchten am Himmel nach ihren Sternbildern. Dann gingen sie wieder nach unten, in Viks Bett, aus dem Jeet erst wieder emportauchte, wenn die Nacht so schwarz war, dass selbst die Hunde aufhörten, an den Ratten im Rinnstein zu schnüffeln. Er betrachtete den schlafenden Vik, bis dieser sich auf die andere Seite drehte und Protest erhob: er sei *wirklich seltsam Yaar*. Jeet ging immer erst, wenn der Muezzin von Alt-Delhi im Morgengrauen rief und Vik aufwachte und betete.

Jeets Haut ist jetzt dunkel gebräunt. Damit büßt er. Seine Zehennägel sind schwarz geworden. Madam geht mit vier Mädchen vom Amritsartor über den Platz zum Dhaba; Jeet winkt die Jungen näher zu sich heran.

«Lasst mich also erzählen, wie Jeet immer wieder gelogen und betrogen hat. Er hat Dinge gestohlen, die im Besitz von unwissendem Aam Janta waren, und geglaubt, damit einem höheren Zweck zu dienen.»

Er sieht, wie die Jungen mit den Füßen scharren und sich gegenseitig in die Rippen boxen. Sie haben die Augen aufgerissen und lecken sich über die Lippen.

«Erst einmal will ich euch den Crore-Wert der Schönheit erklären. Was ist das Schönste, was ihr je gesehen habt?»

Der Schar verschlägt es die Sprache. Sie überlegen einen Augenblick.

«Rani Mukherjee! Preity Zinta, Katrina Kaif!»

Little Amar springt auf und ahmt ein Filmsternchen nach: Die eine Hand an der Schläfe, die andere auf der Hüfte, wackelt er hin und her, klimpert mit den Wimpern und streckt den Po heraus.

«Knutschküsse!»

Die Jungen stoßen sich gegenseitig und lachen, versuchen, näherzukommen und rücken wieder weg.

«Die Brunnen im Napurthala Company», sagt Akul.

Beeindruckt, dass er etwas über den verbotenen Ort weiß, der in der Nähe der Grube ganz am Ende auf der anderen Seite der Basti liegt, verstummen die Jungen wieder.

«Woher weißt du von denen?», sagt Jeet.

«Wir spielen dort manchmal im Park. Da sind Affen und alle möglichen echten Vögel und leichte Mädchen, die in Stein verwandelt worden sind. Einmal hatten wir eine Frau Lehrerin hier – die hat gesagt, dass die auf einen Prinz warten, der sie wach küsst», sagt Nakul. Er blickt die anderen Jungen ringsum warnend an, für den Fall, dass sie vorhaben sollten, ihn als Lügner abzukanzeln.

«Von euch Chutiyas hat noch keiner ein Mädchen geküsst», sagt Samir.

«Hast du schon mal eine Frau geküsst, Rudra Bhai?», sagt Little Amar.

«Chi! So was fragt man nicht. Ihr solltet euch glücklich schätzen, dass ihr von der Basti nicht noch tiefer sinken könnt. Euer einziger Lebensweg führt nach oben, nach oben, immer aufwärts!»

«Genau, bis hinauf in den dreizehnten Stock!», sagt Samir.

Die Jungen jubeln und rempeln sich an; sie stehen, Hände in die Hüften gestemmt, oben auf dem Company Amritsar Hotel und strecken die Zungen heraus. Jeet lacht mit ihnen und fragt sich die ganze Zeit, ob Jivan oder sein Vater vielleicht dort sind. Ob Gargi oder sogar Radha sich Sorgen um ihn machen – oder wütend auf ihn sind. Er weiß nicht, wie er zurückkehren kann. Doch er könnte den Basti-Jungen zumindest wahrheitsgemäß antworten. Er könnte sagen, dass ihm die Welt der Frauen offengestanden hat – dass er jedes Mädchen hätte haben können, dass er es sonntags hätte vögeln oder auch unberührt lassen können; er hätte sein altes Leben nicht aufgeben müssen, hätte es seinem Vater überlassen können, das Chaos in Ordnung zu bringen, und hätte als toter Mann für die Company arbeiten können. Er betrachtet Samir und Tharu und Amar, diese bachche-log, die keine Ahnung haben, dass die Statuen, über die sie spotten, zu den schönsten Beispielen für die Darstellung des Begehrens aus dem vierten Jahrhundert gehören, die in versteckten Regionen seines geliebten Kaschmirs gefunden worden sind. Sein erster Coup. Er musste heimlich und listig vorgehen, um diese Stücke für Nanus Geburtstagsfeier nach Jor Bagh zu bringen. Im Alter von einundzwanzig hatte er endlich gespürt, dass das Leben für ihn begann, obwohl die Bestechungsgelder so hoch waren wie sein erstes Company-Gehalt. Geld ist flüssig, denkt er, es ist hier leichter verfügbar als Wasser.

Die Sünde hat viele Formen, will Rudra den Jungen sagen. Sie kann als Tat daherkommen oder als unterlassene Handlung. Sie kann in einer Lüge bestehen oder darin, einem Lügner zu glauben. Der Zweifel zählt zu den schlimmsten Sünden. In seinem letzten Leben hat Jeet auf seinen Halbbruder gehört – und ihm geglaubt, als er sagte, Kritik Sahib beobachte ihn. Das war nicht ausgeschlossen. Kritik hatte möglicherweise Bilder von Jeet und Vikram. Schnappschüsse von ihnen in Daryaganj oder im Cinnamon Club; oder gar zwischen den weißen Laken im Wäscheraum des Imperial-Hotels, wo Vik unbedingt nachts arbeiten wollte.

Jeet erinnert sich, dass er protestierte und zu Jivan sagte, Indien sei nicht so rückständig. Seit 2009 feierte die Regierung den Geschlechtsakt indischer Männer; das Gesetz ist nicht länger ein Esel britischen Schlags. Inder und schwul zu sein ist jetzt legal und natürlich.

Piche se Penetration, für dich Analsex, ist schon seit drei Jahren keine strafbare Handlung mehr. Informier dich mal, Mann – wir sind dir weit voraus.

Jivan hatte nur die Schultern gezuckt und gesagt, er glaube nicht, dass muslimische Jungen schwul sein können.

Jeet hätte an dieser Stelle aufhorchen sollen. Dieser Amerikaner aus einer Bastard-Kaste: Konnte er wirklich so dumm sein? Konnten die Entfernung und die Mütter Jivan ins Gegenteil von Jeet verwandeln?

Auf der Party in jener Nacht konnte er nur an Vik denken. An den Abend, als sie sich kennengelernt hatten. In der Buchhandlung im Village. Die Vorahnung, dass sie zumachen würde. Daryaganj wimmelte vor Polizisten in Zivil, die alle weiße Turnschuhe trugen und saubere Fingernägel hatten und seltsam starrende Posen. Wenn jemand in der Company Vik verletzen wollte, bräuchte Kritik Sahib nur mit dem Finger zu zeigen. Vik könnte bereits tot sein.

*

«Was ist das Schlimmste, das Jeet je getan hat, Rudra Bhai?», fragt Motu, der einzige dicke Junge in der ganzen Basti.

Einst war Jeet von Ravans fünf Dämon-Konsorten besessen: Vögeln, Stehlen, Weintrinken und Kartenspielen; er gehorchte seinem Vater nicht und betrog seine sogenannten Freunde. Wenn die düstere Stimmung ihn überkam, blieb er ganz ruhig, erhob sich dann und tanzte und spielte Gameboy. Statt Mathe zu lernen, wollte er lieber ein Rockstardichter werden – kein braver Businessboy, der auf Huren angesetzt wird, deren Daddys ihnen Geld geben, damit sie in der Öffentlichkeit perfekt sind und bei Dunkelheit die miesesten brünstigen Miststücke.

«Fällt euch nichts Besseres ein, was ihr wissen möchtet?», fragt Jeet. «Fragt doch mal nach dem Besten. Es gibt zum Beispiel nichts Schöneres auf der Welt als Tempelblumen: die safranfarbenen, frischen Tagetes gemischt mit Rosenblütenblättern und einer Diya in der Mitte. Die alten Naphs glaubten, das Göttliche sei eine Kuh, die in vielerlei Gestalt erscheint und jedes Mal Freude bringt.» (Jeet hat gerade eine neue Geschäftsidee – jede Amritsarkuh soll aus den hinteren Gassen hierher auf den Platz gebracht werden – in eine Art Kuhmuseum.)

Die Jungen sehen ihn mit langen Gesichtern an. Einer kichert. Der andere rollt mit den Augen über Rudras lehrerhaften Ton. Sie wollen Geschichten mit Blut serviert bekommen – sie wollen Akbar und Birbal – doch wenn sie Epen wollen, wird er ihnen sein Mahabharat* auftischen. Auch Jeet hat Großes getan. Er hat Kunstwerke vor der Zerstörung bewahrt. Während sein geliebtes Land immer mehr Millionäre hervorbrachte, machte Jeet es sich zur Aufgabe, ihnen den Weg zu zeigen. Die meisten freuten sich darüber, echte Artefakte in der Wohnzimmerecke stehen zu haben, kostbare Ikonografie im Haustempel (natürlich nach der Installation des Company-inspirierten Heimkinos im illegal umgebauten Keller). Was war schlimm daran, wenn man ein paar zusätzliche tausend Rupien Bargeld brauchte, um die Dienst-Egos schmiegsam zu machen? Wer sonst konnte eine kostbare Antiquität in einem Schutthaufen identifizieren und – wozu noch mehr gehörte – keinerlei Reaktion zeigen, bis man sie auch wirklich besaß? Wer sonst wusste, wo man in Assam, Odisha, Uttarakhand und Himachal Pradesh solche Dinge finden konnte? In keines dieser Dörfer würden sein Vater und sein Patenonkel je gehen – es sei denn, die Company wollte ein Bergwerk anlegen.

«Erzähl uns von der Party», sagt Little Amar. «Das wollen wir hören.»

O ja, jener Abend. Eigentlich hätte er genau wie die vielen anderen Partyabende beginnen sollen – acht Stunden davor eine Pediküre, eine Massage, eine Weihrauch-Gesichtsbehandlung, damit Jeets Haut hell blieb. Danach ein bisschen Shopping bei Chanel und Dior. Er schildert den Jungen diese Tempel, indem er die Markenlogos in den sandigen Schlamm malt. Die Jungen brechen sich die Zungen an den französischen Wörtern. Ein Schultertuch für 30 000 Rupien! Die Jungen fragen untereinander nach, keiner ist sich sicher, was dieser Betrag eigentlich bedeutet. Doch dann erklärt Jeet ihnen, dass eine Tasse Chai 200 Rupien plus Steuer kostet.

«Das gibt's doch nicht!», sagt Samir. «Jetzt lügst du uns an.»

«Du kriegst hier in Dhimbala tollen Tee für nicht mal zwanzig Annas», sagt Motu, «und Chini ist sogar kostenlos.»

«Der Abend», fährt Jeet fort, «fängt etwa um 22 Uhr mit Drinks an.»

«Mit Cocktails?», fragt Big Amar; sein Cousin spült Gläser in der Company Amritsar Public Bar. «Whisky Soda?»

«Ja, und Gin Lime Tonic und auch Wodka» (hier sitzt er im Staub und mimt Gläschen mit Alkohol und Betrunkensein). Jeet will, dass sie das hören, damit sie keine Lust mehr auf Basti Bhang und Benzinschnüffeln haben und nach Drinks trachten, die rein sind. Er erklärt ihnen, er habe immer so viele von diesen Flüssigkeiten geschluckt, dass die Gesichter in der Menschenmenge zu einem einzigen Gesicht verschwommen seien. Und er sagt ihnen, dass man im Morgengrauen gut an Pools schlafen kann.

«Bist du Rani Mukherjee begegnet, bist du Priety Zinta begegnet?», fragten die Jüngeren, die in der Dhaba fernsehen dürfen, wenn nicht viel los ist und ihre Mütter bei der Arbeit sind.

«Seid nicht so dämlich! Das war doch in seinem letzten Leben, nicht letzten Monat», sagt Little Amar lachend.

*

Jeet, der immer noch mit dem Gesicht nach unten dalag, blickte vom Bett auf. Vik war gegangen. Aufs Dach, mit seinem Tagebuch – ein Zeichen, dass er allein sein wollte. Jeet hielt sich daran. Er verließ Viks Wohnung und machte sich durch die Gassen zur Hauptstraße auf, wo er durch die Reihen von Autorikschas ging, bis er eine gelb-schwarze fand, auf der in erfreulich korrektem Hindi *Streitwagen* stand. Er spürte, wie die Stadt ringsum vorbeiwischte, unter sich die harte, schlaglochübersäte Straße, während die Autorikscha rumpelnd die Alleen entlangraste. Der Smog verfing sich in seinem Mund – Diesel Dhokla. Auf der Fahrt wurde der Himmel rosa, der Verkehr sang rhythmisch: *Schäm dich, Hündchen, schäme dich, selbst die Affen wissen's jetzt* – als wüssten alle, wo er gewesen war, behielten aber ihr schönes Geheimnis für sich. Jeet hatte sich auf dem Rücksitz ausgebreitet und den Fahrer gedrängt, schneller zu fahren, schneller; ihm gefiel das Gefühl, dass niemand auf Erden wusste, wo er in dem Moment war. Wenn er nur leben könnte, als gebe es kein Ziel und als müsse man nichts als fahren! Ein-, zweimal *jauchzte* er!, sodass der Fahrer sich umdrehte und ihn ansah, mit grinsendem, schwarzem Zahnfleisch und Zahnlücken, wegen mangelnder Mundhygiene oder einer Schlägerei.

Kurz nach dem India Gate hielt der Typ an und musterte Jeets Körper kurz.

«Gandu», fauchte er.

Jeet stieg ohne ein Widerwort aus und bezahlte. Mit glühender Haut sah er zu, wie der Mann davontuckerte; er schwor sich nochmals, aufzupassen, dass Vikrams Extrakt nicht an ihm klebte – er brauchte Karbolseife, um es abzuschrubben.

Auf dem breiten Gehsteig unter den schützenden Bäumen von Lutyens Delhi rief Jeet seinen Fahrer Balram an, um sich von ihm abholen zu lassen. Um ins Habitat Centre zu gelangen, ging er über den Mehar Chand Market, wo die Grundstückspreise gerade durch die Decke schossen. Wo man einst hingegangen war, um sich Stoffe aller Art zuschneiden und etwas ändern zu lassen, mehrten sich jetzt teure Kinderkleiderläden. Ein Anzug sollte wieder passen, ein Schlafzelt genäht werden? Dann ging man hierher.

Jeet ging auf dem hohen Gehsteig entlang; fast hätte er eine Design Boutique betreten, die rosa *Delhi-100*-Bleistiftsets aus dem Vorjahr im Schaufenster hatte. Stattdessen schenkte er dem Blick des herumsitzenden Wächters keine Beachtung (Einheimische gehen in Neu-Delhi nicht zu Fuß, nur Weiße und die Armen, aber der hier ist eindeutig verrückt), flüchtete sich auf die Dachterrasse und bestellte Nimboo Pani mit Zucker und Salz.

Man hatte einen Blick auf den Verkehr, auf eine winzige Armee, die in ihren Panzern die Straßen hinaufkroch. Zwei Jungen spielten auf dem Schulsportplatz der Luftwaffe Fußball, schossen den Ball hoch in die Luft, Miniaturausgaben der im Stechschritt marschierenden Grenzwachen an der Indisch-Pakistanischen Grenze in Wagah. Weil Jeet sich zu hoch oben befand und es fast Nacht geworden war, konnte er den Ball nicht sehen. Er war noch höher als die Vögel; die Lumpensammler und Straßenkehrer waren kleiner als Ameisen. Papageien stürzten vor seiner Nase nach unten, durchschnitten die Luft, wirbelten umher und jagten das letzte Tageslicht.

Als Jeet auf die Farm kam, brachte er es nicht fertig, zu seinem Vater zu gehen. Am Pool hatte Abhinash Dienst, doch niemand schwamm. Sie gingen in den Hausmeisterraum auf der Rückseite des Poolhauses und schlossen die Tür ab. Sie setzten sich auf umgedrehte Eimer und rauchten zusammen einen Joint. Das Gras gelangte über ihre Nasenlöcher in ihre Köpfe hinauf, schlug Wurzeln und blühte in ihren Hirnspalten. Einen Augenblick war es, als würden der Raum, der Pool, die Farm, die Stadt draußen – sich allesamt auflösen oder als seien sie gar nicht vorhanden. Er hörte von Abhi (der es in der Küche von Umesh über Satyam, Radhas Friseur, gehört hatte sowie über Vesh, Sitas Zofe, die von Uppal Anweisung erhalten hatte, zu packen und mit Sita zu verschwinden), Gargi Madam habe seit dem Lunch geweint und Surendra Sahib habe die ganze Zeit im Mandir religiöse Lieder gesungen. Radha Madam habe sich um sieben Uhr ihren üblichen Cocktail und Kopfschmerztabletten aufs Zimmer bestellt, und als Chintu, die Hilfskraft, ihr die Sachen gebracht habe, habe sie die Tür persönlich geöffnet, nur in Unterwäsche und einem Bademantel. Er habe gesehen – (und an dieser Stelle wedelte Jeet mit der Hand, weil er nicht hören wollte, was Chintu gesehen hatte: Er kann es sich gut vorstellen). Jedenfalls reist die liebe, sehr liebe Radha Madam anscheinend im Morgengrauen ab. Suresh, ihr Fahrer, hat Bereitschaftsdienst und bringt sie zum Flughafen. Und Nanuji? Sie hat sich ins Bett gelegt. Und am pikantesten: Sita Madam ist fort.

Fort? Jeet erinnert sich an sein mildes High, das von diesem Wort zunichtegemacht worden war.

Wo ist sie hingegangen?

Abhi wusste es nicht. Doch Umesh, der Patissier, war am Boden zerstört. Er war dafür verantwortlich, den *Glückwunsch-Sita-Verlobungskuchen* mit einer Goldkrone aus Zuckerwatte zu versehen, einem zarten Gespinst, das mit einem Pulver aus echtem Gold bestäubt werden sollte. Umesh hatte vorgehabt, eine Fingerkuppe zu probieren, damit er den anderen berichten konnte, wie es schmeckte. Doch auch diesmal wollte Jeet nicht hören, wie Umesh durch Shivjis Walten der einmaligen Gelegenheit beraubt worden war, Gold zu essen. Auch nicht, wie er in der Küche jammerte (und fragte, was er in seinem vergangenen Leben falsch gemacht habe, dass ihm nun so etwas widerfahre). Jeet wollte vor allem etwas über Sita hören – und Abhi kam schließlich darauf zu sprechen: Sita sei abgereist, und zwar mit einem Jungen. Man munkelt, sie reise mit ihm nach Sri-Land. Jeet brauchte einen Augenblick, um dahinterzukommen, was Abhi ihm sagen wollte. Sri Lanka. Perfekt.

Jeet lachte, und als Abhi verwirrt dreinblickte, nannte er ihn einen Schwachkopf. *Sita. Das Ramayana. Sri Lanka.* Als der Groschen endlich gefallen war, lachte Abhi ebenfalls, und zwar so laut, dass Jeet ihn mit einem festen Klaps zum Schweigen bringen musste.

Weil Jeet das Gefühl hatte, Trost zu brauchen, ließ er sich überreden – durch das Aufschnallen seines Gürtels und den sanften Druck eines Armes, der um seine Schultern lag –, sich auf die Leiter des Verwalters zu setzen und es sich zur Nervenberuhigung besorgen zu lassen. Danach säuberte er sich mit einem cremefarbenen Company-Pool-Handtuch, auf dem rote Buchstaben prangten. Auf Abhis Schoß sitzend, rief er seinen Dad an und versuchte, sein Schuldgefühl im Zaum zu halten. Er lehnte sich zurück, Abhis Brusthaare kitzelten ihn. Sie tranken eine Flasche Champagner zusammen. Dann verließ er Abhi und ging zurück zum Haus, zur Party. Dort war Jivan mit Ranjit. Devraj Bapuji würde gleich seine Rede halten.

Auf der anderen Seite des Platzes richtet sich Feroze Shah auf den Abendbetrieb ein. Im Dhaba tönt es aus dem Fernseher – Was? Dass Bapuji auf dem Weg nach Amritsar sei, wo er nach seiner Reise quer durchs Land, von Mumbai nach Kerala, dem Company-Hotel einen Besuch abstatten werde. Jetzt kommt er hierher. Rudra entlässt die Jungen zu ihren Familien. Er nimmt die Nachricht mit und steigt auf die Müllhalde, weil er das Bedürfnis nach ihrem tröstenden Gestank hat.

§

Der Abend wurde zur Nacht. Die Rufe der Muezzins erreichten mich durch die Mauerlücken über den Dachbalken. Ich hielt Sita auf dem Schoß und sang ihr leise ein Lied vor.

Der junge Diener sagte:

«Bapuji, schläft Sita Madam?»

Er fragte, ob er näherkommen dürfe, und ich erlaubte es ihm. Er setzte sich zu uns. Sita schlief so fest, dass sie sich kaum rührte, als er ihre hübschen braunen Knöchel umfasste. Ihr Kopf lag auf meinem Schoß.

«Wie heißt du, mein Sohn?», fragte ich.

«Punj, Sir», erwiderte er. «Zu Ihren Diensten. Auf ewig.»

«Dann hör zu, Punj», sagte ich. «Du stehst besser zu deinem Wort. Alle anderen haben mich nämlich verlassen, wie die sprichwörtlichen Ratten.»

«Sir», sagte Punj, «ich habe allen Ihren Worten aufmerksam zugehört. Ich möchte von Ihnen lernen.»

«Kannst du Tee bringen? Ein Schultertuch weben? Feuer machen?»

«Sir, Letzteres ist möglich, doch damit hat es gute Weile. Sehen Sie, was ich hier habe.»

Er hatte alles Material zum Feuermachen bei sich und holte es unter seinem Pheran hervor: eine kleine Dose Petroleum und ein Company-Feuerzeug.

«Erzählen Sie mir etwas aus Ihren Jugendtagen», sagte er. «Haben Sie große Feste in diesem Raum gefeiert?»

Da es mir wichtig ist, die Geschichte zu erzählen, die die Leute hören wollen, überlegte ich eine Weile.

«Als ich ein Knabe war», sagte ich, «hatten wir hier denkwürdige Versammlungen! Alle großen Männer aus Srinagar und Delhi, aus Amritsar und Lahore. Hier in diesem Raum hat mir Nehruji versprochen, mir in unserem neuen Indien ein Vater zu sein. Ich bin ein einfacher Mann mit einfachen Bedürfnissen, und das habe ich von ihm gelernt. Ich glaube an Ahimsa. Nie wollte ich jemandem etwas zuleide tun. Ich habe mir einen Namen gemacht, indem ich diesem Land gedient habe. Als er gestorben war, haben wir uns hier eingefunden, um zu trauern. Damals war es hier wärmer, und man konnte den Himmel nicht durch die Dachbalken sehen. Es war ein Palast!»

«Bapuji», sagte Punj. «Wissen Sie, dass dieser Palast jetzt ein Palast für Hunde ist? Ein Kuttamahal. Ein Toothi-Phooti-Jhooti Mahal. Und haben Sie gewusst, dass eine Hündin im Keller einen Wurf Welpen geboren hat? Ich habe sie auf meinen Rundgängen gesehen. Eigentlich wollte ich Ihnen einen bringen, doch sehen Sie mal, die Hündin hat mich gebissen!»

Er streckte den Arm aus, und ich sah die Bissmale. Punj wirkte besorgt, aber ehrlich gesagt ist er hier, um für meine Sicherheit zu sorgen, nicht umgekehrt.

«Punj», sagte ich, «unterbrich mich nicht. Deine Sprache verletzt mich. Sag nichts, dann hörst du die Wahrheit. Hör zu. Damals gab es keine Hunde auf Trümmerthronen. Einst war ich König und galoppierte mit meinem lieben Freund, dem Maharaja von Kashmir, über diese Hügel. Wir jagten und spielten, und er half mir bei meinen Geschäften. Im Winter fuhren wir mit Skiern über die zugefrorenen Seen und verschneiten Ebenen, bis das Leben einen Anführer aus mir machte und ein Vorbild für die Jugend.»

«Ja, Sie sind mein Vorbild», sagte Punj.

«Meine Töchter konnten nicht lernen», sagte ich. «Sie waren immer zu stur. Sie haben mich sehr schlimm verletzt, aber habe ich jemals geweint? Nein, Punj», sagte ich. «Das habe ich nicht. Selbst in den finstersten Nächten, in den schlimmsten Stürmen, unter Menschen, die sich wie bösartige Geister benahmen, habe ich nicht geweint.»

«Sita hat so schöne Füße, Bapuji», sagte Punj. «Ich berühre sie um des Segens willen. Ich verspreche, dass ich nicht fortgehe.»

Er streichelte Sitas Füße. Sie bewegte sich leicht, wachte aber nicht auf.

«Jeder geht fort.»

«Fort von wo?»

«Von einem Körper, einem Namen. Ich bin Devraj. Der bin ich.»

Zwei

Am Tag des Sturms wacht er früh auf. Nicht von den üblichen Rufen der Frauen, dem Meckern der Ziegen oder dem Scharren der Schweine, auch nicht vom Gestank der Töpfe, die ausgeleert wurden, sondern von einem Jungen, der schreiend durch die Gassen rannte.

«Ein Mann ist in Ketten, hinter dem Hotel! Ein Mann in Ketten!»

Jeet drängt aus seinem Verschlag. Auf den Planken tritt er fest auf, weil er nicht ausrutschen und ins schwarze Abwasser fallen will: Er hat gelernt, manche Planken zu meiden, auch die, die splittern. Auf wunden Füßen rennt er mit den anderen Basti-Männern zum Platz, wo sich schon zwanzig oder dreißig von ihnen versammelt haben, die Menschenmenge reicht fast bis zum hinteren Eingangstor des Company Amritsar Hotels. Jeet drängt sich nach vorne.

Ein Mann ist an das Eingangstor gekettet. Seine Augenlider sind verkrustet und beinah geschlossen, seine Wangen sind geschwollen; er hat überall Prellungen und Quetschungen von irgendeiner Prügelei. Der Chaukidar in seinem Wächterhäuschen schüttelt den Kopf und ermahnt die Basti, nicht näherzukommen. Ein paar Jungen rennen zum Zaun.

«Kya hua Chachaji? Aap haathi ho kya?»

Sie weichen zurück und fordern einander heraus, wieder nach vorn zu rennen.

Der angekettete Mann sagt nichts, auch nicht, als die Jungen *Zirkus Haathi* rufen und Steinchen werfen.

«Jitinder, Nalini, Karan, Ranjitarani, Balthazaar, Bruder von Surmit, Shivan, Garginjali, Rita, Devisitaraj! Meine Tochter Munni und mein eigener Sohn Samir! Chal! Geht zurück an die Arbeit!», brüllt der

Wächter. «Und ihr anderen haut ab, sonst ergeht es euch wie dem Mann hier!»

Jeet schleicht sich vor zum Tor und murmelt mit Rudras Stimme Gebete. Vom Rennen ist ihm schwindelig, er hat heute Morgen nichts gegessen, und auch gestern Abend nicht. Wasser – der Angekettete braucht Wasser. Rudra ebenfalls, und Jeet: Keiner in der Basti kann es ihnen einfach geben. Er blickt zum Dhaba: Für diejenigen, die Geld haben, hat der Morgenbetrieb begonnen. Von dort kommt keine Hilfe.

Aus dem Lautsprecher erschallt knackend Feroze Shahs Stimme über ihren Köpfen: «Wer heute zum Langar will, soll in den Dhimbala Bus einsteigen.»

Die Basti wendet sich von dem angeketteten Mann ab: Der gewohnte Wettlauf beginnt.

«Komm, Rudra Bhai!», schreit Samir.

Sie rennen zur Straße. Jeet überholt die Leute – der Bus ist fast voll – und fährt los. Jeet erwischt eine Sprosse der Leiter, die an die Karosserie gelötet ist; er klettert hoch, klammert sich fest, jemandes Fuß baumelt ihm im Gesicht; er streckt die Hand nach Samir aus, packt ihn und zieht ihn hoch; sie greifen nach den Sprossen, während andere über sie aufs Dach hinaufklettern. Als der Bus schneller wird, klammert sich Jeet an die Hüften eines anderen Mannes, sie zischen die Schnellstraße zur Altstadt entlang. Der heiße, grelle Vormittag verschwimmt in bleichem Sand und blauem Himmel; unterhalb von Jeet grinst Samir, und beide schlucken auf der Fahrt Staub.

Auf der Railway Road verwandeln die Sonne und ein Verkehrsstau den Bus in eine kochend heiße Blechbüchse. Jeet und Samir klettern aufs Dach und verschaffen sich mit den Ellenbogen Platz. Jetzt kann Jeet sehen, dass sie fast am Bahnhof sind. Leute steigen aus ihren Autos und gehen an der Schlange entlang, Männer stehen vorn auf dem Busdach, als ereigne sich gerade etwas auf dem Bahnhofsplatz.

«Devraj kommt, Bapuji ist gleich hier.»

«Mit dem Zug, weil er ein ganz großer Mann ist.»

«Er ist am Bahnhof!»

Das Geschrei wird von der Straße und vom Bus vor ihnen zurückgeworfen. Immer mehr Leute springen von den Bussen herunter und gehen durch den Verkehr zum Bahnhof. Jeet und Samir folgen ihnen.

«Kann das wahr sein?» Samir räuspert sich, hustet und sagt aufgeregt: «Rudra Bhai, ich habe Bapuji noch nie gesehen – und jetzt ist er mit offenen Händen nach Amritsar gekommen! Vielleicht will er ja die nächste Hundertschaft auswählen – Jungen aus der Basti! Vielleicht gibt er Dan – immerhin ist er ein Maharaja, und es ist sein Dharma, dafür zu sorgen, dass die Hungrigen nicht verhungern. Stimmt's, Rudra Bhai?»

«Alles ist jetzt möglich.» Jeet muss schreien, um gehört zu werden. Seine Füße brennen auf dem Asphalt, aber er bleibt nicht stehen. Vorbei an Autos und Jeeps und Bussen, vorbei an dem Hupkonzert. Seine gehobene Stimmung ist steiler als der Stand der Sonne um 10 Uhr morgens. Er rennt mit Samir im Dauerlauf zum Platz vor dem Bahnhof. Dort sehen sie eine Menschenmenge von mehr als neunzig Personen, der Lärm verschwimmt mit der Hitze – Bapuji ist gekommen, in einem blau-roten Zug, dem *Mughalpura Shatabdi*. Wenn er fährt, ist Amritsar Endstation.

Endlich! Bapuji ist gekommen, um zu den einfachen Leuten zu sprechen!

Männer, Frauen und Kinder stehen auf Zehenspitzen. *Ich kann ihn sehen, ich kann ihn sehen – ich sehe nichts – heb mich hoch!* Jeets Gestank ist jetzt von Vorteil. Frauen in gestärkten Kurtas gehen ihm aus dem Weg. Manche Männer sind jung und tragen weiße T-Shirts; die meisten wirken, als hätten sie mittlere Positionen – saubere Turbane, gestutzte Schnauzbärte, Bäuche voller richtigem Essen. Es sind die Menschen, deren Leben Bapuji verändert hat – indem er sie in seinen Firmen eingestellt oder zu Verbindungsmännern in der Versorgungskette gemacht hat. Sie sind aus dem Büro gekommen, um ihm Tribut zu zollen – und sie weichen vor Jeet zurück. Er bewegt sich nach vorne, mit klappernden Zähnen, schmutzigen Händen und nackten Beinen. Er verliert Samir im Gewühl. Er sieht treue Company-Anhänger: Familientypen, kleine Aktionäre; selbst die Matriarchinnen, die echten Hausherrinnen, sind gekommen. Jeet spürt, wie sich ihre Körper an ihm entlangreiben, und grinst. Unter der geschwärzten Haut schwillt ihm das Herz, auch wenn man ihm im Gedränge ringsum fast auf die Füße tritt – auch wenn die Leute ihn angewidert anblicken und dann erst sehen, dass er ein Rudra ist, und ihm Platz machen. Er kichert schrill und durchdringend und hustet schließlich, bis er keine Luft mehr bekommt.

«*Voo hoo*», murmelt er, «macht Platz, macht Platz». Und hält inne.

Die Menschenmenge teilt sich und eine Sekunde lang sieht er: seinen Patenonkel in einem elfenbeinfarbenen Kurta Pyjama mit Manschettenknöpfen aus tropfenförmigen Brillanten, die das Licht einfangen und der Menge zuzwinkern. Und seine geliebte Nanu, umgeben von fünf aus der Hundertschaft und zwei, drei Würdenträgern aus der Gegend – sie wartet neben einem improvisierten Podium, das safrangelb und weiß umhüllt ist. Nanu hält ihre – guter Gott – ihre Kelly-Tasche an die Brust geklammert. Jeet blinzelt. Sie trägt einen apfelgrünen Sari; die Perlen um ihren Hals sind so groß wie Jeets Fingerknöchel. Großmutter, was hast du für große Perlen – er hat sie nie zuvor bemerkt. Ihr Haar ist sorgfältig frisiert und mit zwei Elfenbeinkämmen dekoriert, ihre Augen hat sie hinter dunklen Gläsern versteckt.

«Nanu!», schreit Jeet. Seine Stimme geht in der schwatzenden Menschenmenge unter, die auf Bapuji deutet und wartet, dass er spricht.

Bapuji hebt kaum die Hand in ihre Richtung und geht auf die drei schwarzen Mercedes-Limousinen zu, die an der Seite geparkt sind und eindeutig auf ihn und Nanu warten. Doch Nanu bleibt stehen. Einer von Bapujis Jungs hilft ihr, die fünf Stufen zum Podium emporzusteigen. Sie greift nach dem Mikrofon und wartet, bis man es ihr eingestellt hat. Dann umfasst sie den Mikrofonständer und spricht mit harter, knirschender Stimme.

«Es war einmal ein Mann, der einen Schlüssel in seinem Haus vergessen hatte», sagt sie.

Jeet lächelt und reibt sich die Augen. Er kennt die Geschichte – es war die beste Geschichte, um ihm als kleinem Kind beizubringen, wie man seinen Willen schult; und dann bekommt, was man will.

«Und er kam nach Amritsar, um ihn zu finden», sagt Nanu. «Ein Fuchs kam des Weges, der den Schlüssel gefressen hatte, und lächelte den Mann an, der von Suchenden umgeben war, die alle dasselbe suchten. Sie suchten in der Hitze, weit weg vom Haus des Mannes. Der Fuchs fragte den Mann: ‹Warum suchst du hier, wo du den Schlüssel doch zu Hause verloren hast?› Der Mann sagte: ‹Weil es hier heller ist.›»

Als sie ihre Geschichte fertig erzählt hat, breitet sie die Arme vor ihnen aus.

«Wenn ich meine Juwelen gegen ein Messer tauschen könnte, würde ich diesen Fuchs niedermetzeln wie ein Lamm für den Kochtopf.»

Die Menschenmenge jubelt, als hätte sie ihnen zu Ehren einen Feiertag ausgerufen.

«Nanu, Nanu, Bapuji, Bapuji!» Das Geräusch der Mikrofone geht darin unter.

Und das war es auch schon. Nanu dreht sich vom Podium weg und hält ihren Arm dem Gehilfen hin. Er führt sie die Stufen herunter. Dann setzt er sie in den Wagen, schließt die Tür und salutiert; der Motor wird angelassen. Vorwärts, vorwärts, vorwärts; einen Augenblick lang wird Jeet ans Autofenster gedrückt und kann fast das Gesicht seines Patenonkels berühren. Doch Bapuji blickt nicht auf. Sie fahren davon, und die Menschenmenge grüßt mit einem *Salaam* hinterher.

*

Jeet verzichtet auf das Tempelmahl. An die Rückseite eines öffentlichen Busses geklammert, fährt er auf der Schnellstraße zur Basti. Die morgendliche Erregung hat sich in der flimmernden Hitze aufgelöst, die über der Erde glimmt. Jeet sitzt angelehnt unter dem Neembaum und beobachtet, wie der Chaukidar aus seinem Wächterhäuschen kommt und dem Angeketteten einen Fußtritt gibt. Auf dem Platz streifen ein paar Hunde umher und prüfen jede Kleinigkeit eifrig auf ihre Essbarkeit. Die Basti-Männer sind auf die Felder oder in die Stadt gegangen, zur Arbeit oder auf Arbeitssuche, die anderen sind noch im Tempel.

Nur vier Frauen sind dort, die verschleiert auf ihren Charpoys sitzen, regungslos, bis auf die Hände auf den improvisierten Geräten, auf denen sie aus Plastik dünne straffe Streifen spinnen. Ein paar betrunkene Kubhatas ziehen umher und schreien ab und zu. Der Angekettete ist in sich zusammengesackt, das Gesicht zum Hotel, die verbrannten Finger am Tor; Jeet, dessen Körper nur noch eine Hülse und dessen Mund ausgetrocknet ist, grüßt ihn im Vorbeigehen mit einem kurzen Namaste.

Jeet sitzt im Schneidersitz unter seinem Baum und teilt sich den dürftigen Schatten mit ein paar kleinen Mädchen und einem Jungen – Devinder, denkt er, Samirs verkrüppelter Cousin zweiten Grades. Devinder hockt im Matsch; er trägt keine Hosen, nur ein schmutziges Unterhemd, und seine Finger stecken in einem Erwachsenen-Chappal, als sei seine Hand ein Fuß. Er benutzt ihn als Waffe, um die lahmen Fliegen platt zu drücken, die rings um ihn landen. Immer, wenn er eine tötet, kreischen die drei Mädchen vor Freude und schieben sich gegenseitig an ihn heran, wobei sie noch mehr Fliegen aufscheuchen. *Klatsch*, macht der Chappal, das Getöse eines Krüppels auf dem Boden – die Fliege stirbt und wird von ihrem jungen Mörder in die Luft geschnippt. Die Mädchen kreischen wieder.

Jeets Gedanken verdüstern sich. Vik kommt kurz zu ihm und lacht in einer Bar mit lauter bunten Glasflaschen, die von hinten beleuchtet werden. Ihm ist, als sei Vik einem anderen widerfahren, auf irgendeinem Filmfestival. Die Sonne brennt vom Himmel; Jeet kratzt in der Erde herum. Hinter der Hotelmauer liegen der Park, der Küchentrakt, die Lobby und der Aufzug verborgen, in dem ein Hologramm-Goldfisch hin- und herschwimmt. Die Luft im Hotel ist sehr kalt. Im Restaurant riecht es nach Zimt und Nelken; ein Kitzel für die Nasen der in Seide gehüllten Frauen. *Kalter Kaffee, Eiscreme, Beeilung*. Auf Ranjits Terrasse sind ein paar von Jeets kostbarsten Stücken aus Kaschmir zu sehen. Relikte aus seinem alten Leben. Schönheit. In einem kleinen Teich spiegelt sich der Himmel. Heute Abend wird in einem der Zimmer ein Würfelspiel veranstaltet; auf dem Tisch wird mehr Geld liegen, als die Jungen in Dhimbala jemals in ihrem ganzen Leben zu Gesicht bekommen werden. Das hat Jeet natürlich schon immer gewusst. Nur versteht er erst jetzt, wo sein Körper zu einer Hülle geworden ist, wo es zu heiß ist, um auch nur eine Hand zu heben und die Fliegen wegzuwedeln, wo das Wissen, dass dies ebenso vergeblich wäre, wie sich vorzustellen, eines dieser Kinder sei ein König – erst jetzt wird ihm allmählich klar, was das alles bedeutet.

Leben oder nicht leben. Das muss jeder für sich entscheiden. Dieses Kind wird Abfall sortieren, jenes Blumen verkaufen. Jedes muss seine Eltern stolz machen. Und sich dann fortpflanzen und vermehren. Bau ein Haus, das besser ist als das deines Vaters. Darin gründet die alte Ordnung des Universums. Durch das wochenlange Zusammenleben als Rudra mit den Basti-Bewohnern ist ihm klar geworden, dass sie alle, von den Fliegenmördern bis zu den Pokerspielern und den Menschenmassen dazwischen, nichts anderes tun als dies: sich bis zu ihrem Tod abzuarbeiten. Unter der sengenden Sonne sind ihre Sorgen nur Schritte auf diesem Weg.

Den Mädchen wird das Fliegenspiel langweilig. Sie sehen, ob Jeet Unterhaltung zu bieten hat. Ihre Anführerin ist ungefähr sieben oder auch acht oder neun, Jeet kann das schlecht schätzen; sie ist zu dunkelhäutig und so dünn wie die Neemzweige, die die Männer kauen, um ihre Zähne zu reinigen. Sie hat geflochtene Haare, die mit rosafarbenen, getupften Minnie-Maus-Spangen zurückgesteckt sind. Jeet ist sie schon früher aufgefallen: eine kleine Gargi, die die Mädchen und die kleineren Jungen mobilisiert und sie hier und da ausschimpft.

«Apka naam kya hai?», fragt Jeet sie.

«Ich heiße Munni. Ich bin die Schwester von Samir.»

Nur darauf haben sie gewartet: Sie gehen zum nächsten Spiel über, eine Schar zerlumpter Pfauenhennen: Sie spielen Fangen, wobei einer, Devinder, der Wicht, natürlich zum Schluss stocksteif stillsteht. Die kleinen Mädchen schlagen ihn nacheinander und gehen fort. Dem Kind rinnen die Tränen über die Wangen und er wischt sich mit den Fäusten die Augen; sein verschrumpelter Penis starrt traurig zu Boden.

Ganz benommen vor Hunger und Durst fühlt Jeet sich als Bruder des Angeketteten, dem zumindest die Freiheit versprochen ist. Er sieht, wie Samir und Munnis Mutter den Platz überqueren und drei Gläser dampfenden Tee in einem Drahtgestell bringen. Eines schiebt sie durchs Fenster des Wächterhäuschens. Sie will dem Wächter noch eines geben, doch der schüttelt den Kopf und gießt ihr das Glas vor die Füße. Jeet sieht, wie sie ihrem Mann mit den Fingern ins Gesicht schnipst, womit sie ihren Ekel zum Ausdruck bringt. Dann kehrt sie um und geht auf Jeet zu, das Gesicht hinter dem Baumwoll-Pallu verborgen. Sie erreicht ihn, baut sich vor ihm auf und reicht ihm das letzte Glas Chai hinunter. Er kann ihr kaum danken. Er trinkt es: Der Tee ist zu süß. Es könnte eine Mischung aus Wasser und Schlamm sein. Er sitzt mit geschlossenen Augen da und lässt zu, dass sich die Fliegen auf ihm niederlassen.

Aus dem Nachmittag wird ganz langsam Abend. Die Sonne löst sich im Smog auf und gießt ein gelbsüchtiges Licht aus, während der Wind stärker wird und entlang dem Dhaba-Sand aufwirbelt und Abfallreste in die Gassen schleudert. Die Frauen erheben sich von ihren Charpoys und packen ihre Arbeit zusammen.

«Toofan aaraha hai, bohut bada toofan», sagt die eine.

«Heute Nacht kriegen wir die Strafe», sagt eine andere. Und ruft nach den Kindern auf dem Abfallberg.

Jeet steht auf – im Dhaba machen die Männer ihre Bidis aus und sagen zueinander Toofan aaraha hain; sie verschwinden in die Gassen, um ihre Tiere anzubinden und die Plastikplanen auf ihren Hütten zu verstärken. Jeet nimmt all das in sich auf, ohne zu wissen, was es bedeutet. Er sieht nur, dass sie besorgt sind.

Die Jungen, die arbeiten, klettern vom Abfallberg herunter; sie kommen zu Rudra unter den Baum. Auf die Warnungen achten sie nicht; sie sitzen da und schälen ihre Plastikhäute ab. Sie wollen ihre abendliche Geschichte hören.

«Ooo ooo oop! Watan ki fikr kar nadan, museebat aane wali hai. Teri barbadiyon ke mashware hain asmano mein, tumhare dastan bhi na hogi dastanon mein!»

Jeet hebt die Arme. Er springt auf, nimmt eine Haltung wie ein Affe ein und brüllt die Jungen an. Sie kreischen vor Schreck und vor Freude und stieben auseinander.

Und flüstere es auf Englisch, Jeet, flüstere es: Sorgt euch um das Land, O Einheimische, nichts Gutes ist im Gange! Der Himmel sagt eure Zerstörung vorher, nicht einmal in den Geschichten wird man sich an euch erinnern!

Dann ändern die Jungen die Richtung, sie stürzen aus der Basti davon in Richtung Schnellstraße. Schwarze Autos mit verdunkelten Scheiben rumpeln die Gasse entlang und halten vor dem Dhaba. Die Männer stehen von den Tischen auf und verstreuen sich auf dem Platz.

Um zu sehen, was dort geschieht, geht Jeet nach vorne.

Drei schnittige Mercedes-Limousinen, es sind die vom Bahnhof. Die Türen gehen auf, Bapuji und Nanu wird beim Aussteigen von ihren Männern geholfen. Sie nehmen die Basti-Männer und -Jungen nicht wahr, nicht die Frauen, die von den Gassen herbeigeeilt sind, als hätte jemand gepfiffen. Die Menschenmenge schwillt an; als Bapuji und Nanu auf dem Platz stehen, wird geraunt und gedrängelt. Auf dem flachen Gelände sieht man Reklametafeln mit den Gesichtern der beiden, die segensreich auf sie selbst hinuntergrinsen.

Jeet drängt sich mit den anderen vorwärts. Bapujis Gehilfen, göttliche Affen in Anzügen und dunklen Brillen, halten sie auf. Bapuji bahnt sich einen Weg über den Platz, Nanu geht langsam hinter ihm her und hält sich das Sariende über Mund und Nase. Wie sollen Jeet oder irgendwer aus Dhimbala verstehen, was sie dort sehen? Obwohl Jeet weiß, dass Nanu Bapuji überallhin hinterhertrottet, will er zu ihr gehen und sie zurück zum Wagen geleiten. Er betrachtet seine Hände; sie sind schwarz und starren vor Schmutz. Sein Kurta ist voller Staub, seine Haut ist von einer Schmutzschicht überzogen. In den Monaten hier ist er abgemagert, fast bis auf die Knochen. Er fasst seinen Bart an: Er füllt seine Hand aus. Die Form seines Kinns verliert sich unter dem Barthaar. Bapuji geht dicht an ihm vorbei; er sieht Rudra nicht, Jeet kann er nicht sehen.

Um ihn in den Blick zu nehmen, stellt sich Jeet auf seine geschwollenen Zehenspitzen. Seht euch Bapuji an – sein schöner Kurta, die Brillantverschlüsse sind so sauber, so glänzend. Sein Haar ist frisch eingefettet und an seinen Kopf geklatscht. Seht Nanu an – der frische Apfel auf ihrem Sari tut Jeet im Mund weh. Zusammen mit der Menschenmenge sieht er ihnen zu und fragt sich, wie eine Gruppe, die immer nur von Bapuji spricht, wenn sie ihre Kinder ermahnt oder zur Arbeit ermutigt, jetzt schweigen kann.

Der Wächter wartet hinter dem Tor. Er hat die Hände über den Schlüsseln zusammengepresst. Er schließt erst auf, als Bapuji und Nanu bei ihm und dem Angeketteten sind. Eisen rasselt an Eisen.

«Damit verbringst du also deine Zeit? Schämst du dich nicht? Wer hat das getan?», schreit Bapuji. Er tritt gegen das Tor.

Ha! Der Wächter wühlt jetzt nach dem Schlüssel.

«Yeh kisne kiya?», fragt Bapuji.

Die Menschenmenge tritt einen Schritt zurück. Keine Antwort.

«Ih kaun kiha?»

Keine Antwort.

«Yehin ke kehin?»

Jeet schleicht sich weiter nach vorn, um besser sehen zu können. Der Angekettete blickt mit Mühe auf: Seine Augen sind so geschwollen, dass er nicht einmal blinzeln kann.

«Bubu Baisahib, Radha Madamji», sagt der Wächter, als er das Tor öffnet. «Willkommen Bapuji und Nanu Maharani – ich werde Ranjit Sahib über Funk benachrichtigen – bitte kommen Sie herein.»

«Nahin», sagt Bapuji.

«Hanji», sagt der Angekettete.

«Lüg nicht!», sagt Bapuji. In der Stille des Nachmittags schallt seine Stimme über den Platz. «So etwas würden sie meinem Eigentum, meiner Person und mir nicht antun.»

Ohne anzuordnen, dass der Mann freigelassen wird, geht Bapuji durchs Tor. Nanu folgt ihm, fuchtelt vor ihm herum und fasst nach seinem Ärmel. Sie redet rasend schnell, sodass Jeet nicht genau versteht, was sie sagt – etwas über Vögel, die blind sind, Väter, Geld, ein Safe, kaputte Straßen, Töchter, Kinder, Töchter –

Bapuji schüttelt sie ab.

«Halt den Mund», schreit er. «Immer kletterst du in mich hinein, närrische Mutter, und krallst dich an mein Herz.»

Jeet hört es; der Wächter und der Angekettete hören es; die Basti-Männer, die ganz nah am Tor stehen, hören es. Sie geben es durch die Menschenmenge weiter. Ist Bapuji betrunken? Nur Frauen, die den Tod ihrer Söhne beklagen, spucken hier solcherlei Töne.

Der Wächter schließt das Tor ab, er gibt den Leuten ein Handzeichen – *habt Geduld* – und eilt dann hinter Bapuji und Nanu her. Der Angekettete schlägt dröhnend Eisen an Eisen, heraus damit, Wut, heraus, schrei, schrei, die Ketten klirren ans Tor, während er zusieht – alle sehen sie zu, wie Bapuji und Nanu den Weg zum Hotel hinaufgehen – die Menschenmenge durchbricht die Sperre aus Sicherheitspersonal und drängt vorwärts. Jeet sieht, wie Ranjit – *sein eigener Vater!* – vom Hotel herbeieilt, um Bapuji und Nanu willkommen zu heißen. Der Wächter trifft auf ihn – und kehrt einen Augenblick später zurück, neue Schlüssel schwingend. Als er den Angeketteten freilässt, nickt die Menschenmenge aus der Basti, die dichte Formation löst sich auf. Die Mütter lassen ihre Kinder los und – Jeet spürt es – das Gefühl, dass die Gefahr vorüber ist. Alle können jetzt in ihr normales Leben zurückkehren; es gibt nichts mehr zu sehen.

«Security! Ranjit Sahib hat angeordnet, dass ihr den hier ins Krankenhaus bringt!», schreit der Wächter.

Er schließt die Tore auf und der Angekettete fällt auf die Seite, ohne dass Jeet ein Geräusch hört. Zwei von Bapujis Hilfskräften, Männer, die Jeet nicht wiedererkennt, gehen durchs Tor. Einer hebt den Angeketteten hoch; der andere winkt die Menge mit einem 10-Rupien-Schein heran.

«Ihr da, nehmt ihn mit, setzt ihn in ein Taxi. Bringt ihn ins Krankenhaus. Wenn ihr wiederkommt, kriegt ihr noch mal zehn.»

Als fünf, sechs Basti-Männer zur Schnellstraße eilen, zögert Jeet.

Einen Augenblick später kommen zwei wieder zurück; Bapujis Sicherheitskräfte übergeben ihnen den Angeketteten. Es wird geschrien – die Basti-Jungen versuchen zu helfen – die Frauen reden über Nanus Verhalten, ihre Worte – seltsam, dass niemand die Juwelen erwähnt, die sie soeben gesehen haben, oder den schönen Sari et cetera (von Bedeutung ist einzig, dass Nanu trotz ihres hohen Alters noch schön ist und dass sich Bapuji nach so vielen Jahren nicht verändert hat). Die Sicherheitskräfte beobachten all dies. Als der Angekettete zur Schnellstraße gebracht wird, stoßen sie die Kinder beiseite; sie steigen wieder in ihre Wagen und wenden sie unter den lautstarken Anweisungen der Basti-Menge nach mehrmaligem Vor- und Zurückstoßen; dann fahren sie im Schneckentempo zurück vors Hotel.

Im Dhaba zündet Feroze Shah die Gasbrenner für den Abendbetrieb an. Musik ertönt. Die Frauen gehen durchs Amritsartor zurück; sie müssen das Abendessen für die Familie vorbereiten. Innerhalb von Minuten ist nur noch ein Mann mit wildem Blick übrig, der Rudra heißt und einst Jeet war und der trotz der Zeit, die vergangen ist, immer noch Jeet ist. Er schleicht umher und will nicht zurück in die Basti; er lässt sich unter seinen Baum fallen. Er hat Hunger, die Luft ist voller Staubpartikel, die ihm auf die Lunge drücken; er hat das Gefühl, die Basti-Bewohner hätten mehr für den Mann tun können. Warum hat niemand darauf bestanden, ihn vor der Sonne zu schützen? Oder ihm etwas zu essen zu bringen? Oder mehr zu tun, als bloß zu lachen und ihn anzustarren? Wäre er einer von ihnen gewesen, dann hätten sie sich um ihn gekümmert. Selbst die Kinder hätten ihre Mütter darum bitten können. Auch wenn man ihnen gesagt hätte: *Nein, diese Sache übersteigt euer kleines Hirn, bringt also keinen Ärger über uns.* Jeet lehnt sich erschöpft an den Baumstamm.

Eine Stunde vergeht, vielleicht mehr. Im Dunkel des späten Abends, in dem es stark nach Dhaba Ghee und Müll riecht, bemerkt Jeet ein Kribbeln, als streiche ihm jemand mit seinen Haarspitzen übers Gesicht. *Vik,* denkt er, der ihn aufweckt, damit er nach Hause geht.

«Vik?», sagt er. Auf dem Platz ist niemand: kein Kind auf dem Müllberg, keine Männer im Dhaba, dessen Rollläden abgeschlossen sind. Abgeschlossen? Er steht auf, und jeder Knochen fleht, dass er dableibt – selbst das Wächterhäuschen ist leer. Die Hotellichter tauchen alles in Rot – oder ist das die natürliche Himmelsfarbe? Plötzliche Sandstöße fegen über den Matsch, spielen auf dem Wellblech Pauke, prasseln stechend auf Jeet ein. Er möchte Menschen sehen – und begibt sich zum Müllberg, steigt hinauf und geht dort oben entlang. Er fällt in die stinkenden, süßlich faulenden Abfallreste, gleitet durch Plastik; stößt ein Ziegengerippe beiseite; riecht seinen eigenen, sauren Neem-Atem. Er versucht, zum vierten Kreis zu gelangen, kann aber im Dunkeln den Weg nicht finden – wann war es je so dunkel wie jetzt? Es kann nicht spät sein – er hat nicht sehr lange geschlafen – der Wind ist heftig, der Sand peitscht wie wild – er versucht, sich weiter unten einzugraben. Eine alte doppelte Matratze, von Ratten fast völlig ausgehöhlt, kann ihm als Schutz dienen; er hört die Ratten ganz in der Nähe herumwühlen, *war das eine?* Er zählt die Sekunden und Minuten, ein Zeitsutra, um sich zu beruhigen, während der Wind mal spielerisch, mal brutal klatscht und knallt. Er späht zum Himmel hinauf – der dunkel ist, dabei jedoch seltsam rot getönt. Hoch über ihm scheint das Hotel zu schwanken. Ha! Nach den Opfern, die er gebracht hat, kann ihm der Sturm kaum etwas bescheren, was er nicht bereits überlebt hat.

*

Er irrt sich. Einen Augenblick lang ist der Himmel rot, dann fast schwarz, dann: dunkelgrün. Der Wind klatscht den Sand über den Platz; er schlägt gegen die Hotelmauern und kommt dann zu Jeet zurück. Der kämpft dagegen an; er kann seine Füße, seine Hände, seine Finger nicht sehen. Müll löst sich und wirbelt zum Himmel auf. Jeets Angst ist so groß, dass er sich nicht bewegen kann: Er zählt seine Atemzüge, kommt durcheinander, fängt von vorne an, während der Sand in jede Spalte der Müllhalde dringt; überall greift der Wind nach dem

Schmutz und wirbelt ihn hoch, seltsame Plastikvögel, die auffliegen. Er schmeckt Sand, hört Sand, sieht nur noch Sand. Die Erde ringsum erhebt sich: eine sepiafarbene Leere. Er klettert auf der Müllhalde herum, er kommt voran – ist ein echter Wahnsinniger, der verrückte Rudra, denkt er; mit wund gescheuerter Haut und Augen, die nicht weinen können, und einem so fragilen Körper, dass er das Gefühl hat, er bräche entzwei. Er fällt in den dritten Kreis der Basti. Er taumelt in andere Körper hinein, er schlittert in den schwarzen Klärschlamm; vorbei an Bruchbuden voller Augen; weinenden Kindern; Sand fegt durch die Gassen und scheuert sie; zum Schluss sinkt er nieder, erhebt sich, schwingt sich nochmals auf – und bleibt liegen.

Eine Geisterstadt, die blutet. Von den Hotelfenstern ein Glühen durch den stauberfüllten Himmel. Was geht dort oben vor? In einen kaputten Eingang gekauert, auf allen vieren hockend, gäbe er sein nächstes Leben dafür, wenn er es erführe.

In der Hütte gegenüber wischen fünf Frauen ihren Kindern die Arme ab, ihre Hintern und Zöpfe, sie ziehen an ihnen, murmeln, fragen einander, was sie getan haben könnten, um dies zu verdienen. Sie bitten Shakti, sie alle zu beschützen. Eine hat eine Öllampe angezündet, deren Schein die ganze Gasse hinabreicht, sodass Jeet die Kinder sehen kann. Fast hätte er über ihre plötzliche Weiße gelacht, als er sich an die Schönheit der Figuren erinnert, mit denen er sich einst umgeben hat, an die Weihrauch-Gesichtsbehandlungen und die Cremes, die er sich gekauft hat, um seine Haut aufzuhellen. Wer hat je solch einen Sturm erlebt? Jeet in seiner bisherigen Welt jedenfalls nicht – doch er weiß jetzt, wie diese Welt enden wird. Er springt aus seinem Eingang auf und erschreckt die Frauen; sie reißen ihre Kinder an sich.

«Hilf uns, Rudra Bhai», sagt die eine.

Sie hält ihm ihren Eimer hin. Er starrt ihn an und dann sie. Er nimmt ihn entgegen. Leuchtend gelb, so schön und so tief; Wasser für einen Tag oder mehr würde dort hineinpassen. Er nickt und geht durch die Kreise zurück zum Platz – und wieder zurück – und bringt denen, die es brauchen, jedes Mal Wasser von den Pumpen in die Gassen. Es donnert; der Donner kommt immer näher – tausend Frösche, die im hintersten Winkel der dunklen Himmelskehle quaken. Jeet blickt ungläubig auf, kann jedoch nur Sand sehen. Wie kann Donner auf Sand folgen?

Auf der dünnen Planke über der Gasse vollführt er einen kleinen Freudentanz, bei dem er mit dem Eimer um seine Knie wirbelt.

«Basti mein masti hai, bachche kyun ro rahe ho? Voo hooo, voo hoo!» Er rennt die Rinne entlang und schreit:

«Wann kommt er, wann kommt er?»

In den Gassen halten die Mütter ihre Kinder fest und warten und warten.

Durch die Kreise gehen, Wasser holen. Jeet kommt zum siebten Mal mit einem vollen Eimer zum sechsten Kreis. Ohne einen Tropfen zu verschütten. Dann bricht der Himmel auf.

Eine Zunge, ein peitschender Blitz – der Regen weint zornig auf die sich duckende Erde – der Himmel: ein enttäuschter Vater. Und die Leute der Basti ducken sich wirklich: während sich der Sand unter ihnen in Morast verwandelt und dann überflutet wird, während die Rinnsteine zwischen ihren Hütten zu einem Fluss werden, der steigt und steigt. Nach nur wenigen Augenblicken fließt die Scheiße durch ihre Hütten und führt Ratten von der Größe junger Äffchen mit, deren wild rotierende Schwänze sie durch die Nacht treiben. Der Müll wird zu einer Woge, die die Sprache und die Stimmen fortspült, die lahmen Geschichten vergangener Leben, Leiden und Hoffnungen. Alle Kreise der Basti scheinen gleichzeitig kehrtzumachen, Wende und Gegenwende, als die Leute aus dem neunten, achten und siebenten Kreis versuchen, sich von der Grube zu den äußeren Rändern zu drängen, und dann im fünften Kreis unweigerlich von improvisierten Barrikaden aufgehalten und gezwungen werden, umzukehren und sich von dort spiralförmig zurück zur Grube zu bewegen. Sie schreien einander zu: *Wie unnatürlich, dass sich ein Sturm im neunten Monat des Jahres erhebt! Das ist ein Zeichen, aber wofür?* Über ihren Köpfen gehen alle Lichter im Hotel aus. Der elektrische Strom fließt durch die Basti. Ringsherum ist jetzt alles dunkel. Sie gehen so schnell sie können im Gänsemarsch durch die Gassen – eine Menschenkette, die nicht spricht und nicht schreit. Sie gehen weiter nach Dhimbala hinein und nehmen mit, was sie in die Finger bekommen: ein Tawa, zusammengerolltes Bettzeug, einen Wasserkanister, und machen sich zur Grube auf und zum Amritsar Minar an deren Rand.

Paarweise schieben sie ihre Schweine, Hündchen, Ziegen und Kinder durchs Tor, die engen Treppen hinauf bis in den ersten Stock. Seinen Augen nicht trauend, sieht Jeet Kal und Dodal aus dem JAB WE MET PAN, die nie etwas verschenken. Sie halten Taschenlampen im Mund und verteilen Plastikseile, dirigieren Tiere in den ersten Stock, Frauen, Kinder und ältere Leute in den zweiten – *Hab keine Angst Chotu, sei ein Mann, ist doch nur Regen, witzeln sie – Sieh mich an, ich hab keine Angst,* sagen sie grinsend und Grimassen schneidend.

Jeet klettert mit den Männern aufs Dach. Arme schieben sich übereinander; sie benutzen die Seile, um diejenigen hochzuhieven, die noch in den Gassen sind. Er schließt sich ihnen an, wuchtet, hackt, wuchtet, die ausgemergelten Arme schreien, während er die Zähne zusammenbeißt. Im Schein der Taschenlampe ziehen sie alle an einem Strang und versuchen, so viele wie möglich in Sicherheit zu bringen.

Zwei Gestalten kommen durch den Fluss aus Klärschlamm geschlittert. Sie prallen von einer Seite zur anderen und stoßen die anderen aus dem Weg. Niemand kann ihre Schreie hören – Jeet bemüht sich, doch der Donner erschlägt jedes Geräusch. Der Himmel wird von Flächenblitzen erhellt; alle stehen wie angewurzelt zwischen dem Regen über ihnen und dem Schmutz unter ihnen. Das ist der neunte Kreis, das Wasser ergießt sich in Strudeln in die Grube; die Gestalten sind jetzt am Fuß des Turmes und haben das Seil erreicht. Jeet lehnt sich über die Brüstung: Er kennt diese Leute – es sind Bapuji und Nanu.

Bapuji.

Nanu.

Jeet bleibt nicht, wo er ist. Er drängt sich die Treppe hinunter, den ganzen Weg bis zur Gasse. Nanus Haut hat sich in Schuppen verwandelt, Wasser rinnt jede Falte entlang – Saraswati, die Göttin der Gelehrsamkeit und der Kunst, aufgebracht, entsetzt, ertrinkend. Sie greift nach Bapujis Arm, sie fuchtelt mit ihrer Kelly-Tasche; ihr Chiffonsari klebt an ihr und ist schrecklich durchsichtig.

Rani Mukherjee, Preity Zinta, ist alles, was Jeet dazu einfällt.

Bapuji starrt vor Dreck. Als er versuchte, die Flut um sich herum zu ordnen, ist er hingefallen und wieder aufgestanden. Er hebt die Hände und packt das Seil. Die Männer versuchen, erst ihn und dann Nanu hochzuziehen. Keiner schreit: *Bapuji! Nanu!* Sie bemerken nichts oder vielleicht ist es ihnen auch gleichgültig. Jeet springt in den Fluss: Sie müssen von unten angehoben werden. Doch er kann das Gewicht seines Patenonkels nicht stemmen und fällt rückwärts in das schleimige Schmutzwasser. Sein Kopf versinkt darin – er öffnet den Mund, der sich sofort füllt. Dunkel, dunkel, der Geschmack von Abwasser in seiner Nase – etwas kratzt um ihn herum – er spürt den festen, haarigen Körper einer Ratte. Er will schreien, darf aber den Mund nicht öffnen.

Jeet gerät wieder unter Wasser, taucht wieder auf und übergibt sich würgend. Bapuji steht über ihm, bis zur Taille in einer Woge aus Company-Plastikflaschen, platt gedrückten Kuchenschachteln, sich füllenden Duschhauben, seltsamen Knollenfischen. Jeet streckt die Hand nach seinem Patenonkel aus, verfehlt ihn und wartet dann mit erhobenen Armen, dass man ihn herauszieht. Keiner sucht ihn. Er kämpft sich auf die Knie, klammert sich an Bapujis Taille und versucht, sich hochzuziehen.

«Oh Varun, was war das schreckliche Verbrechen, für das Ihr mich zerstören wollt, mich, der Euch immer nur gepriesen hat!»

Bapuji betet intensiv und inbrünstig, mit schmetternder Stimme.

«Erklärt es, sodass ich vor Euch niederknien kann, erlöst mich von meinen Fehlern, denn Ihr seid schwer zu täuschen und lasst Euch nur von Euch selbst beherrschen. Befreit uns von den schädlichen Schwächen unserer Väter und den Sünden, die wir mit unseren Körpern begangen haben. Die Jungen sollten das Feld räumen! Meine alten Freunde sind zu Affen meiner Töchter geworden. Wie konnten sie mir so begegnen, der ich schon ganz weißes Haar habe und so leicht müde werde?»

Dann, als das dunkle Wasser um ihn herum steigt, schüttelt Bapuji Jeet ab. Er knallt die Handflächen aneinander, als könne er die Welt dadurch zusammendrücken. Er hebt Nanu hoch, legt sie in irgendwelche Arme und wartet, dass man sie ins Gebäude hinaufzieht.

Am Erdgeschossfenster finden Jeets Füße Halt, und er wird als Nächster nach oben gezogen. Nanu kauert zitternd auf dem Dach. Es gibt nichts, womit man sie wärmen oder den Schlamm von ihr abwischen könnte. Jeet will die Arme um sie breiten – doch das wagt er nicht einmal jetzt. Nanu schreit:

«Ich hasse es, nass zu werden! Ich will wieder nach drinnen gehen, ich will, dass er sich bei seinen Töchtern entschuldigt. Es gibt keinen Grund für all das! Es ist völlig überflüssig!»

Jeet blickt über die Brüstung nach unten, wo Bapuji immer noch mit dem Abwasser kämpft. Jeet kann nichts anderes denken als: *Jivan, Bubu, Radha, Sita, was habt ihr getan? Gargi. Mein Gott, Gargi – was hast du getan?*

Das Gewitter, die Flut sind Geschwister des Schmerzes, der nie aufhören wird.

Hände strecken sich aus den Fenstern des ersten Stocks. Sie bekommen Bapuji zu fassen, sie schaffen es, ihn hochzuheben und das Seil um ihn zu schlingen; die Männer auf dem Dach ziehen ihn das Gebäude hinauf. Nanu versucht, den Arm um seinen Kopf zu legen, zittert aber zu stark. Sie schimpft mit ihm, weil er sich von seinen niederen Körperteilen habe leiten lassen statt von seinem Hirn, weil er nicht zugehört habe, nie auf sie höre.

«Du bist wie ein Mann, der viele Frauen und nichts mehr übrig hat, um sich selbst zu versorgen. Du hast immer gedacht, Radha sei nett – warst du zu sehr damit beschäftigt, in den Spiegel zu blicken, um zu sehen, wie sie in Wirklichkeit ist?»

Bapuji antwortet Nanu nicht. Er blickt erstaunt umher und lächelt die Männer an. *Lächelt er?*, denkt Jeet. Das lässt sich unmöglich sagen.

«Ihr alle, die ihr Gott kennt, fragt euch, warum dieser Sturm gekommen ist. Ihr wisst, was ihr getan habt, als Väter und Töchter, Onkel und Nichten, glaubt nicht, dass es unbemerkt geblieben ist. Ihr habt gelogen, betrogen, und es gelüstet euch nach dem, was zu berühren euch nicht zusteht. Heute Nacht ist die Nacht, in der ihr euer Herz ausschütten könnt. Kommt, erzählt, was für Schlangen sich in euren Herzen verstecken. Ihre Natur ist es, uns zu so etwas zu bringen. Kommt!», schreit Bapuji.

Jeet will zu ihm gehen – doch die anderen Männer beachten ihn nicht. Sie sind zu sehr damit beschäftigt, die Seile heraufzuholen, sich gegenseitig zu zählen und dann einen Platz in dem Haufen um Nanu zu finden. Jeet hockt sich zu ihnen. In dem Sturm wirken ihre Gesichter selbstvergessen. Nanu hat, wie Jeet bemerkt (und jetzt muss er weinen, muss sie trösten), das Napurthala-Gebet angestimmt.

Na tuevahaparam jatunusam	Nie gab es eine Zeit, da ich nicht war,
na tuenemek janadhipahra	noch du, noch diese Könige;
na caiva na bhavisyamahoputra	und niemals werden wir alle
sarve vayam atah param.	in der Zukunft nicht sein.

Bapuji planscht auf dem Dach herum, lächelt wie ein listiger Buddha und sagt nichts.

Der Donner zieht schließlich ab und hinterlässt nur peitschenden Regen. Die Männer hocken sich hin und starren in die Nacht, ein Käuzchenkongress. Die Arme umeinandergeschlungen, den Kopf an die Schulter des anderen gelehnt. Jeet lacht. Wie urkomisch, dass Männer einander hier in der Basti berühren dürfen. Dann merkt er, dass das nicht komisch ist. Er muss verrückt sein. Er hat immer noch den Geschmack der Exkremente im Hals. Der Regen trommelt auf sie herab.

Bapuji kriecht auf Knien zu Nanu. Sie legt ihm die Hand auf die Stirn, und er blickt zu ihr auf.

«Meine arme Nanu. Meine arme, arme Nanu», sagt er.

Nanu beginnt, ihm mit schmachtender Stimme etwas vorzusingen. Sie streichelt ihm die Wange und sieht so sanft aus, als sie auf ihren Sohn herabblickt – als könne sie durch ihn auf den Fußboden sehen, auf den Matsch und die offene Kanalisation. Alle Männer beugen sich vor, um sie durch den Regen hören zu können.

Wie geht man,
Fragt der Polizeichef,
In einer Stadt auf Patrouille,
In der die Metzgereien
Von Geiern bewacht werden;
Wo Stiere schwanger werden,
Kühe unfruchtbar sind
Und Kälber dreimal täglich
Milch geben;
Wo Mäuse Bootsführer sind
Und Kater die Boote,
Die sie rudern;
Wo Frösche Schlangen
Als Wachhunde halten,
Und Schakale
Löwen verfolgen?

Weiß irgendwer,
Wovon ich spreche?

Sie küsst Bapujis entblößten Kopf.

«Wir bleiben kleine Kinder im Hochwasser.»

«Hanji! soll schreien, wer das versteht.»

Oben auf dem Dach, ungeschützt, wo die Nacht noch mehrere Stunden dauern kann. Der morgige Tag wird Krankheiten und Infektionen mit sich bringen. Nanu ist neunzig Jahre alt. Soll sie hier sterben?

Devraj fängt an zu husten. Er klammert sich an den Schoß seiner Mutter.

«Wenn die Gedanken frei sind ...», murmelt er. «Und das Herz ... nein, der Kopf ... und von der Hand in den Mund. Weinen? Wer sagt das? Versuch es weiter, dann werde ich nicht ... Kommt, meine Chachas, bringt Regen und Sturm hierher, wo das Herz freundlich ist und man den Kopf hochhält.»

«Bringen wir sie runter zu den Frauen», sagt jemand.

Als die anderen Nanu auf die Füße helfen, hält Jeet sich im Hintergrund. Sie wird zur Treppe geführt. Bapuji will nicht mit ihnen gehen. Jeet hört ihn protestieren: Radha und Gargi hätten ihn bereits schlimm behandelt, warum solle er sich da vor dem Regen fürchten?

Nanu und ihre Helfer stolpern die Treppe hinunter, Jeet folgt ihnen. Im Stockwerk darunter machen die zusammengedrängten Frauen ihnen Platz, so wie sie es für jeden Neuankömmling getan hätten. Sie schauen nicht, wer gekommen ist; sie strecken weder die Arme aus, noch klopfen sie auf den nassen Boden. Sie haben Platz geschaffen, und Nanu setzt sich. Bapuji folgt ihr. Jeet klettert über die Frauen in eine Ecke am Fenster. Wasser und Schlamm stehen dort knöchelhoch. Er sinkt ein. Die Wände sind nass: Sie riechen nach Anerkennung.

Der Regen dringt durch die Fenster; die Dunkelheit scheint hundert verschleierte Augenpaare zu beschützen. Jeets Mund schmeckt nach der Basti, nach dem Menschenfleisch ringsum. Wie konnte es so weit kommen? Bapuji und Nanu unten bei den Frauen – und er hier?

Sie sitzen da und warten, dass der Regen aufhört, lauschen dem Stöhnen der Kranken und Fiebernden, den kleinen Kindern, die schreien.

«Komm schlaf, komm schlaf», singt eine Mutter.

Stunden vergehen; sie dösen, den Kopf vom Zorn der Nacht leer gefegt.

Als das Licht hauchdünn durch die Fenster zu huschen beginnt, erhebt sich Bapuji. Das Haar hängt ihm wirr ins Gesicht. Jeet sieht zu, wie er den Raum in sich aufnimmt: Er sieht die nackten Kinder, die improvisierte Toilette – dort, wo sie gezwungen waren, sich hinzuhocken. Überall ringsum steht das Schmutzwasser zentimeterhoch. Sie sind schon stundenlang hier, ihre Kehlen sind ausgedörrt, die Beine nass, doch die Mütter (oder sind die Weißhaarigen Großmütter?) halten ihre Kinder immer noch hoch, als würde das Wasser sonst bis zu ihnen reichen. Dann erblickt Bapuji den Arm eines Jungen, ein verblichenes Napurthala-Tattoo. Er kommt mühsam auf die Knie.

Als die Frauen nacheinander aufwachen, beginnen sie zu murmeln. Bapujis Kurta ist zwar durchweicht und zerrissen, doch die Brillantknöpfe sind unversehrt. Sein Schultertuch ist eng um seinen Hals geschlungen. Nanus Perlen leuchten stärker als alle Zähne und Augen im Raum.

«Devraj Bapuji!», wird überall geflüstert. «Nanuji!»

Sie streichen ihre Saris glatt, versuchen ihre Kinder sauber zu wischen. Eine Frau schreit auf Napurthali:

«Segnen Sie meine Babys!»

Die Frau hält ihr das Kind hin. Bapuji hört auf zu zittern. Er kniet nieder, streckt die Hände aus und legt sie auf die Köpfe der beiden Frauen zu seiner Rechten und seiner Linken. Er beginnt dieses lahme, alte Lied auf Hindi zu singen, das jedes Kind auf den Knien seines Lehrers lernt. Bapujis Stimme ist hoch; wie im Fieber denkt Jeet einen Moment lang, Gargi sei da. Er blickt umher, erwartet, zu sehen, wie sie ihn anlächelt, mit schräg geneigtem Kopf. Doch da sind nur Bapuji und Nanu und die Wasserfluten, die an ihnen allen lecken.

«Hum honge kaamyab, hum honge kaamyab, ek din
O mann mein un hei vishwas, poora hei vishwas,
Hum honge kaamyab ek din.»

Bapuji wartet; die vielen Frauen im Raum sagen kein Wort – wie können sie alle so stumm bleiben? Manche halten immer noch ihre Kinder hoch. Sie schweigen, um besser hören zu können. Bapuji scheint an alle zu denken. Er hebt von Neuem an, diesmal auf Englisch:

«We shall overcome, we shall overcome, we shall overcome someday,
Oh deep in my heart, I do believe,
That we shall overcome someday.»

Die Frauen schließen ihre Babys in die Arme, sie wiegen sie mit geschlossenen Augen in ihrem Schoß. Bapujis Worte fallen auf sie herab und verstreuen sich ringsum, an Feiertagen geworfene Münzen.

«Jetzt, da ich euch gesehen habe, werde ich euch retten», sagt Bapuji. «Ich werde dafür beten, dass ihr im nächsten Leben Söhne bekommt und dass ihr in besseren Zeiten geboren werdet.»

Die Frau neben Jeet hebt den Kopf und lacht rau.

«Wie oft können wir dieses Lied in diesem Leben singen? Wir sitzen bis zu den Knien im Wasser und warten trotzdem auf etwas Sauberes zu trinken», sagt sie zu ihrer Freundin.

«Om Santi Om», singt Bapuji.

Von unten dringt ein Klageschrei zu ihnen hinauf und bewegt die Frauen dazu, aufzustehen. Eine geht zum Fenster; sie späht hinaus, die anderen warten. Dann hören sie, dass ein Kind gefunden worden ist, mit dem Gesicht nach unten im Wasser schwimmend: Ein Junge ist im Hochwasser ertrunken. Die Frauen stehen mühsam auf; sie halten sich aneinander fest und lehnen sich aus dem Fenster. *Wer ist es?*

Kein Hemd und in Jeans. Ein brauner Babu-Schnürhalbschuh mit roter Sohle. *Wer ist es?*

In der Ecke hält sich Jeet die Hände über den Mund. Er weiß, wer es ist. *Samir.*

Ein Schrei. Jeet hatte Samirs Mutter nicht bemerkt, die sich hier unter den ärmeren Frauen befand; er sieht, wie sie ohnmächtig nach hinten fällt und von ihrer Schwester aufgefangen wird.

Der Donner rollt ein letztes fernes *Taratantara*; mit dem Rücken zum morschen Fenster stehend, halten die Frauen sie fest. Ihre Klagelaute zerreißen die Seide aus frühem Morgenlicht.

Jeet schaukelt hin und her, den Kopf zwischen den Knien. Samir.

Jetzt ist die Zeit gekommen, in der die Wahnsinnigen sich erheben, in der Sita sich davonmacht, Jeets geliebte Gargi sich ihrem Vater widersetzt und Radha und Bubu die Verantwortung übernehmen. Dann ist da noch Jivan. Dies sind die Akteure – die im Warmen, Trockenen sitzen, Samosas mit frischem Mintchutney essen, Monsun-Mangos und heißen Khir. Was werden sie als Nächstes tun? Ganz gleich, wie viel Jeet betet, flucht und sich versteckt: Samir ist tot. Dies ist das Zeitalter Kalis.

§

Sita schlief immer noch; es wurde wirklich unerträglich kalt. Der Hunger war zu purem Durst geworden. Punj sagte, er könne uns nicht alleinlassen, um Wasser zu holen, jemand werde kommen und uns zur Party bringen.

«Sie müssen gegen Hunger immun sein», sagte Punj. «Haben Sie nicht tagelang gefastet? Das habe ich in der Zeitung gelesen, in den Schlagzeilen. Wie haben Sie in der Basti überlebt?»

Punj stand auf, um das Feuer anzuzünden. Sita bewegte sich währenddessen und hob den Kopf.

«Papa», sagte sie, «was geht hier vor?»

«Psst», sagte ich zu ihr, «schlaf weiter.»

«Wer ist das?», fragte sie. «Es ist so dunkel, dass ich fast nichts sehe.»

«Mach dir keine Gedanken, das ist nur der Diener, er soll dir Gesellschaft leisten», sagte ich.

Sie stand mühsam auf. Punj wollte sie davon abhalten und legte die Arme um sie.

«Punj!», sagte ich. «Fessele sie mit meinem Schultertuch. Wenn wir es gebieten, wird sie dableiben.»

«Papa», sagte sie, «was tust du da? Wir müssen von hier fort.»

«Setz dich! Setz dich zu Punj, meine Sita, und mach mit. Derweil stelle ich dir eine Frage.»

«Fessel mich bloß nicht», sagte sie zu ihm, genau wie es sich gehörte. «Sonst geb ich dir eine saftige Ohrfeige! Lass mich in Ruhe, ich werde sitzen bleiben.»

«Braves Mädchen», sagte ich. «Und nun sagt mir, welche Tomatensoße mögt ihr am liebsten? Ich esse gern Pommes frites mit Soße. Nach all den Jahren erinnere ich mich noch, wie Heinz in Indien anfing. Wusstet ihr, dass sie ihre Soße in zwei Varianten verkaufen? Der normalen Tomatensoße – und der mit Tomaten und Chili. Wer bevorzugt welche?»

«Normal», sagte Punj grinsend. «Voll und ganz.»

«Nein», sagte Sita. «Chili.»

«Falsch», sagte ich. «Alle mögen alle. Kaste kein Hindernis. Darin liegt die Gefahr von Tomatensoße.»

Sita sagte uns, sie habe selbst in England Tomatensoße mit Chili gegessen. Sie habe sie an ihr angrezi Frühstück getan. Sie sagte, sie habe Eier gegessen und Speckscheiben aus Schweinefleisch und sogar Pudding aus Schweineblut. Ich bin zwar kein Muslim, aber das ertrage ich nicht. Ich habe verfügt, dass sie weiterschläft. Selbst Punj sah schockiert aus. Wenn ich daran denke, dass ich versucht habe, ein Auto für sie zu entwerfen und zu entwickeln. Damit alle ihre Träume fahren konnten!

Was glaubt sie eigentlich, wessen Tochter sie ist? Zeit für Geschichtsunterricht. Ich malte ihr eine Raute in den Staub.

«Hier», sagte ich. «Wir haben von Amritsar bis Napurthala Wahlkampf geführt, von Napurthala bis Chandigarh. Von Chandigarh bis Delhi und von dort bis hierher, nach Srinagar. Auf die andere Seite und zurück, und hinauf und hinunter. Die Welt dreht sich weiter und weiter. Es gibt keine geraden Linien, nur Abstammungslinien und Linien auf Karten und Spinnennetzen. Dorthin gehörst du. So steht es geschrieben.»

Drei

Der Sturm wird zum Vorspiel für die Exklusivmeldung über Bapuji, die im ganzen Land erschienen ist, die Aktienkurse nach unten und die Spruchbänder für seine neu entdeckte, gute Sache in die Höhe getrieben hat. Die Männer in der Dhaba sehen auf dem kleinen Fernseher fern und lesen die Zeitungen vom Vortag; sie zitieren Barun J. Bharat, der exklusiv darüber berichtet, wie Bapuji das Company Amritsar in der Nacht der schlimmsten Regenfälle verließ, die den Punjab seit dem Abzug der Briten heimgesucht hatten, und sich dann in die Dhimbala Basti aufmachte, um den Menschen dort beizustehen. Und was geschah dann? Morgens, schreibt Barun, machten sich Männer aus der Gegend auf die Suche nach ihm, verteilten Company-Wasser, abgepackte Süßigkeiten, trockene Kekse. Sie fanden Nanu und Bapuji an einer vom Hochwasser umspülten Brüstung, Nanu hockte auf einem Rattanschemelchen und rezitierte vor den verzückten Frauen Slokas. Bapuji begrüßte die Männer mit einem Namaste: Männer aus niederen Kasten, Kastenlose, Sweeper, die nicht tätowierten Napurthali Jhimbas, die einst Fische ausnahmen. Sie waren damit beschäftigt, die Toten des Sturms fortzuschaffen, und trugen die Leichen in eine Ecke der Grube zum Verbrennungsplatz der Basti. Bapuji schüttelte ihnen trotzdem die Hand; er lud jeden Einzelnen ein, sein Gast im Napurthala Palace zu sein, sobald dies menschenmöglich war.

Der letzte Teil der Geschichte (über die Einladung) entsprach der Wahrheit. Doch wird keiner, der am späten Sonntagmorgen seinen Betttee trinkt – und der zwischen der Wochenendbeilage (*Jetzt ganz heiß! Ihr coolster Tag: Sagen Sie, sie seien Künstler oder Fotograf!*), den Immobilienanzeigen (*Unitech Nirvana Country – das Tor zum Paradies –*

Gurugram!) und den Heiratsannoncen wählen muss, die nach Kaste, Glaube, Geografie und Geschlecht (nicht Geschlechterrolle, nein, das niemals) angeordnet sind – keiner von ihnen wird lesen, dass die Männer, die zu Bapuji kamen, aus der Gegend stammten. Nicht Gargi oder Bubu hatte sie geschickt, sondern jemand anders – Ranjit. Oder dass das Wasser in Company-Flaschen ohne Originalversiegelung geliefert wurde und dass das Verfallsdatum der Kekse überschritten war. Oder dass Devraji in Wirklichkeit erst nach einer langen Suchaktion und zahlreichen in bar bezahlten Bestechungsgeldern gefunden wurde und dass er keineswegs dankbaren Kindern ein Lied beibrachte, sondern auf dem Dach des Naph Minar mit einer zwanzigköpfigen Schar von Sharabis aus allen neun Kreisen wütete (denn der Rausch diskriminiert nicht), denen es gelungen war, ihren schwarzgebrannten Schnaps vor dem Sturm zu retten.

Niemand, der sich die Zeit mit Zeitungslektüre und First-Flush-Darjeeling in Hotellobbys vertreibt – ehe denn der Regen seine Gärten und Terrassen und Blumenkästen erfrischt –, wird je erfahren, dass Nanu und Bapuji sich am Morgen nach dem Sturm fast weitgehend unbemerkt durch die Kreise der Basti kämpften. Die Leute waren mit ihren Trümmern beschäftigt, mit ihren Familien, mit Wasser und Essen. Es war nicht der richtige Zeitpunkt, sich von einem Verrückten segnen zu lassen oder wie der Narr eines Politikers betrogen zu werden. Dass sie permanent arbeiteten, machte Bapuji wütend: Er hielt sich die Ohren zu, um das Singen der Frauen nicht zu hören, die hofften, durch die Lieder, die sie ihren Babys vorsangen, die Ruhr verscheuchen zu können, die die kleinen Körper ausdörren würde. Auf dem Platz hatten Dhaba und Geldverleiher wieder geöffnet: Schlangen bildeten sich, denn wenn jemand in der Basti Geld gehabt hatte, war es davongetrieben. Madam verlangte, dass Kataria 1 die Frauenpresse aufschloss: Sie wollte Bildpamphlete drucken, auf denen erklärt wurde, wie man ohne Wasser sauber bleiben kann. Er fragte sie: Was ist das wert? Keiner hatte Zeit, stehen zu bleiben und sich Bapujis Vorträge anzuhören. Manche boten aus Liebe oder Pflichtgefühl Essen und eine Unterkunft an, doch Bapuji wollte nur trinken und reden und dass die Leute sich setzten und zuhörten. Bald folgten ihm nicht einmal mehr die kleinen Kinder.

Niemand, der nicht aus Dhimbala kam, wusste, dass die Sicherheitskräfte Bapuji und Nanu einfach dort gelassen hatten, nachdem sie nicht überredet werden konnten, mitzukommen. Sie hatten versprochen, Hilfe zu holen – das heißt, wenn die Leute sich loyal verhielten, wenn sie den Mund hielten und nicht weitersagten, dass Bapuji und Nanu sich an diesem schändlichen Scheißhaufen befanden.

Ein Tag vergeht und noch einer. Gigantische Moskitoschwärme dringen brutal in die Gassen ein und drohen Malaria zu verbreiten, den Tod zu bringen und sich von ihm zu nähren. Die Jungen werden ermahnt, sich von den giftigsten Bereichen der Müllhalde fernzuhalten. Je mehr man sie ermahnt, desto weniger halten sie sich an die Anweisungen. Sie fordern einander heraus: tiefer, tiefer hinein. Sie erklären, sie tauchten nach Samirs zweitem Schuh. Sie hassen es, nach Hause zu gehen, und sie lieben die Müllhalde: Dort finden sie Essen und ein bisschen Schrott, den sie tauschen können; sie spielen dort und finden Unterschlupf; die Müllhalde flüstert ihnen Worte zu, die kein anderer versteht. Sie ist ihr Mutterland.

Der Sturm hinterlässt ein Fieber, bei dem man Blut spuckt. Jeet ist krank. Er klettert zitternd in den Ruinen seiner Hütte umher; Visionen kommen und gehen. Er sieht, wie ein Mann einen anderen ersticht und aufisst; dann, wie einer einen Mann aufisst, der schreit; und dann, wie einer einen aufisst, der lautlos schreit – Jeet erwacht mit dem Gesichtsausdruck eines Ertrinkenden. Er hält ein Hündchen im Arm, eines der wenigen, die den Sturm überlebt haben. Dann taucht Nanu auf (*Nanu?*), eine kleine Göttin in seiner Hütte. Er hört seine eigene Stimme, hoch und stammelnd stürzen die Wörter aus ihm heraus, bis die Vision verschwindet. Dann ist Bapuji (*Bapuji?*) da, und hinter ihm scheint wieder die Nacht heraufzuziehen.

Als Jeet erwacht, stellt er fest, dass manches wahr war, dass er nicht geträumt hat. Der Sturm war echt; Bapuji und Nanu waren da; er ist immer noch im Dhimbala Basti. Über seinem Kopf flattert der blaue Himmel – tiefblau – nein – es ist seine blaue Plastikplane, eine Ecke davon hat sich im Wind gelöst. Die Mitte hängt unter dem Gewicht des Wassers durch und ist seinem Kopf bedrohlich nahe. Nanu ist hier, Bapuji ist hier, sie kauern mit Jeet in der Hütte. Er spürt Hände, die ihn umsorgen, wiegen, Radha nennen, dann Gargi. Bapuji zwickt Jeet ins Ohr und dreht, bis es brennt. Vom Fieber benommen nimmt Jeet in seinem Tran nur Kinderreime aus seiner Jugend wahr: Ek, do, teen, char, panch; Row, row, row your boat. Er hört, wie er Bapuji bittet, ihn vor einem Dämon namens Vikram zu retten, der ihn durch den Regen gejagt hat. Schrilles Gelächter peitscht um ihn herum; sein nackter Körper zittert dazu, dann merkt er, dass es seine eigene Stimme ist.

«Bist du Rudra?», fragt ihn Bapuji. «Kenne ich dich? Ich glaube, ich kenne dich.»

Jeet vergräbt sein Gesicht im Schoß seines Patenonkels. Er ist Jeet. Ganz gleich, wie gern er Rudra wäre und wie sehr er versucht, vor sich selbst zu fliehen, er ist Jeet: ein Mann, der Gucci liebte und alles, was man mit Geld machen kann. Jeet: der Hautaufhellungscremes benutzte und sich die Brust wachste, sich Kajal um die Augen tat, um sich schön zu machen für schöne Jungen. Jeet: der stolz darauf war, für Sex zu bezahlen, der Whisky trank und es mit jedem Mann beim Poker aufnehmen konnte. Jeet: der zu Höchstform auflief, wenn er von High-Society-Frauen hofiert wurde; er ließ zu, dass sie seinen Schwanz lutschten und sein Geld fürs Dinner nahmen. Wenn es ums Flirten ging, reichte keiner an Jeet heran, außer Vik – der ihn verfolgt, ihn im Auge hat, um Liebe fleht.

Ich kann nicht von nichts leben. Das kann keiner. Sosehr er es auch versucht, er hat Bedürfnisse und Wünsche. Er fängt an zu schluchzen. Bapuji wiegt ihn sanft. *Psst, psst, sei ein guter Junge,* denkt Jeet in der Basti im Stillen. *Sag nichts, chup chup, soll es doch wieder regnen. Soll der Regen alles Leben fortschwemmen.*

Regen fällt und hüllt alles in leichten Schimmer; er tropft durch die Löcher in Jeets Plastikdach; als Jeet versucht, nach oben zu blicken, wäscht er ihm das Gesicht. Er sieht Bapuji ganz deutlich: jede Falte in seinem Gesicht, jeden Altersfleck. Der Mann, den er sein Leben lang verehrt hat, ist tatsächlich da und blickt ihn voller Mitleid an. Jeet glaubt, dass er *Tat tvam asi* sagt, ist sich aber nicht sicher. Dann überwältigt ihn das Fieber. Jeet erinnert sich nicht mehr an viel. Bis es Nacht wird, die zweite Nacht nach dem Sturm, und Bapuji in eine neue Art Raserei verfällt. Er reißt an seinem schmutzigen Kurta; seine Brillantstecker fallen zu Boden. Jeet sucht nach ihnen, doch Bapuji kickt sie in den Abwasserkanal; er schimpft mit seinem Schultertuch und wirft es in den Schlamm.

Seine Beine zittern, seine Arme schmerzen, doch Rudra erhebt sich und stürzt sich darauf; er wickelt es sich zwischen die Beine und um die Hüften. Nanu erwacht in ihrer Ecke, ein Bündel aus zerrissenem Chiffon und durchnässter Pappmachéhaut, als wartete sie darauf, geformt zu werden. Sie versucht, ihm Einhalt zu gebieten, und ruft Bapuji zu, einem Verrückten nicht zu gestatten, seine Kleider zu tragen, die Welt nicht ulta seedha upar neeche auf den Kopf zu stellen und dabei Gefahr zu laufen, dass jeder zu einem anderen wird.

Er spürt, wie Nanus Hände ihn packen und schlagen; seine Gliedmaßen sind vom Fieber verdreht. Er zieht sich in eine Ecke zurück, streichelt seine neue Decke und schlingt die Arme bedächtig um sich selbst.

«Wir, die wir an das strahlende Indien glauben», flüstert er in sein Schultertuch. «Wir, die glauben, besser zu sein als alle anderen. Wir, die Jüngsten, die Schnellsten, die Demokratie, die Wirtschaft, die Technologie der Zukunft für die Welt, die globale Supermacht, die bald in ein Kino in Ihrer Nähe kommt, wir, hum panch, die wir die fünf Cousins der fünf großen Flüsse sind, die Brüder-Schwestern-Liebhaber aller, wir, die wir göttlich sind: das Echo der alten Helden aus alten Zeiten, wir, die wir kämpfen, wir, die lieben, wir, die hungrig sind, so hungrig, wir, die wir jung sind! Wir, die wir am Rand des Ruins Freudentänze vollführen, wir, die der Korruptionskot umspült, chal, na und wenn schon? Aise hi hota hai: Wir, eine Streitmacht für alles Natürliche, wollen den – langsamen – Tod aller Muslime, Schwulen, Chichi-Frauen in hautengen Kleidern! Wir, die wir am Abgrund unserer zerbröckelnden Zivilisation picknicken, die wir Partys feiern, auf denen immer mehr gebechert wird, Drinks mit immer mehr Schuss, während die Welt unter uns brennt, die Hunde bellen und die Hirschkäfer röhren, während die Alten ihre Jungen fressen und die Jungen ihre Eltern peitschen, die alle die Muttermasken des Respekts tragen, wir, die hinter unserem aufgeschminkten Lächeln nur Schatten unserer selbst zeigen, wir, die wir für das Recht protestieren, um zwölf Uhr mittags Whisky Sour ans Bett gebracht zu bekommen, wir, die wir unser Rindfleisch mit Stäbchen essen, wir, die wir uns die Zungen zerbrechen, um es unseren werten Ichs recht zu machen, wir, die wir besessen sind von der alten Religion Lakshmis und Shivas, von Vermögensbildung und ultimativer Zerstörung, wir, die im nächsten Leben von Geburt an stark sein und eine niemals endende Party feiern werden, wir, die wir die Zukunft dieses Planeten sind, wir, die mit diesem geliebten Indien beginnen, werden weiter bestehen, ja, alles gehört uns, und wir werden es alles verspeisen. Alles ist unser, wir, die wir Indien sind und keine Sklaven mehr: Wir, die wir jung sind!»

«Für wen hältst du dich eigentlich?», fragt Nanu. «Wo bist du deiner Meinung nach? In dieser Welt nehmen Pandits Schmiergelder, um Segen zu verteilen. Zittere nicht. Wenn Diebe nicht auf den Markt kommen, wenn Gandus und Hijras in Krischnatempeln heiraten, dann wird humara apna India strahlen, heh? Ob du es in deinem Palast merkst oder nicht: Irgendwo regnet es jeden Tag.»

Es wird Mitternacht: beinah der dritte Tag. Jeet zittert in seiner Hütte, auf die die Sonne herunterbrennt. Er hört ein Geräusch und kriecht nach draußen, um nachzusehen. In der Gasse stehen Devraj und noch ein Mann – Jeet hält ihn für seinen Vater (*seinen Vater!*). Sie haben die Arme umeinander gelegt und tanzen eine Art Ringelreihen. Warum ist Rudra nicht dort? Er sieht sich um sie herumhüpfen – Voo hoo, Voo hoo! – und spürt den weichen Toosh, der ihm den Penis wärmt. Der Kopf seines Patenonkels hebt sich hell von der Nacht ab. Die beiden Männer wälzen sich im Schlamm, und Jeet lacht – er johlt und klatscht –, bis Ranjit Bapuji schließlich zu Boden drückt. Wie der Gefangene sich wehrt! Ein glitschiger, glotzender Fisch.

Jeet friert, obwohl er in ein feines, verbotenes, königliches Schultertuch gewickelt ist. Er schlittert durch den Schlamm, fasst seinen Patenonkel bei der Hand und bittet, dass man ihn nicht alleinlässt. Hände packen ihn und stoßen ihn zurück in seine Hütte. Er verbirgt, wie bestürzt er ist, dass Ranjit ihn nicht erkennt, ihn anscheinend nicht einmal sieht und ihn mit angeekeltem Gesichtsausdruck berührt. *Er will sagen: Siehst du mich denn nicht? Ich bin dein einziger Sohn, Jeet. Nein – ich bin Rudra, wider die Begierde. Nein – Jeet.*

Doch die Worte kommen nicht. Jeet weiß nicht mehr, wie man spricht, er hat Angst, dass er nur noch eines sagen kann: Vik, Vik, Vik, Vik, Vik.

Am Morgen werden die Männer aus der Gegend, die nicht aus der Basti kommen, von denen, die wissen, wo Rudra zu finden ist, zum neunten Kreis geführt. Sie haben sauberes Wasser und Schwämme dabei; sie geben Bapuji und Nanu eine neue Garnitur Kleidung; sie wollen sie aus dem Schmutz und dem Regen fortbringen. Bapuji hält Rudras Hand fest – er ist ein Naph, er wird gebraucht. Die Männer begleiten sie um die Grube bis zum Napurthalator an der westlichen Schnellstraße. Dort wartet ein Wagen. Bapuji, Nanu und Jeet kriechen hinein. Drei völlig durchnässte Katzen.

Der Duft ist schwer; die starke Würze des Geldes. Kalbsleder und Walnussholz. Jeet rollt sich dort ein, als kehre er in den Mutterleib zurück. Als er die Augen schließt und einatmet, ist es, als existiere die Basti nicht – als hätte es sie nie gegeben. Einen Augenblick lang will er sich ans Fenster krallen: *Lasst mich raus!* Doch keiner würde ihn hören, keiner würde ihm helfen. Jeet erliegt dem Surren des Wagens, diesem wunderschönen Wiegenlied. *Wir, die wir jung sind.* Er lehnt den Kopf zurück und schläft ein.

Die Wahrheit verfolgt die Medienberichte; sie findet sich zwischen den Zeilen. Auf dem verlassenen Gelände des Company Napurthala Hotels, dem einstigen Palast des Maharajas und Zuhause des Yuvraj, wird drei Tage nach dem Sturm ein Mela abgehalten. Wie das Internet archivarisch belegen wird, ist dieser Mela die erste große, spontane Versammlung der Devraj-Kampagne, der Anfang des Team Devraj und des großen Hungerstreiks, die Geburt einer Bewegung für den einfachen Mann. Die Bewohner der Dhimbala Basti sind dort. Als Bapuji mitten unter ihnen war, hatten sie keine Zeit für ihn – sie reagieren nur, wenn er auf der Bühne steht.

Sie befinden sich höchstens seit einer Stunde im Wagen. Als der immer noch schmutzige Jeet, dessen Rücken am Autositz klebt und einen dunklen Fleck hinterlässt (der jedoch ein feines Schultertuch um die Leisten trägt), Napurthala erreicht, umringen sie Scharen zerlumpter Männer – zu Fuß, auf Fahrrädern, in Autorikschas. Es ist noch früh, eine frische Brise weht die umherfliegenden Sturmtrümmer davon, alle Leidensüberreste. Als sie auf das Gelände des Napurthala-Palastes gelangen, sieht Jeet Karren, die Snacks verkaufen, Bhel Puri und Chana. Es gibt Wasserballonverkäufer, Popcorn-Wallas, Männer mit rosa Zuckerwattewolken, Spielzeug, das von Leuten verkauft wird, die Schlangen aus Holz mit einer schnellen Bewegung aus dem Handgelenk zum Leben erwecken können. *Ja, liebe Kinder, es ist ganz einfach: Für fünf Rupien, für nur fünf Rupien könnt ihr euch ein Aufziehtier kaufen und es tanzen lassen.*

Hinter dem Chaos und durch sein seltsames Fieber hindurch sucht Jeet seinen Vater. Er sieht Napurthali-Würdenträger mit konischen Hüten; ihre beturbanten Gegenstücke aus Amritsar, mit festem Lächeln und erwartungsvollen Blicken. Diese Leute kommen nicht nur wegen der Leute hierher. Zwei Busse voller Arbeiter fahren durchs Tor. Jemand muss sie bezahlt haben: all diese Körper in der Menschenmenge, Bauern, Arbeiter, Basti-Bewohner. Jeet hat so etwas bei Fabrikversammlungen und Aktionärstreffen der Company vor Ort erlebt. Das ist nicht Gargis Werk. Genau wie die Männer in Zivil in der Basti, die auch nicht zu Bubu gehört hatten. Die Helfer und die Kekse und das Wasser in Flaschen: War all das Sita zu verdanken? Jeet sieht, wie Pappschachteln aus der Amritsar-Hotelbäckerei verteilt werden; Teeparty-Pakoras, Samosas, Weißbrotsandwiches mit Sahnekäse.

Ranjit, denkt er. *Hier bist du also.*

Jeet geht über das Palastgelände und traut seinen Augen kaum. Die pfauenförmigen Hecken, die Eiben und Gummibäume, der gepflegte Park, in dem er als Junge Holi spielte, sind verwildert. Der Ort ist ein Königreich für Affen. Große und kleine, mit nackten Hintern, behaarten Gesichtern, Schnurrhaaren und Bärten und glänzenden, schwarzen Augen sitzen in und unter den Bäumen: mit langen, baumelnden Armen, Zungen, die sich beim Gähnen und Kratzen entrollen – Greise halten Hof mit ihren vielen Frauen, während ihre Babys ringsherum schnattern und kreischen. Danach arbeitet sein Hirn fieberhaft – weißt du noch, wie Gargi hier auf den Rasenflächen eine Party zu seinem einundzwanzigsten Geburtstag gegeben hat? Das Gelächter der Affen war groß, als Jeet Gargi erlaubte, einen Kuchen am Pool bereitzustellen, als er sich mit Familienfotos einverstanden erklärte, solange Gargi ein Kleid trug, das Jeet ausgewählt hatte. Ein Schlauchkleid von Tom Ford in ‹Baby-Rosa› (wenn das Baby weiße Haut hat). Es sollte Gargi einsaugen und ihre Kurven betonen. Jeet kaufte es in Dubai, wo er vom Rand eines Infinity Pools im siebenundzwanzigsten Stock die weit gespreizten Beine der Stadt unter sich sah; er schenkte es ihr zu Rakhi. Sie protestierte, trug es aber am selben Abend mit einem knielangen Kaschmiri-Jackett aus Seide, das sie die ganze Zeit anbehielt. Sie sah sehr elegant aus. *Gargi.* Jeet zittert vor Scham, wenn er daran zurückdenkt; er hat immer noch Fieber, ist immer noch schmutzig und halb nackt. Sein Bart hat seinen Mund und seine Wangen besiedelt.

Er bleibt dicht bei Nanu. Sie folgen einem Pfad durch die Trümmer und kommen zu einer niedrigen, breiten Bank vor einem alten Banyanbaum. Von seinen Ästen hängen trockene Wurzeln herab, Finger, die die Erde anklagen. Jeet geht um den Baum herum und sucht das rostige Schild, das an den Stamm genagelt war und ihn, als er klein war, faszinierte: *Unter diesem Baum traf Gandhiji den Maharaja Ram Devraj und die Maharani Ram Devraj, geliebt und bekannt als ‹Nanu›, Vater und Mutter von uns allen. Ebenfalls anwesend war Yuvraj Dev.*

Keiner hier bleibt vor diesen englischen Wörtern stehen. Doch alle kennen wahrscheinlich die Geschichte von Gandhiji, der den Baum segnen kam, und dass dieser Segen die Devraj-Familie all die Jahre über beschützt hat. Jetzt stirbt der Baum, wie Jeet bemerkt. *Das war's dann wohl mit dem Segen,* denkt er.

Die Leute stehen dicht an dicht Schlange, als stünden sie vor einem Kulturerbe an: Sie wollen Nanus Füße berühren. Ihre Väter und Großväter mussten vor Jahren dasselbe getan haben. Nanu sitzt mit ausgestreckten Füßen auf der Bank und hat die Augen hinter dunklen Brillengläsern verborgen. Jeet steht hinter ihr, als Rudrawächter.

«Ram Ram, Nanuji, Ram Ram», sagt eine junge Frau, die sich ihr Baby auf den Rücken gebunden hat. «Mein Mann ist Bauer. Ich bin seine Frau und züchte Bienen. Was sollen wir jetzt tun, wo Sturm und Dürre herrschen?»

«Wenn ein Reh die Gerste frisst, hofft der Bauer nicht, das Tier zu ernähren», sagt Nanu. Sie biegt ihre Füße durch; ihre Chappals sind robust. Jeet bemerkt zum ersten Mal ihre Zehennägel, die in leuchtendem Pink lackiert sind.

«Wenn eine Frau von niedriger Geburt die Mätresse eines Edelmannes wird, hofft ihr Mann nicht, von dieser Nahrung reich zu werden. Die Gerste ist das Volk, und das Reh ist die Königsmacht, also ist das Volk Nahrung für die Königsmacht, und wer die Macht hat, isst die Leute auf.»

Die Frau des Bauern geht gebückt unter dem Gewicht ihres Babys fort. *Armes Ding,* denkt Jeet, *so ungebildet, dass sie die Lektion weder verstehen noch dankbar dafür sein kann.*

Männer in Baumwollhemden und Anzughosen, manche mit Sonnenbrillen, manche mit guten Armbanduhren, verteilen Kuchenschachteln an die Menschen in der Menge. Jeet verlässt Nanu und geht hinter Bapuji her – der sich umgezogen hat und jetzt einen sauberen weißen

Kurta Pyjama trägt und einen leuchtend orangen Schal um den Hals. Sein Haar ist immer noch wirr, inzwischen jedoch getrocknet. Jemand hat ihm einen Lautsprecher gegeben, ein anderer ein neues Paar Jutti für seine Füße.

Bapuji hat den Arm um seinen Rudra gelegt: Rudra hält Bapujis Hand. Die Menschenmenge macht ihnen Platz; Jeet will die Hand keinen Moment lang loslassen. Er spürt, wie die Männer in der Menschenmenge ihn anblicken. Unberührbar im höchsten Sinne zu sein, nicht im niedersten! In den Augen anderer Männer ein Mann zu sein! Jeet beschließt, neben seinem Patenonkel zu den Menschen in der Menge zu sprechen. Er wird als Rudra sprechen und dann sehen, wie die Leute reagieren. Seine erste Lektion an das Volk muss er mit ruhiger, klarer Stimme erteilen. Er greift nach dem Lautsprecher in Bapujis Hand.

«Geht in den Mandir», sagt er. «Betet zu Gott, dass euch morgen eine bessere Wiedergeburt zuteilwerde. Ihr lebt euer Leben im Nebel des Kama: Wir müssen lernen, diese Sache namens Begehren zu verbannen und zu handeln, ohne an den Früchten der Handlung zu hängen.»

Seine Stimme knistert durch den Garten. Weichen die Männer zurück, wenn er spricht? Sind sie voller Ehrfurcht und Bewunderung?

«Aré, pet! Aré pagal! Eure Sterne haben euch gesegnet, deshalb seid ihr an Bapujis Seite», ruft jemand.

Jeet hält sich im Hintergrund, am ganzen Körper glühend. Trotz des Buhrufs glaubt er, Zustimmung zu spüren. Rudra hebt die Arme vor der Menge und streicht sich über den Bart. Er meint, ein paar Leute nicken zu sehen und ein paar, die lächeln. Bapuji schüttelt ihn und nickt ihm zu. Rudra streicht sich über den Bart.

Überall auf dem Rasen beginnen kleine Feuer zu brennen, die mit Backsteinen aus den zerbröckelnden Umfassungsmauern vor dem Wind geschützt werden. Jeet taumelt am Rand entlang und beobachtet, wie die Leute Anspruch auf ein Fleckchen Erde erheben und sich dort niederlassen. Zukünftige Generationen ihrer Kinder werden hier spielen, ohne Schuhe, nackt, sich auf der Erde wälzend; sie werden hier in den Ruinen gedeihen, als seien sie aus diesen Gräbern erweckt worden.

Bapuji gelangt zu Nanu auf der Bank; er steigt hoch und stellt sich neben sie, gibt Rudra ein Zeichen, sich auf die andere Seite zu stellen.

«Lasst den Panchayat beginnen», sagt er.

Die Männer trennen sich so instinktiv von den Frauen, wie Bäume im Wald sich im Wind biegen. Sie lassen die Feuer allein und wogen zur Bühne, drängen sich vor und setzen sich hin; ein Meer von Köpfen mit oder ohne Turban, Hellhäutige vorne, Dunkelhäutige hinten. Ist heute Dienstag? Rudra fühlt sich glücklich. Ja, dies ist sein neues Leben, es hat schon begonnen.

«Früher», beginnt Bapuji und deutet auf seine Füße, «früher habe ich hier, genau an dieser Stelle, mit meinem Vater gesessen und miterlebt, wie er Recht über euch gesprochen hat, die Menschen dieses Staates, unter den wachsamen Blicken der Weißen, die sicherstellten, dass alles und jedes gewogen, gemessen und erklärt wurde. Indem sie uns nahekamen und flüsterten, unterminierten sie unsere Zukunft. Jetzt müssen wir in der großen Tradition unseres Glaubens zusammenkommen.»

Jeet sieht, wie sein Patenonkel innehält, als versuche er sich an die nächste Zeile zu erinnern.

«Hanji, Devraj Bapuji», ruft er, um ihm zu helfen.

«Männer Bharats», sagt Bapuji mit kräftiger Stimme, «wir erleben eine Zeit schändlicher Verzweiflung. Ah, unser unglückseliges Land wird von meinen Töchtern überrollt: Ein Hundert-Crore-Haus ist wichtiger als eure Kämpfe. Ich verstehe, dass ihr alles wollt, was ihr seht.»

Bapuji fuchtelt mit dem Lautsprecher, dann schreit er wieder hinein.

«Wir müssen uns auf eine Katastrophe gefasst machen. Wir können nicht so weitermachen. Ich bin ein Vater, der seinen Töchtern alles gegeben hat, genau wie ihr, meine Freunde. Man hat mich in diesem Leben bestraft: Meine Mutter hat meinen Vater überlebt, und ich habe nur Töchter in die Welt gesetzt. Sie zerfetzen mein Erbe und das eure. Sie machen unser geliebtes Land kaputt; sie verkaufen euch Nichtexistierendes; sie ruinieren eure Herzen. Ich bin Devraj aus Napurthala, erst Yuvraj und dann Maharaja. Ihr könnt sagen, ich sei besessen oder verrückt, doch einzig die Wolken verstehen die Angst der Erde.»

Bapuji umarmt die Männer mit seinen Worten. Er weiß, dass viele von ihnen Bauern sind, dass ihre Feldfrüchte dürsten; viele von ihnen haben in schlechtes Saatgut investiert, das Wissenschaftler aus dem Westen geschaffen haben – Saatgut, das große Erträge versprach, die dann ausblieben. Wenn Bapuji spricht, scheinen selbst die Affen auf ihren Pfeilern und Mauern innezuhalten. Jeet spürt die Sonne auf seinem Kopf, und während er zusieht, wie Bapuji seinen Platz an der Spitze des Volkes einnimmt, fühlt er sich wie ein Affe. *Wie muss es sein, diese Art Liebe in den Leuten zu erwecken, dieses Vertrauen in den Gesichtern.*

«Was glaubt ihr, wer euch diese unnatürlichen Kerne verkauft hat? Wer hat eure Söhne darben lassen? Gargi», sagt Bapuji. «Wer hat euch Düngemittel versprochen und euch Chemikalien verkauft, die eure Ernte ruiniert haben? War das ein Company-Mann? Wenn ja, dann hat Gargi ihn beauftragt. Schlechte Erträge. Ich sehe hier zu viele Dupattas. Schwestern, wenn eure Männer sich in Napurthala das Leben genommen haben, weil sie keine Arbeit auf den Farmen finden konnten, dann fragt euch, was Gargi Madam im Gegenzug für euch getan hat. Was den Armen tötet, ist sein Schamgefühl: dass Gargi Madam so herzlos sein kann.»

Jeet steht auf der Bank und sieht, wie ein paar Frauen ihre Gesichter mit den Händen bedecken: ob, um ein Gähnen zu verbergen oder sich die Tränen abzuwischen, kann er nicht sagen.

«Wenn ihr das bisschen, was euch gehört hat, verkauft habt, damit stattdessen ein Neubaugebiet entstehen kann, dann seid ihr bestohlen worden. Ich stehe hier vor euch als toter Mann. Man bestiehlt mich, bevor mein Leichnam auf der Bahre liegt», sagt Bapuji.

«Was für eine Schande», ruft ein gut angezogener Mann aus der Menge; Jeet glaubt, dass es einer von Ranjits Männern ist. Die Bauern um ihn herum jubeln.

Bapuji setzt sich jetzt im Schneidersitz auf die Bank. Die Zuhörer setzen sich im Schneidersitz zu ihm. Eine Hilfskraft in Baumwollkurta und Jeans bringt einen Plastikhocker und stellt ihn zusammen mit einer kleinen Flasche Wasser neben Bapujis Ellenbogen. Er öffnet die Flasche, verbeugt sich und weicht rückwärtsgehend zurück. Jeet sieht die Flasche und leckt sich die Lippen.

«Kommt, erzählt mir von euren Problemen», sagt Bapuji und deutet mit dem Finger zum Himmel. «Wir wollen hier über unser Svadharma reden. Unsere Pflicht der Gesellschaft gegenüber ist Teil unserer Herrschaft. Habt ihr Töchter? Wir werden jedes Entgelt bewerten.»

«Hier an meiner Seite, Nanuji, die Maharani von Napurthala.»

Bapuji gestikuliert, und Nanu hebt die Hand, mit der Handfläche nach außen.

«Zu meiner anderen Seite», sagt er, «der schlichte Rudra, eine seltene Gattung, ein letzter Stellvertreter der Napurthali Yogis, der bei mir bleibt, das weiß ich gewiss. Dieser Rudra hat diejenigen Eigenschaften, die jede Tochter haben sollte: Bescheidenheit, Loyalität, eine Zunge, die spricht, wenn sie gefragt wird, nicht wahr?»

Rudra! Jeet wird rot; er legt die Hände zusammen und nickt und grinst.

«Hanji, hanji piyo aur khauji!», sagt er.

Unter den Zuhörern ertönt Gelächter. Er denkt: *Was? Was habe ich gesagt?*

Ein Greis mit zerlumptem Hemd und beflecktem Dhoti steht auf. Sein Bauch hängt ihm über die Beine, und sein Haar steht strähnig um seinen Kopf ab. Die tiefen Falten um Augen und Mund glätten sich, als er die Lippen bewegt und schluckt. Er verdreht seinen Schal und fängt an zu reden; Jeet sieht eine dunkle Lücke, die über sein Zahnfleisch verläuft. Die beiden letzten Zähne, die er noch im Mund hat, sind quadratisch und gelb, Barren aus schmutzigem Gold.

«Devraj Bapuji, dieses Jahr ist die Steuer für uns unerträglich hoch gewesen», fängt er an. «Ich hatte nur drei Ziegen, und keine hat sich fortgepflanzt.»

«Meine Töchter!», schreit Bapuji.

Aus dem Lautsprecher schrillt ein Rückkoppelungston. Bapuji trinkt Wasser aus seiner Blechtasse und stellt sie zurück auf den Hocker.

«Ich hatte drei Ziegen und letztes Frühjahr», sagt der alte Bauer, «hat dieser Mann hier, der einmal mein bester Freund war» – (er zeigt auf den Boden, wo Jeet einen anderen Mann sehen kann, der den Kopf gesenkt hat, ein Kahlkopf, der nichts verrät) – «meine Ziege gestohlen, Bapuji, er hat sie gestohlen und gegen Saatgut eingetauscht, das nicht sprießt. Wir sind von Gott verflucht, denn unsere Ernte verdorrt weiterhin. Ich habe schon an den Tod gedacht, wie viele meiner Bauernkollegen, die sich das Leben genommen haben. Wir werden Dünger für die ungewässerte Erde sein; unsere Enkel werden alt sein, bevor dieses Saatgut Ernten hervorbringt.»

«Hast du das für deine Töchter getan? Um ihnen ihr Hochzeitsnachtsvergnügen zu erkaufen?», fragt Bapuji. «Dann bist du ein Narr und solltest vor Scham weinen und beten, dass man dir nicht auch noch das wenige nimmt, was noch in deinem Besitz ist. Setz dich.»

Der arme Mann setzt sich hin. Ein anderer erhebt sich. Er trägt ein Geschäftshemd und eine randlose Brille, ist dünn und groß; sein Kopf wirkt, als sei er zu schwer für seinen Körper.

«Ich habe ein Leben lang als Büroangestellter in Napurthala gearbeitet, und ich habe erwachsene Kinder», sagt er. «Bapuji, wir haben ihnen alles gegeben, und jetzt wollen sie nicht nach Hause kommen! Eine arbeitet in einem Callcenter und zwar die ganze Nacht. Wenn sie Geld mitbringt, von dem wir Nahrungsmittel kaufen, tut es mir im Herzen weh, davon zu essen. Und dann mein Sohn. Seine Frau ist eine Paise Walli Kaam Chor, die uns eher aus ihrem Haus wirft, als uns auch nur eine heiße Roti anzubieten. Ich will stolz auf meinen Sohn und seine Familie sein, aber könnten sie uns nicht wenigstens ab und zu besuchen? Wir fragen uns langsam ki, wofür haben wir uns aufgeopfert? Ich habe Schulden gemacht, um ihnen eine Ausbildung und ihre Hochzeit zu bezahlen, und jetzt kann ich das Geld nicht zurückzahlen. Die Zinsen machen einen armen Mann aus mir, das Land erlebt einen Konjunkturrückgang, ich hatte Aktien in einer von euren angesehenen Firmen und habe für sie gebetet. Trotzdem besitze ich heute weniger, als ich investiert habe.»

«Töchter!», schreit Bapuji wieder. «Investitionen, die an Wert verlieren, erholen sich nie wieder. Nehmt sie und schlagt sie, lasst sie noch vor der Geburt sterben. Warnen die alten Texte uns nicht vor den Frauen, deren Wesen es ist, uns hier auf Erden Verderben zu bringen? Aus diesem Grund sollten Männer sich unter Frauen nie sorglos verhalten. Nicht nur die unwissenden Männer kann es treffen; selbst ein Mann von Welt kann irregeleitet werden. Befolgt die Manusmrti: ‹Keiner sollte mit seiner Mutter, Schwester oder Tochter an abgelegenem Orte sitzen, denn deren niedere Natur wird selbst einen gelehrten Mann von seinen Pflichten ablenken.›»

Das Fieber trocknet Rudras Mund aus und erhitzt ihm den Kopf von innen. Er stellt sich auf die Bank, springt auf und ab und deutet auf den Mann, der die Frage gestellt hat.

«Seht euch diesen Narr an, eine Tochter, die um Geld für Schuhe bettelt, obwohl sie schon zehn Paar hat. Glotz nicht so, du mondgesichtiger Büroangestellter, setz dich hin!»

Das Geschrei kommt von Rudra: Jeet hört ihn wie von Ferne.

Der Mann ist sichtlich enttäuscht; er nimmt die Brille ab, zwickt sich in die Nase und setzt sie wieder auf.

«Rudra», sagt Bapuji in strengem Ton. «Warum bist du in diesem Aufzug hierhergekommen? Haben meine Töchter dich zu diesen schändlichen Lumpen genötigt?»

Rudra schlingt die Arme um sich und klappert mit den Zähnen. Alle Blicke haften an seinem zerlumpten Shahtoosh, an seiner Brust und kaputten Haut, die kreuz und quer mit Narben schraffiert ist.

«Zieh dir etwas an. Du arbeitest in meinem Namen und siehst so arm aus wie ein Muselmann, der sich den Haddsch nicht leisten kann.»

Jeet setzt sich hin und lässt den Kopf hängen. Er erblickt eine Reihe roter Ameisen, die hintereinander über die Bank kriechen. Er hört die Menschenmenge klatschen, bis Bapuji anfängt zu sprechen. Schon wieder redet er über Gargi.

«Glaubt ihr, sie hat ein Herz und kann sehen, was sie hier angerichtet hat? Nein, sie hat kein Herz.»

Bapuji deutet auf die Blechtasse mit Wasser, die auf dem Hocker steht.

«Da sitzt sie und sagt nichts. Sprich, Gargi, erzähl den Leuten, warum dein Gesicht so hässlich ist.»

Jeet sieht, dass Bapujis Witzelei die Leute gefangen nimmt, dass sie lächeln und sich gegenseitig anstoßen; leichtes Gelächter ertönt, und es wird langsam geklatscht.

«Gargi», schreit Bapuji. Er tritt nach dem Hocker, das Wasser schwappt über, der Hocker purzelt in die erste Reihe der Männer; einer fängt ihn auf. Er hält ihn hoch, schüttelt ihn, spuckt darauf, reicht ihn zurück durch die Reihen. Er wandert von Hand zu Hand, eine Hand nach der anderen schlägt auf die Sitzfläche, über die Köpfe hinweg gelangt der Hocker bis an den Rand der Versammlung, von wo aus er zu den Affen hinübergeworfen wird.

Bapuji zeigt jetzt auf Nanu und schreit:

«Sie nimmt von euch, wie sie von mir genommen hat, und sie wird diese Erde verkaufen, wartet es ab, und ihre Schwester wird eine Shoppingmall darauf bauen, den Sand nach Öl umgraben und Benzin daraus machen, aber nicht für euch und eure Kinder, sondern für die, die sich an der Korruption gemästet haben, die diese Regierung hat sauer werden lassen wie Milch, die in der Sonne gerinnt. Die Hunde sollen es auflecken, Chinku, Rinku und Mr Stinku. Wo sind meine Babys jetzt?»

Er vergräbt das Gesicht in den Händen.

Nanu betrachtet die Menschenmenge mit spitzem Mund, als sei ein Bonbon Schuld, den sie jetzt lutscht.

«Wir werden in alle Städte und Dörfer gehen und diesen Gargi-Unsinn stoppen. Wir werden verhindern, dass ihr weiter bestohlen werdet; dass sie euch etwas vormachen. Wir werden sie stoppen», schreit Bapuji.

«Stoppt Gargi-Radha! Stoppt alle, die plündern und stehlen!», schreit die Menge zurück.

Die Männer schieben sich auf Bapuji zu, die Frauen raffen ihre Röcke und Kinder an sich. Rudra fletscht die Zähne; wenn man ihm zu nahe kommt, ist er bereit, zuzubeißen. Er streckt die Arme aus, kann aber die Menschenmenge nicht daran hindern, vor Bapuji niederzuknien, dessen Stimme sich aus dem Lautsprecherhals erhebt.

«Gargi, ja, und Radha ebenfalls – beide sind Kameeni. Sie werden mir den Kopf vom Körper reißen und tanzen und dabei mein Blut trinken. Sie werden alles um sich herum zerstören, während sie immer mehr an sich reißen. O Gott, warum sind sie nur so?»

Zwei kräftige Männer packen Bapujis Knöchel, heben ihn auf ihre Schultern und tragen ihn fort. Rudra versucht hinterherzugehen, doch sein Körper brennt von oben bis unten vor Fieber. Zwischen ihm und Bapuji sind zu viele Köpfe; er steht auf Zehenspitzen auf der Bank, sieht, wie Bapuji hoch oben auf jemandes Schultern zum Rand des Parks gelangt und dann heruntergelassen wird.

Rudra hämmert auf die Bank. Nanu ist anscheinend fortgegangen; er meint, sie suchen zu müssen. Er blickt auf. Eine Frau in einem kräftig leuchtenden, gelben Blockdruck-Chunni kommt auf ihn zu und bietet ihm eine in Seidenpapier gewickelte Portion Halva an. Rudra nimmt das Geschenk in die gewölbten Hände, streckt sie ihr entgegen. Dann verlässt ihn all seine Kraft.

Ganz langsam isst er den warmen, süßen Prasad. Die Menschenmenge löst sich allmählich auf. Eine Weile sitzt er da und sieht zu, wie die Leute fortgehen. Er schlendert zwischen den Luftwurzeln des Banyanbaums hindurch. Da kommt Nanu durch den Eingang des Napurthala-Palasts gehumpelt. Sie geht zurück in die Gemächer, in denen sie einst die achtjährige Braut spielte. Vielleicht hängt ihr goldgerahmtes Hochzeitsfoto noch über dem riesigen Kamin im Bridgezimmer. Zwischen den Antiquitäten und Jagdtrophäen spinnwebenüberwucherte Erinnerungen an Nachmittage bei Tee und Konfekt, als sie ihrem Mann etwas auf der Sitar vorspielte. Sie geht zurück in ihr Zuhause, wo die Erinnerungen warten, liebevolle Dienerinnen, die sie beruhigen und baden und zu Bett bringen.

Es ist fast Mittag. Die Sonne steht hoch am Himmel. Jeet sieht zu, wie Nanu sich in den Palast begibt und aus seinem Blickfeld verschwindet.

§

Als mein Vater starb, gehörte der Napurthala-Palast mir. Ich war neun Jahre alt. Das Sendschreiben des Vizekönigs kam mit einer Truppe und besagte, dass mein Königreich nun ein Anhängsel des Empire sei, woraufhin Nanu den Truppenführer, zumindest der Legende nach, mit Wein und gefülltem Pfau bewirtet haben soll. Statt Paan gab sie ihm als letzten Gang Knaben, und da er an einem kolonialen Kater litt und sich zu sehr schämte, dies am nächsten Morgen zuzugeben, kehrte er um und zog den Auftrag zur Inbesitznahme zurück. Offen gestanden, bezahlte ich ihn in Gold. So viel er tragen konnte: Sogar den Mund stopfte er sich damit voll. Und weil ich ein kräftiges Kind war, gab ich ihm einen Tritt in den Hintern und sagte ihm, er solle von meinem Land verschwinden.

Danach begann ich mein Geschäft aufzubauen, und wer kann sagen, dass ich etwas Falsches getan habe? In den Jahren des Licence Raj war nichts möglich und doch geschah alles. Manche sagen, sie hätten nie Bestechungsgelder bezahlt und nie Kontakte aus Mutter Indiens Busen gemolken. Wer's glaubt, wird selig! Die Zeit für Lügen ist vorbei. Ich habe gelernt, das zu überstehen, indem ich den Männern in die Augen geblickt habe, wenn sie zu mir kamen, um meinen geschmuggelten Alkohol zu trinken, denn im Land herrschte damals Prohibition, von Napurthala bis Delhi. Wer konnte es ihnen verdenken? Wir wurden alle reich – warum auch nicht? Bargeld auf die Tatze, das unter dem Bett versteckt wurde, während obendrauf Gott weiß was stattfand. Zum Henker mit der Welt da draußen.

Aber dieses Haus hier, dieses Srinagar-Pulverfasshaus! Hätte ich gewusst, dass hier Engel wohnen, wäre ich geblieben. Wie der Engel so sacht über uns tanzt und die Sterne in dieser so klaren Nacht herunterfunkeln. Heute ist Diwali, die Zeit, in der man nach Hause kommt. Rückkehr der Könige und Konsorten.

«Sita?»

Gut, sie ist sicher ins Bett gegangen.

Als sie klein war, war sie Pfadfinderin. Hätte einen Mann lehren können, wie man Feuer macht. Und als sie aufs College ging, schrieb sie mir jede Woche. Dann kam sie zur Farm zurück, und es wurde Zeit, dass die Blume der Familie Früchte trug. Wohin ist sie nur gegangen?

Nanu sagte einst: *Häufe ein Vermögen an, folge deinen Begierden, suche nach Befreiung, wenn es dir zeitlich passt. Es wird kommen,* hat sie mir versprochen. *Das, was du verdient hast. In irgendeiner Form wird es zu uns allen kommen.*

Vier

Der September geht vorüber; während die heißen, klaren Nächte kalt werden, wechselt der Atem des Monsters von ranzig zu kühl, die Hotelküchen spucken Butterhuhn, Rogan Josh und gewürzten Amritsar-Fisch in die Basti-Mülltonnen. Die Basti-Jungen rühren dieses Fischgericht nicht an – sie wissen, dass jeder schmutzige Nebenfluss hier beginnt: Sie essen keinen Fisch. Auch weggeworfene Clubsandwiches essen sie nicht – sie trauen weder der Farbe des Fleisches noch dem Geschmack weißen Toastbrots. Sie beklagen sich nicht. Sie verdauen die Nachricht aus dem Dhaba-Fernseher, dass Bapuji zu fasten begonnen hat.

Sie versammeln sich wegen der Geschichten, erzählen immer wieder, was sie auf dem Palastgrundstück gesehen haben: Pfauen aus Stein und Paradiesvögel, echte, blaue Blumen, die aus jeder Steinritze wuchsen. Ihr Rudra habe zwischen Bapuji und Nanu gesessen. Geschenke tauchen im Napurthalaschrein auf:

Ein Stück safranfarbener Stoff, um Rudras Körper einzuwickeln.

Ein Mala aus Sandelholzperlen.

Ein Paket getrockneten Masoor Daals – ein Kochtopf aus Aluminium – ein paar Dungbriketts, wie Madam sie für ihre Kohlenpfanne im Hof benutzt.

Die Jungen steigen auf den Abfallberg und beobachten, wie die gelbe Backsteinmauer des Company Amritsar Hotels mit neuen, roten Backsteinen verstärkt wird, auf die ganz oben Glasscherben in den nassen Zement gedrückt werden. Ein neuer Wächter setzt sich ins Wächterhäuschen hinter dem Hotel. Samirs Vater, der früher dort saß, ist jetzt im neunten Kreis zu finden, wo er vom Dach des Amritsar Minars herabsingt. Er ist dem Trinkerverein der gebrochenen Basti-Männer beigetreten.

Seine Frau ist tot. In der Nacht nach der Kundgebung folgte sie ihrem Mann aufs Dach und stürzte sich vor Kummer über ihren Sohn in die Grube.

Samir.

In jener Nacht hörte Jeet das Geschrei vom Dach. Die Männer waren berauscht vom schwarzgebrannten Schnaps und vom Inhalieren der benzingetränkten Lumpen. Er hätte dort oben sein können und (da Samir tot ist) den Trinkern Geschichten darüber erzählen können, was hinter den Mauern des Amritsar-Hotels vor sich geht, wo die klugen Jungen und Mädchen, die mit dem morgigen Tag gesegnet sind und mit allen Morgen danach – die sich keine Sorgen um Essen oder Wasser zu machen brauchen oder darum, wo sie in ihrem Leben einmal landen werden (so beschützt sind sie vom Geld ihrer Väter, vom sahnigen, wolkigen Rasmalai ihrer Mütter) –, dem Alter entrückt sind. Sie werden vergehen, Kometen mit Feuerschweifen, sie werden wiedergeboren als ihre eigenen Nachkommen und weiter zur Musik von Top-DJs im Kreis wirbelnd tanzen: immer wieder zu denselben Songs, bis die Erde zu Staub implodiert und ein brennender Stern geworden ist.

Die Herumtreiber aus der Basti liebten diese Geschichten fast so sehr wie ihre benzingetränkten Lumpen. Genau wie früher Samir klatschten sie, wenn Rudra wilde Anekdoten zum Besten gab, wie der Junge grüßten sie ihn und ermutigten ihn, noch mehr zu erzählen. Jeet wiederum liebte sie dafür und empfand sie als echte Brüder. Sie verbrannten allen Müll, den sie in die Finger bekamen; sie sangen Lieder auf die Company. Jeet tanzte eine Nacht lang, vielleicht auch zwei, und fuchtelte mit imaginärem Geld herum: ein betrunkener Onkel, der die Braut segnet! Erinnern Sie sich noch an die Geldscheinklötze, mit denen Jeet Handel trieb? Samir war da und verwandelte sich in Vik, dem er alles kaufen konnte, was dieser sich wünschte. Jeet trank, und die Männer tranken mit ihm, als sei er ihr Guru und als seien sie alle jung.

Was Munni betrifft, Samirs Schwester: Sie ist jetzt die siebenjährige Anführerin der Bande geworden, die dafür bezahlt wird, dass sie Dhimbala mit ihren kleinen Tänzen beehrt. Sie war immer sehr rechthaberisch, denkt Jeet – jetzt hat sie gelernt zu lächeln. Madam hat sie aufgenommen; die paar Paise, die sie verdient, sorgen dafür, dass sie nicht hungert. Sie wird nicht dasselbe Schicksal erleiden wie ihre Cousine Sakina (die eigentlich anders heißt), ein Mädchen, das stumm ist, seitdem man ihm von Amritsar und Napurthala aus nach dem Sturmchaos in zahlreiche Körperöffnungen drang.

Der neue Wächter nimmt nicht viel Notiz von den Basti-Bewohnern. Niemand bringt ihm Tee. Die Jungen haben nur eines herausgefunden: dass er ‹Jivan Sahib› Bericht erstattet. Jeet ist davon wie vom Donner gerührt. Alle Kraft verlässt ihn, und seine Stimmung verschlechtert sich. Das Fieber ist noch nicht ganz verschwunden. Wenn es steigt, gibt es in seinen Visionen eine neue Hauptfigur: Jivan. Jivan sitzt beim Abendessen an seinem Platz, zur Rechten seines Vaters. Jivan lacht mit Gargi und Radha. Jivan, der bei einer Kunstauktion in Delhi Cristal Champagner trinkt. Jivan im Britischen Museum – in der Galerie ‹Schätze aus Kaschmir›, wo er Stücke für das Company Srinagar Hotel aussucht. Und zum Schluss das, was ihn beinah aufschreien lässt: Jivan und Vik als Liebespaar. Jeet dreht sich eine Bidi; er klettert auf die Müllhalde und bleibt dort rauchend die ganze Nacht sitzen. Was heißt das schon, dass Jivan Frauen bevorzugt? Dass er Vik nie begegnet ist und ihm wohl auch in Zukunft nicht begegnen wird? Vik ist immer noch in Delhi. Wahrscheinlich führt er sein Leben weiter. Wahrscheinlich hat er sich einem Schriftstellertyp angeschlossen, der sich geoutet hat und alle kennt, der die Jazzszene in ein paar Jazzclubs der Stadt kennt und nie eine Krawatte trägt – der Typ Mann, denkt Jeet, den jeder liebt und dem jeder dienen will und den jeder respektvoll vögelt.

Noch bevor der Morgen graut, wacht Jeet im Dauergestank der Basti auf. Ein halb verhungertes Hündchen hat sich, Wärme suchend, an ihn gedrückt. Er streichelt den zitternden Körper. Die feuchte Schnauze drückt sich an ihn. Er stößt das Tier weg und steigt zum Platz hinunter, um den neuen Tag zu beginnen.

Jeder Tag hat einen anderen Rhythmus. Jeet wacht auf und fegt seine Hütte; er besprengt die staubige Erde mit Wasser. Er macht sich zum Feld am anderen Ende der Basti auf; er wartet, bis er an der Reihe ist, hockt sich dann hin und kackt mit dem Handy in der Hand. Danach geht er zum Platz und wäscht sich an den Pumpen. Der Mensch kann sich an alles gewöhnen, sofern es zu seinem Alltag gehört. Er kehrt zum Schrein des neunten Kreises zurück und spricht seine Gebete. Er rührt über einem niedrigen Feuer in seinem Topf und gart seinen Brei. Dann geht er zum morgendlichen Yoga auf den Platz, holt Wasser und überwacht die Verteilung. Jeden Morgen um 9 Uhr werden Bapujis Reden aus dem ganzen Land im Dhaba-Fernseher übertragen; heute ist er bei einer Kundgebung in Maharashtra, im Hintergrund ist ein Bild von Gandhiji und eines von Lord Ram zu sehen. Die Kameraeinstellung lässt es so aussehen, als seien dort Tausende von Menschen versammelt.

«Dann sagt mir, wer ist der Chor und wer ist der Heilige?», fragt Bapuji. «Steckt einen Hund in einen Sari und lehrt ihn, zu nicken – wer erkennt da den Unterschied? Madam Kuti leitet die Company, und wem ist das eigentlich klar? Keiner von uns sollte für die aktuelle Lage bestraft werden. Wer ist euer Herr und Meister? Ich sage euch: Macht in euren eigenen Häusern sauber. Seht eure Töchter an. Fragt euch choli ke peeche kya hai? Und dann seht unter ihren lengha Röcken nach. Findet heraus, was dort stinkt. Dreck. Ich bin Indien. Ich bin ihr, ich bin ihr, ich bin ihr, ihr, ihr» – er stößt seinen Finger durch den Bildschirm.

Feroze Shah bringt Rudra eine Tasse Masala Chai.

«Was hat er davor gesagt?», fragt Jeet.

«Klang vernünftig», sagt Shah schulterzuckend. «Wie alle Ehemänner wissen: Die Korruption kommt daher, dass die Frauen so viel versprechen und die Männer alles für sie tun.»

«Hat er Gargi Madam erwähnt?»

«Er hat gesagt: ‹Die Maus füttert die Katze, die Katze füttert die

Hunde, die großen Fische fressen die kleinen. Das ist der Lauf der Welt.› Er hat in unsere Herzen geblickt; er kennt unser Leben», sagt Shah. «Rudra Bhai, du warst ihm nah. Ist es nicht so, dass er das Leben des einfachen Mannes für immer verändert?»

Bapujis Worte schmieren die Basti von der Amritsarseite bis zum Napurthala-Palast. Die Kreise beginnen sich langsam zu regen. Napurthali-Männer aus dem sechsten Kreis kommen mit Steinen auf die Amritsarseite. Sie fangen an, die Muslime im fünften Kreis zu bewerfen, und rufen, sie müssten an die äußere Biegung des siebenten Kreises umziehen oder sich an die Arbeit machen und die schwersten Steine auf dem alten Palastgelände forträumen. Die Muslime im fünften Kreis vertreiben die Kasten des neunten Kreises und überfluten die Amritsarseite, mit dem Resultat, dass die Kreise sich andersherum drehen. Sie wollen aus den Trümmern eine Mauer zwischen den Kreisen bauen und mit dem noch übrigen Schotter ihre Behausungen verstärken. Die Amritsar-Jungen aus allen Kreisen kommen zu Rudra unter den Baum; sie verlangen, dass er seine erfundenen Geschichten durch Bapujis jüngste Aussprüche ersetzt. Sie wollen sich keine vergangenen Welten vorstellen, sondern neue rezitieren. Die wesentlichen Jahreszahlen der Company. Die Yogasutras und die Veden. Und natürlich die Manusmrti. Jeet trägt sie ihnen vor. Auf Sanskrit für die geschulten, auf Hindi für alle anderen, auf Napurthali für die Jungen, die erst noch die Buchstaben lernen müssen.

Die Klassen werden größer. Jungen, die er noch nie gesehen hat, kommen zum Unterricht. Jeet teilt sie nach Vätern, Glaube und Bastikreisen ein, wodurch der Unterschied zwischen der Amritsarseite und der Napurthalaseite verwischt und die Kaste und Sekte der Jungen stärker gewichtet wird, was natürlicher ist. Er gibt jeder Gruppe Testaufgaben für ein Turnier, das immer am Ende der Woche stattfinden soll. Er stellt ihnen die Aufgabe, in Yoga-Positionen zu wetteifern und die Nationalhymne zu singen, bevor sie ek hasta bhujasana auf der Erde praktizieren.

Dann macht Jeet mit einer ausgewählten Mannschaft von Jungen die Runde durch die Gassen. In jeder Hand einen Stock, rät er den Älteren, die Wache aufzuteilen und sicherzustellen, dass jedes weibliche Wesen in der Basti die 6-Uhr-Ausgangssperre einhält, Salwar Kameez trägt und nicht herauskommt, wenn es blutet, nicht einmal in der eigenen Hütte, weil alles andere eine abscheuliche Schande wäre. Jeet überwacht die Pläne einer rivalisierenden Jungengruppe, die vom Sohn des Marmorwalla im zweiten Kreis angeführt wird; sie haben gehört, dass er ganz leise angedeutet hat, die Stadtkühe auf den Dhimbalaplatz zu bringen und die neue Company Amritsarmauer zu dem Ort zu ernennen, wo man sie anbinden kann. Geplant ist, für die Kühe zu sorgen und die Kuhfladen als Brennmaterial zu sammeln, wie früher den Dung von Haathi, dem Elefanten. Ein paar Jungen rotten sich zu einer Bande zusammen, die die christlichen Schwarzbrenner mit in nasse Lumpen gewickelten Steinen bewirft; Jeet schickt ihnen Verstärkung aus den Reihen der umgezogenen muslimischen Kinder, die ihnen helfen sollen, die Steine fester zu schnüren und diejenigen zu ermahnen, die nicht mitmachen wollen. Wenn Rudra seine Mantras mit seinen Jungen leiert und dabei seine Runden dreht, schreiten die Katarias nicht ein. ‹Die Wache› nennen sie sich. Sie zählen Schritte und Stunden und haben an Madams Glocke Wachablösung, die zu benutzen sie ihnen zu ihrem eigenen Schutz erlaubt. Dhimbala besteht aus einem Halbnackten und einem Halbverrückten. Rudra will, dass man sich eng an seine Vorstellung von Kultur hält. Der höchsten.

Als die letzte Septemberwoche kommt, hat Bapuji fast drei Wochen gefastet und in einem Bundesstaat nach dem anderen Schlagzeilen gemacht. Im Dhaba-Fernsehen bitten seine Anhänger um das Ende der Marktdominanz durch die Company, um die Rückkehr in eine Zeit, in der die Händler vor Ort Könige in eigener Sache waren. Jeet sieht sich das an, während sich – überall in der Stadt an den Straßenecken, an den kalten Abenden – Nachtwächter zusammendrängen, Streichhölzer, die versuchen, Funken zu sprühen. Die Tage werden kürzer. Ein Vorhang fällt: gelber Smog, der in den Augen scheuert. In der ganzen Basti gehen Öllampen an. Der Rauch brennt in den Lungen der Slumbewohner.

Eines Nachmittags zappt Feroze Shah durch die Fernsehprogramme und stößt bei FemmeIndiaTV (590, Starplus Syndikat) auf Gargi. Jeet nippt an seinem Tee und sieht sie auf dem Dhaba-Bildschirm. Sie ist älter geworden; selbst wenn sie lächelt, erblickt Jeet neue Falten um Mund und Augen. Sie hat die Haare abgeschnitten, was sie müde aussehen lässt. Die graue Strähne an ihrer linken Schläfe ist zum ersten Mal nicht gefärbt. Mein Gott, ist sie sich ihres Images nicht bewusst? Jeet ist fast beleidigt, dass sie so alt aussieht. Sie trägt Saris – ist dieser hier handgesponnen? Mit jedem Auftritt wird der Schmuck, den sie trägt, schwerer. Ihre Perlenohrringe sitzen als zwei zusätzliche Augäpfel zu beiden Seiten ihres Kopfes. Gargi! Jeet erinnert sich an ihre dicken Tränen auf ihren dicken Backen; er hat seine Jugend damit verschwendet, sie Schönheit zu lehren, und sie hatte die Neigung, zu glauben, sie wisse alles besser.

Nicht nur ihr Aussehen beleidigt Jeet. Uppal ist immer im Hintergrund, nickt und lächelt bei allem, was Gargi sagt. Auch die neuen Berichte nimmt er ihr übel: dass sie allen Company-Frauen westliche Namen gegeben hat; dass sie jegliches Verhandeln mit den Gewerkschaften ablehnt; dass alle ihre Hotels, jede Mall, jedes Krankenhaus von Arbeitern erbaut worden sind, die nicht aus dem Bundesstaat kommen – weil sie auf diese Weise nicht auf ihr gewohntes Unterstützernetz zurückgreifen können und ihre Rechte nicht kennen. Sie müssen ohne Helme arbeiten, ohne Schuhe, ohne geregelte Arbeitszeiten. Auch sind schon viele umgekommen oder nie für ihre Arbeit entlohnt worden.

Szenen von ausgesprochener Normalität machen jetzt Schlagzeilen. Beispielsweise die folgende von den Company-Backsteinbrennöfen in Chattisgarh: Männer, Frauen und Kinder, barfuß und mit leuchtend rotem Staub bedeckt, arbeiten für unter acht Rupien pro Tag. Die U-Bahn-Baustellen, auf denen Frauen dahocken und Steine mit Hämmern brechen und Bambusgerüste erklimmen, während die gelben Metallrachen der chinesischen Bagger das Land ringsum gierig verschlingen. Die gestrigen Zeitungen verkünden: *Keine Schutzhelme! Keine Schuhe! Keine Warnkleidung!* Diese Schlagzeilen auf den Titelseiten – vor Bildern der aufragenden Sieben-Sterne-Pracht des Company Kashmir Hotels, das gebaut wird, während Bapuji fastet. Und auf den hinteren Zeitungsseiten – Reklame für die dortige Wintersaison. Meine Güte, denkt Jeet – *in die Berge zu gehen, in die weiße Stille, den weißen Pool* –, und darin zu schwimmen. Dann sperrt Rudra diesen Gedanken ein.

Die Zeitungsleser nennen Gargi *Devi*, weil sie nie zusammenbricht. Da ist sie, unergründlich, immerzu lächelnd, und spricht in wohlüberlegtem Ton darüber, dass sie sich der Probleme erst bewusst geworden sei, als ihr Vater ihr die Company anvertraut habe, vor drei Monaten erst. Dass sie immer an Bapuji geglaubt habe, ganz gleich, was er getan habe.

«Wie kann eine Frau, die den riesigen Haushalt ihres Vaters führt und sich um die Menschenleben einer so großen Firma kümmert, etwas von derlei schrecklichen Missständen in anderen Büros der Company wissen oder gar daran beteiligt sein?» Diese Frage stellt Gargi. «Und wie konnte meine liebe, schlichte Schwester Radha – die nie mehr getan hat, als unseren Vater zu unterstützen, und die für ihr zartes Naturell bekannt ist – an einer solch komplizierten Korruptionsaffäre beteiligt gewesen sein?»

«Alles, was ich tue, ist eine Sache der Company Izzat. Ich habe höchsten Respekt vor meinem Vater.» Das sagt sie am Anfang und am Ende jedes Interviews.

Rudra will die Bastischeiße aufsammeln und sie ihr ins Gesicht schmieren. Die Berichterstattung schwenkt von Gargi und Radha zu Bapuji und seiner Kampagne. Die Männer im Dhaba verhöhnen sie, selbst die Betrunkenen aus dem neunten Kreis beginnen nach ihrem Namen zu treten. Nur ein paar wenige Berichte erwähnen, dass unter Gargis Aufsicht das Kaschmir-Hotel zum ersten Ökopalast der Welt geworden ist – mit Solarenergie, nachhaltig arbeitender Wäscherei, Mobiliar aus neu bezwecktem Bambus. Stattdessen machen die besseren Magazine Enthüllungen: *Verträge gegen Bares! Parlamentsabgeordnete Eashun Sahib, Vijay Sahib, Priyam Sahib unter Druck, ihr Amt niederzule-*

gen! Haben sie Bubu Balraj staatliche Bauverträge geschenkt? Staatssekretäre werden genannt und drei Regierungsminister: der Verkehrsminister, der Innenminister und der Ministerpräsident von Bandha Pradesh. Man beginnt, Namen aufzurufen: die Namen derer, die sichergestellt haben, dass Bubu die Verträge bekam, um Malls in den Megacitys zu bauen; derer, die weggesehen haben, als Bubu mehr als das Übliche bezahlte; die Budgets einreichten, die viermal höher waren als die Kosten für jedes staatliche Projekt. Die, die, die. Selbst die Basti-Jungen, die Rudra einst um Geschichten aus dem schönen Leben gebeten hatten, in das er zuletzt hineingeboren worden war, wissen, dass es auf Erden keine Glühbirne gibt, die dreitausend Rupien kostet.

Die Morgen sind brutal. Jeet hockt auf dem Scheißfeld; sein schlichtes Handy in die Hand gebettet, schaukelt er hin und her; um das Gefühl zu blockieren, dass sich sein Darm entleert, summt er vor sich hin. Wie konnte er sich daran gewöhnen? So sehr, als sei er zu einem solchen Leben geboren und jetzt zu seinem Ursprung zurückgekehrt. Bei diesem Gedanken verkrampfen sich seine Muskeln und seine Waden zittern – fast lässt er das Handy fallen. Er scrollt durch die Spam-Nachrichten im INBOX-Ordner und liest Angebote zu todsicheren Lottogewinnen und vollbusigen Mädchen mit feuchten, feuchten * Punjabi Desi Khaana zum Mitnehmen SMS BALTI genügt. Er summt, wärmt sich die Stimme vor dem Unterricht, den er den Jungen erteilt. Bis eines kalten Morgens das Handy sanft in seiner Hand vibriert. Er starrt es an – auch die Handys der anderen Männer ringsum vibrieren –, doch sie blicken noch nicht zueinander herüber, obwohl das, was sie gerade gelesen haben, ihre Sitzung abrupt beendet: Sie springen auf, waschen, wischen, zerren:

> *Wollen Sie wirklich im Korruptionsschmutz verharren?*
> *Sind Sie ein Bürger von Bharat oder ein Sklave der Indien Company?*
> *Zeit, aufzustehen! Zeit, sich zu bewegen! Zeit, nach Chandigarh und Delhi zu eilen – wo SRI DEVRAJ BAPUJI darauf wartet, Ihnen die Hand zu geben!*

Treten Sie den Everyday People bei! Kämpfen Sie gegen die Krankheit, die uns vernichtet!
Transport wird gestellt. SMS basti ki naam an
76 877. Warten Sie auf den Bus!

Jeet begibt sich zum Platz, wo sich die Männer aus Dhimbala versammeln: die Amritsaris und sogar die Napurthalis (die Tätowierten und die Untätowierten) sowie viele, die er nicht kennt und die ohne Geschichte sind.

«Was geht hier vor?», fragt Jeet den nächstbesten Mann.

Das allgemeine Gemurmel besagt: dass Devraj nach denen gerufen habe, die ihm vor drei Wochen während des großen Sturms beigestanden hätten. Innerhalb einer Stunde schickt er Busse, die sie nach Chandigarh bringen, um sich der guten Sache anzuschließen. Sie sollen sich am Napurthalator bereithalten.

Die Nachricht fegt über den Platz, Sand auf Wind. Die Leute strömen zurück durchs Amritsartor; es ist, als würden sich alle Kreise auf einmal bewegen. In den Gassen, bei der Grube, am vorgesehenen Ort.

Dort stehen sechs Busse – an manchen fehlen Fenster, an anderen Sitze, an wieder anderen Türen. Alle Fahrer stammen aus der Gegend. Jeder Fahrgast bekommt eine Plastiktasse Wasser, die mit einer durchstechbaren Folie versehen ist, und einen spitzen Strohhalm. Über dem Steuerrad hängen girlandengeschmückte Bilder, eines von Ranjit und eines von Devraj. Das Wissen – dass sogar sein Vater gegen die Mädchen kämpft, selbst gegen Radha – sickert langsam in Jeets Bewusstsein ein. Er sehnt sich plötzlich danach, das Gesicht seines alten Herrn zu sehen, ihr Verhältnis vielleicht wieder in Ordnung zu bringen. Vielleicht gibt es ja einen Weg, ehrlich miteinander umzugehen. Vielleicht.

Vier Stunden oder fünf. Der Bus rumpelt die Schnellstraße entlang. Die Frauen sitzen mit ihren Kindern hinten, die Männer vorn. Der Busfahrer hält nur einmal an, um Päckchen in Folie zu verteilen, auf denen das Comicstripbild eines langarmigen Affen mit Kappe prangt, der grinsend Erdnüsse isst. Jeet setzt sich auf einen Fensterplatz im dritten Bus. Er ist schon seit Jahren nicht mehr in Chandigarh gewesen. Nach einem sozialistischen Traum von einem Franzosen erbaut. Eine moderne, am Reißbrett entworfene Stadt aus Beton, den zu gießen die Company keine Erlaubnis bekam. Jeet hat sich nie sehr dafür interessiert, wie die Stadt dazu gekommen ist, sich als Accessoire für ihre Modernität die Rosinen aus der alten Mogulstadt Fatehpur Sikri auszusuchen, als gäbe es keine andere Tradition, auf die man sich hätte beziehen können. Und wie wird es den Leuten aus Dhimbala in einer geordneten, durchgeplanten Stadt ergehen?

Für Jeet sind in dieser Stadt nicht die Straßen das Wichtigste, sondern einzelne Plätze, die miteinander durch im Auto abgesessene Zeit verbunden sind. Die beste Bar, in der man einen schmutzigen Martini bekommt, der beste, ruhige, schattige Schönheitsfleck im Lodhipark am Morgen. Und natürlich jene Buchhandlung im Village – dies waren für ihn Orte (neben den besten Bäckereien und Cafés und gewissen Schneidern mit Dachgärten in den Ladenzeilen des Viertels Greater Kailash), die eine Stadt ausmachen. Jeet wusste nicht, wie er in Chandigarh zu Fuß gehen sollte, er fand die Alleen dort zu exponiert.

Der Bus rattert durch die Vororte und gelangt zu den vergitterten Straßen, dann biegt er nach rechts ab und wieder nach rechts. Und hält an. Keine Ahnung, wo genau – doch vom Bus aus sieht es so aus, als hätten sich über dreitausend Leute versammelt. Auf zahlreichen Transparenten stehen Slogans: *Schluss mit der Korruption, Schluss mit der Company!*

Rudra schiebt sich zwischen den Körpern nach vorne. Überall erkennt er Ranjits Handschrift – man hat Geld ausgegeben – die Leute haben keine Stühle, aber es gibt ein Podium, auf dem ein weiß drapierter Tisch steht, und es gibt Lautsprecher für Bapujis Stimme. Die PA-Anlage spielt die Nationalhymne; die Mütter beruhigen ihre Kinder mit Kinderreimen. Viele von ihnen leben nicht in der Basti; sie besitzen Vespas und Autos; ihre Kinder haben Kindermädchen, erhalten Privatstunden,

Badmintonunterricht und planen monatelange Hochzeiten, die größer sind als diese ganze Versammlung. Ob jemand von ihnen alles, was er hat, mit den Leuten von Dhimbala teilen würde? Ihnen die Hand geben, sie tatsächlich berühren würde? Oder ihre Töchter mit den Söhnen dieses Platzes verheiraten würde? Natürlich nicht. *Und sie sollten auch nicht darum bitten,* denkt er. Das Dharma verlangt dies nicht von ihnen; das Dharma verlangt lediglich, dass sie ihr eigenes Schicksal erfüllen, wie es geschrieben steht.

In seinem Unterhemd, seiner Dhoti und der Kappe sieht Bapuji klein aus. Hinter ihm hängen riesige Bilder: eines von einer Lotusblume und eines von einem Tiger sowie eines von Gandhiji und eines von Subash Chandra Bose. Zu seiner Linken befinden sich fünfundzwanzig junge Männer, die wie Bapuji gekleidet sind. Bapuji steht an einem Rednerpult, und das leuchtende Orange seines Schals ist für Jeet ein Signalfeuer über den Köpfen der Menschenmenge.

Bapuji deutet mit dem Finger zum Himmel. Die Menge verstummt. Kein Lüftchen rührt sich; selbst die Wolken wirken wie festgeklebt. Dies ist nicht der sturmgepeitschte Dhimbalaflüchtling mit seinem Jähzorn. Dies ist Bapuji, unterstützt von seinen fünfundzwanzig jungen Männern. Er lächelt, während er mit dem Finger wieder und wieder nach oben zeigt. Er öffnet den Mund – Jeet holt tief Luft, als würde gleich er und nicht Bapuji sprechen –, und dann sagt Bapuji, als würde er etwas vortragen, was er eigens für diesen Moment einstudiert hat:

«Was ist mit euch, dem Volk? Wir verdienen Freiheit. Wir verlangen Antworten von Gargi Madam. Wann können wir mit ihnen rechnen? Zeit, die Company auszuschalten, die sich der Korruption schuldig gemacht hat, Armut geschaffen hat, Umsiedlungen verursacht hat, unsichere Häuser gebaut hat, in Kaschmir aus Liebe zum Geld illegal Handel getrieben hat, Gesetze gebrochen hat – die Company.»

Rauschender Beifall kommt in der Menge auf. Die Bapuji, dem Gründer der Company, verzeiht und die Schuld auf die Töchter abwälzt. Drogen und Gewalt und Hotels müssen gleichzeitig existieren,

Jeet weiß das, Bubu weiß es, Radha und Gargi wissen es – das haben ihre Eltern sie gelehrt: *das heikle Gleichgewicht des Lebens im Wald* aufrechtzuerhalten – das Bapuji jetzt umstürzen will.

Jeet könnte ihnen das erklären. Er weiß doch – dass Bapuji die Wahrheit sagt. Er kennt sich aus mit der Drogenroute, hat die Waffenläden gesehen; in Srinagar kennt er jede Hintergasse, jeden geheimen Hausbootdeal. Im Terror liegt auch das Versprechen auf eine blühende Zukunft. Er will die Hand in die Höhe strecken und rufen: *Ich weiß es!* Als sei er der Klassenbeste.

Er blickt zum Podium – einer der jungen Männer hat Bapujis Platz eingenommen (wäre Jeet in jener Nacht dageblieben, hätte er es sein können, und jeder dieser Leute hätte ihm aus der Hand gegessen).

«Die Company wurde von Bapuji gegründet, um innerhalb von Indiens Grenzen zu florieren. Seit Bapuji, wie alle liebevollen Väter, seinen Töchtern alle nur denkbaren Gelegenheiten geboten hat, sind Jahrzehnte vergangen. Dennoch haben sie Geld von den Geschäften abgezweigt, Leute mit Geschenken und Bestechungsgeldern entlohnt, mit dem Namen ihres Vaters Handel getrieben. Ist jemand von Ihnen Aktionär?»

«Wir! Die Company-Backstein-Gruppe!», rufen mehrere Sardarjis vor Jeet.

«Ja, viele von euch», sagt Bapujis Mann. «Achtet darauf, dass eure Bindungen nicht überstrapaziert werden und zerbrechen. Die Liebe zwischen Vätern und Töchtern, Company und Kunden ist ebenso heilig wie die des Bauern zu unserer geliebten Prithvi. Aus diesem Grund ist Bapuji unter anderem heute hier: Er liebt euch nämlich noch mehr als seine eigene Familie. Er verlangt von der Regierung, gegen seine Töchter zu ermitteln und das demokratische Indien aus ihrem Würgegriff zu befreien.»

Eine Frau in weißen Jeans und einem ausgebleichten, gewebten Hemd steht neben Jeet und hat die Arme um ihre kleine Tochter geschlungen. Eine Doppelgängerin von Munni, nur mit hellerer Haut. Das Kind hat zarte Schmetterlingsflügel-Silberklips im Haar, die flattern, als ihre Mutter die Hände auf ihre Schultern legt und sie hin- und herschaukelt.

«Diese Mädchen müssen ganz schön schlimm sein, dass Bapuji sie so hasst», sagt die Mutter zu ihrer Tochter. «Siehst du jetzt, was passiert, wenn man sich schlecht benimmt?»

Ringsherum erhebt sich Applaus. Jeet blickt zum Podium; Bapuji schüttelt seine zusammengelegten Hände in Richtung Menge und schließt mit dieser Geste alle mit ein. Dann lässt er seine Hände los und geht, wieder zum Himmel zeigend, mit seinen Männern fort.

Siehst du, Rudra?, denkt Jeet. *Wie inspirierend ein Mann sein kann, der mit dem Finger zeigt und seine Worte meisterhaft beherrscht!*

Der Letzte von Bapujis Männern bleibt zurück und wartet, bis alles still ist. Hinter ihm bietet sich ein etwas trostloser Anblick – überall leere Stühle und halb ausgetrunkene Wasserflaschen.

«Solange die Regierung nichts gegen die Company unternimmt und nicht Minister entlässt, die die schlechten Taten noch gesteigert und von ihnen profitiert haben, wird kein Wort mehr über Bapujis Lippen dringen. Er hat ein Schweigegelübde abgelegt und wird nur noch Leitungswasser trinken, das einzig durch Feuer gereinigt wird.»

«Devraj Bapuji zindabad», ruft Jeet. Hüpfend und jubelnd fuchtelt er wie alle anderen ringsum mit den Händen – und in dem Gedränge hat er sich im Handumdrehen aus der Gesäßtasche eines Geschäftsmanns mit Turban ein BlackBerry stibitzt. Handy Upgrade toh karna hai, no? *Devraj Bapuji zindabad!*

«Devraj Bapuji Zindabad!»

Die Menschenmenge ringsherum ist fröhlich. *Weg mit der Company!*, schreien sie.

Damit hat es sich. Bapujis Mann steigt mit erhobenen Armen von der Bühne, umarmt den Applaus oder kapituliert vielleicht vor dem, was als Nächstes kommt.

*

Jeet steigt mit seinem neuen BlackBerry in den Bus, bereit für die lange Heimreise. Wie großartig, das Leben von Prem Singh in Händen zu halten. Er hat Facebook, Twitter, WhatsApp, Hunderte Bilder von Prems schöner Frau, seinen drei kleinen, wissbegierigen Mädchen und der Punjabi Aunty XXX App. Er hat 3G. Und ein Instagramkonto voller Autos und Bars und Armbanduhren und Schüsseln mit selbst gekochtem Daal, der mit einem halben, gekochten Ei garniert ist.

Jeet verschlägt es den Atem, als er durch Prems Twitterfeeds scrollt. Die Stunden im Bus vergehen wie im Flug, während er auf das Smartphone starrt und *#CompanyCutoff!* auf immer mehr Interesse stößt. Er sieht sich @MrGee an, der ihm gefällt, doch die Kundgebung wird dort mit keinem einzigen Wort erwähnt. Die Kinder ringsum dösen, ihre neuen Spielzeuge fest umklammert. Die Frauen sitzen hinten beisammen, kauen geräuschvoll gerösteten Chana und sortieren, was sie gesehen haben. Vorne schmieden die Männer einen Plan: Sie wollen das Company Napurthala-Gelände besetzen, sie wollen den Park entwildern und das Gebäude restaurieren – bezahlt werden können sie, wenn sie damit fertig sind –, denn hat Bapuji nicht versprochen, dass alle belohnt werden, die seine gute Sache unterstützen? Ja!

Jeet hört das summende Geschnatter und den Straßenlärm nur mit halbem Ohr; er beschließt, das Handy einzig zum Lesen und Spionieren zu benutzen – auf jeder Plattform sind Bilder von Bapuji auf der Bühne, mit ausgestrecktem Zeigefinger und seinem leuchtend orangen Schal um den Hals. Was würde Samir sagen, wenn er dieses schöne Gerät sähe, das wie ein Geschenk von Bapuji zu ihm gekommen war? Rudra würde Samir das alte Handy geben, und dann könnten sie miteinander telefonieren. Jeet hält sich das glatte, schwarze Plastik an die Stirn und stellt fest, dass er feuchte Augen hat.

Als sie vor dem Napurthalator halten, geht Jeet ein letztes Mal die Accounts durch. Ein neuer Post auf Facebook – Prem Singh bietet eine Belohnung von 1000 Rs, wenn er sein Smartphone zurückbekommt – ein neuer Tweet auf seinem Twitteraccount lautet: *#CompanyQuit! Und mein Handy zurück* – Jeet sieht nochmals @MrGee durch – findet aber nur einen zynischen Tweet über die Kundgebung, Bapujis Zeigefinger, Mädchen und Rocklängen. *Eine Schande*, denkt Jeet, MrGee ist eindeutig nicht dort gewesen.

*

In dieser Nacht verdunkelt Rauch den Mond. Jeet verwahrt das Smartphone neben seinem Kopf in seinem Putta. Er kann nicht schlafen. Eine Weile lang stöbert er auf der Müllhalde herum, auf der Suche nach Geräten für seine kämpfenden Jungen.

Dann beginnt Madams Glocke nonstop zu läuten. Eine Gruppe Jungen kommt aus den ersten Kreisen über die Basti-Planken angerannt und schreit, ein augenloser Dämon sei unterwegs in den vierten Kreis. Ihnen folgen Klangwellen, als würde der Erde das Herz herausgerissen und auf die Müllhalde geworfen.

Die Glocke der Huren tönt durch die Gassen, weckt die Männer aus dem Schlaf und treibt sie aus ihren Hütten; Rudra, der Müll auf dem Hang des vierten Kreises durchwühlt, hört den Klang des Ungetüms und die Glocke. Er klettert zurück auf die Gasse, der Smog ist so dicht, dass er denkt, der Klang gehe auf ihn los. Er folgt den Öllampen bis in Madams Hof, wo eine elektrische Birne über einer Gruppe von Männern hängt: Bandwallas, Jungen, haben sich um etwas im Hof versammelt. Sie erkennen Rudra und lassen ihn durch.

In der Mitte steht eine Gestalt; die Hemdzipfel hängen ihr über die Bauchwülste, sie hat sich beschmutzt. Die Überreste ihres Gesichts sind mit blutgetränkten Lumpen umwickelt. Ein Mann, der geblendet worden ist – neben ihm ein Company-Wächter. Es ist das doppelköpfige Monster, vor dem die Kinder davonrennen.

Die Prostituierten pfeifen und rufen von ihren Balkonen. Die Hände des Blinden tasten nach Madam, die mehr Licht nach draußen bringt. Sie steht in der Mitte der Gruppe – Jeet kann sie sehen –, er kennt diese Schultern, diesen Kopf. Er geht von hinten um den Mann herum – er kennt ihn –, streckt die Hand aus und greift nach ihm. Ihm dreht sich der Magen um: Es ist Ranjit. Er öffnet den Mund, und um nicht zu lachen, beginnt er sprechend zu singen:

«Om, Om, Om.»

Ranjit sucht kriechend nach dem Ton. Jeet kniet sich hin; an seinen Wangen und Ohren wird gekniffen und gezerrt, er wird am Bart gezogen. Um ihn herum wollen Stimmen wissen, was passiert ist – wer ist der Mann, wer hat ihn verletzt, wer? Der Sprechgesang lässt Jeet zitternd zurück: Ranjit erkennt ihn nicht. Er will sagen: *Hier bin ich.*

Dann drängt sich eine Gruppe von Madams Frauen in die Kreismitte und umringt Jeet, seinen Vater und den Wächter.

«Wir haben die Pflicht, uns um die Blinden zu kümmern», sagt eine von ihnen. Ihr halbes Gesicht ist verätzt; der übrige Teil ist mit einer Chunni verschleiert.

Ranjit gibt einen Laut von sich. Ein Wimmern. Er streckt den einen Arm aus, um sich die Frauen vom Leib zu halten, den anderen hält er über seinen Augenverband.

«Bringt ihn zur alten Mumtaz, die wird ihn heilen», sagt ein anderes Mädchen und stößt die Frau beiseite. Auch sie hat Verätzungen, wie Jeet sieht – vom Kinn bis zum Ausschnitt, als sei die Säure in ihren Mund geträufelt worden und ihr von dort am Hals heruntergelaufen. Die versammelten Männer starren die Frauen und Ranjit an – alle vom Licht erhellt.

«Lass uns in Ruhe», sagt der Company-Wächter warnend zu der Frau und erhebt drohend die Hand.

Jeet betrachtet das Gesicht des Wächters. Dort sind Blutspuren, und er trägt kein Hemd. Ihm wird klar, dass er es für die Streifen benutzt hat, die Ranjits Augen bedecken.

«Streich geronnene Milch und Ghee oder Eiweiß darauf», sagt eine Hure, um deren Hals zwei kleine Kinder wie Schals hängen.

«Eier? Bist du verrückt? Wer hat schon Eier zu vergeuden?», schreit ein Bandwalla (das Waldhorn oder vielleicht das Becken?).

Rudra wird jetzt hin- und hergestoßen: Er fällt hin, jemand tritt ihm auf die Hände; wenn er wieder in Ranjits Nähe kommt, muss er etwas sagen, er muss ihm die Wahrheit sagen, wie er meint – doch dann wird die ganze Basti wissen, dass er sie all die Wochen belogen hat. Weil ihm speiübel und seine Kehle trocken ist, lässt er zu, dass sich die Männer an ihm vorbeidrängen, und hört zu, als sie darüber streiten, was zu tun sei.

«Hier kann er nicht bleiben; das bringt uns noch mehr Ärger.»

«Wir haben schon zu viele Blinde – und der hier ist nicht mal mehr jung!»

«Ins Krankenhaus – bringt ihn ins Krankenhaus.»

«Bist du blöd? Willst du uns die Polizei auf den Hals hetzen?»

«Wie heißt du, Alter?»

«Chup!», fährt der Wächter ihn an. Die Männer schöpfen Atem. «Mit wem redet ihr? Das ist Ranjit Sahib, dem euer armes Fell gehört!»

Das Geplapper hört auf. Madam schüttelt den Kopf. Sie schwenkt die Lampe. Schatten zerreißen den Smog, und Rudras Lachen steigt wieder in ihm auf: Die Männer haben Ranjit nicht einmal erkannt. *Lord Krishna,* denkt Jeet, *hat einen sarkastischen Humor.*

Die Männer und die Mädchen starren jetzt still vor sich hin. Jeet sieht Zweifel in ihren Gesichtern. Bhagwan hat nun schon zum zweiten Mal einen Babu hierhergebracht: einen so reichen Mann. Dieser hier, ihr eigener Sarkar, weint vor ihnen Blut. Jeet blickt auf: Die jüngeren Mädchen ziehen sich eingeschüchtert und voller Ehrfurcht auf ihre Balkone zurück.

Soll er etwas sagen?

«Ayo!», schreit Madam.

Zwei Mädchen holen weitere Laternen aus dem Bordell; drei bringen einen niedrigen Rattanstuhl und setzen Ranjit darauf. Die Männer sehen Madam ins Haus gehen; sie bringt eine Schüssel warmes Wasser und kniet sich neben Ranjit auf die Erde. Als sei sie mit derlei Prozeduren bestens vertraut, tunkt sie eine Ecke ihres Dupattas hinein und wischt Ranjits zu Brei verunstaltetes Gesicht damit ab.

«Ich hatte einen Sohn!», stöhnt Ranjit. «Er hat mich dem hier überlassen – möge er zur Strafe sehen, was er angerichtet hat.»

Vor Kummer und Zorn wird es Rudra ganz heiß. Er zwickt sich in die Wange; sein Atem vermischt sich mit dem Nebel.

«Wer hat Euch das angetan, wer?», fragt ein Mann aus der Basti laut.

«Ich habe versucht zu helfen», sagt der Company-Wächter, der hinter Ranjits Stuhl steht. «Ich habe versucht, einzuschreiten. Mein lieber Freund Ramchand ebenfalls, und jetzt ist er tot.»

Ramchand, Radha Madam, Ranjit Sahib, Bapuji – die Namen strömen aus dem Mund des Wächters über Ranjits Kopf in die Gruppe; Ranjit beginnt wieder zu wimmern, und Madam beruhigt ihn. Jeet kann nur Sprachfetzen hören – winzige Stiche, die sich in seine Haut bohren –, bis der Company-Wächter innehält. Vom brennenden Dung im Kohlebecken steigt Rauch auf; der Company-Mann ringt um Atem und hustet. Dann erzählt er ihnen mehr: Er sagt, sie sollen auf Ranjit Sahibs verbundene Augen schauen und dann auf seine eigene Brust: Unter dem Jackett trage er in dieser kalten Nacht nur ein Unterhemd.

«Mein eigenes Hemd habe ich zerrissen», sagt er. «Ich habe Ranjits Kopf damit verbunden.» Er wischt sich mit der Hand übers Gesicht. «Eigentlich wäre es nur ein Auge gewesen. Doch Radha Madam hat verlangt: ‹Das andere auch›. Als wählte sie Armreifen für ihre Handgelenke aus.»

Der Mann hustet wieder und blickt alle ringsum an.

«Und jetzt ist Bubu Sahib tot. Das weiß ich», sagt der Wächter. «Ich habe ihn getötet.»

Jeet merkt, wie die Dhimbala-Männer ein paar Schritte zurückweichen. Sie starren den Wächter an; ein neues Angstgefühl schwebt im Nebel. Dann spuckt jemand etwas aus – Zorn, Erregung? Jeet spürt es an ihren Körpern, an ihrem Ton. Die Rufe beginnen: *Verbrennt die Company Amritsar!* Als Antwort kommt: *Das sollten wir nicht tun!* Eine Hure ruft vom Balkon herunter: *Hey, du da! Warum willst du unbedingt Amir Khan sein?*

«Jemand sollte Ranjitji ins Krankenhaus bringen», sagt der Company-Mann. «Oder aufs Polizeirevier, und ihn dort lassen.»

«Würdest du das tun?», fragt Madam. «Nein. Auch kein anderer von uns. Die Leute aus der Basti brauchen keine Stadtjustiz. Freiwillig gehen wir dort nicht hin.»

Rudra erinnert sich, wie ihm Samir Geschichten über diese Orte erzählte: über einen Cousin, der wegen kleinster Delikte (der Steinigung einer CCTV-Kamera, dem Durchschneiden von Drähten) fast totgeprügelt wurde. Es gab Gerüchte über Kuhstachelstöcke und Elektroden. Wieder fällt er neben seinem Vater auf die Knie. Ranjits kaputter Körper zittert; und irgendwie weint er durch den Verband hindurch. Sein Körper ist so sichtbar in Schmerz aufgelöst, dass Jeet sofort an die Nacht denken muss, in der er unter dem Draht durchkroch, um von der Farm zu entkommen. An jenes Leben, das jetzt ganz und gar vorüber ist.

«Ruhig, ruhig», schreit Madam. Sie wirft sich ihr Schultertuch um; ihre Armreifen erklingen, es sind Glasreifen, wie Bräute sie ihren Frauen geben. Der Klang dringt ans Ohr der Männer. Seht sie euch an, wie ruhig sie davon werden. Alle Männer hier – außer Jeet.

«Er sollte nach Delhi gehen, zur Company. Er sollte zu Bapuji gehen, dem Einzigen, der ihn beschützen kann», sagt Madam.

Die Männer bleiben stumm.

«Ja. Lass ihn nach Delhi gehen, zu Bapuji», sagt der Company-Mann. Die Männer um Jeet herum murmeln: *Ja.*

«Wir haben ein Bett frei», sagt Madam. «Mumtaz kann kommen und sich zwischen meinen Frauen um Ranjitji kümmern. Dann kann er sich ausruhen, bis er wieder auf den Beinen ist. Er ist nicht der erste Blinde, den sie oder wir gesehen haben. Denkt irgendwer anders darüber? Findet irgendjemand, dass Lord Ranjit Singh unser Haus nicht betreten sollte?»

Sie blickt umher; die Lampe beleuchtet ihr Gesicht zur Hälfte, die andere Hälfte bleibt im Dunkeln. Sie wartet.

«Gut», sagt sie. «Jetzt zu dir, zu Rudra, dem Naph.» Sie holt einen kleinen Geldbeutel mit Zugschnur aus ihrer Saribluse, aus dem sie zwei Geldscheine nimmt; sie blickt in die Männerrunde aus Amritsaris, drängt sie mit den Ellenbogen aus dem Weg und zeigt Rudra die Scheine – einen Zehner und einen Fünfer.

«Geh zu Mumtaz», sagt sie. «Sag ihr, wenn sie die will, soll sie hierher zurückkommen; wenn du eine Beteiligung willst, bring sie her. Alle anderen zurück in eure Betten. Und kein Wort davon zu den Katarias oder sonst wem von draußen, bis wir Ranjitji aus Dhimbala herausgeschafft und zu Bapuji gebracht haben.»

Die Männer im Hof sehen zu, wie Madam und ihre Mädchen Ranjit ins Haus helfen. Dann legen sie die Arme um den Wächter und führen ihn zum neunten Kreis, um mehr von ihm erzählt zu bekommen und um zu trinken.

In jener Nacht vögelt der Dungrauch den Smog und gebiert eine eklige Wolke, die sich der Wind holt und über die Basti trägt. Die Ratten beginnen zu quietschen, als Rudra durch die Gassen geht, um die Grube herum, in der die Leiche von Samirs Mutter immer noch auf ihre Bergung wartet; für diese Arbeit geben die Behörden den Jhimbas erst in zehn Tagen frei. Was macht das schon, denkt Jeet, die Frau ist bereits tot. Wo doch Ranjit von Radha geblendet worden ist, dem dummen Mädchen, dessen Kleidungsstil, wie er fand, immer so *bemüht* war; das er, Jeet, immer wegen seiner farblich zusammenpassenden Handtaschen und Ohrringe aufgezogen hatte, bis es weinte. Er bleibt stehen und übergibt sich, diesmal nicht, weil das Fieber zurückkehrt, sondern wegen des Anblicks, den Gesicht und Körper seines Vaters bieten. Das war Radhas Werk, sie hat es mit einem Stock getan. Was hat sie während der Tat getragen? Ihren Siegelring. Bubu hat vielleicht mitgemacht. Bubu, der jetzt tot ist. *Wo ist Gargi?*, denkt Jeet, während er an schlafenden Frauen und ihren dicht an sie gedrängten Kindern vorbei durch die Gassen schlüpft. Ein paar Hunde rennen neben ihm her und biegen dann, einer anderen Fährte folgend, um die Ecke. Er geht an seinem eigenen Verschlag vorbei, dann am Naph-Schrein. Er tastet sich weiter, versucht, sich nicht wieder zu übergeben, und gelangt zu Mumtaz' Haus.

Er klopft leise an ihren Fensterladen und wartet. Der Laden öffnet sich einen Spalt weit, und er überbringt Madams Nachricht. Der Laden schließt sich wieder. Er wartet. Eine Minute im Dunkeln. Mumtaz kommt mit einem Bündel aus ihrer Hütte und gibt ihm ein Zeichen, ihr zu folgen. Es ist, als öffneten sich Lücken, wo vorher keine waren; sie wechselt zwischen den Kreisen und lässt die Gassen sich um ihre Füße winden, statt ihrer Logik zu folgen. Als Jeet denkt, sie seien erst im siebenten Kreis, gelangen sie in den vierten und zum Bordell.

Madam wartet und raucht ihr Bidi im Hof. Sie gibt Rudra die fünf Rupien und ihre Zigarettenkippe. Dann geht sie mit Mumtaz ins Haus.

Rauche die Bidi, Rudra, bleib bei der schwelenden Kohlenpfanne. Genau wie Rauch das Feuer verdunkelt – kann er keine Sterne sehen. Die Ratten huschen über die Wellblechdächer und kratzen mit ihren Krallen an seinen Nerven. Fast bis zum Morgengrauen wartet er zitternd am Eingang. Er ist ausgetrocknet, hat das Bedürfnis nach Wasser und Essen verloren. Er schläft, bis die Tür sich öffnet. Mumtaz steigt über ihn hinweg, blickt zu ihm hinunter und stößt ihn sacht mit dem Fuß an. *Geh ins Haus.*

Rudra rechnet mit rosafarbenen Gardinen, Räucherstäbchen und Kerzen und dem Geruch nach Desinfektionsmittel und Fisch. Was er gleich zu sehen bekäme, würde wie eine Halluzination sein – Frauen und Gesang, kurvige Körper, langes Haar, Geflüster. Heute Abend hat die Glocke nicht für die Kunden geläutet – trotzdem erwartet er, Männer zu sehen, sie zu beobachten und zu berühren. Doch im Haus kommt er an kleinen Zellen vorbei, an deren Türen dicke Vorhänge mit Crewelstickereien hängen (singende Vögel auf Zweigen). Jede Zelle ist klein und hat, glaubt er, nur Platz für ein schmales Bett und vielleicht noch für Schrank und Spiegel.

Madam schließt ihr Zimmer auf – ein Eckraum mit einem Teppich – Jeet weiß nicht mehr, wann er seinen Fuß zum letzten Mal auf so etwas gesetzt hat. In der einen Ecke befindet sich ein Waschbecken, das Risse hat. Daneben steht ein Eimer Wasser, auf dem eine Blechschüssel schwimmt. Madam bedeutet Rudra, sich die Hände zu waschen. Dann schließt sie eine weitere Tür auf und bringt ihn zu Ranjit.

Mumtaz hat seine Augen gesäubert und Kräuter und frische Verbände aufgelegt. Sie hat Schmerzbalsam dagelassen, der die grelle Farbe und den durchdringenden Duft von Zitronen hat: eine Schlafarznei, die aus wer weiß was besteht. Ranjit scheint etwas zu träumen, er murmelt im Schlaf. Jeet beugt sich über ihn, ohne ihn zu berühren.

«Was sagt er? Abbaji, was träumst du?», sagt er.

«Von Jammu und Kaschmir», sagt Madam. «Von Amarnath.»

Ranjit hört sie; anscheinend ist er wach. Er hebt die Hand ein wenig. Jeet beugt sich tief hinunter und hält das Ohr an seinen Mund.

«Lass mich noch einmal dorthin gehen und auf den Berg steigen», flüstert Ranjit. «Ich muss Gottes heilenden Atem im Land der Lotuswurzel spüren. Ich möchte nach Amarnath geführt werden, von einem, der keine Angst vor dem Tod hat. Wen interessiert das schon, wenn wir sterben?» Er verstummt.

«Die ganze Nacht hat er getobt», sagt Madam. «Ein Sikh Prinz, der um einen Hindusegen bittet und dabei nebenberuflich in einem Hurenbett arbeitet. Warst du nicht auf dem Weg nach Amarnath, Rudra, Naph-Weiser, Reisender, bevor der Zauber unserer Basti dich aufhielt?» Sie grinst ihn an.

«Armer Rudra, armer Samir», sagt sie.

Er achtet nicht darauf. Er blickt zu seinem Vater hinunter.

«Was soll ich tun?»

«Ich hab immer gedacht, dass du für einen Reisenden sehr glatte Haut hast. Und sehr saubere Hände», sagt Madam. «Jemand muss ihn von hier fortbringen. Jemand, der leicht mit ihm nach draußen gelangt und ihn zu Bapuji bringt. Ich hab die Geschichten gehört, die du den Jungen erzählst. Nur du weißt noch, wie man durch die Stadt kommt. Und warst du nicht erst letzte Woche noch Bapujis Liebling?»

Jeet will ihre Stimme zum Schweigen bringen. Das Zimmer ist so steril; die Backsteinwände und der Betonboden haben nichts Weiches an sich. Der Teppich liegt draußen und wartet auf ihn. Er erinnert sich, wie Ranjit in Delhi den Arm um Jivan gelegt hatte, am Abend der letzten Dienstagsparty. Jetzt zittert sein Vater und schweigt. Seine Augen sind verbunden. Jeet weiß, dass Madam recht hat: Es ist Zeit, seine eigenen Sünden zu bereuen: Liebe, Leichtgläubigkeit, Zorn.

*

Einen Tag später kehrt der Company-Mann zum Bordell zurück. Er wartet im Hof. Als Rudra aus dem Haus kommt, gibt er ihm 2000 Rupien in dünnen Klötzen aus 100-Rupien-Scheinen. In einer Woche, wenn Ranjit gesund genug sei, um verlegt zu werden, solle er ihn zum Napurthalator bringen, wo Amrit, der Neffe seiner zweiten Frau, ihn mit einem Auto abholen werde. Er gibt Jeet eine Stofftasche, in der sich ein Kurta Pyjama für Ranjit befindet. Und eine Company-Uniform: Hemd, Hose, Kappe, die für Rudra gedacht ist.

«Hier», sagt er. «Naph hin oder her, die Nächte sind kalt. Halt dich mit dem Company-Tuch warm, selbst wenn du ihrem Helden zu Gott folgst.»

Jeet hält das Geld in der Hand. Wie frisch es riecht. Wie fest es wirkt.

«Vielen Dank», sagt er. Die englischen Wörter kommen nur mit Mühe heraus, fast durch Tränen hindurch.

Ein Tag und eine Nacht vergehen; Tage und noch drei Nächte. Mumtaz kommt und geht. Wenn Jeet seine Runden durch die Basti gedreht hat, setzt er sich zu seinem Vater. Seine Jungen laufen die Gassen ab und stellen sicher, dass alle in den Häusern sind, bevor es dunkel wird, dass keiner über Ranjit tratscht oder darüber, was jemand gesehen hat. Sie machen weiter mit ihren Sprechgesängen, ihre Körper werden gekräftigt vom täglichen Yoga. Der Dhaba-Fernseher wirft Nachrichten über die Kampagne aus: In Delhi hat Bapuji einen Ramlila Maidan errichtet. Er fastet immer noch. Kein Tropfen ist über seine Lippen gelangt. Am fünften Tag hören sie, man habe ihn verhaftet und ins Tihar-Gefängnis gebracht. Eine Menschenmenge hat sich davor versammelt und verlangt, dass die Regierung ihn freilässt. Das Company-Hotel in Kaschmir ist fast fertig. Und Gargi und Radha? Kein Kommentar.

Wenn Madam Essen und Wasser in Ranjits Zimmer bringt, spricht sie kaum mit Jeet. Während sie Ranjit füttert und wäscht, zieht er sich zurück. Sie hat ihren Mädchen gesagt, sich möglichst still zu verhalten, auch während ihrer Arbeit. Trotzdem kann Jeet die Männer hören, die zu ihnen kommen.

Ranjit hört sie ebenfalls.

Manchmal stöhnt er Radhas Namen.

*

Am siebenten Tag wäscht sich Rudra bei Tagesanbruch auf dem Platz. Er schlingt sich den Shahtoosh um die Beine, darüber den knalligen Stoff und bindet alles fest. Dann zieht er das Company-Jackett an und setzt die Kappe auf. An Spiegel denkt er überhaupt nicht mehr. Geschweige denn, dass er sich nach ihnen sehnen würde. Er kämmt sich den Bart mit den Fingern, stellt sich unter den Neembaum und presst die Hand an die Rinde.

Das Wächterhäuschen ist leer. Die Dhaba-Fensterläden sind geschlossen. Er geht ein letztes Mal durchs Amritsartor und durch die Kreise von Dhimbala, bis er zum vierten Kreis gelangt.

Er geht ins Bordell, um Ranjit abzuholen. Madam wartet mit ihm an der Tür; sie hat ihn weiß gekleidet und eine graubraune Steppdecke um ihn gehüllt. Jeet findet, dass sein Vater wie ein Chaukidar aussieht. So gehen sie durch die Hintergassen, der Inbegriff eines Türhüters und eines Heiligen.

Vor Sonnenaufgang ist es kalt. Er glaubt, dass keiner ihnen folgt, obwohl genügend Leute sie sehen. Außer der Morgendämmerungspatrouille von Little Amir, Motu und ein paar ihrer Freunde schlafen alle Basti-Jungen. Am Napurthalator wartet ein alter, weißer Ambassador, an dessen Motorhaube sich ein junger Mann lehnt. Jeet kennt ihn nicht, doch der Wagen ist ihm vertraut – er gehört zum Touristenwagenpark des Company Amritsar; man kann ihn für nostalgische Hochzeiten mieten. Was für ein Schock, ihn hier zu sehen – doch warum? Warum wirkt dieses alte Relikt seltsam, nach allem, was er gesehen hat?

Der Fahrer, Amrit, ist klein. Er trägt eine Bomberjacke, Jeans und ein weißes T-Shirt, als wolle er zeigen, was er in der Mall gekauft hat; er hat die Angewohnheit, sein Handgelenk mit einem Ruck nach außen zu drehen, sodass man seine Uhr sieht – eine Timex mit einem dicken Silberarmband. Er hat einen Topfschnitt und ein Mondgesicht, und beim Lächeln sieht man seine Zahnlücken; süß, denkt Jeet, dann merkt er, dass der Junge beim Reden Kaugummi kaut. Widerlich.

Amrit hat fünf Einliterflaschen Wasser dabei und dreißig selbst gemachte Paranthe in einer runden Blechbüchse.

«Nur ein Snack», sagt er. Er kaut seinen Kaugummi und lässt den Wagen an. Er sagt ihnen, die Fahrt würde laut MapmyIndia sieben Stunden dauern. Diese App hat er noch nie benutzt – er hat sie für den heutigen Tag heruntergeladen.

*

Die Basti entschwindet. Jeet hält den Kopf seines Vaters im Schoß und tupft die Tränen ab, die ab und zu unter dem Verband hervorsickern. Jeet trägt die geliehene Company-Uniform, die ihm zu groß ist; sie hält ihn warm – zum ersten Mal seit Wochen ist ihm warm. Er öffnet eine Flasche Wasser und trinkt langsam und vorsichtig. Ihm ist bewusst, dass er Geld in der Tasche hat.

«Amrit, nimm die Hintergassen», sagt er. «Such uns ein Dorf, in dem wir unsere erste Mahlzeit des Tages einnehmen können.»

Sie verlassen die Schnellstraße.

Jeet hat sein Prem BlackBerry; Amrit hat sein Samsung Galaxy – aus diesen Geräten erfahren sie, dass Bapuji in Delhi aus dem Tihar-Gefängnis entlassen worden ist. Auf den Straßen vor dem Gebäude hat sich eine Menschenmenge versammelt, die den Weg zum Ramlila Maidan säumt, wo ein riesiges Zelt und Tausende, die ihn sehen wollen, auf Bapuji warten. Er wird erscheinen, so das Versprechen, ohne sein Fasten und sein Schweigegelübde gebrochen zu haben.

Ranjit nickt immer wieder ein. Auch Jeet schließt an diesem Morgen die Augen, begleitet von Kaugummi- und Straßengeräuschen. Dann schreit Ranjit. Er hebt die Arme und versucht, sich an Jeets Gesicht zu krallen; Amrit schert aus, gerade noch rechtzeitig, um einem Jungen auf einem Motorrad mit einer alten Frau im Damensitz auszuweichen. Der Wind verfängt sich in ihrem Sari und schickt Schauer über ihren Körper. Amrit drückt auf die Hupe und stellt das Lenkrad gerade.

«Alles gut dort hinten?», fragt er.

«Ja, alles gut», sagt Jeet. «Im nächsten Dorf halten wir.»

Ranjit scheint sich beruhigt zu haben. Wenn Jeet sich seinen weißen Kurta und sein verbundenes Gesicht ansieht, kann er sich nur mit Mühe daran erinnern, dass so viele Frauen auf seinem Schoß gesessen haben. Dass so viele seinen Bart gestreichelt haben.

«Wie heißen Sie?», fragt Ranjit Jeet flüsternd. «Ich werde Sie Yogi nennen, weil ich weiß, dass sie mein Führer sind.»

Ranjit denkt anscheinend, sie würden in den Norden fahren. Er spricht von den Tagen, als er erst Tee trank und dann in den Palastgärten auf die Jagd ging. Manchmal wirkt er wacher und hält Jeet und Amrit einen meisterlichen Vortrag über die wahre Geschichte der Company und ihre Errungenschaften. Sie erfahren, dass der Mercedes in Kindergröße, eine Spezialanfertigung mit Automatik, vier Sitzen und ohne Verdeck, den Jeet zu seinem sechsten Geburtstag geschenkt bekommen hatte (mit Walnussholz-Innenausstattung und dem Company-Abzeichen statt des Mercedessterns in der Lenkradmitte), vom Gewinn hochverzinslicher Anleihen gekauft worden war, die gewährt wurden, um im Punjab Feldfrüchte für den Export anzubauen. Jeet und Gargi spielten vorne in diesem Spielzeugauto Mama und Papa, während Jivan und Radha auf dem Rücksitz saßen und von ihnen herumgefahren wurden und aussteigen mussten, um zu pinkeln oder auf dem Farmgelände zu picknicken: Lammpastetchen und Company-Cola. Zu seinem achtzehnten Geburtstag bekam Jeet dann das Pendant in Lebensgröße: mit weißem Cabrioverdeck, dem entsprechenden Vierradantrieb, individuell gestalteter Innenausstattung und dem Nummernschild J I T. Gekauft worden sei der Wagen, sagt Ranjit lachend – sein Kopf hängt jetzt auf Jeets Oberschenkel –, von den Zinsen, die die Bauern über Banken in den rückständigen Bundesstaaten gezahlt hatten, Banken, die zum Teil der Company gehören. Wie klar Ranjits Erinnerungen wirken. Jede Einzelne ist ihm vertrauter als die Hand seines eigenen Sohnes auf seinem Gesicht. Jeet hält die Hände über seinen Vater und schlägt die penetrante Wagenfliege weg.

Als Amrit über die Nebenstraßen fährt, an flachen Feldern und ungeteerten Wegen entlang, fängt Ranjit an, alte Freiheitslieder zu singen. Jeet schlägt sich die Hände vor den Mund und merkt, dass sein Bart ihn sticht. Er versucht, seinen Vater nicht am Singen zu hindern. Doch bittet er darum, dass das Radio angestellt wird – und hört Punjabi-Liebeslieder, Hits aus Bollywoodfilmen und Schnulzen. Manchmal sogar Madonna.

Sie fahren über eine Stunde lang und halten dann, um in einem kleinen Dhaba neben einer Reifenwerkstatt in einer Seitenstraße zu frühstücken. Poster von Bapujis Gesicht, aufgenommen während einer Rede – geöffneter Mund, zusammengekniffene Augen, nach oben zeigender Finger – sind über die Wand gekleistert. Zwanzig, dreißig Bapujis, einer so über dem anderen, dass Jeet die Sätze zusammenstückeln muss:

Die Kleidung soll dir nur Schutz vor der Kälte schenken,
Nimm Speise nur, dem Hunger zu entgehn.
Der Geist soll sich in Gott und in sich selbst versenken,
Der Leib ist nichts als Speise für die Kräh'n.
Kommen Sie zum Ramlila-Treffen – SMS 88 676 FÜR MEHR INFOS

Jeet betrachtet sein eigenes, seltsames Gewand. Und das schmutzig weiße seines Vaters. Er denkt daran, wo sie hinfahren. Kann er so nach Delhi gehen? Stunden sind vergangen; es kommt ihm so vor, als sei die Basti schon in weiter Ferne, selbst seine Kindheit ist ihm näher. Amrit bringt ihnen heißen Tee und stellt die Tassen auf den Boden, damit er Jeet helfen kann, Ranjit hochzuziehen und aufrecht hinzusetzen; dann zieht er einen roten Plastikstuhl zum Wagen, damit Rudra neben der offenen Tür sitzen und seinem blinden Vater Häppchen kalter Paranthe füttern und sehen kann, wie er sich die Lippen leckt und seufzend sagt:

«Hier ist Ranjit Singh, der lebende Beweis dafür, dass Gott groß ist. Wenn man seinen Geist in den Dienst seines Landes stellt, wird man nicht altern. Gibt es Gulab Jamun?»

Amrit und Jeet sehen sich an, dann schüttelt Amrit den Kopf und zieht die Augenbrauen hoch. Er geht eine Zigarette rauchen und stellt sich mit seinem Handy unter die Poster von Bapuji und dessen zum Himmel zeigendem Finger.

Auf der Weiterfahrt streichelt Ranjit Jeets Arm. Während er Geschichten erzählt, die Jeet schon vierhundertmal gehört hat, wird seine Stimme traurig.

«*Hör doch zu*», sagt Ranjit. «Wir sind auf der Reise – und Geschichten müssen immer wieder erzählt werden.»

Jeet sagt nichts. Er glaubt, es helfe Ranjit vielleicht dabei, wach oder sogar lebendig zu bleiben, wenn er sich an die Begegnungen mit Botschaftern und anderen Würdenträgern erinnert: Bush, Blair, Idi Amin (von dem Amrit noch nie gehört hat). Mrs Gandhi Nr. 1 und 2, denen er allen die Hand schüttelte, während er Geschenke übergab und empfing, die an die eine oder andere Abteilung weitergegeben wurden. Deren Verbleib nie geklärt wurde; manche wurden an gewisse Freunde weiterverschenkt, vielleicht an einen aus der Hundertschaft, der sowieso in Kürze bei der Company eingestellt werden würde. Steuern wurden nicht erhoben.

«Das ist keine Korruption», sagt Amrit und nimmt die Hand vom Steuerrad. «Rudra Bhai, das ist der Lauf der Welt. Man hat ein großes Unternehmen aufgebaut.»

«Aber wir müssen uns weiterentwickeln», sagt Jeet. «So wie Gargi und Radha es jetzt führen – kann es nicht weitergehen, das musst du doch verstehen: Darum geht es in Bapujis Kampagne. Das ist nicht das Indien, das ich mir vorstelle. Wusstest du, dass Christen glauben, dass ein Mensch, der bereut, in diesem Leben wiedergeboren werden kann?»

Das wusste Amrit nicht. Er weiß über diesen Glauben nur, dass alle in der Kirche singen, nicht nur diejenigen, die im Rezitieren ihres heiligen Buches geschult sind.

«Stimmt es denn, Rudra Bhai, dass sie auch Gottes Leib essen und sein Blut trinken? Und ihre Mädchen mit Gott verheiraten, bevor sie Frauen geworden sind?»

Jeet gibt keine Antwort; er hört auf Ranjits Atem. Irgendwo draußen brennen die Felder. Die Ernte ist fast vorbei. Schwarzer Rauch steigt auf – fünf, sechs, sieben Rauchfahnen vor einem weißen Himmel. Eine trockene, erstickende Kostprobe gerösteten Weizens dringt in den Wagen, von der Jeet die Augen tränen und Amrit husten muss.

Scham wächst und wächst – Karten in einem Pokerblatt, während Ranjit weiterredet und das Wie, das Wann, das Wo, den Bube, das Ass und den König offenlegt.

Jeet könnte seinem Vater sagen, wer er ist. Er könnte ihn anschreien: *«Warum weißt du das nicht? Willst du mich verarschen, Papa? Willst du das, ja?»* Schweigen ist zu einer geliebten Gewohnheit geworden, die man nicht einfach aufgibt.

Ranjits Gesicht ist glühend heiß. Er versucht sich auf die Seite zu drehen, dann auf die andere, doch auf dem Autorücksitz ist das schlecht möglich. Er seufzt: *Sita.*

Jeet beugt sich über ihn.

«Psst.»

Ranjit liegt mit angewinkelten Knien, die Füße an die Tür gedrückt, auf dem Rücken und schläft.

Sie halten an einem kleinen Markt, drei, vier Stände um einen Kreisverkehr, und essen zu Mittag: Chana Bhature und im eigenen Sirup zerdrückten Gulab Jamun. Sie sitzen an einem langen Tisch, wo sie von Männern angestarrt werden – ein Sannyasi, der als Company-Wächter verkleidet ist, ein stämmiger Fahrer mit einer dicken Timex, und ek Andha, der ins Bett gehört. Jeet sagt ihnen, dass er Ranjit nach Delhi zu Bapuji bringt. Ranjit hört ihn und schlägt mit dem Löffel auf den Holztisch.

«Du bist ein Niemand, du weißt nicht, wohin wir fahren. Wir fahren nach Chennai, wir nehmen den Company-Tunnel, auch wenn er noch gar nicht gebaut ist – wir fahren nach Srinagar und von dort nach Amarnath, wo ich das höchste Opfer bringen werde», sagt er. Dann versagt ihm die Stimme.

Amarnath – alle am Tisch wissen, dass es dafür dieses Jahr zu spät ist. Keiner widerspricht ihm.

«Rudra», sagt Ranjit, «begleitest du mich zum Rishi Bhumi? Zum heiligen Schrein? Von dort wirst du das Opfer sehen, das ich darbringen werde. Von diesem Ort werde ich losgehen und das Kakerlakenleben wiedergutmachen, das ich gelebt habe.»

«Ich komme mit», sagt Rudra.

Er beobachtet die Gesichter an den langen Tischen – wie sie lächeln, als er Ranjit tröstet –, als sein Vater seine Finger so fest umklammert, dass er fast nichts mehr spürt.

Jeet hebt ihre ineinandergefalteten Hände über die dampfende Schüssel Channa. Die Wärme des Dhaba überkommt ihn.

Doch Ranjit ist nicht an das Straßenessen gewöhnt. Gegen Nachmittag müssen sie mindestens zweimal in der Stunde anhalten. Jeet muss Ranjit helfen, am Straßenrand auf die Toilette zu gehen, wo sogar die Sweeper, die draußen warten, mit angehaltenem Atem *chi chi* sagen, weil er alles versaut. Ein-, zweimal sehnt Jeet sich nach den offenen Basti-Feldern, nach dem Himmel. Als er wieder im Wagen ist, beruhigt er Ranjit, singt den Gayatri Mantra, und dann mit Rudras hoher Stimme das Chorlied aus *Dum Maro dum: Hare Krishna Hare Ram, Hare Krishna Hare Ram, Hare Krishna Hare Ram.* Es macht ihm Vergnügen, beides zu singen: Ruf und Antwort. Als es Abend wird, wechselt er zu Aaj ki Raat; dieser Filmsong wird Ranjits Blut weiter wallen lassen. *Aana hai kya? Hona hai kya?* Es kommt, wie es kommt. Ranjit hat plötzlich den Wunsch, sich aufzusetzen. Mit dem Gesicht zum Fenster. Obwohl er nichts sehen kann, schlägt er den Takt.

Zwanzig Kilometer vor Kurukshetra – eine Stadt, die Jeet immer sehen wollte, wo er aber nie war, aus Angst, von ihrer Banalität enttäuscht zu werden – halten sie wieder, um süßen Chai zu trinken. Der Abendmarkt hat begonnen; Mädchen in Jeans und Bindis und Pullovern und Armreifen, die alle ihre Ordner umklammern, kommen zu zweit oder zu dritt und gehen auf dem Seitenstreifen entlang, schreiben sich SMS, bleiben stehen und treffen sich vor den Sarigeschäften, auch wenn sie nicht hineingehen. Junge Paare und Kleinfamilien holen sich gefrorenes Joghurt, obwohl es fast November ist – Diwali steht vor der Tür: vor fast allen Läden wird Feuerwerk verkauft –, und an den Straßenecken treffen sich Jungen in Gruppen, um zu rauchen und herumzustehen. Auf der Straße wird Bollywoodmusik gespielt, Songs, die Jeet nicht erkennt, weil er die Filme nicht gesehen hat. Es ist sehr lange her, seit er in dieser Welt unterwegs war. Sie wirkt fast zu grell, zu viele junge Leute sind dort, die alle einkaufen und reden – und nicht sehen, dass auch hier wieder an allen Pfosten und Mülleimern und Ladenfronten Bapujis Gesicht und sein Finger plakatiert sind, die ihnen den Weg nach Delhi weisen.

Jeet stellt sich vor, er stünde jetzt auf dem Wagendach und riefe den einkaufenden Passanten zu: *Ich bin gekommen, um Ihnen zu sagen, dass es Zeit wird, Ihrem alten Leben abzuschwören und Bapujis Beispiel zu folgen! Schließen Sie sich seinem heiligen Kampf an. Wir müssen unseren Protest von Delhi, wo Bapuji in schweigendem Fasten die Lügenworte bestreikt, bis nach Srinagar tragen, dem Paradies auf Erden, das uns gehört. Es wird Zeit, Stellung zu beziehen und sich dem Devraj-Team anzuschließen!*

Alle würden sie sich beteiligen und applaudieren. Es würde wie die Chandigarh-Kundgebung werden, als Bapuji jeden Einzelnen dazu inspirierte, ihn anzufeuern.

Doch Jeet nippt stattdessen Tee. Am Zeitungsstand holt er sich *The Economic Times*; in der Zeitung wird ausführlich über Surendraji, ‹Mr Gargi›, berichtet, der jetzt als Generaldirektor des Company-Vorstands fungiert. Er wird mit den Worten zitiert: «Nach dem ersten Crore hört man auf zu zählen.» Er hatte nie etwas mit Korruption zu tun und war bisher nicht am Unternehmen beteiligt: Das ist allgemein bekannt. Auf der Suche nach mehr blättert Jeet die *Times of India* durch, aus der er erfährt, dass Surendra es endlich geschafft hat, Autor der Kolumne *The Speaking Tree* zu werden: «Der Sinn des Dharma im Geschäftsleben.»

Jeet liest den Artikel in der kalten Luft und erlebt mit schrecklichem Schuldgefühl große Befriedigung darüber, dass das, was Surendra über das Dharma zu sagen hat, reichlich naiv ist. Surendras Artikel wird hier nur veröffentlicht, um den Company-Aktienkurs zu stabilisieren. Automatisch blättert er zurück, um die Prominenten auf der Seite Drei zu mustern, und findet stattdessen eine Bildergeschichte von Bubus Beerdigung. Er blickt auf und sieht in einem SONY-Laden eine Reihe Fernsehschirme, die die aktuellen Eilmeldungen zeigen – eine Einblendung über Amrits Onkel, den Company-Wächter, ein mit einer Handkamera gedrehtes Video über seine heutige Verhaftung als Mörder von Bubu. Jeet geht sein BlackBerry durch: Twitter berichtet darüber – und weiß noch mehr. Jeet erfährt, dass der Company-Wächter sich selbst heftig geschlagen hat, vielleicht, um seine Reue zu zeigen. Danach hat er sich das Leben genommen – mit einem Ledergürtel, der zufälligerweise genau die richtige Länge hatte.

Im Wagen schweigt Amrit. Er beißt die Zähne zusammen und hält das Steuerrad fest. Auf dem Sitz neben ihm liegt sein Handy. Ranjit schläft auf dem Rücksitz.

«Rutsch rüber», sagt Jeet. «Ich übernehme das Steuer.»

Wie seltsam, dass Hände und Arme und Füße noch wissen, wie man den Blinker setzt, kuppelt, beschleunigt, den Rückspiegel einstellt, schaltet und die Spur wechselt. Amrit sagt weiterhin nichts, sieht manchmal aus dem Fenster und schreibt manchmal eine SMS. Jeet möchte ihm sagen, dass er nicht trauern soll; sein Onkel, der Wächter, sei ein Märtyrer und ein Held, der Amrit nach Delhi geschickt habe, damit er sich der höchsten Sache anschließe.

Doch Ranjit schläft und Jeet ist schon viele Monate nicht mehr Auto gefahren; dieses alte Modell hat eine heikle Schaltung. Daher ist er still, blickt auf die Straße und nimmt Amrits Schweigen ganz in sich auf.

Die Schnellstraße wird siebenspurig, dann acht- und dann neunspurig. Jeet lenkt den Wagen durch enge Lücken zwischen Motorrollern, Taxis, Jeeps und Siedlungen. Sie fahren an einem Elefanten vorbei, der zum Baraat eines Bräutigams trottet und einen Trompetenspieler in Flitterweste auf dem Nacken sitzen hat.

«Wann sind wir da, Sita? Wann? Amarnath! Lord Shiv, euch bin ich verpflichtet. Ich will den Linga berühren, der zu- und abnimmt», sagt Ranjit seufzend.

Obwohl Jeet am Steuer sitzt, ist es ihm unerträglich, mitanzusehen, wie die Straße immer vertrauter wird. Da sind die Hochzeitsfarmen, wo Väter von mindestens vier Bräuten heute Abend Räume für ihre Betiyan gemietet haben. Dann die Steinplattenverkaufsstellen; dann die niedrigen Häuser und die Geschäfte mit den heruntergelassenen Rollläden. Im Vergleich zum Verkehrskollaps während des Tages wirken die Straßen leer. Jeet rast über die Ringroad, als würde er Bergpässe überqueren, um seinem Leben ein Ende zu machen. Das Schaukeln und Schlenkern beruhigt Ranjit, und er fängt an zu schnarchen. Halt still, alter Herr, denkt Jeet. *Träume, dass wir gleich mitten in die verdammten Berge gelangen.*

Die Luft wird dicker. Der gelbe Smog, den sie in Dhimbala hinter sich gelassen haben, holt sie hier wieder ein. Er erstickt jeden Lärm; er versperrt fast jegliche Sicht auf die Straße. Jeet fährt über Überführungen und unter den oberirdisch fahrenden U-Bahnen hindurch; er achtet nicht auf die schlafenden Enklaven und Hochhäuser-Wohnblocks der Stadt ringsum, die anfangs noch niedrig sind und sich dann immer schwindelerregender auftürmen – einst war er auch noch stolz auf jeden Zentimeter Beton und Glas, als hätte er es selbst geschaffen. Jetzt kommt es ihm so vor, als sei diese Straße ein alter Freund, von dem er sich gelöst hat – hier gibt es nichts, dem er nicht ins Auge blicken könnte –, er ist diese Strecke gefahren, seit er sechzehn ist, vom Stadtrand bis in die Stadtmitte. Er fährt mit dem kleinen Wagen überall herum; die U-Bahn-Stationen über ihnen sind beleuchtete, seltsame Nachtpforten. Beim Satyagraha Marg verirrt er sich, fährt rechts, wieder rechts und wieder scharf rechts; dann muss er im Schneckentempo fahren und merkt schließlich, dass er ganz in der Nähe des Delhi Gate ist. Er gelangt nicht ins Zentrum; der Wagen ist von Leuten umrundet, die einzeln, zu zweit, zu fünft, zu zehnt und in Gruppen zu zwanzig zu Fuß gehen, Taschenlampen und Trikolorefähnchen in der Hand. Eine Flut von Jungen, Männern und Frauen – mehr als Napurthala oder Chandigarh – geht durch den Smog zum Ramlila Maidan. Auf dem Bapuji sein Fasten veranstaltet.

Jeet hält am Straßenrand. Er versucht, Ranjit zu wecken, und hilft ihm auf.

«Sind wir da? Wann kommen wir an?», fragt Ranjit; er kann kaum allein stehen.

«Wir müssen noch eine Weile gehen», sagt Jeet. «Wenigstens sind hier viele andere Pilger, die uns warmhalten! So viele haben sich zu dem Marsch versammelt – hier müssen fünf- oder zehntausend Leute sein – die größte Menschenmenge, die wir je gesehen haben. Überall vor dem Nachthimmel werden safranfarbene, weiße und grüne Fahnen geschwenkt, das Rad in der Mitte spinnt im Wind. Eine Gruppe kommt singend auf uns zu.»

Jeet kann seinen Atem vor seinem Mund sehen. Er ist froh über das Company-Jackett, die Überreste von Bapujis Shahtoosh unter seinen Yogi-Wickeltüchern. Unter den Jugendlichen in ihren wattierten Puffa-Jacken fühlt er sich wie ein Stachel. Manche tragen Bapujis Maske – andere haben die Gesichter mit Flaggen bemalt – wieder andere tragen Sita-Devi-Transparente mit monatealten Bildern von Sita und Bapuji – und die meisten tragen Gandhikappen. Sita Devi! Keiner achtet auf Jeet. Ein junger Mann, der auf sie zukommt, dreht ab, als röchen sie sogar in diesem Smog noch nach Dhimbala.

Nach dem ganzen langen Tag, der vor Monaten an einem Dienstagabend begonnen hatte, hätte er deshalb fast geschrien.

Ich bin hier.

«Ich merke gar keine Steigung», sagt Ranjit. «Sind wir denn da?»

«Beinah», sagt Jeet ihm direkt ins Ohr. «Bleiben Sie dicht bei mir.»

Auf der Suche nach einem Orientierungspunkt blickt Jeet zurück – der Wagen ist seitlich geparkt, wie ein Gedankenstrich neben einer Company-Reklame für ein neues Ökoauto. Jeet hilft Ranjit – was schwer ist – Amrit ist auf der anderen Straßenseite, still und verschlossen – Jeet hat das Gefühl, als trüge er beide. Er sieht sekundenlang Burberry-Futter aufleuchten, Ralph Lauren-Pelze, Zara, Mango, Marks and Spencer, Woodlands, Kim & Kareena; die Soldaten der neuesten indischen Kultur sind auf dem Marsch und mischen sich mit denen der Stadtrandbezirke, der Kleinstädte und Dörfer, durch die Jeet und Amrit gerade gefahren sind.

Hier sind die Leute für die neue Musterarmee. Jeet möchte sie um sich scharen. Hier sind keine Flugzeuge, keine Züge, keine Autos. Nicht einmal ein Fahrrad kann hier durchfahren. Jeet erlebt es jetzt endlich: Die Leute gehen auf einmal zu Fuß. Manche schwenken Fahnen, andere heben selbst gemachte Transparente hoch. *Es ist Zeit,* denkt er, *dass jeder wählen muss. Wessen Welt wollen wir? Die von Jeet oder die von Sita? Wollen die Leute eine junge Erbin oder einen selbst ernannten Krieger des Dharma? Einen Mann, der jeden Kreis dieser Erde überlebt hat, um jetzt und hier aufzusteigen? Oder eine Frau, die nichts als ihren Namen hat?* Er versucht, einzelne Gesichter zu erkennen, kann aber nur Marken und Kleider sehen.

Jeet hat Bapuji zugesehen und von ihm gelernt: Schmeichle den Menschen – das verlangen sie von dir. Zeig ihnen Reinheit, um den Verfall zu verbergen. Befolge die Riten und nenne es Freiheit. Biete ihnen Reichtümer an, die Gott gesegnet hat. Geld, Gesundheit, Glück, der Einzelne, die Familie, die Nation – was gibt es mehr im Leben?

Jeet wird einen alten Stamm moderner Menschen schaffen, der sich für alle seine Versprechen begeistert. Er wird sich ihre Traurigkeit und Wut zunutze machen. Er wird sie im Dienste Gottes und des Landes arbeiten lassen. Er schultert seinen Vater. Um ihn herum tasten sich die Menschen durch den Smog. Wenn ein Mensch blind ist, kann man ihn führen, denkt Jeet. Er merkt sich diese Erkenntnis für später, wenn die Zeit dafür gekommen ist. In Kaschmir.

Den Bühnenlichtern folgend, kämpfen sie sich weiter auf das Kundgebungsgelände vor, bis sie zu einer Planenmarkise kommen. Ein Meer von Körpern sitzt still vor einer kleinen fast leeren Bühne, auf der sich nur ein weiß umhüllter Tisch befindet, ein Mikrofon mit Ständer und zwei riesige Bilder im Hintergrund, eines von Gandhiji und eines von Bapuji, beide in Weiß gehüllt und mit einer Kette aus Tagetesblumen um den Hals.

Jeet sieht überall Polizisten mit Handys und private Sicherheitskräfte in Karohemden und Jacketts, mit Kopfhörern, Walkie-Talkies und Spürhunden. Es riecht nach Zwiebeln und Gebratenem – irgendwo wird Essen gekocht, um die Tausenden von Menschen zu verköstigen. Gesichter tauchen aus der Dunkelheit auf: zur Hälfte braune und zur Hälfte weiße Masken; diejenigen, die keine haben, benutzen ihre Schals, um sich vor dem Smog zu schützen.

«Sind wir jetzt in Amarnath? Wie ist das möglich?», fragt Ranjit. «Ich kann Pakora riechen, und mir ist recht warm. Ich spüre Leute – aber warum rührt sich niemand?»

«Nein, das ist nicht Amarnath», sagt Jeet. Er drückt seine Augen in die Augenhöhlen, bis hinter seinen Lidern leuchtend safrangelbe Girlanden erblühen. Dann gibt er auf.

«Kannst du nicht den lieblichen Bergwind auf deinem Gesicht spüren? Thand toh lagni chahiye.»

«Nein, eigentlich riecht es hier nach Kartoffeln.»

«Stell dir vor, du wärst in der frischen Bergluft», sagt Jeet. Er bedeutet Amrit, Ranjit loszulassen. Dann geht er mit seinem Vater langsam um das Zelt herum.

«Überall ist dichter Smog», sagt er. «Ringsum ist alles vereist.»

«Ja! Doch wie poetisch deine Stimme jetzt klingt, fast, als seist du gebildet», sagt Ranjit.

«Nein, keineswegs. Das bildest du dir ein. Ich bin noch genau derselbe, nur trage ich ein besseres Jackett, das ich eurer Freundlichkeit verdanke.»

«Widersprich mir nicht; ich höre, was ich höre.»

Sie gelangen nach vorne, wo man trotz der Sicherheitskräfte, die Jeet gesehen hat, leicht durch die Bambusabsperrung schlüpfen kann. Sie klettern gemeinsam darüber: Rudra, der Naph, in sein safrangelbes Tuch gewickelt, mit Sandelholz-Mala und einem schwarzen Bart, der sein Gesicht verdeckt. Ranjit mit graubraunem Schultertuch und weißer Kappe.

«Alter Mann, lieber Herr», sagt Jeet. «Um uns herum erheben sich die Hänge der Kaschmirberge. Die Schneegrenze. Die schwarzen, zerklüfteten Felsen. Die Eisbrücke, auf der man, wenn man sie im Frühjahr betritt, durch eine Spalte fällt, die so tief ist, dass man dort versteinert. Wir können nicht bis zum Eis von Amarnath gehen, wir haben Glück, dass wir bei dieser Kälte so weit gekommen sind. Die Straße schließt sich gleich hinter uns. Wir sind durch Mauern aus festem Weiß gefahren. Wenn Ihr nur sehen könntet, wie majestätisch die Berge sind! Es ist Mittag. Könnt Ihr nicht fühlen, wie der Berg das reine Licht reflektiert? Könnt Ihr es nicht hinter Euren armen Augen wahrnehmen? Wenn ich hinabschaue, sehe ich die Flügelspitzen der Adler, die unter uns niederstoßen und Spatzen jagen, so klein wie Mäuse. Ich kann die Safranpflücker singen hören, während sie sich unermüdlich bücken. Hört nur!»

Er hilft Ranjit den Hang hinauf auf die Bühne und singt ins Ohr seines Vaters:

«*Wie rosafarben ist der Safran, schweißgebadet sammeln wir ihn zu Haufen, bald, viel zu bald, wird es feucht in der Stadt. Genieße den herrlichen Anblick, o Samad! Wie rosafarben ist der Safran!* Es ist wunderbar! Ihr kennt es, Sir, dort ist ein Junge, der versucht, den Pilgern den Weg freizuräumen, und der Steine auf dem Kopf trägt. Was für eine Arbeit! Eine Ameise, die ihre Krume zu ihrem Bau trägt. Die Eseljungen sind da unten, wo wir begonnen haben, und versuchen, für ihren Raat ka Khaana etwas zu essen zu bekommen; und es gibt Pilger, die steigen hinauf und tragen ihre Bündel als Haarschopf. Männer und Frauen, alle steigen wir hinauf – Hai Ram, wie hoch oben wir sind, und es geht so steil nach unten, dass mir schwindelt! Ich kann aus solcher Höhe nicht nach unten sehen, sonst stürze ich ab.»

«Geh weiter und lass mich stehen, wo du jetzt stehst», sagt Ranjit. Mit zitternder Stimme fängt er an zu singen:

«Om bhur bhuvah svaha

Tat savitur varenyam.»

Dann stürzte er bäuchlings auf die Bühne.

«Hey, Uncle, was ist mit Euch? Ihr seid gestürzt!»

Jeet kniet sich hin, schüttelt Ranjit und setzt ihn auf.

«Seid Ihr ausgerutscht? Wer war bei Euch? Könnt Ihr aufstehen? Hap, hap, so ist's gut.»

«Ich kann nichts sehen», sagt sein Vater. «Ek admi mere saath tha … ek basti wala.»

«Ihr habt Glück, Uncleji, Gott hat Euch heute gesegnet. Seht Ihr jetzt etwas? Ihr seid in Delhi, bei Bapuji, auf dem Ramlila Maidan.»

Mit sanfter Stimme führt Jeet, der den Arm um seinen Vater gelegt hat, ihn in die Menschenmenge.

«Meine Damen und Herren, wir heißen Bapuji willkommen!», schreit einer von den Männern auf der Bühne ins Mikro. Als Antwort Geschrei von überall ringsum; mit Schrecken erblickt Jeet Kritik Sahib – und Bapuji bei ihm. In einer sauberen, weißen Kurta, eine zu einem Diadem gebundene Tagetesgirlande um den alten Kopf statt um den Hals, wo sie hingehört.

«Was ist los?», fragt Ranjit.

Die Menschenmenge steht geschlossen da und beginnt mit ihren Jubelschreien – die immer lauter werden, bis Jeet Ranjit alleinlassen, zurück auf die Bühne springen und rufen will: *Ich bin da, ich, Jeet, und Rudra, euer Junge!* Doch keiner würde zuhören. Er ist jetzt zu weit weg von der Sturmnacht, in der Rudra an der Hand durch die ihn herzlich empfangenden Menschenmengen in Napurthala geführt worden war.

Auf dem Bildschirm über der Bühne sieht man eine Nahaufnahme von Bapujis Gesicht: Man sieht, dass es ihm wirklich nicht gut geht. Sein Blick wandert hin und her, seine Haut ist bleich. *Dann muss es wohl stimmen,* denkt Jeet, *dass er sich seit Wochen geweigert hat, etwas zu essen.* Jetzt tritt einer aus Bapujis Hundertschaft mit einem Mikrofon nach vorne – derselbe Glückliche aus Chandigarh, denkt Jeet. Er verkündet, dass *er* der Menge jetzt etwas vortragen wird, was Bapuji im Tihar-Gefängnis geschrieben hat.

Rudra macht einen Schritt zurück – er meint, den Sprecher zu kennen, dessen Vater ein hochrangiger Staatsdiener oder dergleichen ist. Jeet glaubt, er habe der Schwester dieses Typen beigebracht, wie man niederkniet (und dabei den richtigen Druck ausübt, die richtige Tiefe und Bewegung für die größtmögliche Befriedigung, natürlich ein Dienst an ihrem zukünftigen Ehemann). Der Shahtoosh unter Jeets Hose scheuert: Er möchte sich für Bapuji umziehen. In Bapujis Lächeln, in seinem Blick über ihre Köpfe hinweg sieht Jeet Gargi, wenn sie etwas benötigt, um das sie nicht direkt bitten kann. Er wartet. Ranjit wartet ebenfalls. Sein Gesicht ist so verschrumpelt, als hätte man ihn zu lange ins Wasser gehalten. Kamerateams, Radio, Zeitungsjournalisten – ist das Ashutosh? Handys – alle warten. Die Company besitzt Aktien aller Mediennetzwerke, denkt Jeet. Wie viel Geld verdient Gargi heute Abend, während ihr Vater hier ist? Jubelschreie aus dem Stadion. Bapuji, der seit einer Woche oder noch länger nicht geredet hat, macht den Mund auf. Er zeigt auf die Menge. Er lacht.

«Mäuse! Hat jemand eine Katze mitgebracht?»

«Ist das Devraj? Mein alter Freund?», fragt Ranjit in die Luft.

Bapuji räuspert sich; sein Gesicht wird ernst. Er ignoriert all die Männer, die sich hinter ihm auf der Bühne anrempeln. Einer von ihnen, in Polizeiuniform, spricht in sein Handy.

«So viele von Ihnen sind gekommen, um mich zu sehen. So viele sind aufgestanden und haben mich gebeten, ihre Lebensprobleme zu lösen. Geben Sie sich nicht selbst die Schuld, junger Mann, wenn Ihre Frau Sie betrügt. Die ganze Welt treibt Unzucht – das ist normal. Mäuse und Elefanten tun alle dasselbe. Was sagen Sie?»

Die Menge brüllt: *Bapuji*!

Fünftausend Stimmen, von Geschäftsleuten bis zu jungen College-mädchen und -jungen – die gewöhnlichen Menschen, die er kennengelernt hat – rufen alle:

«*Mar! Mar! Mar! Mar! Mar! Mar! Mar! Korruption, Mar!*»

Die Bühnenlichter flammen plötzlich auf und erlöschen: ein Spannungsstoß und dann ein Blackout. Tausende von Handys werden in die Höhe gehalten. In diesem Wald aus Leuchtfrüchten beherrscht Rudra der Sprechgesang; vielleicht braucht er nie wieder Essen oder Wasser, na und? Von der ersten Napurthala-Kundgebung bis nach Chandigarh und zu den Basti-Jungen, die von ihm angeleitet werden wollten – bis zu alledem hier, den ihn beobachtenden Augen, den Händen, die ihm applaudieren – er hat sich hoch erhoben, seine Sinne sind erweitert, als sei Fleisch keine Materie, wie schön, wie dunkel und leicht.

Dann ein Ansturm dunkler Gestalten; aus den Rufen werden Schreie. Die Leute auf dem Gelände fallen übereinander, werfen ihn um, stoßen Ranjit. Die Polizei schreit zurück: Stehen bleiben! Stehen bleiben! Sie stürmen durch das Zelt, heben Leute vom Boden oder treten sie beiseite. Die Menschenmenge teilt sich und stürzt in alle Richtungen davon. Auf der Bühne herrscht Verwirrung.

«Ranjitji, wir müssen gehen», sagt Rudra. Er zerrt seinen Vater nach hinten und denkt: *Wo sollen wir hingehen?* Fast muss er Ranjit durch den Rauch und die Dunkelheit tragen; er merkt, dass ringsum Steine fliegen, und fängt an zu weinen – weißer Rauch mischt sich mit dem Smog – Tränengas. Wegen Ranjits Augen muss er von hier fort.

«*Ich, meins, meins*», stöhnt Ranjit. Dann gelangen sie stolpernd über den Maidan und geraten irgendwie auf die Hauptstraße, mitgerissen von den Leuten, die versuchen, in die Straßen zu flüchten. Der Wagen steht noch unter dem Company-Schild. Und Amrit? Sie können nicht auf ihn warten. Jeet schnallt Ranjit auf dem Rücksitz fest, setzt sich ans Steuer und fährt rückwärts durch die Menge – dann haben sie freie Fahrt und sausen durch die Stadt. Jeet verlässt die Altstadt; er passiert das India Gate und fährt den ganzen Weg zurück, um die mit Mittelstreifen versehenen Straßen und endlosen Kreisel der Empirestadt herum. Willkommen zu Hause, sagen die breiten, leeren Boulevards – vorbei an den Stadthäusern der Fürstenstaaten und an riesigen Bungalows, die ihre Geheimnisse in Schränken unter Verschluss halten. Er ist zu Hause! Jeet drückt das Gaspedal so fest durch wie früher, als er noch jünger war; er braust an den Ampeln vorbei, immer weiter, vorbei an der Überführung, wo silberne Ballonskulpturen sich auf der Verkehrsinsel erheben, als feierten sie seine Rückkehr. Vorbei an der Aurobindo-Schule und am INA-Markt, folgt er der unterirdischen Yellow Line, bis er am Qutb Minar ist, und fährt von dort in das weiße Labyrinth aus Mauern, auf dem holprigen Weg, der nie repariert wird, weil keiner weiß, wer für die Schlaglöcher zuständig ist. Langsam, langsam, dann nach links abbiegen und wieder links und wieder links – zur Farm.

Am Tor lässt Jeet die Fensterscheibe ein Stück herunter, sodass man seine Augen sehen kann. Er räuspert sich, ein Fahrer, der höchsten Respekt zeigt.

«*Komme, um ein Geschenk für die Gastgeber abzuliefern. Koi hai?*», sagt er.

«Nahinji. Surendraji ist in Mumbai, Radha und Gargi Madam sind in den Norden gefahren. Jivan Sir ist bei ihnen.»

«Ich bringe Ranjit Sahib», sagt er.

«Wo sind wir?», fragt Ranjit.

Als der Chaukidar seine Stimme hört, tritt er einen Schritt zurück. «Oh!», sagt er mit einem Grinsen. Dann schwenkt das Tor auf.

Rudra nimmt die Straße zum Häuschen seines Vaters, die am Rand des Grundstücks entlangführt. Sie begegnen niemandem; der Smog hängt tief über dem Boden, und die Wagenlichter prallen von dort ab und verwandeln jeden Baum und Strauch in einen vielfingerigen Dämon. Warum rechnet er damit, dass dort alles geplündert worden ist? Der Rasen ist ordentlich gemäht. Die Blümchen in den Töpfen und Kübeln sind frisch gegossen. Dort drüben steht ein Stück, das er vergessen hatte – eine rote Sandsteinskulptur aus dem Uttar Pradesh des fünften Jahrhunderts, die Eberinkarnation Vishnus, der die Erde in Form einer versunkenen Frau rettet, die sich am Meeresgrund verirrt hat – die immer noch von einer ursprünglichen, lunaren Fremdheit ist.

Er setzt Ranjit auf der Veranda ab. Sie ist gefegt, auf der Glasplatte des Tischs steht nur noch ein Kristallaschenbecher, in dem eine Schachtel Company-Streichhölzer vorschriftsgemäß auf der Schmalseite liegt und deren Inhalt darauf wartet, angezündet zu werden. Im Haus beruhigt ihn der starke Geruch nach Lederpolitur und getrockneten Rosen; er denkt an die Speisen, die er bestellen wird, an die Drinks, die er sich wieder zu Gemüte führen kann. Ein weiches Bett wartet auf ihn: In einer Stunde könnte er sauber und satt einschlafen. Er öffnet den zweiten Schlafzimmerschrank, in dem ein Anzug aus Wolle und einer aus Leinen hängen, um die eine gestreifte Hochschulkrawatte geschlungen ist, beide in Plastikhüllen von der chemischen Reinigung.

Er geht umher, ohne etwas zu sagen; einen Moment lang stellt er sich in das dunkle, getäfelte Wohnzimmer, macht den Fernseher an, in dem gerade eine Star-Plus-Serie läuft, schaltet um, Reklame für eine Gesichtsaufhellungscreme, schaltet um, ein neuer Typ Kühlschrank samt glücklicher Bibi, *der die Sachen länger frisch hält*, schaltet um, eine neue Art Farbe für Außenwände, die sich selbst säubert, er schaltet um, ein paar Kids in leuchtender Benettonkleidung, die angezogen vom Pier ins Meer springen, und zwar zu dem Slogan: *Inko InCo pasand hai! Fun! Fun! Fun! Fun! Fun!*

Inhe, denkt Jeet; sogar der Slogan ist korrupt – das erste Wort sollte *Inhe* heißen. Er schaltet wieder um: ein Hollywoodfilm über das Ende der Welt. Die Freiheitsstatue ist unter Wasser, und man sieht nur noch ihre Fackel. Der Präsident der Vereinigten Staaten wird in Sicherheit gebracht. Jeet braucht einen Augenblick, bis er merkt, dass der Film synchronisiert und auf Hindi ist: Die Weißen sprechen braun. Er schaltet wieder um – NDTV – da ist es ja: das Ende der Kundgebung. Die Polizei stößt die Menschenmenge mit Stöcken zurück. Es gibt Berichte über Tränengas: Eine College-Studentin hilft ihrem Freund weinend vom Maidan. Bapuji ist nicht mehr da. Man glaubt, seine jüngste Tochter Sita sei bei ihm. Die Company-Angelegenheiten sind auf dem Tiefstand; die Regierung muss für diese Ausschreitungen aufkommen. Wer hat die Polizei geschickt? Wer leitet die Company? Darf man so vorgehen, wenn das Kaschmir-Hotel auf dem Spiel steht? Jeet wartet, dass der Bildschirm schwarz wird – dass jemand merkt, dass die Kameras zu weit gegangen sind (muss das ganze Land das sehen?). Die Reporterin heißt Nina; sie ist ein ganz gewöhnliches, hübsches Mädchen, denkt Jeet, das eine Brille trägt und ein Hemd mit Nehrukragen. Sie sagt: Was geht hier eigentlich vor? Indien hat ein Recht darauf, dies zu wissen.

Mit der Fernbedienung in der Hand geht Jeet nach draußen zu seinem Vater. Ein Golfmobil hält auf der anderen Seite der Grünfläche. Der Fahrer springt heraus und kommt auf sie zu.

Jeets Herz schlägt erst langsamer und dann schneller. Er tut einen Schritt zurück in den dunklen Hauseingang und spürt ein Brausen in den Ohren, eine Erinnerung an den Sandsturm. Am ordentlichen Jackett, am Brillenrahmen und an der bescheidenen Körperhaltung erkennt er, wer es ist: Uppal.

«Aré wah!» Uppal kommt grinsend herbei, mit erhobenen Händen, als priese er Gott. «Dann hat der Chaukidar nicht gelogen», sagt er. «Hier sind Sie, Ranjit, Sie alter Verrückter, warum sind Sie hierher zurückgekommen? Wissen Sie nicht, dass eine Belohnung auf Sie ausgesetzt ist?»

Er steht an der Verandatreppe und wartet grinsend auf Ranjits Antwort.

«Wir haben Sie die ganze Zeit gesucht», sagt Uppal, «während Radha Madam Witwe wurde. Allein dafür sollten Sie sterben.»

«Bhaiyya! Mein Freund!», schreit Ranjit.

Jeet kann sich nicht bewegen. Die Erinnerung an die Abende unter dem Neembaum nimmt ihn gefangen, als er den Jungen zuhörte, den Fragen über Fragen. Und Uppal auf dem Dhaba-Fernseher, immer lächelnd und für Gargi sprechend, als sei er ihr Vater.

«Wer sind Sie, meri bhen ki lodi?»

Jeet beobachtet Uppal – in dem Wissen, dass er nur einen orange gewandeten Weisen in einem gebrauchten Company-Jackett und mit einem Bart sieht, der sein Gesicht bedeckt.

«Warum ist dieser heilige Mann bei Ihnen, Ranjit? Suchen Sie, nach allem, was Sie getan haben, spirituelle Anleitung? Ist Ihnen klar, dass er nur hier ist, um eine Belohnung zu bekommen? Und Sie», sagt er zu Jeet. «Es gibt eine Prämie, wenn Sie jemanden verletzen – sind Sie bereit, zu verlieren?»

Uppal greift in sein Jackett, Jeet tritt ins Licht. Er sieht, wie Uppal die Kinnlade herunterklappt, wie sein Kopf sich nach hinten bewegt.

«Sie?», sagt er. «Sie sind zurück?»

Was geschah dann? Etwas glitzerte in Uppals Hand – Rudra sah etwas glitzern – eine Klinge – vielleicht wie diejenige, die man zum Ausnehmen von Fischen benutzt – und er dachte: *Wenn Rudra jetzt stirbt, heute Nacht, wird es niemanden geben, der Zeuge ist oder sich grämt.*

«*Aré bhaisahib*», hatte Jeet geplappert. Er hörte sich mit hoher, seltsamer Stimme sprechen. *Na maro, main aapko haath jodke bolta hoon. Aré bhaiyya, joke mat karo – mujhe pata hai aap aisa nahin kar sakte, yahan mat aaya karo, mat aao, mat aao, bleiben Sie draußen, kein Eintritt, Sir.* Auch etwas über Gnade – ja – er bat Uppal um Gnade. Mit trockener Kehle, zitternden Gliedern, wallendem Blut hatte er den Aschenbecher gepackt und auf die Ecke des Glastischs geschmettert. Der Tisch war stabiler, als er aussah – die Glasplatte hielt stand, der Aschenbecher zersplitterte, und Jeet hielt eine gläserne Sense mit gezackter Kante in der Hand. Hinter ihm schrie Ranjit, der Klang drang direkt zu Jeets brennenden Augen vor. Er hatte sich auf Uppal geworfen, ihm seinen freien Arm umgedreht und ihn zu Boden gerungen – so wie früher, als er klein und Jivan der Chiru gewesen war und ihr Vater ausgerufen hatte:

«*Töte! Töte!*»

Uppal schrie.

Rudra bog Uppals Kopf mit aller Kraft zurück, an der zarten Stelle des Halses, wo die Luftröhre ist, ein Apfelkerngehäuse. Dann spannte er den Arm an – Uppals Augen quollen hervor, als er versuchte, sich zu wehren, doch er konnte nicht das Geringste gegen die Knie auf Brust und Armen tun, gegen die Hände an seinem Kopf, den zurückgebogenen Kopf, den ungeschützten, bettelnden Hals. Jeet saß rittlings auf dem keuchenden Mann, sah eine Zunge, Zähne, die dunkle Höhle der Stimme, dann schlitzte er die Haut mit einem tiefen Schnitt auf. Warmes, dickflüssiges Rot. Uppals Schreie endeten mit einem Gurgeln, als Muskeln und Knorpel von der schönen Scherbe zu einem roten Lächeln zerschnitten wurden. Das Blut schoss über das Gras, floss über Rudras Hände und Knie. Uppal zitterte und regte sich nicht mehr. Sein Gesicht war tränenüberströmt. Wessen Tränen? Sie fielen aus Rudras Augen auf Haut, die über Knochen gespannt war, in einem überraschten Grinsen darüber, dass der Tod so schnell eintreten konnte, dass Hände so verfahren konnten, um die aus der Welt zu räumen, die nicht da sein sollten.

«Ist er tot?», schrie Ranjit.

Wenn du nur sehen könntest, denkt Jeet. *Was dein Sohn alles kann.*

Er gab der Leiche einen Fußtritt. Die Körperöffnungen gähnten ihn an. Er steckte den Arm in Uppals Jackett und stieß auf ein silbernes Handy, das er packte und einsteckte.

Dann schleppte er die Leiche neben das Haus und zog dabei einen roten Teppich aus Blut hinter sich her. Für einen so kleinen Mann war Uppal schwer, und zum allerersten Mal verweigerte er die Zusammenarbeit. Wie zuvorkommend er gewesen war, als er noch lebte – tot jedoch sackte er hierhin und dorthin. Das Blut rann aus seinem Körper in die Erde. Jeet kam zur Hintertür des Bungalows und hielt am Waschstein inne. Der Körper war noch warm: Dafür war er dankbar. Dann stieß er ihn die Treppe hinunter in den Keller, die Füße verdrehten sich, die Haare verfingen sich in Jeets Bart. Er verschluckte ein paar Haare, er konnte nichts dagegen tun. Besudelt lehnte er die Leiche gegen die Aktenschränke und schloss die Kellertür.

Töten ist ein natürliches Element des Krieges. Töten als Opfer ist kein Mord. Jeet steht im Bad, von Kopf bis Fuß rot. Zum ersten Mal im Leben versteht er das Opfer Appadharma, ein Verhalten, zu dem man in Zeiten großer Krise verpflichtet ist. Er dreht die Dusche auf, das Wasser ist leuchtend orange; es wäscht seine Füße in Blut.

Aus dem Spiegelschrank seines Vaters entnimmt er ein Goldfläschchen; er reibt sich eine Mischung aus reinem Jasmin und Rosenöl auf die Haut. Seine Knochen liegen dicht unter der Oberfläche, seine Muskeln sind hart geworden. Er nimmt eine Schere und dann ein Rasiermesser für Kopf und Gesicht. Haarlocken fallen zu Boden und ins Waschbecken. Jeet zeigt sich wieder.

Genießt Augen, Mund und Nase. Genießt die Piercings und sauberen Knochenlinien. Genießt das Rauschen in seinem Blut, den Schmerz, der etwas signalisiert, was zu fühlen er sich seit Monaten nicht mehr erlaubt hat.

Die Sachen, die er dagelassen hat, befinden sich hier im Schrank seines Vaters. Ein silberner Kurta, von dem er kaum glauben kann, dass er je ihm gehört hat. Seine Jeans: gewaschen, gebügelt, verstaut. Er nimmt sich ein T-Shirt aus Ranjits Beständen und zieht seine Jeans an. Seine Füße passen nicht mehr in seine schwarzen Slipper, deshalb behält er seine Basti Chappals an, die er mit Socken trägt. Hier ist sein Handy: *sein Handy!* Seine Brieftasche, voller Karten. Er packt so viel Geld, wie er im Haus finden kann, in ein Täschchen. Die Company-Kappe behält er auf, um sein Gesicht zu verdecken. Er öffnet seine Ohr-Piercings wieder.

Draußen ist Ranjit schlafend im Sessel zusammengesackt. Jeet holt die Streichhölzer zwischen den Glasscherben hervor; dann zündet er die Überreste von Bapujis Shahtoosh an. Phat! Weg sind sie. So brennen echte, reine Substanzen.

Wo kann er seinen Vater hinbringen? Es gibt nur einen Ort, an dem keiner Ranjit suchen wird, wo keiner auf sein Stöhnen achtet. Ein paar Zimmer über einem Metzgerladen, in denen es nur um zwei junge Männer ging, die durch selbst gewählte Namen aneinander gebunden waren. Dort, dachte Jeet, würde er nie alt werden oder sterben. Liebe war dort, und der einzige Mensch, dem Jeet je vertraut hat. Er wird seinen Vater und die halbe Tasche Bargeld zurück nach Alt-Delhi bringen. Geld, Vertrauen, Glück. Er wird Ranjit bei Vik lassen.

§

Das Tihar-Gefängnis? Dachtest du, dort sei ich gewesen?

Oh nein, das war Kritiks Idee – er hat das nur für die Medien erfunden. Wir haben es für die gute Sache getan, und als wir im ganzen Land Stimmen gesammelt hatten und Füße, die für uns marschierten, sind die Leute zu uns gekommen. Wie soll man ihnen einen Anreiz verschaffen? Leuten aus allen Schichten? Dazu braucht man Geschick und Strategien. Geschichtenerzählen hilft. Wir versammelten Hundert und nochmals Hundert und abermals Hundert, und jedes Hundert führte zu weiteren hundert Menschen, die Kleinstädte und Großstädte mobilisierten und uns ruckartig zu Bewusstsein kommen ließen, als Wiedergeborene.

Wir fasteten und schwiegen, der Reinheit wegen, Reinheit des Herzens, des Denkens, der Worte und Taten. Für Indien, unser geliebtes Land, baten wir die Menschenmengen eindringlich, die Beine geschlossen zu halten, den Mund geöffnet, die Hand vor dem Mund, die Augen geschlossen und das Wort durch die Öffnung zu empfangen, die nicht blockiert werden kann.

Geschichten sind ebenso sehr ein Gefängnis wie eine Befreiung.

Wir haben uns auf dem Ramlila Maidan hinter der Bühne versammelt und auf unser Stichwort gewartet. Ich hatte seit Tagen nicht mehr gesprochen. Auch hatte ich keinen Tropfen zu mir genommen. Keinen Tropfen Trost, Wasser, Pommes frites oder Soße. Denn auf jedem Reiskorn steht mein Name geschrieben.

Schnelle Mädchen, schnelle Autos, schnelle Zeiten. Schneller und schneller durch die Jahre, reißt die Seiten ganz und gar durch.

Fasten.

Einzig an Gewicht habe ich verloren. Die Definition von Korruption? Geld zu Ware, Dienstleistungen zu Lust, Körper in ihre Körper, seine Körper, aller Körper, gebadet in ihren Wert auf Erden. Bezahlen, um zu entrinnen und um zu bleiben. Ist nicht alles sehr flüchtig? Wir alle sind auf Gedeih und Verderb anderen Zungen ausgeliefert. Wir leben unser Leben in Übersetzungen. Ich bin Indien, habe ich zu ihnen gesagt. Ich bin ihr.

Brennende Asche schwebt im Wind. Eine rotheiße, sengende Nacht. Die darauf wartet, Funken zu sprühen. Schnaufen und Keuchen und Verbrennen. Wenn der Wind sich dreht, verbrennt die Bücher, um euch zu wärmen.

Entschuldigt. Mr Stinku, bist du es? Kannst du mich sehen?

Der Fluss im Hintergrund floss einst frisch und schnell. Fünf Stockwerke stürzen in diesem Haus ein – jedes Holzpaneel, jeder Querbalken wurde einst eigens geschnitzt und würdevoll angebracht.

Im Keller hat eine Hündin Junge zur Welt gebracht. Yip-yip! Sie knurrt, damit wir ihnen nicht nahekommen. Vielleicht jagen wir mit ihnen, oder wir jagen sie, wenn nicht, dann seht nach! Und seht, wie sie knurrt! Ihre Jungen sind in Sicherheit. Wir alle sind hier in Sicherheit. Bewacht von diesem schönen Engel mit den hübschen braunen Füßen, der sich über unseren Köpfen dreht.

Ich hörte, dass die Leichen der Pandits und aller, die sie verstecken wollten, in den Jhelum geworfen worden seien. Ich hörte, man habe manche gegessen. Nein. Das muss gelogen sein. Aber wissen Sie, sie waren die herrschende Klasse. Und jetzt sind ihre Schulhäuser kaputt und ihre Geschichten fangen Feuer. Das ist der Lauf dieser Welt. Die sich weiterdreht.

Seitdem herrschten Folter und Tod. Ganze Tempel sind dem gewidmet, im Namen der Mutter, Mama 2. Ich lege zu viel Nachdruck darauf? Das tun wir alle. Wir profitieren davon, um zu überleben.

Bevor das Ende kommen muss, werden wir tanzen müssen. Und ein wenig Trost bieten, in Form von Sita. Gestern freundliche Hände und sanfte Augen. Unter dem Vergissmeinnicht-Himmel.

Heute Abend, in der Diwalinacht, wird es ein Feuerwerk geben. Eine neue Company-Hochburg wird ihre Türen öffnen. Das am hellsten erleuchtete und verborgenste Haus zwischen dem Norden und dem Staat. Im Kaschmir-Korridor werden die Blendungswaffen geschmiedet.

Blickt auf und macht euch auf ein Staunen gefasst.

Schweigen für das Volk!

V

SITA

Eins

Und immer noch warten alle darauf, dass sie sagt: *Es tut mir leid.* Sita zündet sich eine Zigarette an. Inhaliert. Atmet aus. Sie wird nicht sagen, wo sie den ganzen Sommer gewesen ist – es gibt anderes zu erzählen. Sie wird nicht sagen, dass sie jetzt ‹verloren› auf Tamil sagen kann. Ilantu. Und dieses Wort kann sie in Kringelschrift schreiben: Der erste Buchstabe sieht aus wie eine Frau im Schneidersitz, die ihren Dupatta über sich geworfen hat. Ilantu. Sie weiß nicht, wie das Wort auf Kashmiri heißt, kann aber zumindest sagen: «Vakhet kyaah aav?»

Seit einer Woche ist sie jetzt hier. In Srinagar, der Stadt ihrer Vaterwünsche und Mutterträume. Sie war die ganze Nacht direkt von den Protesten in Delhi nach Jammu gefahren, dann ruhte sie einen Tag und fast eine ganze Nacht lang in Jammu aus, bevor sie nach Srinagar weiterreiste. Auf dem Beifahrersitz saß Kritik Uncle, der gekleidet war, als käme er gerade aus dem Dorf: mit einem Turban, der so gebunden war, dass man sein Gesicht fast nicht sah. Sita saß mit Papa auf dem Rücksitz. Er schlief mit offenem Mund, den Kopf am Gurt.

Bei Tagesanbruch erreichten sie die Stadt. Das Licht war blassgold, und als sie die Boulevards entlangfuhren, warfen die Platanen Blätter auf sie herab, als wären sie die Sieger bei einer Spielshow. Die Stadt war still, alle Fensterläden waren verschlossen. Sita erhaschte ihren ersten Blick auf den See, der ruhig dalag. Auf allen Seiten erhoben sich Berge. Was sie erstaunte.

*

Kritik Uncle sagt, das sichere Haus gehöre einem Freund ihres Vaters. Es ist ein neu gebauter Betonkasten, der seine graue Schulter der Altstadt zuwendet. Sie fragt danach – sie weiß, dass ihr Vater hier offiziell kein Land besitzen darf; ebenso wenig wie sie oder ihre Schwestern – sie weiß, dass das Haus immer noch steht, in dem ihre Mutter ihre Kindheit verbracht hatte – irgendwo in der Altstadt – sie versteht nicht, wie man dem Hotel erlauben konnte, Artikel 370 zu verwischen, der ja versucht, alle unter Kontrolle zu behalten. Sie kennt das Gesetz auf dem Papier – und weiß daher, dass das Company-Hotel nicht existieren dürfte. Sie fragt, so laut sie kann:

«Wieso sind wir überhaupt hier?»

Kritik Uncle antwortet nicht. Er bittet sie, um ihres Vaters willen still zu sein. Sie sind wegen ihr und wegen ihm in Srinagar, wegen der Kampagne. Der Eröffnungsabend steht vor der Tür. Er hat etwas geplant. Was?

Jetzt zum sicheren Haus. Fünf Zimmer auf jedem der drei Stockwerke. Die meisten sind frei. In jedem Zimmer dunkler, ungestrichener Beton und nackte Glühbirnen. Ungeschmückte Wände, Türen zu Vorzimmern, Türen zu Schlafzimmern, Innentüren zu Badezimmern. Alle spartanisch, fast ohne Möbel. Ein paar dieser Zimmer bewohnt sie allein.

Ihr Badezimmer hat zwei Innentüren, die ihre Schlafstätte mit der von Papa verbinden. Alle Zimmer haben ganz kleine Fenster.

Als sie in Srinagar ankamen, wurden sie von einem Krankenpfleger empfangen. Im Haus gab es auch einen Koch, einen Topfspüler und einen Diener. Sie beharrten darauf, dass Sita ihren Papa selbst auszog. Seitdem hat sie ihn jeden Tag fast nackt sehen müssen. Unter seinem Kurta hat er zwei überraschend spitze Brüste, die von Mahagonibrustwarzen gekrönt sind, wie gespitzte Lippen, die auf einen Kuss warten. Seine Knochen sind ein sichtbarer Käfig, der sein Herz an Ort und Stelle hält. Sie versucht, seinen Körper nicht anzusehen, und erblickt stattdessen eine zerknitterte Landkarte, die sie nicht lesen will, jedoch lesen muss. Die Nebenflüsse seiner Adern schwellen jetzt blau unter seiner Haut an und verblassen dann wieder, als trockneten sie aus. Mit zitternder Hand bedeutet er ihr, näher zu kommen. Sie hat seine ausgemergelten Muskeln gesehen; er macht Sauggeräusche, als küsste er ihre Hündchen, die früher um ihn herumjaulten. Dann blickt er auf und sucht Applaus. Sie lächelt ihn an – doch er wird unsicher, streckt die Hand nach ihr aus: In seinen Fingerspitzen klaffen scharfe, tiefe Schnitte. Der Pfleger sagt, Papa sei erschöpft, er brauche nur Zeit.

Papas Zimmer ist wie die meisten anderen in diesem Haus: leer, bis auf die dicken, handgewebten Teppiche von Wand zu Wand. Das einzige Möbelstück ist ein Eindringling: ein Krankenhausbettsessel, dessen Seitenstäbe und Riemen verhindern, dass er herausfällt. Sita findet, er solle im ländlichen England von aristokratischen Mädchen gepflegt werden, die Abby heißen (Schutzunterkunft) oder Florence (wie eine Bulbul) oder Megan (mit blasser Haut wie rötliche Perlen). Er sollte besser in die Schweiz oder nach Dubai gehen und sich in einer stillen Privatklinik erholen, in der ihn die Spitzenmedizin wiederherstellen würde. Doch Kritik Uncle sagt, es mache keinen guten Eindruck, wenn er Indien jetzt verließe: Bapuji müsse zur Eröffnung seines Hotels hier in Srinagar sein. *Meine Proteste* – denkt Sita – *die Straßen – meine Pläne*. Er kann jetzt nicht weg. Kampagne ke liye, yahin rehna hai, sagt Kritik Uncle.

Hier wären also der Bettsessel und Papa. Sitas Hände lernen, wie man ihn handhabt, ihre Stimme lernt, beruhigend zu wirken, ihre Tränenkanäle, Tränen zu vergießen.

Papa ist nur ein Mann, der erschöpft daliegt. Wenn er sich zum Essen aufsetzt, streckt er die haarlosen, mageren Arme und die rosafarbenen, leeren Handflächen auf die Knie aus. Und wartet, dass sie ihn füttert.

Sein Körper ist knochig, doch sein Fleisch ist schwer. Wenn Sita versucht, ihn umzudrehen, greift er nach den Enden ihres Dupatta und zwingt sie, ihr Rückgrat nach hinten zu biegen. Ihre Muskeln schreien unter seinem Gewicht. Ihn zu küssen fühlt sich an, als küsse sie sich selbst. Wenn er nach ihr greift, wird die Beschaffenheit seiner Haut zu ihrer eigenen: Ihre Hände sind plötzlich sechzig Jahre älter. Er riecht süß – wie Affen im Babyalter, wenn sie Milch bekommen haben. Sein Kopf nickt ihrem Busen zu, und sie will wegrennen, beißen, treten, alles, bloß nicht sanft sein und lächeln. Sie weiß, dass draußen kleine Vögel sind, mit Punkhaaren und brauner Brust. Sie schwirren manchmal flatternd und pfeifend zwischen den Bäumen hindurch und landen an ihrem Fenster. Sie fragt sich, ob ihre Großmutter sie auch sieht, wenn sie sich aus dem Balkon ihres Krankenzimmers in Napurthala lehnt.

Kritik Uncle ist die ganzen Monate zwischen dem Hotel und dem sicheren Haus hin- und hergelaufen. Er habe, sagt er, ein Auge darauf geworfen, ob es damit vorangehe. Papas Nachfolger aus Delhi, Jammu und Srinagar kommen und gehen. Die meisten hat sie noch nie gesehen. Sie versuchen entweder, sie nicht anzublicken, oder glotzen sie an wie Kühe, ohne jede Intelligenz. Sie hat versucht, mit ihnen zu sprechen – Guten Tag, bitte, danke – doch alle lauschen sie darauf, dass sie – was genau sagt?

In Papas sicherem Haus gibt es keine Bücher. Sita hat nur ihr Tamil-Englisch-Wörterbuch dabei, das sie sich im Sommer gekauft hat. Zwischen den Seiten hat sie Setzlinge gepresst. Wenn sie sich mit dem Wörterbuch hinsetzt, stört sie keiner. Ein, zwei Stunden pro Tag kann sie sich in Definitionen versenken.

Lost – Definitionen und Bedeutung von ilantu – auf Englisch –
Adjektiv
– nicht sinnlich oder gedanklich erfassbar
– unfähig zu funktionieren; ohne Hilfe
– nicht mehr im Besitz oder unter der Kontrolle von jemandem; kann nicht gefunden oder wiedererlangt werden
  Beispiele:
– verlorene Freunde
– sein verlorenes Buch
– geistig oder körperlich dem Untergang geweiht oder zerstört
  Beispiele:

- eine verlorene Generation
- der verlorene Zug Infanterie
- nicht verdient oder gewonnen
  Beispiel:
- ein verlorener Preis
- die Richtung verloren haben; verwirrt in Bezug auf Zeit, Ort oder persönliche Identität
  Beispiel:
- verwirrt von vielen widersprüchlichen Situationen oder Aussagen; voller Verwirrung
  Beispiele:
- verblüfft und verwirrt
- ein unklarer und konfuser Philosoph
- was nicht zurückerlangt oder wiedergewonnen werden kann
  Beispiel:
- gedankenverloren
  Substantiv
- Menschen, denen bestimmt ist, bald zu sterben

Ilantu. In ihren Tagträumen trägt sie Shorts und T-Shirt, streift im alten Königreich von Polonnaruwa umher, schläft in einem Zelt und stellt jeden Morgen beim Aufstehen fest, dass sie ihr Bettzeug mit kahlköpfigen Makaken teilt. Sie, die tagsüber nervös sind und zittern, kriechen nachts unter ihre Zeltleinwand, um sich an ihrer Haut zu wärmen. Sie blinzeln sie mit urzeitlichen Reptilienaugen an und beschenken sie mit einem Kaka und Pipi. Sie haben sie adoptiert, während sie daran arbeitet, dass ihnen nichts passiert.

Einatmen. Ausatmen. *Für die Öko-Kriegerin-und-Indische-Tochter gibt es keine Duty-Free-Zigaretten.* Sie macht die Kippe aus; Asche fällt auf die Wörterbuchseiten, sie wischt sie ab. Verbranntes Papier saugt sich in sich selbst zurück. Sie markiert die Seite mit der gepressten, getrockneten Samenschote einer Hopea Cordifolia. Gefährdet, fast ausgestorben. Sie klappt das Buch zu. Eines Tages wird sie dort weiterlesen.

Sie möchte nach draußen gehen. Am Ende der Straße wartet der schöne Tag – ein Himmel-und-Hölle-Spiel aus Wärme und Kälte. Sita reckt den Hals – sie kann das Markttreiben beinah spüren, die frisch gebackenen Girda- und Lavasamonde schmecken. Der Duft heißen Brots erinnert sie an Cambridge morgens im Winter, an Kaffee und Fitzbillies-Chelsea-Brötchen. Nach Nächten, die sie lernend, trinkend oder debattierend zugebracht hatte, die King's Parade mit dem Rad hinunterzusausen, dann zum Castel Hill hinaufzusteigen, um den Sonnenaufgang über der Stadt zu sehen. Es war nur ein kleiner Berg, aber er hatte es in sich. Sie stieg hinauf, stand da und rannte wieder hinunter. Die Teigschnecke aus süßem Brot und Rosinen war dann ihre Belohnung.

Sie haucht das Glas an und schreibt ihren Namen: Sita. Sie sieht eine Frau in schwarzem Chadar die Straße entlanggehen; ihre kleine Tochter in Hijab, schickem Schulschottenrock und Blazer hüpft neben ihr her. Die beiden halten sich an der Hand, reden, vielleicht über die Schule – was wird sie heute im Unterricht lernen? Das kleine Mädchen blickt zu ihrer Mutter auf, die etwas zu ihr sagt. Beide lachen, dann biegen sie um die Ecke und sind verschwunden.

Ihr ganzes Leben hat Sita von ihren Schwestern von der Zeit erzählt bekommen, die sie in Srinagar verbrachten. Radha sprach gerne davon, wie sie zum ersten Mal Schnee sah. Dass sie Gargi an der Hand halten musste, weil Nanu sie dazu angehalten hatte, wo sie doch am liebsten losgerannt und geschlittert und herumgepurzelt wäre und sich wie ein arktisches Hündchen in die Kälte eingegraben hätte. Radha stieg zu ihr ins Bett, um ihr zu zeigen, wie die jungen Hunde sich im Winter ein Lager machen. *Radha liebt ihr Bett so sehr, dass sie es heiraten sollte* – damit zogen sie sie immer auf. Gargi hatte Erinnerungen an Krocket- und Babygolf-Partien auf dem Rasen des Grand Palace über der Stadt, während Papa und Ranjit Uncle sich um die Geschäfte kümmerten. An solche Dinge erinnert sich Gargi. Das muss 1984 gewesen sein.

Papa sagte immer zu ihr, die Stadt gehöre ihr und er würde dafür sorgen, dass sie sie bekommen werde. Sie ließ ihn reden, bis sie ihn nicht mehr hören konnte. Auf dem College las sie jedes Buch über Indien, jeden Artikel und jeden Blog, jeden leidenschaftlichen Bericht und Gegenbericht aus den Archiven der Weltmedien und NGOs. Sie sah sich die Vlogs von Aktivisten und Patrioten an, sammelte Blogs des Triumphs und des Widerstands, bestellte Bücher über die Toten von Dichtern und Dramatikern, Journalisten und Gleichgesinnten, deren Worte sie zum Weinen brachten – Zeilen schwarz-weißer Trauer, die verschwammen, bis sie ihr zuzuwinken schienen.

Als die Armee im Jahr 2010 eine Ausgangssperre über Srinagar verhängte und 100 protestierende Teenager von indischen Soldaten erschossen wurden, war Sita in einer Cambridger Bibliothek in Sicherheit. Sie organisierte Studentenseminare in ihrer Fakultät, lud Sprecher ein, schrieb Journalisten an, grub die Geschichte ihrer Mutter aus und debattierte und diskutierte darüber. Leute, Camps, Städte – diese Dinge nahmen für sie den Platz zwischen den Wörtern und dem Leben ein. Sie organisierte Filmvorführungen und hängte Plakate von jedem Film auf, der in Srinagar gedreht wurde, seitdem sich ihre Eltern kennengelernt hatten. Die antimuslimischen Filme mit ihren indischen Armeehelden, die Gangsterstreifen des einheimischen Widerstands. Die unabhängigen Männer mit ihren Filmkameras: die ihr Leben für eine Festivalwelt filmten. Die Söhne, die verschwanden, und die Frauen mit gebrochenen Herzen; selbst die bittersüßen Liebenden aus *Kabhi Kabhi*, bei dem Gargi ihr übers Haar strich. Wie versteinert von dem Land hinter den Schauspielern – saftig und grün, verbarg es so viel Kummer und wurde so geliebt. Und ihr wurde klar, dass dies nicht genügte. Und sie versuchte, sich zu sagen, dass es nicht in ihrer Hand lag.

Irgendwo in dieser Stadt sucht momentan ein indischer Filmregisseur von Leidenschaft getrieben nach Drehorten für den ersten Film, der hier nach Jahren gedreht werden soll. Sie fragt sich, was für eine Geschichte sie ihm erzählen solle, wenn sie ihn träfe. Würde er sie, wie es in ihren kaum besuchten Seminaren oder den von ihr organisierten Vorträgen immer wieder geschah, danach fragen, warum ihr Vater, der seinem Land so verschrieben war, dass man ihn im Westen Mr India nannte, hier überhaupt ein Hotel eröffnete? Was würde sie darauf antworten? *Ich weiß es nicht.* Vielleicht würde dieser Regisseur mit ihr reden wollen wie sonst keiner: über ihre geistige Verfassung, über die staatlich sanktionierten Vergewaltigungen von Frauen und Mädchen, die Blendung von Jungen und Männern mit Schrotflinten und Gummigeschossen. Vielleicht würde er sie bitten, mit ihrem Körper auf die Hybris ihres Vaters zu antworten, für den kurzsichtigen Gehorsam ihrer Schwestern.

Sie sehnt sich danach, auf Erkundung zu gehen. Sie weiß, dass sie nicht hier sein sollte. Kritik Uncle sagt, es stünde ihr frei, nach draußen zu gehen, doch bisher hat man sie davon ‹abgehalten›. Sie will das Haus ihrer Mutter finden – und ihre Schwestern wiedersehen, ganz gleich, was Kritik Uncle über sie erzählt.

Ihre Ankunft liegt eine Woche zurück. Am ersten Morgen saß sie mit Kritik Uncle im Empfangsraum im ersten Stock. Man servierte ihnen üppigen Kahwa, mit Zimt und Safran, in Porzellanbechern, die mit englischen Blumen bemalt waren, mit wilder Iris und gelbem Stechginster. Eine Auswahl Parle-Kekse wurde ihnen auf einem Teller angeboten und angenommen. Sita schenkte Tee ein, Kritik Uncle nahm einen Keks; er erzählte ihr, dass die Macht während ihrer Abwesenheit den Sommer über Gargi den Kopf verdreht habe.

«Sie tut jetzt so, als leite sie die Company. Verzeihung, die India Company. Welche Arroganz!»

Kritik Uncle brach den Keks entzwei. Er aß erst die eine Hälfte, dann die andere und wischte sich die Krümel vom Mund. Er sagte, obwohl Gargi selbst versuche, die Übertragung der Aktien zu verzögern, die Ranjit Uncle Sita schenken wolle, werde sich diese Sache vermutlich hinziehen und jahrelang vor Gericht verhandelt werden. Das werde der Company ein Dorn im Auge sein. Er wolle versuchen, die Sache zu lösen, sagte er. Indem er Sita und Bapuji am Eröffnungsabend ihren Schwestern präsentiert, vor aller Augen.

Er nannte sie ‹Sita Beti›. Er sagte, sie solle mehr Macht haben als Gargi. Dann nahm er noch einen Keks, den er diesmal in den Tee tauchte.

«Und Radha?», hatte sie gefragt.

Er saugte an seinem Keks und nannte Radha eine *Junglee. Chi chi chi chi chi.* Sie esse jetzt die ganze Nacht – sagte Kritik Uncle – und schlafe bis zum Mittag. Zerfetze ihre Suite. Weigere sich, auch nur den kleinsten Ausflug zu machen, ohne mindestens fünfundzwanzig Sicherheitsbeamte mitzunehmen, manchmal verlange sie sogar noch mehr. Er sagte, er sei nicht überrascht – da, wie jeder wisse, mütterlicherseits alle hysterisch seien.

Als ob dies nicht schon schlimm genug wäre, sagte er zu Sita (die es zwar schon wusste, aber dennoch schockiert war, als sie es hörte):

«Dein Bubu Jiju ist tot.»

Bubu! Sita mochte ihn von ihren zwei Schwägern am liebsten. Sie hielt ihn für einen Trottel – doch für jede Zigarette, die er ihr stahl, ließ er sie eine von seinen rauchen. Er zog sie mit ihrem Idealismus auf, doch sie hatte immer das Gefühl, dass er sie respektierte, weil sie ihren Stammbaum nicht mit sich herumschleppte. Armer Bubu. Das hatte er nicht verdient.

Als spürte er, dass er sie verlor, hatte Kritik Uncle gesagt:

«Weißt du, dass Bubu und Radha einen meiner Männer fast umgebracht haben, indem sie ihn der sengenden Sonne ausgesetzt haben? Außerdem haben sie deinem Vater das Gefühl gegeben, nicht willkommen zu sein, und ihn gezwungen, dem großen Sturm die Stirn zu bieten. Sieh selbst. Er ist jetzt so kaputt wie der Napurthala-Palast.»

«Ich will meine Schwestern sehen», sagte sie. «Kritik Uncle, du hast versprochen, dass wir zu ihnen gehen, sobald wir hier sind.»

Er versprach, dass sie zu ihnen fahren würden, wenn der richtige Augenblick gekommen sei – durch die Stadt und die kurvenreiche Straße hinauf, die neu gebaut worden war, just für diesen Zweck, bis zum Tor des neuen Hotels. Sie solle ihm vertrauen, sagte er. Sie müsse warten.

Sie fragte Kritik Uncle nach Jeet Bahiya. Er hatte ihr stattdessen von Ranjit Uncles unehelichem Sohn Jivan Singh erzählt, der aus Amerika zurückgekommen sei – hier hielt Kritik Uncle inne und räusperte sich einmal, zweimal, und noch einmal – und sich jetzt um Radha kümmere, während er für Gargi unentbehrlich werde – ihr näher stehe, als dieser Kameena, Uppal, ihr je hätte sein können. Er sagte:

«Und stell mir keine Fragen über Ranjit. Geblendet. Mit den Nägeln deiner Schwester. Tot.»

Sita zeigte nicht, wie schockiert sie war, und fragte: «*Wo ist er? Wo ist Jeet?*»

Auf dem Teller lagen keine Kekse mehr. Kritik hatte sie angeblickt und den Kopf geschüttelt.

«*Ich weiß es nicht*», sagte er.

Er hat keine Ahnung, wo Jeet ist. Das bestärkt sie schließlich in dem Glauben, dass alle anderen Geschichten, die er ihr erzählt hat, wahr sind.

Sie geht im sicheren Haus in ihrem Zimmer auf und ab und denkt an Gargi, die in Delhi auf und ab gehen musste und nie fähig gewesen war, ihre Gefühle mitzuteilen. Immer so kritisch. Zog Sita rosa Kleider an, wenn sie um alle anderen Farben bat – violett, blau, gelb, ganz gleich. Immer redete sie laut über ihre eigenen Leistungen, vor allen Leuten, und gleichzeitig drängte sie sie aus dem Haus, fort von der Familie, in die Welt hinaus, manchmal mit so viel Nachdruck, dass Sita das Gefühl hatte, ihre Schwester wolle sie nicht bei sich haben. Und Radha, von der Sita rauchen und sich rasieren lernte und die, als Sita dreizehn war, hinter Nanus Rücken eine Banane schälte und damit den Unterschied zwischen Blowjobs und Handjobs demonstrierte sowie die Beschaffenheit von Sperma, das sie kreierte, indem sie die Banane zermatschte. Radha – ihre beißenden, albernen Scherze und ihre kuch-puch Worte, ihr MrGee-Twitter (von dem sie glaubt, keiner wisse darüber Bescheid) – keine von ihren beiden Schwestern hatte in all den Jahren, als sie zusammen aufwuchsen, jemals Jivan erwähnt.

Sita schließt alle Innentüren ab. Als sie allein im Schlafzimmer ist, raucht sie. Sie hat nur noch fünf Zigaretten übrig. Heute wird sie aus dem Haus gehen und mehr kaufen, mit einem englischen Akzent, um Mut zu fassen. Beim Inhalieren bekommt sie Krämpfe im Unterleib.

Noch etwas fällt ihr ein – sie hat keine Tampons dabei. Prima. Sie kennt die Stadt nicht, doch Kritik Uncle kann sie nicht davon abhalten, diese Dinge zu kaufen. Es gibt keine Frau, die sie fragen könnte. Selbst das Essen wird von Kritik Uncles Männern gekocht: Daal, Chawal, Hammel, Paneer. Viel mehr gibt es nicht.

Ein Kratzen draußen an der Tür. Sie drückt die Zigarette aus, streicht ihre Kameez glatt, richtet ihren Dupatta: lächel-lächel. Hat sie nicht jeden Tag gesehen, wie Radha es macht, all die Jahre, als sie zusammen aufwuchsen? Sich passend zu ihrer Rolle zu verhalten, gehört zu Sitas neuen Überlebenstechniken, ihre Schwestern wären stolz auf sie.

Sie öffnet die Tür.

«Ja, Kritik Uncle?»

Hier ist er, in einem schweren Woll-Pheran, der bis zu den Knöcheln reicht. Eine Putti ist noch um sein Gesicht gebunden. Sie versteht, dass er sich warm anzieht, aber nicht, warum er diese Kopfbedeckung trägt: Er sagt, er wolle auf der Straße nicht auffallen. Als könne er die Gewohnheiten dieser Stadt übernehmen. Eine Lüge, denkt sie. Das sollte er nicht tun.

«Irgendwelche Neuigkeiten?»

Er lächelt sein ‹Tut-mir-leid›-Lächeln. Sie denkt – dir tut gar nichts leid. Warum hast du es nicht verhindert? Es lag in deiner Hand. Du hättest all das verhindern können und hast nichts getan. Sie findet, sein Verbrechen besteht in seinem Stolz – den er Schlichtheit nennt.

«Ich hab dir Aprikosen mitgebracht, sieh mal!»

Er zieht eine kleine Tüte getrockneter Früchte aus seiner Hosentasche. Dick und golden, mit dem Versprechen auf die Welt dort draußen. Sie nimmt sie an. Die Aprikosen sind hart und verschrumpelt. Mit der anderen Hand greift sie sich an die Kehle und drückt leicht auf die Erhöhungen unter der Haut.

«Kritik Uncle», sagt sie. «Vielen Dank, dass du Papa geholfen hast. Ich weiß nicht, was er ohne dich täte. Oder ich.»

Sie nimmt seine leere Hand, beugt sich vor und gibt ihm einen Kuss auf die Wange, um einen Punkt zu setzen.

«Natürlich, Beti, natürlich. Das ist doch nicht der Rede wert. Du bist doch auch meine Tochter, nicht? Genügt es nicht schon, dass du nach Hause gekommen bist?»

Sie wendet sich von ihm ab und verstaut die Aprikosen in ihrer Tasche. Sie sammelt ihr unbrauchbares Handy, ihren Laptop, ihr Wörterbuch und ihre Tagebücher ein. Es gibt hier keine Verbindung, offenbar herrscht im ganzen Bundesstaat e-Ausgangssperre. Sie muss losgehen und ein Internetcafé finden – eine Buchhandlung – es gibt beides, das weiß sie, sie hat es gelesen. In ihren Notizbüchern stehen Namenslisten, E-Mail-Adressen – von Studenten, die in Delhi mit ihr demonstriert hatten. Die Namen lesen sich jetzt wie ein Wunschzettel alternativen Lebens.

«Was machst du denn?», fragt Kritik.

«Kritik Uncle, wann gehen wir zu Gargi und Radha?», sagt sie.

«Sag mir, was los ist. Hast du Angst? Belästigt dich jemand?»

Er räuspert sich dreimal.

In bewusst heiterem Ton sagt sie:

«Du solltest dich umziehen, Uncle. Ich kann dich so nicht ansehen. Was hast du da an? Bitte mach dich frisch und zieh dir einen richtigen Anzug an. Dann können wir weiterreden. Ich will gar nicht daran denken, was du in diesem Aufzug alles getan hast. Bitte zieh dich um und komm als du selbst wieder.»

«Meine liebe Sita. Was ist los mit dir?» Er räuspert sich und neigt den Kopf.

«Kritik Uncle, ich muss nach draußen. Ich muss ein paar Frauendinge kaufen.»

Er geht zu ihr und fasst sie an den Schultern. Sie stehen neben dem Bett; hinter ihnen ist das Fenster, der strahlend blaue Tag.

«Sei vorsichtig, Sita. Im Moment sind keine Unruhen zu befürchten, aber du kannst dich nicht einfach unters Volk mischen. Besonders für dich ist das zu gefährlich. Sag mir, was du brauchst, ich besorge es dir.»

Sie hebt die Arme und bringt ihren Dupatta in Ordnung; er muss sie gehen lassen.

«Nein. Ich setze meine Sonnenbrille auf und nehme meinen Rucksack mit. Ich sehe sowieso wie eine Touristin aus. Du sagst doch selbst immer, Touristen hätten hier nichts zu befürchten. Warum kämpfen wir so um das Hotel, wenn das nicht stimmt?»

«Sita. Du bist die Tochter eines in den Medien allgegenwärtigen VIPs. Es gibt hier Verletzungen, die du nicht verstehst.»

«Ich gehe ja nicht in die Altstadt, wenn du das meinst. Aber ich gehe aus dem Haus. Und wenn Papa aufwacht, bin ich wieder da.»

Kritik Uncle sagt, er meine nicht die Gefahr auf den Straßen.

«Muss ich noch deutlicher werden? Um dich zu beschützen, meine Liebe, habe ich dir nicht erzählt, was deine Schwestern alles getan haben. Aber sie werden nicht zögern – und alles Mögliche tun! Wenn sie wissen, dass wir hier sind. Lass uns also die Puja verrichten und sehen, ob wir Bapuji wecken können.»

«Kritik Uncle. Lass mich einfach mit dem Taxi zum Lal Chowk fahren, dort kann ich meine Einkäufe zu Fuß machen. Ich werde vorsichtig sein. Keiner wird mich sehen, das versprech ich dir. Wenn du mir jemanden hinterherschickst, werde ich sehr böse. Es ist nun mal an der Zeit – ich brauche Nachschub.»

Er lächelt und betrachtet sie kurz, dann zuckt er die Schultern. Er tritt einen Schritt zurück und lässt sie vorbei. Er deutet auf die Tür und lässt sie hinausgehen.

Sie macht fast einen Hüpfer. Nie hätte sie gedacht, dass er so leicht nachgeben würde! Bevor sie das Haus verlässt, sieht sie nach Papa. Sein schwer gezeichnetes Gesicht: offener Mund, Speichel in den Mundwinkeln, die geliebten Augen geschlossen. Als warte er auf einen Zauber, der ihn weckt, hat er die Zeit verschlafen. Er hatte kein Fieber, er war nur verwirrt. Erschöpfung, sagt der Pfleger. Eine Atemwegsinfektion. Die Belastungen der Kampagne und sein Fasten haben sein Immunsystem geschwächt. Nur Ruhe und Sita können ihn heilen.

Sie streichelt seine Stirn. Sie schluckt ihren Kummer hinunter und ruft sich in Erinnerung, dass das Leben jeden Herbst in leuchtendem

Rot und Gold geopfert wird; danach wird es wieder Frühling. Unweigerlich, die Natur sorgt dafür.

Das Taxi hält an der Ecke des Lal Chowk, dem Geschäftsmittelpunkt von Srinagar. Sita kennt den Ort aus Büchern und Filmen – sie hält an sich, um nicht sofort die Wagentür aufzureißen. *Mach langsam; bedeck deinen Kopf, Kritik Uncle zuliebe.* Dann begrüßt sie die Stadt. Die Menschen zur Hauptverkehrszeit, normale Menschen, sehr viele junge Leute, Künstler vielleicht oder Buchhalter und Käufer und Sekretärinnen, kommen aus den Gebäuden. Keiner von ihnen beachtet sie; alle eilen an ihr vorbei. Sie wird von ihnen mitgerissen, von den Klängen der Bollywoodliebessongs, die aus den Musikläden dröhnen, von den Einern – den jungen Männern –, den Zweiern –Liebespaaren – und den Dreiern – jungen Familien, die alle auf der Straße unterwegs sind. Licht strömt über die Einkaufszentren aus Beton. Es riecht intensiv und süß nach gerösteten Kastanien. Die Verkäufer blicken auf und bieten ihr ihre Schätze in Papiertüten an. Sie sieht die Gesichter junger Männer, die viel faltiger sind, als ihr Alter erwarten lässt, deren Augen verdeckt sind und die plötzlich lächeln und Schreie ausstoßen, mit denen sie im Vorbeigehen Freunde begrüßen. Hier folgt ihr keiner.

Auf einer von Bäumen gesäumten Straße stehen weiße Plastikkörper in einem Schaufenster, die mit Schultertüchern und Schals drapiert sind. Ein Ledergeschäft führt Taschen und Gürtel, die ihr gefallen – sie wird morgen wiederkommen. Ein Laden verkauft Gewürze; im Schaufenster liegen Päckchen mit Safran. Überall auf den Karren und vor den Ständen stapeln sich leuchtende Äpfel – tiefrot, rostbraun, golden gesprenkelt. Anderswo wird echter Honig von Kaschmirbienen verkauft, in Hunderten von Gläsern. Sie geht die verschiedenen Sorten des flüssigen Golds durch, probiert alle mit einem Holzstäbchen. Dieser Honig wird Papa gut schmecken: hergestellt von einheimischen Frauen und mit Kesar und Gulab aromatisiert.

Sie geht über die Straße zum Punjabi Restaurant, wo der Duft nach gheegetränktem Naan und Tandoorgewürzen vom Gestank des stehenden Wassers in den Rinnsteinen überdeckt wird. Sie spürt eine leichte Berührung, hört ein Geräusch: Eine Frau kauert auf dem Pflaster und streckt ihre geschwärzten Hände aus. Alle fünf Finger fehlen und ihr Ellenbogen ist in eine neue Form gebrochen. Ihr Gesicht kann nur verbrannt worden sein; die Hälfte ist ganz faltig, die Augen sind voller Quetschungen, rings um den Hals hat sie Male wie von einem Draht. Sie ist in Lumpen gehüllt, die so lose an ihrem Skelett herabhängen, dass man ihr Brustbein sieht. Ihre Brüste und Brustwarzen sind wie die von Papa. Sita geht weiter; die narbige Frau schleppt sich hinter ihr her und versucht, ihr etwas zu sagen. Um den Hals trägt sie an einer Kordel das Bild eines jungen Mannes. Um sie herum ertönt ein Hupkonzert.

Fast rennend duckt sich Sita in eine Nebenstraße – eine Sackgasse. Sie steigt die Stufen hinauf und steht in einem kleinen Park, ein von einem verrosteten, schmiedeeisernen Zaun umgebener Grasfleck. Hier fließt der Jhelum: schlammbraun und voller Wasserpflanzen. Die Leute kamen hierher, um spazieren zu gehen oder sich hinzusetzen, als sei es Feiertag und als wollten sie frische Luft schnappen. Die Bänke sind von jungen Männern belegt, die man jeglicher Tätigkeit beraubt hat und denen am Spätnachmittag nichts anderes übrig bleibt, als zu streiten oder in Erinnerungen zu schwelgen oder den Vögeln zuzusehen, die über das Wasser schießen.

Sie sieht die Shikaras vorbeigleiten. Sie will die Stadt mit eigenen Augen sehen. Doch die Filme – die Bücher – und wieder das Gefühl, es könne fast Cambridge sein – mit seinen Studenten, die den Fluss entlangstaken, vorbei an den tiefen Weinkellern der Colleges St. John's, King's und Queen's. Goldenes Licht flackert vom Wasser herüber – die Farbe ihres letzten Collegejahrs, als ihre einzige Sorge darin bestand, einen Platz unter der Nehrubüste in der Collegebibliothek zu ergattern (für gutes Gelingen, während sie für ihre Abschlussprüfung büffelte). Das Bedürfnis, zu rauchen, erzeugt Schwindel in ihr und rückt den Fluss näher heran; er schaukelt wieder davon, zurück zu seinen beunruhigenden Windungen, seinem Brüten.

Sita ist in das Leben ringsum vertieft. Die Stadt bröckelt, ist pockennarbig und zerstört, Neonlichter erhellen die Ladenfronten, während Plakate mit Jungengesichtern aufgehängt werden – an der Mauer dort drüben sind ganz viele alte Plakate – und Frauen, die die Jahrzehnte nach ihren Vermissten und Toten absuchen. Unter dem Kangrirauch und dem Lächeln: der beißend scharfe Geruch von Menschen, die immer auf der Hut sind. Sie versteht immer noch nicht, warum Papa und Kritik das Hotel unbedingt wollen. *Go India, go back*! – Geh, Indien, geh zurück! Dieses Graffiti hat sie in Bäume geschnitzt gesehen.

Wie wurde das Hotel genehmigt? Wer gab die Erlaubnis? Wer war dafür? Sie wusste, dass Kritik Uncle ihr nie die ganze Geschichte erzählen würde. Er würde sagen, niemand, nicht einmal ein Spion könne je richtig wissen, wie es gewesen sei.

Eine Gruppe junger Männer geht vorbei. Touristen wie sie selbst. Einer trägt einen karmesinroten Kapuzenpullover und Jeans. Er ist groß, findet sie. Gut aussehend. Der Gedanke überrascht sie. Die anderen halten sich ein wenig im Hintergrund, außer einem – der fast so groß ist wie der Kapuzentyp und Henkelohren hat. Sie versucht, ihn nicht anzulächeln. Doch sich vorzustellen, einen Fremden zu treffen und mit ihm zu flirten, ist für einen Moment lang ein gutes Gefühl. Die Romantik Srinagars besteht für die meisten ihrer ‹Freunde› genau darin. Die Jungen gehen hinter ihr vorbei und laufen den Bund entlang. Der mit den Henkelohren blickt kurz zurück – fast, als wolle er die Hand heben, denkt sie, um sie zu grüßen.

Sie beugt sich übers Geländer und blickt auf den Fluss bis zur Zero Bridge. Ein paar Hausboote schaukeln sanft, als der Ruf zum Gebet über das Wasser knistert und die Vögel aufschreckt, unzählige, lauter verschiedene Vögel, die sie nicht identifizieren kann, kreisen wie ein Aarti-Segen über ihrem Kopf und verschwinden in den Wolken. Die Sonne geht bald unter und die Temperatur sinkt. Sie kann schmecken, dass der Winter kommt.

Nachdem die Sonne verschwunden ist, bleibt rauchgraue Dämmerung zurück. Jetzt, wo das Licht fort ist, rafft Sita ihren Mantel um sich und wünscht sich einen Pheran und eine Kangri, um sich zu wärmen. Sie geht denselben Weg zurück und fragt sich, ob ihre Mutter je hier entlanggegangen ist. Man hat sie vor den wilden Hunden gewarnt, die die Straßen heimsuchen. Sie verschwindet in einen alten kleinen Bedarfsartikelladen, der alte Pakete mit Haarfarbe und Hautbleichungsmittel führt; seltsame blonde, blauäugige Models aus den 70er-Jahren starren sie aus den Regalen an. Sie sieht keinerlei Tampons und deutet stattdessen auf das höchste Regal über dem Kopf des Ladenjungen. Er steigt eine Leiter hinauf und wirft ein importiertes Paket mit vierundzwanzig Einlagen auf die Ladentheke: *Stayfree*.

Sie nimmt ein Taxi und fährt zurück zum sicheren Haus. Alle Häuser in der Straße sehen gleich aus – neue, simple, graue Betonbauten. An der Ecke steigt ein junger Mann aus einem Jeep und schließt die Tür zum Haus auf. Er ist es. Er hat denselben Kopf, dieselben Ohren wie der Junge, den sie zuvor gesehen hat. Einer von Kritik Uncles Leuten, seufzt sie. Kein Wunder, dass er sie hat gehen lassen.

Sie zählt die fünf Schritte vom Eingangstor bis zur Tür. Als sie in die Diele kommt, lauscht sie, ob sich etwas bewegt. Kritik Uncle taucht aus der Küche auf. Er trägt immer noch seinen Pheran, der Turban verdeckt sein Gesicht.

«Sita? Hast du deinen Spaziergang genossen? Gut. Komm. Wir warten alle oben auf dich.»

«Ist Papa wach?»

«Dich sollte er als Erstes sehen, wenn er die Augen aufschlägt.»

Das sagt Kritik Uncle immer, Tag für Tag; er möchte charmant sein, denkt sie. Papa scheint sich manchmal zu freuen, wenn sie zu ihm kommt. Doch meistens freut er sich nicht. An manchen Tagen erkennt er sie überhaupt nicht und nennt sie Nanu.

«Wir wollen sehen, was der Arzt sagt. Hast du ihn gerufen?»

«Wir haben den Pfleger aus der Gegend hier. Der hat deinen Papa zumindest ununterbrochen beobachtet.»

Ihr Vertrauen schrumpft, als sie die Kälte in Kritik Uncles Stimme hört. Alles an ihm verwandelt sie gefühlsmäßig in eine Zehnjährige zurück. Ohne Bücher, kaum gereist, abhängig von Gargis Erlaubnis, wenn sie sprechen, lachen, hüpfen will.

«Lass uns zur Puja gehen», sagt er.

Er geht hinter Sita die enge Treppe hinauf. Noch mehr Beton, noch mehr graue Wände. Das Oberlicht wirft blaue Rechtecke auf sie. Sita zieht sich den Dupatta über den Kopf und legt ihn sich um den Hals. Die Enden schlagen vielleicht leicht auf Kritik; falls ja, beschwert er sich nicht.

Das Vorzimmer ist ein grauer Kasten und der Teppich von stumpfem Braun. Darauf liegt ein Laken. Die Männer – es sind mindestens fünfzehn – sollten Geschäftsanzüge tragen, doch alle sind in Kurtas, in Pherans, in Jeans und Pullovern. All die Jahre über haben sie nichts anderes getan, als für Kritik Uncle zu spionieren, mit einer Geschicklichkeit, die sie gelernt haben, weil sie pausenlos beobachtet wurden. Jetzt sitzen sie da und sagen kein einziges Wort zu ihr – doch alle fragen sich, wo sie gewesen ist, mit wem und was sie alles gemacht hat. In der Mitte ihres Kreises sitzt ein Pandit mit nacktem Oberkörper und roten Perlen, dunklen Blutblasen auf seiner Haut, vor einer mit Folie bedeckten Kohlenpfanne und wartet darauf, mit den Gebeten beginnen zu können.

Sita zieht sich erneut die herunterrutschende Chunni über den Kopf und setzt sich im Schneidersitz neben den Pandit. Ein Löffel Erde, ein Streichholz – die Flammen zischen und steigen in die Höhe. Sie starrt hinein. Was hat Ranjit Uncle Radha angetan? Wie ist Bubu Jiju gestorben? Wo ist Jeet Bahiya? Warum hat Gargi nicht wenigstens probiert, alles in Ordnung zu bringen? Warum hat Kritik Uncle es nicht probiert? Keiner wird ihr etwas sagen – nur dass ihre Schwestern ihren Vater in der Dhimbala Basti im Sturm herumirren ließen.

«Om, shanti, shanti Om», betet sie mit der Gruppe.

Stirb nicht, Daddy. Komm zurück. *Bitte,* denkt sie. Lass mich nicht mit diesen Männern allein. Ich verspreche, dass ich nie wieder fortgehe.

Die Tür zum Innengemach geht auf, und der Pfleger erscheint. Er ist mittleren Alters und hat die knochigen Hände über seinen Pheran gelegt. Sein rasiertes Gesicht ist ausdruckslos.

«Wie geht es Bapuji?», fragt Sita.

«Er schläft, Madam.»

Über dem improvisierten Mandir hängt eine Schwarz-Weiß-Fotografie von Papa als flottem, jungem Mann mit vollem, dunklem Haar und faltenloser Stirn. Der Rahmen ist mit einer Tagetesgirlande geschmückt, als sei Bapuji schon tot. Sie schluckt, braucht Wasser, versucht, nicht an ihren hervorquellenden Tränen zu ersticken, die aufsteigen und herablaufen und sie verraten. Kummer dröhnt in ihren Ohren.

«Hai Bhagwan, gnädig und voller Mitgefühl!», betet sie. «Joh toota hai, usse sahi karo. Papa ko bachcha mat banao, bringt ihn zurück von dem Ort, an dem er umherirrt, bringt ihn zu mir zurück.»

Sie steht auf und geht vorsichtig zwischen den sitzenden Gläubigen hindurch zur Tür des Innengemachs. Der Pfleger hält sie ihr auf; sie zögert, merkt aber dann, dass er sie sanft hineindrängt. Als sie seine Hand spürt, hätte sie schreien können.

«Kommen Sie, Madam, kommen Sie. Keine Angst, ich bin sicher, dass er jetzt ruhig ist.» Glaubt der Pfleger, ihr Ekel und ihre Wut richteten sich gegen Papa?

«Paas aajao», sagt er. «Er soll Sie sehen, wenn er die Augen aufschlägt.»

Die Musik hört auf. Der ganze Raum blickt durch die offene Tür. Papa liegt in Wolldecken gewickelt im Bettsessel. Zu sehen ist nur sein hageres Gesicht. Sita. *Senk den Kopf, leck dir über die Lippen, berühre die von Papa leicht damit.* Das erwarten die Männer draußen von ihr. Sie küsst Papa auf die Stirn. Jasminduft und darunter Gestank, der beweist, dass man ihn angezogen hat, ohne ihn zu waschen. Kann keine Arbeit je richtig erledigt werden? Oder muss sie auch diese Aufgabe noch übernehmen?

«Mein lieber Papa. Sabh kuch theek ho jayega.»

«Ja», sagt der Pfleger. «Ein Kuss, und alles wird besser.»

Sita beachtet ihn nicht.

«Papa, was hast du in der Basti gemacht? Wer hat dich dorthin geschickt?»

Sie streichelt ihm die Stirn und glättet ihm das weiße Haar.

«Sita Rani!»

Es ist Kritik Uncle. Er steht hinter ihr, eine Spur zu dicht.

Hinter ihr wird immer lauter geflüstert, und ihr wird wieder klar, was Radha ihr immer beizubringen versuchte: Um etwas angemessen vorzutragen, braucht man Geschick. Noch mal.

«Wie konnten Gargi und Radha das tun?», sagt sie.

«Also im Ernst», sagt der Pfleger.

«Diese weißen Haare, diese traurigen Falten.»

«Natürlich hat sie recht, das ist es», sagt Kritik Uncle.

«Soll solch ein Mann in den Slums allein mit Armut und Schmutz zurechtkommen?», fragt Sita. Diesmal spricht sie den Pfleger an; er antwortet nur:

«Nahin beti, sprich nicht über diese Zeit.»

«Hast du das Gewitter in jener schrecklichen Nacht ganz allein erlebt, Held, der du bist? Der Blitz hätte dich treffen oder verletzen können, und dann hättest du niemanden gehabt, der dir hätte helfen können.»

Das gefällt ihnen besser. Keiner von ihnen merkt, dass sie ebenfalls gemeint sind.

Der Ausgewogenheit halber und um sicherzustellen, dass sie kein einziges Wort über ihre wahren Gefühle verliert, beschließt sie, Theater zu spielen, wie man es von ihr erwartet, nach Bollywoodmanier. Die tränenreichen Szenen großer, alter Männer, über die ihre händeringenden Töchter wachen, trauernde, tapfere Söhne, die alle weinen und klagen. Sie verfällt in Hindi, sagt *Dada* – das klingt in den Ohren der Männer erschütternder.

«Aap kaise chale gaye, itne gandh mein, im Schmutz, mit diesen Schweinen und Eseln in Dhimbala, haan? Chi, chi, Dada, gezwungen, durch Mitti und Scheiße zu waten – in diesem heftigen Regen, als hätte der Himmel geweint, Papa, auf deinen Kopf! Dass du noch bei uns bist,

ist ein Wunder, dass dein Geist stark geblieben ist. Das ist deine Kraft, Dada, bitte, wach auf! Wach auf!»

Hände versuchen, sie daran zu hindern, sich auf seinen Körper zu werfen – oder stoßen sie sie nach vorne? Die ganze Zeit denkt sie: Lasst mich gehen. Das ist nicht meine Stimme, das bin nicht ich, nicht ich, nicht ich, nicht ich – so viele Male, dass sie nicht mehr weiß, was wahr ist, ob ihr Theater eine Lüge ist oder ob die Lüge ein Theater, sodass sie vielleicht alles, was sie gesagt hat, ernst gemeint hat, oder auch nicht.

«Sita Madam, bleiben Sie ruhig.»

«Sita Madam, seien Sie still.»

«Sita Madam, singen Sie ihm ein Lied vor.»

Ob diejenigen, die um Gargi herum sind, ihr permanent sagen, wie sie sich zu benehmen hat? Ist sie gezwungen, mit jedem, mit dem sie spricht, zu streiten?

«Papaji? Bist du da?»

Man hört ein Stöhnen. Sita wird beinah weggedrängt. Mit Kritik Uncle zieht sie den hinteren Teil des Bettes hoch und schwenkt das untere Drittel nach unten, sodass die Füße ihres Vaters ein paar Zentimeter über dem Boden nackt herunterbaumeln.

«Was!»

Er erwacht, mit entsetzlich stinkendem Atem. Er schiebt die Decken mit den Armen weg und greift ins Leere, in ihre Richtung. Sita versucht, sich nicht zu bewegen und nicht zusammenzuzucken. Er beginnt zu sprechen, mitten im Satz, als redete er schon stundenlang und als wären sie nicht imstande gewesen, ihn zu hören.

«Aré maya, was ist da? Ja? Nein?»

Er blickt sie der Reihe nach an, sieht von einem zum anderen und weiter zum nächsten.

Sita packt seine Arme und versucht, sie wieder unter die Decke zu stecken. Er entwischt ihr immer wieder, schlägt seitlich ans Bett und streckt die Arme erneut nach ihr aus. Sie versucht ihm zu sagen, wer sie ist; sie fragt ihn, wie er sich fühlt. Er sieht sie an und blickt dann umher.

Die Männer des Havan stehen im Türrahmen, beobachten sie in Papas Gemach, hören ihm zu, als er fragt, was er getan habe, dass sein Dharma ihn hier behalte. Und bittet, dass er diesmal – bei diesem Turnus – Frieden finden möge. Er blickt sie an, als seien sie seine Kerkermeister und er der von Schuld Gebeutelte.

Sie hat ihn noch nie mit solch einem Gesichtsausdruck gesehen. Sie hatte mit Verwirrung gerechnet, das ja – doch vielleicht auch mit Freundlichkeit. Wie früher, wenn er köstliches, heißes Halva mit Mandeln gegessen hatte. Stattdessen wirkt er hellwach. Geradezu listig; berechnend. Durchtrieben.

«Papa, stehst du auf –»

«Auf was? Auf diese Welt?», fragt er und blickt umher.

«Wie sie einen bindet!», ruft er aus. «Was für Visionen sie einem eingibt!»

Mit den Blicken fordert er das Zimmer zu einer Antwort auf. Dann konzentriert er sich: Sita. Seine Gesichtszüge werden sanft. Er streckt die Hand aus und streichelt ihre Wange. Die aufgeplatzte Haut seiner Fingerspitzen kratzt sie ein wenig. Seine Stimme ist leise.

«Wer kennt nicht diese schöne Hoor? Wo bist du gestorben, dass du nun hier weilest?»

Die Männer treten vor und füllen das Zimmer aus. Sie stellen sich um das Bett herum. Als sie versuchen, die Hand ihres Vaters anzufassen, seine Füße, seine Haare, ist sie niedergeschmettert.

«Wir sollten ihn alleinlassen, er braucht Ruhe», sagt Sita. Keiner hört auf sie. «Kritik Uncle?», sagt sie. «Erklär ihnen das.»

«Nein, nein, er ist doch wach», sagt der Pfleger. «Es geht ihm gut, er wird sprechen», sagt einer der Männer. «Lasst ihn sprechen», sagt ein anderer. «Sprecht nicht, bevor er gesprochen hat –»

Die Worte überschlagen sich und überlagern einander: «Er ist kerngesund, er ist ein Held, er ist Devraj, er wird sprechen.»

«Main kahan hoon? Hum kahan hain? Ist es Morgen? Steht auf! Steht auf! Oder träume ich noch? Das ist nicht mein Körper. Diese Hand da – gehört mir nicht. Das ist das Bein meiner Tochter!»

Papaji kneift sich in den Oberschenkel. Die Stelle wird rot. Er brüllt auf.

Sita tut das Einzige, was ihr möglich ist. Sie bückt sich und merkt, wie die Männerschar ringsum einen Schritt zurücktritt. Ein Mann nach dem anderen holt sein Handy heraus. Warum? Sie zeigen auf sie. – *Wirklich?* Ah. Bereit, diesen klassischen Augenblick festzuhalten. Sita streckt sich vor, wobei ihr die Chuni über den Arm rutscht. Mit einer Handbewegung, die sie nicht mehr vollführt hat, seit Gargi sie mit Ladoos bestechen musste, streckt sie unter dem Klimpern ihrer Goldarmreifen die Hand aus und berührt die Füße ihres Vaters.

«Ram Ram, Papaji. Ram Ram.»

Tränen rinnen ihr die Wangen hinunter. Dann tritt sie einen Schritt zurück, während ihr Vater sich in seinem Sessel weiter nach unten schiebt. Vor ihr knüllt sich die Bettdecke zusammen: Er streckt seinerseits die Hand aus, um ihre Füße zu berühren.

«Papa!» Sie fängt ihn auf.

Er lässt zu, dass sie ihn festhält. Sie muss ihr ganzes Körpergewicht einsetzen, um ihn aufzurichten und wieder in den Sessel zu setzen. Es ist schwierig. Er will wissen, warum sie ihn hierhergebracht hat, er beschuldigt sie, keinen Respekt zu haben, ihn in geliehene Kleider gesteckt zu haben. Sie bemüht sich, ihn zu beruhigen, weiß aber, dass keiner – weder Kritik Uncle noch der Pfleger – ihr hilft. Er deutet über ihre Schulter auf Kritik Uncle und will wissen, wer das sei.

«Du trägst Lumpen», sagt er. «Das gefällt mir nicht. Und du da!» (Er sieht Sita an.) «Wein nicht, deine Tränen machen meine Füße nass. Ich hasse nasse Füße. Frau eines Rakshas! Warst du nicht in Sri Lanka? Sind deine Schwestern auch hier? Ich werde ihnen niemals vergeben.»

«Niemals, niemals», pflichtet sie ihm bei.

(Alle hier müssen verstehen, dass er nie wieder gesund wird.)

«So muss ein alter Mann also sterben? Dann macht schnell, ich bin ein Huhn, das aufs Hackmesser wartet. Hack, hack.»

Papa setzt sich in den Sessel zurück und schließt die Augen.

«Wir sind in Srinagar, Papa», sagt Sita.

Sie streichelt ihm übers Haar und fasst nach seiner Hand.

«Wir sind in einem sicheren Haus, einem schönen, neuen Haus. Und das neue Kashmir Company Hotel auf dem Berg sieht sehr schön aus und wartet auf dich. Alle warten auf dich.»

«Natak mat karo. Ich habe Besseres verdient.»

Sita entschlüpft ein zittriges Lachen. Selbst so kennt Papa sie. Als der Pfleger sich hinter ihr räuspert, hat sie die witzigsten Antworten parat. Er streckt seinen Arm über ihr nach Papa aus und zwingt sie, beiseitezutreten.

«Sita Madam», sagt er. «Sprechen sie jetzt nicht über die Vergangenheit, sonst wird Bapuji nur wieder wütend. Man sollte ihn nicht daran erinnern, was er alles verloren hat, sondern dafür sorgen, dass er ruhig und still bleibt.»

Wenn Radha hier wäre, würde sie mit einer erhobenen Augenbraue und einer spitzen Bemerkung, mit dem Zurückwerfen ihres Haars oder einem Schulterzucken dafür sorgen, dass sich alle schämen und ihr gehorchen. Wenn Gargi hier wäre, würden sie nicht einmal wagen, den Mund aufzumachen.

«Sehen Sie zu, dass er noch ein wenig schläft, und sagen Sie ihm, dass er sich ausruht», sagt der Pfleger.

«Gehen wir ein bisschen zu Fuß, Papa?», sagt sie.

Sie entfernt sich vom Pfleger.

«Ich werde zu Fuß gehen, agar tum walk karogi, lekin dheere», sagt ihr Papa.

Der Pfleger schüttelt den Kopf. Mit über der Brust verschränkten Armen geht er zurück zur Wand.

Sie wendet ihm den Rücken zu und hilft Papa auf die Beine. Keiner kommt und hilft ihr. Über ihre Schulter sieht sie, dass Kritik Uncle und die anderen Männer reden und sich aufregen – und darauf warten, dass sie sagt, was sie denkt.

«Kritik Uncle», sagt sie mit einer Stimme, die wie die von Gargi klingt. «Schick deine Spione, damit wir wissen, was meine Schwestern im Sinn haben. Ich will einen vollständigen Bericht. Wie können sie so etwas wagen? Wir müssen mit ihnen rechnen. Und schickt all diese Männer fort: Ich möchte mit Papa allein sein. Einer von euch soll dem Koch sagen, wir möchten heute Abend Tariwalla-Huhn, Chawal, Moong-ki-daal. Papa braucht feste Nahrung. Achtet darauf, dass der Joghurt frisch ist. In den nächsten paar Tagen wollen wir Wazwan essen, alle sechzehn Gänge: Der Koch soll die Lämmer schlachten.»

Kritik Uncle neigt den Kopf, als hätte er schon immer gewusst, dass sie solche Befehle erteilen könnte. Sanft lächelnd nennt er sie *Liebling* und sagt, er werde alles tun, was sie wolle; außerdem solle sie den guten Kampf kämpfen.

Noch bevor sie Zeit hat, darüber nachzudenken, verlässt er mit seinen Anhängern das Zimmer.

Jetzt sind sie allein. Sita hilft Papa aus dem Sessel. Er wirkt so zerbrechlich und duftet äußerlich so angenehm – nach Mandelöl, von den Händen des Pflegers. Soll sie mit ihm im Zimmer auf und ab gehen? Sie weiß, dass Invalide Bewegung brauchen. Die Welt schrumpft zusammen auf das Land – den Bundesstaat – das Haus – das Zimmer – den Körper – diese kleinen Schritte. Sie will ihn trösten, ihr fällt aber nur eine Geschichte ein, die Gargi von ihrer Mutter erzählt bekommen hatte, die sie wiederum von ihrer Mutter gehört hatte und so fort, bis zurück zum Ursprung. Gargi erzählte sie Radha und Jeet – und jeder, der Sita ins Bett brachte, erzählte ihr diese Geschichte, immer und immer wieder.

Papa lehnt sich an ihre Halsbeuge und ihren Arm. Sie geht in winzig kleinen Schritten mit ihm über den Teppich durchs Zimmer und beginnt ihm die Geschichte von der Frau des Bauern und der Honigbiene zu erzählen, in Worten, die dem Originaltext so nahe wie möglich sind. Die Geschichte fängt damit an, dass die Bauersfrau von zu Hause in den Wald geflohen ist.

«Und warum hat sie das getan?»

Sita stellt Papa diese Frage, wartet und sagt dann: Der Dorfvorsteher war ein Tyrann. Die Bauersfrau traf eine Biene, die sie fragte, warum sie geflohen sei, und als sie die Antwort hörte, erklärte sie, auch sie sei tyrannisiert worden.

«Die beiden klagten», sagte Sita, «und betrauerten einander. Die Biene sagte, sie sollten Gott zu Füßen fallen und zu ihm beten.»

An dieser Stelle bleibt Papa stehen, um Atem zu holen. Er sieht Sita nicht an. Sein Gesicht ist auf die Betonwand gerichtet. Sita presst seinen Arm und schiebt ihn vorwärts. Sie sagt den Refrain der Geschichte auf:

«Siehe, ich bin deine Honigbiene, ein armes, geflügeltes Geschöpf des Waldes.»

Papa sieht aus, als würde er gern mehr hören. Jetzt kommt der Teil, in dem die Biene von Berg zu Berg flog, Blumennektar sammelte und viele Kinder bekam. Sita lässt ihre freie Hand wie die Biene durch die Luft schwirren, sie macht eine Faust und erzählt, wie ein Bär kommt und die Biene zerquetschen will – «möge Verderben über den unbarmherzigen Bär kommen, denn er war es, der mich in die Wälder trieb! Er hat meine Kleinen vernichtet!» Da fragte die Frau des Bauern die Biene, warum Gott ihr kein Mitleid geschickt habe, und bekam nur zur Antwort:

«Siehe, ich bin deine Honigbiene, ein armes, geflügeltes Geschöpf des Waldes.»

Wenn Papa zittert und zu singen anfängt, dann deshalb, denkt Sita, weil er die Worte tief in sich eindringen lässt, um seine steifen Gelenke damit einzureiben. Sie erzählt ihre Geschichte weiter, hilft ihm, kleine Schritte zu machen, und passt sich seinem Tempo an. Doch jetzt kommt der Teil, bei dem sie sich früher unter der Bettdecke versteckte, während Gargi ihr unheimliches Gesicht machte oder Radha sie kitzelte, bis sie weinte, oder Jeet schlau lächelte und dann seine Verrenkungen – Zehen-an-die-Nase – machte. Es ist die Stelle, an der die Biene der Frau des Bauern erzählt, wie sie aus dem Wald geflohen sei, weil der Bär sie verfolgt habe, und dann auf der Farm gelandet sei, wo man ihr Frieden und Trost versprochen habe.

«Nichts Schlechtes, Papa, oder?», sagt sie.

Nein. Er nickt freundlich und wartet, wie es weitergeht. Sita muss weitergehen, weitererzählen – «weißt du, sagte die Honigbiene, was der Bauer dann tat: Er fertigte mir einen Bienenstock und rieb ihn mit frischer Butter ein. Diese Bleibe wurde für mich zu einem tödlichen Gefängnis. Mit einer Sichel schnitt er meine Honigwaben ab und wurde mit der Schuld zahlloser Morde gestraft. Doch es war mein Schicksal, sagte die Biene, das mich zum Haus des Bauern geführt hatte, und dieses Schicksal war erniedrigend.»

Sita kann Papas Zittern nicht übergehen. Sie weiß, dass er zusammenbrechen kann. Doch was war mit der armen, flugunfähigen Biene? Sie muss weitererzählen – den Teil, in dem die Biene die Frau des Bauern bittet, ihr zu erzählen, wie es ihr ergangen war. Die Frau des Bauern spricht seltsame Worte, einen Zauberspruch, den Sita nie entziffert hat, doch liebte sie es, die Seltsamkeit auszukosten, und freute sich, dass sie nichts verstand.

«Jede Seele muss sich dem Fatum fügen: das eigene, seltsame Schicksal ertragen, sich ihm unterwerfen, es praktizieren und ausüben. Es gibt einen Ort dort unten, zu dem muss ich hinab. Siehe, ich bin deines Bauern Frau! Wir sind nicht auf die Welt gekommen, um für immer zu bleiben.»

Papaji pausiert neben dem kleinen Fenster. Er fasst Sitas Arm.

«Hast du das Land deines Großvaters auf den Wiesen im Tal gesehen? Blumen und Bienen. Verbrannt und vorbei», sagt er.

Sita versucht, mit ihm aus dem Fenster zu blicken, doch der Blickwinkel ist nicht der richtige. Langsam gehen sie wieder zum Bettsessel zurück, und Sita erzählt die Geschichte weiter, als Frau des Bauern, die vom Frühling erzählt. Im Frühling kamen die Steuereintreiber zu den Bauern, um sich die Bäuche zu füllen und die Bauern gleichsam in einem Netz zu fangen. Im Herbst vergaßen die Steuereintreiber alle Freundlichkeit. Sie kamen und verprügelten die Bauern.

«Die Bauern!», sagt Papaji. Er macht einen Schritt und stolpert fast. Er blickt Sita auf eine Art an, die sie beinah verstummen lässt, doch dann fährt sie leise fort:

«Siehe, ich bin deines Bauers Frau. Wir sind nicht auf die Welt gekommen, um für immer zu bleiben.»

Jetzt muss sie erzählen, wie die Frau des Bauern zurechtkam, indem sie Feldfrüchte in die freundliche Erde säte, die aufschossen und reiften. Sie sammelte sie ein und häufte sie auf dem Dreschboden auf, sie wogen Hunderte von Kharawars. Sie ging von Dorf zu Dorf. Und jedes Mal kamen das Dorfoberhaupt und der Buchhalter und wogen die Ware. Jedes Mal klagte sie:

«Siehe, ich bin deines Bauern Frau. Wir sind nicht auf die Welt gekommen, um für immer zu bleiben.»

«Das reicht», sagt Papa. «Khatam.»

«Nur noch einen Teil», sagt sie. Wie soll sie jetzt zu Ende erzählen? Das Ende der Geschichte ist am schwersten zu erzählen, doch sie schlief nie ein, bevor sie das Ende gehört hatte. Es ist der Teil, in dem die Armen und Bedürftigen als Bettler kamen und ihre Schoßtücher vor der Bauersfrau aufhielten. Und sie füllte ihnen die Röcke immer weiter, weil sie dachte, ihnen dadurch die Erlösung zuzusichern und sich gleichzeitig einen Lohn im Himmel zu sichern.

«Siehe, ich bin deines Bauern Frau. Wir sind nicht auf die Welt gekommen, um für immer zu bleiben.»

Und so endet die Geschichte. Papa hat den Kampf anscheinend verloren. Sita setzt ihn in seinen Sessel. Sie steht da und sieht zu, wie er das Gesicht verbirgt und weint. Ganz allmählich wird es dunkel, sanft verschwimmen die Konturen. Sie setzt sich im Schneidersitz neben Papa und legt den Kopf an sein Bein. Sie spürt seine Knochen, die früher nicht spürbar waren.

«Braves Mädchen», sagt er. «Danke.»

Er legt ihr die Hand auf den Kopf. Sie schließt die Augen, spürt das Gewicht seiner Hand. Er streichelt ihr Haar. Seine Hand lässt ein Flüstern erklingen: Ja, ja, ja, ja, ja.

Die nächsten beiden Tage vergehen seltsam monoton. Novembernebel senkt sich rings ums Haus und löst sich nur um die Mittagszeit für ein paar Stunden auf. Die Kälte dringt durch jede Beton- und Holzritze. Sita ist mit einem Kangri ausgerüstet worden und kümmert sich seither darum wie eine Mutter um ihr fieberndes Kind. Eine Glocke läutet: Papa ruft sie. Wie sie ihn jeden Morgen liebt und zur Schlafenszeit hasst. Manchmal will sie die Berge auf Skiern hinunterfahren, mit einer reflektierenden Skibrille und einem pelzbesetzten Skianzug, und schneller fahren als alle anderen. Und unten ankommen in einer Pulverschneewolke und nichts brauchen und keinen sehen zu müssen, der sie kennt. Ob sie als Sita Devraj leben könnte, mit all ihren Perlen und Diamanten?

Verirrte Touristen gehen an ihrem Fenster vorbei, in zitronen- und fuchsiafarbenen Fleecejacken, wie phantastisch gefärbte Schafe. Sie tragen nagelneue Adidas und Nikes; die Bachche mit den Zöpfen haben Barbie-Rucksäcke und Jeans mit hoher Taille. Auf den Bergspitzen funkeln die Lichter des Oberoi, des Lalit, des India Company Srinagar Hotels einander an. Ihre Schwestern sind wahrscheinlich schon dort, essen Snacks, trinken First-Flush-Assam und flüstern Schlechtes über neues Geld. Sie denken, sie sei ein undankbares Mädchen, das sie grundlos verlassen hatte. Sie braucht niemanden, der ihr erklärt, sie sei eine unartige Tochter. Das weiß sie selbst. Deshalb ist sie zurückgekommen – und deshalb bleibt sie hier.

Nach dem Mittagessen geht Sita ans Ende der Straße und fragt sich, wer die Jungen im Haus an der Ecke sind. Sie trödelt. Wird sich eine Tür hinter ihr öffnen, wenn sie losgeht? Es ist kein Geräusch zu hören; es ist nur ein kalter, frischer Herbsttag – ein Tag wie der, der danach kommt, und wie der übernächste. Nachmittags nimmt sie ein Taxi zu den Piers und kauft sich einsame Shikara-Fahrten über den Dal. Die Boote bringen sie sanft durch die stehenden Gewässer, bis sie zur Geisterstadt kommen.

Über das, was hier geschah, kann sie nicht sprechen. Die Holzhäuser sind verkohlte Ruinen, die Wellblechdächer sind mit Backsteinen beschwert. Alles war hier einst vornehm – das kann sie am Gitterwerk und an den Steinmetzarbeiten sehen, den Turmskeletten, überdimensionalen Vogelkäfigen, die im Himmel schaukeln. Hier könnte sie aussteigen und das Haus suchen, in dem ihr Großvater lebte – und wo sie starben. Wenn sie es sähe, würde sie es nicht wiedererkennen. Alle Häuser verrotten, und süße, streunende Hunde haben die Herrschaft übernommen; manchmal kommen sie zu den Stufen am Fluss und sehen ihr zu, als sei sie das Fotomotiv, nicht die Hunde.

Jetzt winkt ihr ein Kind von den zerbröckelnden Stufen zu. Sita fällt eine barfüßige Frau ins Auge, die wartet, bis sie vobeigegangen ist, und dann ihren Abfall ausleert und ihr Kind in das kaputte Haus zurückzerrt.

Die englische Zeitung gibt bekannt, dass auf der anderen Seite der Zero Bridge Transparente aufgetaucht sind, auf denen ‹Happy Diwali!› steht. Zum ersten Mal nach vielen Jahren wird das Fest wieder auf den Straßen gefeiert. Es fällt auf einen Mittwoch, was für die Geschäftsleute günstig ist. Man wird den Hanuman Temple mit Blumen dekorieren und mit Diyas, die vier Dochte haben, was Glück verheißt, und man wird alle Kalistatuen schmücken, um der Göttin der Zeit und der Veränderung zu huldigen. Denn ist sie nicht auch die Retterin des Universums? Es wird Zeit, dass in dieser Stadt ein prächtiges Feuerwerk stattfindet.

Die Lokalzeitungen berichten jedoch über das Hotel und den Groll vieler Einheimischer. Es heißt auch, es bestehe die Gefahr, dass es zu Unruhen komme – man will zusätzliche Soldaten und Polizisten in der Stadt einsetzen. Manche sagen, es werde eine Ausgangssperre verhängt werden – während der Hoteleröffnung werde es kein Diwali geben und keiner dürfe auf die Straße gehen – und dass die Bewohner der Stadt so etwas oft genug erlitten hätten.

Ein paar Interviewte sagen, sie fänden Geld gut, ganz gleich, wie es ins Tal gelangt.

Unter der Haut aller, die Sita hier sieht, findet sich eine Geschichte der Gewalt. Sie streift durch die alltägliche Stadt und bemüht sich, sie zu entziffern.

Wenn die Vögel abends zu einem die Instrumente stimmenden tausendköpfigen Orchester im Himmel werden, wickelt sie sich in eine Steppdecke und setzt sich mit ihrem Notizbuch in den Garten. Das Haus ist schlicht, doch jemand hat Pflanzen gesetzt: Palmen gemischt mit Kiefern rahmen den abfallenden Rasen, werfen Nadeln ab und erfüllen die Luft mit ihrem Duft. Sie fragt sich, ob sie spät im Winter immer noch hier sein wird, wenn die dunkelvioletten Sträucher winzige rosa Blüten ausposaunen. Wegen ihrer fleischigen Blütenblätter werden sie *Himalaja-Fingerabdrücke* genannt – ihren richtigen Namen weiß sie nicht mehr.

Sie macht es sich in einem Plastikstuhl gemütlich und nippt Zitronentee. Kritik Uncle taucht aus der Düsternis auf, die das Haus umgibt; ein Mann trägt ihm den Stuhl, ein anderer sein Schultertuch, ein dritter wartet darauf, dass er Snacks bestellt. Er setzt sich neben sie, das Schultertuch auf den Knien. Die Snacks – frisch frittierte Pommes frites mit Salz und Pfeffer in einer Plastikschüssel – werden mit Imli Chutney und hausgemachtem Ketchup serviert.

«Das schmeckt wie vor 1991», sagt Kritik Uncle und taucht eine Fritte in die Tomatensoße. «Siehst du, wie weit wir es gebracht haben? Erinnerst du dich noch, als wir zum ersten Mal Heinz-Aktien gekauft haben, um die Soßen in den Hotels verwenden zu können? Was waren das für Zeiten.»

1991 war Sita zwei Jahre alt. Vielleicht denkt Kritik Uncle, er spräche mit Gargi, und die Vorträge, die er ihr früher über die Geschichte der Company gehalten hat, schwirren ihm durch den Kopf. Während er bei ihr sitzt, wird die Nacht nicht friedlich, sondern lädt sich auf, die Palmensilhouetten verwandeln sich von sprießenden Haarschöpfen in Finger, die gierig nach den Wolken greifen.

«Gefällt dir der Garten?», fragt Kritik Uncle sie. «Weißt du, in den Mogulgärten – Shalimar und Nishat – blühen Tulpen im Frühjahr, die will ich dir zeigen.»

Sie hat Onlinefotos von Tulpen gesehen, die in vielen hoffnungsfrohen Reihen die Lippen zum Himmel spitzen. Sie stellt sich vor, dass sonntags Familien dort picknicken und sich in traditionellen Kostümen fotografieren lassen, dass Kinder in den steinernen Schleusenkanälen herumspritzen, die jedes Stück Gras umrahmen.

«Im Sommer», sagt Kritik Uncle. «Dann wirst du all die Shikaras sehen, die den See entlanggleiten. Schwimmende Spielzeugläden, schwimmende Schuhstände – sehr viele Leute verbringen hier ihre Flitterwochen; sehr viele kommen mit ihren Familien. Bapuji hat immer gewusst, dass der einheimische Tourismus unsere größte Chance ist. Die Leute wollen das hier erleben, manche haben den Ort noch in guter Erinnerung und wollen ihn noch einmal wiedersehen. Weißt du, wie sehr der Tourismus hier in den letzten fünf Jahren geboomt hat? Allein zur Amarnath-Pilgerreise kommen vier Millionen Menschen. Nicht aus deiner Schicht, aber warum eigentlich nicht? Warum sollte nicht jeder so was genießen? Wir werden ein Paket anbieten, um die richtige Klasse Menschen hierherzubringen. Eine Vision, Sita Beti, und Glauben braucht der Mensch. Stell dir nur vor, wie viel Spaß das machen kann! Wir sollten bei dieser Sache ganz vorne sein.»

Er nimmt einen Samosa, taucht ihn in die Tomatensoße und beißt eine Ecke ab.

«Du meinst, Indien hat sich eine dicke fette Mitte wachsen lassen, während sich die Leute in diesem Bundesstaat mit Strafmaßnahmen herumgeschlagen haben», sagt Sita.

«Was für ein süßes Mädchen!», sagt er.

Er isst den Samosa auf und schraubt sein Kinn und die eine Hand nach oben, wie ein unerfahrener Dichter, der gleich etwas rezitieren wird. Dann starrt er in den überschatteten Garten, als könne er von dort eine wunderbare Qawwal hören.

«Du wirst hierherkommen und die Company ausbauen, und alle werden dir dankbar sein. Erst werden die treuen Company-Kunden kommen, die auf der Suche nach Neuem sind, die Skifahren wollen, sehen wollen, wie Safran gepflückt wird, und den Häusern, in denen unsere Schultertuchweber wohnen, einen Besuch abstatten wollen. Wir werden eine Privatseilbahn bauen, die hoch hinauf in die Berge fährt. So umgehen wir die Ansteherei mit dem Gesindel in Gulmarg und die lahmen Saumpferde in Pahalgam. Dann werden die kommen, die unserer Geschichte folgen, um an just diesen Orten gesehen zu werden, et cetera. Der Clou wird jedoch das Hotel sein. So geht das Leben weiter.»

Sita denkt an die Frau mit dem Foto des Jungen um den Hals. An die jungen Männer, die am späten Nachmittag auf den Bänken am Fluss saßen. An all die Dinge, die sich beim bloßen Sehen nicht zeigen.

«Weißt du, wie viele Erzeugnisse diese Gegend liefern kann?», fragt er. «Wie sehr wir vom Freihandel profitieren können? Das Land ist so fruchtbar; wir werden hier Geld sprießen lassen. Die Gegend könnte zum Westen des Ostens werden. Und jetzt ist der richtige Zeitpunkt, es zu etwas zu bringen. Wir werden den Leuten Arbeit im Tourismus geben. Die alten Gesetze erlauben das nicht? Dann weg mit ihnen. Und du wirst all das leiten.»

Er redet und redet. «Im Frühjahr werden überall Gänseblümchen und Lotusblumen blühen. Im Sommer haben wir Passionsblumen und jetzt Äpfel – unzählige liegen im Gras und verrotten langsam, sinken in die Erde.»

Ein Mann schlüpft in den Garten, nähert sich und bringt ihnen eine Kerze und noch ein Schultertuch, das sie nimmt, bevor man ihr sagt, dass sie es braucht. Hinter ihm steht noch ein Mann in einem mattfarbenen Pheran. Kritik Uncle sagt:

«Chalo, Isa. Berichte.»

«Sir, Gargi und Radha Madam bleiben im Hotel.»

«Und?»

»Sir, Fortress America ban gaya hai. Momentan kann keiner das Hotelgelände ohne Passierschein betreten – den wir zurückgeben müssen, wenn wir gehen. Ein anständiger Mann, der ein Gästehaus im mittleren Preissegment in der Rajbagh-Gegend führt, stellt die Passierscheine bereit. Seine Familie steht unter Beobachtung, damit wir herausfinden, was er eventuell für einen Deal verlangen wird.»

«Gut. Und weiter?»

Noch mehr Männer erscheinen im Garten. Insgesamt vier – alle stehen da und warten auf Kritik Uncles Aufmerksamkeit. Sita spürt, wie die Kälte durch die Schichten aus Schultertüchern zu ihrer Haut vordringt, zu ihren Adern und Muskeln und bis zu ihren Knochen. Sie berichten über die Einzelheiten der Hoteleröffnung, die in wenigen Tagen stattfinden soll.

«Itna phool! Mindestens fünftausend Stiele werden arrangiert. Zusätzliche Stromgeneratoren sind bestellt, damit die Stromzufuhr konstant bleibt. Und die Bediensteten dachten, sie müssten Kashmiri-Kleidung tragen, doch Gargi Madam hat Schneider in Delhi beauftragt, Livreen nach einem westlichen Muster zu schneidern.»

Sita hat die Raumaufteilung gesehen. Es soll einen Empire-Raum geben, mit Landkarten und Globen und einem Teleskop; an der Wand alte Schaubilder und Handelspapiere, einen signierten Druck der ‹Napurthala Instrument of Accession› – der Beitrittserklärung zu Indien. Es wird einen Ballsaal geben, einen See für Bootstouren und eine Freilichtbühne für Gastauftritte

«Was ist mit dem Khaana?», fragt Kritik Uncle. «Was ist geplant?»

«Ein Wazwan. Vierundsechzig Gänge. In der Altstadt warten mindestens fünfzig Lämmer in Pferchen. Sie werden auf traditionelle Weise geschlachtet und gekocht, aber durchaus mit ein paar Variationen. Ich glaube, westliches Essen ist bestellt worden, und ich bin informiert worden, dass Gargi Madam Fisch aus Goa bestellt hat. Auch ein Koch aus Japan ist angereist. Er hat eigene Messer mitgebracht.»

«Welche Vorkehrungen wurden für das Schlachten getroffen?»

Sita blickt nach oben und versucht, die ersten Sterne zu sehen. Letztes Jahr hat sie sich, noch bevor das Hotel fertig war, von Gargi dazu überreden lassen, ihr bei der Planung einer Farm auf der Terrasse über dem Hotel zu helfen. Das hatte sie widerwillig getan, als würde es irgendetwas ändern, wenn sie ihr eigenes Obst und Gemüse züchteten.

«Sir, hinter den Obstgärten befindet sich eine betonierte Kochstelle, wo mindestens fünf Backsteinöfen stehen, dort wird alles stattfinden.»

Die Straßen von Srinagar werden also mit Blut überspült werden.

Die Bewohner von Srinagar werden von den Feierlichkeiten ausgeschlossen, es sei denn, die Leute dienen im Hotel.

«Siehst du, Sita Beti?», sagt Kritik, als die Männer gegangen sind. «Wenn man einen Überfall plant, sind die Einzelheiten das Wichtigste.»

Im Garten, in ihre Schultertücher gekuschelt, bleibt sie noch lange auf. Das Mondlicht fällt auf die kahlen Äste; im Dunkel leuchten sie wie silbernes, wirres Haar.

Am nächsten Tag entrinnt sie dem sicheren Haus und den Jungen an der Ecke und kehrt zurück zu den wimmelnden Geschäftsstraßen. In manchen Läden gibt es Diwali-Süßigkeiten und -Grußkarten. In den Schaufenstern liegen Sets, bestehend aus Halskette-Armreifen-Ringen sowie goldene Tikkas für Brautsalbungen. Sita eilt am Einkaufszentrum und dem Dhaba an der Straßenecke vorbei, wo eine Traube junger und alter Männer steht und Tee nippt. Sie bahnt sich einen Weg durch den Touristenkomplex zum Fluss und fragt sich, ob Kritik Uncle es wagen würde, ihr einen Wachmann hinterherzuschicken. Egal, wer es sein mag: Heute wird sie ihn mit ihrer einsamen Tour langweilen.

Sie wählt sich einen Shikara, um dessen Pfosten sich Plastikvergissmeinnicht ranken, die zwischen die Spielzeugvögel gesteckt sind. Auf dem niedrigen Sitz liegen Teppiche. Sie klettert hinein und setzt sich vorsichtig hin, um nicht wie ein dummes Ding zu wirken. Der Bootsführer wartet noch einen Augenblick auf andere Fahrgäste. Eine Familie steigt zu – eine Mutter, ein kleiner Junge und eine ältere Frau. Sie begrüßen sie lächelnd, sprechen aber anfangs nur miteinander.

«Setzen Sie sich, Madam», sagt der Bootsführer, und seine Freude bringt sie zum Lachen; der Klang hallt über den See und schreckt einen langbeinigen Vogel auf. Er erhebt sich, schockierend weiß über dem silbernen Wasser und mit einer enormen Flügelspanne, streift über die Oberfläche und verschwindet im Schilf.

Der Bootsführer steht am Heck, zündet sich eine Zigarette an und steuert zu den Nebenarmen des Sees, in die wilden Gräser und ins

Schilfrohr, fort von den anderen Touristen. Sita atmet seinen Zigarettenrauch ein, schmeckt die Feuchte des Wassers und der Luft. Sie treiben an engen Kanälen entlang. Dort liegen Gemüsegärten, auf Kashmiri Rad genannt; das Schild eines Ladens für wilden Honig, der im Winter geschlossen hat, und eine Bootswerft, wo ein Mann, der sich gegen die Kälte eingemummelt hat, Baumstämme entrindet und ihr zartes, bleiches Fleisch enthüllt. Durch die glaslosen Fenster erhascht sie flüchtige Blicke auf Weber, Spinner und Sticker, die zu einem unablässigen Klapp-Klapp singen.

In den Seitenarmen kommt ihr Boot an leuchtend grünen Stellen vorbei, wo Waschmittel, Düngemittel und Abwässer das Phytoplankton zum Blühen gebracht haben. Unter den Lotusblättern, die in diesem See beheimatet sind, gibt es, wie Sita weiß, Wasserwurzeln, die stärker und dicker sind als meterlange Seile. Wenn Lotuswurzeln gespalten werden, kommen Rhizome zum Vorschein, die englischer Spitze ähneln. Sie gehören zu den wenigen Blumen, die ihre Temperatur selbst regulieren können, wie Warmblütler, wie Menschen.

Sie möchte anhalten und ein paar Pflanzen- und Wasserproben sammeln, hat aber das Gefühl, den Bootsführer nicht fragen zu können; sie will keine Aufmerksamkeit auf sich lenken. Hier, mitten auf dem See, fällt sie, wie sie findet, noch mehr auf.

Das Boot biegt in einen anderen Seitenarm ein. Mit Lebensmitteln beladene Shikaras kommen durchs Wasser auf sie zugeglitten. Sie beachtet weder die Packungen mit Vanillecremekeksen oder Schottischem Shortbread noch die Röhren mit Pringles-Chips. Stattdessen feilscht sie um blutrote Chillies, die wie vertrocknete Organe aussehen, und um rötlich braune Safranfäden, die nach Gewicht verkauft werden. Sie kauft Kardamom, Zimt, Kreuzkümmel, Kurkuma; Aromen für Speisen, die sie eines Tages zu kochen versuchen würde – vielleicht wird sie sich eine eigene Wohnung suchen, wenn sie wieder in Delhi sind. Sie wird Treffen für die Kampagnen abhalten und selbst kochen. Die Gerichte werden mit diesem Gewürzvorrat beginnen, der in Plastik eingewickelt und zusammengeheftet ist. Keiner hat sie für sie ausgesucht, keiner hat sie ihr geschenkt und keiner außer ihr hat gefunden, sie müsse sie essen.

Als sie in ihre Straße zurückkommt, wirkt das Eckhaus, in dem die Jungen wohnen, verschlossen. Im sicheren Haus versteckt sie ihre Schätze in der Schublade zwischen ihrer Unterwäsche.

*

Noch bevor Sita am Diwalimorgen ihre Schwestern begrüßen soll, gibt Kritik Uncle ihr eine Schachtel und besteht darauf, dass sie sie öffnet. Zwischen mehreren Lagen Seidenpapier ist eine wadenlange Kameez aus Kaschmirwolle in leuchtendem, fröhlichem Rot. Dazu der passende rote Schal, bestickt mit schwarzen Paisleys und lang genug, um damit Seil zu hüpfen. Sie zieht sich beides im Bad an und legt das Schultertuch fest um Kopf und Hals, als Kapuze. Und wider Erwarten ist sie hingerissen: Ihr ist, als hätten der Spinner, der Weber, der Bügler und der rechtshändige Schneider ihre Überlegungen für sie darin hinterlassen. Kritik Uncle hat vergessen, ihr eine Salwar zu geben, deshalb muss sie die Kameez über ihrer Jeans tragen. Aber sie ist sowieso sehr lang, sodass keiner ihre Knöchel oder ihre Füße betrachten wird.

«Vielen Dank, Kritik Uncle», sagt sie und gibt ihm einen Kuss.

«Happy Diwali, Sita Beti.»

Jetzt sei sie bereit, sagt Kritik Uncle, diejenigen zu treffen, die hier seien, um ihr zu helfen. Warm eingepackt setzt sie sich neben ihn ins Auto. Als sie am Eckhaus vorbeifahren, beobachtet sie seine Miene – er wirft keinen kurzen Blick darauf und sieht auch nicht weg. Sie schaut aus dem Fenster und versucht einen Gesamteindruck von der Stadt zu bekommen. Am Gefängnis vorbei, am Krankenhaus, am Kino. Sandsäcke türmen sich vor der Tür, die Fenster sind mit Brettern vernagelt. Stacheldraht rollt sich um die dickfleischigen Soldaten; sie stehen mit ihren Gewehren in Habtachtstellung an den Kontrollpunkten. Trotzdem liegt etwas in der Luft – vielleicht auch nur ihre eigene Erregung. Heute

Abend wird sie ihre Schwestern sehen. Vielleicht macht sich auch Srinagar für heute Abend bereit. Auch wenn die Graffiti an den Mauern immer noch schreien – *Azad Kashmir*.

Der Wagen fährt um den See herum – nach mehr als fünfundvierzig Minuten biegen sie hinter einem niedrigen weißen Gebäude vom Feldweg ab und halten vor dem Tor zu einem Kinderspielpark. Er reicht bis ans silbrige Wasser, wo drei, vier Touristenhausboote vor Anker liegen.

«Wo sind wir, Kritik Uncle?»

«Am Nagin See. Siehst du den Berg dort drüben? Der Zabarwan. Komm mit.»

Einen Fuß vor den anderen setzend, folgt sie Kritik Uncle durch den Park zum Wasser. Auf den Schaukeln und Rutschen sind keine Kinder; das Karussell steht still. Ein blauer Blitz trifft sie: Ein Vogel streift die Wasseroberfläche mit ein paar Flügelschlägen und verschwindet. Ein Eisvogel.

Ein junger Mann in einem Pheran und mit einem gestutzten Bärtchen steht von einer Bank auf, um sie zu begrüßen. Er umfasst Kritik Uncles Hände und bekommt einen Arm um die Schulter gelegt.

«Salaam Aliakum», sagt er.

«Wa aliakum as salaam», sagt Kritik Uncle.

Sie verneigen sich voreinander.

«Imran ist der Sohn von einem unserer besten Freunde in Srinagar, Sita», sagt Kritik Uncle. «Sein Vater hat uns das sichere Haus verschafft, und all die Männer, die auf uns aufpassen. Er ist ein großer Befürworter und Helfer deines Papas.»

«Vielen Dank, dass Sie auf uns alle aufpassen», sagt sie.

Imrans Gebetskappe ist mit den gleichen Haarspangen befestigt, die Gargi ihr früher immer aufgezwungen hat. Er führt sie über einen Landungssteg zu einer Hausboottür. Sie müssen wie Hühner hüpfen, um sich die Schuhe ausziehen zu können. Im Hausboot gehen sie im Gänsemarsch hintereinander bis zu dem engen, gewölbten vorderen Zimmer. Poliertes Walnussholzmobiliar, auf dem Boden ein dicker Teppich, der in der Wärme schmort, die von einem ruhig in der Ecke brummenden

Heizöfchen mit Ventilator verbreitet wird. Ein kleiner alter Mann in einem Pheran mit einer Gebetskappe auf dem Kopf. Sein Bart hat dieselbe Farbe wie Sitas Kameez.

«Mawlana Sahib, salaam alaikum», sagt Kritik Uncle.

«Namaste Kritik Sahib! Wie geht es Ihnen?»

«Was soll ich sagen, Mawlana Sahib? Heute ist ein Festtag.»

«Die Prinzessin wird doch auf den Ball gehen, oder?»

Der alte Mann sieht Sita an.

«Was für eine schöne Garderobe», sagt er und zeigt ihr seine geöffneten Handteller. «Sita. Meine Liebe, ich begrüße dich als meine eigene Tochter. Komm, bitte, mein Heim ist dein Heim. Ich wünsche dir ein frohes Diwali.» Er legt die Hände aneinander und verneigt sich.

Hinter ihm rahmt ein Bogenfenster den See ein. Hinter Sita, Imran, dem Walnussmobiliar und dem Kinderpark.

Was für große Handteller der Mawlana hat, denkt sie. Die Zimmerwände sind mit Crewelstickereien behängt: Rankengewächse und Paradiesvögel. Dieselben Muster wiederholen sich auf den Sesselbezügen, den Vorhängen und Kissen, ein gestickter Wald.

Sie schluckt und gibt die Antwort, die man von ihr erwartet; als hätte sie ihn ihr ganzes Leben gekannt.

«Danke, Uncle. Mein Papaji ist auf dem Weg der Besserung.»

Er nimmt sie durch die randlosen Brillengläser in Augenschein, und sie versucht, seinem Blick standzuhalten.

Sita, denkt sie. *Bleib ruhig.*

An der Wand hängen Teppiche, auf den Sesseln liegen weiche Kissen, dort steht ein gerahmtes Foto von Mawlana mit George H. W. Bush. Und dann die Auszeichnungen von Tripadvisor und vom indischen Fremdenverkehrsamt, die ebenfalls dort hängen. Auf dem niedrigen Tisch liegt ein geöffnetes Gästebuch und daneben ein Stift. Soll sie dort unterschreiben? Damit man weiß, dass sie hier war?

Imran kommt mit einem Teetablett. Mit einer Thermoskanne und drei Gläsern, die zu zerbrechlich für heißen Tee wirken. Sita lässt sich ein Glas Pink Tea geben.

«Hast du unseren Noon Chai schon einmal probiert? Safran passt sehr gut zu Milch, das ist unser eigenes Rezept», sagt der Mawlana.

«Ja, Uncle, er schmeckt wunderbar.»

«Mawlana Umer besitzt viele dieser schönen Boote», sagt Kritik Uncle. «Und sehr viel Land in diesem Bundesstaat. Er wird uns helfen, allen Streit mit deinen Schwestern zu schlichten. Du kannst ihn bei allen Problemen kontaktieren.»

«Danke, Umer Sahib, für all Ihre Hilfe», sagt Sita. «Doch Kritik Uncle weiß, dass ich mich nicht mit meinen Schwestern streiten will. Bei der Kampagne, die wir ins Leben gerufen haben, geht es nicht nur um meine Familie – es geht darum, das Denken der Menschen zu verändern, verstehen Sie? Mein Vater hat mir das versprochen.»

«Und hast du gewusst, dass ich einer der ältesten Freunde deines Vaters bin? All das», Umer Sahib deutet auf die Möbel, «all das verdanke ich ihm. Dein Vater hat immer verstanden, dass Reichtum zu schaffen keine Grenzen kennt. Auf diese Weise kann Srinagar von seiner Krankheit kuriert werden. All die Jahre hindurch, die voller Konflikte und Belastungen waren, hat er uns investieren geholfen, und wir wiederum haben ihm geholfen, und deshalb sind wir nicht verhungert, und manche von uns haben floriert.»

«Was meinen Sie damit?», fragt sie.

Sie nippt an ihrem Tee. Ihre Augen brennen von der Hitze und vom Salz im Tee.

«Ach Sita, darüber musst du dir keine Sorgen machen. Du musst nur wissen, dass ich alles für dich arrangieren kann», sagt Mawlana Umer.

«Was ist mit meinen Schwestern?»

«Warum lassen wir die Zukunft nicht für sich selbst sorgen? Meine Liebe, wir werden sicherstellen, dass du das bekommst, was dir rechtmäßig zusteht.»

«Aber was meinen Sie damit», fragt sie noch einmal.

Kritik Uncle streckt die Hand nach seinem Teeglas aus. Was für dunkle Haut er hat! Ihre Haut ist blass. Die Haut ihrer Mutter.

«Ohne Mawlana Sahibs Hilfe hätte sich ganz Srinagar gegen das Hotel gestellt. Gargis Taktik war sinnlos – Arbeiter aus anderen Bundesstaaten einzustellen, fremde Architekten vertraglich zu verpflichten und so weiter.»

«Aber Kritik Uncle, das hat die Company doch immer getan», protestiert sie.

«Das mag sein. Die Einheimischen wollten nach jahrelangem Krieg natürlich gegen diese Entwicklung protestieren, seitdem das Projekt existiert. Ich weiß, dass du sie unterstützen willst, nicht wahr, Sita Beti? Das wollen wir auch. Man kann kein Paradies schaffen, ohne die Hölle aufrechtzuerhalten. Bedürftigkeit motiviert ungemein.»

«Aber Kritik Uncle», sagt sie. «Bapuji – und Gargi –»

«Wie zart sie ist», sagt Mawlana Umer. «Wir müssen sie abhärten. Weiß sie, was das Entscheidende ist?»

«Das was?», fragt Sita.

«Unsere Straßen sind zwar mit den Jahren dezimiert worden», sagt er, «doch wir haben so schöne Säle in Kaschmir, wunderschöne Zimmer und Korridore. Besonders prächtig sind die Korridore eures neuen Hotels. Bitte Kritik Uncle gelegentlich, dir diese Schätze zu zeigen.»

Sie nippt ihren Tee – süß, bitter, bitter – und versteht nicht genau, wovon er spricht. Eine Faust presst ihre Innereien zusammen; sieh dir Kritik Uncle an, sieh dir Mawlana Umer an – sieh hin, sieh hin, wende den Blick nicht ab. Ihr wird klar, dass sie trotz all der Bücher, die sie gelesen hat, nie ganz an die Schrecklichkeit dieser Welt geglaubt hat. Sie wusste, dass es sie gibt, sie dachte, sie wüsste, wie dieses Entsetzliche wirkt. Doch erlebt hat sie es eigentlich nie.

Hier ist es. Kritik Uncle und dieser Mann, der in Rätseln über Kaschmir spricht, über Korridore, ‹ihr› Hotel, einen Schatz, der ihr mehr Macht geben wird, als sie sich vorstellen kann. Draußen liegt der See, silbern und still.

Sie gehört nicht in diese Welt. Sie lebt zwischen wachsenden Pflanzen und seltsamen Früchten in einem Land, das sich diese Männer nicht vorstellen können.

«Chalo, Sita, du solltest zurückgehen», sagt Kritik Uncle. «Dein Papa wird dich brauchen. Geh, nimm den Wagen, ich komme nach. Heute Abend ist die Eröffnung. Wir müssen uns fertigmachen.»

Sie steht auf. Ihr Blut sagt ihr, sie solle wegrennen, ihr Kopf, sie solle dableiben und eine Antwort erzwingen. Ihr Herz verlangt nach Gargi und Radha: Sie hat das Bedürfnis, sie an den Händen zu halten.

§

Als Sita wieder nach Hause kam, redete sie von ihren Schwestern – doch sie kehrte zurück, um bei mir zu sein. Sie hatte ein wachsames Auge auf mich, als könne ich ihr entwischen. Für wen hat sie mich gehalten? Für eine Katze oder eine Kakerlake? Sie sah mir zu, wie ich am Fenstersims den Tauben zusah. Vögelchen, was für ein Leben. Fressen ein bisschen, fliegen umher, haben ein bisschen Sex, und sonst? Man hat mir gesagt, dies sei Kaschmir und wir seien hier wegen meiner Ehre. Man sagte mir, ich sei ein großer Mann. Aber dies eine Geheimnis kannten sie nicht: Ich bin nicht zu groß, um zu sterben. Ha!, dachte ich. Sie werden mich nicht sterben lassen.

Wenn ich tot bin, wird man mir Statuen errichten. Ich werde ein Vogel sein und mich auf meiner eigenen Schulter niederlassen und mir auf meinen eigenen, steinernen Kopf kacken. Wer wird mich säubern? Sita. Göttin des Regens und der Tränen. Wasser, das die Erdrisse füllt.

Letztens hörte ich sie morgens singen und mit den Vögeln streiten. Ich frage mich, warum sie nicht verstand, dass mich das störte.

Ich will Tee. Hier sind nur Hunde. Glaubt nicht, dass ich die nicht erkenne. Hier, ja, braver Hund, kuch khaoge kya? Nein, sie ruhen. Sie säugen ihre Welpen. Sie sind die Lords und Ladys dieses Kackhaufens. Warum kann ich den Himmel über dem Engelskopf sehen? Warum sagt sie nichts? In diesem Haus habe ich meine Frau umworben, hier habe ich mit der feinsten Branche der Company begonnen. Komm, setz dich, wir werden sie weiter verfeinern.

Okay, komm und setz dich, tanze nicht. Sei sanft. Siehst du? Schon viel besser. Schlaf, Kindlein, schlaf. Ich schob sie auf meinen Schoß und streichelte ihren Kopf. Die Nacht geht vorüber und die Sonne wird uns wärmen. Das ist nicht das erste Mal, dass ich eine Nacht mit Träumereien über Sita verloren habe.

Setzt euch, dann erzähl ich euch eine Geschichte.

Der König der Tiere lebt voller Tatkraft
Und ohne Kennungszeichen seiner Königswürde
Für sich allein im Wald;
Ungelehrt ist er im Regierungswesen, doch
Machen seine großen Kräfte ihn zum Souverän;
Er herrscht gekrönt nur durch die Worte: Seid gegrüßt, oh König!
Am liebsten frisst er Fleisch von Elefantenbullen,
Die majestätisch langsam schreitend Brunstsaft träufeln;
Doch wenn ein Löwe seiner Lieblingsspeise nicht begegnet,
Wird keiner je erleben, dass er deshalb Heu frisst.

Wir können auf den verheißungsvollen Augenblick warten. Wir können warten.

*

Als Sita zurückkehrt, trifft sie den Pfleger; das sichere Haus hinter ihm ist in Aufruhr. Gebrüll! Die Panik ist so wild, dass sie die Mauern fast zum Bersten bringt.

«Wo ist Kritik Sahib?», fragt er.

«Warum? Was ist passiert?»

Papa ist verschwunden. *Verschwunden* – wo diese Männer nicht einmal damit gerechnet haben, dass er in der Lage sei, allein aufzustehen. Sie lehnt sich gegen die Tür, sieht zu, wie sie telefonieren, sich die Schuhe anziehen, sich gegenseitig herumschubsen, einander beschuldigen.

«Wo ist er hingegangen?»

«Du solltest bei ihm bleiben und jetzt gibst du mir die Schuld?»

«Er hat gesagt, er wolle nach draußen gehen, da habe ich ihn auf den Hof geführt und bin zum Pinkeln gegangen – wie hätte ich ihn aufhalten sollen? Wer bin ich denn, dass ich ihm so was hätte sagen können?»

Und so weiter und so weiter.

«Halt!», sagt sie.

Zum ersten Mal gehorchen sie ihr.

«Ich gehe ihn suchen. Bleibt alle hier, sonst bekommt ihr Kritik Uncles Zorn zu spüren. Es ist eure Schuld. Bleibt hier. Ich gehe allein.»

§

Wir wollen einen Bummel durch die Stadt der Jugend machen, den ganzen Weg zurück bis zur Wiege. In jungen Jahren strahlend rote Mäntel und weiße Haut, Röcke auf Booten für Verliebte. Die Windrichtung änderte sich, und die roten Mäntel ließen Chamäleons in vielen Schattierungen zurück, dazwischen die Menschen. Im Herbst fuhren wir mit unseren Motorrädern unter den herabfallenden Blättern der Platanen und träumten immer wieder, Crorepatis zu werden. Wir schwelgten in Wazwan, in allen zweiunddreißig Gängen, Lamm am Spieß, Lamm gestampft, Lamm mariniert. Lammklöße, Lammaugen und Lammhoden in Soße. Lammhirn mit Joghurt und frisch gemahlenen Gewürzen. Zarte, eisenreiche Lammleber für den bevorstehenden Kampf, Lamminnereien in süßer Milchsoße. Wir fügen ein Hühnchen hinzu, als Ganzes gekocht und dann geschnitten. In zwei Hälften. Anzurichten mit grünem Spinat für die zwei Stofffarben – die der Flagge und die der Uniform. Wir spielten auf beiden Seiten und aßen beide Hälften und bezahlten für das, was wir aßen, und machten guten Gewinn. Unser Geschäft ist nicht Krieg oder Land, sondern Geld.

Zurück zur Stadt und dem Goldenen Zeitalter. Die Jugend im ganzen Land ist einfallsreich. Alle sollten sie herkommen und sich hier niederlassen und fordern, was ihnen zusteht. Dafür habe ich die Company aufgebaut.

Ich habe den Standort als junger Mann ausgewählt. Auf den Bergen über der Stadt. Gründete einen Steinbruch mit Sprengdynamit. Treibhäuser waren im Bauplan vorgesehen.

Mein Lieblingsort in dieser Stadt ist der Markt.

Ich will den Markt finden, weil meine Frau gerne Pink Tea trinkt.

Ich tausche Versprechen gegen Luft und kaufe, was mir gefällt. Darauf gründet meine Company – doch das bleibt ganz unter uns.

Was bleibt mir noch? Eine geknackte Walnussschale. Wir kamen nicht auf diese Welt, um für immer zu bleiben.

Sita kam mich suchen, sie wollte Verstecken spielen. Ich bin gerannt, bis ich am Tempel war, ich wollte mich vom Pandit segnen lassen, ich wollte mich in Geschichten und auf der Bühne verstecken. Ich bin überall, kannst du mich in deinem Mund finden und in deinen Erinnerungen? Komm, such mich, such mich! Hier bin ich.

Und schrei nicht, weil ich lauter schreie und deine Stimme in meinem Sirup ertränke – sieh zu, wart's ab, finde mich nur. Komm, mein Bienchen, flieg nach Haus.

*

Sie rennt ans Ende der Straße und schlägt an die Tür des Eckhauses. Der junge Mann, der ihr öffnet, wirkt erschrocken: als stünde er jemandem gegenüber, den er zuvor nur in Filmen gesehen hat.

«Sie gehören doch zu Kritiks Sicherheitsleuten», sagt sie.

Der junge Mann nickt. *Was für große Ohren er hat.*

«Haben Sie meinen Vater fortgehen sehen? Er ist fort – fort! Ich muss ihn finden», sagt sie.

«Machen Sie sich keine Sorgen.» Er lacht mit hoher Stimme und macht einen Schritt auf sie zu. «Wir haben aufgepasst. Auch Ihr Vater hat an unsere Tür geklopft. Er wollte zum Pandit Tempel gebracht werden. In die Altstadt. Kommen Sie, wir gehen zu ihm.»

Auf den Straßen der Lärm von Knallkörpern. Die Kälte ist elektrisierend, sehr viele Familien und Kinder sind zum Fluss und zur Zero Bridge unterwegs. Sita sollte jetzt bei Gargi und Radha sein, sie sollten mit Wunderkerzen ihre Namen schreiben und einander in ihren neuen Kleidern bewundern. Papa, wo bist du? In den Fenstern stehen Kerzen, und die Leute gehen von Haus zu Haus. Heute Abend ist keine Ausgangssperre; nur die Straße zum neuen Hotel ist gesperrt, sodass die Menschen in ihren Zirkeln eingeschlossen bleiben. Sita folgt dem jungen Mann, der zu ihr sagt, er heiße Punj; sie gehen immer weiter, in einen Stadtteil, wo sie noch nie gewesen ist. Sie blickt hinauf. Oben am Fenster, das von einer nackten Glühbirne beleuchtet wird, sitzt ein Mann über ein Kaschmirschultertuch gebeugt, das er bestickt. Wahrscheinlich hat Bubu es selbst in Auftrag gegeben – bald wird es an Radha geliefert. Sie wickelt sich fest in ihren eigenen roten Schal; der Mann am Fenster macht eine Pause und lächelt zu ihr hinunter. Er hat keine Zähne und mehr Falten als Papa. Er zeigt auf sie, und es sieht aus, als biete er ihr den Schal an, als nicke er und reibe den Stoff zwischen den Fingern, um dessen Wert zu demonstrieren.

Hinter ihr schert ein Motorrad mit zwei Jungen aus und verfehlt sie um Haaresbreite. Menschen, die von ihren Gebeten kommen, überschwemmen die Straße, eilen an ihr vorbei, rempeln sie an, um schnell in Lebensmittelgeschäften und bei Metzgern fürs Abendessen einzukaufen. Sie hat das Gefühl, beobachtet zu werden: Weil sie die einzige Frau ohne Hijab ist? Nein – es gibt ein paar Frauen in Salwar Kameez und Schultertuch, die keine Kopfbedeckung tragen. Niemand sieht sie an. *Sita*, denkt sie. *Stop*.

«Stop», sagt sie. «Stop, Punj. Wo gehen wir hin?»

«Zum Tempel, oder?»

Er grinst sie an. Ein Reiseführer, der versucht, ruhig zu bleiben und den schwierigen Kunden unauffällig zur Eile anzutreiben.

«Warten Sie. Ich muss nur – warten Sie kurz.»

Sie schlüpft in einen Gemischtwarenladen, geht die Gänge entlang und versucht, weiterzuatmen. Alte Konserven mit Kondensmilch und Puddingpulver, Tüten mit getrockneten Gewürzen und Mehlsäcke. Uncle Chipps – eine Marke, der sie seit ihrer Kindheit nicht mehr begegnet ist.

Sie wartet zwei Minuten, drei Minuten. Sie kratzt an ihren Nägeln herum und fragt sich, ob Kritik Uncle ins sichere Haus zurückgekehrt ist – ob er sie und Papa sucht. Sie sieht Punj draußen stehen und telefonieren.

Ohne etwas zu kaufen, verlässt sie den Laden.

«Mit wem telefonieren Sie?», fragt sie. Auf der anderen Straßenseite blinkt eine zerbrochene Neonreklame: Fitness, Bodybuilding, Boxen.

Punj gestikuliert hinter ihr.

Eine Schar junger Männer kommt die Straße entlang – darunter auch der Gutaussehende im karmesinroten Kapuzenpullover, der ihr aufgefallen war, als sie das erste Mal vor die Tür ging. Als sie am Jhelum stand und darüber sinnierte, dass sie keine Zigaretten mehr hatte, als gäbe es nichts anderes, worum man sich sorgen müsste.

Was für lange Wimpern er hat, denkt sie. In der Stadt wird es langsam dunkel, und ihr ist plötzlich kalt.

«Ich kenne Sie», stammelt sie. «Sie sehen wie jemand aus, den ich kenne.»

«Jivan», sagt er lächelnd. «Schön, dass wir uns endlich sehen. Wieder sehen.» Er lacht. «Nach fünfzehn Jahren.»

Sie fühlt sich, als würde ihr Körper aus einem hundertjährigen Schlaf erwachen. Sie strafft ihre Schultern. *Jivan.* Sie sieht sich um, blickt hinter sich – seine Jungen haben sich in einem lockeren Kreis gruppiert. Sicherheit.

Jivan fasst sie an der Hand. Sie ist so überrascht, dass sie sich nicht bewegt. Sie spürt die Wärme in seinen Fingern und fühlt die Kälte in ihren umso mehr.

«Mach dir keine Sorgen. Ich weiß, wo dein Vater ist», sagt er. «Gargi hat mich hierhergeschickt. Sie wollte sichergehen, dass es ihm gut geht. Sie will euch beide sehen.»

«Gargi?»

«Komm mit», sagt er. Er hält sie immer noch an der Hand. «Dein Vater ist am Schrein. Wir holen ihn dort ab und fahren dann zum Hotel. Alles wird gut.»

Sie denkt an Kritik Uncle, die Gefahr auf dem Boot und sagt sich wieder: *Jivan haben meine Schwestern geschickt, er weiß, wo Papa ist, alles wird gut.*

Jivan drückt Sita seine Hand leicht ins Kreuz. Sie versteht nicht, warum diese kleine Geste sie beruhigt. Sie überlässt ihm die Führung – folgt ihm und Punj und den anderen durch die gewundenen Straßen, die sich immer mehr leeren – kaum noch eine Menschenseele, kein Lärm mehr. Die Häuser sind nur noch Ruinen, Brennholz. Wie gewöhnlich sie in ihrem leuchtend roten Kameez wirken muss, unter all den Jacketts und Jeans. Der Gedanke nagt an ihr und verschwindet wieder. An jeder Ecke meint sie, den Kopf ihres Vaters zu sehen, seinen Kragen, seine Schultern – fast kann sie ihn lachen hören. Sie spürt den Fluss zu ihrer Rechten, doch dann fädeln sie sich wieder in ein Wirrwarr dunkler Gässchen mit zerbrochenen Backsteinmauern ein, schwarz verbrannten Holzhäusern, einer Straße mit Schlaglöchern, in rohem Zustand, sie weiß, was hier passiert ist – jedoch nicht, wie man darüber trauert. Sie kommt zwanzig Jahre zu spät. Sie gelangen ans Wasser und bleiben stehen.

«Der Pandit Tempel ist ganz in der Nähe», sagt Punj.

Am Ufer blickt Sita nach unten. Der Fluss leuchtet. Phytoplankton. Der Himmel sinkt in das Blau, als könne er nicht anders. Sie sind durch eine Tür zwischen der Stadt und diesem Ort gegangen und in eine Welt gelangt, die nur Unbefugte finden. Sie blickt Jivan an und bemerkt sein kurzes Lächeln. Er deutet mit einem Nicken dahin, wo Punj neben einer Holztreppe innehält; er zieht sich die Schuhe aus. Über dem stehenden Wasser thront eine kleine Hütte auf Stelzen; einer der Männer steigt die Stufen hinauf und öffnet die Luke. Er spricht in einer Sprache, die nicht wie Kashmiri oder Arabisch oder Hindi oder Urdu oder wie irgendeine Sprache klingt, die sie kennt. Wie komisch – der Ort ist schmutzig und verlassen, doch sie ist hier von Jungen umgeben, die Dinge für sie tun. So etwas ist an diesem seltsamen Ort merkwürdig normal.

Sie steigt die Stufen hinauf. In einem niedrigen Stuhl sitzt eine alte Frau in einem tiefschwarzen Gewand. Aus ihrem Blick spricht keine Verwunderung.

«Ist mein Vater hier?», fragt Sita.

«Nein», sagt Punj. «Ich dachte, dieses ursprüngliche Stück Kaschmir-Leben könnte Ihnen gefallen. Ist Ihre Hütte nicht sauber? Haben Sie Hunger? Sehen Sie nur, dort steht eine Schale mit Äpfeln aus Kaschmir. Sie hat auch einen Fernseher.»

Er hat recht. In einer Ecke der makellosen Hütte steht ein Fernseher, auf dem eine Häkeldecke liegt. Darauf steht eine Schüssel mit dunkelroten Äpfeln. Auf Hochglanz poliert, reflektierend.

«Möchten Sie ein Foto?», fragt er.

«Was? Nein.» Auf der Suche nach Jivan reckt Sita den Hals so stark und ruckartig, dass es sich so anfühlt, als würde er umknicken und abbrechen.

«Was ist los?» Er ist noch immer da. Jivan. Er steigt die Stufen hinauf. Er breitet die Arme aus, sodass sie in der Tür stehen bleiben muss.

«Wo ist mein Vater?», fragt sie.

Er blickt sie an. Alles um sie herum scheint sich zu drehen. Das Entsetzen, das sie auf den Booten gepackt hat, ist wieder da, in ganzer Größe.

Jivan. Punj. Sie sind nicht hier, um ihr zu helfen. Ist das Gargi? Hat Radha sie geschickt? *Sita,* denkt sie. *Was hast du getan?*

Punj stellt sich direkt vor Jivan und legt die Hände auf seine Schultern, als würden sie sich gleich küssen. Sie dreht sich um, doch da ist nur der träge Fluss und ein weiterer Typ, der hinter ihr steht, und die grinsende alte Frau in ihrer Hütte. Sita drängt sich durch die Gruppe. Bevor ihnen klar wird, was passiert, rennt sie los.

Sie biegt links und rechts ab, ohne zu wissen, wohin; zwischendurch liest sie Steine auf und wirft sie hinter sich. Doch da ist Papaji, gleich dort vorne – ein Aufleuchten, ein Lachen, er ist da, spielt Verstecken, genau wie sie früher mit ihren Schwestern, mit Jeet Bahiya und einem anderen, jüngeren Jungen – war er das? War das Jivan? Sie biegt immer wieder um die Ecke und kommt in eine Sackgasse. Vor ihr führen Stufen in einen kleinen Hof, der von einer hohen, rosafarbenen Mauer abgeriegelt wird. Sie kann das Om erkennen. Der Pandit Tempel. Die Religion ihrer Mutter. Ihr Vater ist dort, er starrt vom Balkon hinunter, auf der Stirn hat er einen frischen roten Tikka.

«Sita!», ruft er.

«Sollen wir ihn holen?» Jivan ist jetzt neben ihr und bietet ihr seinen Arm an. Sie hakt sich nicht ein. Sie versucht, an ihm vorbeizugehen, doch er packt sie.

«Was soll das?», sagt sie.

«Wir sind in Srinagar», sagt Jivan, «das weißt du doch.»

Er zuckt die Achseln. Dadurch verändert sich sein Gesichtsausdruck. Seine Miene ist so kalt, dass sie ihn wie gebannt anblickt.

«Hat dir der alte Kritik nicht gesagt, dass du nicht mit Fremden sprechen und nicht allein aus dem Haus gehen sollst?», sagt er.

Er übergibt sie an Punj, der sie am Arm packt. Sie versucht, sich zu befreien; er benutzt beide Hände und zieht sie zurück, sodass sie beinahe hinfällt. Sie sehen zu, wie Jivan die Stufen zum Tempel hinaufeilt. Er bückt sich kurz, sodass man ihn nicht mehr sieht. Dann taucht er mit Papa wieder auf; jemand hat ihm einen langen Mala um den Hals gelegt, und er wirft sich eine Nuss nach der anderen in den Mund: ein Kunststück, wie sie sich erinnert, das Bubu ihm einst beigebracht hat. Er lächelt, als sei dies das beste Spiel, das er je gespielt hat. Ohne dass man ihn zwingen müsste, ohne jede Gewalt, folgt er Jivan dorthin, wo man sie festhält.

«Papa», sagt sie. «Bitte.»

«Punj», sagt Jivan. «Bringen Sie die beiden ins Haus. Und gehen Sie vorsichtig mit Sita Madam um, behandeln Sie sie respektvoll», sagt er lächelnd.

Das Wort *Madam* klingt seltsam aus seinem Mund. Es folgt der

Schock: Klarheit – eine Kapuze wird ihr vom Kopf gerissen. *Siehst du, wie es eigensinnigen Mädchen ergeht?*

Sie versucht, sich aus Punjs Umklammerung zu befreien; er hält sie fest.

«Papa», sagt sie. «Lass uns zum sicheren Haus zurückgehen.»

Punj und Jivan schütteln die Köpfe. Papa zuckt nur die Achseln. Sie blickt von einem zum nächsten: Sie will zu ihren Schwestern. Die eine soll sie beruhigen, die andere zum Lachen bringen. Gab es je eine Zeit, in der sie glücklich waren? Nur als sie alle klein waren, danach nicht mehr.

«Sollen wir zu Gargi und Radha gehen?», fragt sie.

Jivan lacht ein hohles Lachen. Doch wenn ihre Schwestern sie sehen könnten, würden sie mit all dem aufhören. Sie wird ihnen sagen, dass es ihr leidtut, und sie vor Kritik Uncle und Mawlana Umer warnen. Diesen Handel könnte sie doch machen – er könnte etwas wert sein.

«Nahin, nahin, nahin, nahin», sagt Papa. «Warum sollten wir zu ihnen gehen?»

Er deutet auf die kaputten Häuser und kommt ins Schlingern. Am Himmel ein Gewirr von Telefonleitungen, die auf die Gassen herabhängen. Er bleibt stehen und zwingt alle, ebenfalls stehen zu bleiben. Er leckt seinen Finger ab und hält ihn in die Luft.

«Wir gehen mit diesem braven, jungen Mann, ganz gleich, wo er uns hinführt. Er ist gut gekleidet und sehr ansehnlich, und ich bin sicher, dass er sein Bestes tut. Nein, weine nicht. Die Vögel singen im Vogelturm, so schöne Vögel. Weißt du, was mit ihnen geschehen ist? Lass uns nachsehen. Wir können Streck-den-anderen-die-Füße-ins-Gesicht spielen, das ist doch das Lieblingsspiel von euch Mädchen? Wie Zirkusclowns übereinanderzufallen, immer in wildem Durcheinander.»

Sie ist schlaff und schwer: wie Stein. Die Vögel im Vogelturm? Hier gibt es keinen Vogelturm. Dunkelheit fällt herab – ein Vorhang, der sich über den Fluss und die Altstadt senkt. Es ist beinah Nacht und die Vögel sind fort. Was wirst du tun, um dich zu retten, Sita? Schreckst du vor nichts zurück?

Sie geht zwischen Punj auf der einen Seite und Papa auf der anderen. Keiner berührt sie: Keine Hand liegt auf ihr, aber die Körper der beiden sind so massiv – die des alten Mannes und die des jungen –, dass es ist, als grüben sich Finger in ihre Arme, um ihre Haut zarter zu machen. Doch Papa hüpft beinah, Papa wirkt so glücklich – noch nie hat sie ihn so erlebt – ganz hektisch vor Energie. Was sie verstummen lässt, ist Folgendes:

«Sir, Sie da! Haben Sie ein Kartenspiel?», singt er über Sitas Kopf hinweg. «Wir wollen die Karten mischen, und den Joker entscheiden lassen, wem wir erlauben, uns zu besuchen, und wem nicht und wo wir investieren und wem wir mit einem Geldgeschenk helfen können.»

Und dann:

«Wir können über die Bhainjis in ihren Saris aus gesponnenem Gold lachen, über die Ochsen mit ihren Bindis; sie müssen untergebracht werden, oder?»

Und:

«Komm, Sita, nein, zitter und schnief nicht wie ein kaltes, krankes, dummes Mädchen. Wenn du das Glücksspiel nicht magst, können wir Slokas aus den Epen rezitieren, wir können reden, als seien wir Vishnu und Lakshmi, die das Rad drehen, für den Reichtum dieser Welt. Komm, Sita, es wird Zeit, dass wir gehen.»

«Wohin?»

Sie nehmen sie und schieben sie durch die engen Gassen, ihre Tränen fließen auf ihren Toosh.

«Psst, psst, wein doch nicht, hmm? Devraj ki Beti, roti nahin hai.»

Papa legt seine Arme um sie, die wie aus Stahl sind.

«Ro mat, meri beti, ro mat», sagt er. «Die Aarti wird um deinen Kopf kreisen und Shanti wird kommen und Bhagwan wird dich preisen. Dann spielen wir in den Flüssen, wir seien Zwillinge, wir tanzen, reden, lachen über die Geisteskräfte. Lass uns nach Mumbai oder in den Süden ziehen und eine Picklesfabrik eröffnen. Weine nicht, das macht dich alt. Dafür hast du noch viel Zeit! Bevor du verblühst, erleben wir noch, wie sie alle an ihrem eigenen Geiz verhungern.»

Die Männer gehorchen, rücken rings um sie zusammen und nehmen sie mit. Es könnte sich einfach nur um eine Brüderschar und ein Mädchen handeln.

«Wartet!» Sie bleiben stehen. Jivan flüstert Punj etwas zu.

«Aré, Jivan Sahib», sagt Punj und legt Sita den Arm um die Schultern. Männer haben schon Schlimmeres getan, um in diesem Paradies zu überleben.

Papa kichert. Sie gehen jetzt zügiger. Ihre Fürsorge hat ihm dieses neue, kapriziöse Leben beschert. Sita hat wieder das Gefühl, dass sie bis vor Kurzem nicht einmal das Allereinfachste über die Welt verstanden hat. Trotzdem reißt sie sich nicht los.

§

Man brachte uns hierher: ins Haus meines Schwiegervaters, und danach hatten wir nichts zu tun und spielten nur noch. Sita und ich rannten durchs Haus. Und Punj kam die alte Treppe hinter uns hochgestampft. Ich kannte den Weg.

Jahr für Jahr für Jahr für Jahr für Jahr rauschen Regen und Schnee, Frühlingsefeu und Sommerpollen durch dieses alte Dach. Das Haus war ein Zufluchtsort für Dakoits. Während des Konflikts. Nachdem sie ihr Opfer ermordet hatten. Nachdem sie alle geflohen waren. Ha! Seht nur, die Küche funktioniert noch, auch wenn man vom Nachtstuhl auf die offene Straße blickt. Wir haben kein frisches Trinkwasser und auch kein Wasser, um uns zu waschen. Nur schwarzgebrannten Mondenschein. Dies ist nichts als ein kahler Raum mit zerbrochenen Dielen und Schlosskönigshunden auf dem hohen, hohen Sandhaufen draußen.

Sie wollte nicht spielen, deshalb schlug ich sie, damit sie aufhörte zu weinen. Dummes Mädchen. Chup! Sie sollte auf ihren Vater hören. Sie hörte auf zu weinen, gutes Mädchen, gutes Mädchen, und hatte ein gar feines Schultertuch aus wunderschöner Kaschmirwolle. Genau wie ihre Mutter. Das bin ich nicht, sagte sie. Sie verstand es nicht. Sie sagte, ich kenne sie nicht, und sie verstehe nichts. Ich bin sie. Bis sie verheiratet ist, ist sie mein. Sie sagte, sie wolle niemals heiraten. War sie nicht schon die ganze Zeit mit einem Mann zusammen, den sie nicht geheiratet hat? Eine Kränkung ohne Ende. Sie verstand es nicht; sie war noch ein Kind.

Nimm sie, sagte ich.

Punj fand sie wunderschön, das habe ich gemerkt. Wie ein Bräutigam hob er sie hoch, doch sie wehrte sich. Punj will dir nur beim Fliegen helfen, und er hat recht: Sie ist ein schöner Vogel. Seht, wie sie sich spreizt! Lass sie nicht kreischen!

Ich schlafe ein. Ich wache wieder auf, und sie ist fort. Die Moschee macht einen Höllenlärm. Still jetzt! Sie dachte, wir gingen zum sicheren Haus. Armes Dummerchen. Sie war immer so lieb. Ein liebes Mädchen. Sie ist mein liebes, süßes Mädchen. Mein Honigschneck. Voller Vertrauen. Hat mich nie infrage gestellt. Immer liebevoll. Sita. Aber sie hat diese Unart, dauernd zu verschwinden. Versteckspiele. Wo bist du? Seht ihr? Sie will nicht gefunden werden. Aber ich finde sie trotzdem. Und dann wird sie singen. Erinnert ihr euch an die Vögel im Turm auf der Farm? Das waren wirklich schöne Vögel. Sita! Wunderbare Sita! Sita Savitri? Wo bist du?

Ich hasse es, dass sie nie Antwort gibt und immer nur leise vor sich hinmurmelt. Als wüsste ich nicht, was sie sagt.

Von hier aus kann ich Äpfel an den Bäumen sehen, und die Welt dreht sich und dreht sich. Von hier aus kann ich die Lichter des neuen Company-Hotels sehen, die für mich funkeln, und die Welt dreht sich und dreht sich. Von hier aus könnte ich die süße Honigbiene sein, und die Welt dreht sich und dreht sich.

Ich umarmte sie nochmals. Ihr Körper war sehr müde. Sie weigerte sich zu sprechen. Die eine Hand auf der Brust.

Nein? Sing! Nein? Sie wollte nicht singen. Mich auch nicht trösten. Sie wird noch alles niederbrennen mit ihren Blicken. Sie wird ihren Willen durchsetzen, wie eine Todesgöttin. Sie sagte:

Ich werde wiederkommen. Und dann werde ich die Welt verändern.

Ich schüttelte sie, bis ihre Zähne klapperten. Ich zog ihr die Jeans aus. Zwischen ihren Beinen war Blut. Wasser zum Waschen gab es nicht. Ihr Haar war mit Schmutz und Vogelkacke verklebt.

Psst, flüsterte ich und streichelte sie dort. Wir sind nicht auf die Welt gekommen, um für immer zu bleiben.

Die Spiele begannen von Neuem. Sie wehrte sich!

Punj hielt sie fest.

Ich machte ihr Schultertuch am Balken fest und verknotete es geschickt. Das würde halten, es ist hart wie Stahl. Das andere Ende um ihren Hals. Gute Arbeit – die beste!

Wir zogen. Als junger Mann ritt ich und schwamm und rannte und stemmte Gewichte, während all der Jahre, als ich die Geschäfte leitete. Als Sita klein war, während der Jagdgesellschaften, der Polospiele, vermochte ich all das noch.

Wissen wir jemals, wozu wir imstande sind? Nicht, bevor es getan ist, meine Freunde, nicht, bevor es vollbracht ist. Hebt an zu singen:

> Schnelle Strömung, dunkle Nacht
> Ya illa, la-illa
> Helle Sterne lenken sacht
> Kraliar, baliar!
> Allesamt zieh'n wir am Seil
> Ya Pir-Dust Gir
> Muskelkräfte unser Heil
> Khaliko, Malik-ko!

Wie die Welt sich dreht und uns auf solche Dinge bringt. Was für ein hübsches Geschöpf, Sita: Schlinge um den Hals, im sicheren Kreis ihres Schultertuchs. Hievt sie hoch! Baumele, baumele.

Da, es ist vollbracht. Bindet den Knoten! Geht ums Feuer! Seht, wie sie im leichten Wind tanzt? Sie sah so hübsch aus, wie ein schöner Kronleuchter. Was siehst du, mein Engel? Die Welt. Sie krächzt, die Hände an der Kehle. Ihre Stimme ist schwach. Ilantu. Dreht sich und dreht sich.

Bringt mir einen Lotusstengelsalat; überlasst mich meinen Träumereien.

Ihr Kopf war zur Seite gedreht, und sie blickte zu mir herunter, mit aufgerissenen Augen und hervorquellender Zunge. Brüste schlaff herabhängend, Beine nackt, Mund offen, kein Laut.

Punj fing an zu lachen. Er blickte in ihr Kameez hinauf. Ich gab ihm einen Stoß, und er fiel durch den kaputten Fußboden, dort wo der Holzwurm ein Loch gefressen hatte. So groß wie die Erde. Überrascht landete er auf dem Rücken. Und störte die Hunde.

Sita starrt herab und dreht sich.
Sprich! Sie kann jetzt nicht sprechen.

Und dann tanzte sie endlich. Seht, wie ihre hübschen Füße die Flammen anfachen, jetzt breitet sich das Feuer aus. Es breitet sich aus. Das Feuer; was ist das für ein Lärm? Ein Krachen und Fallen – das Holzhaus stürzt ein – da, der Hundechor – heult, heult, heult, heult.

VI

Wir, die wir jung sind

Eins

Bleib locker, Jivan. Entspann dich. Der Trick besteht darin, zu würfeln, und jedes Würfelergebnis als das zu betrachten, was man sich gewünscht hat, ganz gleich, wie es ausfällt. Egal, was du getan hast, mach einfach weiter. Es gibt hier so viele alte Wunden, sie werden nicht einfach zurückkommen wie ein Foreign Return – ein Auslandsgewinn ha ha – eine Steuer auf seine Taten, nein, ein Lag-haan*, Hindiunterricht, verstehst du? Ihm ist noch kein Wort begegnet, das nicht in mundgerechte Stücke zerbrochen werden kann ... allem kann ein tragischer Anstrich gegeben werden und jeder kann wie ein Lügner klingen.

Jivan hatte einmal gelesen, Geld sei der Abschiedsbrief eines Selbstmörders*– es kann auch den Mörder spielen, und keiner kommt die lange Auffahrt hinter ihm her, keiner kann ihm den Unterschied zwischen einem Lächeln und einer Totengrimasse erklären. Er geht zum Hotel und versucht, an nichts zu denken. Kerzen für hundert, tausend, zehntausend, hunderttausend, fünf Lakh, zwanzig Lakh, dreißig Crore Kerzen mussten hier in Tontöpfen brennen, die das Licht zu Blättern, Paradiesvögeln und gebogenen Monden formten.

Meine Güte, kann Sita den Mond immer noch sehen?

Über der Altstadt von Srinagar herrscht eine klare, kalte Nacht; die Berge hinter dem Hotel glitzern. Morgens ist die Luft würzig – wie der Geschmack von Kaffee und Brezeln im Winter in Boston, zu Liebesknoten geschlungener, dicker Salzteig. Jivan hat sie nie richtig gemocht, ebenso wenig wie die frischen Collegemädchen mit ihrem Apfelduftshampoo, ihren Secondhandshopschals und ramponierten Büchertaschen, die sie für nicht einmal 50 Dollar gekauft hatten. Die Rudermannschaft rannte direkt vom Fluss durchs Laub zu den Seminaren in Bankwesen und Jura, und alle kamen sie zu spät. Abends eilte man dann die geraden Straßen entlang, auf denen die Straßenlampen in regelmäßigen Abständen Gold in Hülle und Fülle auf den Boden warfen, unterwegs zu einer Bierparty mit einem schlichten Motto wie *Mad Men* oder *Die Sechzigerjahre.*

Nach dieser Nacht, denkt Jivan, wird er eine Pause machen. Er wird nach Boston zurückkehren und nachschauen, ob noch alles vorhanden ist.

Jivan steht neben der glitzernden Hotellobby. Ein Strom vergoldeter Männer und Frauen fließt an ihm vorbei. Ihre Gespräche ergießen sich über ihn, sodass er das Gefühl hat, es gäbe kaum Platz. Über die Treppe, deren Stufen breit und lang sind und die in einem Bogen an der Wand entlangführt, verzieht er sich nach oben. Eine Treppe, wie man sie sonst nur in Disneyfilmen sieht – in *Cinderella* oder *Aladdin*, oder wie auch immer der Film mit der fremdländischen Prinzessin heißt.

«Verstehen Sie, wie teuer das ist? Und dann das hier: Das soll viel teurer sein?» So wird geschnattert. «Waren Sie schon mal im Company Mumbai? – Nein, nur in Delhi und in Goa, aber das hier ist noch besser, ach was – es ist das Beste der Welt … – Aber finden Sie nicht auch, dass Gargi all das nicht ausgerechnet jetzt hätte tun sollen? – Ist Bapuji überhaupt hier? – Radha ist immerhin noch in Trauer. – Was ist mit den Delhiprotesten? Haben Sie eine Ahnung? – Es sieht nicht gut aus. – Freunde, was macht das schon? Wir sind jetzt hier und sollten uns amüsieren.»

Niemand verliert ein Wort über Sita.

Braune Haut strahlt unter goldenen Lichtern, und dunkles Haar ist hoch aufgetürmt. Die Saris, die Düfte, der schlüpfrige Klang der Armreifen verschwimmen ineinander. Manche haben sich Mühe gegeben, so elegant wie Gargi zu wirken, schneiden dabei aber eher dürftig ab, andere haben den Juwelier und den Kosmetiksalon überstrapaziert. Manche wirken wie Zeitreisende aus den 80er-Jahren, ebenso veraltet wie die Einrichtung der hiesigen Restaurants am See. Mädchen, die wie Grenzlandbanditen gekleidet durch die Party stolzieren, die quer über den Körper geschnallten Halfter voller India Company Shots – hochprozentige Drinks. Das Servierpersonal stammt aus den besten Hotels des Landes; es ist darin geschult, die Gäste nicht anzustarren, sich nicht aufzudrängen, nicht zu insistieren, und zwar nonstop.

Mozzarella-Kugeln? Sheikh Kebab? Würzig frittierte Maiskölbchen? Heute Abend gibt die neue India Company ihr Debüt mit ihren Servietten und Livreen und den neu ausgelegten Seidenteppichen.

Während die Company-Wachleute nach Bomben und Waffen suchen, sieht Jivan von der Treppe aus zu. Seine eigenen Jungs, die er in den Vierteln der Gegend ausgewählt hat, haben Anweisung von ihm bekommen, sich unter die Menge zu mischen, die Industriellen und Politiker abzuhören und den Journalisten auf der Spur zu bleiben (auch wenn Barun, der eigentlich zugesagt hat, noch nicht aufgetaucht ist). Sie sollen sicherstellen, dass Drogen diskret konsumiert und auf Wunsch bereitgestellt werden. Dass die sorgsam geplanten Rundgänge durch das Hotel und den Park sich an die vorgesehene Route halten und niemand sich in den Privatflügel verirrt. Jivan hat Achtung vor diesen Srinagar-Jungen. Er weiß, dass sie Freunde, Brüder und Väter verloren haben. Doch in den vier Wochen, die er jetzt hier ist und an der Fertigstellung gearbeitet hat, hat er nie erlebt, dass sie sich beklagt oder auch nur ein Wort gesagt hätten, das nicht mit ihrer Arbeit zu tun hatte. Alle verwenden nur Englisch – er hat ihnen verboten, bei der Arbeit ihre eigenen Sprachen zu sprechen; das war die erste Regel, die er aufgestellt hatte.

Von einem Kellner mit Turban nimmt er einen Whisky entgegen. Der Typ hat einen Dropkick-Schnurrbart. Jivan kippt den Whisky hinunter, nimmt noch einen und geht weiter. Die Sari-Armee lächelt ihn an, so ein gut aussehender junger Mann, so gepflegt. Natürlich glauben sie, ihn zu kennen, sie sind sich doch schon einmal im Haus von Soundso begegnet – bei der Party damals – bei der Hochzeit, ja, natürlich.

«Halloji, wie geht es Ihnen?»

Er nickt zurück. Dann mischt er die Hysterie mit einem Schuss Zitrone und spült sie an der langen Glasbar mit Tequila hinunter. Es schmeckt bitter, wie Metall, wie Blut.

Im Pokerzimmer rollen die Würfel: Einer, Fünfer und Achter. Auf den Flaustischen stapeln sich die Spielmarken, Modelle der halb fertigen Bubu-Türme, mit denen Radha jetzt spielen kann. Wo ist sie? Na ja, sie hat den ganzen Tag gekotzt; und ist immer noch in ihrem Zimmer. Ein paar von den erfahreneren Company-PRs vertreten sie und halten die Party in Gang, stellen Bankern, staatlichen und privaten, Bollywood vor; Regierungsabgeordnete des Zentrums und der Bundesstaaten machen sie mit Immobilienmaklern bekannt und lassen ein paar wenige Auserwählte wissen, welche Art Geschenk ihnen zu einer Privataudienz bei Gargi verhelfen könnte, wenn es an der Zeit ist.

Jivan häuft sich Ladoos auf einen kleinen Teller. Radhas Frauen – Sheila, und, wie er glaubt, Rachel – halten vor ihrer Suite Wache. Sie tragen Ein-Schulter-Oberteile und dunkle Lederhosen; ihre Haare sind nach einer eigentümlichen Vorstellung von Punk auftoupiert und eingesprayt worden, und ihre Gesichter sind fast weiß gepudert. Die Lippen haben sie mit einem Rot geschminkt, das alles, was damit in Berührung kommt, wie eine Wunde aussehen lässt. Die beiden sagen, Madam sei zu krank, um ihn zu empfangen. Er gibt ihnen die Ladoos; sie lächeln und lassen ihn vorbei.

Seit wann hat Radha eigentlich ein Faible für Duftkerzen? Ständig brennen bei ihr mindestens fünf Stück. Sie hat diese Obsession für Lavendel entwickelt: Alles muss lila sein und wie ein Geschenkladen duften, denkt Jivan. Er grüßt kurz ein Gemälde von Bubu, das aus Delhi herbeigeschafft worden ist: Gekleidet wie Kaiser Akbar lehnt Bubu sich auf sein Schwert, blickt aber nicht zu ihm herunter, sondern geradeaus in den Privatgarten, in dem brutale Stahlskulpturen platziert sind, die drohend neben den Fenstern aufragen; fremde Skelette der industriellen Moderne.

Radhas Sari für heute Abend, in Dunkellila mit Goldfäden durchwirkt, hängt steif auf einem Kleiderbügel und wartet auf Entfaltung. Radhas Sandalen – golden und zierlich – stehen in Habtachtstellung neben ihrem Frisiertisch. Wo ist Radha? Eingerollt in der Mitte ihres Himmelbetts; um sie zu finden, muss Jivan sich durch Seiden- und Chiffonhüllen kämpfen. Sie trägt Jogginghosen und sein karmesinrotes Harvard-Sweatshirt. Sie riecht ganz süßlich; nach Company-Parfum und Kotze.

«Wie geht's dir?», fragt er.

«Jivan. Da bist du ja.»

Er lächelt sie an; ihre Augen und ihre Haut sind glasig. Er könnte sie in die ägyptische Lobby hinuntertragen und in einer Vitrine ausstellen. Doch dies ist kein Gold, sondern die Patina eines Krankenzimmers. Ihm schaudert.

«Du musst nach unten kommen, Rads. Du verpasst die Party. Ich brauche dich dort. Sieh mal, dein wunderschöner Sari wartet schon auf dich – und Sheila wartet darauf, dir beim Ankleiden zu helfen.»

«Ist Gargi unten?»

«Ich hab sie noch nicht gesehen, und ich kenne sonst niemanden. Ich weiß nicht, ob Surendra die Eröffnungsrede hält oder Gargi. Du siehst – ich komm nicht zurecht ohne dich.»

«Frag Gargi», sagt Radha. Sie rollt sich von ihm weg; ihre Haare fallen auf ihr Gesicht.

«Raddy, sei doch nicht so.»

Sie rollt sich zurück und blickt ihn an. Ihr Gesicht wird grau: Sie gaukelt nichts vor, sondern ist eindeutig krank. Fast sieht sie aus wie damals als kleines Mädchen, als er ihr aus Kissen Höhlen baute, in denen sie sich verstecken konnte. An diesen weichen Orten hörte sie keiner weinen.

«Weißt du, was Uppal mir erzählt hat? Dass du und sie – auf der Rückreise von Amritsar, in der Nacht, als Bubu und Ranjit Uncle –»

«Psst», sagt er. «Warum denkst du da jetzt dran? Uppal ist seit Wochen verschwunden. Der Typ ist nicht mal so höflich, noch zur Arbeit aufzutauchen.»

Radha kleben die Haare am Kopf. Jivan streicht sie mit dem Finger zurück und versucht, Radha nicht zu genau anzusehen. Das Zimmer ist mit lavendelfarbenen und türkisen Mosaiken gekachelt, als hätte sie die Wand mit einer Schere bearbeitet und dann einem armen Sklaven befohlen, alles wieder zusammenzufügen.

«Findest du es nicht jammerschade?», sagt sie. «Alle verlassen uns. Sita, Kritik Uncle. Jeet. Bubu, Ranjit Uncle, Uppal. Mein Papa. Wirklich traurig.»

Sie schnieft und versucht, sich auf seinen Schoß zu hieven und ihm die Arme um den Hals zu legen. Jetzt muss er sie festhalten. Sie ist so dünn um die Taille und hat so üppige Brüste und Hüften. Viel üppiger als zuvor in Amritsar. Zu viele Kashmiri-Süßigkeiten, denkt er. Oder?

«Radha», sagt er. «Wie lange fühlst du dich schon krank? Was nimmst du ein? Sag's mir.»

Er stößt sie weg.

«Du willst doch nicht schon gehen?» Sie streckt die Hand nach ihm aus; ihre Pupillen sind winzige, schwarze Nadelstichpunkte.

«Steh auf und wasch dich. Ich frag nach, ob Gargi einen Arzt weiß. Und ich bring dir was zu essen.»

«Fütter mich wie ein Baby», sagt sie.

Sie zieht die Knie an die Brust und schlingt die Arme fest darum. Dann schaukelt sie von der einen Seite zur anderen und lächelt ihn mit schlafverklebten Augen an. Ihr Gesicht ist pinkfarben verschmiert, als hätte sie zu viel Rouge benutzt. Eigentlich sollte das grotesk aussehen, doch die Art, wie sie auf den lavendelfarbenen Laken zusammengerollt liegt, hat etwas: Sie ist immer noch die hübsche Radha.

«Klar füttere ich dich – mit allem, was du willst», sagt er. «Es dauert ungefähr eine Stunde.»

«Würdest du Gargi auch füttern?», fragt sie.

«Hör auf, Radha, sonst geh ich auf der Stelle.»

Sie rollt sich auf den Bauch und vergräbt den Kopf im Kissen. Ihre Trainingshose ist schmutzig.

«Liebst du sie?», fragt sie leise.

«Natürlich.»

Er entfernt sich vom Bett; ihm ist, als schwämme er durch Lavendelschlamm.

Radha kommt auf die Knie, wischt sich das Haar immer wieder aus dem Gesicht, selbst als es nicht mehr nötig ist.

«Würdest du gern mit ihr schlafen? Stellst du es dir vor? Ich kann nicht glauben, dass du sie sexy findest – sie weiß ja nicht mal, was das Wort bedeutet.»

«Das reicht», sagt er. «Das ist eine Beleidigung. Sie ist deine Didi, hast du das vergessen?»

Sie lässt sich ins Bett zurückfallen, ein dunkelhäutiges Rapunzel mit schwarz verbranntem Haar. Sie beginnt, vor sich hin zu summen, und sagt dann:

«Wusstest du, dass Schwangere in den ersten drei Monaten Rosa mögen, wenn sie ein Mädchen bekommen, und Blau, wenn es ein Junge wird?»

«Was hast du gesagt?»

«Nichts.»

Sie liegt da und grinst ihn an.

«Ich muss gehen», sagt er. «Bis später.»

Er zwingt sich, sich zu ihr hinunterzubücken und mit dem Mund über ihre Stirn zu streifen. Sie schmeckt wie eine Salzsäule.

Als er wieder unten ist, läuft er umher und ist in Gedanken bei dem, was Radha gesagt hat. Er blickt auf sein Handy: keine Nachricht von Punj. Im Napurthala-Zimmer, wo zu Geschenken eingewickelte Mädchen und girlandengeschmückte Matronen sich über ihre Kinder austauschen, sucht er nach Gargi. Sie ist nicht im englischen Pub, das Radha unbedingt haben wollte; dort drängen sich Bubus 2.0er, die alle schwarze Krawatten tragen, Zigarren rauchen und Whisky Sour trinken. Im Orchideenzimmer, wo Pflanzen auf polierten Walnusstischen lila, weiße und gelbe Labia über ihr eigenes Spiegelbild hängen lassen, belauscht Jivan Paare, die über alles sprechen, nur nicht über Sex. Er fragt einen Kellner, einen Türsteher, einen Sicherheitstypen nach Gargi. Ob sie sie gesehen hätten? Nein? Ob sie sie heute Abend schon getroffen hätten? Jeder Einzelne nickt – sie mag mich, scheinen sie zu sagen, sie interessiert sich dafür, ob meine Arbeitsuniform passt. Sie weiß, dass meine Tochter krank ist, zu Diwali hat sie meiner Frau Kleider für sie geschickt.

Nein – das ist bloß ihre Art, ihre Kapitalanlage zu schützen, will Jivan ihnen erklären. Gargi interessiert sich nur für die Arbeit. Sie macht sich nichts aus euch oder euren Familien, auch eure Kinder liebt sie nicht. Wie auch? Sie hat nicht das Zeug dazu.

Im Modernistenzimmer – getüncht in karges Weiß mit einem rings um die Wände verlaufenden, dunkelfarbigen Streifen – macht Jivan eine kurze Pause. Er steht unter Scheinwerfern und blättert einen der schweren Kunstbände durch, die auf einem Tisch ausliegen. Er kennt den Namen der Künstler nicht. Husain. Reddy. Sher-Gil. Gargi – auf der Fahrt von Amritsar nach Delhi, in der Nacht, als man seinem Vater die Augen ausstach und als Bubu starb. Radha will nicht darüber sprechen. Trotzdem. Jivan saß mit Gargi auf dem Rücksitz des SUV; Uppal saß vorne (wo ist er eigentlich jetzt?). Niemand wusste, was für ein Chaos sie hinterließen. Der arme Bubu musste ungefähr zu der Zeit krepiert sein, als sie den Punjab verließen und die Grenze passierten.

Sie wussten es nicht. Sie waren immer noch schockiert über Ranjits Verrat. Er erinnert sich, dass Gargi im Wagen über Sita weinte. Sie sagte, sie habe das Gefühl, jeder Tag zwinge sie, sich zu stählen. Er hörte ihr zu, bis sie fertig war, und sagte: «Tut mir leid.»

Sie hatten ein Picknick, das aus Bier und scharfem Obstsalat bestand, den sie aus einem Henkelmann aßen. Es gab Hühnchen-Kebabs und Joghurtsoße mit Minze – daran erinnert er sich, weil sie sich die Finger bekleckert hatten und sie lachend ableckten. Als sie das Bier ausgetrunken hatten, teilten sie sich eine Flasche französischen Rotwein, den sie direkt aus der Flasche tranken. Landesteile, die er nie kennenlernen wollte, blitzten in der Dunkelheit auf. Gargi weinte wieder; sie sagte, Sita sei immer egozentrisch gewesen – dass sei wohl eine Generationenfrage. Sie sagte, Sita habe eine Todessehnsucht, sie würde ihr aller Leben ein für alle Mal ruinieren, wenn sie zurückkäme. *Und wenn nicht?*

Gargi schlief ein, sie hatte die Sandalen von sich geschleudert und stieß mit den Füßen gegen Jivans Bein. Ihre Fersen waren erstaunlich trocken – die Haut war aufgesprungen, als liefe sie den ganzen Tag barfuß auf der Erde umher. Im Morgengrauen wachte sie auf, überrascht, dass ihr Handy fröhlich klingelte.

«Ach, leck mich doch», sagte sie. Dann sah sie Jivans Gesichtsausdruck und lachte. «Das war nur Amritsar. Wahrscheinlich wollen sie wissen, ob wir angekommen sind.»

Wenn sie ans Telefon gegangen wäre, hätten sie erfahren, dass Ranjit jetzt blind war und vermisst wurde, dass Bubu tot war und dass Radha in ihre Suite eingesperrt war und Geräusche von sich gab wie ein sterbendes Tier. Stattdessen streckte Gargi die Hand nach dem Vordersitz aus und schüttelte Uppal wach. Sie hielten an, stiegen aus, streckten sich, tranken Kaffee und aßen Petits Fours: High Tea auf dem Highway. Ein paar Autos fuhren vorbei und hupten; ansonsten sah man nur Asphalt, flach auf die Erde geklebt, und Wüste links und rechts. Sie fuhren in einen Sonnenaufgang, der, dachte Jivan, genau denselben Rosaton hatte wie der 5-Dollar-Schein im Monopolyspiel.

«Jivan», hatte Gargi gesagt. «Willst du irgendwann heiraten?»

Klar, wieso nicht? Das hatte er im Stillen gedacht. *Wenn du deinen Mann verlierst und deine Meinung über Kinder änderst.*

Sie betrachtete ihren Ehering. Daran erinnert er sich, weil ihr Familiensiegelring obendrauf saß.

«Ich muss nur das richtige Mädchen finden», sagte er.

Gargi lächelte mit voller Wattleistung.

«Soll ich die Sonntagsheiratsannoncen für dich durchsuchen? Und den Aunties sagen, dass ich den passenden Jungen kenne? Eine gute Partie: Foreign Return, Harvard-MBA, gutes Gehalt, sucht hellhäutige Schönheit aus guter Familie, Geschäftsleute oder Brahmanen, schätzt Abercrombie und Single Malt. Wie klingt das in deinen Ohren?»

Lastwagen donnerten vorbei und peitschten ihnen groben Sand in die Augen. Er sagte zu ihr, er stelle gar nicht so hohe Anforderungen. Die Sonne raste schreiend rot in den Himmel, als wollte sie sie davor warnen, sich wieder in den Wagen zu setzen, weiter! In die Stadt und ihre wachsamen Menschenmengen. Er sagte zu ihr, er wolle etwas ganz Schlichtes: nämlich einfach nur glücklich sein.

Gargi zog ihn auf. Sie sagte, das Mädchen müsse hübsch sein – aber nicht zu hübsch –, sie würde keines von diesen wahnsinnsschlanken Miststücken nehmen. Den Gesichtsausdruck, mit dem er auf diese Worte reagierte, schien sie zu genießen. Dann verdrehte sie die Hände, nahm ein Petit Four und legte es wieder zurück. Ihre Nägel waren leuchtend pink lackiert. Er dachte an Radha, die so schlüpfrig und fest war, wenn sie ihn nachmittags lutschte. An ihr langes Haar. Das er ihr manchmal um den Hals wickeln und dann fest zuziehen will.

Ohne ihn anzusehen, hatte Gargi gesagt:

«Wirke ich glücklich auf dich?»

Der Tag behauptete sich. Er ging pinkeln und setzte sich dann wieder zu ihr in den Wagen. Sie mussten langsamer fahren, um einem Defilee Kühen Platz zu machen – deren Rippen hervorstanden, deren Bäuche aber dick herabhingen. Leeren Blickes trappelten sie vorbei, mit schwirrenden Schwänzen und dunklen, befleckten Aftern. Der Junge, der auf ihnen ritt, hatte eine selbst gemachte Peitsche und war barfuß; er balancierte auf dem Rücken der Kuh, ein Zirkusartist vor dem langen Gras, das am Straßenrand wogte. Er fragte Gargi, ob sie einsam sei, und sie sagte Nein, sie führe das Company-Ruder sehr gern. «Doch», sagte sie, *ich liebe das.*

«Es ist nur so, dass ich den Kopf so voll hatte, seit du in Amritsar bist. Die Arbeit, die Konten, wie man gut sein kann. Du bringst mich zum Nachdenken.»

«Worüber?», fragte er und blickte aus dem Fenster. Ein handgemaltes Schild blitzte vorbei – Schnellstraßenmautgebühr demnächst.

«Jivan», sagte sie.

Die Stadt erhob sich ringsum, zerbröckelnde, beinah historische Bauten, Slums und betrunkene Türme. Sie kamen an einem Gelände vorbei, auf dem Hochzeitssäle montiert wurden; Taj-Mahal-Fassaden und dahinter die Wüste als Dessert.

«Jivan», hatte sie nochmals gesagt und ihm mit der Hand übers Gesicht gestrichen.

Er betrachtete die Falten um ihre Augen. Er wollte in ihren Bauch versinken und in ihrer Weichheit und Macht schwelgen. Konnte er das?

Beim Betrachten ihres Gesichts stellte er sich vor: Scheidung von Surendra, Wiederverheiratung. Konnte er wirklich Direktor der Company werden? Und konnte er Gargi zur Frau nehmen, die allen seinen Bedürfnissen zuvorkommt? Mutter von zwei (oder vielleicht drei) rein indischen Kindern, die, wenn sie erwachsen wären, so viel erben würden? Zwei wären genug. Ein Junge und ein Mädchen. Jivan junior und Jivanka.

«Weißt du», sagte er, «dass du eine großartige Mutter wärst?»

Sie blickte ihn an und schüttelte den Kopf.

«Nein.» Dann sagte sie: «Weißt du eigentlich, dass ich noch nie einen richtig guten Fick erlebt habe?»

Er, der nie überrascht wirkt, hätte am liebsten die Faust erhoben und ihr den Mund gestopft.

Sie verließen die Schnellstraße und fuhren auf Feldwegen in dem Wirrwarr der Gassen. Ihre Hände trennten sich, als der Wagen über die Schlaglöcher rumpelte. Sie bogen in die Auffahrt zum Farmhaus ein, und Gargi setzte sich aufrecht hin. Im Handumdrehen verflüchtigte sich Jivans glänzende Vision. Sie sah auf einmal älter aus. Trotz der Klimaanlage im Wagen schwitzte sie.

Es war später August – oder Anfang September? Wo vorher Blumen wuchsen, war jetzt Rasen und nirgends waren Pfauen zu sehen, die sie begrüßt hätten. Surendras Mercedes war wie ein Schlusspunkt vor dem Farmhaus geparkt. Bevor Jivan noch etwas sagen konnte, sprang Uppal aus dem Wagen und öffnete Gargi die Tür.

«Willkommen zu Hause, Gargi Madam», sagte Uppal.

Jivan blieb im Wagen, zwischen den Bruchstücken ihrer Reise. Er blickte Gargi nach, die im Haus verschwand. Dann überlegte er, ob er Bubu anrufen sollte, ließ es aber. Nach etwa fünf Minuten kam Gargi wieder zurück. Sie öffnete die Wagentür und sagte, es tue ihr leid, aber Surendra habe eine Art Anfall.

«Du kommst besser nicht mit rein. Fahr zu Ranjits Bungalow. Mach dich frisch und komm dann zu mir ins Büro in der Stadt. Ruf Bubu in ein paar Stunden an und sag ihm, er möge Radha bitte im Auge behalten, ja? Nicht so viele wilde Partys. Wir wissen einfach nicht, was uns bevorsteht.»

«Kommst du klar?»

«Natürlich», sagte sie.

Sie sah wieder zum Farmhaus.

«Ich muss nur schnell zu Surendra und ihm eine Weile die Füße massieren. Mir seinen jüngsten Erguss für die *Speaking-Tree*-Kolumne anhören. Aber du weißt ja, Jivan» – (und diesen Augenblick will er festhalten) – «dass ich mein Bestes tue, um dir all deine Wünsche zu erfüllen.»

Sie kam auf ihn zu und sie sahen einander von Angesicht zu Angesicht, durch die Wagenfensterscheibe. Seine Vision flammte wieder auf. Der Gedanke, dass Surendra nie existiert hatte, dass er Gargi heiraten konnte und die Company und die Farm – und die Bergwerke und den Zement und die Autos und Fertigteile und all die Hotels. All das Land – was sehr viel Geld bedeutete, für ihn, für seine Kinder und Kindeskinder, durch die Jahrhunderte.

Er fuhr zum Bungalow, wusch sich und aß etwas. Dann fuhr er zum Delhi-Büro – doch sie kam nicht. Sie schrieb ihm auch keine SMS – nicht einmal ein kleines, verhaltenes Lächeln. Dann kam Uppal persönlich zum Bungalow und sagte ihm, was Bubu getan hatte. Dass Radha jetzt Witwe sei – sein Vater vermisst werde – dass er nach Amritsar zurückgehen müsse.

Seitdem war Gargi in Delhi, und er war im Norden. Vier Wochen lang hatte er mit Punj in Amritsar und Srinagar nur auf diesen Abend hingearbeitet. Sie gingen durch die Stadt. Sie stellten neue Leute als Beobachter ein. Jivan wusste, wann Sita in der Stadt angekommen war – ausgerechnet mit Kritik und mit Devraj. Diese Information gab er weder an Gargi noch an Surendra oder Radha weiter. Stattdessen ging er es langsam an; er wollte sie kennenlernen. Er setzte sich in ein Kaffeehaus in der Nähe ihres sicheren Hauses und trank Tasse für Tasse bitteren Kaffee, während er wartete, bis sie allein aus dem Haus kam. Er beobachtete sie auf ihren endlosen Bootsfahrten und fragte sich, was sie vorhatte. Wollte sie die Kampagne fortsetzen? Ihr ging es nicht darum, dachte er, die Company zu boykottieren – wahrscheinlich würde sie ihren Platz dort einnehmen, mit sämtlichen Anteilen von Ranjit. Vielleicht will sie auch alles zerstückeln und dem Volk die Teile anbieten. In den schlechten Filmaufzeichnungen, die er von ihr sah, wo sie sich in holzgetäfelten Zimmern in England lang und breit darüber ausließ, wie das Leben am untersten Ende zu verändern sei. Alles stehe bereit, sagte sie, die Demonstrationen seien erst der Anfang. Noch viele andere wollten einen neuen Weg finden, der sie vorwärtsbringe. Sie alle glaubten, es sei ihre Pflicht, ihre Meinung kundzutun. Und dafür gab es so viele gute Gründe! Umwelt, Arbeitsrecht, Kinderehen. Es gab sogar eine Debatte, bei der sie dem Publikum sagte, dass die eigentlich verbotene Mitgift immer noch dazu führe, dass Frauen in ganz Indien als Sklavinnen verkauft würden. Klar, wollte er zum Bildschirm sagen, *Satyamev Jayate*. Er sah ihr beim Reden zu. Was sie sagte, die Leute, denen sie helfen wollte, deren Los sie ernsthaft verändern zu können glaubte – ließ ihn wieder nostalgisch werden, sodass er sich nach Iris und seinem alten Leben in Amerika sehnte.

Was wäre, wenn Sita nie zurückkäme? Er sagte ihnen nicht, dass ihre Schwester und ihr Vater hier waren.

Heute Abend wollte er mit Gargi sprechen. Er würde ihr seine Träume erzählen. Doch Radha – so dünn um die Taille – so üppig um die Hüften – und jetzt krank …

Er starrt die Wände des Modernistenzimmers an, den dunkelfarbenen Streifen, der eigentlich ein Wandgemälde ist – ein rostig-erdfarbener Hintergrund. Dort drüben bäumt sich ein gelbes Pferd hinter einer gesichtslosen Frau auf. Ihr eckiger Körper ist um die Brust weiß bandagiert, und sie wiegt ein Instrument mit langem Hals und dickem Unterteil. Ihr schwarzes Haar wallt hinter ihr herab und dort drüben sind die verblichenen Rippen einer Kuh auf die Leinwand gezeichnet. In der Mitte schwebt eine Mutter-Teresa-Kopfbedeckung, weiß mit blauen Streifen und ohne Gesicht. Und dort – streckt ein gelbhäutiges Baby die Arme ins Leere.

Zwei

«Gargi Madam, bitte blicken Sie in diese Richtung!»

Die Kamera blitzt. Gargi lässt sich auf der Treppe fotografieren und spürt das Glitzern und Schnattern, den Wein und die Musik, eine Säule aus Gold unter den Füßen. Die Menschen sind hierhergekommen, sie sind dazu verführt worden. Von Gargi Ma. Diese neue Kunst der Verführung lernte sie, als sie spät in der Nacht panische Angst bekam. Als die Company in freien Fall geriet, in eine Art Trudeln, von dem sie dachte, es ereigne sich nur in Filmen, wenn ein Flugzeug mit der Nase nach unten abstürzt, sich dabei dreht und die Wolken quirlt wie ein Deckenventilator die Luft. Süße Worte, mit den Lidern klappernde Überredung. *Eine übertragbare Fähigkeit.* Früher tat sie so etwas nur, um Bapuji zu schmeicheln; jetzt wartet diese Haltung jeden Morgen in ihrem Büro auf sie und hilft ihr, den Tag zu überstehen. Es funktioniert. Die Panik verschwindet, das ist überall ringsum offenkundig. Sie ist die Verführerin und alle ihre Gäste sind verliebt.

Die Verführerin ist eine seltsame Göttin. Ein siebenköpfiger Rakshas, der in jeder seiner unzähligen Hände ein anderes Überredungsinstrument hält. Diesen Dämon lässt sie für sich arbeiten, seit die Sache zwischen Radha und Jivan sich nicht mehr leugnen ließ. Während der Festlichkeiten heute Abend wird sie sehen, was davon Früchte trägt.

Keiner hat Gargi etwas gesagt. Doch als ihre Schwester sich zum x-ten Mal seit Bubus Tod in den Schlaf weinte – zu dem Zeitpunkt, wenn sie es recht bedenkt, als ihre eigene silbergraue Panik begann, wurde sie sich bewusst, dass der furchtbare Kummer ihrer Schwester von einer Art Euphorie untergraben wurde. Radha will neue Kleider und ein Wellnesswochenende in Dubai. Sie arbeitet nicht, sondern macht stundenlang Yoga oder spielt Craps gegen sich selbst, wobei sie ein Paar Perlmuttwürfel benutzt (die einst, da ist sich Gargi fast sicher, Bubu gehörten, oder doch Ranjit?). Statt Partys zu feiern oder zu reden, verbringt Radha die Abende allein im Amritsarzimmer und erstellt Listen von seltsamen und immer extravaganteren Kuchen, die sie erklärtermaßen so bald wie möglich essen will.

Als Radha klein war, machte sie liebend gern Bootsausflüge. Seit sie in Srinagar ist – das hat sie immer wieder zu Gargi gesagt –, hat sie Angst, ins Wasser zu fallen und zu ertrinken, selbst wenn sie nur mit einem Vergnügungskahn auf dem Hotelsee fährt. Sie möchte nichts anderes mehr, als Geschichten erzählt zu bekommen: Geschichten über ihre Mutter, Geschichten, Geschichten, bis sie eingeschlafen ist. Wenn Radha nachts aufwacht, schreit sie, die Wände verhöhnten sie. Nur Jivan erlaubt sie, zu ihr zu kommen. Er bleibt dann bei ihr, bis sie wieder schlafen kann.

Morgens ist Radha träge und sanftmütig, wie früher, wenn sie Süßigkeiten gegessen oder eine Massage von ihrer Lottie bekommen hatte. Mit der Zeit wird ihr Körper schmaler, dabei jedoch draller, ihr Haar geschmeidiger, ihr Gesicht ausgeruhter. Sie sieht zunehmend frischer aus, wie eine neue Puppe. Sie telefoniert mit den Haute-Couture-Häusern in Mumbai und Delhi und lässt sich von den Modeschöpfern truhenweise Kleider schicken. Sie bestellt Abendkleider und Wintermäntel, als plane sie die Aussteuer für ihre Hochzeit.

Mit einem wachsenden Gefühl der Empörung (ein Wort, das sie von Surendra gelernt hat – und das er nur für sie und ihre Schwestern verwendet) wird Gargi klar, dass Radha bis über beide Ohren verliebt ist. Während Gargi arbeitet, um die Verhandlungen, die Bestellungen, die Budgets zum Abschluss zu bringen, in dem Versuch, bei der Hoteleröffnung Profit zu machen, statt alles zu verlieren, was noch da ist, lässt sich Radha durch das Srinagar-Hotel und über das Hochsicherheitsgelände treiben. In einen Schal eingewickelt streichelt sie die Blumen und redet mit den Vögeln, bevor sie sich zu ihrer täglichen Siesta zurückzieht.

Gargis Bedürfnis, sich zu beschäftigen, gibt ihr Kraft und erschöpft sie gleichzeitig. Man hat es ihr überlassen, sich um Bubus Geschäftsanteile zu kümmern, und sie beginnt, sich die besten Teile zuzuschleusen. Frühmorgens, bevor sie irgendjemand findet, zieht sie sich so an, dass keiner sie erkennt, und fährt die Anhöhe in einer Autorikscha bis in die Stadt hinunter, um spazieren zu gehen.

Sie geht zwischen den Partygästen umher und beobachtet Radhas Freunde. Was für ein Gefühl ist es, so dünn zu sein, so gepflegt, so zum Anbeißen, dass der Körper das einzige ist, was die Männer sehen, ganz gleich, was für Kleider du trägst? Was für ein Gefühl ist es, Anschauungen zu haben, die deine Augen glänzen lassen vor lauter Dingen, die dir das Leben noch schuldet, ganz gleich, wie dein Körper aussieht oder was für Kleider du trägst? Diese Mädchen putzen sich nie heraus; dafür sind sie zu selbstbewusst. Sie stehen neben den Pyramiden aus Ladoos, Barfi, Schokoladenbrownies und mundgerechten Sushirollen. Und sie essen keinen einzigen Bissen.

Zuerst trinken sie etwas und rauchen auf der Terrasse – und drücken die Zigarettenstummel auf ihrem Parkettfußboden aus. Dann werden diskret Drogen eingenommen. Zwischendurch gibt es Zeiten, in denen keines der Mädchen zu sehen ist, und dann weiß Gargi, dass sie wie eine Schar Gänse auf der Suche nach warmem Wetter verschwunden sind; die Zimmer, in denen die Party stattfindet, sind nur Rastplätze zwischen den Badezimmerhighs. Erst viel später, nach Mitternacht, essen sie vielleicht etwas, stochern an jedem zarten Lammstreifen, jeder saftigen Litschi, jeder Schale Rosensirup-Jalebi mit Lavendeleiscreme, die ihre neue Srinagarküche selbst herstellt. Dann spülen sie alles mit ihrem Champagner hinunter, auf den flaschenweise Importsteuer erhoben wird.

Der Aktienkurs muss in die Höhe gehen. Er hatte sich immer noch nicht wieder erholt, seit Bapuji eine Pressekonferenz gegeben hatte, bei der Barun J. Bharat – auf einen Wink von Twitters MrGee hin – Bapuji auf den Diener angesprochen hatte, der anscheinend auf der Farm verprügelt worden und dann gestorben war. Barun sagte, er habe Fotos.

Wie könne ein Vorreiter wie Devraj Bapuji eine Kampagne für Gerechtigkeit führen, ohne sich zu dieser Beschuldigung zu äußern?

«Was für eine Gerechtigkeit herrscht in den Dörfern?», fragte Bapuji. «Brutalität.»

Danach hatte der Aktienkurs eine Schlappe erlitten, die selbst dem Toten Mitgefühl abgerungen hätte. Barun schrieb jedoch kein Wort darüber, dass seine Witwe eine angemessene Pension bekam: fünftausend Rupien im Monat. Dass man ihr in ihrem Dorf ein Haus gekauft und ihren drei Neffen Arbeit gegeben hatte – irgendwo auf dem Gelände, auf dem, wenn heute Abend alles gut geht, die India Company Odisha Sandgrube entsteht. Auch für die Mitgift der Töchter der Frau wurde gesorgt.

Jeden Tag gibt es neuen Ärger. Die Anklagen reichen von Korruption, Geldwäsche, größerem Zahlungsverzug auf ungesicherte Darlehen von Staatsbanken (um das Ökoauto zu finanzieren) bis zu Betrug, Steuerhinterziehung, Diebstahl. Die Company hat Arbeitsrechte, Baurechte und Transportrechte verletzt, um die sich der Staat bisher keinen Deut (nein, Gargi korrigiert sich – einen Scheiß) gekümmert hat. Diese Beschuldigungen müssen verschwinden. Nach den Unruhen in Delhi wurden die Anträge auf ein Antikorruptionsgesetz blockiert und werden möglicherweise in Vergessenheit geraten; Gargi kann darüber nur schuldbewusst Freude empfinden. Das Schuldgefühl verschwand zusammen mit der allererstaunlichsten Nachricht: dass Gargi Devraj Grover vom Bundesstaat Napurthala unter dem Maintenance and Welfare of Parents and Senior Citizens-Gesetz von 2007 angeklagt worden ist – das, wie Vakil ihr mitgeteilt hat, ein Bußgeld von fünftausend Rupien (plus Steuer, die Maniküre-Pediküre ist teurer) und eine Gefängnisstrafe von drei Monaten beinhaltet. Und zwar, wenn Bapuji und Sita beweisen können, dass Gargi es versäumt hat, sich um ihren Vater zu kümmern, wie es von einer Tochter erwartet wird. Die Medien hielten allesamt Bapuji die Stange, die Kolumnen darüber waren länger und unnachgiebiger als alle Anschuldigungen, die bisher gegen die Company erhoben worden sind.

So lecken die Leute den Schaum von einem Cappuccino, den sie – ohne Gargi – in Indien gar nicht bekämen. Sie kann sich nicht dazu durchringen, die Strafe zu bezahlen. Eher will sie im Kerker singen*.

Wenn sie morgens durch die Stadt streift, fallen all diese Gedanken von ihr ab. Stattdessen nimmt sie die Kluft zwischen den Frauen und den Schaufensterpuppen wahr; dass nach all den Jahren, die sie hierherkommt, immer mehr Frauen Chadors tragen, von Kopf bis Fuß. Alle ihre Kunsthandwerker – die Kästchenmacher – bestätigen ihr dies. Sie arbeiten alle im selben Haus, wo in einem Stockwerk geschnitzt wird, ein Raum dient zum Schmirgeln, einer für die Grundierung (im mittleren Stockwerk, das am hellsten ist, werden die schönen Muster per Hand gemalt und dann unter dem Dachvorsprung lackiert). Während sie bei ihnen sitzt und ihrem Arbeitsrhythmus zusieht, erzählen sie ihr, dass ihre Söhne nach Aligarh und Delhi gehen; ferner, dass sie mit dem Gezerre zwischen den Sunniten und den Hindus ihre Existenzgrundlage verlieren. Die Schultertuchleute sagen dasselbe. Manchmal geht sie morgens in die Häuser der Sticker, die sie kennt, und trinkt dort Sheer Chai. Sie sieht zu, wie die Männer Blätter und Blumen sticken, mit Weiß verschönerte rosa Rosen, im Wissen, dass es mindestens ein Jahr dauert, bis das Teil fertig ist. Ihre kleinen Söhne setzen sich dann und wann dazu und starren sie an. Sie erzählen ihr, was sie gerade lernen, und sie bringt ihnen iPods und Kopfhörer mit; sie sieht, wie sie ihre Freude vor ihren Vätern zu verbergen versuchen – sticken, sticken. Wo werden diese Jungen in zwei Jahren sein oder in fünf?

Gargi geht zu einem ganz bestimmten Markt. Sie ist dort, wenn er aufmacht – der Markt vor der Brücke, zwischen See und Straße. Sie sieht zu, wie die Männer die Holzkäfige mit den Hühnern abladen, dürre Dinger, die übereinander gestapelt sind, erbärmlich wie vergessene alte Männer. Sie machen kein Gezeter, wenn die Männer sie eins nach dem anderen herausholen und ihnen die Köpfe abhacken. Hack hack. Sie kauft Paneer in Scheiben, die von einem frischen, glitschigen Mondlaib abgeschnitten werden, streut ein Tütchen Company-Zucker darüber und isst sie direkt aus der Papiertüte. Die Fliegen sind ihr egal. Bevor das Tagesgeschäft beginnt, sitzt sie immer bereits an ihrem Schreibtisch im Hotel. Und denkt an Radha und Jivan.

Es ist der Morgen vor der Party. Als der Muezzin den Tagesanbruch ankündigt und die Gläubigen zum Gebet ruft, glaubt Gargi, eine Antwort zu vernehmen. Gargi ist allein in ihrer Suite und zählt ihre Atemzüge. Morgen wird die New India Company die schweren, handgefertigten Türen ihrer höchst begehrten Adresse öffnen: ein Hotel mit 360 Zimmern und panoptischem Blick. Filmvorführräumen auf den VIP-Stockwerken. Einer aus Eis geschnitzten Martinibar. Verschiedenen Treppenfluren für alleinreisende Frauen, die bis 9 Uhr abends ausschließlich von weiblichen Angestellten bedient werden (nach 9 Uhr arbeitet keine von ihnen mehr). Ein Klöße-Restaurant mit einer antiken buddhistischen Glocke (die Jeet vom weit entfernten Tibet hierhergebracht hatte). Auf dem Gelände ein Turm, der über einem Privatsee zu schweben scheint. Ganz Srinagar ist von dort oben zu sehen. Von der Rani Suite.

Gargi hört den Ruf zum Gebet durch die Stadt hallen und denkt: Jivan. Radha.

Im Bad zupft sie an ihren dunklen Augenringen; sie kratzt an den Hautunreinheiten, die ihr Dermatologe nicht ausmerzen konnte. Bis morgen müssen ein paar Kinnhaare entfernt werden. Sie wäscht sich das Gesicht. Schamlos, nannte Surendra sie. Schlimmer als eine Hure, eine geschlechtslose Frau, der Typus, den man nicht mal vergewaltigen würde. An dem Morgen, als sie mit Jivan in Delhi ankam, nach der Nacht, in der Bubu gestorben war, war Surendra außer sich – ja, außer sich – darüber, dass sie Bapuji aus Amritsar hatte fortgehen lassen und er sein Leben im Sturm aufs Spiel gesetzt hatte.

Dann kam Uppal (wo ist er jetzt?), und erzählte ihnen von Ranjit und Bubu. In den Kleidern, die sie seit dem Abend zuvor am Leib hatte, stand sie auf der Veranda. Obwohl es fast Mittag war, fror sie am ganzen Körper.

Wie konnte Bubu – wollte Surendra wissen –, *ein Mann, ein Familienoberhaupt, zulassen, dass ihr, du und Radha, euch so schrecklich benehmt?*

Surendra sagte, sie und Radha könnten die Company nicht allein leiten. Er sagte, dies sei ausgeschlossen: Sie müssten sich bei Bapuji entschuldigen; sie müssten sich um Ranjitji kümmern; und sie müssten Sita zurückholen.

«Halt die Klappe, Surendra», sagte sie und hätte beinahe laut über seinen offen stehenden Fischmund gelacht.

Sie konnte ihm sagen, worauf sein Leben basierte – und dann zusehen, wie er weinend wegrannte und nach seiner Mama rief und Milch von ihr verlangte. Sie weiß, dass er sich nichts aus Bapuji macht und aus ihr noch viel weniger. Wichtig ist ihm nur, wie etwas aussieht und was die Leute sagen. Er ist so dumm, dass er nicht begreift: Sita wird wegen ihrer Anteile zurückkommen. Dann wird Surendra sie anlächeln und zu besänftigen versuchen, sich aber gleichzeitig beim Pandit über sein Schicksal ausheulen und zu Hause über ihren Mangel an Respekt toben.

Ihr war klar geworden, dass weder Surendra noch Bubu noch Bapuji aus Sita schlau wurden. Sie hoffte inbrünstig, Sita käme zurück und zeigte ihnen, wozu Frauen in der Lage seien. Sie hoffte, Sita hatte sich einen Liebhaber genommen und mehr Lust bei ihm gefunden als sie, Gargi, je im Ehebett empfunden hatte. *Wozu Eunuchen*, dachte sie, *wenn man Surendra zum Ehemann hat?* Das sagte sie ihm laut ins Gesicht – und klang dabei, fand sie, wie ein kreischender Pfau, weshalb sie sich Einhalt gebot. Dann fiel ihr ein, dass alle Pfauen tot waren.

Ich und meins und die Company.
Ich und meins und die Company.
Ich und meins und die Company.
Ich und meins und die Company.
Ich und meins und die Company.

Dies sang sie leise vor sich hin. Es half ihr, sich gegen sein Händeringen zu behaupten. Nie hat sie artikuliert, was sie tatsächlich fühlt oder sagen will. Heraus mit dem Zorn! – es ist eine Droge. Die Wahrheitsdroge! Gelächter sprudelte in ihr hoch und sie musste die Hände über den Mund legen, um es zu unterdrücken. Heraus kam nur ein Quaken – als hätte Surendra über sie einen Fluch verhängt, der sie in einen dicken Frosch verwandelt hatte. Eine Froschprinzessin, die geküsst werden muss. Das gefiel ihr. Sie beschloss, sich nach der Eröffnung des Kaschmir-Hotels nach einem Prinz umzusehen, der so tapfer wäre, sie zu küssen.

Am Tag vor dem Eröffnungsabend zieht Gargi ihre alten Kleider an und geht in die Stadt. Die Marktverkäufer nicken ihr jetzt zu; sie haben sie hier in den letzten drei Wochen häufig gesehen – eine mittelalte Inderin aus der Mittelschicht, in einem graubraunen Schultertuch, kinderlos und mit genügend Geld (für mehr interessieren sie sich nicht). Sie geht an den Hühnern vorbei. Sie bleibt nicht stehen, um Paneer zu kaufen. Sie hungert nach etwa anderem. Der Markt zieht sich eine kleine Anhöhe hinauf, die sie erklimmt, bis sie zu den Apfelverkäufern kommt. In ihrer Kindheit bekamen sie und Radha um diese Jahreszeit die seltenen, späten Ambri-Äpfel aus den Obstgärten rings um Shopian und aus den Dörfern bei Anantnag – mittelgroße, glänzende Äpfel von einem tiefen Wangenrot, deren Aroma ein ganzes Zimmer erfüllen konnte. Jahr für Jahr aßen sie einen nach dem anderen, in Stücke geschnitten, bis die amerikanischen Äpfel sie verdrängten. Gargi sucht einen perfekten Ambri-Apfel, den sie Radha heute schenken will.

Um 9 Uhr morgens ist sie wieder in ihrem Zimmer. Sie duscht und zieht sich sorgfältig an. In Weiß, ihrer neuen Lieblingsfarbe. Neben ihrem Spiegelbild wirkt der Apfel starr. Im Badezimmerschrank sucht sie ihre Medikamentenschachtel durch und findet schließlich, was sie sucht: Ein flüssiges Abführmittel, das Jeet ihr immer vor Partys gab, um ihr beim Abnehmen zu helfen. Es ist ein ayurvedisches Mittel, das von innen reinigt; zwei Tropfen davon reichen aus, um eine Frau für vierundzwanzig Stunden in ihrem Zimmer festzuhalten. Gargi zieht die Spritze auf, die in der Packung liegt, und injiziert die Hälfte der Flasche in den Apfel.

«Was gibt es, Schwester?» Radha öffnet die Tür und schielt sie an. «Gargi, du siehst müde aus.»

Gargi lächelt Radha an, die ein ärmelloses T-Shirt und weite Seidenhosen trägt; selbst ungewaschen ist sie wunderschön. Sie riecht nach Fett und nach Seife – das ganze Zimmer riecht danach, findet Gargi. Dieses zierliche französische Mobiliar. Die lila Wände. Das schreckliche Bild von Bubu. Der Esstisch ist gedeckt: Ein halb voller Teller steht dort – Radha isst Khichdi und Lammkoteletts zum Frühstück. Der Rest der Suite, Schlafzimmer, Bad, der offen angelegte Wohnbereich – ist in tadellosem Zustand: Alle Flächen sind blank poliert, und jedes Kissen steht auf der Spitze.

«Der ganze Trubel erschöpft mich», sagt Gargi. «Ich sehne mich danach, dass es endlich vorbei ist. Dass wieder normaler Alltag einkehrt.»

«Spinnst du?» Radha wirbelt um die eigene Achse und lässt sich auf ihre Chaiselongue fallen. Dann legt sie die Hände auf den Bauch und lässt ihre Finger sanft trommeln. «Das wird morgen phantastisch! Wir werden die ganze Nacht feiern. @MrGee sagt, wir sollten keine Hotels eröffnen, während das Volk darbt, aber was weiß der schon? Keiner hat diesem Tweet ein Herz gegeben.» Radha legt die Arme um ein Kissen. «Alle werden dich lieben, Didi, genau wie ich. Komm her, setz dich doch. Willst du ein Gulab Jamun? Eiscreme? Sheila!» Radha ruft ihre neue Gesellschafterin. Ein selbstbewusstes Mädchen; Gargi hat sie instruiert, im Vorzimmer zu schlafen und Radha nicht alleinzulassen.

«Nein, nein», sagt Gargi. «Ich möchte nichts. Aber sieh mal, was ich dir mitgebracht habe.»

Jetzt ist es so weit. Jetzt.

«Ein Apfel – ein Ambri!», sagt Radha.

«Ich war heute Morgen auf dem Markt und habe ihn für dich entdeckt. Weißt du noch, wie gut die immer geschmeckt haben?»

«Gargi!»

Radha nimmt den Apfel, küsst ihn und reibt ihn ab. Dann beißt sie hinein.

Gargi geht ans Fenster, als wollte sie die Skulpturen draußen betrachten. Sie denkt an Jivan, an morgen Nacht – an die Party – und hört sich sagen:

«Willst du das Medium mit mir ausprobieren? Er wartet unten.»

«Er ist hier?» Radha isst noch ein Stück Apfel und nickt. Er soll nach oben kommen. Willst du wirklich nichts essen? Sheila! Machen Sie den Champagner auf und bringen Sie die Lalique-Gläser. Und meine Kaschmir-Medizin, Sie kennen doch den kleinen Kasten?»

«Hanji Radha Madam, Party shuru ho rahi hai?» Sheila kommt mit einem reich geschnitzten Sandelholzkasten aus Radhas Schlafzimmer. Sie blickt Radha und Gargi wirr an, als seien sie ihre Freundinnen oder Schwestern.

«Unhöfliches Mädchen», denkt Gargi. Radha sollte sie nicht dazu ermutigen.

Sheila macht einen Schritt zur Seite, doch Gargi spürt, dass sie sie beobachtet.

«Ich möchte dir mein schönes, kleines, goldenes Kästchen mit Kaschmirmedizin vorstellen», sagt Radha. «Das mir von den beiden lieben, aus meinem Leben geschiedenen Männern geschenkt worden ist. Von meinem Schatz Bubu und von Ranjit Uncle, einer von ihnen hat mir diese Box geschenkt, als ich geheiratet und meine Stelle als PR-Chefin angetreten habe, der andere hat sie seitdem immer neu aufgefüllt. Wie umsichtig! Weißt du, Ranjit Uncle hat sogar eine Sonderlieferung für diese Party organisiert, und als sie kam, war sie nur an ihn adressiert, als hätte er nicht die Absicht, das Ganze zu teilen. Aber egal. Sicher wäre es ihm recht, wenn wir davon äßen.» Radha kaut am Apfel; sie ist fast am Kerngehäuse angelangt.

Was macht Radha so verführerisch? Wenn Gargi diese Frage beantworten könnte, glaubt sie, die Art von Jugend zu spüren, die ihre Schwester so unbekümmert trägt wie diesen T-Shirt-Seidenträger, der ihr von der Schulter fällt, als hätte er Ehrfurcht vor ihrer Haut. Wie der Träger zum Körper, an den er sich klammert, will sie dazugehören – sie will nicht immer diejenige sein, die sich am Riemen reißt, Ma Gargiji. Sie stellt sich ihren Auftritt auf der Party vor. Ihr Entschluss steht fest:

Morgen, wenn Radha wie eine Erdnusshülse im Bett liegt, wird Gargi sowohl sie selbst sein, als auch Radha und Sita – alle drei gleichzeitig. Sie wird Jivan suchen gehen.

«Jetzt Drogen?», sagt Gargi. «Es ist 10 Uhr morgens.»

«Flipp nicht gleich aus. Betrachte es als Schmerzmittel. Es kommt direkt aus Afghanistan.» Radha lacht und rollt mit den Augen. «*Relax, Schwesterherz*. Die Fasern des Tuchs aus Pakistan sind damit getränkt. Und es ist in die Teppiche eingewebt, nach Entwürfen von Bubu – meinem Idol.»

Radha beißt in den Apfel. Kaut, schluckt, grinst. *Sie isst den Apfel*, denkt Gargi. *Stopp! Nichts. Gutes.*

«Meinst du wirklich, ich wüsste noch nicht alles über die Company?», sagt sie. «Was glaubst du, wie wir deine Hochzeit bezahlt haben?»

«Klar, Gargi», sagt Radha. «Aber hast du gewusst, dass Ranjit Uncle einen kleinen Sonderhort vom Feinsten ganz allein für sich und Kritik Uncle zurückbehalten hat – und dass sich sogar Daddy ab und zu etwas genommen hat?»

«Die Öffentlichkeit wird das niemals glauben. Kannst du Barun erreichen?»

«Aré, hör mal kurz auf zu arbeiten, ja, Gargi? Jetzt komm. Und hast du nicht gehört, dass Barun gekündigt hat? Irgendein Sexskandal. Er ist jetzt in England und schreibt einen Roman.»

«Ach», sagt Gargi.

«Aber egal. Zeit für deinen ersten Ritt. Das wird wild.»

«Das Medium ist da», sagt Gargi. «Iss deinen Apfel auf. Wir können das auf morgen verschieben, okay?»

«Okay. Aber versprich mir, dass wir es zusammen machen. Lass uns ausnahmsweise zusammen feiern.»

«Ich versprech's dir», sagt Gargi.

Sie warten gemeinsam auf das Medium. Radha gibt Anweisung, die Vorhänge zu schließen, damit die Sonne nicht hereinscheint, und die langen Schatten ausgesperrt werden, die der Garten von Westen über ihre Bodenfliesen wirft. Die beiden liegen auf Kissen auf dem Kaschmirteppich. Gargi streichelt ihn und erinnert sich, wie sie ihn für Radha zur Hochzeit bestellt. Er ist aus Seide. In der Farbe eines winterlichen Sees, gewebt mit fein gestalteten Mustern seltener Tiere, unter denen ein kostbares weißes Tigerjunges ist, mit dem hellsten Fell der Welt. Der Teppich war ihr persönliches Hochzeitsgeschenk für Radha und Bubu. Immerhin ist es lieb von Radha, dass sie ihn hier bei sich haben will. Doch, sie scheint heute sehr sanft gestimmt zu sein.

Radha beugt sich vor und legt den Kopf auf ihre Füße. Wie ein Kätzchen, das Haustier, das sie sich immer gewünscht hat, während Bapuji darauf bestand, nur Hunde zu halten.

«Du bist wie ein kleiner Hund», sagt Gargi liebevoll.

«Sing mir was vor, Gargi Didi. Du hast so eine schöne Stimme.»

Was für eine sanfte Stimmung. Sie streichelt das Haar ihrer Schwester.

«Welches Lied möchtest du hören?»

«Ich weiß nicht. Irgendeins. Etwas Albernes.»

«Hmm. Mein Gott, Radha, das letzte Mal, als ich dir was vorgesungen habe, warst du ein kleines Mädchen.»

«Ich will es aber. Bitte.»

«Matchmaker, matchmaker, make me a match ...»

Gargi fängt an, die Melodie aus Anatevka zu singen, ein Lieblingslied von Kritik Uncle. Er summte es immer, wenn sie und Radha und Sita zusammen waren.

«Nein! Nicht das.»

«Was soll ich denn dann singen?»

«Etwas auf Kashmiri. Erzähl mir die Geschichte von der Honigbiene.»

«Gut. Aber nicht jetzt. Das Medium kommt gleich. Bist du bereit?»

«Ja, bin bereit!» Radha streckt sich der Länge nach aus und zeigt kurz ihren Bauch. *Gerundet*, denkt Gargi, *und ganz leicht gebläht*. Dann kuschelt sie sich wieder in die Kissen.

«Ich bin bereit», sagt sie noch einmal.

Und was hat das Medium ihnen erzählt? Für Radha stand eine Geschichte geschrieben.

Sie müsse vorsichtiger sein und mit ihrem ganzen kostbaren Gepäck eine Reise antreten. An einen Ort, wo es Berge wie diese gebe, jedoch weit weg von hier. In der Schweiz? Vielleicht. Ansonsten wird deine Schönheit zu Staub werden.

Was heißt das für Radha? Wird sie je wieder geliebt werden? Das Medium ist auf diese Frage vorbereitet und sagt Radha, sie solle sich Kopf und Körper nicht mit solchen Gedanken füllen, sonst werde sie frühzeitig altern. Nein – sie solle den Kopf einziehen, agar jeevan ko sudhaarna hai. Um dem Vermächtnis ihres Mannes die Ehre zu erweisen, solle sie eine Weile für sich bleiben, nachdenken und meditieren. Danach solle sie ihren Platz in der Firma einnehmen.

Für Gargi hält das Medium keine Überraschungen bereit. Sie liebe ihre Schwestern, das stimme, habe ihnen aber auch ihre Jugend geopfert. Die Himmelssterne Modo und Mahu beherrschten deren Verhalten, und die beiden hätten selbst keine Gemeinsamkeiten. Doch alles, was sie hätten, müsse geteilt werden. Dann zeigt er ihr auf seinem Laptop ein Kosmogramm und ihre Geburtskoordinaten und erklärt, sie und Radha seien zudem Zwillinge im Sternzeichen Zwilling, die wegen eines kosmischen Fehlers mütterlicherseits und aufgrund des Begehrens ihres Vaters separat geboren worden seien. Dies habe zu einer kritischen Spannung zwischen ihnen geführt. Sie sollten einander lieben wie zwei Teile eines Ganzen. Die eine ist ehrgeizig, die andere ist schön. Ein entscheidender dritter Teil ihrer Herzen fehle. Um Gesundheit, Besitz und Wohlstand nicht zu gefährden, müssten sie diesen dritten Teil zurückgewinnen.

«Ich sehe, dass Sie wieder jung sein wollen», sagt das Medium, «dass Sie das ganze Leben zurückhaben möchten.»

Wie wahr, denkt Gargi. Und dann: *Was für ein Unsinn. Alle kennen meine Geschichte, jedes Kind könnte solche Dinge sagen.*

Sie will nicht wieder zurückgehen. Nur für diese eine Nacht will sie Jivan.

Als die Krankheit sich bemerkbar macht, schreit Radha nicht nach Jivan, sondern lässt Gargi kommen – wen sonst? Gargi ist die Einzige, mit der sie über Durchfall sprechen kann. Alle fünfzehn Minuten einmal und sie behält nichts bei sich. Gargi beruhigt sie und gibt ihr warme Milch, mit einem weiteren, kleinen Schuss Abführmittel.

*

Sie geht zur Party, begrüßt die Leute, lächelt. Sie sorgt dafür, dass der Polaroidfotograf mit seinem feinen, alten Fotoapparat die vielen, wichtigen Männer festhält, die alle überglücklich sind, die Arme um sie legen zu dürfen. Sie nennen sie immer noch ‹Gargi Beti›. Sie lächelt, und der Fotograf schwenkt das Foto vor ihrem Gesicht, bis ihr Bild sichtbar wird.

«Wah! Gargi Madam liegt die Welt zu Füßen», sagt er.

Sie nimmt das Foto und befiehlt einem Mädchen mit Wodka-Shots, ihr zu folgen, während sie jede noch so kleine Ablehnung, jeden Verrat, jede Verletzung, jede Minute und Sekunde an Einsamkeit, die sie je erlitten hat, Gläschen für Gläschen herunterkippt.

Heute Abend wird sie die Mächtigste sein – und ausnahmsweise auch die Schönste. Die Gerissenste, die Verschlagenste, die Ehrlichste. Und für den letzten Teil ihres Plans, bei dem sie all das sein wird, was ihr Vater ihr in seinen Anschuldigungen je unterstellt hat, braucht sie Radha und deren Kasten Kaschmir-Medizin. Der heutige Abend wird mit Gargi und Jivan in der Rani Suite zum Abschluss kommen – Seifenblasen in der Badewanne, Musik, Rosenblüten, gedämpftes Licht, Nässe, Offenheit, Feuer.

Gargi geht in Radhas Suite. Die Kaschmirbox wird geholt. Radha führt vor, wozu ein kurzer, heftiger Sniff imstande ist. Sie grinst, sieht aber ernsthaft krank aus. Sie liegt auf dem Bett und hat alle viere von sich gestreckt. Sie trägt Donald Duck Boxershorts und ein weißes Unterhemd. Beides ist ihr viel zu groß. Sie will kein Wasser trinken, bittet aber um Champagner, den man ihr bringt. Jivan sei bereits da gewesen; er habe versprochen, mit Essen zurückzukommen, sagt Radha. Sie will jedoch nichts essen. Nach Essen zu verlangen, würde bedeuten, dass es ihr gut genug ginge, um aufrecht zu stehen. Sie will stehen, doch der Fußboden scheint ganz weit weg zu sein. Die Zimmerdecke sagt ihr, sie solle im Bett bleiben, die Laken wollen sie erdrosseln. Ihre Augen sind schwer, als hätte ihr Kajal ein Gewicht. Radha sagt, sie habe sich so oft übergeben, dass sie sich wundere, überhaupt noch Organe in sich zu haben. Sie weiß nicht, ob Jivan wirklich wiederkommt.

«Gargi», sagt sie mit funkelnden Augen. «Hilf mir. Ein Baby ist unterwegs.»

In Gargis Kopf tost ein Sturm. Sie sieht zu, wie ihre Schwester sich wieder hinlegt, mit glasigem Blick daliegt und mit den Fingern auf ihren Bauch trommelt.

«Ob es von Bubu ist oder von Jivan ist ja egal», sagt Radha. «Ich habe Jivan meinen Ring gegeben. Er wird mich heiraten.»

Gargi nimmt die Kaschmir-Box zur Hand. Sie fährt mit dem Finger an den Schnitzereien entlang und versucht sich einzureden, dass Radha lügt. Doch da ist es, deutlich zu sehen, jetzt wo sie es weiß.

Zum ersten Mal in ihrem Leben ahmt Gargi ihre Schwester nach: Sie beugt den Kopf vor und atmet kurz ein. Ihre Augen beginnen zu tränen. Der Sturm tost ihr als Sand durch die Adern. Die Kälte draußen wird an den Fensterscheiben zu Eisblumen, lässt ihr Lächeln erstarren und ihre Haut frostig werden. Ein Kind. Radha beginnt zu summen. Eine Melodie, die du kennst, Gargi, du solltest sie erkennen.

«Im Sommer», sagt Radha – (und schließt die Augen, während sie mit den Armen in der Luft fuchtelt, als dirigiere sie ein stummes Orchester) – «kommen alle Vögel zum See zurück. Wie soll das Baby heißen?»

Gargi zieht sich vom Bett zurück. Sie lächelt ihre Schwester an: und saust – sie kann nicht anders – wie ein geölter Blitz aus dem Zimmer.

«Arzt Sahib ko bulao», sagt sie zu Sheila. «Sofort. Radha Madam braucht Hilfe.»

Gargi kann nicht zu Jivan gehen. Sie kann nicht auf die Party zurückkehren. Wenn du auf diesen glänzenden Stufen taumelst, fällst du hin. Hinter ihren Augen explodiert ein Feuerwerk, und sie hat ihre Zunge verlegt.

Was habe ich da getan?

Sie geht durch ihr Königreich und sieht alles wie zum ersten Mal. Schreckliche Angst hier und dort, in den Ecken und Zimmern. Dann: wunderbares Königreich! Schöne Nacht! Gebaut auf Betonfundamenten, die so tief sind wie die Grube in Dhimbala. Gargi geht nach draußen, die terrassierten Gärten hinunter; silbern, kalt und klar. Sie sieht die Eiben, die darauf warten, modelliert zu werden, die Kisten mit Tulpenzwiebeln, die gepflanzt werden wollen. Sie rutscht über das Gras, die Terrassen hinunter zum Wäldchen rings um ihren neuen See. Die letzten Bäume, die noch hier standen, als das Land gerodet wurde und das Hotel entstand. *Pinus Roxburghi*, nach dem Mann, den man den Begründer der indischen Botanik nennt. Eindringling. Dieb. Sie hat solch seltsame Gedanken! Radha kann diesen Mond nicht sehen. Radha – sie könnte zurückgehen. Sie kann nicht zurückgehen. Sie geht weiter. Der Mond ist so hell, so voll. Die Party entschwindet. Die Lichter des Hotels weichen zurück, stattdessen reichen die Sterne zu ihr hinab. *Radha bekommt ein Baby. Radha ist krank, so krank, dass sie weder Essen noch Wasser bei sich behält.*

Was bedeutet es, ein Kind zu töten?

Gargi kommt zum Turm, in dem sich die Rani Suite befindet. Der alte Kronleuchter von der Farm schwingt in der Mitte hin und her. Sie steigt die Treppe hinauf. Die Rani Suite ist ganz oben. Nein, sie wird sich nicht hinlegen. Sie öffnet die Balkontüren. Unter ihren Füßen Holzlatten, eine Betonbrüstung, die gerade so breit ist, dass man darauf stehen kann, und niedrig genug, um sich darüber zu lehnen. Über Gargi ein unermesslicher, ebenholzfarbener Himmel mit winzigen Sternintarsien. Unten das silberne Wasser, als sei einer dieser Brillanten vom Himmel gerutscht und geschmolzen. Hier oben geht kein Lüftchen; es ist eisig kalt. Den Hügel hinab offeriert die Stadt Nadelstiche elektrischen Lichts. Die um ein schwarzes, aus der Erde geschnittenes Loch herum versickern.

«Das ist der See», sagt eine Stimme.

Sie dreht sich um, fühlt sich schwerelos. Jeet.

Monate schmelzen dahin. Er sieht echt aus (und dünner). Er ist ganz in Schwarz. Seine Augen sind hohl, und seine Lippen ganz rot. Sie beugt sich vor und ergreift seine Arme (die knochiger sind als früher). Sie hat das Gefühl, ihn nicht vertreiben zu können und davonzuschweben, wenn sie ihn nicht anfasst. Sie hält ihn noch fester.

«Ich habe etwas angestellt», sagt sie.

Ihn zu berühren bedeutet, von Kindheitsspielen und Teenagergeheimnissen beherrscht zu werden, beschwichtigt aber auch, weil sie zusammen sind, die panische Angst vor dem Älterwerden. Sie will ihn schlagen und fragen, wo er gewesen ist.

«Ich habe Radha etwas angetan.»

Sie lässt den Kopf hängen. Jeets Hände auf ihren Armen wirken gealtert: Die Fingerknöchel sind narbig, die Nägel kurz und unpoliert. Er streckt die Hand aus. Sie legt ihre Hand in seine.

«Ich bin in Jivan verliebt», sagt sie.

Jeet lacht.

«Weißt du, was er deiner Schwester angetan hat?»

Sie starrt ihn an. Sein Gesicht ist eindeutig dünner, und seine Augenbrauen sind ausgefallen.

Nein, denkt sie, was hat er ihr angetan? Das kann keine Vision sein. Es heißt doch immer, Visionen tratschen nicht. Sie tragen keine zu den Knöpfen passenden Einstecktücher. Gargi runzelt die Stirn. Die Sterne scheinen sich hinter Jeets Kopf zu verschieben; sie weiß, dass sie ihren Augen nicht trauen kann. Panische Angst nimmt ihr die Luft,

«Wir müssen zurückgehen. Radha braucht Hilfe.»

«Nicht Radha. Hast du gewusst, dass Sita in der Altstadt ist?»

Sie denkt an Radha und hört nicht, was er sagt. Warte mal. Visionen spotten nicht und erfinden keine Geschichten. Oder doch? Tun sie nicht – in Wirklichkeit – genau das und nichts anderes?

«Sita? Wo ist sie, Jeet? Ich muss sie treffen.»

«Das geht nicht. Sie ist dort unten.»

Er streicht über Gargis Stirn, über ihre kurzen Haarpinsel. Obwohl die Nacht sehr klar ist und sie zittert, sind seine Finger nicht kalt. Von hier aus sieht die Stadt so ruhig aus, Flecken aus Dunkelheit, Nadelstichlichter. Und ganz weit dort unten am silbernen Fluss feiert jemand eine Diwaliparty. Gargi kann etwas erkennen: Die Straßen brennen. Ihr ganzes Leben – hohl in ihrem Hals.

«Jeet», sagt sie. «Es ist so schön. Ich möchte es besser sehen.»

«Komm, ich helfe dir.» Er umfasst ihre Taille. Sie hebt ihren Sari, und er schiebt sie auf die Brüstung hinauf. Sie blickt auf die Hotelgärten hinunter, auf den schimmernden See, die Stadt im Tal. Diese Schönheit, in lodernden Flammen. Um Halt zu finden, legt sie die Hand auf Jeets Kopf. Er nimmt sie, stellt sich auf die Zehenspitzen und küsst sie in die Hand.

«Sita ist da unten», sagt Jeet. «In der Altstadt ist ein Feuer ausgebrochen, Gargi. Sie ist im alten Haus eurer Mutter – willst du nicht zu ihr gehen? Ihr helfen. Sie braucht deine Hilfe.»

Der Wind trägt Klänge herüber, seltsame Sirenen heulen in der Stadt unten. Sita! Gargi denkt an ihre Schwestern, die aufrecht und groß um einen Tisch stehen. Sie will bei ihnen sein. Sie muss Sita helfen. Sie zittert auf dem Sims. Sie denkt an ihre Mutter, die irgendwo durch diese Straßen gerannt ist. Sie schiebt die Füße ein wenig vor. Der See ist heute Abend so silbrig. *Sita!* Ihr Körper könnte leicht sein, leichter als alles andere, leicht wie eine Feder, ein hauchdünnes Schultertuch. *Jung zu sein und das ganze Leben wieder zu haben.* Sita und Radha und ihre Mutter warten. Sie streckt die Hände nach dem Feuer aus. *Alle Wesen eilen ihrer Zerstörung entgegen, freudig wie Schneeflocken, die* – sie macht einen Schritt in die Luft.

Drei

Ein Feuerwerk erhellt das Dunkel. Die Funken zeichnen verrückte Muster, und unten am Boden blicken die Menschen zu dem in Pink und Blau und Gold explodierenden Leuchtregen empor. Über ihnen sitzt Kritik am Tischende in einer altmodischen Bibliothek. *Papapapapapapapapapa.*

Jeet. Dank seines lieben Vaters Inhaber eines großen Company-Anteils. Aus der Basti zurückgekehrt, nicht mehr Rudra, Patensohn von Devraj oder Sohn von Ranjit. Jeet schwenkt seinen Whisky im Glas und sieht zu, wie Kritik weint. Und hier ist Surendra, Gargis armer Mann, der über alle ringsum entsetzt ist. Über seine Frau – ihre Schwestern – über Jeet, wie er ist. Er sieht krank aus, denkt Jeet, als wolle er davonlaufen.

Surendra legt Kritik die Hand auf die Schulter. Draußen zischt und pfeift das Feuerwerk. Es ist kurz vor Mitternacht. Surendra weiß, dass er sich bald offiziell äußern muss. Jeet sieht beim Zuschauen, dass beide Männer zittern.

Er will lachen (lässt es aber). Surendra kann die Company ebenso wenig leiten, wie eine Nacktschnecke ein Rennen gegen eine Fliege gewinnen kann. Gargi hat immer nachgemacht, wie er sie im Bett antatschte. Miau! Miau! Miau!

Jeet erinnert sich an seine Nächte in Dhimbala. Wie er hart darum kämpfte, dieser Welt fernzubleiben. Kritik blickt auf – sein Haare sind weiß und fast ganz ausgefallen. Unter den Augen hat er dunkle Ringe. Was ist los, Uncleji?, denkt Jeet. Ist es so schwer zu begreifen, dass von allen Fünfen Jeet derjenige ist, der am Ende übrig bleibt?

«In der Altstadt ist ein Feuer ausgebrochen», sagt Kritik. «Ich konnte nicht mehr rechtzeitig zu ihnen durchkommen. Devraj, mein lieber Devraj. Er ist ums Leben gekommen. Und Sita ebenfalls – ich konnte nicht einmal mehr in ihre Nähe gelangen.»

Die Neuigkeit ist wahrscheinlich schon bekannt, die Gerüchte verbreiten sich wie ein Lauffeuer von den Butlern zu den Kellnern zu den Barmixern zu den Köchen zu den Topfwäschern zu den Sweepern zu den Kindern in ihren Betten in der ganzen Stadt. Noch bevor die Pfauen im Garten auch nur aufkreischen können.

«Kritik Uncle, deine Worte sind niemals falsch», sagt Jeet. «Vielleicht hat deine Natur sie in die Nacht hinausgeschickt – und erlaubt, dass diese Tragödie geschehen ist.»

«Frag deinen Bruder, was er erlaubt», sagt Kritik. Er schlägt auf den Tisch. «Ich hätte bei Devraj bleiben sollen. Sita hat nicht auf mich gehört.»

Jeet blickt auf die Bildschirme. Jivan taucht auf, verschwindet, taucht wieder auf, geht durch alle Räume, sucht etwas in einer schwarz-weißen Welt, in der überall Dinge herumliegen.

Surendra räuspert sich; er hält sein Glas so schief, dass der Whisky am Glasrand bebt und er ihn fast verschüttet hätte.

«Was rätst du, Jeet?», fragt er. «Wir beide, du und ich, sind zumindest aus demselben Geistesholz geschnitzt.»

Jeet versucht, sich Surendra bei den Ratten in der Basti vorzustellen. Auf den Bildschirmen ist Jivan jetzt bei den weichen Vorhängen und schwülstigen Vasen des Frauenflügels angelangt. Jeet sieht zu, wie sein Halbbruder die Korridore entlanggeht: um die Ecke biegt, denselben Weg zurückgeht, umkehrt und wieder zurückgeht.

«Als Erstes müssen wir bekannt geben, dass ich jetzt dem Vorstand angehöre», sagt Jeet. «Dann können wir angemessen trauern. Heute Abend ist Diwali. Wir könnten die Lakshmi-Puja abhalten.»

«Du hast recht», sagt Kritik. «Aber ich bin mit Handschellen an den Tod gefesselt. Obwohl es spät im Jahr ist, werde ich nach Amarnath hinaufsteigen. Gott weiß, wohin ich von dort aus weitergehe.»

«Kritik Sahib», sagt Jeet. «Bitte. Ich werde dir alles geben, was du von mir brauchst – und wenn du gehen musst, habe ich Verständnis dafür.»

Das ist alles – der alte Mann schlüpft aus dem Zimmer und macht die Tür leise hinter sich zu. Jeet beobachtet, wie er die Treppe hinuntergeht und dann vom Bildschirm verschwindet. Er bleibt sitzen, um Jivan zuzusehen, der als winzige schwarz-weiße Gestalt in Radhas Suite steht. Ein Dienstmädchen zieht weinend das Bett ab. Das Zimmer ist voller Company-Sicherheitsleute. Eine Krankenschwester notiert etwas in ein Buch. Ein tigerhaariges Mädchen in einem Ein-Schulter-Oberteil drängt sich in Jivans Arme. Er hält sie fest, dann lässt er sie los. Er lässt sich in einen Louis-XV-Sessel fallen und nimmt sich einen Teller mit kleinen süßen oder salzigen Stückchen: Wer weiß das? Er verspeist sie langsam, eines nach dem anderen. Wo ist Radha? Nicht mehr am Leben. Jeet stand dort im Korridor, als man sie fortbrachte.

«Devraj, Kritik, Ranjit», sagt Surendra. «Wir können nur hoffen, dass wir ihnen ähneln.»

Jeet hört die Feuerwerkskörper draußen aufprallen. Er fühlt sich vom fabrizierten Sternenregen angestrahlt und betrachtet das Zimmer. Hier sind so viele Bücher – wie sind die hierhergekommen? Woher kamen sie? Wer wird über Jeet Singh schreiben, dessen Dharma ihn an diesen Ort gebracht hat? Sein Spiegelbild im riesengroßen Spiegel über dem Kamin ist verschwommen. Er ist nicht Jeet, der Lieblingssohn von Bapuji, noch ist er Rudra oder Jeet, der zurückgekehrt ist. Jemand Neues blickt ihn aus dem Spiegel an und wartet.

Einen Augenblick lang betrachtet er die Bibliothek, die zerstörten Bücher, die blutüberströmten Wände. Seine Familie: alle tot. Seine Freunde – zu seinen Feinden übergelaufen. Vik ist der Herrscher eines gewaltigen Palasts und noch zwei weiterer, die alle gebaut worden sind, um dem Volk zu zeigen, was Größe vermag. Er sieht Hotels, Paradiesgärten, den Jet. Das Smaragdgrün der Golfplätze, die schimmernden Karosserien von Bapujis Autos, die Company-Hotels in Goa, Delhi, Mumbai, Amritsar und Napurthala. Korridore, die alle zu diesem Raum zurückführen.

Er sieht Dhimbala und macht es dem Erdboden gleich.

Jetzt ertönen die Schreie der Frauen in der Nacht, ein loderndes Feuer. Dann eine riesige, kühle Vision: In einem Landschaftsgarten erhebt sich dort, wo einst Dhimbala war, ein Klotz reinen Marmors – erinnert ihr euch noch an das Jubelgeschrei bei den Kampagnen der Company? Tausende und Abertausende warten auf ihn. Der Klotz ist so hell und strahlend, dass man ihn nicht ansehen kann.

Jeet glaubt, er werde das Ende der großen Zeit erschöpfter Weisheit und verzehrenden Niedergangs nicht mehr erleben. Das blinde Zeitalter. Es ist sein Dharma, ein Vermächtnis zu hinterlassen, das so stark ist, dass keiner in der Lage ist, es auszulöschen. Eine Ehefrau ist dazu nicht nötig: falls doch, wird sich ein Weibchen finden. Dies ist Jeets nächstes Leben: als reiner Männerführer.

«Jeet», sagt Surendra. «Du und ich, wir werden uns immer die Wahrheit sagen, nicht wahr? In diesen Zeiten haben wir den Auftrag dazu.»

Draußen weicht das Feuerwerk den Qawwali-Gesängen einer Truppe weltberühmter Sänger, einer Familie mit fünf Söhnen. Ihre Stimmen krächzen und reiben sich aneinander, treiben durchs Fenster und flehen die Nacht an, zu bleiben.

Jeet erhebt sein Glas und trinkt.

«Komm», sagt er. «Gehen wir nach unten. Es wird Zeit, dass wir anfangen.»

Danksagung

Ohne die Brillanz, Großzügigkeit und Unterstützung folgender Menschen gäbe es dieses Buch nicht –

auch nicht ohne Liebe. Ben Crowe.

Aubrey und Patricia Crowe. Dan Crowe und Emily Evans. Pria Doogan. Asha und Raj Kubba. Neelam Taneja.

Sam Jordison, Eloise Millar und alle bei der Galley Beggar Press.

Gitanjali Kumar. Kristen Harrison. Sophie Mayer.

Mein tiefster Dank gebührt –

Mary Campbell. Christie Carson. Andrew Dickson. Maureen Freely. Gatehouse Press. Sophie Gilmartin. Imtiaz. Sujata Khanna. David Godwin. Sam Hall. Robert Hampson. Matt Lingley. Juliet Mitchell. Andrew Motion. Deana Rankin. Carol Rutter. Kiernan Ryan. SF Said. David Schalkwyk. Tani Vadehra Singh. Anna South. Ashish and Pooja Taneja. Poonam Trivedi. Simon Trewin. Nilita Vachani. Amit, Amol und Aseem Vadehra. Eley Williams.

Allen Mitarbeitern von *Visual Verse*.

Und den unzähligen Freunden, die die Reise heil überstanden haben.

Ich danke Arvind Krishna Mehrotra für die Erlaubnis, seine Kabirübersetzungen zu verwenden – als Motto, auf den Seiten 331 und 445 sowie über das Buch verstreut in einzelnen Zeilen.

Die Fabel auf S. 567 ist eine gekürzte Version und basiert auf Chandra Rajans englischer Übersetzung des *Pancatantra* (Penguin Classics, 1993, S. 13), die zu benutzen mir Tilottama Rajan freundlicherweise gestattet hat.

Die erste Fassung dieses Buchs konnte dank der großzügigen Förderung durch das Reid Scholarship (2010–2013) am Royal Holloway, University of London entstehen. Fertiggestellt wurde der Roman, während ich an der Queen Mary University of London und an der Warwick University wissenschaftlich tätig war – mit der unschätzbaren Unterstützung eines Leverhulme Early Career Research Fellowship an der Warwick University (2017–2020).

Zum Roman und zur Übersetzung

«Abhii to main javaan hoon» («Ich bin doch noch jung») lautet der Refrain des Ghazals, in das Gargi, die älteste Tochter, sich für immer hüllen will. «Wir, die wir jung sind, werden nie so viel sehen, noch so lange leben», heißt es in den Schlusszeilen von Shakespeares Tragödie ‹König Lear›. Gesprochen werden sie von Edgar, der in Tanejas Roman Jeet heißt und wie Gargi ein Vertreter der jungen Generation ist, deren Sicht auf das Geschehen in fünf verschiedenen, von einander getrennten Teilen aus je anderer Perspektive und in je anderer Diktion erzählt wird. Der Patriarch Devraj (Bapuji), der König Lear ist, (und einst Maharaja des – fiktiven – Königreichs Napurthala war), unterbricht jeweils mit seinen Erinnerungsmonologen. Gargi ist Goneril, Radha ist Regan, Sita ist Cordelia, Ranjit Uncle ist der Graf von Gloucester und Jivan ist Edmund. Auch für alle anderen Figuren finden sich Pendants, die leicht erkennbar sind, weil die Handlung sich eng an diejenige des Theaterstücks hält: König Lears Liebestest, sein Fluch über die älteste Tochter, die Blendung Gloucesters, der Sturm – der hier nicht auf der Heide, sondern im (fiktiven) Slum Dhimbala stattfindet, die Ermordung des Hofmeisters Oswald (Uppal), und schließlich die Engführung der Handlung in Dover, das zu Kaschmir wird: Der Roman «Wir, die wir jung sind» ist eine Adaptation, versteht sich jedoch nicht als Shakespeare-Huldigung oder als Ableger. Taneja hat in kritischer Auseinandersetzung mit Shakespeares Tragödie Form und Sprache des «König Lear» ins Indien des einundzwanzigsten Jahrhunderts übertragen. Orte der Handlung sind Delhi, Amritsar, Goa und Srinagar in Kaschmir. Wie Shakespeare sein Stück so hat die Autorin den Roman zudem mit Zeitgeschehen gespeist (dem Hindufundamentalismus in Indien beispielsweise, der Antikorruptionskampagne eines Anna Hazare), aber auch mit den eigenen Lektüren, die als direkte oder indirekte Quellen eingeflossen sind und ein Reservoir an Gedanken, Begriffen, Referenzen, Formulierungen und Anspielungen bilden, aus dem die Leser ihrerseits schöpfen können. In einem Interview erklärt Taneja, ihr Buch sei ein Gewebe aus korrekten und falschen Zitaten. Es gebe dort Anklänge an viele Autoren, nicht nur an Shakespeare: «Wenn Sie sich an den

Zauberer von Oz erinnert fühlen, an Beckett, Dante oder Jane Smiley, an Bret Easton Ellis oder Martin Amis, Tagore oder Allama Iqbal, dann deshalb, weil Sie deren Bücher gelesen haben – was wiederum mit Ihrer Herkunft zu tun hat und damit, wer Sie sind. Wenn Sie diese Anklänge nicht hören, verpassen Sie nichts. Dann lesen Sie das Buch einfach als Bollywood-Familienroman».

Wesentliche Anregungen verdankt Preti Taneja zwei König-Lear-Bearbeitungen: Edward Bonds 1971 uraufgeführtem Theaterstück ‹Lear›, einem eher eigenständigen, politischen Stück über Gewalt, sowie Joan Smileys 1991 erschienenem, mit dem Pulitzer-Preis ausgezeichnetem Roman ‹A Thousand Acres› («Tausend Morgen»), einem feministischen Anti-Lear, der im Farmermilieu des Mittleren Westens der USA spielt. Der Satz, den Taneja zu Jivans Mantra macht («Es geht nicht um Land, es geht um Geld») sei eine Reaktion auf Smileys Roman gewesen, erklärt Taneja; auch die Obsidianscherbe, mit der das Gebäude verglichen wird, in dem sich Gargis Büro befindet, verknüpft Tanejas Buch mit demjenigen von Smiley.

Manchen zitierten Romantitel, der auf Deutsch schlecht erkennbar ist, habe ich mit einem Sternchen versehen und im Glossar untergebracht – ebenso wie wichtige Wortspiele. Im Glossar finden sich außerdem die ins Deutsche umgebetteten und wie Lehnwörter behandelten Hindiwörter. Nicht aufgenommen wurden Begriffe, die in der deutschen Wikipedia zu finden sind. Die Anklänge an andere Bücher beschränken sich jedoch nicht auf wörtliche Zitate: Manchmal sind es Satzvarianten, die die Verbindung herstellen – und sich gleichzeitig vom Zitat absetzen. Wenn es beispielsweise auf S. 147 über Gargi heißt: «Sie wird die Blumen für den Mogul-Schreibtisch ihres Vaters selbst bestellen» (»She will order the blooms for her father's Mughal desk herself»), so hört, wer Virginia Woolfs Romane kennt, unweigerlich den ersten Satz von ‹Mrs Dalloway› heraus. Die Anspielung an den Bloomsbury-Kreis ließ sich dagegen nicht bewahren. Oder es ist ein Schauplatz – wie das verlassene, halb zerstörte Haus in Srinagar, in dem sich Devraj mit Sita befindet –, der atmosphärisch an den lyrischen Mittelteil ‹Time Passes› (‹Zeit vergeht›) von Woolfs Roman ‹To the Lighthouse› (‹Zum Leuchtturm›) erinnert, hinter dem sich wiederum andere Echoräume auftun. Tanejas Verfahren hat etwas Spielerisches, verweist aber gleichzeitig auf die Intertextualität von Literatur und ist auch als indirekter Kommentar zu verstehen. Besonders deutlich wird dies dort, wo Zitate aus König Lear wörtlich erklingen, jedoch – wie beispielsweise nach Ranjits Blendung – durch Wiederholung modifiziert werden («Das andere auch! Das andere auch! […] Nimm ihm das andere auch!») oder ihren Bezug ändern – wie beispielsweise Lears berühmtes ‹Heult, heult, heult!› (‹howl, howl, howl›), während er die tote Cordelia in den Armen hält, das in Devrajs Schlusswort eine neue Bedeutung erhält. Manche Worte aus König Lear werden anderen Figuren in den Mund gelegt : Wenn Jivan fragt «Warum sagst du nicht, was du fühlst?», dann verweist dies auf Edgars Schlusszeilen der Tragödie. Oder «das versprochene Ende», das in ‹König Lear› das Ende der Welt im Jüngsten Gericht meint, wird Gargi zugeeignet und verliert die christliche Konnotation. Bildliche Rede wird manchmal auf andere Personen verschoben («in Gargis Kopf tost ein Sturm» statt König Lears «der Sturm in meinem Geist») oder sie wird zerlegt (wie König Lears hoffnungsvolle Utopie «Wir zwei allein wolln singen, Vögeln gleich im Käfig…») und auf verschiedene Stellen und Figuren verteilt.

Preti Taneja hat fast nichts dem Zufall überlassen. Details, die man für Druckfehler halten könnte, sind genau bedacht: Wenn Gargi manchmal ‹Beti› (Tochter) und dann wieder ‹Beta› (Sohn) genannt wird, so entspricht dies durchaus indischer, patriarchalischer Gepflogenheit. Die – bei Shakespeare oft sexuell konnotierten – Wortspiele, für die das Englische seit der in elisabethanischer Zeit entstandenen Homophone bekannt ist, werden durch die Vermischung mit Hindi noch zahlreicher. Die Rede- und Stimmenvielfalt, die zahllosen Sprachregister, die auch der Charakterisierung der Figuren dienen – Jivans Amerikanismen, das Babu-Englisch eines Punj, Devrajs halb obsoletes, von Poesie und Wahnsinn durchsetztes Englisch, der Wechsel zwischen Hindi und Englisch, die zu Hinglisch vermischten Wörter und Sätze – spiegeln die Redeweise in Indien glaubwürdig wieder, dürfen aber nicht darüber hinwegtäuschen, dass es sich bei diesem Roman um ein antiutopisches Märchen handelt: Vermeintlich realistische Beschreibungen (beispielsweise von Speisen oder Orten) sind ironisiert, und das bei Amritsar liegende Königreich Napurthala ist eine Erfindung, ebenso wie die dort gesprochene Sprache Napurthali, der Slum Dhimbala, die Jhimbas oder die Hindusekte der Naphs.

Bei der Übersetzung der Quellen aus dem Sanskrit (Mahabharata, Bhagavad Gita, Rig Veda, Ramayana) habe ich mich an Direktübersetzungen ins Deutsche orientiert. Das Ghazal ‹Abhii to main› von Hafeez Jalandhari auf S. 228 wurde von Jyoti Sabharwal und mir aus dem Urdu übertragen. Kabirs Gedichte und Zeilen wurden, statt auf die diversen Fassungen in Hindi zurückzugreifen, in der klugen Übertragung von Arvind Krishna Mehrotra aus dem Englischen übersetzt.

Claudia Wenner
im November 2018

Glossar

Zur Aussprache:
aa = langes a, ee = langes i, oo = langes u, ch = tsch, y = j wie in ‹Jahr›, j = dsch wie in Dschungel,
z = stimmhaftes s wie in Rose

Aam janta – hier: das einfache Volk
Aloo Paranthe – mit gewürztem Kartoffelbrei gefüllte Paranthe
Angrezi – englisch; abendländisch
Autorikscha – dreirädriges, motorisiertes Kleintaxi, normalerweise für zwei Personen
Azadi – Freiheit; Unabhängigkeit
Babu – Herr; ursprünglich v.a. für Hindus aus Bengalen verwendet
Bachche – Kinder, Jugendliche
Bachche log – junge Leute
Bapuji – respektvolle Anrede für den Vater
Barfi – Süßigkeit aus eingekochter, gezuckerter Milch, in Vierecke oder Rauten geschnitten
Basti – Siedlung
Beta – Sohn; als Anrede manchmal auch für Frauen verwendet
Beti – Tochter
Betiyan – Töchter
Bhai – Bruder; als Ausdruck freundschaftlichen Respekts manchmal an den Namen angehängt
Bhainjis – Schwestern; hier: hausbackene junge Frauen
Bhoot – Geist, Gespenst
Birbal – eigentlich Mahesh Das, 1528–86. Für seinen Witz bekannter Berater, Sänger und Dichter am Hof des Mogulkaisers Akbar
Car-o-bar – Alkoholkonsum im Auto statt in einer Kneipe oder Bar. Wortspiel mit ‹Karobar› , auf Hindi ‹Gewerbe›

Chacha – Onkel (jüngerer Bruder des Vaters)
Chadar – Überwurf für Frauen, der nicht bis zum Boden reichen muss
Chamcha – Löffel; hier: Schmeichler, Schleimer
Chappal – Sandale ohne Fersenriemen
Chaukidar – (Nacht-)Wächter
Chawal – Reis
Chini – Zucker; Chinese
Chiru – Tibetantilope (Pantholops hodgsonii)
Choli – kurzärmelige, bauchfreie Sari- oder Lehengabluse
Chunni –Panjabiwort für Dupatta. Siehe dort
Chutiya – Schimpfwort – jemand, der vom Geld seiner sich prostituierenden Ehefrau lebt
Crore – Zehn Millionen. In Indien wird eher in Crores und Lakhs gezählt als in Millionen und Milliarden
Crorepatti – Millionär
Daal – allg. Bezeichnung für verschiedene Hülsenfrüchte und die daraus gekochten Gerichte
Dadaji – Großvater väterlicherseits
Dakoits – Angehörige einer Räuberbande
Dal – See
Daryaganj – ein Viertel in Shajahanabad (Alt-Delhi)
Dharma – Glaube, Religion, Gesetz; hinduistische Ethik, die die Verpflichtungen von Kasten, Gemeinschaften und jedes Einzelnen regelt; «richtiger» Lebenswandel.
Dhimbala – ein fiktives Slum
Dikhata – ein erfundenes Wort in der erfundenen Sprache Napurthali
Diwali – am Neumondtag des Monats Kartik (Oktober/November) gefeiertes Lichterfests zu Ehren Lakshmis, der Göttin des Reichtums
Doodh* – auf Hindi Milch; Wortspiel mit der umgangssprachlichen amerikanischen Anrede ‹dude›
Dupatta – wörtl. ‹zwei Bahnen breites Stofftuch›. Über Schultern oder Kopf getragenes langes Tuch, gehört zur Salwar-Kameez
Ernste Männer* – ‹Serious Men›. Roman des indischen Autors Manu Joseph
Femmeability* – Wortspiel ‹femme› für feminine Frau, ‹ability› – für Fähigkeit und ‹flammability› für Entflammbarkeit
Ferenghis – korrumpierte Form von ‹Franken›, wie Portugiesischstämmige von den Indern genannt wurden; verächtliche Bezeichung für Europäer

Flutterpicking* – ‹Flatterklauben›. Kleine, statisch aufgeladene Schnipsel sich auflösender Plastiktüten bleiben beim Müllsammeln an der Haut kleben, die Enden flattern

Foe-reign* – unübersetzbares Wortspiel, das ‹Feindesherrschaft› bedeutet – gleichlautend mit ‹foreign› (ausländisch, fremd)

Gandu – Lustknabe, Sodomit

Gelände* – unübersetzbares Wortspiel: «the lie of the land» bedeutet sowohl ‹Lage› als auch ‹Lüge›. Ranjit benutzt den Ausdruck nochmals auf S. 362; cf. auch Paul Carter ‹The Lie of the Land› (1996), eine poetisch-politische Schrift zum Postkolonialismus

Ghazal – verbreitete Form des populären Liedes in Urdu. Geht auf eine Versform zurück, die die persische Lyrik und später die Urdu-Dichtung dominierte. Das Ghazal ‹Abhii too main…› auf S. 228 stammt von Hafeez Jalandhari (1900–1982) und wurde von Jyoti Sabharwal aus dem Urdu übersetzt.

Godown* – 1. in Indien ein Lagerhaus 2. ‹to go down on someone› ist auch Slang für Fellatio

Hangama – Aufstand, Aufruhr, Lärm

Hoor – schönes, ewig jungfräuliches Mädchen im islamischen Paradies

Im Kerker singen* – Vgl. König Lear, V, III, 8–9: «[…] Komm, laß uns fort zum Kerker; / Wir zwei allein wolln singen, Vögeln gleich im Käfig.»

Jheel – kleiner See

Jhoola – Schaukel

-ji – Respekt und Zuneigung ausdrückendes Suffix, das an Eigennamen, Verwandschaftsbezeichnungen u.a. angehängt wird

Junglee – Waldbewohner; ungehobelt, unkultiviert; ein Hindifilm von 1961

Kangri – mit Korbgeflecht umgebener und mit glühender Kohle gefüllter Tontopf, der in Kaschmir traditionell als Wärmespender unter dem Pheran platziert wird

Kara – eiserner Armreif gläubiger Sikhs, gehört zu den fünf Kakars

Kashmiri Pandits* – aus Kaschmir stammende Hindus

Khaana – Essen

Kurta – lose sitzendes, knielanges, kragenloses Hemd für Männer oder Frauen

Lag-haan* – Jivan versucht das Hindiwort ‹lagaan› (Steuer) auszusprechen. ‹Lagaan› ist auch ein berühmter Hindifilm von 2001

Lakh – Einhunderttausend. Siehe Crore.

Mahabharat* – wörtlich ‹großes Indien›, auch als Synonym für Schlacht verwendet. Wortspiel mit ‹Mahabharata›, dem indischen Epos

MakePovertyHis* – Wortspiel – cf. das Motto der Kampagne ‹Make Poverty History›.

Memsahib – eigentlich ‹Ma'am Sahib›. Anredeform, die Bedienstete während der britischen Kolonialzeit für die europäische Herrin oder Ehefrau des Sahib verwendeten, und die später auf die indische Herrin übertragen wurde.

Mitti – Erde

Mummyji* – zum Suffix ji – s.o. Wortspiel: englisch Mummy bedeutet 1. Mama 2. Mumie

Naph – ein (fiktiver) Hinduasket

Natak – Drama, Schauspiel

Pagal – verrückt, Verrückter

Pakka –hier: echt

Pandit – gelehrter Hindu, versiert in Sanskrit, Philosophie, Religion und hinduistischem Recht

Paranthe – Fladenbrot aus ungesäuertem Weizenteig, der ausgerollt, mit Ghee bestrichen, immer wieder zusammengefaltet und dann im Tawa gebacken wird

Pheran – in Kaschmir traditionelles, meist bodenlanges, wollenes Gewand mit weiten Ärmeln für Männer und Frauen

Piti-parrotter* – eine Worterfindung mit der Bedeutung ‹Mitleid heischender Papagei›

Pun-jab* – die inkorrekte Ausssprache von ‹Punjab› wird zum Wortspiel: ‹jab› bedeutet ‹Stoß›, z. B. mit einem Stock, ‹pun› bedeutet ‹Wortspiel›

Pyjama – lose sitzende Hose mit geraden Beinen, von Männern und Frauen getragen, v.a. von Sikhs (nur Männer) und Moslems (Männer und Frauen). Von den Europäern zum Schlafanzug umfunktioniert

Sahib – Herr; Meister. Indischer Titel, den die Europäer in Indien erhielten oder für sich beanspruchten

Sardarji – wörtl. Anführer. Anrede und Bezeichnung für einen Sikh

Schwarzer Hund* – Depression. Ausdruck seit dem 18. Jahrhundert belegt (S. Johnson, J. Boswell) und durch Churchill bekannt geworden

Selbstmörders* – cf. Martin Amis' Roman ‹Money – A Suicide Note›. Erschien auf Deutsch unter dem Titel ‹Gierig› .

Sharabis – Trunkenbolde

Shikara – langes, schmales Boot (in Kaschmir)

Swakachche – ein erfundenes Wort in der erfundenen Sprache Napurthali

Sweeper – Niederkastige oder Kastenlose, die Latrinen und Abwasserkanäle in Handarbeit reinigen

Taoji – Onkel (älterer Bruder des Vaters)

Tawa – flache Bratpfanne ohne Rand

Tickety-boo* – Britischer Slang für ‹in Ordnung›. Möglicherweise von Hindi ‹thik hai›. cf. ‹alles paletti›

Waheguru – auf Punjabi ‹der wundervolle Herr›, einer der wichtigsten Namen für Gott im Sikhismus

Walla – Suffix mit der Bedeutung ‹gehörig zu›, ‹befasst mit› – ein Gartenwalla ist also ein Gartenarbeiter oder Gartenbesitzer, ein Safai-Walla eine Reinigungskraft etc.

Yaar – Bruder (als Anrede)

Literatur bei C.H.Beck

Ulrich Woelk
Der Sommer meiner Mutter. Roman
189 Seiten. München 2019

Jochen Schmidt
Ein Auftrag für Otto Kwant. Roman
288 Seiten. München 2019

Stefan von der Lahr
Hochamt in Neapel. Kriminalroman
368 Seiten. München 2019

José Eduardo Agualusa
Die Gesellschaft der unfreiwilligen Träumer. Roman
Aus dem Portugiesischen von Michael Kegler
300 Seiten. München 2019

Ariana Harwicz
Stirb doch, Liebster. Roman
Aus dem Spanischen von Dagmar Ploetz
160 Seiten. München 2019

Roy Jacobsen
Die Unsichtbaren. Eine Insel-Saga. Trilogie
Aus dem Norwegischen von Gabriele Haefs und Andreas Brunstermann
672 Seiten. München 2019

Matt Rees
China Strike. Thriller
Aus dem Englischen von Werner Löcher-Lawrence
384 Seiten. München 2019